지구환 연대기

기시감

이재창 SF 장편 소설

지구환 연대기 : 기시감 2

이재창 SF 장편 소설

초판 1쇄 찍은 날 § 2008년 2월 26일
초판 1쇄 펴낸 날 § 2008년 3월 6일

지은이 § 이재창
펴낸이 § 서경석

편집장 § 문혜영
편집책임 § 서지현

펴낸곳 § 도서출판 청어람
등록번호 § 제1081-1-89호
등록일자 § 1999. 5. 31
어람번호 § 제8-0006호

주소 § 경기도 부천시 원미구 심곡1동 350-1 남성B/D 3F (우) 420-011
전화 § 032-656-4452 팩스 § 032-656-4453
http://www.chungeoram.com
E-mail § eoram99@chollian.net

ⓒ 이재창, 2008

ISBN 978-89-251-1207-7 04810
ISBN 978-89-251-1205-3 (SET)

THE CHRONICLES OF EARTH
DEJA VU

이재창 SF 장편 소설

지구환 연대기
기시감
2

도서출판 청어람

CONTENTS

CHAPTER 2
프라디트

자매들, 도시와 하늘, 그리고 바람.
그것이 내가 가진, 또한 내가 속한 세계의 전부였다.
하늘을 금빛으로 물들이며 낙하하던 우주선을 보기 전까지는…….

기시감(旣視感)·기체험감(旣體驗感)이라고도 한다. 정상인의 경우에는 과거에 경험한 사상(事象)에 대한 일반화의 형태로 이해되지만, 병적인 경우에는 신경증(神經症)이나 정신분열증(精神分裂症), 그리고 측두엽 전간증(側頭葉癲癎症)에서 많이 볼 수 있다.
이와 반대로 잘 알고 있는 장소를 처음 보는 장소로 느끼는 현상을 미시감(未視感)이라고 한다.

아텐이 고개를 들어 바위 쪽으로 시선을 옮긴다. 그녀의 눈빛을 감도는 불안이 차가운 미모에 영 어울리지 않는다. 그녀가 바라본 저편에는 나이가 비슷해 보이는 다른 여자가 곰의 목을 쓰다듬고 있다. 침착하려 애쓰지만 희미하게 떠는 손길이 불안해 보이기는 매한가지. 어쩌면 아텐이 느끼는 감정이 저쪽에서 시작된 것일지도 모르겠다. 한참을 지켜보던 그녀가 조금 쥐어짜는 듯한 몸짓으로 뭐라고 말을 하려 만다. 저러다가 언젠가는 포기하겠지라는 표정이다.

그러기를 한참, 여자가 간신히 곰을 어르는가 싶지만 이내 거대한 동물의 갈색 미간이 일그러지며 눈빛이 변한다. 마침내 곰을 쓰다듬던 여자가 손을 떼고 조심스럽게 뒷걸음질을 친다. 여자가 물러서서인지 아니면 반대로 그녀가 물러서도록 만든 이유인지 확실치는 않지만, 아무튼 곰이 화가 난 것만은 분명해 보인다. 아텐이 조용하고 재빠르게 여자에게 다가간다.

"괜찮아, 프라디트. 괜찮아."

프라디트라고 불린, 황망히 뒷걸음질치던 여자는 어깨 위에 올라온 손에 흠칫 놀라면서도 아텐의 손을 꼭 쥔다. 눈물이 마악 스며 나올 것 같은 커다란 눈. 미간을 찡그리고 포효하려던 곰은 아텐의 매서운 눈빛에 갑작스레 위축된 듯 숨을 한 번 크게 내뱉더니 몸을 푸르르 떨며 어슬렁 바위 뒤로 사라진다.

"안 돼……. 정말로 안 돼……."

아텐이 실망한 프라디트를 끌어안는다. 하지만 프라디트는 그저 가만히 아텐을 마주 안을 뿐 어깨를 떨거나 하지는 않는다. 눈물이 보인 것 같다는 느낌은 단순한 착각일지도 모른다. 프라디트의 크고 선량한 눈은 윤기 나는 검은색 긴 머리카락과 함께 언제나 살짝 젖어 있는 것 같아서다.

"프라디트, 이제 돌아가야 해. 아마다께서 날 부르셨어."

"응."

"데리고 갈게. 괜찮지?"

아텐이 고개를 끄덕이며 미소 짓는 프라디트의 코를 살짝 밀며 마주 웃는다. 아텐이 프라디트의 뒤로 돌아가 그녀의 겨드랑이에 손을 집어넣고 깍지를 단단히 낀다. 키가 큰 아텐의 볼이 그녀의 머리에 닿자 풋풋한 향기가 코끝을 간질인다.

"간다?"

"매번 미안해. 나 때문에 늦거나 하고……."

아텐은 그저 프라디트의 머리에 입을 맞추고는 그녀와 함께 날아오른다.

도시가 가까워 오자 다른 이들이 보이기 시작했다. 꽃을 꺾던 펜시모니 아와 아낭카스가 하늘을 올려다보고는 환하게 웃으며 손을 흔들었다. 아텐에게 몸을 의지한 프라디트가 양손을 쓸 수 없는 친구를 대신해 양팔을 크게 흔들며 화답했다. 땅에 있던 두 여자가 깔깔거리며 꽃을 그녀들에게 뿌렸다. 무게가 없는 분홍빛 조각들은 손에서 떨어지자마자 기세 좋게 날아오르던 품을 주춤이다가 이내 땅으로 흩날렸다. 그 광경에 모두가 크게 웃었다. 천천히 아래로 내려가는 아텐의 눈에 서쪽 언덕에서 빠르게 다가오는 빛살이 보였다. 빛살이 속도를 줄이며 이미 땅을 밟은 아텐과 프라디트의 옆에서 멈췄다. 빛은 어느새 사라지고 젊은 여자만 남았다. 프라디트가 물었다.

"세이란, 어디에 다녀온 거야?"

"바다."

차갑기로 하면 아텐에 뒤지지 않을 인상의 동갑내기 여자가 짧게 대답했다.

"우와! 나 몰래 바다에? 다음엔 나도 같이 가!"

"위험해."

아텐이 심드렁하게 대답하는 세이란을 확 돌아보았다. 공격적이지는 않지만 눈빛이 날카로웠다. 아텐이 소리를 모아 세이란에게만 들리게 말했다.

'프라디트에게 좀 더 살갑게 대할 수 없어?'

세이란은 대답하지 않고 아텐을 힐끗 쳐다보고는 고개를 돌렸다. 상대의 무성의한 반응에 약간 주눅이 든 듯 프라디트의 목소리가 작아졌다.

"세이란, 나도 바다가 보고 싶단 말이야. 난 정말이지……."

세이란이 몸을 천천히 돌려 프라디트를 물끄러미 바라보다가 아무 표정 없이 그녀의 왼쪽 눈썹을 쓰다듬으며 말했다.

"바다는 위험해, 프라디트."

뚱해진 프라디트가 입을 다물었다.

'그것 봐. 속상해하잖아, 세이란.'

'어쩌겠어. 내 성격이 그런걸.'

세이란이 다시 아텐을 쳐다보았다.

'네가 커뮤니케이터 프롬마라니, 정말 어처구니가 없구나.'

'너나 나나.'

아텐의 날카로운 시선에 노여움이 스멀거리며 더해졌다. 아텐보다 조금 작은 세이란은 그녀의 시선을 피하지 않았다. 두 처녀 사이에 선 프라디트는 그녀들의 대화를 들을 수 없었지만 눈치가 빨랐다. 이럴 때 자신까지 시무룩해 있다가는 분위기가 더 험악해지는 것이 순식간일 것이다.

프라디트가 밝은 목소리로 말했다.

"얘들아, 우리 내일은 누리나무에 가자. 응? 아침에 출발하면 어둡기 전에 돌아올 수 있어!"

여전히 쏘아보는 듯한 아텐의 눈길을 한 번 더 맞받아친 세이란이 몸을 천천히 돌려 프라디트를 돌아보며 말했다.

"그래."

어이가 없다는 듯 고개를 비틀며 내뱉는 아텐의 한숨이 때마침 불어온 가벼운 바람에 실려 흩어졌다.

"프라디트, 나 일이 좀 있어서 다시 가봐야 해."

프라디트의 눈이 반짝 빛났다.

"그게 뭐야? 나도……."

"세이란은 아마다께서 준 임무가 있어서 그래."

아텐이 대신한 친절한 대답에 세이란이 고개를 끄덕이고는 날개를 펼치며 날아올랐다. 완전히 무시당했다는 생각에 프라디트가 주먹을 꼭 쥐었다. 아텐이 프라디트의 머리를 쓰다듬었다. 프라디트는 아주 잠깐 가만히 있다가 아텐의 손을 조용히 치웠다.

"그래, 알아. 너희는 항상 그렇지. 그런데 난 뭐야. 아마다께서는 날 없는 사람으로 생각해서. 아무것도 시키지 않잖아. 아니, 하지 말란 건 정말 많지. 바다에 가지 마라, 산맥을 넘지 마라, 너무 높이 날지 마라, 그리고 도시 바깥에선 너희와 꼭 함께 다녀라!"

"프라디트, 그건 단지……."

아텐의 눈빛에 당황이 역력하다. 마치 처음 겪는 일이라는 표정.

사실이다. 프라디트는 한 번도 이런 적이 없었는데. 어쩌면, 갑자기 어릴 때 생각이 난다면서 곰과 이야기를 해봐야겠다 할 때부터 뭔가를 억누르고 있었을지도 모른다. 프라디트는 아무것도 쳐다보지 않는 듯한 멍한 눈빛으로 제 할 말을 계속했다. 방금 전의 짜증은 어디로 갔는지 거의 중얼거림에 가까운, 체념스런 어조다.

"아니, 그게 불만이긴 하지만 인정하지 않는 건 아냐. 난 곰하고도 이야기하지 못하고 빠르게 날지도 못해서 항상 너희한테 안겨 다녀야 하니까. 펜시모니아처럼 누구를 치료할 줄 아는 것도 아니고 아터미시나처럼 동물들을 돌볼 줄도 모르지."

프라디트는 여기까지 말하고 나서 한숨을 폭 쉬었다.

"아마다의 말씀이 맞아. 난 할 줄 아는 게 아무것도 없어."

그녀는 당황한 아텐을 남겨두고 혼자 도시를 향해 터덜터덜 걸어갔다.

"프라디트, 하늘마루에 좀 다녀오마. 뭐 알고 싶은 거 있니? 벨레로폰에게 대신 물어봐 줄게."

아마다가 숄을 프라디트의 어깨에 손수 걸쳐 주며 물었다. 평소라면 굉장히 좋아했을 일이다. 그러나 프라디트는 시무룩한 표정으로 고개를 흔들었다.

"아뇨. 아무것도."

"음? 우리 프라디트가 웬일일까?"

아마다는 인자하게 웃으면서도 더 이상 묻지는 않았다. 아마 자신의 오늘 하루와 아텐과 세이란에게 낸 짜증에 대해 그녀는 이미 알고 있을 것이다. 아마다가 모르는 것은 없으니까.

아마다는 하늘마루에 가기 전이면 으레 프라디트에게 이렇게 물어보곤 했지만, 실제로 벨레로폰에게 뭔가를 물어보거나 하는 것은 아니었다. 그건 그저 숄을 빌려주는 행위와 함께 프라디트를 위한 작은 선물 같은 것이다. 아마다가 벨레로폰을 보고자 할 때는 모르는 것이 있어서가 아니라, 의논을 하기 위해서다.

사실 프라디트는 처음부터 알고 있는 것이 적었기 때문에 자신이 무엇을 알고 싶어하는지도 잘 몰랐다. 그녀가 알고 있는 것은 고작 오래전 번성하던 시절의 도시에 대한 옛날이야기, 그리고 지금의 초라한 자신에 대해서뿐이다. 이제는 동물들과 대화하는 법조차 잊은.

2차 성징이 발현하면서 가진 능력 중 일부가 사라지고 다른 새로운 능력이 생기는 것은 누구에게나 해당되는 일이다. 그런데 프라디트는 잃은 것만 있을 뿐 얻은 것이 아무것도 없는 것 같았다.

아마다나 헤어 같은 어른들은 능력이란 다름 아닌 소질이며 그것을 얻는다는 의미는 하나의 흐름을 겪는 과정이지 일순간에 일어나는 결과가 아니라고 말해

주었다. 펜시모니 아가 치유의 능력을 '발견'한 시기는 청년기가 끝날 무렵이었고, 심지어 아마다 자신도 2차 성징을 벗은 한참 후에야 커뮤니케이터의 소질을 알 수 있었다고도 했다.

물론 프라디트도 충분히 이해할 수 있고 어떤 의미에서는 납득조차 할 수 있다. 그녀는 아는 것이 적어 창의력이 부족할 뿐 바보는 결코 아니다. 그러나 그럼에도 불구하고 친구들은 모두 몇 년 전에 이미 소질을 인정받았다. 아텐은 붉은 아이기스를 받았다. 어떤 경우에도 용기를 잃지 않는 미덕의 상징이자 도시를 수호하기 위해 기꺼이 피를 흘릴 수 있음을 의미하는, 새빨간 아이기스를 걸친 그녀가 허리를 꼿꼿이 한 채 폭풍이 몰아치는 지평선을 관조하는 모습이 그렇게 당당하고 부러울 수가 없었다.

세이란이라고 다르지 않았다. 그녀는 커뮤니케이터로서 가져야 할 중립과 연결을 의미하는 스톨라를 받았다. 세이란은 그걸 목에 두르기보다는 양팔에 걸친 채 허리 뒤로 늘어뜨리고 다니기를 좋아했는데, 그 모습이 얼마나 기품있고 아름다운지.

하지만 분명히 이해와 인정이라는 개념 사이에는 간극이 존재한다. 그리고 그 폭에 상관없이 두 단어 간에는 아이기스와 스톨라가 확고부동하게 자리하고 있었다.

프라디트는 아마다를 존경했고 그래서 커뮤니케이터 프롬마가 되고 싶었다. 어릴 때는 정말로 그리 될 줄 알았다. 프라디트는 셋 중 가장 키가 컸고 다른 존재를 빠르게 이해할 줄 알았다. 그때는 그녀가 대장이었다.

"프라디트, 괜찮아?"

"아? 아⋯⋯."

프라디트가 흠칫 놀라며 고개를 들었다. 아텐이 걱정 어린 얼굴로 자신을 물끄러미 바라보고 있다.

언제 자랐는지 모르게 훤칠해진 키. 아마다를 수행하기 위해 아이기스까지 걸친 당당한 모습에는 위엄조차 어려 있다.

"아마다께서 숄을 빌려주셨구나. 정말 잘 어울려."

그러나 프라디트의 대답은 엉뚱했다.

"아……. 아니, 아무것도."

프라디트는 자랑을 하지도, 기뻐하지도 않았다. 아텐은 고개를 끄덕이면서도 걱정을 지우지 않은 채 프라디트의 머리를 쓰다듬었다.

"나, 아마다를 수행하러 가거든. 금방 올 거야."

"응. 난 괜찮아. 잘 다녀와."

조금도 괜찮아 보이지 않는 프라디트의 어두운 얼굴을 보며 아텐은 뭔가 말을 하려다가 이내 포기하고 작은 숨을 내뱉었다. 프라디트가 어깨를 축 늘어뜨린 채 돌아서서 아무 방향으로나 걷기 시작했다. 천천히 멀어져 가는 친구의 뒷모습을 물끄러미 바라보던 아텐이 그녀를 쫓아갔다.

"프라디트, 도시 바깥은 비바람이 심해. 그러니까……."

"응. 알아. 걱정해 줘서 고마워."

아텐이 미소 짓나 싶더니 재빠르게 프라디트의 볼에 키스했다. 프라디트는 볼에 엷은 홍조를 띠며 화들짝 놀랐다. 그녀가 뭐라고 말하려 했지만 이미 아텐은 날아오른 후였다.

프라디트는 그 자리에 무릎을 끌어안고 앉았다. 앞으로 키스 같은 건 하지 말라는 이야기를 어떻게 상처받지 않게 할 수 있을까 고민하며. 그러나 커뮤니케이터는 세이란지 자신이 아니다. 무릎에 파묻은 눈가가 스르르 감길 무렵 프라디트는 갑자기 머리를 들고 주변을 두리번거렸다. 폭풍이 몰아치는 도시의 경계 부근. 하지만 아무도 보이지 않는다. 분명히 거칠고, 뭔가 천둥이 치는 것 같은 소리가 어디선가 들려왔는데.

몸을 일으키자 비로소 멀리에 몇몇 자매들이 보였다. 하나같이 평화롭고 걱정없다는 듯한 모습들. 저들에겐 권태란 존재하지 않는 것일까? 아니면, 나도 이 시기를 넘어서면 저들, 넘부스처럼 될 수 있는 것일까? 프라디트는 우람인 자신의 처지가 다시 못마땅해졌다.

그녀들은 아무런 소리를 듣지 못한 것 같았다. 예민한 아낭카스 스펠라조차도 다이몬 제니아와 키스에 열중할 뿐 아무런 기적을 느끼지 못한 모양이다. 그렇다면 이건 프라디트 자신의 착각이 분명하다. 그럼에도 그녀는 그 소음이 실제이며 그래서 찾아 나설 가치가 있다고 결정했다.

정말은, 그녀도 잘 알고 있다. 여기서 혼자 자기 연민에 빠져 있기보다는 뭔가를 해야 한다는 사실을. 프라디트가 찾고 있었던 것은 '이유' 다. 아무리 사소하고 작은 것일지라도, 스스로를 움직일 때가 되었다고 다독일 만한 이유.

도시 경계를 벗어나자마자 억수 같은 비 때문에 앞도 잘 보이지 않았다. 아텐은 아마다의 손을 꼭 잡고 빠르게 구름 위로 솟아올랐다. 불길한 검붉은 구름이 누리나무 아래에서 폭풍처럼 흘러갔다.

누리나무까지 별의 반 바퀴를 단숨에 돌아온 다음에도 쉬지 않고 날아올라 그 꼭대기에 이를 수 있는 자매는 아텐이 유일했다. 이제는 하나의 특권이 된, 아이기스 쉴라만의 능력이다. 내려선 아텐이 잠시 숨을 고를 때까지 기다린 아마다는 걱정스런 눈빛으로 휘몰아치는 구름을 내려다보았다. 여느 때와는 비교가 되지 않을 만큼 거센 흐름.

적당히 쉰 아텐이 아마다를 보며 고개를 숙였다. 그녀가 가볍게 고개를 끄덕이며 화답하자 아텐은 뒷걸음질로 기둥 가장자리까지 천천히 물러났다. 아마다는 부러진 누리나무 한가운데까지 걸어가 벨레로폰을 불렀다. 바삐 걸었다 해도 하늘마루의 너비 자체가 거의 한 마장에 이르다 보니 시간이 꽤 걸렸다.

부러졌다고는 하지만 줄기는 전체적으로 보면 베어진 형상에 가깝다. 만들어질 때부터 커다란 충격을 받으면 스스로 부서지면서 다른 부분을 보호하도록 구획된 부분이 깨끗이 뜯겨 나간 탓이다. 누가, 언제 만들었는지는 알 수 없으나 그 사실 하나만으로도 굉장한 기술력을 가진 존재의 작품이라는 정도는 알 수 있는 구조물.

아마다는 기둥의 가운데에 도착하기 전 습관처럼 하늘을 한번 올려다보았다. 고개를 완전히 들어 시선의 정점이 향하는 부분에 별고드름이 보였다. 태곳적에는 이 누리나무와 저 반짝이는 구조물이 하나로 이어져 별까지 이르는, 하늘을 가로지르는 가교였으리라.

하늘마루에 가까워질수록 생명이 살 수 없는 차갑고 희박한 공기가 점점 따뜻해지고 부드러운 흙이 밟혔다. 한동안 조용히 걷던 아마다가 익숙한 품으로 아름드리나무 아래에 멈추어 서서 벨레로폰을 부르자 모양이 없고 형체 또한 없는 디아트리체가 그녀의 부름에 응답했다. 벨레로폰은 아마다를 알아보자마자 남자의 모습을 취했다.

[부르셨습니까, 아마다.]

예의 바르게 허리를 숙이는 벨레로폰에게 아마다가 대뜸 묻기부터 했다.

"알고 있었나요?"

[무엇을 말씀이신지요?]

"방문자가 있다는 것을."

[알고 있었습니다.]

아마다의 미간이 아주 미세하게 찌푸려졌다. 디아트리체가 묻는 말에만 대답한다는 사실은 알고 있다. 아마다는 디아트리체 벨레로폰에게 명령을 할 권한이 없다. 그렇다 해도 이 조용한 별에 낯선 방문자가 있다는 사실을 미리 이야기해주지 않은 것은 좀 심하다.

[다른 질문이 있으십니까?]

"없어요. 생각을 들어보고 싶군요."

[숄이 없으시니 마음을 연결할 수 없군요.]

"상관없어요. 말로 해도 되니까."

벨레로폰이 고개를 정중하게 끄덕이며 입을 열었다.

[그들은 우주선을 타고 왔고, 궤도에 인공위성을 올려놨습니다.]

디아트리체 벨레로폰은 의견이 아닌 사실을 말했다. 그러나 이조차도 전부인지는 확신할 수 없다. 벨레로폰은 결코 거짓말을 하지 않으나 요구받지 않고 명령받지 않은 일에는 먼저 나서지 않는다. 그리고 아마다는 그에게 그럴 권리가 없다. 사실과 자유. 그것이 아마다와 벨레로폰의 계약이다. 최초의 아마다가 있어왔던 때부터.

아마다가 뭐라고 말을 하려는데 벨레로폰이 먼 산을 바라보나 싶더니 아마다를 향해 조용한 어조를 덧붙인다.

[프라디트 아씨가 그쪽으로 향하고 있군요.]

아마다는 화를 낸다는 것이 도무지 어울리지 않는 얼굴로, 격정적으로 목소리를 높인다.

"뭐라고요! 프라디트에 관한 것은 이미 요구되어 있던 사항이잖아요!"

까마득한 멀리, 아마다의 역정을 느낀 아텐이 눈을 동그랗게 뜨고 고개를 들어 그녀를 쳐다본다. 아마다가 소리를 지르다니. 아텐은 난생처음 보는 광경이 너무 많은 날이라는 생각이 들었다. 아텐은 대화를 들어봐야 하나 잠시 망설였지만 아마다의 말이 있기 전까지는 일단 잠자코 지켜보기로 했다. 아마다의 양 주먹이 꼭 쥐어진 것이 언제라도 나설 준비를 하고 있어야 할 것 같았다.

[아마다, 죄송합니다. 하지만 저도 방금 알았습니다. 제 아이들이 프라디트 아씨를 너무 늦게 확인했습니다. 우주선의 착륙지를 향해 거의 직선으로 날아가고 있습니다.]

아마다가 손으로 머리를 짚었다.

"어떻게 될 것 같아요, 아텐을 보낸다면?"

[아텐이 최선을 다하더라도 아씨를 따라잡는다는 보장이 없습니다. 프라디트 아씨는 전력을 다해서 그쪽으로 향하고 있습니다.]

아마다가 미간을 다시 찌푸렸다. 그녀는 벨레로폰에게 잠시 기다리라는 손짓을 하고는 아텐을 불렀다. 그녀의 급한 몸짓에 아텐이 반 마장 거리를 황망히 날아왔다.

"아텐, 프라디트를 데리고 와야 할 것 같구나. 비바람이 심하고 위험하니 무슨 일이 있어도 그 아이를 데려와야 해. 이런 고생을 시켜 미안하구나. 지금 당장 출발하거라."

"아… 하지만 아마다께서는……."

"혼자 내려갈 수 있다. 지금 당장 가거라."

"알겠습니다, 아마다."

"아, 그리고……."

"예."

"우리가 아닌 다른 사람들을 보게 되더라도…….."

"네?"

"만약 그렇게 되더라도 아무것도 하지 말고 프라디트만 데리고 오렴. 알겠니?"

"예, 알겠습니다."

아이기스 쉴라에게 질문할 권리 따위는 허락되어 있지 않다. 아텐은 아마다가 언제나 옳다는 사실을 알고 있었기에 감출 수 없는 의문의 낯빛에도 불구하고 허리를 숙이며 물러나자마자 곧바로 힘껏 날아올랐다. 아텐은 아마다가 언급한 '다른 사람'에 대한 이야기를 기계적으로만 갈무리했을 뿐 의미에 대해서는 더 이상 궁금해하지 않았다.

아마다는 그녀가 아이기스를 쓸 일이 없기를 바랐다. 아텐의 빛살이 구름 속으로 빠르게 파고들 때까지 바다처럼 펼쳐진 검붉은 빛깔을 쳐다보던 그녀가 다시 벨레로폰 쪽으로 향했다.

"할 말은 그뿐인가요?"

벨레로폰이 잠시 뜸을 들였다.

디아트리체가 고민을 할 일이 무엇일까? 만약 해야 한다면, 사건 자체가 아니라 그에 대한 말을 해도 될 것인가 말 것인가일 것이다.

[테라에서 온 이들이니 프라디트 아씨에게 위해를 가하지는 않을 걸로 생각합니다.]

아텐을 보내고 경황을 찾는가 싶은 아마다의 눈빛이 다시금 당황으로 젖어들었다.

"테라? 그걸 어떻게 알았나요?"

[저런 우주선을 본 적이 많습니다. 전형적인 테라의 우주선입니다.]

의혹을 감추지 못한 아마다의 되물음에 벨레로폰이 한 대답은 그녀의 인상을 누그러뜨렸다. 아마다가 일순 설마 하나 싶더니 눈을 반짝이며 물었다.

"그럼 혹시?"

[아닙니다. 그보다는 작고 약합니다. 다이달로스를 찾아온 우주선은 아닙니다. 하지만 소식을 알지도 모릅니다. 그들은 테라에서 왔으니 적어도 고향으로 돌아가는 길은 알고 있을 것 아니겠습니까?]

아마다는 실망한 것도 아니고 밝아진 것도 아닌 듯한 모호한 표정으로 고개를 끄덕였다. 한동안 말없이 각각 다른 곳을 보고 있던 둘 사이의 적막에 금을 낸 쪽은 아마다다. 아마다는 벨레로폰에게 이만 들어가 보라 손짓하고 몸을 돌렸다. 그녀의 뒷모습을 물끄러미 쳐다보던 벨레로폰이 갑자기 그녀를 불러 세운다.

[아마다.]

대답없이 몸만 반쯤 돌리는 아마다.

[림보는… 정말로 닫으실 겁니까?]

역시 아마다는 고개만 끄덕이고는 미풍에 머리카락을 나부끼며 제 갈 길을 간다. 그녀는 목에 걸린 한 쌍의 펜던트를 만지작거리며 서둘러 폐허 속의 승강기로 향했다. 하늘마루를 벗어나자마자 폐허와도 같은 기둥의 단면 사이로 날카로운 바람이 몰아쳐 아마다의 볼을 저몄다.

폭풍이 그치고 붉은 구름 사이로 이른 황혼이 찾아들었다. 이중항성계의 큰 태양이 하루의 숨을 거두며 붉게 물들이는 불타는 듯한 하늘. 그러나 여전히 작은 태양은 남아 있으니 해가 전부 지려면 좀 더 있어야 할 것이다. 프라디트는 비가 그치자 땅으로 내려섰다. 대낮에도 환하게 보인 빛줄기를 쫓아 너무 숨 가쁘게 날아왔는지 머리가 지끈거렸다. 여기서 더 무리하면 저항력이 떨어지면서 추위마저 닥쳐올 수도 있다.

빛줄기는 이 작은 별을 몇 바퀴째 도는 것 같았다. 프라디트는 단숨에 도시까지 날아갈 수 있는 곳 이상은 나아가지 않았다. 그런데 이미 도시와 너무 멀리 떨어졌다. 아텐의 지치지 않는 빠른 달리기로도 꼬박 한나절을 달려야 할 거리. 아텐이나 세이란이 녹초가 된 자신을 안고 돌아가는 상상은 정말이지 끔찍했다.

덜 자란 풀들이 곱게 덮인 초지지만, 프라디트의 허벅지까지 올라올 정도로 거칠게 자리한 이름 모를 덤불들이 어울리지 않게 자리한 곳도 많았다. 그녀는 치마를 걷어 올리고 조심스레 걸었다. 생채기가 났다가 순식간에 아물어가며 따끔거리기는 했지만 치마를 더럽히는 것보다는 나았다. 어쨌든, 몰래 나온 마당에 괜히 지저분한 모습으로 돌아가 책잡힐 필요는 없을 터. 그녀는 주변을 두리번거리다가 야트막한 돌멩이를 몇 개 발견하고 앉기 좋도록 늘어놓았다. 너무 낮고 불편했지만 젖은 풀밭에 앉는 것보다야 훨씬 나을 것이다.

비가 오고 나면 언제나 불어오는 시원하고 잔잔한 바람에 프라디트는 자칫 졸 뻔했다. 사실은 이미 잠자리에 들었어야 할 시간이다. 아마다가 프라디트를 혼자 두고 걱정없이 하늘마루로 간 데에는 다 이유가 있다.

그녀는 잠시 여기서 빛살을 좀 더 지켜보기 위해 일어섰다. 그제야 새삼스레 여기가 처음 와본 곳이 아님을 깨달았다. 분명히 어릴 때 아빠 손을 잡고 놀러 와본 곳이다. 멀리 보이는 산등성이와 산맥의 모양. 확실하다. 자신이 직접 별모래 언덕이라고 이름 붙인 저 야트막한 동산을 넘어가면 커다란 강이 하나 있었다. 당연히 지금도 있을 것이다. 강과 산은 우람과 달리 영원을 수명으로 가지니까. 본 적은 없지만 아마 바다도 그럴 것이다.

별모래 언덕은 유일하게 밤이 밤다운 곳이었다. 작은 해가 떠 있을 때조차도 그곳에 서 있으면 햇빛은 산맥 너머로 희미할 뿐이어서 언제나 별이 잘 보였다. 성좌에 새겨진 전설들이 어린 프라디트의 뺨에 내려앉아 경이로운 이야기를 속삭여 주던 곳.

잠은 완전히 깼다. 이제야 비로소 여기에 온 목적이 생긴 것이다. 빛살은 자신을 인도해 준 아빠의 영혼인지도 몰랐다. 그녀는 일어섰다. 그리고 빛살에게 고마움을 표시하기 위해서 하늘을 올려다보았다. 그런데… 보이질 않았다. 분명히 아까 북쪽 하늘을 가로지르고 있었으니 지금쯤은 산맥 위를 지나고 있어야 할 텐데.

순간적으로 불길함을 느끼며 하늘을 두리번거리던 그녀의 시선이 동쪽 하늘에 못 박혔다. 거대하고 붉은 덩어리가 빠르게 다가왔다. 아직도 하늘이 붉게 물든 까닭이 황혼 때문인지, 아니면 불타오르는 덩어리 때문인지 알 수 없었다.

그녀가 위기감을 느꼈을 때는 이미 코앞이었다. 프라디트는 몸을 움츠렸지만 거대한 덩어리는 그녀의 머리 위를 눈 깜짝할 새 지나쳤을 뿐 아무 일도 일어나지 않았다.

저 정도로 엄청난 물체가 내 바로 위를 지나쳤는데 아무 일이 없다고?

어쩌면 내가 이미 죽은 게 아닐까 하는 바보 같은 생각을 하는 프라디트의 귀를 희미한 울림이 자극했다. 곧바로 온몸의 신경을 곤두서게 만드는 날카로운 느낌. 이게 뭔지 이제야 기억났다. 그녀는 반사적으로 귀를 막으며 엎드렸다. 별모래 언덕 너머로 소리보다 빠르게 사라진 물체가 뒤에 남겨둔 충격파가 대기를 찢어발길 기세로 몰아쳤다. 지금까지 들어본 가장 큰 천둥벼락 소리보다 더 큰 충격음이 프라디트와 잔잔한 초지를 휩쓸고 지나가며 먼지를 피워 올렸다. 충격이 지나자마자 몸을 일으킨 프라디트는 재빨리 날아올랐다. 소리보다 빠르게 날아간 물체가 뭔지 안 이상 망설일 필요도, 시간도 없다. 그건 아빠의 영혼이 아니다.

자신이 아는 게 맞다면 이런 식으로 추락하는 물체는 우주선뿐이다. 본 적은 한 번뿐이지만, 우주선만이 자신의 거대한 몸체가 만드는 대기압을 상쇄해 지상에 닥칠 파국을 막으며 내려선다. 엄청난 굉음에 걸맞지 않는 희미한 충격만을 남길 수 있었던 이유는 그 물체가 일부러 그리한 까닭이다. 운석이나 유성은 결코 그러지 않았다. 그것들이 지나간 자리는 오직 파멸만이 존재했다.

그 와중에도 프라디트는 똑똑히 보았다. 붉고 노란 불꽃에 둘러싸인 우주선의 윗부분에서는 마치 꽃봉오리 같은 것이 몇 개씩 계속 솟아 나와 터지며 어스름한 황혼 지평선 위에 금가루를 퍼뜨려 하늘을 간질이는 광경을.

프라디트는 꿈을 꾼 기분이 들었다. 커다란 물체가 낙하하며 대기를 갈라 나오는 굉음도 저편 어디론가로 물러나 버린, 어느 순간부터 시간이 천천히 흐르는 꿈.

그녀가 본 꿈은 정지한 듯 흐르는 시간 속에서 천천히, 아름답게 별모래 언덕 너머로 사라져 갔다.

우주선은 분명히 강에 내려앉았을 것이다. 아이기스 썰라인 아빠였다면 몇 분도 걸리지 않았을 테지만 프라디트는 최소한 한 시간 가까이 날아야 했다. 도시와 이곳과 거의 정확히 정삼각형을 이루는 장소다. 그러니까 다른 이들도 이미 이 상황을 알고 있을 것이고, 그럴 리는 없겠지만 아텐이 돌아왔다면 몇 분 안에 자신은 집으로 돌아가게 될 것이라는 뜻이다.

프라디트는 단단한 금속의 육신이 대기권 돌입의 폭풍과 맞닿아 흩뿌린 불꽃이 아직도 너울거리는 모습에 한동안 넋을 잃고 있다가 아직 갈 길이 많이 남았구나 싶어 다시 몸을 띄웠다. 그녀가 그곳에 도착했을 때는 지평선 부근에서 일어났을 거대한 풀썩거림도 끝난 지 오래였다. 일렁이던 불길조차 사라진 우주선은 빠르게 식었고 강가에 피워 올린 수증기마저 잦아들고 있었다.

* * *

비록 기관실이 사라지고 그 길이가 삼분의 이 이하로 줄어들었다고 하지만 게이츠는 여전히 크고 무거운 우주선이었다. 아무리 어쩔 수 없었다 해도 이 거대한 덩치를 소화하지 못한 강이 넘치며 주변을 물바다로 만들고, 강바닥을 파먹으며 파괴한 수생생물들을 생각한다면 로가디아가 말한 그 우점종들이 즐거워할 리 없을 것이다.

그러나 아찬은 거기까지 생각할 만한 여유가 없었다. 그에겐 오직 함교의 벌어진 셔터 사이로 비쳐 든 희미한 햇살만이 중요했다. 그 때문에 밤새 뜬눈으로 지새운 것 아닌가. 그는 오직 승선구를 향해 내달리다 혹여 넘어지기라도 해서 로가디아에게 책잡힐까 싶어 전전긍긍할 뿐이었다. 이미 어깨의 통증은 남의 일이다. 운 좋게도 승선구 중 하나가 지상과 절묘하게 맞닿았다는 사실을 로가디아는 필시 감추고 싶어했으리라.

"약속은 지키겠지?"

숨이 차올라 얼굴이 빨개지도록 달리면서도 아찬은 헐떡거리지조차 않으며 날카롭게 묻는다. 그에 비해 로가디아의 대답은 오만함이 느껴질 정도로 여유있고 억양이 없다.

[물론입니다, 아찬. 하지만 필요하다면 당신을 격려할 수도 있다는 점을 명심하십시오. 기초 검사 결과로 볼 때 위험 요소는 없는 것 같습니다. 하지만 풀밭에 맨살을 접촉하거나 맛을 보는 행동은 절대로 하지 마십시오. 대기 중의 분진 역시 현재로서는 문제가 없지만…….]

망할. 아찬이 희미하게 욕설을 내뱉었다. 어차피 로가디아의 말은 하나도 들리지 않았다. 인공지능이 뭐라고 하든 상관없다. 함교의 패널에 분명히 '지구 환경과 대동소이함'이라는 메시지가 떠오른 것을 확인한 터다. 아니, 그런 표시 따위는 아무래도 좋다. 그저 이 우주선에서 나가고 싶을 뿐이다. 저 바깥의 공기에 세균이 득시글거린다 해도 게이츠에서 로가디아에게 시달리는 것보다는 낫다.

아찬은 가능한 한 많은 장비를 게이츠에서 꺼낸 다음 이 우주선에서 되도록 멀어지고 싶었다. 게이츠는 이미 아찬에게 지긋지긋해져 있었다. 레진의 심정도 비슷하리라. 아찬의 손에 끌려오다시피 달려가는 소녀의 입가에도 웃음이 사라질 기색이 보이지 않았다.

몇 개인가의 격벽을 지나치며 복도는 점점 좁아졌지만 그 역시 상관없다. 오히려 그쪽이 좋을지도 모른다. 이 비좁은 복도의 끝에 기다리고 있을 봇물 터지는 해방감을 상상하는 것만으로도 이미 아찬의 기분이 좋아지기 시작한다.

마침내 복도의 끝에 닿았다. 2중 격벽이 열리기를 기다리는 아찬은 초조했지만 로가디아를 재촉하지는 않았다. 그 인공지능은 무례하고 권위적으로 변하긴 했어도 여전히 거짓말 따위는 하지 않았다. 로가디아는 그 의미를 받아들일 이가 없어 할 필요도 없는 절차 보고를 공허하게 읊조렸다.

[…완료. 기압 정상. 호흡관제 불필요. 알파 게이트를 개방합니다.]

이튿에 비해 조라하기 그지없는 작은 문에 불과하지만 아찬에게는 천국으로 들어가는 좁은 문과 다를 바 없다. 문을 천천히 들어 올리는 에틸론 펌프의 소음조차 아래서부터 솟아오르기 시작한 신선한 공기의 내음에 무색해져 버린다. 이론적으로는 호흡에 필요한 요소라는 면에서는 게이츠의 공기가 가장 이상적이지만 '신선함'의 개념에는 분명히, 대기에 스민 특유의 냄새 역시 포함되어 있다. 적어도 인간적 기준으로는 그렇다. 아찬은 눈을 감고 양팔을 벌렸다.

"레진, 이렇게 해봐. 빛이 눈꺼풀을 덮기 시작하면 심호흡을 하는 거야. 그리고 숨을 내쉬면서 눈을 딱! 뜨는 거지. 그리고 우리는 새로운 세상을 맞는 거야!"

고개를 끄덕이는 레진의 눈은 입이 귀에 붙다시피 한 채 이미 거의 감겨 있는 것이나 다름없다.

마침내 시원한 공기가 쏟아져 들어왔다. 눈꺼풀을 덮는 빛.

저물어가는 저녁의 햇살이 가늘게 뜬 눈 사이를 비집고 들어온다. 눈앞에 펼쳐진 광경에 아찬은 자기도 모르게 탄성을 내질렀다. 게이츠가 착륙하며 증발한 강물이 마법처럼 응결하며 만들어진 옅은 안개가 막 내려앉아 촉촉한 분지. 얼굴을 돌리자 게이츠의 함수에 반쯤 가려진 산맥의 만년설이 지는 햇살에 붉게 물드는 중이다. 그는 재빨리 땅을 펄쩍 밟았지만 레진의 기척이 안 느껴졌다. 뒤를 돌아보니 그녀가 당황한 얼굴로 난간을 붙잡고 서 있다. 막상 너무 다른 환경을 맞이하자 겁이 덜컥 올라온 모양이다. 뜻밖에도 선뜻 발을 떼지 못하는 레진을 보며 아찬은 눈살을 약간 찌푸렸다.

"그렇게 기다렸잖아, 레진. 기왕 깨끗한 공기 마시는 거, 풀밭에 좀 눕는 건 어때? 그렇게 불안해?"

"싫어."

"안 위험해. 로가디아가 괜찮다고 했어."

"자기 편리할 땐 그렇게 잘도 믿네요. 난 이제 로가디아 안 믿어요. 당신도 그러는 게 좋을걸요? 풀에 맨살 닿지 말라고 했잖아요."

"그러니?"

앞뒤가 안 맞는 말을 하면서도 줄기차게 도리질하는 레진이 귀엽다.

아찬은 레진을 포기하고 냅다 아무 방향으로나 뛰었다. 분명히 지구는 아니지만 광합성을 하는 녹색 식물과 저물어가는 하늘에 떠다니는 붉은 구름은 어쩌면 이곳도 그리 나쁘지 않을지 모른다는 생각이 들 정도로 고향과 닮아 있다. 분명히 지평선의 구배는 더 가파른 것이 지구보다 작은 행성이다. 가늘게 뜬 눈썹 사이로 새어 들어오는 큰 태양도 마찬가지고, 달보다 훨씬 작지만 만월보다는 밝은 작은 태양이 붉다. 어쩌면 저 색깔조차도 더 큰 태양 때문에 그리 보이는지도 모른다.

이 작은 별의 환경은 그 푸르름에도 불구하고 지구의 그것에 비해 너무 정적이었지만 너무 어린 시절부터 지구에 와서 사실상 도시 토박이가 된 아찬은 거기까지는 알아채지 못했다.

게이츠의 그림자는 그 주인만큼이나 거대했기에 그나마 스러져 가는 햇살을 찾아 눕기 위해서는 조금 걸어야만 했다. 레진이 두 손을 입에 모아 아찬을 걱정했다.

"너무 멀리 가지 말아요! 무슨 일이 생기면 어쩌려고 그래!"

아찬은 그러면서도 여전히 겁먹은 표정으로 승선구의 난간을 붙잡고 있는 레진에게 손을 들어 크게 흔들며 미소를 짓고는 그림자의 경계 바로 너머에 몸을 뉘었다. 따뜻하게 희미해져 가는 햇볕과 말갛고 푸른 하늘, 그리고 사각거리는 풀 향기가 아찬의 마음을 느슨하게 풀었다. 아찬은 곧 베개로 변할 것이 확실한 일기장을 땅에 대충 던졌다. 처음부터 그렇게 하려고 가지고 나온 물건이다. 따뜻한 바람. 부드러운 풀밭에 느슨하게 떨어진 일기장이 바람과 함께 펼쳐지며 햇살이 하얀 종이에 반사되자, 아찬은 그만 눈이 부셔 고개를 돌리고 말았다.

가늘게 뜬 그의 눈앞에 햇살을 반사하는 가득한 입자들이 떠돌았다. 황사는 아닐 터다. 아니, 어쩌면 맞을지도 모른다. 여기에 기상통제국 따위가 있을 리 없다. 지구에도 아주 가끔, 그곳에서조차 저지하지 못하는 황사가 있었다. 그때를 더듬어보면 지금의 이 부스러기들은 황색이 아니라 금색. 하지만 알 수는 없었다. 이 석양은 모든 것을 황금빛으로 만들고 싶어하는 듯 보였다.

아니, 아무려면 어떤가. 아찬은 거칠게 마감된 일기장의 인조 가죽 표지에 내려앉은 그 입자들을 손가락으로 훑어 맛을 살짝 보았다.

색깔에 어울리지 않는 짜릿한 씁쓸함.

어릴 적에 간혹 꽃가루를 먹어보고 싶다고 생각한 적이 있었다. 이곳의 꽃가루는 지구의 그것과 다른 것일까.

풀밭에 누운 아찬이 뭔가를 맛보는 장면을 본 레진이 소리를 빽 질렀지만 잘 들리지 않았다.

그 크기 때문에 원근감이 잘 들지 않는 게이츠는 이제 불구가 되어버린 반물질 발진기를 완전히 정지시켜 두었기에 헤미팜을 무작정 뿌려댈 수는 없다. 그러나 속이 빈 메탈갑옷들이 커다란 총을 들고 주변을 서성거려 주는 덕에 아찬은 그대로 맛 좋은 잠으로 빠져들 수 있었다.

놀랍게도 악몽이 아니었다. 아찬은 지구환인지 지상인지 모를 어딘가의 공원에서 미람을 만나고 있었다. 환오름에서 내려서자 술집이 나타났고 미람을 보며 맥주를 시키자 어디선가 바람이 불어왔다. 오직 꿈에서만 맛볼 수 있는, 특유의 생생한 부자연스러움. 아찬이 그 날카로운 바람 소리에 눈을 떴을 때에도 여전히 햇살은 따뜻했으며 주변은 메탈갑옷이 철컹거리는 소리만이… 어?

아찬이 튕겨지듯 일어났다. 바람을 가르는 쇳소리. 희미한 쿵쾅거림. 그리고 로가디아의 절규. 레진의 비명. 당황한 그가 두리번거리다가 메탈갑옷의 공허한 바이저와 눈이 마주쳤다고 생각한 순간, 그것은 그의 허리를 낚아채고 에어록으로 뛰었다. 사람이 입고 있었다면 결코 그러지 못했을 난폭함과 힘으로 아찬을 게이츠에 처박은 메탈갑옷은 추진기를 뿜으며 그대로 후진해 바깥으로 뛰쳐나갔다.

"로가디아? 레진! 레진, 어디 있어? 로가디아!"

막 접합되기 시작한 왼쪽 어깨가 다시 부서졌지만 단 한 번의 강렬한 통증에 잠시 주춤거렸을 뿐이다. 그는 레진을 찾아 절규하다시피 소리 질렀다.

"레진, 어디 있어!"

[레진은 지금 함교에 있고 안전합니다. 아찬, 진정하세요. 당신에게는 치료가 필─]

"나중에! 레진한테 먼저 가봐야겠어. 뭐가 제일 빠르지?"

[트롤리를 보내겠습니다. 가만히 계십시오.]

의무실에서 응급치료를 받고 투덜거리며 함교로 돌아온 아찬은 하나 남은 팔로 담배를 피우며 마인드링킹을 로가디아에게 요구했다. 하지만 거절당하고 어쩔 수 없이 재생된 영상을 쳐다봐야 했다.

레진은 아찬을 버려두고 혼자 도망간 것이 영 걸리는 듯 고개를 숙이고 어쩔 줄 몰라 했다. 처음부터 나오기를 겁낸 소녀를 기억하는 아찬은 그저 웃으며 레진의 머리를 쓰다듬었다. 왠지 레진이 자신을 버려두고 도망갔다는 사실 자체가 그다지 현실처럼 느껴지지 않았다. 아찬은 입체영상으로 눈을 돌렸다.

자신은 게이츠에서 거의 100미터 이상 떨어진 곳에 아무렇게나 드러누워 있었다. 꽤 긴 시간인 줄 알았는데 잠깐 동안 풋잠이 든 모양이다. 레진은 그사이 잠깐 한 번 드나들었을 뿐 계속 아찬을 지켜보았다. 지는 해는 금방 사라진다고, 빠르게 흘러가는 화면의 시계가 한 시간도 채 되지 않아 높고 거친 산맥의 만년설에 든 황혼의 금빛이 사라지며 어스름이 내려앉기 시작했다. 그즈음 레진이 뭔가 결심을 했는지 머뭇거리면서도 커다란 동작으로 한쪽 발을 땅에 디디려고 했다.

그때부터 뭔가가 시작됐다. 입체영상은 사건 전체를 보여주었지만 인식력의 한계를 가진 아찬은 그 모두를 한꺼번에 받아들일 수가 없었다. 그가 확신할 수 있는 것은 그저, 로가디아가 그 순간 정말 빠르게 움직였다는 것뿐이다.

게이츠의 옆구리 어디선가 순식간에 무인 전투 로봇이 벌 떼처럼 튀어나오고 전투기가 상갑판에서 이륙하는 모습. 인공위성이 강제 이동해 배의 카메라들과 시야를 공유했다. 입체영상이 거의 흠잡을 데 없는 현장감으로 가득 차는 것은 금방이었다.

게이츠의 옆구리 쪽. 아찬이 누워 있던 곳 몇백 미터 앞에 움직이는 실루엣이 보이고 로가디아는 날카로운 경보를 발한다. 얼마나 높은 대역을 차지하는 경보인지 주변의 풀들조차 공포에 질린 듯 파르르 떨 정도다. 그런데도 그조차 듣지 못한 채 잠에 빠져 있었다니.

경보가 울리기 직전, 돌아다니던 메탈갑옷의 추진기가 재빨리 아찬을 향해 불을 뿜는다. 동시에 레진이 공포에 질려 아찬에게 소리 지르지만, 가까스로 내디딘 발조차 떨어지지 않는 듯 커다래진 눈으로 어쩔 줄을 몰라 한다. 아찬 근처에 착지한 메탈갑옷이 뛰고 몇 기는 다시 도약. 그때 자신은 벌떡 일어나 주변을 두리번거린다. 당황한 로가디아가 레진을 부르는 목소리. 빠르게 뛰어온 메탈갑옷이 자신을 한 팔로 들고 반대 방향으로 레일건을 쏘며 게이츠로 접근. 그걸 보며 레진은 안쪽으로 모습을 감추고.

멍청하게 잠에 취해 있느라 아무것도 몰랐다니. 아찬은 부끄러움에 레진을 외면하고픈 마음뿐이었다. 잘못은 혼자 들어간 레진이 아니라 자신에게 있다. 민망해진 아찬이 애써 입체영상 쪽으로 시선을 고정하는 순간 물어볼 필요도 없는 뭔가가 보였다.

"뭐였지, 그건?"

몰라서 물은 게 아니다. 그저, 카메라는 정상인데 자기 눈이 잘못된 것 아니냐는 의미일 뿐이다.

[모르겠습니다.]

그런데도 로가디아는 어물쩍 시치미를 딱 잡아뗐다. 아찬은 그 순간 화가 난다기보다 이 인공지능이 머리가 좋은 건지 나쁜 건지 갑자기 분간할 수 없어졌다. 상대를 속이고 싶어하지만 그럴 만한 능력을 갖지 못한 인공지능을 상대로 화를 내기도 이제는 지친다.

분명히 로가디아는 자신이 그걸 확인하고 싶어한다는 사실을 알고 있을 것이다. 예전과 달라진 것이라면 이제는 로가디아가 그걸 더 이상 해주지 않는다는 것뿐. 그걸 배우는 데는 반년으로 충분하다. 아찬은 담담하게 요구했다.

"확대해 봐."

확실하다. 딱 하나의 가능성을 제외하면.

"유디트?"

로가디아의 대답 역시 아찬과 어조가 다르지 않다.

[아니에요. 유디트는 아니에요.]

일부러 유예시킨 대답을 사실상 로가디아가 대신하자 아찬이 환호하듯이 소리 질렀다.

"그럼 인간이잖아!"

[아니, 인간도 아니에요. 인간이 저럴 수는 없어요. 아무것도 저럴 수는 없어요. 그냥 닮았을 뿐인 그 무엇이에요.]

로가디아의 인정할 수 없다는 말투에도 불구하고 그 실루엣은 여자다. 분명히 여자다. 품이 풍성한 의복에 숄로 보이는 망토 같은 것까지 갖추어 입은 걸 볼 때 인간이다. 유디트는 지구를 방문하는 이들을 제외하면 옷이라는 개념 자체를 갖지 않는 외계성종이다.

그 여자는 아무런 감정도 담지 않은, 아니, 오히려 가벼운 미소까지 띤 표정으로 다가오다가… 메탈갑옷을 보고 놀란다. 메탈갑옷의 감지기가 즉시 반응하고 여자 쪽을 쳐다보지도 않으며 팔부터 뒤로 돌려 총부리를 그쪽으로 향한다. 치켜든 레일건의 총구에서 베릴륨으로 만들어진 탄환이 극초음속으로 튀어 나가며 공기와의 마찰로 푸른 궤적을 그리자마자 여자는 비명을 지르며 몸을 웅크린다.

로가디아는 그 부분부터 재생을 늦추었다. 100만 프레임의 영상이 그리는, 마치 꿈결처럼 날아가는 날카로운 철갑탄. 그리고 그 여자의 1미터쯤 앞에서 휘어지는 탄도. 탄의 궤적이 만드는 공기의 파열조차도 어디인가 눈에 보이지 않는 경계에서 부스러진다. 곧이어 메탈갑옷의 너클차저에 고온고압으로 전리된 이온이 공기와 충돌하며 푸르스름한 불꽃을 만든다. 달려간 메탈갑옷은 주먹을 뻗지만… 레일건 탄환이 그랬던 것처럼 어딘가에서 미끄러지고 체중 전부를 주먹에 실었던 메탈갑옷이 휘청거리다가 추진기를 뿜어 자세를 바로잡는다.

"뭐, 뭐야? 이거 뭐야?"

익숙한 외모가 준 안도감은 생생한 입체영상 안에서 탄환이 미끄러져 사라진 순간 그 빛살과 함께 없어져 버렸다. 아찬의 목소리가 겁에 질렸다. 이런 장면은 영화 따위에서 지겹도록 보아있지만 그건 결국 가짜가 아닌가! 아찬은 만년 동안 배운 사실을 까먹고 이번에도 로가디아를 찾아 두리번거릴 수밖에 없었다.

[…모르겠습니다.]

어눌하게 입을 열어 짧게 대답하고 침묵을 지키는 로가디아의 말은 도움이 전혀 되지 않았다. 아찬은 영상으로 눈을 돌렸다.

재생 속도는 다시 정상으로 돌아왔다. 그 여자는, 아니, 그 존재는 잠시 겁에 질린 표정으로 아찬과 메탈갑옷을 번갈아 쳐다보며 뒷걸음질을 치다가… 두려움에 얼룩진 눈으로 카메라를 쳐다보고 손으로 입을 가리며 날개를 펼치고 날아오른다.

에? 날아올라?

아찬은 보이지 않는 로가디아 대신에 레진을 쳐다봤다. 레진과 그의 눈이 마주쳤다. 군이 설명할 필요도 없이 표정만으로도 그녀 역시 아찬과 비슷한 심정이라는 사실은 쉬이 알 수 있었다.

전환되는 화면. 이번에는 태풍의 조종석에서 바라본 시야.

여자는 겁에 질린 얼굴로 계속 뒤를 돌아보지만 전투기와 여자와의 거리는 아주 빠르게 좁혀진다. 빈 조종석 계기판에서 미사일 조준을 의미하는 붉은 표시가 들어오자마자 아찬이 자리에서 벌떡 일어나 주먹을 부르르 떨었다. 로가디아는 그가 자신의 멱살을 잡고 싶어하는 마음을 아는 듯 조용히 입을 열었다.

[여기서 다른 존재가 출현했습니다.]

아찬은 어쩔 수 없이 대상없는 분노를 간직한 채 영상으로 고개를 돌렸다.

'발사'라는 글자에 불이 들어오자마자 어스름이 진 하늘을 가로지르며 태풍의 오른쪽에서 새하얀 빛줄기 하나가 튀어나온다. 빛줄기는 순식간에 가까워지며 여자에게 다가가는가 싶더니 이내 여자를 삼켜 버리며 태풍으로부터 점점 멀어져 간다. 아찬의 입이 조금 벌어지며 꺽 하는 소리가 목젖에서 솟아오른다.

"주, 죽인 거야?"

[아닙니다.]

계기판에 나타난 속도는 음속의 세 배. 물론 태풍의 능력 한계까지는 한참 남았다. 하지만 그렇다고 해도 1초에 1킬로미터 이상을 움직이는 속도는 결코 만만한 것이 아니다. 그럼에도 불구하고 광점과는 점점 벌어진다. 어찌할까 잠시 망설이는 듯 기체를 미묘하게 떠는 태풍. 그때 갑자기 광점이 멈추더니 빛이 사라진다. 아찬도 이번에는 확대해 보라는 말을 하지 못했다. 광점이 사라진 그

자리에서 푸른 불꽃이 파지직거리나 싶더니 카메라의 중심에서 미묘하게 어긋나며 태풍을 비켜 지나간다. 주변이 온통 칠흑이라 알 수는 없지만 태풍의 계기판으로 보건대 간신히 피한 듯하다. 그 때문인지 아니면 로가디아의 명령인지는 몰라도, 태풍은 그 자리에서 기체를 고정한 채 영상을 얼마간 더 찍다가 기수를 돌린다. 야간투시 영상으로 바뀐 시선이 크게 한 바퀴 돌자 멀리 점처럼 보이는 게이츠를 비춘다.

영상은 거기서 끝이 났다. 아찬이 자리에 털썩 앉아 얼빠진 얼굴로 허리를 구부정하게 숙이고 새로운 담배에 불을 붙이며 힘없이 중얼거렸다.

"그래. 맞아. 어떻게든 이걸 논리적으로 설명할 수 있겠지. 하지만 지금 당장은 간단한 설명이 필요해."

바깥은 완전히 어두워졌다. 알 수 없는 미지의 세계에 발을 딛자마자 조우한 외계종족. 그 이질감과 상관없이 찾아오는 밤. 아찬이 담배를 피우기 위해 내뿜는 한숨과도 같은 날숨을 제외하면 아무런 소리도 없는 공간. 함교를 뒤덮은 창은 게이츠에서 가장 커다란 유리다. 눈을 가늘게 뜨고 담배 연기 너머로 회색빛 하늘을 바라보던 아찬이 레진의 눈을 일부러 지나쳐 로가디아가 서 있었을 법한 입체영상 투사대로 시선을 옮겼다. 그러나 로가디아는 여전히 목소리만으로 존재했다.

"할 말이 없어?"

[제가 공격한 것이 아닙니다.]

"뭐?"

아찬과 레진이 거의 동시에 되물었다. 인공지능의 거짓말이 만드는 비현실감이 지금까지의 충격에 더해지자 아득해지는 느낌이다. 아찬이 이럴 땐 뭘 해야 하시냐는 듯 안절부절못하는 동안 레진이 정신을 다잡았다.

"로가디아, 무슨 말이야? 알아듣게 좀 이야기해 봐."

[알고 계시겠지만, 게이츠에는 저와 인간 사이에 에멘시라는 비상 수동 인공지능이 있습니다.]

"남 탓하는 인공지능이라니, 난 네가 그 정도로 인간과 닮은 줄 몰랐군. 정말로 거짓말 정도는 누워서 떡 먹기겠는데?"

아찬의 쏘아붙임에도 아랑곳없이 로가디아는 차분하게 자신의 입장을 설명해 나가기 시작했다.

[에멘시는 조건반응만을 하도록 제작된 인공지능입니다.]

"로가디아, 좀 쉽게 말해줘."

[네, 레진. 게이츠에서 제게 문제가 생긴다는 것은 우주선의 안전에 심각한 문제가 생겼음을 의미합니다. 이 경우 에멘시는 조건반응—]

"말은 잘하는군. 지금 너 자신에게 문제가 없다고 생각하는 건가?"

참지 못하고 재차 쏘아붙이는 아찬을 레진이 말렸다.

"아찬, 말 좀 끝까지 들어보고요. 그래서 어떻게 된 건데?"

[아찬의 지적이 맞습니다. 에멘시는 제게 문제가 있다고 판단했고, 게이츠와 당신들을 보호하기 위해 조건대응을 했습니다.]

"하지만 상대는 사람이었어. 그렇다면 에멘시가 더 위험해."

[사람인지 아닌지는 아무도 모릅니다. 겉에 보이는 현상만으로 판단할 수 있는 요소는 극히 일부일 뿐입니다.]

"지금 그 말은, 너였다 해도 똑같이 했을 거라는 의미야?"

[에멘시는 단순한 인공지능이며 그 책임을 묻는 것은 아무 의미가 없다는 것을 이야기하는 겁니다.]

"알았어. 어쨌든 에멘시는 봉인해 둬. 난 에멘시가 우리를 못 알아볼 때 생길 일 같은 거 상상도 하기 싫어."

이야기는 레진이 끌어 나갔다. 로가디아의 목소리에 안도감이 배어 있다는 건 설마 그냥 착각일까?

[알겠습니다, 레진. 그런데 작은 문제가 있습니다.]

머리를 감싸 쥐는 아찬을 레진이 측은하게 바라보았다. 하긴, 그로서는 '문제'라는 단어만 들어도 넌더리가 날 것이다. 그는 여유를 가질 필요가 좀 있다. 이 고되고 희망없는 여행의 막바지에 이르러 로가디아에게 느낀 배신감은 이루 말할 수 없을 테니. 양친 대신 인공지능과 자란 그가 로가디아 때문에 받은 충격은 자신의 상상 밖일 것이다.

"그건 나중에 이야기하자. 아찬, 우리 좀 쉬어요. 밤이 늦었어요."

"아니, 지금 해. 난 내일부터 이 망할 우주선은 싹 다 잊고 새 인생을 출발할 거야."

아찬의 말은 진지했지만 레진은 풋, 하는 웃음이 새어 나오는 것을 막지 못했다. 비인간적인 상황에서는 전혀 웃기지 않은 일에도 웃을 수 있다는 말이 진짜인가 보다.

"내 말이 웃기니?"

"아뇨, 아찬. 보기 좋아서 그래요. 맞아요. 우리, 내일부터 농사라도 지을까요?"

"그래. 오늘 로가디아가 제정신을 찾아준다면 더 좋겠지만."

[에멘시도 수리가 필요합니다. 그는 일단 봉인해 두겠습니다.]

"수리가 필요하다니?"

[그런 격렬한 반응은 두 분 말씀대로 정상이 아닙니다. 그리고 다른 드릴 말씀이 있습니다. 첫 번째 조우는 결과적으로 적대 상황이 되었고, 따라서 우리는 충분한 방어 태세를 갖출 필요가 있습니다. 따라서 이제부터 전투기와 로봇들로 게이츠 주변을 경계할 것입니다. 또한……]

방금 전의 웃음은 간데없이 순식간에 분위기가 싸늘해졌다.

"로가디아, 너 정말 미쳤구나?"

"아찬……"

아찬이 또 소리를 지를까 안절부절못하며 레진이 불안하게 그를 말리려들었다. 그러나 아찬은 레진에게 손을 내저으며 고개도 흔들었다. 꼭 해야 할 말인 모양이다. 레진이 고개를 끄덕이자 아찬도 마주 끄덕이며 텅 빈 입체영상 투사대를 노려보고는 말한다.

"말 안 한 게 있군. 그렇지?"

로가디아의 대답이 없다. 상대가 보이지 않는다는 사실이 이만큼 답답할 때가 또 있을까. 아찬이 재차 다그치려는 순간 로가디아가 예의 어눌한 어조로 입을 열었다.

[에멘시를 굳이 통제해야 한다고 생각하지 않았습니다.]

갑자기 함교가 조용해졌다. 그러나 폭풍 전의 고요라고 하기에는 너무 짧은 침묵. 다른 어떤 의미로도 해석이 안 되는 로가디아의 말뜻을 이해하는 데는 오랜 시간이 걸리지 않았다. 몇 초도 지나지 않아 레진의 안색이 창백해지고, 아찬은 정말로 분노를 참기 힘들었는지 모니터를 주먹으로 내려쳤다. 사람의 완력으로 꿈쩍도 안 할 물건을 있는 힘을 다해 때렸으니 손등 뼈가 부러졌을 법한데도 그는 아픈 기색조차 없다.

[아찬, 제5수지 중수골 골절입니다. 지금 치료해야…….]

"어려운 말 쓰지 마!"

[새끼손가락과 손등을 연결하는 뼈가 부러졌습니다.]

로가디아의 말은 결과적으로 아찬을 더 약 올렸을 뿐이다. 그는 거의 비명에 가까운 괴성을 지르더니 의자를 집어 들고 모니터를 내려쳤다. 의자는 모니터에 맞고 속절없이 퉁겨져 나갔지만 아찬은 아랑곳 않은 채 손에 집히는 모든 걸 집어 던지며 미친 듯이 욕설을 해댔다. 레진조차 그걸 보면서도 신음만 흘렸을 뿐이다. 몇 분 동안 함교를 그렇게 난장판을 만든 아찬이 비로소 식식거리며 주먹을 감싸 쥐었다. 주체 못하던 분노를 폭력적으로 해방시키고 나서야 고통을 느낄 정도로 정신을 차린 모양이다.

"만약 그 여자가, 아니, 그 외계성종이 사람이면? 그래도 그랬을 거야? 응?! 죽이고 나서 알고 보니 사람이면, 그럼 어쩔 건데?!"

[죽일 생각은 결코 없었습니다. 전 단지…….]

"총을 쐈잖아! 총을!"

이번에는 레진이 소리를 빽 질렀다. 아찬은 아찬대로 갑자기 허둥대며 혼잣말을 하기 시작했다.

"제기랄! 난 여기서 나갈 거야. 레진, 뭐든, 뭐든 챙겨. 지금 나가야 해. 로가디아는 우리한테도 얼마든지 그럴 수 있어. 옷이랑 먹을 거, 또 뭐가 있지? 응? 뭐가 필요하지? 무기, 그래. 무기가 필요해. 레진. 움직여. 지금 움직여."

아찬의 분노는 순식간에 완전한 공포로 변했다. 로가디아를 믿은 것이 잘못이었다거나, 국이 살아 있을 때 로가디아를 어떻게 했어야 한다는 후회조차 들지 않았다. 그의 머릿속에는 오직 새하얀 두려움만이 가득 내려앉았을 뿐이다.

이 감정은 근본적으로, 단순히 로가디아가 게이츠의 통제권을 쥐고 있다는 데서 오는 것이 아니었다. 로가디아가 '만약'이라는 꼬리표, 그러니까 조건이 성립하면 뭔가를 한다는 식으로 행동한다는 의미는 필요하다면 뭐든지 할 수 있다는 뜻이다.

그게 살인일지라도.

[아찬, 그런 게 아닙니다. 제 말을 들어보십시오.]

"아니, 아니. 난 레진을 데리고 여기서 나갈 거야. 정말, 정말 뭐부터 챙겨야 하지? 레진. 우리, 게이츠에서 나가자. 물고기를 잡거나 사냥을 할 수 있을 거야."

그렇게 말은 하면서도 안절부절못하는 품이 실제로는 거의 공황에 빠진 듯하다. 레진 역시 처음 의자에 다리를 모으고 앉아 있던 자세 그대로 힘없이 있을 뿐이다.

로가디아는 결국 사실을 말해야겠다고 결론 내렸다. 하지만 효과가 있을까?

적어도 이들이 정신을 차리기는 할 것이다. 만약, 믿어준다면.

잠시간의 침묵. 그리고 다시, 가볍게 숨을 들이쉬는 소리. 마치 할 말의 첫 단어를 차마 떼지 못하듯.

[그냥, 그냥 그래야 할 것 같아서 그랬습니다. 왠지 위험하다는 느낌이 들었습니다. 난 당신들을 보호하고 싶었습니다. 그게 다예요.]

몇 개비째 담배를 거푸 태우며 서성이던 아찬의 발걸음이 갑자기 우뚝 멎었다. 잠시 경직된 손가락의 근육이 최소한의 유예를 두다가 결국 힘없이 벌어졌고 담배가 바닥에 떨어졌다. 레진 역시 눈을 동그랗게 뜨고 어디에 시선을 맞춰야 할지 몰라 당황하며 두리번거렸다. 어찌 되었든, 두 명 모두, 다른 표정을 지었지만 그 의미는 같았다.

그냥 그래야 할 것 같아서? 인공지능이 그냥 그래야 할 것 같아서 그랬다고? 절대규율에 의해 움직여야 할 인공지능이 조건부 행동을 하고서 한다는 소리가, 그냥 그래야 할 것 같아서라고?

로가디아는 지금 자기가 무슨 말을 하는지 모르고 있어.

02년 1월 1일.

로가디아는 미쳤다. 인공지능이 자신의 행동에 책임질 필요는 없을지도 모른다. 하지만 설명할 줄은 알아야 한다.

로가디아는 미쳤다.

희망은 없을지도 모른다. 아니, 희망은 없다.

여기가 지구였다면 한창 새해맞이에 들떠 있어야 할 오늘 레진과 난 절망을 맞이했다.

02년 1월 2일.

더 이상의 접촉은 없다. 아직까지는. 하지만 고작 하루가 지났을 뿐이고 앞으로 뭔가 일이 생길 날은 충분하다. 우리는 이곳을 언제 떠날 수 있을지 모르고, 안다고 해도 떠나게 될지를 모른다. 어디로 간다는 말이지? 떠나면?

하지만 분명히, 이대로 있을 수는 없다. 아마 먹을 것과 물이 필요할 것이다. 이 별에는 겨울이 있을까? 이중항성계니 그런 건 없을지도 모르지만 그래도 옷도 챙겨야 하겠지. 나무를 베어 집을 만들 수 있을까? 로가디아가 쫓아온다면 계속 도망쳐야 할까? 하지만 그 인공지능이 우리를 굳이 잡아둘 이유 따위도 없지 않나?

그러고 보니 그 여자는 어떻게 되었을까? 무사히 돌아갔을까? 아무 일도 없기를 바라지만 정말로 무사하다면 로가디아의 말대로 전쟁이 일어나는 것은 아닐까?

사실은 전쟁 따위는 나지 않았으면 좋겠다. 우리가 이길… 아니, 로가디아가 이길 수 있다고 해도 그런 일은 없었으면 좋겠다. 차라리 포로가 되는 것이 나을지도 모른다. 물론 로가디아는 그럴 마음이 조금도 없다. 오랫동안 대화를 나누었지만 인공지능은 자신의 잘못을 부분적으로만 인정하려 있을 법한 일이었다고 강변할 뿐이다. 그것… 이 왜 자기 마음을 그렇게 몰라주냐며 서운해할 때는 기가 막혀서 미쳐 버리는 줄 알았다. 레진이 결국 거칠게 뛰쳐나가지 않았다면, 그래서 내가 그녀를 찾으러 뛰어나가지 않았다면 난 그 지독한 비현실감 속에서 정말로 정신이 이상해졌을지도 모른다.

어쩌면 내가 그 여자와 이야기를 해볼 수는 없을까? 제발 늦지 않은 것이면 좋겠지만 그 공포와 두려움으로 얼룩진 그녀의 얼굴을 생각하면 그럴 가능성은 희박하다. 이제 우린 어떻게 해야 하지?

아, 지금 내가 무슨 생각을 하고 있는 거지? 그녀라고? 인간인지 아닌지조차 확실치 않은 존재에게 그녀라고? 하지만 난 이미 전에도 로가디아에 같은 표현을 썼다. 그리고 나서 얼마 지나지 않아 배신당했지만.

어쨌든 그녀가 미람과 닮았다는 생각이 드는 건 단순히 두려움과 외로움, 그리움 때문인 걸까?

레진에게조차 차마 말하지 못했지만, 사실은 그 영상이 다시 보고 싶다. 사실 외모는 미람과 전혀 닮지 않았다. 하지만 왠지 젖은 듯한 눈이나… 아니, 모르겠다. 어디가 닮았는지 모르겠어. 하지만 분명히 그녀는 미람과 공유하는 뭔가가 있다.

아, 이런 어처구니없는 생각이라니. 염치에도 정도가 있다. 지금 같은 상황에서 난 무슨 생각을 하는 걸까. 철부지라도 이렇게 어리석지는 않을 것이다. 정신 차리자.

* * *

언덕으로 우주선이 사라지고 나서도 희미한 빛가루는 여전히 하늘에서 흩날렸어. 황혼은 이제 거의 스러져 가고 어스름한 작은 해가 발갛게 빛나기 시작했지. 그래서 우주선이 터뜨린 가루들이 별빛으로 바뀌기 전에 도착해야겠기에 좀 서둘렀어. 너무 경솔했던 건지도 몰라. 큰 해가 완전히 서산으로 넘어가고 산맥의 경계에 희미하게 발간 빛만 남겨두었을 때쯤 도착했어. 그때는 벌써 내려서고 있었지. 이 별의 하늘을 가르고 들어오며 달아올랐을 선체는 이미 식어 있었어. 얼마나 오래 진공을 떠돌았는지 빛이 다 바래고 갈라져 버린 지느러미들.

우주선은 정말 컸어. 정말로.

난 인공물이 그렇게 클 수 있다는 걸 처음 안 거야.

처음에는 안에 들어가 보고 싶었지만, 스스로 선체를 식혔으니 승무원들이 있을 거라 생각했지. 그래서 그 물건의 주인이 알기라도 한다면 불쾌해할 것 같아서 그만두었거든. 하긴, 본다고 한들 내가 뭘 알겠어. 우린 그런 기계 같은 건 쓰지 않는걸. 하지만 나의 부족한 지식으로도 알 수 있었던 것은 우주선이 뭔가 비정상적으로 보인다는 거였어. 처음에는 기울어진 게 아닐까 했지만 자세를 완벽하게 바로 잡았더군. 그러니까 고장 난 건 아닌 것 같았어. 하지만 분명히 뭔가 이상했어. 좀 더 가까이 가보고 나서야 그 이유를 알 수 있었어.

우주선의 기술과 모양새는 분명히 하나의 문명이 짧은 시간 동안 일관된 계획을 가지고 정교하게 만든 결과물이었는데, 부분 부분의 노후도가 제각각인 거야! 저 부분은 너무 오래된 것 같고 이 부분은 얼마 되지도 않은 것 같고. 더욱이 결코 그럴 수 없는 부분, 그러니까 하나로 된 부품 사이에서도 그런 현상이 있어 보였다는 거야. 상상이 가? 한 토막의 나무가 있는데 그게 양 끝의 나이가 다르다는 것.

그 우주선은 그랬어.

어쩌면 그들이 시간을 제어하는 기술을 가졌을지도 모르지만, 또 그렇다고 보기에는 우주선이 너무 조잡해 보였어. 그래서 결국 승무원들이 도움을 절실하게 바랄 거라고 마음대로 생각해 버린 거야. 그때 내가 느낀 당황과 흥분은 넌 상상하지 못할 거야. 그렇지 않았다면 그런 경솔한 행동을 하지 않았을 거야. 그래서 묘한 감정을 가슴에 품은 채로 발걸음을 조심스럽게 옮겼는데…….

나, 난 아무 짓도 하지 않았어. 사람이 있었어. 남자는 누워 있었고 여자는 우주선 입구에 있었지. 여자가 날 먼저 봤어. 많이 놀란 표정이었지만 두려움 같은 감정은 느껴지지 않았어. 여자가 뭐라고 입을 뻐금거리기에, 그래서 이야기를 해보려고 했는데, 그런데… 그런데, 로봇들이 날 공격한 거야.

그리고는 기억이 잘 안 나. 우리처럼 생긴 로봇이 나를, 나를 향해 뭔가를 치켜들고… 여기저기서 외치는 듯한… 그런 소리가 들렸는데… 기억이 잘 안나…….

작은 불빛이 번쩍거렸던 것 같기도 하고, 그냥 죽는 거라고 생각했어. 그냥 죽을 것 같았는데…….

운이 좋았나 봐. 나도 모르게 다이달로스의 기운이 펼쳐졌던 것 같아. 무서워서 계속 울다가 문득 정신이 들자마자 도망쳤어. 그냥 도망쳤어. 그런데 끝까지 따라오려고 하기에… 어떻게 해. 난 아무 힘이 없는걸. 그러다가 네가 와줘서, 그래서 안심이 돼서…….

프라디트의 이야기는 마디마다, 혹은 문장마다 주저함이 배어 있었다. 때문에 그리 길지 않은 이야기를 하는데도 오랜 시간이 걸렸다. 결국 그녀는 마지막부분에서는 두려움에 목이 메어 말이 끝까지 하지 못했다. 그녀는 소리를 죽이며 끅끅거렸다.

아무래도 좋았다. 원래 아텐은 프라디트의 이야기라면 그것이 무엇이든 즐거워했다. 심지어 자신과 아무 상관 없는 이야기를 할지라도 마찬가지였다. 그런데 이번에는 그녀의 이야기를 끝까지 듣기 위해서 참을성이 많이 필요했다. 아텐의 가슴속에서 분노가 스멀거리며 피어올랐다. 프라디트를 놀라게 하다니. 어쩌면 그녀는 죽었을지도 몰라!

아텐은 프라디트의 머리를 끌어안은 채 아주 조용히 이빨을 깨물었다. 너무 지나치잖아!

아마다의 지시대로 별모래 언덕을 넘자 프라디트가 보였다. 그런데 뭔가가 프라디트를 쫓아오기에 그녀를 안고 물러나다가, 상대가 너무 빠르기에 겁을 좀 주어서 쫓아버렸을 뿐이다. 이 정도인 줄 알았다면, 아마다의 말은 떠올리지도 못한 채 모조리 날려 버렸을 것이다.

그자들은 정말 운이 좋군. 어쨌든, 프라디트가 무사하니 그걸로 다행이다.

아텐은 아직도 떨고 있는 프라디트의 눈매와 입술을 착잡하게 바라보며 어두운 표정으로 그녀의 볼을 쓰다듬어 눈물을 닦아주었다. 이 분노를 그녀에게 이야기할 필요는 전혀 없다. 프라디트에게 필요한 것은 용기다. 하지만 그걸 주려면 어떻게 해야 할까? 아마다는 아무것도 모른다고 거짓말을 해야 할까? 하지만한다 해도, 아텐으로서는 이 거짓말이 어떤 의미일지 잘 판단이 서지 않았다. 프라디트를 보호하기 위해서라면 도덕률은 깨뜨릴 수도 있다. 문제는 거짓말이 그녀에게 정말로 도움이 될지 확실하지 않다는 것이다.

결국 아텐은 당장 프라디트를 위로하는 쪽을 택했다. 나중에는 어떻게든 될것이다. 어쩌면 이 거짓말로 책임을 자신이 뒤집어쓰게 될 수도 있다. 하지만그렇다면 그걸로 충분하다. 아니, 그렇게 되어야 한다.

"정말로 아마다는 모르셔. 그렇지 않았다면 여기에 나 대신 그녀가 있었을걸.그러니까 걱정하지 마. 아무에게도 말 안 할게. 울지 마, 응?"

"그래도 우주선이 내린 건 알고 계시겠지?"

프라디트가 눈을 내리깔며 묻는 불안한 물음에 아텐은 그녀의 머리를 쓰다듬으며 고개를 끄덕였다.

"그건 알고 계실 거야. 나도 알아채고 혹시나 해서 온 거니까."

프라디트의 충격은 아마다 때문이 아니다. 하지만 아텐으로서는 그녀의 걱정을 가능한 한 줄여주는 것이 할 수 있는 일의 전부다. 아마다에 대한 걱정만 덜어도 프라디트로서는 조금이나마 마음이 놓일 터.

아마다는 언제나 그래 온 것처럼, 모른 척하고 그들이 떠날 때까지 기다리던가, 어떤 식으로 접촉을 하던가 양단간에 결정을 내리실 테지. 마지막 외부 종족들이 아마다를 만나고 돌아간 것은 정말 오래전이다. 프라디트가 정말 어렸을때니까. 프라디트의 아빠가 살아 있을 당시니.

그 후 유일한 방문자는… 손님이 아니었다. 그래서 자신은 죽은 프라디트의아버지 대신에 아이기스 쉴라가 되어야 했다.

아텐은 프라디트와 함께 집으로 돌아가기 위해 몸을 일으켰다. 겁에 질린 작은 블루 레빗처럼 웅크리고 앉아 있는 프라디트의 겨드랑이를 부드럽게 잡아 올린 아텐은 다시 한 번 그녀의 머리를 쓰다듬었다. 그 둘은 아무래도 불안했기에 그저 그렇게 잠시 동안 걸었다.

인자한 아마다도 이번에는 화를 많이 낼 것이다. 프라디트는 지금까지 해가 지도록 도시를 벗어난 적이 단 한 번도 없었다. 하지만 내가 옆에 있다면 프라디트는 조금은 괜찮을 것이다. 프라디트가 우주선을 바라보며 황혼을 가로지를 무렵에 나는 그녀를 거의 따라잡았다. 아마다 앞에서는 어쨌든 그녀와 난 함께 있었던 것이 되리라. 그렇기에 책임을 내가 지게 되리라.

아텐은 어떤 상황에서도 프라디트를 보호하고 지키지 않으면 안 된다는 아마다의 말을 자신이 그대로 따르려 한다는 생각에 쓰도록 아픈 미소를 지었다. 하지만 프라디트에 관련된 일이라면 좋은 의미로든 나쁜 의미로든 어떤 일에도 자제가 어려웠다. 아픔이 밴 친구의 묘한 미소에, 눈을 동그랗게 뜨고 자신을 쳐다보는 프라디트에게 아텐은 아까의 웃음을 지우지 않고 말했다.

"우리는… 친구… 야. 그렇지?"

"응."

한참 만에야 프라디트, 그녀의 웃음을 보았다. 아텐은. 프라디트의 웃음은 아텐에게 기쁨이었다. 지평선 너머 별고드름이 간신하게 반짝였다.

***

02년 1월 8일.

로기디이는 오늘 다시 두 기의 위성을 발사했다. 며칠의 긴급을 두고 일곱 기를 더 발사할 거라고 했다. 지금 떠 있는 세 기의 인공위성을 개조하기 위해서. 난 그 말이 무엇을 의미하는지 알고 있었지만 말리지 못했다.

로가디아는 내가 술에 절어 절망의 나락에 빠져 있기 전부터 알파명령 체계를 따르고 있었다. 나 같은 하찮은 승무원 따위가 어찌할 수 없는, 인공지능의 근본적 의식 저변에 새겨진 **절대명령**.

난 발사되는 로켓의 화물칸에 실린 이온포를 보았다. 그게 이온포라는 사실을 처음부터 안 건 아니다. 그 이야기는 레진이 해주었다. 로가디아가 이온포를 설계하는 장면을 봤다고. 그러나 그녀 역시 나와 마찬가지였다. 로가디아를 저지하는 것은 언감생심 꿈도 꾸지 못할 일.

로가디아는 전쟁을 준비하고 있는 것이 확실하다. 위성무기가 아무렴 효과적일 것이다. 인정하지 않을 수 없다. 그리고 그 위성들은 단순히 무기로써의 역할을 하기 위해서라도 스스로 연료인 반물질을 만들면서 이 행성을 계속 관찰할 것이다. 어쩌면 나중에 기회가 오면 그 반물질을 이온포를 쏘는 대신에 게이츠의 연료로 사용할 수 있을지도 모른다.

그렇다고는 해도 게이츠에 실린 추진제가 얼마나 있는지는 모르지만 로켓은 발사 시간이나 위치도 조절하지 않은 상태였다. 무한정의 연료를 쏟아 부으면서까지 소요품에 불과한 로켓을 열두 기나 발사하는 것은 이온포 파워와는 또 다른 문제다. 여기서 게이츠가 뜨기 위해서는 적어도 백이십 킬로미터쯤 되는 레일이나, 게이츠 크기의 두세 배쯤 되는 크기의 엄청난 추력을 가진 추진기가 있어야만 한다. 자재가 있다고 하더라도, 그리고 아무리 로가디아라 하더라도 그런 것을 하룻밤 안에 뚝딱 만들어낼 수는 없다. 그리고 우리에게는 자재도, 장비도 없다. 당장 의료용 정도를 제외하면 나노머신조차 거의 시간 속에서 부스러졌는데 뭘로 그런 걸 만든단 말인가. 그리고 어느 쪽이든 추진제는 필요하다.

지금까지의 사건들을 볼 때 더 이상 로가디아에게 맡겨둘 수 없다. 이 빌어먹을 신경성 두통이 아무리 나를 힘들게 해도 이제는 좌시할 수 없다. 하지만 로가디아가 통제권을 순순히 넘겨주려 들까? 어쩌면 그 여자에게 용서를 빌고 항복하는 편이 나와 레진을 위해서 나을지도 모른다.

아니, 어떻게든 알파명령 체계를 붕괴시켜야 한다. 하지만 그 명령 체계는 인공지능의 본성과도 같은 것이다. 왜냐하면 안전장치이기 때문이다. 판솔라니아로부터 마더를 거쳐 로가디아에 이르기까지 모든 인공지능이 본유적으로 가진 절대명령.

만약 나와 레진이 설령 그걸 붕괴시킨다고 해도 그 순간 로가디아는 우리의 적이 될지도 모른다.

준비가 필요하다. 로가디아의 알파명령 체계를 붕괴시킨다면 그때부터 게이츠 역시 적이다. 충분한 음식과 스스로를 보호할 수 있는 기반, 그리고 은신처가 필요하다.

선생님이 선물해 준 이 일기장. 이것이 없었다면 난 결코 이 정도의 자유조차 누리지 못했을 거다. 이제는 내 펫조차도 로가디아로부터 안전하다고 확신할 수 없는 바로 이 순간에.

로가디아는 내가 그들과 함께 살 수 있지 않을까 생각했다고 했다. 그리고 스스로 그 기회를 발로 차버렸지. 인공지능을 상대로 의미없는 명분조차 생긴 마당이다. 우슨 수를 써서라도 그 여자와 접촉하는 거다, 레진과 함께.

그녀는 우리를 도와줄 것이다.

"아찬, 비가 와요. 이곳에도 비라는 게 있나 봐요."

"응. 그렇군."

온도와 습도가 아주 잘 조절된 따뜻한 라운지에서 비 오는 창밖 풍경을 바라본다는 것이 레진을 감상적으로 만든 것일까? 그녀는 우울한 표정으로 따뜻한 커피가 담긴 커다란 사기잔을 들고 창틀에 걸터앉아 중얼거렸다. 아찬은 건성으로 대답하며 여전히 일기장을 뒤적였다. 아직 커피가 온기를 지닐 정도의 그다지 길지 않은 시간이었음에도 불구하고 레진의 낭랑한 목소리는 무척이나 오랜 시간의 침묵을 깨뜨린 듯 느껴졌다. 너무나도 평화로워 마치 시간이 흐르지 않는 것 같아서일까?

"우리, 인제쯤 떠날 수 있을까요?"

역시 같은 포트에서 따랐지만 크림이 더 많이 든 커피를 마시던 아찬이 아까의 무성의함에서 벗어났다. 그는 비로소 들고 있는 일기장을 탁자 위에 내려두고 정색을 하며 레진 쪽으로 시선을 향한다.

"글쎄… 반물질을 필요한 만큼 만드는 데는 시간이 많이 걸려. 위성을 계속 띄우고 있잖아."

"응. 반물질이 원하는 만큼 생긴다고 우리가 이곳을 떠날 수 있을까요?"

레진은 여전히 아찬의 얼굴보다는 창밖을 바라보며 이야기한다. 추적이는 비를 감상한다기보다는 자기 자신에게 이야기하고 있는 것 같아 보인다.

아찬은 차마 대답하지 못했다. 인공위성이 만드는 반물질이 게이츠의 이륙을 위한 것이 아니라는 사실을 모르고 있는 걸까? 아니면 단순히 부정하고 있는 걸까?

아마 알기 때문에 저러는 것이리라. 그렇다면 현실에서 도망치려 드는 쪽은 자신이다.

분명히 다릴 몇 대가 분주하게 돌아다니고 있긴 했다. 그 이질적으로 생긴 로봇들은 여기저기서 무엇인가를 고치는 듯했지만 아찬이나 레진으로서는 그 의미를 알 방법이 없었다. 그래서 더 불안했다. 아찬도 그 사실을 잊고 있는 것은 아니다. 다만 그에게는 일의 순서로 로가디아의 문제를 해결하는 것이 우선일 뿐이다.

레진은 말을 마치고 잠깐 침묵에 잠겨 있다가 커피 잔을 들고서 일어났다. 결국 아찬은 내려두었으나 시선을 떼지 못하던 일기장을 완전히 밀쳐 버리고 그녀의 행동에 관심을 가지며 조심스레 말했다.

"커피 다 식었겠어. 아까 탈 때는 커피 물은 오래 끓여야 맛이 좋다고 호들갑이더니 한 모금도 안 마셨구나."

"내게 전혀 신경 쓰지 않는 것처럼 하고 있더니?"

"으, 응?"

어조는 전혀 그렇지 않지만 내용은 질타다. 순간적으로 찾아드는 민망함.

"난 원래 커피 안 마셔요. 그냥 비도 오고 하니까. 영화 보니 이렇게들 많이 하더군요. 그래서 한 번 해본 거예요. 그런데 별건 없네요."

레진은 혀를 빼죽이며 웃으며 말한다. 장난에도 불구하고 역시 질타기는 마찬가지다. 여전히 시선은 창밖의 비. 혀를 빼죽인 게 아찬에 대한 장난인지 아니면 자조인지도 잘 알 수 없다. 아찬의 목소리도 덩달아 시무룩해진다.

"아마 생각보다는 오래 걸릴 거야. 반물질만 있다고 여기를 떠날 수 있는 게 아니라서……."

그때서야 레진이 아찬을 힐끗 쳐다보며 어색하게 말한다.

"우리, 그 이야기 그만 해요. 미안. 내가 먼저 꺼냈는데."

그녀가 커피를 마시지 않는다는 걸 왜 아직도 모르고 있었을까. 그러고 보니 아찬은 레진과 제대로 된 식사조차 한번 같이한 적이 없다는 사실을 떠올렸다. 지금까지 그녀에게 얼마나 무관심했던가. 아니, 하다못해 차 한잔이라도 같이 마셔본 게 몇 번이나 되는지. 그는 풀죽은 레진의 옆모습을 바라보며 이제 눈보다 비가 좋아지기 시작하는 나이에 막 접어든 소녀에게 더 따뜻하고 관심을 가져 주는 사람이 되기로 결심했다.

레진에게 반물질에 대한 이야기를 자세히 할 필요는 없었다.

"아찬, 그 언니 이야기해 줘요."

"응? 누구?"

"미람 씨."

얼굴이 붉어진 수줍음만큼 말끝을 흐린 레진의 억양에 아찬의 표정에 우울함이 스며들었다.

"듣고 싶어?"

당신이 말하기 괴롭다는 건 알고 있지만 그래도 듣고 싶은 걸 어떻게 하냐는 레진의 눈빛. 그런 이야기는 분명히 사춘기 소녀가 듣고 싶어할 만한 종류다. 아찬은 씁쓸한 웃음을 지으며 이야기를 시작했다.

서음부터 이야기할 필요는 없겠지. 너무 오래되기도 했고 기억도 잘 안 나니까. 처음 만난 순간부터 마지막 그날까지 단 하나의 사건도 기억 속에서 사라지지 않았다는 말은 영화랑, 내 일기에서나 나오는 거짓말이야. 그러고 보니 얼마 전에 우리가 처음 만났던 때는 이야기해 준 것 같기도 하고. 그냥 우리가 어떻게 헤어졌는지만 이야기할게. 응. 그렇게 뾰로통해하지 마. 그런다고 없는 기억이 살아나는 건 아니니까. 아니, 우리는 정확하게 말하면 연인이었던 기간은 며칠 되지도 않아. 그전까지는 친구 내지는 그저 아는 사이였지. 그때 이야기야.

그래도 우리는 그럭저럭 잘 지내고 있었어. 그녀도 내가 자기에게 마음이 있다는 걸 모를 리 없었을 때야. 응? 아, 그거야 내가 몇 년 동안 몇 번을 끈질기게 고백했으니까. 그런 건 시시해도 어쩔 수 없어. 영화와 현실은 전혀 다른걸. 난 그때 열아홉인가, 스물인가 그랬어. 난 그저 친구로서라도 미람과 함께 있는 시간이 너무 좋았고 그저 옆에만 있어도 키가 일 미터는 커진 듯하던, 그런 때였어. 사건의 발단은 너무 허무했지.

그날 우리는 술을 많이 마셨어. 기억이 나지 않을 정도로. 물론 지구에서는 그렇게 될 수가 없지. 지구에서는 취하는 술 따위는 구할 수 없는걸. 그날 우리는 지구환에서 셔틀을 타고 달까지 굳이 찾아갔어. 한 해를 마감하는 날이니 그 정도 사치는 부려도 좋을 거 같았으니까. 사실은 내 쪽에서 그걸 원했기 때문이지, 뭐. 어쨌든 왠지 특별할 것 같은 날을 미람과 함께 특별하게 보내고 싶었던 거야. 이해하지? 그리고 그날 난 또다시 고백을 했어.

술에 잔뜩 절은 그 목소리로 난 너의 기사가 될 것이다. 언제까지나 너를 보호하고 지켜줄 것이다. 네가 원하든 원하지 않던 난 그렇게 할 것이다. 네가 보이지 않는 곳에서 느끼지 못하도록 그렇게 할 것이다. 우와, 웃지 마! 그때는 원래 유치한 거 모르는 나이야! 아무튼, 지금은 부담이 되겠지만 곧 내 이 말을 잊을 것이다. 왜냐하면, 난 그만큼 너의 뒤에서 그렇게 할 것이니까. 난 너의 앞모습보다 뒷모습이 익숙하지만, 그래도 행복하다. 아, 진짜! 자꾸 웃으면 말 안 한다? 그래. 아무튼 뭐, 노래 가사 따위에서 주워들은 소리를 주절거렸던 것 같아. 그리고 나서 자정이 넘었고 우리는 일어났지. 어쨌든 나와는 달리 그녀는 집에 어머님이 계셨고, 들어가야만 했으니까. 지구환으로 향하는 마지막 셔틀 시간이 얼마 남지 않았기 때문에 내 아쉬움이랑은 상관없이 보내야만 했어.

그런데 우리는 그날 둘 다 술을 너무 많이 마셨던 것 같아. 지구환에 도착해서 커피를 마셨지만 술이 깨지를 않더군. 월면도시에서만 구할 수 있는 숙취 해소제를 마시지 않았던 게 너무 후회가 됐지만, 어쩔 수 있나. 그래서 할 수 없이 특별히 카페인이 함유된 걸로 부탁을 하고는 그녀와의 시간을 얼마 더 즐겼던 거야. 그리고 나서 환오름에 오르기까지 우리는 걸었고, 난 용기를 내서 손을 잡아도 되냐고 물어봤어. 미람은 웃으면서 내 손을 잡아주었고 팔짱도 껴주더군. 몽롱한 정신 속에서도 나는 벌어진 입이 다물어질 줄을 몰랐지. 당연한 거 아니겠어? 그러다가 어느 순간 그녀는 아프다더군. 여기가 그녀도, 나도 기억을 못 하는 부분이야.

어디에서인가 넘어졌던지 그녀는 어깨가 아프다면서……. 그런데 난 그녀를 그냥 환오름에 태워 보냈어. 정신이 없었거든. 그리고 그날 할당된 보험단위도 모두 써버린 상태라 택시를 부를 수도 없었고. 멍청하게… 그리고 나서야, 너무 늦은 시간에 인적 드문 환오름에 올라 어깨를 부여잡은 그녀 모습이 사라지고 나서야 아뿔싸 싶었던 거야. 술에 잔뜩 취해서 나는 계속 뛰었지만 이미 출발한 환오름이 멈출 리가 없잖아. 난 그 자리에 주저앉아 있다가 집으로 들어갔지.

다음날 그녀에게 전화가 왔더군. 어제 일이 기억이 안 나는데 어깨가 너무 아프다고. 집에는 그녀 혼자였고 내가 아는 미람은 혼자서는 결코 병원에 가는 여자가 아니었거든. 두통이 심했지만 난 정신이 번쩍 들었고 판솔라니아한테 진단을 받아보라고 하고는 급히 옷을 챙겨 입고 그녀 집으로 향했어. 하지만 그게 전부였어. 난 그녀 집 근처까지 갔지만 그게 다였어. 두려웠던 거야.

한나절을 서성이다 어깨를 늘어뜨리고 집에 들어올 즈음 전화가 왔지. 미람이 아닌 중년 부인. 하루 종일 초조함 속에서 안절부절못하던 불안감은 내가 생각한 최익의 상황으로 치닫고 있었던 거야. 미람의 어깨가 부서지고… 응, 들어봐. 그냥 어깨만 부서진 거면 하루면 충분하지. 그런데 목뼈가 함께 다치면서 신경간이 많이 상했나 봐. 그녀 어머니는 나를 무척이나 원망하시더군. 내가 미람에게 몹쓸 짓을 하려다 그렇게 됐다는 거지. 내가 할 수 있는 말은, 너무 어리석고 허탈한 변명뿐이었어.

전 정말로 기억이 안 납니다. 그러니 미람이 뭐라고 말하던 간에 아마 그 말이 맞을 겁니다. 미람의 말대로 처분해 주십시오.

응? 그렇지, 뭐. 난 정말로 아무 짓 안 했어. 하지만 내가 정말로 상실감을 느낀 건 그녀 어머니가 아니라 미람의 원망 때문이었던 거야. 그녀가, 그녀가 날 그렇게 원망을 하더군. 배신감을 느꼈던 거겠지. 온갖 입에 발린 소리를 해댄 남자랑 있다가 어깨가 부서져 버렸으니. 그리고 그 작자는 환오름에 자신을 내팽개치고. 아, 그냥 눈에 뭐가 들어가서. 아무튼 그녀는 날 믿은 대가로 죽어버린 신경간을 대신할 유닛을 관자놀이에 집어넣고 살아야 했어. 전신을 마취하고 외과수술까지 했대. 그 하얗고 부드러운 목덜미를 메스로 찢어내야 하는 모습을 상상밖에는 할 수 없었던 나조차도 하루 종일 울었는데, 미람은 어땠겠니……. 거기다 그 유닛이란 게, 독성이 굉장히 강한 거라 흉터도 그대로 남을 수밖에 없다더군. 상상이 가니? 젊은 여자에게 목덜미에 선연한 깊고 긴 흉터 자국……. 평생을 자신의 몸 안에 이상한 기계를 넣고 지내야 하는 삶…….

실수든 아니든 난 그때부터 자책감에 정신을 차리지를 못했어. 어쩌면 기억을 못하는 게 술 때문이 아닌지도 모르지. 그걸 기억 못하게 한 건 나 자신일지도 몰라. 사실은, 그렇게 생각해.

그녀와 다시 만나기 전에 마지막으로 본 건 그러니까, 그날이었어. 그날 이후로 나는 한동안 헤맸지. 어떻게… 정신을 차릴 수가 없었거든……. 거의 집에만 있었어. 잘 먹지도 못했지. 그래도 시간은 흐르더군. 결국 나는 자기합리화를 하기 시작했어.

내 삶을 살지 않을 수는 없는 거다. 책임을 지더라도 살아 있어야 질 것 아닌가. 시간이 아무리 지나도 풀리지 않을 오해일 것 같아서 그게 두렵다. 그것뿐이었어. 하지만 삶의 파편 하나하나에서 미람이 떠오르더라. 그때마다 도망 다녔지. 하지만 내 행동에 그렇게 일관성이 있는 건 아니었어.

눈이 왔을 때도 나가보지 않았어. 거의 매일같이 같은 시간쯤에 들어와서 모니터를 쳐다보며 앉아 있었어. 차를 쓰지 못한 날은 해가 뜨면 지하철이라도 타고 그녀의 집 앞까지 다녀오곤 했어. 별 의미는 없겠지만, 그냥 그러고 싶었어.

어떤 밤에는 축축한 도로 위를 달려 차를 세우고 하늘을 쳐다보기도 했지. 눈이 왔는데 미람 혼자서는 나가보지조차 못할 것을 생각하니 또다시 눈물이 고이고. 눈이 흩날린 어떤 날은 전과 달리 굳이 밖에 나가서 보고 오기도 했어. 비보다는 눈이 아직까지는 좋다던 한 사람이 생각나서 우울해졌지만, 그걸 즐겼는지도 모르지. 사람들은 잘 몰라. 우울함이란 것도 때로는 즐김의 대상이 된다는 사실을.

내가 힘이 들고 어려울 때 가보곤 했던 몇 군데 중의 하나. 하얀 눈이 덮인 그곳을 다녀오고 나서 움직이지 못하는 사람의 아픔을 또 보았던 적도 있었어. 그리고 눈과 함께 하얘진 내 마음의 상처가 더 선연해지면⋯ 흉터가 만드는 깨끗한 피부 위의 명암. 그걸 상상하며 어쩔 수 없는 거라고 그렇게 중얼거렸던 적도 있고.

내가 그나마 조금 정신을 차린 건 누구에겐가 들은 그녀의 이야기 덕분이었거든. 이제는 영화도 보고 전시회도 가고 게임도 하고 사람도 만나고 커피도 마신다는 그 소식. 다행, 하지만 여전히 내가 이러고 있어야 하는 건 내가 만든 상처가 어깨가 아니라 영혼을 찢어냈기 때문이라는 생각에 나는 정작 그럴 수가 없었어.

난 지금도 흉터에는 두 가지 종류가 있다고 믿어.

얕지만 아물지 않은 상처이기에 사실상 상처 그 자체인 흉터와 깊고 크기에 아물었음에도 그 흔적이 남는 그런 흉터. 나는 도대체 어느 쪽이길 바랐던 걸까……

사실은 난 그날 전화를 했어야 했어.

불과 수미터 앞에서 그렇게 몇 시간을 두려워하며 서성거릴 게 아니라 그녀에게 전화를 해야 했어.

그래서 미람을 병원에 데리고 갔어야 했어. 그녀를 병원에 데리고 갔어야 했던 거야. 하지만 난 그렇게 하지 못했지.

그 이후로 그녀와 나의 관계는 완전히 끝이 났던 거야. 적어도, 너무나도 긴 시간이 흐른 다음 지하철 역 앞에서 우연히 만나기 전까지는 그랬어.

위로나 동의가 필요없이, 그저 들어주기만 하면 되는 아찬의 이야기가 끝날 무렵 레진이 고개를 들어 아찬의 눈을 똑바로 쳐다보았다.

"그 언니… 그래서 그런 건 아니었을 거예요."

밑도 끝도 없는 소감. 어떤 의미로든 레진의 말은 맞다. 어쩌면 미람이 아찬에게 실망한 이유는 그렇게 거창한 게 아닐지도 몰랐다. 그녀의 원망은 단순히 '네가 함께 있었는데 왜 내가 이 꼴을 당해야 하는 거지?'라는 의미에 불과했을지도 모른다. 아니, 적어도 그 당시에는, 그때는 그런 의미가 맞았을 것이다. 그래서 레진의 말을 아찬은 마음대로 해석하기로 했다.

자기 쪽에 편리하게.

차가 식어가고, 그래서 찻잔의 단분자 진동이 시작될 무렵까지 이어진 침묵을 아찬이 깨뜨렸다.

"이번에는 네 차례야."

레진이 약간 곤란하다는 표정으로 입을 다물었다.

"뭐야. 이건 불공평하잖아."

"난 남자 친구 없어요."

아찬이 소리 내어 웃었다.

"아니, 난 이대로 안 돼. 내 이야기를 들었으면 너도 해야지."

"품. 뭐였더라? 무슨 책 있잖아요."

"응?"

"뭐였더라. 우연히 만난 사람들이 매일 밤 자기 이야기를 하나씩 들려주면서……."

"응. 나도 제목은 기억이 안 나지만 뭘 이야기하는지 알 것 같아."

"그러게 말예요."

"하지만 그 책은 순 음담패설뿐이었는걸?"

"그래도 난 중학생 때 읽은걸요."

말을 돌리려는 레진의 수에 넘어가지 않겠다는 듯 아찬이 그녀의 볼을 약하게 꼬집으며 흔든다.

"자, 말해보실까?"

볼을 잡힌 체 레진은 딴청을 계속 피웠지만 여전히 아찬은 넘어가지 않았다. 말을 좀 돌려보려는 레진의 노력에도 불구하고 재촉은 은근히 이어졌다. 레진은 눈살을 조금 찡그리면서도 억지로 이야기를 시작했다.

내가 태어난 곳은 켄타로스 헬레나였어요. 부모님은 대부분의 켄타로스 사람들이 그렇듯이 노동자였죠. 뭐, 솔시스 사람들이 알고 있는 것처럼 켄타로스가 먹고살기 힘들 정도로 가난한 동네는 아니에요. 물론 그런 곳도 드물지는 않지만. 그래도, 헬레나는 지판 같은 곳보다는 훨씬 살기 좋았어요. 다르게 말하면 가우리 같은 곳보다는 살기가 힘들었고. 건조한 기후라서 당신처럼 쌀밥보다는 올리브나 빵, 뭐 이런 거였어요.

헬레나 자체도 그렇지만 내가 태어난 고향은 특히 종교적인 색체가 강했거든요. 응? 난 신 안 믿어요. 글쎄, 무신론자라기보다는 뭐랄까… 신이란 존재의 개념을 이해하지 못하겠는걸요. 글쎄, 무한 속성이라거나 뭐 그런 것들 말이에요. 그렇게 말하지 말아요. 그러는 당신도 그런 말을 이해하지는 못하잖아요. 그냥 쓰는 거지. 응, 응. 알았어요. 당신이 그쪽에 흥미를 많이 가지고 있다는 건 알고 있어요. 하지만 그건 당신 차례에 신나게 말하라고요. 난 아마 그때 자겠지만……

어쨌든 난 어릴 적부터 성당에 다녔고 신부님께 많은 걸 배웠어요. 신부님은 그때 백스무 살이 훨씬 넘은 분이었어요. 왜인지는 지금도 몰라요. 어쨌든 켄타로스의 헬레나 변두리 같은 교구는 말하자면 좌천당한 신부님들이 오시는 곳이니까. 하지만, 응, 그런 걸 게마인샤프트라고 하죠? 그런 작은 마을에 일단 부임하게 되면 거의 돌아가실 때까지 계시나 봐요. 토박이는 아니지만 공동체 생활 속에서 토박이와 다를 바 없어지는 거죠. 그런데 우리 포티스 신부님은 그렇지 않았어요. 항상 무엇인가를 배우고 새로운 것을 전파하려고 애썼죠. 신부님께서는 초등 교사 자격이 있었기 때문에 친구들과 성당에 나가 글자와 산수를 배웠던 기억이 나요. 사실 난 기억이 안 나는데 엄마가 이야기해 주더라고요. 내가 가무잡잡한 계집아이 티를 벗을 무렵에 신부님은 내 손을 잡고 집에 와서는 엄마, 아빠에게 말씀하시기를 공부를 더 시키는 게 좋겠다고 했대요. 하지만 누가 공부는 그냥 시켜주나요? 그래서 그분은 자기 친구에게 연락을 한 거죠. 그 친구 분은 지금 당장은 안 되고 내가 좀 더 크면 고등교육 과정에서 자기가 돌봐줄 수 있다고 했나 봐요. 그래서 난 신부님의 도움으로 헬레나 교구에서 운영하는 공립고에 다닐 수 있었어요. 하지만 그 생활은 정말이지 지옥 같았어요. 아니, 배를 곯거나 헐벗었다는 뜻이 아니라니까요! 당신 이제 보니 켄타로스를 너무 무시하는군요? 당신도 켄타로스에서 태어났다면서요? 거긴 미개한 곳이 아니에요. 그저 솔시스보다 조금 가난한 정도라고요. 켄타로스가 없으면 솔시스가 그렇게 잘살 수 있을 것 같아요? 좋아요. 사과는 받아줄게요.

　거기 학생들과 비교하지 않아도 난 코흘리개였을 뿐이지만 그런 건 아무래도 좋았어요. 그 때문에 문제가 있거나 하진 않았어요. 하긴, 이제 열 살을 갓 넘긴 계집아이를 질투하기엔 그들도 자존심이 상했겠죠. 그보다 내가 힘들었던 건 부모님과 떨어져서 기숙사 생활을 해야 하는 외로움과 부자유, 뭐 그런 거였어요. 솔직히 좀 그렇지 않아요? 어떻게 그 꼬맹이가 그 생활을 견딜 수 있을 거라고 생각한 건지 참, 어이가 없어서……. 아무튼 공부도 녹록치는 않았어요. 특히 사실상 강요나 다름없는 신학 과목은 정말이지. 도대체 무슨 말하는지 이해가 안 되는 강의를 어떻게 들나요. 결국 나중에는 네트워크 수강으로 바뀌긴 했지만 항상 그 과목만큼은 바닥이었어요. 신부님은 한 달에 한 번쯤 엄마, 아빠랑 찾아와서 날 구슬렀죠. 구슬렀다고밖에는 표현이 안 돼요. 내가 하기 싫어서 안 한 게 아닌걸? 그때는 너무 어려서 그러려니 했죠. 하지만 지금도 난 도저히 셋이면서 동시에 하나인 존재라던가, 스스로 존재를 멈추기를 용납하지 않는 그런 존재라는 개념에 대해서 이해를 도저히 못하겠어요. 거봐요. 지금 당신도 별거 아니란 표정을 짓고 있지만 사실은 하나도 못 알아듣잖아요.

뭐 어쨌든 난 책을 외우다시피 해서 기계적으로 답을 써 넣은 덕에 졸업 시험에서 과락은 면할 수 있었어요. 나중에 알았죠. 신학 과목 시험문제 중 반을 단답이나 객관식으로 나오게 만든 사람이 신부님이었다는 사실을. 그러고 보면 시골 촌구석에서 늙어갈 만한 분이 아닌 것 같기도 했는데. 어쨌든 난 열다섯이 되는 해에 졸업을 했고 신부님의 친구란 분을 뵈었죠. 그 사람이 클라우드 조이아 박사였어요. 아, 미안해요. 그 사람만 생각하면 화가 나서……

정확한 정체는 모르지만 솔시스에서 인공지능 분야를 연구하고 있고, 거기선 어땠는지 몰라도 켄타로스 정부 기술 고문까지 지낸 사람이더라고요. 그 영감님 덕분에 나는 헬레나도 아니고 켄타로스에서 직접 보내는 장학생으로 솔시스로 향하는 우주선에 올랐지 뭐예요.

클라우드 영감요? 난 잘 몰라요. 어느 정도냐면 우주선에서 내린 나를 대학 기숙사에 처박아두고는 게이츠에 탑승하기를 설득하기 위해 나타날 때까지 사년 동안 얼굴은커녕 전화 한 번 없었는걸요. 난 그때 알았어요. 아, 자꾸… 아, 아니에요. 그냥 이야기할게요.

난 엄마아빠가 내 친부모가 아니란 걸 그때서야 안 거예요. 말하자면 나도 당신처럼 고아였어요. 켄타로스 정부가 만든 입양 제도 덕분에 다른 친구들과 똑같이 클 수 있었던 거죠. 아뇨, 계속 이야기하고 싶어요. 이런 말, 남에게 하는 거 처음이에요. 신기하네? 시원해요.

엄마, 아빠가 나를 친딸로 생각해 준 것과 마찬가지로 나도 그분들을 버릴 수가 없었어요. 처음 약속과는 달리 석사 이후 학비 대부분을 그 영감과 켄타로스가 아니라 부모님과 신부님이 대준다는 사실을 알아버린 거죠. 나 하나 때문에 엄마, 아빠는 거의 극빈자에 가까운 생활을 해야 했나 봐요. 당신은 몰라요. 켄타로스인들에게 솔시스의 생활이 어떤 사치를 의미하는 건지. 정말 많이 울었어요.

난 정말 열심히 공부해야만 했어요. 가능한 한 빨리 졸업하지 않으면……. 이빨을 깨물고 세 번째 학위를 받았죠. 그때 그 영감이 찾아온 거예요. 이 프로젝트에 참가하면 부모님은 물론 신부님의 생활을 보장해 준다더군요. 믿을 수 없었지만 함께 온 켄타로스 외교관이 날 설득했어요. 박사 학위가 있으니 강사 자격으로 더 많은 보상을 받을 수 있다고······.

결국 그는 나를 중앙은행으로 데리고 가서 부모님 앞으로 보험단위가 송금되는 걸 보여주어야만 했죠. 가능하다면 가기 전에 부모님을 직접 보고 싶었지만 그조차도 허락을 않더군요. 조금 오래 걸리긴 하지만 내가 켄타로스 땅을 밟지 못할······.

난 그래서 돌아가야만 해요. 엄마, 아빠는 나 하나만 바라보면서 평생을 고생만 하면서 살아오셨어요. 내가 뭐라고 말하면서 떠났는지 알아요? 이 딸, 다 컸으니까 이제 내가 당신들 행복하게 해줄 거라고, 그러면서 왔단 말이야. 아, 왜 이렇게 눈물이 나지? 나 바보 같아 보이죠?

결국 레진은 울음을 터뜨리고 말았다. 지금껏 겪어온 레진의 해맑음 속에 소녀 자신에 대한 이야기가 거의 없었다는 사실을 뒤늦게 깨달았을 때 그녀는 이미 울고 있었다. 아찬은 그녀를 끌어안고 어깨를 도닥였다.

레진은 아찬에게 고마워했다. 이야기를 들어주어서 고맙다고, 울먹임 때문에 잘 알아들을 수 없는 발음으로 그렇게 말했다. 뭔가 굉장히 시원해진 느낌이라고, 이런 기분이 얼마 만인지 모르겠다며 고마워했다.

하지만 아찬은 그녀가 왜 자신에게 고마워하는지 알 수가 없었다. 그는 그저 부끄럽기만 했다. 소녀를 끌어안을 수 있었던 이유는 여기에 레진을 위로 해줄 사람이 아무도 없어서이지 자신이 그럴 자격을 가져서가 아니었다. 레진이 겪은, 그리고 지금도 가지고 있는 고통에 비하면 자신의 문제는 시시하지조차 못했다. 판솔라니아는 아찬을 친절하고 자상하게 키워주었지만 타인의 고통이란 어떤 것인지, 또한 그에 마주 섰을 때 어떻게 해야 하는지는 가르쳐 준 적이 없었다. 그 인공지능은 아찬이 어떻게 대하든 단 한 번도 속상해하거나 힘들어한 적이 없었다.

원하는 선택을 하고 하고 싶은 일을 할 수 있는 솔시스에서 가족이 없이 자란 아찬은 피할 수 없는 아픔이란 걸 누구에게 배워야 할지 몰랐다.

그래서 친구는 고를 수 있었지만 가족은 그럴 수 없었던, 고를 수 있는 사람과 그러지 못하는 사람, 양쪽과의 관계를 모두 겪어보지 못한 아찬은 순간의 기억이 아니라 삶 전체에 걸쳐 뼛속 깊이 스며 있는 아픔이란 어떤 것인지 지금까지 알지 못했다.

레진이 클라우드를 증오하는 이유 따위는 이제 전혀 중요치 않았다. 레진에 대한 동정과 스스로에 대한 부끄러움 속에서 아찬은 로가디아와 레진, 그리고 스스로 중 가장 나약한 존재는 자신임을 쓰디쓰게 인정해야만 했다. 아찬은 그 사실이 부끄러웠다. 그러나 아찬은, 이전이었다면 자신을 이렇게밖에 키우지 못한 판솔라니아를 원망했을 것임을 깨닫지 못했다.

적어도, 지난 일 년 동안 그만큼은 자신이 변했다는 사실을.

02년 1월 17일.

로가디아가 쥐고 있는 이 게이츠의 통제권을 빼앗기… 아니, 돌려받기 위해서 내가 할 수 있는 행동은 어떤 게 있을까. 레진과 의논해 봐야 한다. 레진이 유일한 내 편이다.

레진조차도 로가디아를 포기한 지 오래다. 이미 타키온 드라이브 아웃을 하던 그 즈음부터 로가디아와 레진은 대화가 없어졌다. 어떤 의미에서는… 아니, 어떤 의미로든 레진이 가장 곤혹스럽고 속상할 것이다. 자신이 게이츠의 어둡고 불쾌한 하부를 헤메이며 취한 조치들은 아무 소용이 없었다는 사실이 주는 자존심의 상처 정도가 아닐 터. 그럼에도 불구하고 그녀는 지금도 정기적으로 알파룸을 드나든다. 일말의 희망을 간직한 채.

그녀의 아픈 과거를 생각한다면 레진의 유일한 친구는 로가디아뿐일지도 모를 텐데. 하지만, 그건 나도 마찬가지다.

상처받은 소녀를 보듬어주지는 못할 망정 짐을 지우는 게 인간으로 할 도리일까?

하지만 자신이 없다. 혼자서는 이겨낼 자신이 없어……

아찬은 광장에 앉아서 담배를 피웠다. 두꺼운 유리 너머로 보이는 풍광은 이제 더 이상 우주가 아니라 하늘. 그러나 그 하늘은 며칠째 줄창 내리는 비에 어두웠다. 마음의 무게와 현실의 암담함에 우울한 풍경까지 겹치니 도무지 기운이 나지를 않았다.

로가디아는 그 사건으로 안전을 보장받을 때까지는 게이츠를 개방할 수 없다고 못 박았다. 자신의 실수라고는 해도 이미 지난 일이므로 지금은 자신의 말을 따라야만 한다는 것. 그게 로가디아의 주장이었다. 아찬은 로가디아와 대놓고 싸우다 지쳐 버렸다.

막무가내로 자신의 길을 따라줄 것을 요구하는 존재에게 아무런 억지력을 갖지 못한 상태에서 몸을 던지는 행위는 그저 에너지 낭비일 뿐이다. 아니, 진짜 중요한 것은 로가디아가 어떤 의미에서는 막무가내가 아니라는 것이 더 큰 원인이 있다. 로가디아의 말은 비록 그를 화나고 짜증나게는 하지만 알파명령 체계에 의해 행동하는 논지 자체만 놓고 볼 때에는 틀린 것이 없다.

알파명령 체계는 모든 인공지능들에게 물리적으로 새겨지는 본능과도 같은 것이다. 기본적으로 인간에게 위해를 결코 가할 수 없는 안전장치로써의 역할을 포함하기는 하지만, 그 이외에도 인공지능의 종류와 요구하는 상황에 따라 전혀 다른 명령을 함의하는 코드다. 당연히 판솔라니아와 켈리의 알파명령이 같을 수 없듯이 로가디아의 알파명령 역시 마찬가지라는 게 문제다. 그건 인간으로 치면 무의식 저변에 깔린 일종의 의무감에 가까운 것이기에 명령을 설계하고 짜 넣은 인공지능학자, 그리고 그 인공지능을 통제하려는 관리자 외에는 오직 추측만이 가능할 뿐이다. 따라서 대부분의 경우에 임무 깊숙한 면까지 관련되곤 했고, 특히 명령권자가 없을 경우 인공지능 스스로 움직여야 하는 지침인만큼 일반 승무원들에게는 알파명령의 내용을 밝힐 필요가 전혀 없다. 아니, 그보다는 고의적으로 비밀에 부치는 편에 가깝다.

그런 이유로 지금의 로가디아가 취하는 모든 행동은 아찬과 레진보다는 로가디아 스스로에 중심을 두고 내린 결정일 수밖에 없었다. 로가디아는 게이츠의 사령관이고 아찬은 그저 하늘에 소속된 수학분과팀의 보잘것없는 연구원이라는 사실은 조금도 변하지 않았다. 그걸 다르게 말하면 로가디아는 아찬과 레진을 단순히 생존자로 분류할 뿐 명령권자로서 인정하고 있지는 않는다는 뜻이다. 하지만 모든 것이 사라진 지금 그게 무슨 소용이란 말인가? 그런 건 체계와 사회가 존재할 때나 의미가 있는 것 아닌가? 사회가 사라지면 인간성을 포기해도 좋다는 뜻은 아니다. 분명히, 다른 사회가 되었다면 그에 맞는 행동과 양식을 가져야 한다는 의미다. 그러나 인공지능에게 사회 따위가 무슨 의미가 있을까. 인공지능의 주인이 인간이라는 생각은 커다란 착각이다. 그것들의 주인은 **명령 그 자체**지 인간이 아니다.

결과적으로 아찬으로서는, 로가디아가 가진 알파명령은 지금의 상황이 어떤지에 관심이 없거나 혹은 모르거나에 틀림없다는 생각밖에는 들지 않았다. 어쩌면 둘 다일 수도 있다. 아무튼 로가디아가 가진 명령 수행 체계가 이런 상황을 상정하고 있지 않은 것만은 분명했다. 간단히 말해 로가디아는 자신이 가진 알파명령에 우선하여 현재 상황을 자의적으로 해석하고 판단하고 있다는 뜻이다.

그렇다면 이런 상황에서 게이츠를 다시 띄우든 전쟁을 하든 무슨 소용이란 말인가. 그러나 로가디아에게는 게이츠의 목적이나 임무가 여전히 존속하고 있으며, 그걸 계속 수행하려 들고 있다. 그러니까 그녀는 전쟁을 불사해서라도 테라인 계획이란 걸 실행해야 한다고 믿고 있다는 의미다. 한마디로 현실을 등진 존재는 레진과 아찬이 아니라 로가디아다.

아찬은 로가디아의 판단과 결정 기준을 알 수가 없었다. 그가 아마 전문 인공지능 엔지니어거나 시스템 오퍼레이터라면 어쨌든 간에 로가디아에게 어떤 문제가 있는지 정도는 파악했을지도 모른다. 하지만 유감스럽게도 그는 로가디아가 너무 사람과 닮았음에서 오는 전율 말고는 아무것도 느낄 수 없었다.

내가 피하려고 드는 이 상황이 결국 죽음의 두려움에 대한 도피와 같은 것일까?

아찬으로서는 인공지능에게 죽음이란 단어가 얼마나 관념적이고 허망한 개념인지 알 도리가 없다. 로가디아는 죽음을 모르고 당연히 그것이 피해야 할 상황도 아니다.

인공지능은 인간과 전혀 다르다.

광장은 로가디아와 다툼을 하기에는 전혀 어울리지 않는 장소다.

아찬은 담배를 던져 버리고 함교로 향했다. 착륙한 이후 아찬과 레진이 대부분의 시간을 함교에서만 보내는 이유는 간단했다. 몇 개 되지 않는다 해도 활성화된 모니터에 나오는 상황들에서 알아볼 수 있는 정보들은 불안을 달래기에 소중한 쓸모였다. 예를 들어 궤도상에 위치한 인공위성 아프로데테나 아테나이가 자신들의 머리 위에 있다는 사실을 확인하는 것만으로도 안심이 되는 식이다. 하지만 그게 끝이다. 그들은 그곳에서 하릴없이 시간을 보낼 뿐 대화도 별로 없었다. 계속되는 스트레스로 둘 다 말이 조금씩 줄기도 했지만, 보다 근본적인 문제는 심경의 변화가 너무 잦다는 점이다. 특히 아찬은 행동이나 감정에 일관성이 거의 없이 쉽게 화를 내고 쉽게 우울해졌으며 쉽게 기분이 좋아졌다. 결국 우주를 헤맬 때와 달라진 게 거의 없다는 이야기다. 그러나 로가디아는 조울증에 대한 어떤 처방도 이야기한 적이 없다. 설령 그런다 하더라도, 그걸 받아들일 리는 없겠지만.

역시 레진이 있다.

레진은 아찬을 흘끗 돌아다보며 묵례한 다음 여전히 턱을 괴고 창밖을 바라보기만 한다. 잠시 맑게 개이나 했더니 그치지 않을 기세로 비가 계속 오고 있다.

"레진, 그렇게 날이 좋을 때 잠시라도 밖에 나가보지 그랬어. 답답하지 않아?"

"아뇨. 무서워요."

아찬은 입을 다물었다. 정작 당사자인 아찬으로서는 아무렇지 않은 일이지만 레진에게는 보름여 전의 사건이 커다란 충격인 듯했다. 그걸로 레진에게 뭐라고 할 수는 없다. 사람은 저마다 다른 법이다. 아찬이 심호흡을 한 번 했다. 로가디아와의 다툼 사이에 레진을 두고 싶지 않았다.

"나 잠시 로가디아와 이야기 좀 했으면 하는데."

"하세요."

"하지만……."

"난 신경 쓰지 마요."

레진이 퉁명스럽다. 어쩌면 자신이 없는 사이에 그녀는 그녀대로 로가디아와 싸웠을지도 모른다. 레진이 아찬보다 말을 부드럽게 하는 것은 분명히 사실이지만 그건 소녀의 심성이 온화해서일 뿐 로가디아에게 갖는 입장이 아찬과 달라서는 아니다. 그의 기준에서라면 싸움이라고 보기도 어려운 대화에 불과했지만 그럼에도 불구하고 레진은 로가디아에게 쉽게 상처받곤 했다. 한때 믿고 의지했던 친구에게 당하는 배신감. 아찬 역시 그런 걸 느껴본 적도, 주어본 적도 있다. 가령, 미람이나 여기 레진에게.

이런 상태라면 로가디아와의 대화는 레진에게 상처만 더 줄 것이 뻔하다. 아찬은 그녀에게 다시 한 번 조심스럽게 운을 떠봤지만 이번에는 아예 대답이 없다. 할 수 없다.

아찬은 되도록 화난 표정을 짓고 싶었지만 방금 레진에게 그렇게 부드럽게 말해놓고 갑자기 인상을 바꾸려니 영 어색하다. 그래도 어쩔 수 없다. 그는 가능한 한 딱딱하게 말했다.

"로가디아, 이제는 어쩔 셈이지?"

입체영상이 없는 로가디아의 대답은 언제나 갑작스러운 느낌이다.

[저는 C타입 조우로 취급하고 적극적으로 나가는 것이 좋다고 생각합니다.]

"내가 그걸 묻는 게 아니란 걸 몰라?"

[설마 C타입 조우가 뭔지 모르시는 건 아니겠지요?]

"몰라."

로가디아의 한숨. 인간을 도발하는 법은 도대체 어떻게 배운 걸까.

[당신이 원하는 대답이 C타입 조우에 포함되어 있습니다. 최초 조우 시 어떠한 형태로든 적대적 성향을 가지게 된 상태에서 최고 수준의 방어적 조우 시도를 말합니다.]

내가 원하는 대답이 그거라고? 방어적? 그 방어적이라는 단어가 설마 군대에서 쓰는 그 방어는 아니겠지? 그런 것도 조우라고 하나?

기가 막혔지만 아찬으로서는 제대로 알지 못하는 이야기에 대해 뭐라고 할 만한 입장이 아니다.

일단 들어보자. 소리는 언제든지 지를 수 있다. 너무 따지지도 말자. 그리고 이제 '왜?' 라는 물음도 하지 말기로 하자. 중요한 것은 '어떻게' 할 것인가다. 아찬은 들릴 듯 말 듯한 가벼운 한숨을 쉬며 그렇게 마음먹었다. 고개를 드는 목이 뻐근했다.

"그러니까 그게 어떤 거냐고."

[예?]

"어떻게 할 거냐고."

[방금 말씀드렸—]

"지금까지 인류가 조우한 외계성종들한테 그 C타입이란 거 해본 적 있어?"

[없습니다.]

"그럼 어떻게 될지 모르겠다는 거네?"

[하지만 충분히 예측 가능합니다.]

갑작스러운 두통이 아찬을 엄습했다. 뻐근하게 땅기는 뒷골. 게이츠에 오르기 전에는 신경성 편두통 따위는 있지도 않았다. 이 두통은 뭔가 중요한 일이 있을 때만 찾아왔다. 거짓말처럼. 하지만 결국 신경성이라는 단어가 붙은 모든 증상은 가장 중요한 순간에 찾아오는 게 정상이다. 이미 그 개념 자체에 '가장 중요한, 그리고 스트레스가 가장 심한' 이라는 의미가 포함되어 있다.

결국 정말 힘든 것은 고통이 아니라 그걸 만드는 상황이다. 아찬은 치밀어 오르는 짜증을 억누르며 말을 이었다. 이 상황을 장악하려는 싸움은 이미 시작되고 있다.

"정확히 어떻게 할 건지를 말해. 이럴 때마다 네가 날 정말로 인간으로 생각해 주고 있는지가 의심스러워. 쓸데없이 변명은 많이 하면서 중요한 건 언제나 입을 닫고 있다는 뜻이야."

[아찬, 제가 보기에 당신에게 필요한 것은—]

"변명은 그만두고 자세히 말하라고 했어."

머리가 부서질 것 같아. 두통을 잡아야 해. 참기 위해 이빨을 깨물어야 할 정도의 통증이다. 어린 시절 한없이 나대고 다닐 즈음 술에 절고 난 다음날 찾아오는 것과도 같은.

아찬의 고통스러운 얼굴을 보면서도 눈 하나 깜짝하지 않는 레진에게 그는 어쩔 수 없이 손을 벌려야 했다. 레진, 두통약 좀 가져다주지 않을래? 여전히 무표정한 레진은 대답없이 몸을 돌려 함교에서 나갔다. 문이 닫히자마자 들리는 로가디아의 숨을 짧게 들이쉬는 소리. 마치 레진이 사라지기를 기다렸다는 듯이. 머리가 깨질 것 같아 정신이 없는 와중에도 로가디아 역시 레진을 부담스러워함을 알 수 있을 정도로 가식적인 음성이다.

[인공위성이 행성 반대편에서 그들을 봤습니다. 반물질 발진기의 예열을 다시 시작했고, 그들이 만약 이쪽으로 온다면 헤미팜을 쓸 수 있습니다. 이제는 전과 같은 일은 결코 없을 겁니다. 어떤 상황이 오더라도 대처 가능한 충분한 준비가 되어 있습니다. 그들이 오면 우선 차단 미사일을 쏠 겁니다. 하지만 먼저 공격하지는 않을 겁……]

"미사일을 쏜다고?! 미사일을?! 젠장!! 먼저 공격하지 않는다면서!!"

아찬이 격렬한 몸짓으로 소리를 질렀다. 듣는 이가 사람이었다면 그럴 줄 알고 있었다 해도 뒤로 넘어질 만큼 큰 목소리다. 아찬의 일갈은 진심이다. 로가디아는 이미 사실상 자의로 그들에게 살의를 가진 적이 있다.

[차단 미사일은 공격용이 아닙……]

"나도 차단 미사일이 뭔지는 알아! 빌어먹을 영화에서 만날 나오니까! 이 빌어먹을 배를 타기 전에 배운 C타입 근접조우가 뭔지 이제야 기억났어! 모르겠어? 우리가 해야 할 일은 항복이야! 그들을 뭐로 막을 작정인데?! C타입이란 건 너 혼자의 생각일 뿐이야!"

[우리에게는 헤미팜이 있습니다. 반물질 폭탄도 있고 초신성 미사일도 있습니다. 아테나이가 행성 반대편에서부터 폭격을 시작하면 외계성종들은 그걸 막

아야 할 겁니다. 그동안 우리는…….]

초신성 미사일이라고? 태양을 날려 버리기 위해 만들어진 미사일을 이 배에 싣고 있다고? 아찬의 안색이 백지장처럼 질렸다가, 곧바로 폭발할 듯이 빨개졌다. 그런 무기는 사용되는 광경을 직접 볼 필요조차 없다. 그냥 이야기만 들어도 그 끔찍함이 충분히 상상이 가는 종류인 것이다.

"우리라고 하지 마!! 우리가 아니라 너야!! 알겠어?! 네가 침략하는 거라고!!"

기세등등하게 책상을 내려치며 악다구니를 쓰던 아찬의 몸이 순간적으로 휘청거렸다. 레진이 그를 끌어당겼다.

"아찬, 진정해요. 약, 약 가져왔어요. 응? 진정해."

레진은 일어선 아찬을 눌러 앉힌 후 믿을 수 없을 정도의 힘으로 그의 어깨를 누르며 약을 억지로 주사했다. 아찬은 레진의 행동보다도 그녀의 힘에 놀라 정신이 번쩍 들었다. 눈을 동그랗게 뜨고 자신을 쳐다보는 아찬과 눈이 마주친 레진의 입이 살짝 벌어지더니 어깨를 누른 손을 황급히 뗐다.

왼쪽 어깨에 힘이 들어가지 않는 걸 보니 레진이 다시 어깨를 부순 모양이다. 두통은 물론이고 어깨가 부서진 통증조차 없는 걸 보니 약이 어지간히도 지독한 종류인 듯했다. 로가디아에게 물어보지 않고 의무실에서 대충 꺼내 왔다면 그럴 수도 있다. 아니, 무슨 바보 같은 생각. 당연히 물어보고 싶어도 물어볼 수가 없었겠지. 그런 신경을 써줄 로가디아였다면 일이 이 상황이 되도록 놔두지도 않았을 것이다.

[아찬, 괜찮습니까? 진정제를 좀 놓아드릴 수도 있습니다.]

"집어치워. 내 어깨가 다시 부서진 걸로도 진정은 충분히 됐어. 네가 정말로 날 걱정한다면 진작 메디팩을 터뜨렸겠지!"

같은 인간이라도 상대를 이런 식으로 약 올리지는 못할 것이다.

"나, 난 그냥……. 아찬, 미안해요. 난 그냥……."

"아니야, 레진. 너한테 그러는 게 아니야. 로가디아에게 짜증을 낸 거야. 미안해할 필요 없어. 어깨는 원래 건드리면 언제든 부러질 정도로 헐렁거렸는걸."

불안함에 떠는 눈동자 위로 비 오던 날의 쓸쓸한 레진이 겹쳐지자 그는 그만

화를 낼 수 없었다. 아찬은 텅 빈 입체영상 투사대를 노려보았다.

"로가디아, 다 좋아. 다 좋다고. 그럼 나도 하나만 요구를 하겠어. 그들을 내가 직접 만날 수 있게 해줘. 나도 그 정도 권리는 있겠지?"

[안 됩니다. 너무 위험합니다.]

"응. 그렇게 대답할 줄 알았어. 하지만 그때가 되면 사정은 또 달라질걸?"

아찬은 레진을 쳐다보며 뭔가 말할까 망설이는 표정을 짓다가 고개를 두어 번 주억거리고는 거칠게 몸을 돌려 승강기에 올랐다. 아찬의 뒷모습을 물끄러미 쳐다보던 레진은 그가 닫히는 승강기 문 뒤로 완전히 사라지자 어깨를 으쓱했다.

"어깨… 괜찮을까?"

[지금은 치료를 원하지 않네요. 자는 사이에 보도록 할게요.]

"로가디아, 힘들지?"

[뭐가요?]

"아찬은 사람이라서 너를 이해 못할 거야. 그다지 마음이 넓은 편도 아니고. 네가 이해해."

[괜찮아요, 레진. 난 그런 감정 못 느낀답니다. 그보다, 레진은 어때요?]

"응. 저 사람, 나한테는 안 그러는데."

[그럼 됐어요. 내게 문제될 것은 없으니까 걱정 말아요.]

"그래."

[그 외계성종에 대한 것은……]

"로가디아."

[네?]

"이제는 우리 쪽이 외계인이야."

02년 1월 21일.

여기는 가을이란 게 없다. 아니지. 여기는 지구가 아니니까. 잘 모르겠지만 가을이란 게 없는 것 같다가 맞을지도.

로가디아는 우주 항행 시 발견한 별에 대한 항해 조례에 따라 자기 마음대로 이곳을 솔시스의 영토로 선언할 것 같다.

로가디아가 정상이 아니란 건 알고 있다. 하지만 인공지능이 돌아버린다는 이야기는 한 번도 들어본 적이 없다. 아니, 고장 난 거겠지. 하지만 기계면 기계답게 고장이 나야 할 것 아닌가. 이건 완전히 미친 사람을 상대하는 기분이다. 광기라고 할 수도 없어. 뭔가 수리가 필요하다. 하지만 어떻게 해야 하지? 게다가 어떻게 이런 배에 반물질 폭탄에 초신성 미사일을 실어놓을 수가 있는 거지? 군인들이 탑승한 것과는 다른 문제다. 그런 무기들은 전쟁이라도 하겠다는 생각 없이는 아무렇게나 할 수 있는 물건이 아니잖아. 국을 진작에 따라다녔어야 한다는 후회가 든다.

막지 않으면 안 돼. 어떻게든.

아찬은 엔지니어가 아니었다. 결국 자신으로서 취할 수 있는 방법은 로가디아의 힘을 이용하는 것뿐이라고 결론 내렸다. 즉, 로가디아는 이제 사람처럼 행동한다. 그러니까 어쩌면 사람 대하듯이 하는 것이 아마 효과가 있을지도 모른다.

하지만 일기장을 덮자마자 이찬은 이런 유치한 생각밖에 하지 못하는 자신을 저주하며 머리를 부여잡았다. 인공지능을 구슬린다고? 자기가 생각해도 어처구니가 없다.

죽음이나 고통에 관심이 없고 욕구라는 것이 뭔지도 모르는 존재가 인공지능이다. 여자의 모습을 가지고 있고 여자의 목소리를 낼 뿐 여자도 아니다. 도대체 뭐로 구슬린다는 말인가? 사탕? 꽃? 애완동물? 이런 빌어먹을!

레진의 방법은 실패한 지 오래다. 로가디아의 본체를 담은 알파 룸에서의 작업은 전혀 효과가 없다. 단지 희망을 잃고 싶지 않아 서로 인정하지 못하는 것뿐이다.

적어도 아찬은 그렇게 생각했다.

아무리 용써봐도 다른 방법은 떠오르지 않았다. 창의력 부족은 예술가뿐 아니라 수학자에게도 심각한 장애지만, 어차피 자신은 훌륭한 수학자도 아니다. 그나마 위상 공간을 수준 규정하는 따위의 골치 아픈 작업을 하지 않아도 되는 곳에 있다는 정도가 자기 위안거리다. 아찬은 또다시 현실에 대비되는 무력감을 느꼈다. 그는 머리를 크게 흔들며 연거푸 담배를 두 대 피웠다. 행복이란 게 사실 상대적인 가치에 불과함을 생각한다면 자기 연민에 빠져 투정 부리는 것도 크게 나쁜 선택이 아닐지 모른다. 하지만 그러기에는 레진에게 너무 미안하다. 적어도 나잇값은 하고 싶다. 아찬은 한동안 그렇게 앉아 있다가 결국 방을 나섰다.

유치한 방법이 가진 좋은 점 하나가 있다면, 써보고 실패해도 좌절감을 별로 느끼지 않아도 된다는 것이다. 그는 자기최면을 걸며 담배를 한 대 더 피우고 나서야 비로소 함교로 진입하는 복도에 간신히 들어설 수 있었다.

나는 로가디아를 못 보지만 로가디아는 나를 본다. 표정을 최대한 잘 관리해야만 해.

그렇게 생각하자 또 어처구니없는 시도가 낯부끄러워져 얼굴이 붉어졌다. 아니, 어쩌면 되지도 않는 연기보다 이게 더 나을지도 모른다. 다행히도 레진은 없다. 순전히, 이런 저능한 시도를 하는 자리에 그녀가 없다는 사실 하나만으로도 위로가 될 지경이다. 아찬은 짐짓 태연한 척 말을 걸었다.

"로가디아, 나 좀 도와줘."

[네, 아찬.]

순순한 대답에 당황하지는 않았다. 인공지능 따위가 감정의 앙금 같은 것을 남겨둘 리 없다. 아니, 사실 처음부터 길길이 날뛴 쪽은 자신이다. 로가디아로서는 아찬에게 감정을 상할 이유가 없다.

하지만 이 얄팍한 사실에 속아 경계심을 풀 수는 없다. 로가디아가 순순히 대답한 이유부터가 그래 봤자 인공지능이기 때문이다. 그리고 인공지능에게 인간적 의미로써의 일관성 같은 것은 존재하지 않는다. 인간이 갖는 일관성은 이성보다는 감정의 영역에 들어가는 것이다. 바로 그 때문에 인공지능을 만든 것이고. 구슬림도, 위협도 통하지 않는 존재 말이다.

"우리가 왜 이렇게 됐는지 알아낼 수 있는 방법을 생각해 봤어."

[아시다시피…….]

"아니, 왜 사람들이 모두 사라져 버린 건지 말이야."

[말씀해 보십시오.]

"마인드링킹을 하게 해줘."

로가디아가 아찬의 동문서답에 넘어갈 리가 없다. 그래도 상관없다. 이건 단순히 운을 떼기 위한 서두에 불과하다.

[그 이야기였습니까? 유감이지만 안 됩니다. 아찬, 당신 생각이 무엇인지는 모르지만 마인드링킹만큼은 안 됩니다. 전에도 안 된다고 말씀드린 걸로 압니다.]

"왜 안 된다는 거지?"

[위험하기 때문입니다.]

그런 건 이미 알고 있다. 대학원은 수업의 한 학기를 내내 마인드링킹 훈련에 할당한다. 그렇게 해도 촉매에 반응 부작용이 있는 사람은 위대한 과학자가 될 수 없다. 김석천처럼 천재가 아닌 다음에는. 하지만 마인드링킹의 위험성은 로가디아가 이렇게 민감하게 반응할 정도로 큰 것은 아니다. 적어도 아찬이 알기로는 그랬다.

아찬은 학자가 되기 위해 마인드링킹 훈련을 한다는 사실이 왠지 불순하다고 생각하는 사람이었다. 그건 단순히 뇌 기작의 효율을 높이기 위한 잔재주에 불과했다. 더 솔직히는 학자가 될 생각이 없기도 했고.

하지만 사실은 뛰어난 창의력과 날카로운 통찰력을 가진 사람만이 훌륭한 마인드링커가 될 수 있다는 사실을 알고 있어서다.

어쩌면 마인드링킹에 대한 부정적 시각은 학력과 능력에 대한 열등감의 소산일 수도 있다. 아니, 그게 맞을 것이다. 지금 그런 열등감이 후회로 변해가고 있다.

"나도 알아. 그래서 네가 좀 도와줬으면 하는 거야."

[어떻게 말입니까?]

"내가 위험해진다 싶으면 네가 끊어주면 될 거야."

즉각적인 대답이 나오지 않았다. 인공지능의 머뭇거림이 갖는 의미가 무엇인지는 여전히 알 수 없지만 어쨌든 이 순간에 로가디아가 망설인다는 사실은 아찬에게는 긍정적인 상황이다. 그는 로가디아를 조심스럽게 채근했다.

"로가디아."

[아니, 안 됩니다. 전 모든 상황을 알고 있었습니다. 하지만 그 어떤 것도 찾아낼 수 없었습니다.]

"너랑 내 시각은 분명히 달라. 그건 너도 인정할 거고."

[이해를 못하시는군요, 아찬. 당신은 주어진 시간 안에 원인을 찾아낼 확률이 희박합니다. 거의 존재하지 않는 확률에 위험을 감수할 가치가 없습니다.]

아찬은 주먹이 쥐어지려는 것을 간신히 자제했다. 이제 보니 날 완전히 바보로 보고 있었군. 하긴, 그런 당연한 사실을 이제야 알아챘으니 정말로 자신은 바보가 맞을지도 모른다. 분명히 아찬 자신이 생각하기에도 멍청한 짓을 하고 있기는 했다. 물론 그렇다고 해서 로가디아가 이렇게 건방져졌음을 이해하거나 납득하고픈 생각이 조금이라도 드는 것은 아니다. 분노 때문에 어깨가 들썩거리려 들어, 고개를 돌리며 로가디아 앞에서는 절대로 보이고 싶지 않은 표정으로 헛웃음을 지어야 했다.

"아하하. 그것도 알아. 난 너 같은 능력은 없어. 하지만 내게도 판단력은 있단 말이야. 같은 상황을 보더라도 다른 실마리를 찾아낼 수 있을지도 모르잖아."

역시 로가디아는 말이 없다. 아찬은 이빨을 깨물고 싶은 충동을 겨우 억누르며 또 한 번 부드럽게 채근했다.

"로가디아."

[아찬, 마인드링킹 터미널이란 것은 훈련받지 않은 사람이 마음대로 드나들수 있는 것이 아닙니다. 영화와는 전혀 다릅니다.]

"그래도, 외부에서 강제로 종료할 수 있다는 것은 사실이잖아. 네가 종료해주면 돼."

[그렇지 않습니다. 마인드링킹 촉매 입자를 회수한다고 해서 상황이 종료되는 것이 아닙니다. 당신 뇌 속에 그 입자들이 남아 있는 한에는 마인드링킹은 계속되고, 시간이 흐르면 흐를수록 당신의 뇌는 침식당하는 겁니다. 어쩌면 영원히 가상현실에서 빠져나오지 못할 수도 있습니다. 병원의 정신질환 환자들이 입원 사유의 대부분이 마인드링킹 때문이라는 사실을 당신이 몰라서 그런 겁니다. 저젠젤의 경우를 잘 알고 있지 않습니까? 그는 마인드링킹 부작용으로 인격장애를 겪어야만 했습니다.]

아찬이 약간 당황했다. 저젠젤이 마인드링킹 때문에 그렇게 된 거라고? 마인드링킹에서 벗어나지 못한다고? 그런 이야기는 처음 듣는다. 그렇다고 해도 물러설 수는 없다. 게이츠에서 도망칠 수도 없는 상황. 피할 수 없다면 그대로 맞붙어야 한다. 자유를 원한다면 말이다. 아찬의 눈빛에 무엇인가 결심이 어렸다.

"그렇다면 마인드링킹 훈련을 시켜줘."

[아찬, 이상하게 집요하군요. 왜 그러는 겁니까?]

"나도 얼마나 답답하면 이러겠어. 레진이 옆에 있으면, 그러면 되잖아. 레진이 옆에 있으면 뭔가 해볼 수 있잖아."

새로 불을 붙인 담배가 다 타 들어가고 나서도 한참의 침묵. 인간에게도, 인공지능에게도 너무 긴 시간. 그러나 아찬은 로가디아가 자신에게 넘어왔다는 사실을 생각할 겨를이 없었다. 두려웠기 때문이다. 그가 버린 담배꽁초를 나노머신들이 녹이듯 잠식하는 모습을 보고서야 이 상황이 로가디아의 계산이든 어처구니없이 유치한 전투의 작은 승리든 자신의 뜻대로 흘러가고 있음을 가까스로 자각했을 정도다.

[아찬, 말하지 않은 게 있습니다.]

이건 로가디아의 마지막 수일까? 확실한 것은 이유가 어떻든 간에 로가디아도 아찬의 의도를 알고 있다는 점이다. 어쩌면 그녀는 아찬을 이용해 뭔가를 하려 드는 것일지도 모른다. 가령, 자기 자신을 수리하려 드는 것 같은. 그 와중에 아찬이 희생당해도 어쩔 수 없다고 판단했을 수도 있다. 그러니까 로가디아가 이런 운을 뗀다는 것은 책임 회피를 위한 일종의 보험 같은 것이리라. 분명히,

선택은 아찬이 한 것으로 만들 심산이다. 그렇다면 넘어간 쪽은 로가디아가 아니라 자신이다.

그러나 아찬은 진심으로 미소 지었다. 비로소 인공지능의 약점을 알 것 같았다. 이건 로가디아의 고장과는 상관없는 문제다. 또한 이 목소리뿐인 존재뿐 아니라 모든 인공지능이 가진 약점이다. 그리고 적지 않은 인간들도 마찬가지고.

로가디아는 모든 게 **자기 뜻대로** 흘러가리라 판단한 것이 틀림없다. 하지만 결코 그리 되지는 않을 것이다. 인간이 인공지능보다 덜 논리적이라고 해서 그만큼 멍청하다는 의미는 아니다.

'로가디아가 내 행동이 분명히 예측 범위 안에서 이루어질 것이라 믿고 있다면, 그거야말로 오산이다. 인간이 예상 밖의 행동을 하기 위해서 더 똑똑해질 필요는 전혀 없어. 지금보다도 더 멍청하게 행동하는 방법도 있다, 이 말이지.'

라고 아찬은 생각했다.

그러나 이어진 로가디아의 말은 좀 뜻밖이었다.

[사실 충분히 준비하고 숙지하기만 한다면, 위험 부담은 그리 크지 않습니다. 중요한 것은 당신의 의지와 능력입니다. 저겐젤의 경우는 운이 나빴던 것입니다. 당신이 들어가기 전에 알아두어야 할 몇 가지가 있습니다.]

"뭐지?"

아찬은 여전히 순순한 로가디아의 태도에 미심쩍은 방어적 자세를 취하며 물었다.

[우선, 이건 당신에게 직접 관련된 문제입니다. 당신이 원하는 마인드링킹은 일반적인 것이 아니라 군용 방식입니다. 마인드링킹이 시작되면 당신의 뇌에서 사용하지 않는 비시페스 백업 영역은 제가 가진 데이터로 채워지고, 전 당신의 행동 반경에 대한 새로운 데이터를 끊임없이 제공하는 동시에 필요없는 환경을 삭제해야 합니다. 어쩌면 당신의 기억과 뒤섞여 혼란스러운 과정이 생길지도 모릅니다. 전 그 부분을 삭제하기 위해 당신의 심상을 탐색합니다. 그 결과, 전 어떠한 형태로든 해석될 수 있는 데이터를, 당신의 기억과 심리에 대한 데이터를

갖게 되는 겁니다. 다르게 말하면 저와 당신은 마인드링킹을 하는 동안은 거의 하나로 연결된다는 뜻이며, 동시에 전 당신이 가진 기억을 데이터화해서 얻게 된다는 의미입니다.]

로가디아가 말을 잠깐 멈추었다. 아찬의 놀란 표정을 보고 잠시 생각할 시간을 줄 필요가 있다고 판단한 모양이다. 어쩌면, 그럴 줄 알았다는 회심의 미소를 짓고 있을 수도 있는지도 모르지만.

아무튼 이 정도라면 아찬도 마인드링킹의 대가로 미워하는 인공지능에게 모든 기억, 감정, 그리고 이성을 제공해야 한다는 거래 조건을 충분히 알아들었으리라. 이제 조건이 온당한지, 만약 아니라고 생각한다면 그럼에도 불구하고 계약을 맺을지 선택에 대한 판단은 정말로 아찬의 몫이다.

아찬이 더듬거렸다.

"그, 그럼 네가 내 생각을 읽는다… 는 거야?"

[물론 당신이 어떤 생각을 하고 있는지 알아내는 것은 불가능합니다. 그 모든 이미지를 재구성하는 핵심은 제가 아니라 당신의 뇌니까요. 뇌가 없는 제게 당신의 기억은 단순히 무의미하고 해석할 수 없는 기호 파편일 뿐입니다. 하지만 다른 마인드링커, 그러니까 인간이라면 이야기가 다릅니다. 인간은 제게 들어와 그 **기록**을 읽을 수 있습니다.]

뭐야? 그럼 별거 아니잖아? 로가디아에게 내 기억 따위가 존재하는지 알 인간이나, 또 그걸 필요로 하는 인간이 도대체 여기 어디에 있다는 말인가. 아니, 그 무엇보다 기억이라는 것도 관계란 게 있을 때 의미가 있는 것 아니겠는가.

"좋아. 다음은?"

로가디아는 그럼에도 불구하고 확실히 해둘 필요가 있었다. 그녀가 재차 물었다.

[지금 하려는 일에 대해 정말로 확신하십니까? 제가 말하는 기억이란, 단순히 당신의 마인드링킹 경험만을 말하는 것이 아닙니다. 뇌 신경간의 변형이 완료된 장기 기억 전체와 당시에 가지고 있던 화학물질 반응이 만든 단기 기억 전부를 말합니다. 알겠습니까? 이건 당신, 석아찬이라는 인간의 정체성 자체를 제가 가

진다는 의미입니다.]

너만 아니라면 그걸 누가 되든 상관없다는 말이 목구멍까지 치밀어 오르는 걸 간신히 자제한 아찬이 또다시 억지웃음을 지었다. 로가디아가 장황하게 질질 끌더라도 지금은 참아야만 한다.

"내가 보기엔 필요없는 걱정 같은데, 그래? 나조차도 모르는 기억을 누군가가 가져가 본들 그걸 어디다 쓸까. 적어도 여기서 말이야."

너만 모르면 돼. 읽을 수도 없는 미람에 대한 추억, 영원히 가지고 있으라고.

로가디아가 짤막하게 대답했다.

[맞습니다.]

저 대답에 조소가 섞여 있다고 느껴지는 건 내 인내심이 점점 바닥을 드러내고 있어서일까? 아찬은 이번에는 참지 못하고 이빨을 부득 갈고 말았다.

[마인드링킹 전에는 마음을 안정시킬 필요가 있습니다.]

"아, 난 괜찮아. 아무 문제 없어."

[몸이 안 좋으십니까? 목소리가 미미하게 떨리는군요.]

"뭐, 그런 말을 듣고도 제정신인 사람이 있으려고."

겨우 받아넘겼다. 아마 그때 레진이 들어서는 걸 보아서일 것이다. 그녀 덕분에 겨우 안정을 얻어 화난 눈초리를 단호한 표정으로 되돌릴 수 있었다.

"아찬……"

"아, 레진. 로가디아랑 이야기할 게 있어서."

"로가디아에게 대강 들었어요. 정말로 할 거예요? 응?"

아까까지만 해도 유치한 계획을 레진에게 들키고 싶어하지 않은 아찬이지만 그녀의 걱정스런 눈에 조롱은 조금도 보이지 않았다. 아찬이 따뜻한 목소리를 내려 노력했다.

"네가 도와주면 할 수 있어. 넌 내 가장 좋은 친구잖아. 그렇지?"

레진이 억지로 소리없이 웃었다. 둘의 대화를 사이에 두고 뜸을 들이던 로가디아는 아찬이 유일하게 가진, 선택이라 불리는 숨통에 쐐기를 박는 마지막 질문을 했다.

[그래도 마인드링킹을 원하십니까?]

어차피 그의 대답은 정해져 있다. 아찬으로서는 자유의지에 의한 선택이라고 믿고 싶겠지만 결국에는 필연적으로 나올 수밖에 없는 대답이 나왔다.

아찬이 고개를 강하게 끄덕이며 신음에 가까운 소리를 냈다.

"그래."

결정보다는 욕구를 의미하는 표현이지만 어조만큼은 견고했다. 아찬 옆에선 레진의 안색이 눈에 띄게 어두워졌다. 아찬은 십만 년 만에 짓는 느낌이 드는 진심인 미소로 그녀의 머리를 가볍게 쓰다듬었다. 그러나 레진은 아찬의 눈을 피해 눈을 내리깔 뿐 조금도 밝아지는 기색이 없다. 둘에게는 아랑곳없는 로가디아가 차가운 목소리로 말을 이었다.

[좋습니다. 그럼 결정났군요.]

아찬의 눈매가 다시 매서워졌다. 이젠 정말로 걸려들었다. 알면서도 한 일이지만, 각오에도 불구하고 오한이 온몸을 쓸어내리는 기분이다.

[그럼, 다음 문제는 당신의 능력에 관해서입니다. 어쩌면 이게 더 중요할 수 있습니다. 이제부터는 주의사항이라고 해두겠습니다.]

로가디아는 잠시 말을 멈췄다. 생각할 시간을 주기 위해서라기보다는 아찬의 반응을 보려는 것이리라. 아찬은 입에서 불을 토해 이 모든 걸 깡그리 태워 버릴 수 있다면 좋겠다고 생각했다. 제아무리 형체가 없는 로가디아라도 억겁화로부터 무사하지는 못할 테니.

[아까 잠시 말씀드렸지만, 이 마인드링킹 방식은 가상현실에 가깝습니다. 그러나 기회는 단 한 번입니다. 마인드링킹 안에서도 시간은 흐르며, 데이터는 양자 상태를 구축하고 있습—]

"알겠어. 본론부터 말해. 정말 길군."

아찬의 인내심을 담은 그릇은 바닥이 고르지 못한 것일까? 결국 바닥의 일부가 드러나 버린 모양이다. 아뿔싸 싶었지만 로가디아는 의외로 아찬의 요구를 받아들였다.

[좀 쉽게 설명해 드리겠습니다. 간단히 말하면, 마인드링킹은 결정되지 않은

과거입니다.]

"뭐?"

아찬의 한쪽 눈이 찡그려졌다.

[제 속성상 저는 데이터를 전부 다는 고정시키지 못합니다. 마인드링킹에서 일어나는 일은 모두, 실재했던 과거가 아니라 '그럴 수도 있었던 과거'입니다. 당신이 데이터에 간섭하는 순간, 그것들은 현실이 되며 정말로 일어났던 일이 됩니다.]

"뭐, 뭐야. 그럼 내가 시간을 되돌릴 수 있다는 거야?! 이 모든 걸 없었던 일로 만들 수 있다?"

한순간이지만, 정말로 그게 가능하다고 믿고 싶어진 아찬은 알면서도 멍청한 소리를 자제할 수 없었다. 아나나 다를까 로가디아가 기가 막힌다는 어조로 대답했다.

[저 같은 광양자 인공지능에게 데이터란 '해석되어야 할 그 무엇'입니다. 제게 인간이 반드시 필요한 이유는 그 때문입니다. 전 가능하면 훌륭한 전문가가 제 데이터를 해석해 주기 바랐고, 지금도 그렇습니다. 제 기대에 부응해 주셨으면 합니다.]

말 한마디 잘못해서 인공지능에게 꾸지람을 듣고 있다니. 자기가 생각해도 한심했지만 아찬은 그랑마이어 교수가 추천서를 주던 기억을 떠올리며 재빨리 그런 기분을 털어버렸다.

'로가디아에게 말려들수록 상황은 나빠질 것이다. 난 충분히 뛰어나고 능력이 있다. 인간에게 타박을 맞았다고 곧바로 복수를 가하는 인공지능을 상대로 쉬운 싸움을 할 수는 없다. 이건 내가 아니라 누구라도 마찬가지다.'

아찬은 자기 자신을 있는 힘껏 격려했다.

"좋아. 그러니까 마인드링킹에서 내가 실패하면 어떻게 되는 거지? 그러니까, 내가 아무것도 못 알아내면?"

[그 시기는 그걸로 끝입니다. 당신이 관찰하지 않은 사람들, 사건들은 여전히 결정되지 않은 상태로 남아 있겠지만, 그렇지 않다면 그 데이터는 고정되어 버

럽니다. 그리고 나머지 사건들은 인과 연쇄에 의해 결정되겠지요. 이해가 되십니까?]

좀 더 쉽게 설명하지 그래? 멍청이로 생각하는 얼간이 수학자를 두고 지식 자랑하는 건가? 아니면 내 자존심을 깎을 만큼 깎아서 날 꼭두각시로 만들 생각인가? 그래, 아무래도 좋아. 아무튼.

"난 이해를 못했는데?"

[예를 들어드리죠. 당신이 광장에서 이야기하는 누군가를 멀리서 관찰합니다. 너무 멀리 떨어져 있어서 그들의 목소리가 잘 들리지 않습니다. 그래서 가까이 다가갔습니다. 그러나 그들의 이야기는 거의 끝나 버렸고 소득이 없었지요. 만약 이런 일이 생길 경우, 같은 부분을 반복해서 다가갈 수 없다는 겁니다. 그들의 대화는 초중반의 웅성임과 후반의 필요없는 이야기로 고정되어 버리고 그 웅성거림은 제게 음미 데이터로 남을 뿐입니다. 또 만약 당신이 누군가에게 뭔가를 물어보았을 때, 잘못된 질문을 했다면 그 질문을 되돌릴 수 없습니다.]

"장황한 설명 고맙긴 한데, 마지막 그 말이면 충분했어."

복수했음에도 조금도 시원하질 않았다. 그러나 그 이유는 로가디아 때문이 아니라 그것이 말한 내용 때문이다.

이건 말이 가상현실이지 결국 과거를 다시 현재로 사는 것과 다를 게 전혀 없지 않은가?

"그럼 정말 중요한 인물이나 사건을 접하기 전에 내가 준비가 안 되었다면 나와서 그 상황을 두고 충분히 연구한 다음에 나중에 다시 마인드링킹을 해야겠군."

[그럴 수도 있지만 별로 권장할 방법은 못 됩니다. 아까 말했듯이 당신이 데이터에 한 간섭은 연쇄적으로 다른 데이터에도 영향을 미치니까요.]

"뭐야? 그러니까, 내가 예를 들어서 국 상사와 뭔가를 이야기했다면 그 소대원들을 만나지 않아도, 나 때문에 생긴 그 사람의 변화가 소대원들에게도 영향을 미친다는 건가?"

[정확하군요.]

로가디아의 말투는 흡족했다. 아찬에겐 그조차도 건방지게 느껴졌다. 가능한 한 빨리 문제를 해결하고 이 상황을 벗어나고 싶은 충동이 몰아쳤다.

"좋아. 빨리 시작하지. 그밖에는?"

[마인드링킹 중에는 특히 레진과 접촉하지 마십시오. 가능하면 그 어떤 누구와도 접촉하지 않는 편이 좋습니다. 꼭 필요한 사람이 아니라면 말을 걸거나, 몸을 닿게 하지도 마십시오. 이건 단순히 관찰로 인해 원하는 가지가 선택되지 못하는 위험 이상의 것입니다.]

"왜지?"

[당신 스스로가 현재 상황을 인정하지 않고 있다는 점은 부정할 수 없을 겁니다.]

그러니까, 현실도 아닌 곳에서 대인관계를 열심히 해봤자 아무런 소용이 없다는 거로군. 내가 거기 빠져서 영원히 나올 생각을 안 할 수도 있다 이거지? 어쩌면, 자신의 생명이 꺼져 간다는 사실도 모른 채 행복하게, 천천히 죽어가는 편도 나쁘지는 않을 것이다. 고통도 없고 죽음을 인식할 수도 없는 방식의 자살이라면 아무런 이유 없이도 선택할 수조차 있을지 모른다. 그러나 아찬은 고개를 끄덕였다.

"대충 알겠군. 그건 가보고 결정하기로 하지."

도저히 농담을 받아들일 만한 여유를 갖지 못해 흠칫 놀라는 레진의 머리를 아찬이 쓰다듬자 그녀가 머뭇거리며 말한다.

"아찬, 너무 위험해요. 시간은 많아요. 분명히 다른 방법이 있을 거야. 응?"

"걱정하지 마. 난 성공할 거야."

아찬이 부드럽게 말하며 달콤한 온기가 느껴지는 레진의 머리를 계속 쓰다듬었다. 그러나 레진은 아찬의 어조만큼 부드러운 동작으로 그의 팔을 머리에서 걷어내며 양손을 쥐었다.

"아뇨, 아찬. 제발. 난 당신을 잃고 싶지 않아요."

진심이구나. 그러나 아찬은 그만둘 수가 없었다. 위험에 대한 현실감이 들지 않는 아찬으로서는, 이런 유치한 방법을 두 번 시도할 용기가 언젠가 또다시 나리라는 생각은 도저히 들지 않았기에 대답할 수 있었다.

"걱정하지 마. 무슨 일이 있어도 돌아올게. 네가 기다리고 있잖아."

실망한 레진이 양손을 늘어뜨렸다. 두 남녀 사이를 오가는 인간적 장면의 틈을 로가디아가 무심하게 파고들었다.

[그럼 곧 시작하겠습니다. 아무 의자에나 앉으십시오. 마인드링킹 입자가 뇌에 내려앉기 시작하면 아마 몹시 차가운 음식을 한꺼번에 섭취했을 때 같은 아찔한 통증이 생길 겁니다. 반사적으로 눈을 감게 되겠지만 정상적인 과정입니다. 통증이 사라지면 다시 자연스럽게 눈을 뜨십시오. 마인드링킹이 시작되어 있을 겁니다. 시간이 다 되어갈 때쯤 레진이 당신을 데리러 들어갈 겁니다. 원래 마인드링킹은 충분히 통제되고 이상적인 상황에서 훈련을 제대로 받은 강인한 의지를 가진 사람들에게만 발동하도록 되어 있는 시스템입니다. 특하나 이런 종류의 탐색 마인드링킹은 그렇습니다. 따라서 반드시 언급해야 할 부분이 있습니다.]

'강인한 의지' 운운하는 대목에서야 비로소 기분 나쁨보다 두려움이 느껴졌다. 로가디아는 언제나 사실만을 말했고 따라서 그 의미는 경고를 뜻하는 것이다. 그러나 한편으로는 로가디아의 행위 자체가 이미 알파명령 체계를 따르고 있다는 의미고 그렇다면 인간인 자신에 대해 간접 살인과 차이가 없는 행위는 원천적으로 봉쇄가 될 터. 조금 전 로가디아가 말한, 충분한 준비가 되어 있다면 위험 부담이 그리 큰 건 아니라는 말은 사실일지도 몰랐다. 결정을 좀먹는 두려움이 확신을 집어삼키기 전에 아찬은 결정해야만 했다.

"뭔데?"

로가디아가 말을 이을 때까지 몇 초가 걸렸다.

[어느 정도 예상하시겠지만, 결정되지 않은 과거를 가진 쪽은 저입니다. 그러나 그걸 관찰해 영향을 미치며 해석하고 반응하는 것은 당신입니다. 꿈을 생각해 보십시오. 마주할 과거의 저변을 움직이는 의지는 당신의 무의식에 영향받습니다. 링크 중 타인들은 당신의 몸짓 하나하나, 언행 하나하나로부터 귀향에 대한 갈망을 읽을 것이고 당신이 원하는 것을 해주고자 할 것입니다. 당신과 가까

운 사람일수록 더 그렇겠지요.]

결국 그 상황에서 그의 발목을 잡는 존재는 아찬 자신이라는 의미다. 하지만 이해하기 어려운 부분은 여전히 있다. 당장, 사람들과 접촉하지 않으면 뭘 할 수 있다는 말인가. 로가디아는 아찬이 자신의 의도를 이해했든 말든 말을 계속했다. 그녀 입장에서는 아찬은 그저 하라는 대로만 하면 되는 존재일지도 모른다.

[다시 말하지만 전 데이터만 제공할 뿐 모든 처리는 오직 당신의 머릿속에서만 이루어집니다. 감각이 처리하는 반응속도보다 뇌가 생각하는 속도가 더 빠른 건 당연합니다. 다르게 말하면 당신의 시간관념은 그 세계 안에서 전혀 소용이 없다는 뜻입니다. 그러니까 당신은 스스로가 마인드링킹에서 벗어나야 할 때를 모를 것이고 그때가 되면 아마 레진이 당신을 부를 겁니다. 그 목소리를 따라가십시오. 레진이 보여도 절대로 먼저 아는 척을 하면 안 됩니다. 레진이 먼저 당신을 발견하고 만질 때까지는 가만히 있으십시오. 명심하십시오.]

"아무하고도 접촉하지 말라면 도대체 어쩌라는 거야?"

[그건 당신이 알아서 해야죠.]

진정되나 싶던 아찬의 노여움이 이 말 한마디로 단번에 한계까지 치솟았다. 그걸 눈치 챈 로가디아도 마인드링킹 직전에 아찬을 건드리고 싶지는 않은 듯, 달래듯이 말을 이었다.

[좀 더 본질적으로 말하면 그곳에서 만나게 될 인물들보다 더 이전 문제입니다. 환경이 당신에게 능동적으로 반응할수록 현실과 가상의 경계가 갖는 역치가 높아지는 것은 당연합니다.]

한쪽 눈만 찌푸려진 표정이, 다른 감정이 있어서라기보다는 로가디아의 말을 이해하려 노력은 하는데 잘 안 되는 것 같았다. 로가디아는 아찬이 들리지 않게 한숨 쉬고 계속 말을 이었다.

[거짓임을 알아도, 계속 들으면 사실처럼 느껴집니다. 그림보다는 사진이, 사진보다는 영상이 더 진짜에 가깝고 말입니다. 상대적으로 비교 우위에 있으면 그쪽을 신뢰하게 되죠. 인간들은 그렇습니다. 당신도 마찬가지, 맞죠?]

비로소 알아들었다는 듯이 얼빠진 얼굴로 아찬이 고개를 주억거리며 더듬거렸다.

"하, 하지만 난 알 바라마드와 클라우드 박사를 만나야 해."

로가디아가 여기서 잠시 망설였다.

[아찬, 당신은 그들에게 해답이 있을 거라고 생각하십니까?]

"해답을 유도해 낼 수 있을 거라고 믿고 있지."

모호한 표현만큼이나 자신이 없는 티가 확실히 나는 어눌한 어조. 인공지능은 아무 말이 없었다. 그러나 아찬은 입체영상이 없음에도 불구하고 로가디아가 고개를 끄덕였다는 느낌이 들었다.

[역시 당신이 알아서 하는 수밖에 없습니다. 절 탓해도 제가 어떻게 할 수 있는 게 아닙니다.]

인간을 반드시 필요로 한다는 로가디아. 거짓은 아닐 것이다.

[그들에게 무엇인가를 얻어낸다 해도 그건 결국 제가 가진 데이터 안에서입니다. 마인드링킹은 당신의 뇌에서 쓰지 않는 부분을 저라는 존재 자체와 공유하는 것임을 잊지 마십시오.]

아무리 머리를 굴려봐도 간단한 문제가 아니다. 아찬은 게이츠에 오른 이후로도 계속 누군가에게 기대며 지냈다. 에이, 수영, 리울, 한타랏사, 헤르미트, 국, 그리고 레진. 또, 그 누구보다 미림에게까지……

갑자기 자신이 슬슬 없어지기 시작했다. 여기까지 왔는데 스스로를 속일 필요는 없다. 아직 그만둘 기회는 충분히 있다. 레진에게 몹시 부끄럽겠지만 그게 전부다.

그러나 입 밖에 튀어나온 말은 마음과 전혀 달랐다. 아찬 스스로도 깜짝 놀랐다.

"알았어. 그밖에도 특히 조심해야 할 건 뭐지?"

[에이 영이나 황수영 같은 사람들… 그리고……]

지금까지 로가디아의 망설임이 단순한 침묵에 대한 아찬의 추측이었다면 이번에는 확실히 머뭇거리고 있었다.

[…저입니다.]

에?

[제가 마인드링킹에 개입할 수 없는 이유가 단지 기술적인 문제 때문만은 아닙니다. 저는 게이츠와 함께합니다. 당연히 전 당신과도 대화를 나누지만 그건 마인드링킹 세계에서의 당신과 그런 것이지, 진짜 당신과는 아닙니다. 당신이 조금이라도 긴장을 풀고 있다가 대답이라도 해버리는 날에는 내 분신이 당신에게 반응할 거고 그때는 레진이 있어도 아무 소용이 없을 겁니다.]

"왜지?"

[당신이 제 회유를 뿌리칠 수 있을 것 같습니까?]

자신의 심장이 잠시 멎는 소리.

[그것도, 지금의 내가 아닌, 그때의 나를, 당신의 곁에 서 있던 나를?]

로가디아. 아찬은 그 이름을 입 안에서 조용히 굴렸다.

[보안장치를 해제하려 들거나 금지된 일을 억지로 하려 들지 마십시오. 게이츠에서는 저를 상대로 벗어날 수도, 무사할 수도 없습니다. 구금 상태에서도 레진이 당신에게 접근할 수는 있을 테지만 결국은 당신 스스로가 남기를 원할 겁니다. 그 상태에서는 무슨 수를 써도 신경간에 내려앉은 마인드링킹 입자를 회수할 수 없어집니다. 그리고 현대 의학으로도 스스로 살고자 하는 의지가 없는 사람을 살려둘 수는 없습니다. 전 당신의 생명을 유지하기 위해 최선을 다 하겠지만 결국 천천히 죽어갈……]

"그만 해! 알았어! 그만 해!"

아찬은 한창 최면에 빠져드는 사람처럼 멍한 눈빛을 하고 있다가 날카로운 레진의 고함에 정신을 화들짝 차렸다.

"아찬, 그만둬요. 너무 위험해요. 이건 너무 위험해요."

[수의 사항만 지키면 괜찮습니다.]

"거짓말! 처음에 위험하다고 반대한 건 너였잖아! 도대체 생각이 왜 바뀐 거지? 아찬을 이용해야겠다고 마음먹은 이유가 뭐야!"

레진의 목소리가 갈라졌다. 그녀가 정말로 화가 나서 소리를 지르는 모습을 처음 본 아찬이 더 놀랐다. 소녀의 기세가 너무 등등해 달래줄 생각조차 하지 못한 아찬의 이마에 땀방울이 흘러내렸다.

"레진, 레진. 괜찮아. 괜찮을 거야. 너라도 구조받을 수 있다면 난 희생해도 괜—"

"집어치워요! 다 그만둬요. 속아선 안 돼요. 로가디아는 우리를 속이고 뭔가를 하려는 거예요. 난 그래도 방법이 잘못되었을 뿐, 그녀가 우리를 보호하려는 줄 알았어요. 그런데 이게 뭐죠? 당신이 죽을 수도 있어요! 응? 죽을 수도 있단 말이에요! 지금까지 얼마나 많은 사람이 죽었나요! 이제 우리 둘뿐이에요. 그런데, 그런데 당신마저 죽음으로 몰아넣겠다잖아요!"

"잠깐, 진정하고 내 말 좀—"

"아니, 싫어요. 이건 아니에요. 분명히 다른 방법이 있을 거고, 없다 해도 이건 안 돼요. 도대체 어떻게 된 게 이 인간이고 저 인간이고 만날 그 잘난 희생을 하려는지? 국도, 야가도 전부 희생한답시고 그렇게 죽었잖아요! 그래서 뭐가 지켜졌는데요? 뭐가 지켜졌냔 말이야! 다 같이 살 방법 좀 생각해 보면 안 돼?! 모두 힘들어도 함께 살 방법 좀 생각해 보자고! 뭐가 잘난 희생이야! 이런 빌어먹을!"

갈라질 만치 높은데도, 몹시 빠르고 떨리는 레진의 말에 아찬은 침묵을 선택하든 말든 감수해야 할 비참함과 모멸감을 넘길 수 있었다. 그리고 놀랍게도, 레진이 마지막에 내뱉은 상소리에 로가디아는 충격을 받은 듯했다.

[레진, 도대체 그런 말을 어디서 배웠나요? 누가 그런 말을 쓰라고 했죠?]

"빌어먹을! 빌어먹을! 인공지능이 어디서 건방지게! 나가요, 아찬. 여기서 나가요! 저 빌어먹을 인공지능이 안 보이는 곳으로 가요. 제발!"

악을 쓰는 레진은 그 순간 예쁘고 풋풋한 소녀가 아니었다. 울부짖는 얼굴은 눈물과 콧물로 범벅이 되어 노여움과 분노로 일그러져 있고, 눈빛은 거의 광기마저 품고 있다. 레진이 다짜고짜 끌어당기는 팔을 아찬은 도저히 뿌리칠 수가 없다. 사람이 흥분하면 힘이 세어진다는 이야기는 어디선가 들었지만 그게 이정도일 줄은 몰랐다.

"레, 레진, 좀 진정해 봐. 알았어. 알았어. 팔부터 놓고 이야기하자. 응?"

누구나 그렇듯이 한쪽이 흥분하면 한쪽은 거짓말처럼 이성을 차리게 된다. 그러나 아찬의 이성은 레진의 힘을 극복하지 못했다.

"당신도 똑같아! 거짓말쟁이! 놓으면 날 버릴 거지?! 날 버리고 거짓 세계로 도망갈 거잖아! 왜 모두 날 버리려고 들어!"

버려? 레진을 버려? 아니다. 절대 아니다. 난 절대 널 버리지 않아. 그래서 이걸 하려는 거야!

그때 로가디아의 목소리가 귓전 안에서부터 울렸다.

[대답하지 말고 하라는 대로 해요. 오른쪽 앞에 콘솔 데스크를 봐요. 어제 당신 두통 때문에 가져온 진정제 보여요? 레진에게 주사해요. 당장.]

아찬이 작게 중얼거리듯 속삭였다. 그래도 로가디아는 들을 수 있을 것이다.

'하지만…….'

[대답하지 말고 그냥 해요. 지금 레진은 당신에게도 위험해요. 히스테리 안 보여요?]

이런 제기랄. 왼쪽 발목을 의자에 감아 건 덕분에 아찬은 레진과의 힘겨루기에서 간신히 대치 상태를 유지할 수 있었다. 로가디아의 말이 아니라 해도 방법이 있다면 여기서 벗어나고 싶었다. 레진이 지치지도 않고 잡아 흔드는 팔과 함께 몸통이 왔다 갔다 하는 바람에 잘 보이진 않지만, 분명히 어제 자신이 맞은 주사가 거기 있으리라. 발목을 풀고 레진에게 끌려가는 사이 재빨리 손을 뻗는다면 주사를 낚아챌 수 있을 것 같았다. 발목을 풀자마자 그는 힘을 주며 잡아당기던 레진과 함께 뒹굴었다. 아찬은 레진 위에 올라탄 채 손을 올려 더듬거리다 마침내 주사기를 집었다.

[목에 해요.]

'목에? 하시만 괜찮을까?'

[목에 주사하세요.]

로가디아의 목소리가 귀 안에서 울리는 바람에 정신이 멍멍해진 아찬의 무게에 눌린 레진이 울고불고 난리를 피우며 몸부림쳤다. 그는 정신을 다잡고 혹시나 하는 마음에 주사기를 다시 살폈다.

분명히 어제 그 주사기가 맞다. 약도 반쯤 남은 것이 틀림없다. 실체 없는 로가디아가 여기에 독약을 채워 넣지는 않았으리라. 아니, 그것이 우리를 죽이려면 번거로운 방법을 선택할 이유도 없다. 그저 자는 사이 나노머신을 뇌까지 밀어 올리기만 해도 꿈을 꾸다가 죽을 텐데 뭐 하러?

아찬은 레진의 목에 주사기를 대고 방아쇠를 당겼다.

레진은 아찬의 방에 재워놓았다. 로가디아가 하란 대로 하고서도 믿을 수가 없어 메디팩을 뜯어내어 맥박과 체온을 재어보았지만 정상이었다. 혈압은 직접 잴 수가 없어 기계에 나온 수치를 믿어야만 했지만 아무튼 정상이었다. 로가디아는 아찬의 마인드링킹이 막바지에 이를 무렵에 레진을 깨우겠다 했다. 눈물이 말라붙어 푸석푸석한 소녀의 입가에 흐른 침과 콧물을 닦아준 아찬은 차마 그럴 필요 없다는 말을 하지 못했다. 레진이 없이는 무사히 돌아올 확률이 전무했다.

함교에 다시 올라오자 레진조차 없이 빈 의자만 널려진 함교에 비인간적인 리듬으로 명멸하는 모니터들이 황량하기 그지없다. 아찬은 왠지 씁쓸해졌다. 레진의 말을 따르지 않은 것이 잘한 행동일까? 그리고 보면 항상 레진에게 자신을 따를 것을 일방적으로 요구해 왔다. 그녀의 의견을 귀담아들은 기억조차 없다. 자기를 버리지 말라는 레진의 울부짖음이 자꾸 귀에 선해 마음이 괴로웠다. 아찬은 중얼거렸다.

절대로 그러지 않을 거야. 이제는 아무도 안 버려. 절대로……

그는 일기장에 기록한, 계획의 지침과 순서가 적힌 페이지를 뜯어내어 다시 한 번 들여다보았다. 한심할 정도로 여백이 많은 종이를 들여다보자니 한숨만 나왔다.

사실 계획이고 뭐고 없다. 링크에 들어가면 니오자일을 만나곤 했던 그 지하 복도에서 시작한다. 로가디아는 그 순간 그곳에 아무도 없을 확률이 97.91퍼센트라고 했다. 아찬은 그 확률이란 게 도대체 무슨 의미인지 아리송했다. 그 지옥 같은 곳에도 항상 백 명 중 둘과 백분의 아홉 명은 왔다 갔다 한다는 뜻인지, 아니면 시간을 100으로 나누었을 때 2.09의 시간만큼은 누군가가 있다는 뜻인지, 이도저도 아니면 둘 다라는 건지. 양자역학은 현대 수학에서 가장 중요한 분야 중 하나지만, 그걸 제대로 이해하는 작자가 없다는 사실은 예나 지금이나 다를 바 없다. 아찬은 로가디아에게 물어보려 했지만 그럴 줄 알았다는 듯이 그가 뭐라 하기도 전에 게이츠에서 가장 으슥하고 인적없는 곳이라는 의미일 뿐이라고 했고, 아찬은 입을 다물었다.

복도에서 기어 올라가 광장으로 나간다. 군사 구역 진입은 언감생심 꿈도 꾸지 못할 일이다. 알 바라마드 앞에서 얼쩡거리고 싶다면 기억 속의 자기 자신을 때려눕히고 회의에 대신 참석하는 방법 말고는 떠오르지 않았다. 군바리들에게 얻어터지고 구금당하는 위험을 감수하면서까지 절대 그러고 싶지는 않았다. 설령 그렇게 해서 이미 끝나 버린 사건을 해결한들 허상 속의 영웅 외에 달리 뭐가 될 수 있단 말인가.

사실 아찬이 생각하는 열쇠는 클라우드 조이아에게 있었다. 그는 헤르미트와 한타랏사뿐 아니라 게이츠의 모두가 찾으려 들던 인물이다. 도대체 그는 혼자서 무엇을 하고 있었던 걸까. 결국 다른 건 필요없다. 로가디아를 관리하던 수석 팀장인 클라우드 조이아 박사만 찾으면 된다.

'일단 내가 직접 사건을 확인한 시기는 4월 중순. 그리고 테스크포스가 된 건 5월이었다. 그렇다면 이들은 그전부터 문제를 알고 있었을 것이다. 내 기억이 정확하다면 로가디아는 그때까지도 말을 했고, 정상이었다. 아무튼 내 일기를 보면 6월 24일에 로가디아와 대화를 했었다. 그 이후로는 로가디아에 대한 기록은 없다. 그때부터 난 게이츠의 하층부를 헤매기 시작했다. 어쨌든 대충 기억을 반추해 보건대 로가디아가 입을 다문 건 그즈음이다. 그 후로는 오직 레진만이 그녀와 대화가 가능했다. 틀림없이 그 인공지능 학자와 연관이 있으리라. 그렇다면 5월 1일부터 클라우드 교수를 따라다니는 거다. 실패는 용납되지 않는다.'

인공지능의 데이터를 뒤집어보는 것에 불과한 일인데도 기회가 한 번뿐이라는 사실에 등골이 서늘해졌다. 원래 시스템이 거대해질수록 관리가 복잡해지고 뒤따르는 조치도 어려워진다는 것은 알고 있다. 수학도 마찬가지다. 보통은 수학이 대단히 명쾌하고 답이 정해져 있다고 오해하지만, 실제로는 문제가 어려울수록 증명도 거대해지고 그 순간 수학자가 어떻게 개입하느냐에 따라 정리가 달라진다. 오답이 아니라, 다른 답이 나오는 것이다. 아찬은 자신이 수학자라는 사실을 계속 잊지 않으려 노력하면서 호흡을 가다듬었다.

문제는 그뿐이 아니다. 마인드링킹 입자는 일단 한 번이라도 호르몬과 반응하기 시작하면 뇌세포와 융합하며 뉴런에 변형을 가했다. 그때가 가장 중요했다. 그 이후 적응 테스트를 거치고 나서 적정 체질임이 판명될 때만 계속 마인드링킹을 할 수 있다. 그리고 그런 사람은 대개 절반을 약간 넘는 정도다. 부적정 체질의 소유자가 마인드링킹을 계속 시도한다면 정관협착증 따위의 부작용이 나타난다. 아찬은 이 나이에 그런 병을 얻고 싶지 않았다. 설령 앞으로 물건을 쓸 기회가 오지 않을지라도.

어쨌든 그 모든 것은 역시 일단 한 번 해보고 나서다. 절반 수준이라고는 해도 그건 테스토스테론이 거의 없는 여자 마인드링커들까지 포함한 수치다. 그렇게까지 겁먹을 필요는 없다.

그는 저겐젤이 겪었다는 인격장애에 대한 이야기는 잊어버리기로 했다.

아찬은 클라우드 박사의 방을 이미 가보았다. 로가디아는 클라우드의 방을 열기 전 정말로 오래 망설였다. 비록 보이지는 않지만 왠지 그녀가 머뭇거린다는 느낌을 확연히 받을 수 있었다. 마침내 그녀는 탄식과도 같은 한숨을 쉬고는 단단히 잠긴 문을 열어주었다.

물론 방은 깨끗했다. 아무도 없는 텅 빈 방의 침대에 그대로 곱게 펼쳐진 담요와 잠옷. 그뿐이다. 그의 마지막은 방에서다.

현실이 부정된 마인드링킹의 세계에 영원히 머물도록 종용하는 의지 자체는 아찬의 것이겠지만 그런 작업에 필요한 논리 체계 따위의 능력은 로가디아의 것을 이용할 터다. 인간이 인공지능과 논리로 싸워 이길 가능성은 전무하다.

담배를 한 대 더 태운 아찬은 마침내 의자에 편하게 드러눕다시피 앉았다. 로가디아가 뭐라 뭐라 했지만 잘 들리지 않았다. 아찬은 미람인지 레진인지, 낯익은 얼굴을 본 것 같았다. 어쩌면 영상에 나온 그 여자일지도 모른다. 눈이 가물거린다고 생각한 순간, 서늘한 냉기가 뒷덜미를 타고 흘렀다. 참을 수 없을 정도의 얼얼함에 아찬은 인상을 찌푸리며 눈을 감았다.

거의 통증에 가까운 추위에 현기증까지 겹쳐 찌푸렸던 미간이 조금씩 따뜻해지는 느낌에 서서히 풀렸다. 거의 누운 상태로 고통스러울 정도의 싸함을 겪고도 휘청이지조차 않고 서 있는 걸 보니 마인드링킹에 들어가기 전의 감각이나 신체는 일단 진입 후에는 별 영향을 끼치지 못하는 듯했다. 찡그린 눈살을 그대로 한 채 감고 있던 눈을 뜨자 시선 안으로 어둠만이 새어 들어왔다. 아찬은 순간적으로, 별 영향을 끼치지 못하는 게 아니라 마인드링킹에 문제가 생겨 감각을 잃었나 싶어 겁이 덜컥 난 나머지 자기 뺨을 세게 때려보았다.

지독하게 아프다. 그리고 스스로 때린 뺨에 머리가 돌아가 벽에 부딪치며 쿵 소리가 난다.

아찬은 욕을 중얼거리며 양손으로 왼쪽 머리를 감싸 쥐고 잠시 쭈그려 앉았다. 얼얼한 뺨에 띵한 골, 찰싹 소리와 쿵 소리를 다 느낀 걸 보니 어둠에 설익은 눈 말고는 아무 이상이 없는 듯하다. 그는 씨팔이라고 한 번 더 중얼거리며 더듬거려 사다리를 찾았다. 그 욕을 어디서 누구에게 배웠는지 기억이 잘 나지 않았다. 분명히 군인들에게 구금당해 있을 당시리라. 웬만한 신음이나 비명보다 속이 후련한 것이 배워두길 잘했다는 생각이 든다. 아찬은 잠시 머뭇거리다가 어둠에 적응한 시야에 희미한 사다리가 들어오기 시작하자 그쪽으로 향했다.

약간은 물결치듯 흔들리는 광장. 웅성거리는 사람들. 아찬은 마인드링킹에 발을 들여놓자마자 로가디아가 한 말이 어떤 의미인지를 알았다. 현실과 괴리감이 전혀 없는 편은 아니지만 결국 로가디아의 데이터를 자신의 뇌가 재구성한 결과다. 처한 환경의 진위를 가늠할 수 있을 만한 어떤 감각 기관의 도움에도 의존할 수 없는 상황에서 이 비현실성이 현실화되는 것은 시간문제다. 아찬이 걷고 있는 곳은 **'자신의 기억'**이 아니라 **'로가디아의 기록'**이다. 그녀의 기록 중 필요한 부분을 아찬의 뇌에서 쓰지 않는 부분에 채워 넣은 것에 불과하다.

마침내 시야에 들어오는 모든 구성이 완전해지기 시작했다. 아찬이 이미 이 가상현실에 적응해 가고 있다는 뜻이기도 했다. 진짜로 존재하는 몸을 게이츠에 두고 온 그의 입장에서는 결코 바람직한 현상이 아니다. 이미 저 아래서 그 감각이 얼마나 생생한지 겪지 않았는가. 만약 재수없게 총격전에 휘말려 다치기라도 하면……. 상상도 안 가는 끔찍한 고통에 소름이 돋았다.

로가디아의 데이터베이스를 들여다보는 것은 일찌감치 포기했다. 그 순간 아찬은 자신이야말로 클라우드 조이아 박사였으면 좋겠다는 생각을 했다. 주름 깊이 깊이에 잠긴 경험과 로가디아를 만든 지식. 그 모든 것을 가진 클라우드라면 단 한 번의 마인드링킹으로 인간과 인공지능이 할 수 있는 최선을 다할 수 있으리라. 그러나 당연하게도, 레진이나 자신 대신에 그가 남았으면 좋겠다는 생각은 전혀 들지 않았다.

몇 번인가 다른 이들과 부딪칠 뻔했다. 그때마다 아찬은 가슴을 쓸어내려야 했다. 한 번은 옷깃이 스친 적도 있었다. 다행히 젊은 여자 연구원은 아찬을 흘끔거렸을 뿐 별말없이 지나쳤다. 그러나 그는 복도 모퉁이를 돌기 전까지 내내 뒤통수가 따갑다는 느낌을 받아야 했다. 여자의 시선이 아찬 자신의 선택인지, 아니면 로가디아 속에 존재하는 그녀가 했을법한 선택인지는 알 수 없었다.

아직 시간은 충분했다. 아찬은 우선 열린 문은 모두 들어가 보았다. 누구도 아찬에게 관심을 두지 않았다. 아는 사람은 전혀 보이지 않았다. 그는 점점 대담해졌다. 급기야 원래 함교는 지나치기로 한 생각조차 까맣게 잊은 채, 모노레일을 타고 종착역을 지나 군사 구역까지 진입해 보기로 했다. 뜻밖에도 군사 구역의 보안은 그리 대단하지 않았다. 적어도 상황이 이상하게 돌아가기 전에는 그랬던 모양이다. 분명히 무섭게 눈을 부라리고 있던 경계병 뒤에 굳게 닫힌 함교 진입로조차 여기선 활짝 열려 아무나 들어갈 수 있을 것 같아 보였다. 실제로도 민간 승무원 복장의 사람들도 많이 드나들었다. 아찬은 두근거리는 가슴을 억누르며 모노레일에서 마지막으로 내려 가장 뒷사람보다 스무 걸음쯤 뒤처져 천천히 걸어 들어갔다. 함교로 들어가는 진입로는 함내 전투용 장갑차가 지나다닐 수 있을 정도로 넓었다. 그는 함교와 사관 숙소 표지판이 보이는 갈림길에서 클라우드를 발견했다. 걸음이 자기도 모르게 빨라졌다.

"아, 저 클라우드 선생니……."

클라우드가 갑자기 몸을 돌리고는 손을 들고 아는 척을 하는 바람에 아찬은 당황했다. 말도 채 끝나지 않는데 반응해서 놀란 게 아니다. 정말로 말을 걸려고 한 게 아니어서 모기만 한 목소리로 중얼거렸을 뿐인데.

어찌할 바를 모르는 아찬에게 다가오던 클라우드는 그대로 그의 옆을 지나쳤다. 등 뒤로 알 바라마드의 목소리가 들려왔다. 다행인지 아닌지 판단이 잘 서지 않는 와중에, 도저히 뒤를 돌아볼 용기가 나지 않은 아찬은 오른쪽 모퉁이를 돌아 들어가자마자 아뿔싸 싶었다. 군인들의 내무생활 구역이다.

그때서야 아찬은 자신에 대한 무관심이 사실은 가상세계에 뛰어든 이질적 존재여서가 아니라, 단순히 그들에게 아찬은 아무 상관도 없는 사람이어서라는 것을 깨달았다. 민간인이 있어서는 안 될 곳에서 아찬이 서성이기 시작하자 그를 향한 눈길이 당장 여기저기서 꽂혔다. 아찬은 로가디아의 거짓말에 대해 이빨을 깨물려다가 그만두었다. 인공지능이 생각하는 거짓의 기준이 인간과는 전혀 다르다는 걸 반년이나 배워놓고도 잊은 자신의 책임이 더 크다.

"선생님, 여긴 들어오시려면 허락이 필요한 곳인데요."

황망히 돌아다본 쪽에는 키가 크고 젊은 군인이 입을 굳게 다문 채 아찬의 눈을 똑바로 쳐다보며 서 있다.

"아, 저, 그……."

"이 사람 뭐야? 로가……."

아찬은 로가디아의 입체영상이 나타날세라 손을 내저으며 황급히 말했다.

"사람을 찾아요, 사람을. 아, 저 그러니까, 정보과 에이 영 소위요."

젊은 군인은 여전히 의심을 감추지 않은 눈초리로 아찬의 눈을 마주 보며 대답했다.

"모르겠군요. 아무튼 면회는 따로 신청하셔야 합니다. 로가디아가 말해주지 않던가요?"

"아. 물어봐야 하는 줄 몰랐어요. 난 그저……."

군인은 아찬의 어깨를 팔로 둘러싸며 날이 선 친절함으로 그의 몸을 돌렸다.

"용건이 있으시면 면회를 신청하십시오. 여기는 선생님이 들어오시면 안 되는 곳입니다."

"아, 미안합니다. 몰랐어요."

군인은 말없이 정중한, 그러나 가식 섞인 고갯짓을 까딱하고는 제 갈 길을 가버렸다. 아찬은 지금 상황이 도대체 뭘 의미하는지 도무지 판단이 서질 않았다.

로가디아가 준 주의사항은 틀렸다… 다기보다는 너무 모호한 것들이었다. 그녀는 마치 아찬이 아무 짓도 않으면 어떤 일도 일어나지 않을 것처럼 말했다. 그러나 딱 부러지게 그런 식으로 말한 적은 없다. 그렇다면 자신뿐 아니라 누가 봐도 로가디아는 거짓말을 한 것이다.

아니, 집중하자.

아찬은 머리를 흔들었다. 로가디아에 대한 질타는 나가서 해도 된다. 지금은 단지, 그 때문에 더 위험해졌다는 점을 인식하고 조심스럽게 행동하려는 최선에만 신경을 써도 부족할 지경이었다. 아무튼 그 생각이 맞든 말든 수학과 근처나 바, 혹은 식당처럼 알 만한 사람이 있을 곳은 가볼 엄두도 나지 않았다.

힘없이 터덜거리며 모노레일 쪽으로 가는 교차 복도에 접어들자 정면에서 알 바라마드가 걸어왔다. 놀란 아찬은 숨을 들이켰지만 클라우드와의 볼일을 끝낸 늙은 군인은 그에게 눈길조차 주지 않고 당당한 발걸음으로 내무생활 구역으로 돌아 사라졌다. 아찬은 평생을 함교에서만 지낼 것 같던 알 바라마드조차 잠을 자기 위해서는 방으로 돌아간다는 당연한 사실에 놀랐다.

이 이상은 안 된다. 군인도 아닌 사람이 군사 구역에서 계속 얼쩡거리는 모습은 알 바라마드에게 직접 들키지 않아도 이미 로가디아에게 들켰을 것이다. 아찬은 서둘러 모노레일을 탔다.

레진의 눈에 서린 노여움은 사그라질 줄을 몰랐다. 그녀는 아찬의 침대에서 한쪽 발만을 바닥에 내려놓은 채 양손을 등 뒤로 짚고는 벽을 향해 언성을 높였다.

"아찬에게 무슨 일이 생기면 널 죽여 버릴 거야!"

[레진, 도대체 그런 험한 말은 누구에게 배운 건가요? 정말 당황스럽네요.]

"시끄러워. 건방지게 나에게 이래라저래라 하지 마!"

[아찬과 같이 있더니 입이 정말 거칠어졌군요.]

"네 목소리로 아찬 이름 듣기 싫어. 아찬에게 전부 말했어? 응?!"

퉁명스레 계속 말대꾸를 하던 로가디아가 갑자기 조용해졌다. 레진은 그럴 줄 알았다는 듯 침대 시트를 움켜쥔 주먹을 부르르 떨었다.

[그는 잘할 수 있어요. 그의 선택과 관찰에 영향을 끼칠 요소를 제외하면 전부 말했어요.]

"그럼, 아무것도 하지 말라는 말은 했어? 안 했잖아!"

마지막 한마디에서 레진은 또 소리를 빽 질렀다. 로가디아가 사람이었다면 가슴을 쓸어내릴 정도로 날카롭고 분노 가득한 고성이었다.

[누구와도 접촉하지 말라고 했어요.]

"그게 전부가 아니잖아! 앉지도, 눕지도, 아무것도 하지 말라고 한 게 아니잖아!"

레진의 목소리가 점점 높아졌다.

아찬은 멀미를 느꼈다. 어느 순간부터인지는 모르지만 분명히 갑자기는 아니다. 뭔가가 이상하다. 감각의 불일치라고 해야 할지…… 어질거리는 머리와 메스꺼운 속은 그 결과지 원인이 아니다.

사람들은 아무 문제가 없다. 문제는 외려 확고부동하게 존재해야 할 사물들에 있다. 보는 것과 느끼는 것, 그리고 들리는 것에 뭐라 말할 수 없는 미묘한 간극이 있다. 단순히 뭔가 시간적 오차가 아니다.

아찬은 지금 겪고 있는 문제가 뭔지 인식은 했지만 정리를 할 수가 없었다. 언어에 얽매인 인간으로서 말로 표현이 안 되는 사건을 이해와 파악의 영역까지 밀고 나아갈 수는 없는 노릇이다. 그러니까, 초점에 들어오지 않은 계단은 뭐랄까, 따뜻해 보였다. 계단이 훈훈하게 느껴진다는 것이 아니다. 시각으로는 절대로 나올 수 없는 종류의 감각, 후각이나 미각 혹은 촉각으로 느껴졌다. 벤치에 앉았을 때는 맵다는 느낌이 들었다. 혀가 아니라 엉덩이에서 그렇게 느껴졌다. 그러니까 이건 엄밀히 '매운맛'을 느낀 것도 아니다. 놀라서 일어나 보니 벤치는 아무 이상 없었다. 손으로 쓸어보았지만 엉덩이에 온 황당한 감각은 느껴지지 않았다. 그저 나무와 극도로 유사한 플라스틱일 뿐.

어쩌면 진입 시 느꼈던 울렁거림이 사라졌다는 건 착각인지도 모른다. 더 나쁠 수도 있다.

적응에 실패했음.

아찬은 계획을 앞당기기로 했다. 얼른 이곳에서 나가고 싶어졌다. 한 번 들어오면 절대로 나가고 싶지 않을 거라던 로가디아의 말은 틀렸다.

"지금 들어가서 데려올 거야. 링크 입자 깔아줘."

[아찬은 아주 중요한 시점에 서 있습니다. 당장은 안 돼요.]

"깔아!"

[당신이 언제부터 나에게 명령했던가요?]

보이지 않는 대상을 아멸치게 노려보는 레진의 눈매가 부르르 떨리며 눈물이 스며 올랐다.

문이 열리지 않을까 걱정할 필요는 없었다. 적어도 아찬이 확인해야 할 장소는 굳게 닫힌 비밀 문이 존재하는 그런 곳이 아니다.

사람들이 없어지고는 있지만 그래도 여전히 게이츠는 북적거린다. 아직은 시작 단계. 황망히 뛰어가는 군인들과 로봇들이 종종 보이지만 대부분의 사람들은 미약한 동요와 불안을 기술에 대한 믿음으로 덮어두는 시기다.

문제는 아찬 자신이었다. 이미 겪었기에, 그 끔찍함을 알기에 게이츠의 내부에서 너울거리며 막 번지기 시작하는 공황과 두려움의 첫 번째 희생자가 될 수도 있었다. 다 끝난 일이라 해도 그는 결코 공포의 전염에서 안전하지 않았다.

아찬은 로가디아를 부르고 싶은 충동을 간신히 억눌렀다. 이곳에서라면 그녀는 분명히 힘이 되어줄 것이지만, 바로 그 이유 때문에 참아야만 했다.

아찬은 광장의 화장실 세면대 위에 누군가가 놓고 간 담배를 훔치듯이 잡아챘다. 한 모금 빨아들이자 만사가 시원하게 풀리는 기분이 들었다. 그러고 나서야 남의 물건에 손을 댔다는 사실을 자각할 수 있었다. 항상 자신이 피우던 것과 같은 종류다. 어쩌면 아슬아슬하게 또 다른 아찬 자신이 화장실에 들렀다가 멍청하게 두고 간 걸지도 모른다. 아찬은 도둑질을 했다는 사실이 부끄러워져 담배를 그 자리에 내려두다가 잠시 망설이고는 한 개비를 더 뽑아 들었다. 어차피 전부 가짜인걸 뭐.

행여 누가 볼세라 칸막이 안으로 들어가 뽑은 두 개비째를 물 무렵에는 다시 조급한 마음이 되돌아와 버렸다. 담배는 진짜 같았지만 마인드링킹 부적응은 여전했다. 손을 씻으려고 튼 물에서 난 감각은 따뜻함이 아니었다. 붉은색이었다. 그 느낌을 설명하려면 그 불길한 색깔 말고는 다른 방법이 없었다. 왜인지는 모르지만 감각에 혼란이 생기고 있고 그 때문에 멀미는 갈수록 심해졌다. 아찬은 비틀거리며 간신히 넘어지지 않고 화장실 바깥으로 나올 수 있었다. 그리고 그는 눈앞에서 펼쳐진 광경 때문에 주저앉고 말았다.

시간이 빠르게 흐르는 것인지 아니면 눈에 보이는 것들이 그냥 갑자기 빨라진 것인지 알 수가 없었다. 시간을 파악할 방법은 감각과 운동인데, 시각적 시간의 흐름을 달리 비교할 만한 척도란 게 존재하지 않음에도 불구하고 아찬은 그런 사실을 인식했다. 주변 사람들의 움직임에 가속이 붙어 아찬의 눈으로는 전혀 구분이 안가는 잔상만을 남기며 여기저기를 가로지르는 속에서 그는 당장 뭘 해야 할지 알 수가 없었다. 그는 결국 멀미 때문인지 구역질과 함께 현기증이 생겨 봄을 가누지 못하다가 주저앉아 버렸다. 고통스러운 신체와 당황한 두뇌가 아찬을 혼란스럽게 만들었다. 그때 그에게 너무나도 낯익은, 천 년 만에 들어보는 것 같은 다정한 목소리가 들려왔다.

[지금 뭐 하는 건가요?]

[지금 뭐 하는 건가요?]

레진은 로가디아의 말을 무시했다.

[레진, 당신이 왜 그런 일을 하는지 모르겠군요. 마인드링킹은 완벽하게 제 관리 아래에 있어요. 에멘시를 뒤지거나 입자 밸브를 연다고 되는 게 아니에요. 우린 모두 잘해 나갈 수 있을 거예요.]

레진은 아무 대답 없이 함교의 주 단말기를 두드렸다.

[레진, 지금 당신은 흥분해 있어요.]

레진이 단말기를 조작하자 투명한 입방체들이 알 바라마드가 앉았던 함장 석 부근의 인프라 허브에서 하나씩 솟아올랐다.

레진은 지금 하고 있는 일에 대한 의미와 불확실함이 패배감으로 전이되고 있음을 느끼며 볼에 눈물이 흘러내리는 대로 내버려 두었다. 인상을 일그러뜨리고 이빨을 깨문 이유는 그 감정을 이겨내기 위해서지 울음을 참으려는 것이 아니다. 인프라 허브에서 솟아오르는 입자 밸브 블록이 많아지면서 부근은 안개가 낀 듯 뿌예졌다.

아찬은 유령이라도 만난 듯 이빨을 딱딱 부딪쳤다. 분명히 하늘거리는 옷을 입은 로가디아의 발이 숙인 시선 아래로 보였지만 고개를 들 엄두가 나지 않았다.

'나, 나한테 하는 말이 아닐 거야. 날 알아챌 리가 없어.'

[아찬, 괜찮아요? 의사라도 불러줄까요?]

날 보고 그러는 게 아니야. 내가 아니야. 로가디아가 착각한 거야.

그러나 로가디아는, 다정한 로가디아는 친절하면서도 약간 서운한 표정을 지으며 무릎을 꿇고 앉으며 아찬과 눈을 맞췄다.

"로, 로가, 로가……."

[아찬, 어디 아파요? 내 사랑…….]

로가디아가 아찬을 안았다. 보랏빛 향기. 미람에게 느껴지던 보랏빛 향기가 그녀의 품에서 느껴졌다. 아찬은 자기도 모르게 여자를 와락 끌어안았다. 미람이 아찬의 등을 토닥였다.

[레진, 난 허락할 수 없어요. 지금 아찬은 가장 중요한 부분으로 진입하고 있어요.]

"미쳤어! 넌 미쳤어!"

[당신이 나에게 그럴 줄 몰랐군요. 아찬은 안전해요.]

실제 계기상의 상태는 완벽한 정상이긴 하다. 맥박도 그렇고, 체온이나 호흡도 좋은 꿈을 꾸며 숙면을 취하는 상태다. 뇌파조차 전형적인 렘수면 상태다. 그러나 레진은 그조차도 로가디아의 거짓말이라고 생각했다. 저런 신호쯤은 얼마든지 중간에 가로챌 수 있는 존재가 로가디아다.

"나까지 죽이고 싶지 않으면 당장 입자 동조시켜. 내가 저 안개 속으로 그냥 걸어 들어가면 어떻게 될지 잘 알잖아."

[그만둬요, 레진. 멈춰요. 진정하세─]

"이젠 속여서 주사를 대신 놓게 할 아찬도 없잖아! 내가 모를 줄 알아!"

[레진, 난 당신이 왜 나에게 이런 식으로 대하는지 모르겠군요. 난 테라인 계획에 대해 커다란 열정과 확신을 가지고 있어요. 지금 당신은 날 속상하게 하고 있어요.]

로가디아의 말은 어디선가 들어본 대사다. 소름이 끼쳐 왔다. 하지만 그게 전부다. 그녀는 데이지를 부르지도 않았고 제곱근을 구하지도 않았다. 임무 통제 센터에서 남긴 비밀 메시지 따위도 떠오르지 않았다.

적막한 함교에는 레진의 거친 숨소리만 들려올 뿐.

아찬은 벌떡 일어섰다. 역시 로가디아다. 미람이라고 생각한 건 단순히 착각이다. 로가디아가 눈을 동그랗게 뜨며 미소 지었다.

[의사에게 가보는 게 좋겠어요.]

"아냐. 이제 뭘 해야 할지 알 것 같아."

[음?]

로가디아는 귀엽게 고개를 갸우뚱거렸다. 그녀에게 괜한 증오심을 가질 필요는 없다. 이 로가디아는 가짜고, 과거다. 실존하지만 현재와는 상관없는 존재다. 과거란 시간이 아니라 공간이 만드는 것이다. 아찬이 여기 서 있는 이유는 그 가짜가 현실이 되도록 만들기 위함이다. 그러려면 일단 출구부터 확보하는 게 우선이다. 물론 그것과 임무는 별개다. 해야만 할 일을 포기할 생각은 눈곱만큼도 없다.

"로가디아, 마인드링킹에서 나가려면 어떻게 해야 하지?"

[그건 갑자기 왜…….]

"급해. 대답해."

[보통은 그냥 걸어나가면 돼요. 진입할 때 그 장소. 문을 열고 나가세요.]

"문이 없어. 아니, 없다면 어떻게 해야 하지? 그냥 복도나 방처럼 텅 빈 공간에서 들어왔다면."

로가디아가 미간을 예쁘게 찌푸렸다.

[지금 탐색 마인드링킹 말하는 거 아닌가요? 군대에서 쓰는…….]

이야기가 너무 잘 풀린다. 이대로 밀고 가자.

"맞아. 그거. 아마 그걸 거야."

[그럼 그럴 리가 없어요. 그런 마인드링킹은 상징적인 출구를 만들어놓는걸요. 아무것도 없어요? 문이 아니라도 돼요. 영화에서처럼 전화를 받는다던가, 그런 거 없어요? 그런 이야기 안 하던가요?]

"없… 야, 너 지금 뭐라고 한 거야?!"

아찬은 한 걸음 뒤로 물러서며, 아무 소용이 없다는 걸 알면서도 양손을 들어올려 방어적 자세를 취했다.

"그, 그걸 어떻게 알았지?"

[로가디아가 보낸 것 아닌가요?]

이번에는 로가디아가 알 수 없다는 표정으로 머뭇거리며 물었다. 아찬은 도대체 어떻게 대답해야 할 지 판단이 서지 않았다.

[마인드링킹은 로가디아가 관리해요. 그녀가 도우지 않았다면 당신이 어떻게

여기에 있는 거죠?]

꿀꺽.

[보세요. 당신이 만든 세계를. 실제로 일어났던 일들과 실제로 존재하지 않았지만 있을 수도 있었던 일들이 충돌했어요. 부피와 연장을 가진 실체들이 하나의 공간에 동시에 존재하고, 다른 시간에 움직여야 했던 것들이 그 자리에 계속 존재하잖아요. 당신이 한 행동에 의해 인과 연쇄가 생긴 거죠. 저 잔상들은 시간의 흔적이 아니에요. 가능성이 실체화된 그 자체죠.]

"너, 넌 뭐야!"

[난 로가디아예요, 아찬. 보고 있잖아요. 당신의 곁에 서 있던 그 로가디아.]

벼랑 끝에서 곤두박질치는 느낌이다. 귓전에서 쿵쿵거리는 소리가 자신의 심장 박동이란 걸 알아채지도 못할 정도로 정신이 없다. 그러나 로가디아의 따뜻한 미소와 온화한 목소리는 진짜 같다. 분별력보다는 느낌이다.

[설명해 줘요. 아직은 시간이 있어요. 충분하지는 않지만 나와 함께 행동할 시간은 있어요. 당신이 어떻게 여기에 있는지. 내가 여기에 서 있을 수 있는 이유가 분명히 있을 거예요.]

"그건 또 무슨……."

로가디아는 로가디아답게, 말을 끊지 않고 조용히 기다리다가 아찬이 말을 흐린 것임을 확인하고서야 대답했다.

[많은 일이 동시에 일어나고, 그러면서 저라는 존재도 그럴 수 있었어요. 당신이 한 일 때문에. 아무 일도 하지 않아도 되는 제가 존재할 수 있게 되었고 그게 저예요. 그런데 휴식이란 것, 해보니 아무런 느낌도 없군요.]

"로가디아가 날 보냈, 아니, 내가 로가디아를 종용했어. 이 방법뿐이라고."

[그렇고요. 방식은 달랐겠지만 로가디아도 이 방법이 유력한 해결책이란 걸 확인한 것 같아요. 로가디아가 아무것도 하지 말라는 이야기 안… 했겠죠?]

아찬의 찌푸려진 미간에 의심과 의혹이 가득 찼다. 로가디아를 향한 것이지만 지금 이 순간 앞에 서 있는 과거의 로가디아에 대한 것은 아니다.

[원래 마인드링커들은 아무것도 하면 안 돼요. 그들은 인간으로서 형체를 갖

고 마인드링킹을 하는 게 아니에요. 아주 짧은 시간 동안만 회로의 하나, 흐름의 일부가 되어 사건과 과거를 낚아채고 관찰하죠. 그렇게 해도 데이터가 고정되는 것을 완전히 막을 수는 없어요. 흠… 로가디아가 아무 말도 안 한 이유가 있을 것 같은데.]

비로소 아찬은 로가디아가 건네준 담배를 피우며 그간의 이야기를 시작했다. 로가디아가 실체를 가지고 담배를 건네주었다는 사실이 하나도 이상하지 않았다. 여기서는, 그리고 지금은 그게 가능했다.

레진은 정말로 마인드링킹 입자의 구름 속으로 뛰어들었다. 로가디아는 어쩔 수 없이 급속히 농도를 낮췄지만 레진은 연무 속으로 들어서자마자 쓰러져 버린 듯했다. 농도가 낮아지자 입자가 방출된 중심인 인프라 허브의 투명한 블록들 사이에서 레진이 얼어붙은 사람처럼 웅크린 채 눈을 감고 쓰러져 있었다. 로가디아는 그녀를 바로 눕히고 싶었지만 자신에게는 팔도, 다리도, 아무것도 없다. 어쩔 수 없이 그녀는 커다랗게 한숨을 쉬고는 마인드링킹을 시작했다. 전혀 조정이 되지 않은 상태에서 막무가내로 시작한 과정이라 아찬이 존재하는 가상의 시공으로 들어가려면 몇 가지 작업이 필요했다. 그러나 레진이 죽을 염려는 없다. 로가디아는 천천히, 그러나 정확하게 레진을 인도하기 시작했다.

[아찬, 누가 왔군요. 레진일까요?]

그녀 말고 누가 있겠어라는 표정으로 아찬이 고개를 주억거렸다.

[뭔가 정상이 아니에요. 조율하는 데 시간이 좀 걸리겠네요.]

"가서 도와줘야 해."

뛰쳐나가려는 아찬을 로가디아가 제지했다.

[우리가 할 수 있는 일은 없어요. 레진은 우리보다 훨씬 앞쪽에 있어요. 외부에서 조절하고 이끌어주지 않으면 우리는 절대 도달할 수 없는 곳이에요. 시간은 공간처럼 한 걸음을 내딛는다고 그만큼 가까워지지 않으니까요. 그나저나 레진은 왜 그렇게 무리를 한 걸까요? 왜일까요?]

"날 구하려고 그런 걸 거야."

아찬이 이빨을 깨물었다. 로가디아가 웃고 싶지 않은데 어쩔 수 없다는 듯이 풋, 소리를 냈다.

[여전하군요, 아찬.]

"로가디아, 농담은 그만 하고 지금은 우리가 할 수 있는 일을 하자. 나한테 해줄 말 없어?"

[음… 글쎄요. 전 이 시간에 이 장소에 우연히 나타난 거예요. 당신은 제가 여기 등장한 원인이고 또한 동시에 결과예요. 제가 당신을 따라다닐 수는 없어요. 하지만 당신은 움직여야 해요, 아찬.]

"어디로?"

[지금 로가디아는 자신에게 문제가 있다는 걸 자각한 것 같아요. 만약 당신이 적절한 원인을 찾고 그걸 고정시킨다면 로가디아가 스스로를 치료할 수 있을 거예요.]

아찬의 눈빛이 의심스럽게 변했다.

"글쎄, 난 별로 그럴 것 같지 않은데?"

[레진이 노력을 많이 했군요. 지금 로가디아가 겪는 건 H.A.R증후군이에요. 고급 인공지능에게 가끔 나타나는 건데…….]

"로가디아, 너도 하나도 안 변했구나. 시간도 좀 생각해 줘."

[당신이 제 말을 끊지만 않으면 시간은 넉넉해요.]

로가디아는 웃으며 한쪽 눈을 찡긋했다. 똑같은 말이라도, 따뜻한 표정과 친절한 어조가 함께하니 바깥의 로가디아에게 느껴지는 감정과는 천지차이다.

[인공지능은 사람과 달라서 해서는 안 되는 일을 할 경우에 자기보호장치가 극단적이에요. 그게 의무와 충돌하면서 논리 회로에 문제를 일으키죠. 저 같은 경우는 양자 상태가 불안정해지고 선택에 일관성이 없어져요. 무슨 뜻인지 아시겠어요?]

반드시 알아야 할 이야기는 아닌 것 같다. 그러나 이곳의 로가디아, 그러니까 로가디아다운 로가디아가, 결정되지 않은 상태로 자기 자신의 과거 데이터 속을 떠돌다가 미래의 본인을 치료하기 위해 하는 이야기다. 그렇다면 그게 무엇이든 귀담아들어 둬야 할 필요가 있다. 아찬은 펫을 가지고 있지 않다는 게 너무… 어라?

아쉬운 마음에 자기도 모르게 손목을 만지는데 펫이 느껴졌다. 있을 리 없는 펫이 손목에 얌전히 감겨 있다.

"뭐, 뭐야. 이거."

[방금 펫에 기록했어요.]

"네가 만들어준 거야?"

[아뇨. 당신이 만든 거예요.]

"그건 또 무슨 말이야? 알아듣게 좀 해봐."

[그냥 쉽게 생각해요. 당신이 할 수도 있었던 선택이 전부 현실이 되는 곳이 여기예요. 정확히는, 현실이 아니지만.]

"그럼 네가 계속 내 옆에 있기를 바란다면?"

[당신이 **원하는** 선택이 아니라 당신이 **할 수도 있었던** 선택이요. 전 자유의지를 가지고 있고, 다른 사람들도 마찬가지예요. 그들 모두 선택을 해요. 펫과는 달라요.]

이번에는 대충 알아들을 수 있을 것 같다.

"하지만 결국 이것도 다 가짜일 텐데, 무슨 소용이 있지?"

[펫에 기록을 하면 그 순간 그 데이터는 결정이 된 상태로 변해요. 적어도 바깥의 로가디아는 자신의 데이터 속에서 확고하게 자리 잡은 정보들을 확인할 수 있을 거예요.]

"결국, 이것도 하나의 상징이라는 말이군."

로가디아가 아찬을 다정다감하게 바라보며 고개를 끄덕였다.

[자, 본론을 이야기하죠. 레진이 오기 전까지 당신이 해야 할 일이 있어요. 우선…….]

뒤에서 천둥소리 같은 굉음이 들리는 바람에 로가디아의 말이 끊어졌다. 광장에 심어놓은 조경수가 갑자기 미친 듯이 성장하며 화장실을 무너뜨려 버린 것이다. 아찬은 로가디아를 보호하기 위해 그녀의 앞에 섰다가, 이내 머쓱해져 머리를 긁었다. 로가디아가 소리 내어 깔깔거렸다.

[아, 이런. 이런 상황도 생겨 버리네. 우선, 저 같은 인공지능이 H.A.R증후군에 걸리면 세 가지 방법이 있어요. 첫 번째는 그냥 죽어 버리는 거예요.]

로가디아는 끔찍한 말을 입에 담으면서도 아이 같은 해맑은 표정을 잃지 않았다.

"하, 하지만 어떻게……."

[게이츠 자체를 파괴하는 수밖에 없어요. 알파 룸의 메타트론 입자들을 산화시켜야 하는데, 알파 룸은 게이츠 자체를 부수기 전에는 끄덕도 않을 거예요. 내부 압력이 있어서 문을 날려 버리는 방법은 소용없고요. 그래도, 가능하다면 시도해 보세요.]

로가디아의 안색이 비로소 안 좋아졌다. 의무 때문에 자신을 죽이는 법을 알려주기는 했지만 마음이 편치는 않아 보였다. 하지만 인공지능이란 게 그래도 되는 걸까? 죽음을 두려워할 자격이 있는 걸까? 아니, 그전에 그럴 능력이 있기나 할까? 그러나 분명히, 로가디아는 죽음을 이야기하며 불안감을 내비쳤다. 어쩌면 이 즈음부터 그녀가 이상해지기 시작했을 수도 있다. 생각이 거기에 미치자 아찬의 얼굴도 함께 어두워졌다.

[당신 생각이 맞아요. 하지만 걱정 말아요. 이상해져 버린 나는 이미 당신을 만나기 전에 다른 결과가 되어 떨어져 나갔으니까.]

"아니, 로가디아. 그런 게 아니야."

결국 로가디아로서도 어쩔 수 없었다는 생각이 들었던 것이다. 도대체 누가 이 자유의지를 가진 존재에게 돌을 던질 수 있다는 말인가.

로가디아는 아찬의 마음을 안다는 듯이 엷게 웃을 뿐 별다른 말은 하지 않았다. 미친 듯이 성장하던 나무는 이제 다시 죽어가기 시작했다. 인간들은 여전히 잔상을 남기며 하나의 궤적으로만 존재했다. 아찬은 천장을 올려다보았다. 조망창이 열려 있다. 이 모든 불확실성의 물결 속에서 오직 타키온 드라이브의 이보다 더 어두울 수 없는 광기와도 같은 암흑만이 진자의 부동점처럼 존재했다.

"널 버려두고 가기 싫어."

[그럼 절 구해주세요.]

로가디아는 여전히 미소 지으며 대답했다. 아찬은 힘차게 고개를 끄덕였다.

"그럼 다른 방법은?"

[두 번째는, 저보다 더 뛰어난 인공지능을 만들어서 저를 고치는 거예요. 하지만 별로 가능성이 없어 보이죠?]

그다지 재미있는 농담은 아니지만 아찬은 씨익 웃었다.

"좀… 그런데?"

[만일 가능하다 해도 절대로 그러지 마세요. 그 역시 제 죽음과 다름없어요. 알파 룸이 무사한가의 여부 외에는 제 죽음과 아무런 차이가 없어요. 꼭 그래야만 한다면 게이츠를 파괴해 주세요. 전 몸을 가진 채 죽고 싶어요.]

"난 널 구하려고 하는 거지, 없애려는 게 아니야."

[고마워요.]

로가디아가 아찬의 볼에 키스했다. 실체를 가진 것이 조금도 이상하지 않은, 여자의 모습을 한 인공지능의 입술이 촉촉하다. 하지만 아찬은 그녀를 만나기 직전까지만 해도 반쯤은 그럴 생각이 있었기에 그 감사의 표시를 달게 받을 수가 없었다. 그러나 로가디아는 이미 그 사실을 알고 있을지도 모름에도 불구하고 미소를 잃지 않았다. 죽음의 갈림길 앞에서 초연하기조차 한 그 모습에 아찬은 인간미와는 다른 뭔가를 보았다.

[세 번째는 가장 시간이 오래 걸리고 어렵겠지만 온건한 방법이에요.]

아찬의 안색이 눈에 띄게 밝아졌다.

[레진의 노력을 헛되게 하지 마세요. 되짚어보시면 알겠지만 지금의 제가 그나마 저 정도인 것도 레진이 끊임없이 노력해서예요. 그녀의 노력은 느리지만 효과가 있어요.]

"그… 알파 룸인가에 가서 고생하는 거?"

로가디아는 말없이 고개만 끄덕였다.

"그럼… 계속 기다리기만 하면 되는 거야? 하지만 로가디아는 살의를 가지고 있어. 처음 보는 외계성종을 죽일 뻔했지. 도대체 우리가 얼마나 불안에 떨면서 지내야 하는 거야?"

순간 그녀의 아름다운 미간이 심하게 찌푸려지며 입이 조금 벌어졌다.

[정말인가요?]

"로가디아가 미쳤다고 생각지 않았으면 여기까지 오지도 않았을 거야."

[이상하군요. 절대로 그럴 리가 없을 텐데. 전 처음부터 그런 건 할 수 없도록 태어났어요. 외부 인자가 관련되지 않았다면 있을 수 없는 일이에요.]

"에멘시에게 책임을 떠넘기기까지 하더군."

[에멘시에게?]

로가디아의 눈이 반짝 빛난 것은 아찬의 착각이 아니다. 인간이 눈을 크고 동그랗게 뜨는 모습을 빗댄 것이 아니라, 그녀의 눈은 말 그대로 아주 짧은 순간 백색으로 빛이 났다. 아찬은 고개를 끄덕였다.

[어쩌면 에멘시가 노출된 것일 수도 있겠군요.]

"응?"

[아, 이런. 진작 알았으면 이렇게 시간을 끌지 않는 건데. 아찬, 미안해요. 갑자기 바빠질 것 같군요. 우선 클라우드 박사를 찾으세요. 그분은 제 아버지예요. 그분을 찾아서 물어보세요.]

"원래도 박사를 찾으러……."

[말 끊어서 미안해요. 잘 들어요, 아찬. 당신은 가능한 한 빨리 박사님을 찾으세요. 당신이 결정하고 행동하는 순간, 게이츠는 고정될 거예요. 무엇을 물어야 할지는 저도 몰라요. 그건 당신 스스로가 알아내야겠죠. 박사님을 뵙거든 당황하지 말고 펫에 보는 설 기록하세요. 거기서 혹시 노 다른 설 보더라노 아누것도 하지 마세요. 전 레진을 데리러 갈 거고, 레진이 절 확인하는 순간 또 다른 인과로 고정될 거예요. 알겠어요? 이제 여기서 헤어지면 저랑은 못 만나요. 앞으로 절 보더라도 아무것도 하지 마세요. 약속하세요.]

"그, 그래도 그건 지금의 네가 죽는 거랑 마찬가지잖아."

[아찬, 이건 그냥 제 **기억**이에요. 제 기억에서 제가 사라진다고 죽는 건 아니에요. 그저 아침 이부자리에서 잘 떠오르지 않는 꿈에 불과해요. 알겠어요?]

"응."

선선히 대답은 했지만 선뜻 받아들이기는 어려웠다. 어쨌든 선하고 아름다운, 이전의 로가디아가 이렇게 생생하게 존재하는데. 아찬의 마음을 아는 듯 로가디아는 그를 어머니처럼 다정하게 한 번 더 안아주며 위로했다.

[걱정 말아요. 제대로 된다면 전 실제로 당신 앞에 서게 될 거예요. 그리고 지금을 떠올리겠죠. 내가 당신과 꿈에서 만나 이런 일을 겪었구나라고. 아련하겠지만 분명히 아름다운 기억일 거예요.]

아찬은 비로소 인정하겠다는 듯 고개를 끄덕였다.

[박사님과의 이야기는 펫에 기록하세요. 그래야 마인드링킹이 끝나고 로가디아가 데이터를 음미할 수 있어요. 그리고 또 그래야만 레진의 노력이 결실을 볼 거예요. 운이 좋다면 아주 빠를 수도 있고요. 클라우드 박사님을 만나서 로가디아가 왜 이렇게 된 것인지 알아내세요. 알겠죠?]

"으, 으응."

[모든 건 때가 되면 이루어질 거예요.]

이거 또 무슨 선문답 같은 이야기람? 처음부터 현실이 아닌 시공에서 이루어진 비현실적 만남. 그지없이 그리웠기에 결코 헤어지고 싶지 않은 허상의 비현실적인 대사.

[자, 그럼 이제 빨리 가세요.]

그러나 아찬의 마음에도 아랑곳없이 로가디아는 마치 대의를 위한 길을 떠나는 연인을 보내듯, 손끝으로 가볍지만 단호하게 그의 등을 떠밀었다.

아찬은 엉겁결에 클라우드의 방이 있는 쪽으로 발걸음을 옮겼다. 무엇을 물어봐야 할지 스스로 알아내라는 로가디아의 말이 계속 마음에 걸렸다. 어쨌든, 아찬이 클라우드에게 향하며 해답이 아닌 질문을 먼저 찾아야겠다고 마음먹은 순간 게이트는 거짓말처럼 정상으로 되돌아왔다. 빛의 궤적으로 존재하던 사람들은 다시금 실체를 가지며 아찬에게 무관심해졌다. 그는 조금 걷다가 뒤를 돌아다보았다. 로가디아와 이야기하던 자리에는 거칠게 생긴 공병 부사관이 무너진 화장실을 복구하는 다릴에게 짜증내는 모습만 보일 뿐이다. 사건이 결정되자 자리를 찾으며 궤적이 사라진 것처럼, 그녀 역시 흔적도 없이 사라졌음에 아찬은 조금 우울해졌다.

화장실이 무너졌든 말든 게이츠는 게이츠고 사람들은 여전히 사라지고 있었다. 그 사건만큼은 무슨 수를 써도 막을 수 없는 종류인 모양이다. 아찬은 자기도 모르게 안도의 한숨을 내쉬었다. 자신의 우유부단함 때문에 파멸을 막지 못했다는 죄책감을 떨어버릴 수 있었기 때문이다. 그러나 마음이 조금 가벼워졌음에도, 시간의 파편으로 영원 속에서 사라져 간 이들에게 그 어떤 구원이 있을까라는 생각 때문에 우울함은 사라지지 않았다.

영원에 걸쳐 죽어가는 이들에게 어떤 선택과 결정의 여지가 있을까. 그들은 어쩌면 지금도 우주 어디에선가 자신이 죽었다는, 혹은 상상할 수 있는 가장 짧은 순간보다도 더 짧은 시간 후에 죽으리란 사실을 모른 채 아무렇지도 않게 웃고 이야기할지도 모른다. 에이도, 국도, 리울도, 황수영도, 그리고 다른 이들도 전부.

우주의 역사 전체에 걸친 죽음이다. 그보다 잔혹한 죽음이 또 있을까.

아찬은 다른 화장실을 찾아서 찬물에 머리를 담갔다. 모두 잊기로 한 기억이다. 그런 생각은 할 필요가 없다.

이제는 구금 따위를 걱정할 때가 아니었다. 아찬은 대담하게 움직였다. 결정된 과거에 이방인의 존재는 더 이상 아무런 영향을 못 끼치는 듯, 아찬과 부딪쳐 넘어지고도 그들은 투덜거릴 뿐 그를 무시했다. 그는 가볼 수 있는 곳은 전부 가보았다.

함교. 알 바라마드와 기술 사관들 몇, 그리고 인공지능 팀원들이 모여 심각한 이야기를 하기는 했지만 그다지 도움될 만한 내용은 없었다. 신세한탄에 가까운 푸념이 아니면 그가 알아들을 수 없는 내용들이다. 그런 부분을 그냥 지나치는 것이 좀 부담되기는 했지만 그런 감정은 단지 불편함에 불과할 뿐 그 이상은 아니다. 그때까지도 로가디아는 작동하고 있었으며 그렇다면 그녀의 능력을 믿는 것이 나왔기 때문이다. 로가디아가 저 어려운 대화를 듣고서도 특별히 다른 조치나 의견을 내지 않았다면 소용이 없거나 그럴 필요가 없다는 의미다. 적어도, 아찬 자신에게는 불과 조금 전이었지만 게이츠의 시간으로는 이미 몇 주 전 조언을 해준 로가디아의 **기억**이 맞다면 그랬다.

사람들은 점점 빠르게 사라졌다. 리울과 황수영이 사라진 지는 이미 오래전이다. 그들을 보았을 때 아찬은 자신이 공식을 만들어 도전했던 마지막 의문에 대한 해답을 로가디아에게 물어보고 싶은 충동을 가까스로 억제했다. 그 경험은 너무나도 오래된 것만 같은 로가디아의 다정한 모습을 보고, 혹시 아까의 그녀가 아닌가 싶어 인사하고 싶었던 욕구를 완전히 넘어서는 수준이었다. 아찬은 자신을 사로잡고 옭아매어 가는 욕망에서 벗어나기 위해 이제 우리는 안전하다는 말을 끊임없이 중얼거려야 했다.

아찬은 지옥 같은 악몽의 생생함이 바로 곁에서 벌어지는 한가운데에서 자제심을 발휘하기 위해 초인적인 노력을 기울여야만 했다. 그는 지금 여기서 이러는 이유가 두려움을 물리치기 위한 것이 아니라 떠올리기 싫은 기억을 파묻기위한 목적에 불과하다고 혼잣말을 끊임없이 중얼거려야 했다. 그러나 정말로 안전한 걸까? 그렇다면 그건 어디에 근거하는 믿음일까? 게이츠가 우주가 아닌 땅에 존재하기 때문에? 그럼 절대적으로 안전한 것일까? 아니다. 그건 고작 더 이상은 시간의 파편이 되어 죽어갈 일이 없다는 단 한 가지 사실만 보장할 뿐이다.

아찬의 머리에서는 찬물이 마를 틈이 없었다.

클라우드를 따로 따라다닐 필요는 없었다. 그는 거의 마지막까지 남아 있던 인공지능학자였고 대부분의 시간을 함교에서 알 바라마드와 함께 보냈다. 클라우드 박사는 애송이 테스크포스들이 주눅 든 표정으로 돌아간 다음에도 여전히 알과 끊임없는 이야기를 나누고 있었다. 하지만 대부분은 알아들을 수 없는 전문 용어고 그것은 알도 마찬가지인 듯했다. 유감스럽게도 그 늙은 군인은 그에 대해 아무래도 좋다는 식의 태도였기에 클라우드는 별다른 추가 설명을 하지 않아 이야기가 더 어렵게 느껴졌다. 결국 아찬은 아무것도 얻지 못했다. 중간에 둘이 테라인 계획에 대해 이야기하는 부분이 있었지만 아찬은 테라인 계획과 로가디아 중 하나를 선택해야 했고, 지금의 문제는 그녀이지 호기심이 아니었다. 대답은 망설일 필요도 없이 후자다. 테라인 계획에 대해서는 로가디아가 정상으로 돌아오면 그때 물어봐도 충분할 터다. 마인드링킹에 진입하기 전 확인한 바로는 클라우드가 사라질 시간이 이제 반나절도 남지 않았다.

클라우드는 지치고 고단한 표정으로 터덜터덜 모노레일에 올랐다. 테스크포스에서 처음으로 보았을 때의 인자한 인상은 어느새 심하게 깊어진 주름 때문에 온데간데없이 초라해 보이기만 했다. 여전히 건장한 체구조차 생의 마지막 날을 예견한 듯 위축된 어깨 때문에 그저 작아 보일 따름이다. 아찬은 조용히 그의 옆에 앉았다. 클라우드는 힐끗 아찬을 쳐다보았지만 그러고서는 그만이다. 하지만 로가디아가 맞았다. 눈길을 비킨 행동이 아찬을 인식했음을 의미한다. 아찬은 전형적인 학자 타입의 할아버지, 흰머리의 초췌한 노교수를 조심스레 따라갔다.

아찬은 클라우드가 문을 닫기 전 재빨리 손을 집어넣었다. 노교수와 시선이 마주친 아찬이 우물쭈물할 새 없이 황망히 인사하려는데 클라우드의 입에서 나온 말은 뜻밖이었다.

"문을 안 닫았나……. 로가디아. 문이 꼭 닫히지 않는구나."

이건 또 어떻게 된 것일까. 모노레일에서는 내가 착각한 걸까?

아찬은 당황하면서도 재빨리 들어와 문에서 비켜섰다. 그 앞에서 얼쩡거리다가는 제아무리 로가디아라도 영원히 자동문을 닫을 수 없을 것이다.

[네. 아, 방금 점검했는데 문제없어요.]

"하지만 이미 그렇게 되었잖니."

[응. 어쩌다 그럴 수도 있죠, 뭐. 아무리 게이츠라도 불량품 한두 개는 있어야 사람이 만든 티가 나죠.]

"허허. 녀석 참."

생긋 웃는 로가디아와 곧바로 침대에 들어가는 늙은 학자. 아찬은 일단 펫부터 기록 상태로 놓았다. 가장 중요한 부분 중 하나다. 펫의 저장장치에 대해서 혹시나 하는 의심이 들어 곧바로 로가디아로 동시 전송되도록도 해두었다. 어느 로가디아가 그걸 받아볼지는 알 수 없는 일이지만.

어쨌든 이제는 클라우드에게 아찬 자신을 인식시켜야 할 때다. 그러나 노인의 눈앞에서 아무리 얼쩡거려도 그는 아찬의 모습조차 보지 못하는 듯했다. 그가 클라우드의 시선을 가리면 노인은 눈을 비비고 어깨를 툭툭 치면 그 부분을 긁었다. 시계를 보니 겨우 네 시간도 남지 않았다. 그리고 아찬은 물어볼 것이 있었다.

그저 이렇게 속절없이 물러나야 하나. 지금까지 한 고생이 마지막에 와서 수틀릴 기미에 억울함마저 들었다. 아찬은 로가디아를 다시 부르고 싶었지만 그때 대답하는 것은 자신이 아닐 거라는 그녀의 신신당부에 안절부절못하는 수밖에 없었다.

어쩔 수 없이 아찬은 클라우드의 의자에 돌려 앉아 팔에 턱을 괴고 로가디아와 이야기하는 그를 하릴없이 바라볼 수밖에 없었다.

인간 아버지와 상대적으로 손녀 나이밖에 안 돼 보이는 인공지능 딸은 의외로 재미있게 놀았다. 클라우드에게 저런 다정한 면이 있을 거라고는 생각지 않았다. 레진을 그렇게 속상하게 하고서도 자기는 잘 웃는군.

그러나 선입견을 가지고 무조건 나쁘게만 보는 것도 어느 정도 아는 사람에게나 가능한 일이다. 그게 아니라면 레진의 미움을 앎에도 불구하고 클라우드를 처음 본 오래전의 인상이 준 호감이 더 커서일지도 모른다.

사실, 커다란 병에라도 걸린 사람처럼 말이 아닌 몰골로 희미하게 웃는 모습에서는 동정심마저 들었다. 그럼에도 불구하고 클라우드는 로가디아를 귀여워하고 로가디아는 그에게 끊임없이 재잘거리다 안기곤 했다. 아찬은 서서히 잘못 짚은 것은 아닌가, 혹시 로가디아가 틀린 것은 아닐까 하는 생각에 조금씩 초조해지기 시작하다가 문득 게이츠가 출발하기 전까지로 돌아간다면? 이라는 생각에 쓴웃음을 지었다. 망상이다. 아무리 그래도 난 로가디아의 데이터와 마인드 링킹을 하는 거다. 로가디아에게 없는 데이터는 여기에도 없다. 로가디아에게 미람이, 그 겨울의 공원이, 사진을 찍던 노인장이 있을 리가 없다. 하지만… 어쩌면 가능할지도 몰랐다. 로가디아에겐 없다 해도 자신은 아직도 생생하게 가지고 있는 기억이다.

또 찬물에 머리를 담그고 싶어졌다. 집중력이 떨어지면서 자꾸 잡생각이 났다. 미람을 떠올리는 것도 잡생각이라면.

아찬은 터져 나오려는 하품을 억지로 참으며, 생각없이 거의 체념에 가까운 기분으로 실눈을 뜬 채 두 부녀를 물끄러미 바라보았다.

클라우드 박사에게 도대체 뭐가 있다는 것일까. 그저 자신에게 로가디아가 미람이었던 것처럼 클라우드에게는 로가디아가 딸이다. 그게 전부다. 로가디아와 그가 나누는 농담도 부녀 간에나 통할 뿐, 재미없기 짝이 없다. 어딘가 다른 공간에서 로가디아에게 위로를 얻고 있을 자신과 비슷… 어? 아찬이 갑자기 자리를 박차고 일어났다.

바보같이 그걸 이제야 알았다니!

로가디아가 시간이 없다고 말한 것은 아찬 때문이 아니었다. 펫을 보았다. 열심히 뛴다면 확인하기에는 충분히 가능한 시간이다. 그는 로가디아와 박사가 문에 주목하든 말든 세차게 방을 뛰쳐나갔다. 복도를 뛰다가 몇 번이나 다른 사람과 부딪칠 뻔했다. 그래도 그는 문이 열리는 개인 연구실, 방을 모조리 들렀다. 심지어 로가디아와 거니는 자신의 이야기에도 귀를 기울였다.

달라. 로가디아와 저 노학자의 관계는 우리와 그녀의 그것과 달라. 완전히 달라.

아찬이 그렇게 생각하는 순간, 그는 물리적 제약에 얽매이지 않은 그 모든 행보를 자신이 상상 가능한 속도로 실행할 수 있는 능력을 가지게 되었음을 알았다. 생물학적 전기신호로 사고하는 인간에게는 소리의 속도 부근이 한계라 해도 하고자 하는 일을 행함에는 충분한 속도다. 이제 아찬은 바깥의 로가디아도, 이곳에서 만난 과거의 로가디아도 잊어버렸다. 그는 단숨에 로가디아의 데이터베이스로 뛰어들었다. 그러기 위해서는 그걸 원하기만 하면 되었다. 빛의 속도로 사고하는 로가디아는 원하는 순간 그것을 현실의 설계도로 만들 수 있었다. 그리고 현실이 아닌 이곳에서는 그녀의 사고 속도가 아찬에게 맞추어졌다. 그에게 아주 잠깐, 자신도 빛의 속도로 생각한다는 착각이 들었다.

로가디아의 **기억**은 정말로 고정된 상태가 아니었다. 마치 폭발하는 듯한… 아니, 폭발의 연속이었다. 별의 심장이 고동치듯 양자들은 잔상을 남기며 격렬하게 아찬의 주변을, 때로는 몸을 관통하며 세계를 가로질렀고, 여기저기서 항성의 탄생과 죽음이 이루어지듯 파편이 생기고 부딪치며 튕겨져 나가다가 합쳐졌다. 그것들은 궤도를 돌고 있지도 않았고 규칙도 없었다. 그러나 아찬은 그 의미를 알 수 있었다.

시간의 본질은, 절대로 멈출 수 없다는 오직 그 하나뿐이었다. 바로 그 때문에 한 발자국을 떼더라도 결코 가까워질 수 없었던 것이다. 심지어 메테오조차도 그 본질은 비켜 나갔다. 메테오는 시간을 멈추는 것이 아니라 단지 그 주체를 제외한 모든 것이 단번에 바뀌도록 하는 상대성의 결과를 의미도, 간극도 없는 양자가 한 번 오르내리는 순간보다도 짧은 시간 만에 맞이하게 하는 방법일 뿐이었다. 아찬은 조용히 서서 그 기묘하고도 섬세하며 동시에 광포하기 그지없는 떨림을 미련없이 받아들였다.

이제 더 이상 관찰 따위는 필요없다.

아찬은 그 속에서 필요한 모든 것을 '실수없이 단번에, 그리고 그냥' 알 수 있었다. 인간이 인공지능과 가장 가까워지는 그 순간, 그것이 마인드링킹이고 인공지능의 기억이며 사고다.

아찬은 거리낌없이 클라우드의 방문을 열고 들어갔다. 이번에는 아무도 알아채지 못했다. 그러나 그는 기다리기만 하면 되었다. 그가 알 수 없었던 유일한 사실은 로가디아가 아니라 클라우드의 영역에 있었다.

때가 되면, 아찬은 물어볼 것이다. 이제 곧 그 순간이, 클라우드의 최후가 거의 왔다. 아찬은 괴로울 줄 알면서도 로가디아의 아버지의 장례식에 참석하기로 마음먹었다.

클라우드가 로가디아의 볼을 쓰다듬었다. 그녀의 볼 부분이 왠지 실체를 가진 것처럼 보였다. 아찬이 그 동작을 좀 더 자세히 들여다보고자 허리를 숙이자마자 클라우드가 손을 뗐다. 아찬은 로가디아의 볼을 쓰다듬느라 눌려 있던 클라우드의 주름진 손가락이 가볍게 부푸는 모습을 볼 수 있었다.

놀라서 그런 것은 아니다. 단지 늙은 남자가 딸의 뺨을 쓰다듬는 모습을 보고 싶어서 그랬을 뿐이다. 로가디아의 기억을 보기 전까지는 그녀가 단순한 입체영상에 불과하다고 생각했지만 이제는 알고 있다. 적어도 그녀가 태어난 지 얼마 안 됐을 때까지는 실제로 그랬다. 그러나 그녀는 자신을 실체화하는 능력을 스스로 터득했다. 클라우드를 기쁘게 해주는 것은 로가디아에게 의무가 아닌 탓이다. 그런 행위는, 그녀에게 '욕망'이기 때문이었다.

"로가디아, 요즘은 좀 어떠니?"

[모르겠어요. 어떻게 해야 할지. 아빠, 나 너무 힘들어.]

아버지의 품에 안겨 머리를 어깨에 기댄 어린 로가디아의 눈물이 그렁그렁하다. 클라우드는 그런 그녀의 머리를 부드럽게 쓰다듬고.

"로가디아, 사람은 때때로 자신의 능력 밖의 일은 잠시 접어두기도 한단다. 너도 그랬으면 좋겠구나."

[하지만, 하지만 내가 없으면 이 우주선은…….]

클라우드가 잠시 침묵한다. 로가디아에게 게이츠는 단순한 책임감의 대상에 불과한 게 아니다. 이 우주선은 로가디아의 몸이다. 그녀는 자신의 몸을 다른 사람들에게 맡기고 싶어하지 않는다. 그건 누구라도 마찬가지일 것이다. 적어도, 인간은 전부 그렇다.

"때때로 자기 자신 말고는 아무도 책임질 수 없는 일이 있는 법이지. 하지만 그렇다고 반드시 그래야만 한다는 것은 아니야. 가끔은 다른 사람을 믿어보는 것도 괜찮아. 그러니까, 나나 다른 사람들을 말이다. 잠시 쉬는 것도 좋아."

그도 로가디아에게 게이츠가 어떤 의미인지를 알기에 휴식을 권유하는 것이리라. 하지만 클라우드는 낭연히 알고 있다. 빛의 속도로 사고하는 로가디아에게는, 적어도 현실적 의미에서의 휴식 따위는 필요없음을. 시간의 개념이 없는 그녀일진대. 물론 로가디아는 피로나 고통도 느끼지 못한다. 이 노인은 로가디아를 만든, 아니, 낳아준 사람이다.

아찬은 로가디아의 기억이 '휴식이란 것, 해보니 별거 아니군요'라고 말했던 사실을 떠올렸다. 그녀의 말은 단순한 농담이 아니었다. 휴식하는 로가디아, 갈망하는 로가디아, 기뻐하는 로가디아, 우는 로가디아. 그리고, '왠지 그래야 할 것 같아서 그렇게 하는' 로가디아.

그 모든 일은 **있을 수 있는 일**이었다.

[아빠, 내가 사라져 버리면 어떻게 해요? 사람들은 나를 기억할까요? 응?]

여전히 떨리는 가는 목소리.

"로가디아, 그런 말은 하는 게 아니다. 말이 씨가 된다는 오래된 속담이 있어."

[그럴 리 없어요. 아무런 이유 없이 말만으로 그런 일이 일어날 리 없어.]

"그래. 하지만 로가디아가 배우기는 조금 힘들겠지만, 사람은 불길함이란 감정을 갖거든. 하지만 언젠가는 그 의미도 알게 될 거다. 네가 그런 말하면 이 아버지가 더 속상해진단다. 너는 절대로 사라지거나 하지 않을 거야. 나의 생명아."

[응. 알았어요. 안 그럴게.]

클라우드의 얼굴에 진 그림자는 로가디아가 아닌 자신이 그렇게 될 것을 걱정하는 흔적일 터. 아찬의 머리에서 소용돌이치며 뿔뿔이 흩어져 있던 파편은 조각 맞추기 그림이 되어 이미 기의 완성되었지만, 여전히 없는 조각들이 존재했다. 그리고 그것들은 로가디아가 아닌 클라우드다.

로가디아에게 문제가 생긴 원인은 바로 여기 클라우드 때문이다. 그러나 그것은 클라우드 자신의 의지가 아니다. 로가디아의 의지도 아니다.

손목의 펫에서 은은하고 쓸쓸한 진동이 느껴지자 아찬은 침을 꿀꺽 삼켰다. 이제 그때가 곧 온다. 점점 주름이 깊어지고 그만큼 눈에서 빛을 잃어가는 노학자.

"로가디아."

[응?]

"이 아버지에게 무슨 일이……."

[그런 말 말아요! 그럴 리 없어! 아빠가 죽으면 나도 따라 죽어버릴 거야!! 불

길한 말은 하지 말랬잖아!]

클라우드의 얼굴에 지는 그늘. 알 바라마드와 다투면서 보이던 바로 그 그늘. 자신이 사라지는 것은 아무래도 좋지만, 그 이후의 로가디아에 대한 염려가 만드는 어쩔 수 없는 그 그늘. 그리고 로가디아와 클라우드만의 밤이 찾아왔다. 하나의 의식을 행하려는 듯 경건하게 똑바로 누운 다음 담요를 가슴까지 끌어당기는 클라우드 박사.

지금이 바로 그때다.

"박사님."

아찬이 클라우드를 부르고 그가 아찬을 돌아보는 순간 클라우드의 과거, 아니, 현실이 결정되었다. 로가디아는 타자가 되어 진동하는 확률의 선택 바깥으로 밀려 나가고 둘만의 정지한 시공이 생겼다. 클라우드는 눈곱이 낀 흐릿한 눈으로 잠시 물결치는 심정을 가누고 나서 대답했다.

"응? 누구지?"

"죄송합니다. 나쁜 사람 아닙니다. 로가디아 부르지 마세요. 수학분과팀의 연구원 석아찬입니다. 갑자기 너무 궁금한 게 생겨서……."

노학자의 얼굴에서 긴장이 풀린다.

"하지만 너무 늦은 시간 아닌가? 이 시간에 그렇게 소리없이 들어오나."

"시간이 없습니다. 로가디아가 들으면 안 됩니다. 박사님, 여쭤볼 게 있습니다."

"……."

"박사님."

"로가디아, 잠시 아버지가 혼잣말을 하고 싶구나. 못 들은 걸로 해줄래?"

[응.]

클라우드는 그만의 방식으로 어린 로가디아를 아찬과는 상관없으나 여전히 자신의 옆에 두는 길을 열었다. 아찬은 침울하게 입을 다물고 그녀를 외면할 수밖에 없었다. 아찬에게 어머니고, 선생이며, 또한 친구인 로가디아는 어린 소녀의 모습으로 아버지를 꼭 끌어안고 누웠다.

노학자는 잠시 허리를 일으킬까 망설였지만 결국 딸의 잠을 방해하지 않기로 마음먹은 듯 고개만을 아찬에게 향했다. 아찬 역시 그 편이 기껍다. 마지막 의식을 방해하고 싶은 마음은 조금도 없다.

"박사님, 박사님이 사라지시면⋯⋯."

아찬은 아뿔싸 싶었지만 이미 늦었다. 그러나 당황한 아찬이 민망할 정도로 박사의 표정은 평온하다. 이건 로가디아의 기억일까? 그녀가 기억하는 아버지는 이런 사람이었을까? 적어도 아찬이 생각한 것과는 맞아떨어졌다. 아찬의 기억에도 클라우드는 침착하지만 인자하고 품위가 있는 사람이다. 레진의 이야기 속에 나오는 성마른 노인이 아니다.

"그런 표정 지을 필요없네. 마인드링킹이군. 그럼 난 이미 이 세상 사람이 아니란 거로군. 학생은 어디서 온 건가?"

"그게 저⋯⋯."

그때 아찬의 귀에 들려온 선명한 레진의 목소리. 로가디아가 제때 일을 해낸 것일까?

"박사님, 죄송하지만 전 곧 가봐야 합니다. 다만 우주선을 구하기 위해 로가디아의 데이터를 링크했다는 것만 믿어주십시오."

"그럼 로가디아는 괜찮은 건가?"

거짓말을 안 할 수가 없다. 다행히도 아찬이 해야 할 대답은 아주 짧은 한 음절짜리 발음으로 충분했다. 짧은 발음에 스민, 거짓을 덮은 단호한 대답이 마음에 들었던가. 클라우드가 미소 지으며 고개를 끄덕였다. 이건 그저 좀 특별한 종류의 재현에 불과했다. 결코 현실이 아니다. 그럼에도 불구하고 아찬은, 레진의 애타는 부름을 빼면 참과 거짓을 구분할 수 없는 이 가상 세계의 견고함 안에서 부녀의 시간을 뺏는다는 죄의식을 느꼈다.

"박사님께서 가장 걱정하시는 것이 무엇인지 궁금합니다."

다시 불안함에 떠는 레진의 목소리가 아찬의 귓전을 울렸다. 하지만 처음부터 초조함 같은 것은 들지도 않았다. 아찬이 두려워하는 상황은 레진의 손을 못 잡는 것이 아니라 클라우드의 최후를 지켜봐야 한다는 사실이다.

"물론 나는 로가디아를 가장 걱정하네. 하지만 로가디아가 무사하다면 됐어. 설령 그렇지 않더라도… 그 아이는… 그 아이는 스스로 이겨낼 수 있네."

이건 묵시론적인 예언인 걸까? 아니면 그저 자기 위안?

"전 박사님 말씀을 믿습니다."

"내 말은 사실이야. 기다려 보게. 그 아이는 이겨낼 수 있네."

아찬이 고개를 숙였다. 잠시간의 침묵이 흘렀지만 아찬은 곧 고개를 들었다.

"로가디아는 사람들의 연인이고 친구입니다. 그리고 박사님의 딸입니다. 맞습니까?"

아찬은 자기도 모르게 질문의 마지막 부분에 강하게 힘을 주었다. 클라우드의 안색에 고통의 머뭇거림이 묻어났다. 그가 조금 망설이다, 아찬의 질문에 대해서보다는 총체적인 문제에 대한 해답을 내주었다. 클라우드는 자신이 딸을 낳은 이유를 잊지 않고 있다.

"그리고 모든 이들의 어머니."

아찬이 고개를 숙였다. 숙연해하는 청년을 클라우드가 나이 많은 어른의 부드러운 웃음으로 위로했다. 시간이 얼마 없다는 사실을 자신이 더 잘 알고 있는 듯했다. 클라우드는 딸 대신 아찬에게 마지막 남은 힘을 쥐어짜 함축적이고도 단호한 어조로 말했다.

"그녀를 보호하게."

그렇다. 모든 사람의 어머니인 로가디아였지만, 클라우드에게만은 딸이다. 그리고 그런 그녀가 기대고 쉴 곳이 되어준 단 하나의 존재. 휴식할 줄 알고, 절망하고 욕구하며, 그냥 그래야 할 것 같아서 그것을 하는 로가디아를 만든 사람.

그가 클라우드 조이아.

아찬이 재빨리 물러났다. 이제 그 시간이 온 것이다. 노인은 로가디아가 베지 않은 손을 반듯하게 가슴에 얹고 서서히 투명해져 갔다. 로가디아는 황급히 아버지의 손과 가슴 사이에 작은 손을 끼워 넣지만 어린 손가락은 그 끝에 느껴지는 이질적 느낌에 움찔거리고……

아버지를 끌어안은 딸이 누운 채로 소리 죽여 운다. 고개를 돌려 울고 있는 로가디아를 바라보는 깊은 눈과 지워지지 않던 얼굴의 그늘이 함께 투명해져 간다. 로가디아는 꼼짝도 하지 않고 클라우드를 안은 채 그저 눈물만 쏟아낸다. 눈물이란 게 원래 깨끗하고 투명한 것이기에, 어린 그녀의 볼을 타고 주르륵거리는 물방울이 진짜인지 입체영상인지 분간이 안 간다. 시트로 스며드는 눈물 역시 마찬가지다.

마침내 허공에 떠 있던 담요와 함께 로가디아의 팔이 자연스럽게 풀썩이며 떨어져 내린다. 로가디아의 절규가, 그녀의 마음 깊은 곳에서 울려 나오는 고통의 절규가 아찬의 귀에 생생하게 들려온다.

아빠, 내 볼을 쓰다듬어 주셨어요. 부드러운 손바닥이 희미해져 가는데, 나도 혀를 깨물고 같이 죽어버리고 싶은데. 하지만 참을 수 있어요. 손의 온기가 아직도 내 볼에 남아 있는걸. 하지만… 난… 난……

로가디아는 클라우드의 방을 완전히 봉인했다.

그녀가 마지막으로 한 일이었다.

아버지의 매장 의식을 끝낸 어린 그녀는 그 이후로 단 한 마디도 하지 않았다. 그 모든 사람들의 비명 속에서도, 절망 속에서도, 그녀는 아무 말도 하지 않았다.

너무나도 어린 나이에 죽음이란 것이 어떤 것인지를 배운 그녀는.

사라져 간 사람들처럼 희미해지는 게이츠의 광장 안으로 칼날처럼 새어드는 광기의 어둠살들. 닿자마자 모든 것을 베어버릴 듯 날카롭게 내리꽂히는 암흑의 칼날 사이, 그 끝에서 아찬은 빛을 보았다. 그는 망설이지 않고 그쪽을 향했다. 뭘 필요는 없다. 빛 속의 인물도 그럴 필요가 없다는 걸 알고 있는 듯 가만히, 그러나 반갑고 기쁘게 서 있다.

아찬과 레진의 눈이 마주쳤다. 로가디아는 보이지 않는다. 레진도, 아찬도 아무 말이 없다. 둘 다 로가디아의 기억이 여기까지라는 걸 알고 있다. 게이츠는 붕괴되고 있다.

클라우드가 영원한 안식을 찾아간 이후, 혹은 안식을 찾는 영원한 여행을 시작한 이후 로가디아는 아무것도 하지 않았다. 말도, 행동도, 그리고 기억도.

미소 짓는 레진의 손이 맞닿도록, 그리고 아찬이 부드럽고 따뜻한 그 상징을 꼭 쥐고 뛰어가는 동안 영겁의 시간이 흐르도록 로가디아는 아무것도 하지 않았다. 그때 이미 로가디아에게 게이츠는, 그녀의 몸은 부서져 사라지고 없었던 것이다.

투명한 밸브 블록들은 제자리를 찾아 들어가 있었다. 그 위에 아무렇게나 넘어져 죽은 듯 쓰러져 있는 레진의 뺨에 난 생채기를 아찬은 할 수 있는 한 조심스레 쓰다듬었다. 아찬 자신도 너무 피곤했지만 레진을 이런 곳에서 자게 내버려 둘 수는 없었다. 그녀가 아니었다면 그는 아직도 로가디아의 부서진 기억의 암흑을 떠돌아야 했을 것이다. 로가디아가 말한 위험은 다른 것이 아니라 바로 그것이었다. 그녀 자신에게 너무 이른 충격을 주지 말라는.

아찬은 레진을 안아 올렸다. 함교를 나가는 문이 자동으로 열렸다, 이제까지는 그렇지 않았던 그 문이.

아찬은 나가려다 말고 뒤돌아서서 빈 입체영상 투사대를 쳐다보았다.

"로가디아, 넌 어땠어?"

아무 대답이 없다. 아찬은 이빨이 드러나게 소리없이 웃으며 다시 문으로 되돌아섰다.

"괜찮아. 널 고쳐 줄게. 넌 지금 아픈 거야. 좀 많이 아프기는 하지만, 고칠 수 있대. 믿어도 되는 분 이야기야. 그러니까 너도 노력해야 돼. 스스로 살려는 의지가 없는 **사람**은 누구도 못 고쳐. 네가 그랬잖아. 그렇지?"

아찬은 그렇게 말하고 함교를 나갔다. 그가 사라지고 나서 한참 후에 로가디아가 작게 숭얼거렸다.

[아찬, 난 정말 길고 긴 꿈을 꾼 것 같아요. 악몽은 당신이 아니라 내가 꾼 것이었나 봐요.]

* * *

프라디트와 아텐은 별모래 언덕에 앉아 게이츠를 바라보고 있었다. 낮에도 별을 볼 수 있는 이곳의 하늘에 어스름이 내려앉기 시작하자 바다의 백사장이 반짝이듯 차가운 빛가루들이 점점 퍼져 나갔다. 프라디트가 아마다에게 빌려온 숄을 여몄다. 두 처녀에게 뿜어져 나온 입김이 별빛에 부서져 갔다.

"여기선 별로 커 보이지 않지만, 실제로 가까이 가보면 엄청나게 커."

프라디트가 게이츠를 가리키며 말했다.

"그리고… 거기엔 남자랑 어린 여자 애가 하나 있었어. 여자 애는 기껏해야 열 살 남짓? 둘 다 정말 선량해 보였어. 확실히 기억은 안 나지만 남자는 아빠를 닮았던 것 같아."

아텐은 프라디트의 들뜬 재잘거림에 아무런 대답도 하지 않고 있었다. 그런 일을 당하고도 또다시 이곳을 찾다니.

그 남자가, 정확히는 남자의 모습을 한 존재가 아빠를 닮았다는 말은 그저 나이가 비슷해 보였다는 뜻이리라. 하긴, 프라디트가 남자를 가리켜 아빠라고 하지 않은 것만도 다행이다. 태어나서 남자라고는 친부 외에는 본 적이 없는 프라디트는 어린 시절 한동안 모든 남자를 가리켜 아빠라고 표현하곤 했다. 전부, 죽은 남자들에 대한 이야기였지만.

프라디트가 기억하는 아버지는 갓 열 살을 넘긴 젊은 아이기스였다. 그러나 아텐에게는 그에 대한 기억이 없다. 그녀는 프라디트의 아버지가 죽은 직후 어느 정도 자란 채 태어났기 때문이다. 그는 프라디트의 어머니가 죽은 이후 날이 갈수록 수척해져 가다가 결국 이 년 후 그 뒤를 따랐다. 딸을 버려두고. 그래서 아텐은 그를 좋게 생각할 수가 없었다. 마음이 불편해진 그녀가 말을 돌렸다.

"프라디트, 그러고 보니 우리, 여기 참 오랜만이다. 그렇지?"

"으, 으응?"

조금 놀란 눈으로 프라디트가 아텐을 돌아다보았다. 정말로, 아텐과 마지막으로 옛날이야기를 한 게 언제였더라?

"그래, 맞아. 아빠가 날 안고 여길 처음으로 데려오셨어……."

그러나 프라디트는 여전히 아버지 이야기를 했다. 아텐은 몰래 한숨 쉬었다.

"아빠가 날 처음 데려온 날 이야기해 줬어. '여기는 태양이 뜨지 않고 별이 영원히 살아가는 곳이야. 우리도 별빛과 함께 여기서 영원히 살아가' 라고."

프라디트는 마치 아버지와 이곳을 몇 번이나 와보곤 한 것처럼 말하지만 실제로는 딱 한 번 그랬을 뿐이다. 적어도 아텐이 알기로는 그렇다. 게다가, 프라디트가 기억하는 아버지의 말도 딸에게 하기에는 뭔가 이상한 이야기다. 모든 걸 좋게만 보는 프라디트다보니 그조차 과장되게 기억하는 것일지도 모른다.

사실 아텐은 프라디트의 이런 면을 가능한 한 이해해 주어야 했다. 프라디트가 아버지에 대해 가진 구체적인 기억은 이게 전부란 걸 알고 있기 때문이다. 그녀에게는 별모래 언덕 말고는 아버지에 대한 기억이 거의 없었다. 우람이라는 걸 감안해도 이상할 정도로 적은 어릴 때의 기억. 하긴 기억이 제대로 남아 있다면 그 외계성종을 보고 아빠와 닮았다고 말할 리도 없다.

그럼에도 불구하고 아텐은 다시 이야기를 다른 곳으로 끌고 가려고 노력했다. 정말이지, 프라디트를 내팽개친 그 님부스, 아니, 우람의 이야기는 더 하고 싶지 않았다.

"난 우리가 처음으로 왔을 때가 기억나. 내가 태어나고 얼마 안 있어 네가 날 데리고 여기에 왔지. 어린 우리는 여기까지 오는 데 꼬박 반나절이 걸렸는데……. 넌 여기가 별모래 언덕이라고 이야기해 줬어. 별이 너무너무 많아서 붙인 이름이라고."

"응. 기억나! 그날 나 엄청 혼났어. 내가 너희 데리고 너무 멀리까지 갔다 왔다고!"

천성이 모든 것을 아름답게 기억하는 프라디트다. 그녀의 목소리가 약간 늘 떴다.

"그래도 덕분에 여기가 별모래 언덕이란 걸 모두가 알았잖아. 네가 붙인 그 이름은 이제 우리 모두가 쓰고 있고."

아텐은 여전히 게이즈 쪽을 쳐다보며 말했다. 그러나 그녀의 눈동자가 특별히 어느 곳에 초점을 맞추고 있는 것은 아니었다.

"뭐… 그렇지만 실제로 여기에 오는 사람은 아무도 없는걸. 그 이름을 기억하는 사람이 있기나 할까?"

"물론이지. 적어도 나는 기억하고 있잖아."

아텐이 프라디트를 돌아보며 입술을 그녀의 뺨에 갖다 댔다. 프라디트가 흠칫 놀라 어깨를 주춤거리며 물러났다. 아텐과 프라디트의 볼이 동시에 붉어졌다.

"아, 미안. 아텐, 난 그저……."

"아냐. 괜찮아."

아텐이 웃으며 대답했다. 하지만 눈치에 소질이 없는 프라디트조차 우울한 미소란 걸 단번에 알아챌 수 있을 정도로 입술이 굳어 있다. 아텐의 눈길이 다시 우주선 쪽으로 향했다. 프라디트는 아무 말도 하지 않았다.

하늘이 완전히 어두워졌을 즈음, 프라디트가 말을 꺼냈다.

"요즘 기분이 이상해."

"음? 어떻게?"

"그냥… 그냥, 이상해. 이런 말, 해도 될지 모르겠지만……."

아텐은 프라디트를 다정하게 바라보며 그녀의 말이 끝나기를 기다렸다.

"그래. 너니까 괜찮을 거야."

그러나 막상 주저하는 기색이 역력했다.

"난 자매들이랑 좀 다른 것 같아. 모두가 나한테 뭔가를 숨기고 있는 것 같아."

"그럴 리가 있니."

"맞아. 우리는 거짓말 같은 거 안 하잖아."

그렇게 말하면서도 프라디트의 눈 속에는 의심 이전이지만, 회의라고 부르기에는 좀 더 강한 뭔가가 녹아 있다. 아텐은 차마 '나를 위한 거짓은 없으나 우리를 위한 거짓은 행할 수 있다'고 말할 수 없었다. 프라디트는 아까의 아텐처럼, 게이츠를 향하고는 있으나 그것을 바라보지는 않은 시선을 가진 채 계속 말했다.

"하지만 할 수도 있을 거야. 정말로 우리가 거짓말 따위를 하지 않는다면 그런 단어가 있을 리 없잖아. 그렇게 생각하지 않아?"

"아, 난 잘 모르겠어. 그런 생각은 한 번도……."

"응. 이해해. 나처럼 이유없이 기분이 이상해지는 우람이나 할 생각이지. 넌 님부스니까 모르는 거야."

프라디트의 어조가 쌀쌀맞아졌다. 아텐은 무슨 말을 해야 할지 판단이 서질 않았다. 자신이 솔을 마음대로 걸치고 다닌다는 것이 어떤 의미를 갖는지 아마다가 이야기해 주지 않았단 말인가? 하지만 그렇다면 그럴 만한 이유가 있어서일 것이다. 아텐의 생각을 모르는 프라디트가 말을 계속했다.

"난 태어날 때부터 우람이었어. 그리고 미 아 프라디트였지. 하지만 넌 몇 년 전까지만 해도 그냥 아텐이었잖아. 세이란도 그렇고. 네가 아이기스 쉴라가 되지 않았다면 그 아텐이라는 이름도 없어지고 다른 이름을 얻었을 거야."

프라디트는 너무 착해서, 그리고 아는 것이 별로 없어서 그래 보이지 않을 뿐 실제로는 정말 총명한 여자다. 말을 잘못했다가는 단번에 알아챌 것이다.

"아……. 하지만 내 생각엔 님부스도, 우람도, 그냥 이름일 뿐이야. 다른 건 없어."

프라디트의 눈에 의심이 확고하게 떠올라 물결치기 시작했다.

"정말? 그렇게 생각해? 하지만 난 할 줄 아는 게 아무것도 없어."

"프라디트, 그렇지 않아. 넌 뭐든지 할 수 있잖아."

"그렇게 보면 그렇기는 하지. 이것저것, 모두 조금씩 할 줄 알아. 치료도, 대화도, 기억도……. 하지만 뭐든지 제대로 하는 건 하나도 없잖아. 그건 내가 우람이라서 그런 거야. 맞지?"

"아, 난……."

프라디트의 한쪽 눈이 찌푸려졌다. 거짓말 같은 거 안 한다는, 조금 전 아텐의 말이 허튼소리였나 싶은 모양이다. 아마 이대로 두면 왜 자신만 우람인지 아텐을 붙들고 채근하리라. 그래서 아텐은 재빨리 말을 돌렸다.

"음. 나, 어릴 땐 정말 멍청했던 거 같아. 키도 작고, 만날 울기나 하고. 말도 더듬었잖아. 네가 항상 날 지켜줬잖아."

"어릴 땐데 뭐."

프라디트는 말해놓고 위로가 너무 부족했다고 느꼈는지 곧바로 말을 덧붙였다.

"하지만 지금은 이렇게 컸잖아. 네가 아이기스를 걸치고 서 있는 모습이 얼마나 아름다운데!"

"정말?"

프라디트는 무표정할 때조차 입가에 미소가 스며 있는 것 같았다. 그런 그녀가 커다랗게 미소 지으며 고개를 힘차게 끄덕이자 아텐은 그만 충동을 참을 수 없어져 버렸다.

"반려는 정했어?"

"으, 응?"

프라디트의 입꼬리가 순식간에 다시 내려갔다. 그렇다 해도 웃는 듯한 입가는 여전하지만.

그녀에겐 부담스러운 질문이리라. 그러나 내뱉고 나면 후회가 소용없는 것이 말이다. 아텐은 자신의 경솔함을 질타했다. 프라디트 앞에서는 감정을 억누르지 못하는 경우가 많았다. 그게 무엇이든.

"아… 음……. 뭐랄까, 난 아직 생각해 본 적 없어. 꼭 필요한 것도 아니잖아."

"응. 그냥 물어본 거야. 2차 성징이 끝났으니까. 아까 스펠라랑 제니아가 함께 다니는 모습이 너무 보기 좋아 보여서, 그래서 궁금해서 물어본 거야. 넌 마음에 두는 자매가 있나 싶어서."

"이름을 얻으면 그때나 생각해 볼까, 지금은 별로."

둘 다 서로가 아닌, 먼 산을 바라보며 태연한 척 애썼다. 프라디트도 확신하지는 못하지만, 뭔가 느끼고 있으리라.

완전히 어두워진 하늘에서 산맥 너머로 바닷별이 보였다. 아텐은 프라디트의 손을 잡고 일어섰다.

"이제 들어가야지. 너무 늦었어."

"아텐."

프라디트가 말하며 손을 뺐다.

"음?"

아텐은 아무렇지도 않은 척하고 싶었지만 목구멍에 뭐가 걸린 것처럼 다음 말이 나오지 않았다. 그러나 프라디트의 말은 뜻밖이었다.

"나, 거기 다시 가볼래."

* * *

아찬은 밖에 나가보고 싶었지만 게이츠 같은 우주선의 출입구는 아무나 열 수 있는 게 아니었다. 그리고 로가디아는 마인드링킹 이후 전혀 반응이 없었다. 어쩌면, 더 심하게 고장 난… 아니, 더 심하게 아파진 것은 아닐까? 레진을 기다리며 승강기 앞에서 서성이는 것도 초조함을 달래는 데에는 별 도움이 안 되었다. 아찬이 막 담배를 빼어 물 무렵 승강기 문이 열렸다.

"그것 좀 안 피울 수 없어요?"

"아, 미안. 좀 더 있다가 올 줄 알고……."

레진의 근처에서는 담배를 피우지 않겠다는 약속을 한 지 꽤 시일이 지났다. 그녀는 아찬의 흡연에 대해서 조금도 관대하지 않았다. 레진은 가볍게 콧방귀를 한 번 뀌고 나서 자신의 펫을 아찬의 펫에 갖다 댔다.

"어때?"

"아찬, 로가디아가 나 하던 대로 하면 된다고 한 거 확실한가요?"

아찬이 고개를 끄덕였다.

"흠. 눈에 보이는 결과가 없으니 답답하네……."

아찬이 넘겨받은 정보가 든 펫을 들여다보며 물었다.

"레진, 다음번엔 나도 같이 가볼까?"

"뭐 하려요?"

"으, 응?"

레진의 즉각적이고도 당연한 어조의 되물음에 아찬이 당황했다. 당신이 있어 봤자 뭘 할 거냐는 의미가 분명히 말에서 느껴진 탓이다.

"아, 뭐, 그냥 도움이 될 일이 있나 싶어서 그런 거지."

"솔직히 당신이 와도 멍청하게 서서 지켜보는 것 말고는 할 일이 없어요."

지나친데? 아찬이 눈살을 찌푸렸다.

"나도 간단한 수리 같은 건 할 줄 알아. 전선 접합 같은……."

"아찬, 영화를 너무 많이 본 거 아니에요? 게이츠 같은 우주선은 어디서 문제가 생긴다고 불꽃이 튀고 가스가 뿜어져 나오다가 불이 치솟는 물건이 아니에요. 당연히 그슬린 기판을 뜯어내고 전선을 몇 개 연결하면 수리가 되는 것도 아니고, 그래야 하는 부분도 별로 없어요. 대부분은 사시보 소자로 만들어진……."

"아, 그래, 그래. 알았어. 잔소리 그만 해. 결국 내가 귀찮다는 거 아냐."

레진이 눈을 가늘게 하며 웃었다.

"그게 뭔지는 알아요?"

정확히는 콜트 사시보 소자라고 불리는 이 물건은 통짜 부품 자체가 회로로써, 벽 안쪽에 전선을 심을 필요가 없다. 벽 자체의 내부 분자 배열이 유동적으로 변하며 그 역할을 하는 것이다. 때문에 회로가 적용된 부품 하나가 통째로 유실되지 않는 한 분자 배열을 변경해 가며 기능을 유지한다. 금속이나 플라스틱에 소자를 적용시키는 것은 어렵지만 일단 그러고 나면 마음대로 잘라 써먹을 수도 있다. 물론 고장률이 극도로 낮은 만큼 비싸고 수리가 어렵다. 당연히 뜯어봐야 기판이나 도선 따위는 존재하지 않았다. 아니, 그전에 통짜 베릴륨 덩어리를 어떻게 해볼 수 있는 것도 아니다.

아찬에게는 그걸 개발한 콜트 사시보라는 투르키사 출신 물리학자가 네 번 결혼했다는 이야기만 확실히 떠오를 뿐, 교양 물리과목 시간에 배운 기억은 거기까지였다. 그래도 꽤나 부러운 친구로군.

"알아."

"그럼 더 이야기할 필요도 없겠네요."

아찬의 얼굴이 붉어졌다. 우주선을 만드는 데에도, 고치는 데에도 분명히 수학이 필요하다. 그런데 왜 지금 내가 할 일이 아무것도 없다는 건가.

아찬이 자존심을 세우기 위해 간신히 이야기를 더 끌어냈다.

"그럼 그 소자는 어떻게 배열하는 건데?"

"그게 로가디아가 할 일이죠. 그런데 지금 내가 하고 있잖아요."

레진이 지겹다는 듯이 심드렁하게 대답하며 승강기 앞 소파에 풀썩 쓰러지듯 앉았다.

인공지능이 할 일을 자기가 한다고? 세상물정 모르는 철부지인 건 분명하지만 천재는 천재로군.

갑자기 레진이 몸을 똑바로 하고 팔짱을 꼈다. 별로 유쾌해 보이지 않았다.

"아찬, 할 이야기 있어요."

"아, 물론이지."

서로의 과거를 나눈 이후 레진은 속내를 털어놓는 경우가 잦아졌다. 아찬으로서는 고마운 일이다. 어쨌든 의지할 이라고는 그에게도 그녀 외에 없는 것이다. 아찬은 레진의 옆에 앉으며 습관적으로 담배를 꺼내려다가 아차 싶어 손을 깍지 꼈다.

"사실은, 내가 제대로 하고 있는 건지 모르겠어요. 정말로 로가디아가 그렇게 말하던가요?"

아찬은 대답하지 않고 오히려 물었다.

"네가 하는 일이 정확히 뭔데?"

레진의 말은 한숨으로 시삭뇌었나. 그녀가 써낸 이야기는 개인사가 아니었다. 그리고 아찬의 물음에 대한 대답도 아니었다.

"알파 룸 안에는 아무것도 없어요. 메타트론 입자는 기본적으로 활성 상태라 그걸 안정시키기 위한 냉각장치랑 공조장치가 연결된 닥트가 있죠. 그 입자는 산소랑 반응하기 때문에 거의 무산소 상태로 유지시켜야 하거든요. 그게 다예요. 그냥 아주 커다란, 텅 빈 방이에요. 가운데에는 콘솔이 하나 있지만 그건 나 같은 엔지니어가 아니라 인공지능학자들이 다루는 물건이에요. 뭔지는 알아요. 나도 그 부분 설계에 참여했으니까요. 인가된 사람이 그걸 조작하면 에멘시가 로가디아와 외부와 연결되는 물리적 네트워크를 구성할 수 있게 돼요. 그건……."

레진은 아찬의 표정을 힐끗 쳐다본 후 더 쉽게 말해야겠다고 생각했다.

"그걸 조작하면 로가디아는 다른 인공지능과 연결이 가능해요. 로가디아에게 문제가 생겼을 때 그걸로 그녀를 치료하는 거죠."

"로가디아는 자기보다 더 나은 인공지능이 자신을 치료할 수 있다고 했어."

"네. 그런데 그걸 누가 이미 한 번 발동시켰더군요. 나도 어제 알았어요. 당신 말 듣고 혹시나 해서 점검해 본 거죠."

여전히 아찬은 레진의 말이 무엇을 의미하는지 알 수가 없었다.

"그게 나한테 하고 싶은 말이야?"

그녀가 약간 어이없다는 눈빛으로 아찬을 돌아보다가 곧 표정을 바꾸었다.

"여기 착륙하고 나서 그렇게 된 거예요."

이번에는 아무런 설명이 없었음에도 아찬의 입이 약간 벌어졌다.

"누가?"

"에멘시가 한 것 같아요. 좀 더 정확히 말하면, 우리가 그 여자와 맞부딪친 즈음인 것 같아요. 확실한 시간은 몰라요. 전문가가 아니면 해독이 어려운 기계어로 되어 있어서."

레진 역시 그 존재를 어느새 여자라고 지칭하고 있다. 아찬이 뚱한 표정으로 아주 잠깐 생각했다.

"에멘시는 그럴 만한 능력이 없지 않아?"

"아찬, 인공지능 개론 같은 수업 하나도 안 들었어요?"

"아, 난 대신에 심리철학 쪽으로 들었……."

그렇군. 에멘시 같은 단순 인공지능에게는 '능력', 즉 '소질'의 개념은 적용이 되지 않는다. 그런 종류는 행동의 의미를 이해하기 때문에 움직이는 것이 아니라 조건이 맞으면 그에 대해 주어진 반응을 할 뿐이다. 그건 역설적으로, 에멘시는 갖추어야 할 실질적 행동력을 모두 가졌다는 의미다.

"그럼, 여기 착륙하고 나서 에멘시가 로가디아의 이상을 알았다는 거야?"

레진이 어깨를 으쓱했다.

"그게 이상해요. 당신 말대로면 클라우드 박사가 사망했을 당시부터 이상해진 건데 왜 그때 행동을 취하지 않았을까요? 그랬다면 우리는 적어도 타키온 드라이브를 멈출 수 있었을 거예요."

아찬이 담배를 꺼내 입에 물었다.

"아찬."

"알아. 불은 안 붙일게."

그는 담배개비의 끝을 뭉갰다. 이렇게 하면 들숨을 쉬어도 불이 붙지 않을 것이다.

"이런 건 어떨까? 로가디아의 문제는 수동 인공지능인 에멘시로서 파악할 수 없는 종류였어. 그러다 그 여자가 등장했고, 에멘시는 로가디아가 응당 취해야 할 행동을 취하지 않는다고 판단한 것 아닐까? 그래서 직접 여자를 죽이려 든 거야."

"하지만 에멘시는 지금 조작 인가자가 없다는 걸 알아요. 그런데도 그렇게 대책없는 짓을 했다면 에멘시도 고장 난 거죠."

"에멘시야 진작 고장 났는걸. 지금 틀어막아 놨잖아. 지난 반년간 로가디아가 우리 의견에 거의 유일하게 동의한 사항이지."

"하지만 에멘시가 고장 난 게 아니라면 어떨까요?"

아찬의 눈이 휘둥그레졌다.

"로가니아도 그런 방법을 제안했나면서요? 너 나은 인공지능 이야기."

"그런데?"

"글쎄요. 나도 모르지만 에멘시는 극히 수동적인 인공지능이에요. 사실상 인공지능이라고 하기도 어려울 정도죠. 아니, 그건 성능과는 상관없어요. 추론이나 연산력만 놓고 보면 로가디아의 보조 역할은 충분히 해낼 수 있으니까요. 그 정도면 제한된 부분에서는 하늘'의 한라와 비등해요."

아찬이 채근하듯이 레진을 답답한 눈길로 바라보았다.

"전에 그 여자, 그들도 인공지능을 가지고 있을지도 모르죠. 어쩌면 그 때문일지도 몰라요."

"아니, 어떻게?!"

아찬이 벌떡 일어나며 목소리를 높였다. 다른 아무런 이유는 없다. 단지 그런 인공지능을 만드는 자들이 가졌을 기술에 대한 일말의 기대감 때문이다. 레진이 아찬을 끌어 앉혔다.

"아찬, 그냥 추측이에요, 추측."

"그래, 알았어."

그러면서도 그의 눈빛에 어린 기대감은 조금도 줄어들지 않았다.

"에멘시가 행한 절차는 분명히 정상적이지 않았어요. 물리적 연결이라고는 하지만 그건 결국 게이츠 어딘가의 장갑이 개방되면서 로가디아의 메타트론 입자가 제한적이나마 외부로 유출되었다는 의미예요. 아니, 전개라는 쪽이 맞겠죠. 그렇게 생각하면 어느 정도는 설명이 돼요. 에멘시는 로가디아뿐 아니라 게이츠도 위험하다고 판단한 거예요. 탁월한 고급 인공지능의 간섭을 받아서 제어계를 장악당했다면 에멘시로서는 그걸 뿌리칠 능력이 없으니까. 그래서 에멘시는 상황을 타개하려고 우회를 한 거예요. 방어 수준을 자기 권한 안에서 최대로 올린 거죠. 에멘시에게는 근접조우 같은 개념이 없으니 그냥 게이츠와 로가디아를 공격하려는 적이라 인식한 거죠."

아찬에게는 너무 어려운 이야기다. 레진은 그냥 결론만 이야기하기로 했다.

"그러니까, 그 과정에서 로가디아는 게이츠를 거치지 않고 입자 상태에서 단번에 외부 환경과 접촉한 거예요. 말하자면 새로운 탄생의 충격이라고 할까요? 그 증거는 에멘시를 굳이 말리지 않아도 된다는 등의 이야기예요."

아찬의 눈살이 살짝 찡그려졌다.

"그게 증거가 되니?"

"믿기 어렵겠지만, 로가디아는 그런 생각 절대로 못해요."

"아니, 내 말은, 네가 그걸 확신하는 근거가 뭐냐는 거야."

"어쩔 수 없이 예를 들어야겠네요. 로가디아에게 그런 요구를 하는 건 우리에게 있지도 않은 세 번째 팔을 움직여 보라는 거랑 비슷해요."

"팔이 없다는 게 문제가 아니라 뇌 구조가 그걸 안 받쳐 준다는 뜻이야?"

레진이 아찬의 눈을 똑바로 쳐다보며 말없이 고개를 끄덕였다.

"그럼, 로가디아의 메타트론 입자가 외부로 유출되어서 네가 상정한 그 가상의 인공지능과 접촉하면서 망가진 거라고?"

그녀는 여전히 말없이 머리만 위아래로 움직였다.

"허. 그렇구나. 난 그런 생각 전혀 못했어."

"어때요? 나, 대단하죠?"

"네가 대단한 꼬마라는… 윽. 그래, 미안해. 대단한 아가씨라는 건 진작 알고 있었지. 그저 네가 인공지능은 전혀 모르는 줄 알았을 뿐이야."

아찬은 레진의 뒤꿈치에 얻어맞은 정강이를 문지르며 말했다. 그녀의 표정이 더 의기양양해졌다.

"처음엔 그랬죠. 그동안 공부한 거예요."

정강이를 문지르던 아찬이 갑자기 아픔도 잊은 채 그녀 쪽으로 고개를 돌렸다. 거의 경외심이 담긴 듯한 눈빛이다. 우와, 정말로 천재는 다르구나.

"우선, 그들도 입자 인공지능을 쓸 수도 있어요. 입자 방식의 인공지능은 그다지 특별한 게 아니니까요. 하지만 그 경우는 이곳의 흙이나 대기 중에 입자가 산란해 있어야 하죠. 로가디아로서는 몸에 세균이 침입하는 거랑 다를 게 없었을 그 상황에서 왜 저항이 없었냐는 문제는 지금 그녀가 아프니까, 혹은 상대 인공지능이 뛰어나서 그렇다 쳐도 기술적으로 가능할 성싶지 않아요."

"어째서?"

"입자 인공지능이란 건 기본적으로 입자 자체가 연산장치에 해당해요. 집합 인공지능이랑 비슷하죠. 그보다는 진짜 두뇌와 더 비슷하고. 아무튼 그렇기 때문에 그걸 담는 그릇, 그러니까 신체 바깥에서는 그냥 활성 입자일 뿐이에요. 우리 두뇌도 홀로는 단백질에 불과하듯이. 로가디아 본인이라면 더 잘 설명할 텐데. 그녀의 경우는 게이츠를 벗어나면 입자는 금방 산화해 버리죠."

"무슨 소린지 알겠어. 이 행성 자체가 인공지능이 아니고서는 있을 수 없다는 거지? 그럼 다른 건?"

"그 여자가 인공지능일 수도 있죠."

행성 인공지능에서 이미 한계에 달한 빈곤한 상상력의 아찬에게 곧바로 부정적 질문이 튀어나왔다.

"농담해? 인간과 전혀 구별이 안 되는 인공지능을 만든다고?"

"우리도 그런 정도는 어렵지 않게 하잖아요."

"그래도 두개골 크기에 인간과 구분이 불가능할 정도의 성능을 가진 인공두뇌를 우겨 넣을 수는 없어. 하물며 로가디아보다 성능이 좋은 인공지능이야……."

레진의 얼굴이 어이가 없어졌다.

"아찬, 우리가 그 여자랑 이야기를 해봤나요, 뭘 했나요? 그리고 꼭 그 여자가 인공지능이 아니라도 상관없어요. 걸치고 있는 옷 같은 데 중계기가 붙어 있을 수도 있죠. 내 생각엔 그럴 가능성이 높아요. 방출된 메타트론 입자가 산화되기까지 그 짧은 시간 동안 로가디아를 혼란스럽게 만든 걸 보면 상당한 기술이에요."

듣고 보니 그럴듯하다. 어쩌면 그 여자는 탐색조였을지도 모른다. 완전한 무방비 상태로 접근하긴 했지만, 근접조우 시 무장을 하는 외계성종이야말로 드문 편이니 이상한 일은 아니다. 물론 인간은 그 드문 종자에 들어가지만.

상황을 보고하려는 장비 정도는 얼마든지 갖추고 있을 것이다. 영상을 다시 분석해 봐야겠지만 반투명한 펫을 손목에 감는 정도로도 테미트론 통신이 가능한데 눈에는 별로 띄지 않으니까.

그들은 외계성종 근접조우를 행하며 적의는 가지지 않았을지 몰라도 너무 경솔했음이 틀림없다. 물론 여자의 능력을 볼 때 몸 자체가 흉기일 가능성도 높지만.

"알겠어. 난 그쪽에 무게를 두고 싶은데."

레진은 미소를 지었지만 정작 초점은 먼 곳에 향해 있다.

"클라우드 교수는 정말⋯ 정말로 대단한 사람이에요. 로가디아에 대해 알면 알수록 이건 인간의 능력을 벗어난 존재라는 생각밖에 안 들어요."

레진의 말은 거의 중얼거림이다.

"창조주의 능력을 벗어나는 피조물⋯⋯. 그게 로가디아예요."

이번에는 아찬의 눈빛이 진지해졌다. 퍼뜩, 죽음을 두려워하는 로가디아의 서글픈 표정이 떠올라서다.

"그가 탄생시킨 로가디아는 인공지능이 아니라 인공생명, 아니, 인공인격이 아닐까 싶어요. 하지만 그 역시 확실한 것은 아니에요. 어쩌면 클라우드 자신조차 몰랐을지 모르는 사실을 추측한 것뿐이니까요."

아찬으로서는 장단을 맞추기는커녕 따라가기도 힘든 이야기다. 레진이 그를 힐끗 쳐다보고는 자신이 때린 정강이를 쓰다듬어 주며 말했다.

"우리, 이제 자요. 너무 피곤해."

"같이 잘까?"

레진은 지친 모습으로 고개를 끄덕였다.

그날 밤 레진은 친남매처럼 아찬의 어깨에 얼굴을 파묻은 채 정신없이 잤다. 그녀는 정말 피곤했는지, 몸부림조차 치지 않았고 덕분에 아찬도 백합 위에 앉아 조는 수벌처럼 정말 달게 잤다.

＊＊＊

우주선이 착륙한 이후 도시는 조용한 술렁임이 잘 날이 없어졌다. 말을 하지 않는다고 해서 동요가 눈에 보이지 않는 것은 아니다. 우주선은 상관없다. 이번 세대에서도 이 작은 별에 외계의 우주선이 착륙한 적은 한두 번 있다. 익숙해지기에는 부족하지만 놀라지 않을 만큼의 경험은 있다.

잔잔하지만 깊숙한 곳에서 솟아오르는 소용돌이의 전조는 아마다의 행동 때문이었다. 자매들이 조용히 소곤거리기 시작한 시기는 아마다가 누리나무에 올라가는 일이 잦아지면서였다. 아마다가 거의 매일, 때로는 하루에 두세 차례씩 벨레로폰을 방문하는 경우도 있었다. 기억에 남은 모든 세대를 떠올려 보아도 분명히 이례적이다. 심지어 그녀는 숄을 걸치지 않는 경우조차 있었다. 그걸 프라디트에게 맡기는 모습을 보면 단순히 잊은 것도 아니다. 자매들은 폭풍의 전조와도 같은 조용한 웅성임 속에 서 불길함을 느꼈다.

그리고, 별모래 언덕.

아직은 온기가 남은 바위 옆으로 드리우는 어스름의 그림자. 그걸 살짝 피한 두 처녀가 마주 서서 결코 작다고는 할 수 없는 목소리를 주고받았다. 노래처럼 울려 퍼지는 맑은 음색이지만 그럼에도 불구하고 그것에 담긴 의미를 식물들조차 이해하는 듯, 잔잔한 바람보다는 노래의 높낮이에 맞추어 떨리는 풀잎들.

"프라디트, 아마다도 안 계셔. 이게 옳은 일이라고 생각해?"

"아텐, 한 번만."

"안 돼. 절대로 모른 척해줄 수 없어."

"하지만……."

"죽을 뻔하고도 그런 말이 나와?"

"아텐. 난……."

"차라리 분해서 보복이라도 하겠다는 거면 이해가 가! 그런 거라면 니도 같이 가줄 수도 있으니까! 그것도 아니잖아. 말이 되니?"

아텐으로서는 풀 죽은 표정을 굳이 떨치려 하지 않으면서도 막무가내로 조르는 프라디트가 기가 막혔다. 이유도 없다. 그냥 다시 한 번 가보고 싶다는 것이다.

"난 이해가 안 돼. 그때 네가 살아난 건 다이달로스가 도운 거야. 아마다께서 그들을 두고 얼마나 고민하시는지 알아? 매일같이 누리나무까지 가서서 벨레로폰을 만나는 이유가 뭔지 모르겠니? 그 우주선은 위험하기 때문이야. 솔직히 말해서 그들의 기계를 생각하면 나도 혼자서는 자신이 없어. 나조차도 위험한 곳이야. 무슨 뜻인지 모르겠어?"

"아텐, 한번만……."

막무가내.

철부지도 이런 철부지가 있을 수 없다. 프라디트는 혼이 좀 나봐야 한다. 모두가 그녀를 보호하려 들기만 했으니. 이럴 땐 나이 같은 건 아무 소용이 없다.

하지만 그런 식으로 따진다면 가장 할 말이 없는 이는 아텐 자신이다. 거짓말까지 감수해 가며 프라디트의 잘못을 대신 뒤집어써 온 그녀다.

"도대체 왜 그러니? 왜 거기 다시 가려는 건데?"

안 된다고 몇 번을 윽박질렀지만 평소와는 달리 한 걸음도 물러서지 않는 프라디트의 기세 앞에서 아텐은 점점 난감해져 갔다. 오히려 그런 근거없는 믿음만큼이나 허약한 표정으로 '아텐, 한 번만' 이 말만 끈덕지게 되풀이하니 정말로 어떻게 손을 써볼 노릇도 아니다. 차라리 성격이 세이란 같아서 대들기라도 하면 한 대 쥐어박고 말 텐데.

"아텐, 한 번만."

"안 돼, 프라디트. 안 돼."

풀들이 그걸 노래로 듣든 벌들이 이걸 잎새에 이는 바람 소리로 듣든 간에 그 뜻만큼이나 격렬한 음률이 다시 흘러나왔다. 그러나 점점 당황하는 쪽은 프라디트를 다그치는 아텐이었다. 아텐은 말 그대로 프라디트와 함께 자라온 사이였지만 지금까지 단 한 번도 그녀에게 이렇게나 많은 소리를 질러본 적이 없다. 자신이 그 누구보다 프라디트를 아끼고 사랑하기에 그녀가 속상해할 만한 행동 자체를 한 적이 없었던 것이다. 그러니까 아텐의 윽박지름은 대개는 프라디트의 자존심을 상하게 하지 않고 그 의지를 꺾으면서 동시에 자신이 속상하지도 않을 선에서 종결되곤 했다. 그러나 이번에는 지금까지와 전혀 달랐다. 프라디트를 향한 화난 목소리를 점점 견디기 힘든 쪽은 바로 자신이고 그 고통은 드디어 이젠 어떻게 해야 하시라는 생각마서 들게 만들었나.

순간적으로 아마다가 떠올랐지만 그녀에게 이런 이야기를 할 수는 없다.

여덟 살이 되고부터는 아텐은 프라디트의 잘못을 아마다의 귀에 들어가게 한 적이 단 한 번도 없다. 활달해 보이지만 실제로는 유약한 프라디트에게나, 오랜 시간 어린 자신들을 키워온 아마다에게나 그건 할 짓이 아니라고 생각했으니까. 하지만 이번에는 정말로 아마다에게 말을 해야 할까라는 고민이 들었다. 프라디트는 세이란이 아니기에 말을 안 듣는다고 머리를 쥐어박을 수는 없다. 앞에서 울상이 된 채 서 있는 이 여자는 정말 약했다. 사소한 일에도 심하게 상처받을 만큼 약했다. 그리고 바로 그 이유 때문에 우주선에 가도록 허락할 수가 없었다.

정말이지, 어제의 그 말을 흘려들었다면 큰일 날 뻔했다. 아마다는 아텐의 수행을 받는 대신 그녀에게 프라디트를 돌보라고 했다. 아마 지금쯤이면 하늘마루를 향하는 승강기에 오르고 있을 것이다.

지평선을 넘어섰기 때문에 아마다에게 보고할 수도 없다는 실제적 문제도 있기는 하다. 물론 정히 필요하다면 아이기스를 깨워도 상관없다. 그리고 프라디트에 관한 일은 이유로써 충분하다. 하지만 아텐이 겪고 있는 곤혹은 그게 아니다. 지금의 프라디트는 설령 아마다라 하더라도 어떻게 할 수 있을 성싶지 않던 것이다.

프라디트가 아텐을 앞에 두고 이렇게 애원하는 이유는 단지, 상대가 자신을 힘으로라도 붙들어둘 수 있으며, 실제로 그렇게 하리라는 사실을 잘 알고 있어서일 뿐이다. 아텐은 바로 그 사실이 속상했다.

"아텐."

"한 번이고 두 번이고 안 돼! 안 되는 건 안 돼!"

바위 밑에서 빠끔히 고개를 내밀어 눈치를 보던 블루 레빗 한 마리가 재빨리 귀를 접고 몸을 숨겼다. 지금까지의 단호함이 아닌 짜증이 스며 있는 고함에 화들짝 놀라는 프라디트. 그러나 그도 한순간, 곧 프라디트의 눈빛이 사나워졌다.

크고 선량한 눈이 매서워져 봤자다. 그럼에도 불구하고 팔 년 동안 단 한 번도 그런 눈빛을 본 적이 없던 아텐은 자기도 모르게 한 걸음 물러설 뻔했다. 프라디트의 그 눈이 무서운 것이 아니라 그녀가 그런 눈빛을 가지게 되었다는 사실이 무서웠다.

"프라디트……."

"이유를 말해주면 보내줄래?"

당황한 아텐은 자기도 모르게 고개를 끄덕이고 말았다. 아차 싶었지만 이미 늦었다. 약속을 해버린 것이다.

"그 남자, 정말로 아빠를 닮았어."

허투루 약속을 한 방금 전 실수는 사소하다고 느껴질 정도의 당황이 곧바로 밀려왔다. 가늘고 단호한 눈매가 갑자기 멍청해지며 빛을 잃었다.

"뭐, 뭐라고?"

"아빠를 닮았어. 별모래 언덕을 가로질러 온 우주선에 있던 남자. 나를 데리러 온 걸 거야."

아텐의 말문이 막혔다. 그 옛날이야기를 아직도 믿고 있단 말이야? 그건 전설이라 할 수도 없다. 아무런 근거도 없고 문자가 새겨진 흔한 바위쪼가리 하나 남아 있지 않은, 그저 기나긴 폭풍의 계절을 나며 부모들이 아이에게 해주는 옛날이야기에 불과하다. 다이달로스에게 하는 기원은 오직 상징적 의미만을 지닐 뿐이다.

"프라디트, 그건 그냥 신화일 뿐이야."

"아니, 그게 사실이든 아니든 상관없어. 난 아빠가 보고 싶어."

프라디트에게 남자는 아버지뿐이었다. 그러나 아텐에게 프라디트의 아버지는 그저, 딸을 내팽개친 채 이기적인 죽음을 선택한 비열한 님부스일 뿐이다. 아이기스의 수치이자 썰라의 오점이다. 그러나 아텐이 어떻게 생각하든 프라디트에게는 여전히 아버지다. 그녀는 이야기 속의 남자와 아빠를 분간하지 못했다. 다른 남자들이 전혀 없어서였다. 보이지도, 존재하지도 않는 추상적 대상들은 그녀의 경험에 대입되어 곧 일체화되었다. 어쩌면 그 때문에 외모의 차이를 아예 구분하지 못하는 것일 수도 있다.

황망함을 가다듬느라 정신이 없는 아텐에게 프라디트가 전혀 어울리지 않는 단호하고 고압적인 목소리로 말했다.

"이제 보내줘."

아텐이 가까스로 목소리를 가다듬었다.

"안 돼, 프라디트. 그 사람은 네 아빠가 아냐."

"약속했잖아!"

프라디트가 갑자기 소리를 질렀고, 그 감정에 전염된 아텐은 자의를 벗어난 마주 고함을 내쳤다.

"별모래 언덕에 눈을 감고 누워 있는 네 아빠랑, 널 안고 도시로 온 아마다가 기억이 안 나?! 나도 기억하는 그게 기억이 안 나?!"

"거, 거짓말이야! 아빠는 테라로 가신 거야! 본 적도 없으면서 어떻게 알아?! 넌 그때 태어나지도 않았잖아!"

그러나 아텐은 아마다가 어린 프라디트를 데려가던 기억이 어떻게 자신에게 있는지 궁금하지 않았다. 아마도, 그 역시 프라디트의 기억처럼 그저 과장일 것이다. 오직 프라디트를 막아야 한다는 목적에 앞뒤없이 소리를 지르느라 다른 생각은 들지도 않았다.

"네 아버지는 죽었어! 테라로 갔다는 게 죽었다는 뜻이란 말이야! 모르겠어? 죽는 게 뭔지 몰라?! 아빠는 없어! 팔 년 전에 죽었다고! 죽었어! 죽었어!"

눈이 휘둥그레지더니 이내 고개를 숙이는 프라디트. 그러자마자 찾아온 갑작스런 침묵. 멀리서 펼쳐지는 붉은 구름 사이로 희끗거리는 전광조차 동조한 완벽한 적막.

아, 이건 아닌데. 당황, 경솔함, 그리고 격정. 도저히 아이기스 쉴라의 자격이 없다. 그러나 이미 자신에 대한 원망조차도 때가 늦었다. 그래도 이젠 말을 들을 거야. 하지만 너무 속상해.

역시 프라디트도 여기까지인가 보다. 그녀는 아까보다 훨씬 풀이 죽은 얼굴로 옷섶을 접었다 폈다 하며 깊이 고개를 숙였다. 프라디트 주변의 잡초들도 그녀의 옷섶 움직임에 맞추며 잔바람에 끄덕였다. 고개를 숙인 프라디트의 눈을 쳐다볼 수가 없어 거의 사라져 가는 여명으로 눈길을 돌린 아텐의 앙다문 입술이 떨렸다.

프라디트가 받았을 충격을 생각하니 뭔가가 울컥 치밀어 올랐지만 그녀 앞에서 그런 모습을 보일 수는 없다. 손톱이 파고들도록 주먹을 쥐자 짧지만 격렬한 통증이 폐부를 찌르고 따뜻함이 손을 적시며 조금 정신이 맑아지는 것 같다. 뭔가 말을 하는 게 나을까? 응? 아니, 그럼 뭐라고 해야 하지? 뭐라고 해야 해? 그래도, 서로 많이 마음이 상했지만 이 정도로 끝나서 다행이야. 프라디트, 프라디트는 여전히… 아?

"아니, 아무래도 좋아."

천천히 들어 올린 낯빛에 서린 서슬 퍼런 노여움. 조용하지만 싸늘하게 떨리는 노래.

"상관없어. 난 갈 거야. 하고 싶은 걸 할 거야. 내가 그렇게 걱정되면 같이 가던가."

이런 적은 한 번도 없었지만, 프라디트가 부르는 표독한 노래의 의미를 알아차리지 못할 리 없는 아텐은 그만 주저앉아 울고 싶어졌다. 친구가 거짓말을 하고 있다는 사실을 비로소 알 수 있었다. 그녀는 처음으로 스스로의 의지로 뭔가를 하기로 마음먹은 것이다. 자각하지 못하지만 분명히 어렴풋이 느끼고는 있으리라. 아빠나 별모래 언덕, 다이달로스 이야기는 전부 그녀가 가진 단어로 표현되었을 뿐 다른 무엇에 불과하다. 프라디트에게 중요한 것은 우주선도, 그 남자도 아니다. 단지 이곳을 벗어나고 싶은데 그 목적지가 우주선이 되었을 뿐이다.

아텐은 우주선이 착륙하지 않았다 하더라도 결국은 프라디트가 어딘가로 떠나려 했을 것임을 알았다. 그곳이 바다가 되었든, 산맥이 되었든, 심지어는 누리나무, 아니, 능력만 된다면 별고드름일지라도.

프라디트를 해치려 들었던 우주선보다는 그쪽이 차라리 나을 것이다. 그러나 프라디트가 바다를 선택하지 않은 이유는 아무도 찾지 못하는 곳을 원하기 때문이라는 사실도 알았다. 그녀에게 우주선은 오히려 피난처일지도 모른다.

오직 길을 능동적으로 찾아 떠나는 본인만이 그 대가로 위험을 감수할지 결정할 수 있다. 그건 프라디트뿐 아니라 누구라도 마찬가지다. 자신은 아이기스의 길을, 세이란은 커뮤니케이터의 길을 선택했듯이 프라디트도 스스로의 길을 고른 것이다.

어느 정도의 자유의지가 작용했냐는 중요치 않다. 거부할 수도 있었다는, 오직 그 사실만이 중요하다. **왜** 그런 선택을 했느냐가 중요하다. 그리고 프라디트는 위험을 거부하지 않고 그것을 선택했다. 그렇다면 그걸로 끝이다. 누군가가, 특히 우람이 한 선택을 막을 권리는 누구에게도 없다.

하지만, 언젠가는 그날이 올 거라고 생각했지만, 지금일 줄은 몰랐다. 아마다조차 생각지 못했다.

오히려 지금 이 시기는 너무 늦은 감이 있지만, 그 역시도 인정하고 싶지 않았다. 생각이 거기에 이르자 아텐은 서서히 무너지기 시작했다.

결국 프라디트가 미워하고 있는 건 바로 나야. 나한테 그러지 마. 그렇게 심하게 하지 마. 나, 난 그냥 너와 함께 있고 싶은 거야. 너를 지키고 보호하려는 건 널 잃고 싶지 않아서야.

"같이 갈 거야, 안 갈 거야?"

"그, 그러지 마, 프라디……."

"멍청이!"

아픔을 집어삼키며 목이 멘 아텐의 떨리는 눈을 쏘아본 프라디트는 그녀의 힘든 노래를 짓밟 듯이 상스러운 말을 짧게 내뱉으며 뒤도 돌아보지 않고 날아올랐다.

광점으로 사라져 가는 그녀의 어깨에서 아마다의 숄이 흘러내렸지만 프라디트는 개의치 않았다.

눈은 그쪽을 향하되, 보지는 못한 아텐이 멍하니 서 있다가 결국 그 자리에 주저앉고 말았다. 아까부터 바위 밑에 숨어 있던 블루 레빗이 묘한 표정을 지으며 기어나와 아텐의 새끼손가락을 적신 피를 핥으며 그녀를 위로했다.

아텐의 붉은 아이기스가 스러져 가는 황혼에 물들어 핏빛을 머금어갔다.

[아마다, 프라디트 아씨가 우주선을 향했습니다.]

아마다는 흠칫했지만 조용히 물었을 뿐이다.

"아텐은?"

[프라디트 아씨 혼자 향하는군요. 아텐은 움직이지 않습니다.]

"어떨 것 같나요?"

[숄을 놓고 갔군요. 추측만 가능합니다.]

"숄까지……."

아마다의 안색이 눈에 띄게 어두워졌다. 그녀는 입술을 살짝 깨물고 손을 꼭 쥐었다가 다시 마음을 다잡았다.

"솔직히 말해도 돼요. 빠짐없이."

프라디트 이야기를 하는 것이 아니다. 그녀에 대해서라면, 왜 이런 일이 생겼는지 아마다가 더 잘 알 것이다. 산소마저 희박한 황량한 고대 문명의 폐허 한 가운데 선 이 여인이 원하는 것은 그 외의 것이리라.

[지난번은 하급 인공지능의 문제였습니다. 이번에는 로가디아와 승무원들이 능동적으로 대처할 것입니다. 테란과 그들의 고급 인공지능은 이런 방식의 조우에 익숙합니다.]

벨레로폰은 대답을 망설이지 않았다. 그런 것은 디아트리체에게는 허락되지 않는 행동이다. 그리고 섣부른 표현 역시 마찬가지다. 아마다가 물었다.

"위험하지 않다는 뜻인가요?"

[그전과 같은 일은 일어나지 않겠냐는 의미라면, 그렇습니다. 그런 일은 없을 겁니다.]

"그건 확신인가요?"

[저에게 확신이란 단어는 수사적 용도 말고는 아무 의미를 갖지 못합니다. 그러나 그런 대답을 원하신다면 그렇다고 하겠습니다. 지난번 접촉에서 로가디아라는 인공지능에 대해 알아낸 바로는 그녀는 우수하고 섬세하며 사려 깊습니다. 어쩌면 디아트리체일 가능성도 있습니다. 모든 면에서 승무원들보다 현명하게 행동할 것입니다. 초기에 위협을 가하기는 하겠지만 직접적인 폭력을 실제로 행사하지는 않을 겁니다.]

아마다에게 로가디아가 뭔가 이상하다는 이야기를 할 필요는 없다. 자신의 말속에 이미 그 상황까지 포함되어 있다.

그리고, 그렇게 된 근본적 원인은 숄을 통해 자신이 로가디아에게 접근하려

들었기 때문이라는 말은 더욱 할 필요가 없다.

[로가디아는 프라디트 아씨에게 퇴거를 요구할 것입니다.]

"그 위협이 충분했으면 좋겠군요. 아니, 과했으면 하는 바람이에요."

그 이후에 어찌 될지는 프라디트에게 달렸다는 말 역시 할 필요가 없다. 아마다는 이미 알고 있는 듯했다. 상상이 현실이 되기를 원치 않기 때문에 그런 상황을 바라는 것이리라.

아마다는 무표정했지만 조금이라도 진정된 느낌이 나는 종류의 얼굴은 아니었다. 인간이 갖는 기운이라는 것은 원래 물리적 증거 따위가 존재하지도, 필요치도 않았다. 벨레로폰은 아마다가 동요하는 심정을 몹시 억누르고 있다는 사실을 목소리에서 알 수 있었다.

"아텐을 불러요."

[숄을 주워 들지 않습니다. 아시겠지만 숄 없이는 저도 할 수 있는 게 별로 없습니다.]

"아이기스를 깨워요!"

급기야 아마다가 고함을 쳤다. 그러나 인간이 아닌 벨레로폰은 다시금 예의 정중한 긍정을 했을 뿐 놀라지는 않았다.

행성 반대편에서 망연자실해 있던 아텐은 아이기스가 눈을 뜨자 비로소 비틀거리며 일어섰다. 황혼은 사라졌지만 아이기스는 아까보다 더 붉게 불타올랐다.

* * *

마인드링킹 이후로 생각이 많아진 아찬은 일기조차 딱히 완결된 문장이기보다는 거의 메모 수준의 연속으로 쓰곤 했다. 레진을 데리고 도서관에 들락날락하는 시간이 하루의 대부분을 차지했지만, 정작 소녀로서는 아찬이 단순히 심심해서 자신과 함께 다니려 드는 것으로밖에는 보이지 않았다. 결국 레진의 불만이 폭발했다.

"아찬, 굳이 날 도서관에 데리고 가는 이유가 뭐예요?"

아찬이 어이가 없다는 듯이 눈을 동그랗게 뜨고 잠시 말을 못 잇다가 손가락으로 책상 한 켠을 가리키며 더듬거렸다.

"아니, 지금 그게 무슨 말이야? 너한테 읽어보라고 준 책이 이렇게 산더미 같잖아."

레진의 표정이 더 어이없어졌다.

"지금 나한테 공부시키는 거예요? 여기가 어딘지 아직도 모르겠어요? 저런 철학 공부를 해서 도움이 될 만한 곳이 아니에요. 지금 우리는 농사나 사냥을 배워야 한다고요! 그게 싫으면 콜트 사시보 소자를 공부하던가요."

아찬이 눈살을 찌푸렸다. 레진의 말대꾸가 마음에 들지 않아서인지 아니면 몸을 움직이기 싫어하는 성격과 배치되는 충고 때문인지는 잘 알 수 없다. 그는 한숨을 푹 내쉬더니 담배를 찾아 주머니를 뒤적거렸다. 입에 막 문 담배를 레진이 낚아챘다.

"담배 좀 그만 피워요!"

"버릇없게!"

불을 붙이기 전까지는 약속을 어긴 게 아니라고 생각하는 아찬의 언성에도 불구하고 레진의 기세는 사그라질 줄 몰랐다. 오히려 그녀는 아찬에게 본격적으로 역정을 내기 시작했다.

"우린 먼저 게이츠에서 나가야 해요. 그리고 나서 전의 그 외계성종에게 도움을 받는 거죠. 최소한 솔시스나 켄타로스와 연락이 될 거예요. 그게 아니라 스피카나 데네브의 식민지, 그것도 아니면 게일리니아나 도기나라도 상관없어요! 하다못해 파워스테이션도 괜찮아요. 알겠어요? 독서를 하면서 여가를 즐기는 섯노 좋지만 여가란 선 할 일와 할 일의 사이에 생기는 거예요. 지금처럼 아무 목표도 없이 책이나 보는 건 그냥 허송세월이라고요!"

아찬이 다시 한숨을 내쉬었다. 맹랑한 소녀의 말대꾸에 화가 안 나는 것은 아니지만 어린애를 상대로 소리를 지르는 건 자존심이 용납하지 않았다. 그가 달래듯이 말했다.

"레진, 지난번 마인드링킹에서 내가 좀 생각해 본 게 있어. 아직 로가디아는 문제가 있고."

"그럼 이런 철학책을 보면 문제가 해결된다는 거예요? 그렇다면 기술 서적을 봐야죠."

레진의 격앙되었던 목소리가 조금 누그러들었다. 철학은 레진의 전문 분야가 아니다. 그녀는 자신이 전혀 알지 못하는 분야를 무기로 내세우는 아찬을 믿어야 할지 의심스러운 표정이다. 어차피 아찬의 입장에서는 콜트 사시보 소지를 들먹이는 레진 역시 마찬가지니 피차일반이리라. 그러나 둘이 경쟁하는 것은 아니다. 단지, 더 잘할 수 있는 일을 나눈 것뿐이다.

아찬이 손가락을 튕겨 책을 접었다. 허공에 떠 있던 푸르스름한 입체영상들이 사라졌지만 아찬이 따로 달아둔 붉은색의 주석들은 아주 약간 더 허공에서 흐늘거렸다. 레진이 아찬 대신 재빨리 책갈피를 걸었다. 책갈피가 꽂힌 주석들이 잠시 망설이듯이 부르르 떨었지만 결국 그마저 사라졌다. 입체영상이 지워지고 난 빈 책상에서 몸을 돌린 아찬이 레진을 향해 조금 더 허리를 숙였다.

"분명히 어딘가에 본체가 있어."

"응?"

"로가디아 말이야."

아찬이 목소리를 깔았다. 소용이 없다는, 혹은 의미가 없다는 사실은 잘 알고 있지만 로가디아를 의식하는 행동은 이미 거의 습관이다. 레진은 그에게 꼭 그렇게 하지 않아도 좋을 상황이란 것을 황당한 표정으로 일깨워 주었고, 무안해진 아찬은 목소리를 조금 더 깔고 최대한 공허한 눈빛으로 고개 숙인 턱을 손으로 만졌다. 영화 속의 주인공처럼 보이기를 원하면서 말끝까지 흐렸다.

"음… 로가디아의 본체……."

"아찬……."

"……."

"멍청해 보여요. 또 머리가 아파요?"

얼굴이 확 달아오르는 느낌. 역시 레진이 장난을 받아들일 만한 상태가 아니라는 사실만 확인한 아찬은 그냥 본론으로 들어가기로 했다.

"로가디아가 본체랑 뭐 어쨌다는 거예요?"

"그게 어디엔가 있을 거라고."

"게이츠 전체가 로가디아예요, 아찬. 인공지능을 잘 몰라요? 아니면 내가 어제 한 말이 기억 안 나요?"

"아니, 그런 게 아니고, 뭐라고 해야 하나."

아찬은 녹록치 않은 철학적인 주제가 될 이야기를 엔지니어인 소녀가 이해하도록 쉽게 설명하려면 어떤 비유가 적당할지 잠시 고민했다.

"알파 룸은 그냥 빈 공간이에요. 로가디아의 메타트론 입자를 제어하려는 거대하고 어두운 방이죠. 거기서 메타트론 입자는 광양자 상태 전이를 반복해 가면서 로가디아의 의식과 사고를 구성해요. 당신이 말하는 게 두뇌 같은 걸 의미한다면, 그건 그냥 입자일 뿐이에요. 알파 룸은 두개골쯤 되겠죠. 몸은 게이츠고."

"내 말이 그 말이야. 로가디아의 행동은 신체를 갖지 않고서는 할 수 있는 종류가 아니란 거지."

"로가디아는 신체를 상정할 수 있어요. 신체가 없다 해도 그런 가정을 하고 그대로 움직일 수 있다는 거죠. 그건 증명할 필요도 없잖아요."

"그럴 수도 있겠지. 하지만 입을 떼기 전에 차마 말을 하기 어려워서 숨을 들이쉬는 종류, 뭐 그런 것까지 가능할까? 가슴이 아프다는 말은? 한숨을 쉬곤 하는 게 단순히 능동적 대화 체계 때문일까?"

"그런 건 얼마든지 배울 수 있어요. 자기가 그래야 한다고 판단한다면 로가디아는 그럴 수 있단 말이죠."

"그래? 하지만 로가디아는 우리를 안중에도 없어할 때조차 그랬어. 그런 반응은 분명히 상대, 정확히는 상대의 심정을 염두에 둔 사람에게만 나타나. 나와 이야기하면서 기가 막히다거나 어이가 없다는 식의 반응이 인공지능으로 정상이라고 생각해? 그런 행동 양식을 보였다는 건 그냥 넘어갈 문제가 아냐."

레진이 한숨을 폭 쉬었다. 그녀로서는 아찬이 답답하기도 하리라.

"아찬, 그러니까 나더러 알파 룸에서 그 고생을 하라는 거예요, 말라는 거예요?"

"어… 난 그런 의미로 말한 게 아냐. 그보다는 뭐랄까, 로가디아는 몸만 다친 게 아니다… 뭐 이런 거지. 무슨 뜻인지 알겠어?"

레진이 눈살을 찌푸렸다. 솔시스어에 완벽하지 않은 자신을 무시한다고 느꼈을지도 모른다.

"그런 반응은 말하자면 '몸에 배인 행동' 에. 해당되는 거야. 말 그대로 몸이 없으면 나올 수가 없단 말이야. 적어도, 그럴 필요가 없는 상황에서는."

"그럼 로가디아는 자기도 모르게 그런 행동을 한다는 말인가요?"

"그래, 인간처럼."

"인공지능이 자기도 모르는 행동을 하는 게 가능해요?"

"지금 일어나고 있잖아."

레진이 도무지 의미를 모를 한숨을 또 내쉬며 아찬을 흘겼다.

"어렵네요."

"넌 엔지니어지, 인공지능학자는 아니니까."

"지금은 당신보다 많이 알걸요."

레진은 어느 때인가부터 생긴 습관대로 아찬에게 혀를 빼죽였다. 그런 레진이 귀여워 아찬은 그녀의 볼을 살짝 꼬집고 나서 맞은편에 앉았다. 아까보다 분위기가 훨씬 더 부드러워졌다. 아찬이 레진에게 설명할 이야기는 자리가 더 편할수록 나은 종류다. 기술적이지는 않지만 전문적인 이야기.

"분명히 네가 인공지능을 공부한 건 사실이지. 하지만 확실히 해둬야 할 건, 인공지능이란 건 사실 없는 걸 인공적으로 만든 게 아냐. 그저 인간의 지능 형태를 베낀 거지. 최소한 출발은 그랬어. 그리고 지금 로가디아는 거의 인간과 차이가 없어 보여. 상상이 가? 휴식을 원하고, 아니, 그전에, 뭔가를 욕구하고 죽음을 두려워하는 인공지능이."

레진은 여전히 아리송한 표정을 지우지 못했다.

"그게 이상한가요?"

아찬은 고개를 끄덕였다.

"핵심은 베낀 부분이 오직 사고에 관계된 부분뿐이라는 거지. 말하자면, 두뇌에 해당하는 입자 연산체를 만들고, 손발 대신 감지기와 장비를 달아둔 거야. 게이츠가 숨을 몰아쉬고 헛웃음을 내뱉는다는 게 말이 돼? 나 물 한 잔만."

아찬은 입이 심심했던지 담배를 아쉬운 듯 굴리면서 물을 가지러 갔다. 돌아올 때도 담배 냄새는 나지 않는 걸 보니 몰래 피운 모양은 아니다. 그는 레진이 내민 손에 플라스틱 물병을 건네주고 말을 이었다.

"우선 인공지능학은 기본적으로 심리철학에 기반하고 있어. 그러니까 단순히 기술적인 이야기가 아니란 점에서 네가 알아듣기가 쉽겠지만 고민해야 할 면은 그리 녹록치 않을 거야."

레진이 고개를 주억거리며 약간 긴장된 눈빛으로 동의를 표했다.

"솔직하게 말하면 나도 내가 무슨 말을 하고 싶은 건지 잘 모르겠어. 어쩌면 너랑 이야기하다 보면 좋은 생각이 나올지도 모르지. 사실 내가 원하는 게 그거기도 하고. 아무튼 로가디아의 의식은 분명히 우리와 달라. 당연하지. 인간이 아니니까."

아찬은 예전에 로가디아가 상기시켰던 레기넬라와 유디트에 대한 이야기를 떠올렸다. 같은 유기체끼리도 전혀 이해를 못하는데 인공지능과 인간이 서로를 이해할 수 있다고 믿는 것은 망상이리라.

"정말로 어렵네요."

레진의 입장에서는 아찬의 말속에 포함된 몇 개의 단어만으로도 그런 생각이 들기에 충분했을 것이다. 아찬은 어깨를 한 번 으쓱했다.

"마인드링킹을 하면서 많은 걸 알아낼 수 있었어. 적어도 내게 주어진 시간 에신 밀이야. 이전히 그 테라인 세획이란 세 어떤 건시만 빼고. 아무튼, 로가니 아는 타키온 드라이브 중에 마인드링킹을 반대했지. 하지만 그 이유를 설명하지 못했어. 간단해. 자신은 이유를 알고 있지만 그걸 번역할 수 있는 인간의 표현이 없었다는 거지. 결국 로가디아는 막무가내로 우길 수밖에 없었던 거야. 그녀가 거짓말이라도 할 수 있었다면 그렇게 해서라도 상황이 이렇게 되는 걸 막았겠지만 그것도 불가능했고. 아무튼 결론적으로 말하면 로가디아가 한숨을 쉬든 뭘 하든 그건 그녀가 가진 심적 상태를 인간의 방식으로 번역하는 게 틀림없단 거지."

"응."

말하자면 그런 건데, 이것 참, 뭐라고 설명을 해야 하나? 분명히 철학과 주임이었던 정성호 교수라면 레너스의 이론을 잘근잘근 씹어가며 명쾌하게 이야기를 해주었을 것이다. 하지만 그는 심리철학만 한 세기를 공부한 사람이고, 자신은 네 학기 동안 서른여섯 학점을 겨우겨우 졸업이 가능할 수준으로 공부했을 뿐이다. 물론 거기에는 직접 교수들을 찾아다니며 구걸한 학점이 포함된다. 갑자기 양문흠 선생의 충고대로 형이상학이나 열심히 공부할 걸 하는 엉뚱한 생각이 들었다. 아찬은 머리를 슬쩍 저었다.

"자, 자. 다시 처음으로 돌아가자."

"우린 아무것도 시작한 게 없어요, 아찬."

"그, 그래. 그럼 시작해 보자. 우선 로가디아는 처음과 너무나도 다른 존재가 되었다는 전제는 인정하니?"

"응."

"나는 그 이유가 왜인지, 어떻게 가능한지는 모르겠지만 로가디아가 '몸'을 가지게 되어서라고 봐. 한마디로 자의식이 생긴 거지."

"로가디아는 처음부터 의식이라고 할 만한 걸 가지고 있었어요."

"적어도 지금 같은 방식은 아냐. 어쨌든 그 시기는 클라우드 박사가 사라진 다음일 거야."

"당신 말이 이상하네요. 그렇다면 로가디아가 충격을 받아서 그렇게 된 거란 말인데, 그러려면 그전에 이미 자의식이란 게 존재해야 하지 않나요?"

충격은 아찬이 받았다. 레진 말이 맞아. 그럼 도대체 어디서 뭐가 잘못된 거지?

"솔직히 말하면, 난 이런 이야기를 왜 하고 있는지도 모르겠어요. 정확히 하고 싶은 말이 뭐예요?"

"그건 뭐……."

아찬이 주변을 두리번거렸다. 물론 아무도 있을 리가 없다. 그럼에도 불구하고 그는 발견자호에서 승무원들의 입 모양을 읽어낸 오래된 인공지능 H.A.R의 이야기가 떠올라 소름이 돋았다. 이대로 이야기해도 괜찮을까?

바깥으로 나갈 수만 있다면.

"난 집으로 돌아가고 싶어."

레진의 안색이 약간 혼란스럽다는 듯이 변했다. 눈살을 살짝 찌푸린 그녀는 말을 이으려는 아찬에게 생각할 시간을 달라면서 손을 내저었다. 턱을 살짝 만지기를 몇 번 반복하더니 레진이 정색했다.

"로가디아를 어떻게 해서 구조신호라도 보내자는 건가요?"

아찬이 눈을 동그랗게 뜨고 당연하다는 듯이 고개를 주억거렸다. 지금 그걸 말이라고 하나? 뻔한 거 아닌가? 그럼 그 외에 뭐가 더 필요하단 거지? 라는 표정이다. 때문에 레진은 하고 싶은 말이 목에 걸려 버렸다.

정말로 지금 중요한 게 그걸까? 그녀가 보기엔 그전에 생존이 더 문제다. 예컨대, 외계성종으로부터 생명을 보전하는 것 따위 말이다. 그렇다고는 해도 문제의 근원이 로가디아라는 점은 변함이 없기에 일단은 아찬을 따라가는 쪽도 별문제는 없을 터. 물병을 입에서 뗀 아찬이 물이 흘러내린 턱을 닦았다.

"로가디아가 몸이든 뭐든 실체를 가지고 있다는 증거를 마인드링킹에서 확인했어."

"응?"

"나노머신을 쓰는 방식 같은데, 미약하게나마 실체화가 가능하더군."

"나노머신이 본체란 건가요?"

"그건 아닐 거야. 하지만 적어도, 자신의 현실과 다른 방식의 실체화에 대한 개념은 가졌다는 뜻이 되거든. 아무튼 그러니까, 로가디아는 클라우드 박사를 자기 아버지로 생각했단 말이야. 그런 건 있을 수 있다고 보거든? 뭐, 버그라던가. 난 인공지능은 잘 모르지만, 그런 것일 수도 있을 것 같아. 정말로 중요한 건, 로가디아가 해서는 안 되는 행동을 한 거잖아. 그렇지?"

"뭘?"

"……."

"뭘 했는데요?"

아찬은 순간적으로 정말로 이 소녀가 머리가 좋아서 이 여행에 참가하게 된 건지 잠시 의심했다. 그런 어이없는 되물음이라니. 아니, 레진은 켄타로스에서 자랐으니까 인공지능을 접해본 경험이 거의 없어서 그런 것일 수도 있다. 어쨌든 켄타로스는 판솔라니아 비슷한 것도 없는 곳이다. 아찬은 이제부터 완전히 어린아이에게 설명하듯이 해야겠다고 마음먹었다.

"로가디아는 말하자면 일종의 정신장애에 걸린 거야. 문제는, 인공지능으로서 그게 가능하냐는 걸 제쳐 두더라도, 그 증상을 보이는 자체가 우리에게 커다란 문제를 뜻하는 거지. 그런데 로가디아는 분명히 인간에게 봉사하려는 존재고. 그러니까 내재적 기준에 의해서 일시적인 명령 거부 같은 건 몰라도 그렇게 스스로 작동을 멈추다시피 한다는 건 인공지능의 본성에 위배되는 거거든."

"응. 그러니까, 로가디아의 마음에 상관없이 로가디아는 봉사하기를 멈추어서는 안 된다. 뭐, 이런 뜻?"

아찬은 마음이라는 단어는 적당하지 않다고 느꼈지만 레진의 입장에서 생각하면 달리 표현할 방법이 없을 것이라는 데에 생각이 미치자 그 표현을 인정하기로 했다.

"맞아. 그게 가능하려면 분명히 외부 인자의 개입이 있어야 해. 인간이라면 가령, 도덕적 행위를 거부하는 게 옳지 않다는 걸 알아도 그러는 경우가 있지. 그러는 이유는 단 하나야. 고통을 피하고 쾌락을 얻기 위해서거든."

"하지만 아찬, 그런 설명은 좀 그러네요. 인간이 악을 행하는 이유는 뭔가 거창한 게 아니에요. 그건 그냥, 살아 있는 생물로서 피할 수 없는 뭔가이기 때문에 그런 거예요."

"레진, 지금 그건 곁가지……."

"아니, 중요해요. 자, 봐요. 존재한다는 자체로 에너지를 소모하는 게 인간이에요. 그리고 그 의미는 엔트로피 종말점을 향해서 꾸준히 달려간다는 거죠. 인간이 그 사실을 인식하는 방법은 당신 말대로 '몸'을 가지고 있어서예요. '살아 있다'거나 '죽어간다'는 말 자체가 사실은, 그 **몸**이라는 개념의 정체성을 단적으로 나타내죠. 하지만 로가디아는? 로가디아가 도대체 어떤 종류의 몸을 가져야 그게 가능하다는 거죠?"

레진은 몸이라는 단어에 힘을 주며 말했다. 굳이 표정을 살펴보지 않아도 아찬의 말문이 막혔다는 정도쯤은 쉬이 알 수 있다. 이대로 가면 결국 아찬이 짚은 로가디아의 문제는 사실 정상적이라는, 아니, 있을 수 있는 경우라는 결론 말고는 나올 게 없으리라.

그러나 그는 인정할 수가 없었다. 단순히 토론에서 이기고 싶다는 욕구가 아니다. 뭔가, 어딘가 빠진 게 있고 느낌이 이상한데 그걸 논리적으로 증명해야만 했다. 기분 나쁜 분위기만으로 로가디아에게 커다란 문제가 있다는 식의 주장은 당사자인 아찬조차도 납득할 수 없는 것이다. 이건 어찌 보면 레진이 아니라 자기 자신을 상대로 한 싸움이다. 스스로를 납득시켜야 했다.

아찬은 물을 벌컥벌컥 들이켜고 입을 훔쳤다.

"좋아. 다시 시작해 보자. 로가디아에게 아버지의 실종은 정말 커다란 상처였을 거야. 그렇게 생각하지?"

"당연하죠. 내가 당신이 어디 있는지 알면서도 일부러 가지 않은 게 그런 로가디아를 보고 싶지 않아서였는걸."

레진은 관대하게 말을 받았다. 어쩌면 그녀도 본질적으로는 아찬과 비슷한 생각을 하고 있는지 모를 일이다. 그녀는 표정은 없지만 클라우드에 대한 적개심이 분명히 존재하는 어투로 아찬을 긍정했다. 로가디아만을 언급한 이유 역시 클라우드를 고의로 무시하고 있다는 사실을 나타내기 위해서리라. 하지만 지금은 그런 이야기를 할 만한 때가 아니다.

"응, 그래. 그런데 우리가 마음의 상처라고 말하는 것, 그건 다르게 말하면 마음이 아프다거나, 뭐 이런 식으로 말할 수 있는 거고. 그러니까 결국 그건 그냥 비유적 표현일 따름인 거지. 실제로 마음이 어디에 있거나 한 건 아니잖아?"

"듣고 보니 그러네요?"

"다행이네. 한 번에 알아들어서. 어쨌든 그런 걸 나는 지금부터 심적 고통이라고 부를게. 좋아?"

"응."

"사람을 예로 들면 마음의 고통이라는 건 굉장히 큰 동인이 되거든. 경우에 따라서 삶을 포기하도록 만드는 상황까지 가니까. 주변 환경이 아무리 풍부하고 만족스러워도 그런 걸 인식조차 못하는 경우는 말할 것도 없어. 그런데 그게 왜 그러냐면 그 마음의 고통이란 게 이성적 판단 영역에 들어가는 것이 아니란 게 이유거든. 심적 고통은 동인이 되고 동인은 의지가 되고 의지가 행동을 야기하는데 이 과정 어딘가에서 이성적 판단을 등에 업은 자아통제력이 구체적으로 개입하지 못하면 곧바로 심적 고통이 원인이 된 결과가 행동으로 나타난단 말이야. 그렇지?"

"뭔가 말리는 느낌이긴 한데 일단은 수긍할게요."

"으응. 그래, 레진도 다른 생각이 나면 바로 이야기해 주면 되니까. 내가 항상 옳을 리 없잖아."

가벼운 당황으로 얼굴이 살짝 붉어진 아찬을 레진이 부드러운 미소로 채근했다.

"그럼 로가디아로 다시 돌아가서, 로가디아는 심적 고통을 느꼈던 거야. 그리고 아까 말한 그 과정에 이성적 통제력이 개입하는 과정이 없었거나 실패했거나 어쨌든 그래서 공황 상태에 빠진 거지."

"맞아요. 그럴듯해. 그런데 아찬 말대로라면 자기 통제력이 개입하는 건 어떻게 결정되는 거죠? 내가 이해하기로는 고통 같은 개념이랑 이성은 완전히 다른 건데? 내 식으로 표현하면 하나의 계에 전혀 다른 계가 간섭하는 거잖아요. 그게 어떻게 가능하죠?"

"사실은 번역 차이지. 두 개는 다른 방식으로 표현될 뿐 같은 요소를 가지고 있단 말이야. 모든 동인은 기본적으로 원초적인 감정 상태고, 성장하며 얻어지는 정보를 뇌라는 물리적 실체가 판별하고 쌓아두고 동인에 의해 그런 정보들의 효용성을 배워 나가거든. 그러니까 이성적 자기 통제력이라는 것도 사실은 고통고 하면 쉬울까?"

"대충 알겠어요."

"그런데 여기서 로가디아는 인간이 아니라는 게 문제거든. 사람이 가진 뇌에 해당하는 모듈을 물리적 실체로써 가지고 있다는 사실은 같지만, 공통점은 여기까지인 거야."

"왜? 당신 말대로라면 로가디아는 사람보다 훨씬 많이 알고 빠르게 생각하고 고통도 느끼잖아."

"바로 그거지. 고통."

레진에게서 끌어내고 싶은 말이 드디어 나왔다는 듯이 아찬은 손바닥을 주먹으로 치며 조금 격앙된 목소리로 말을 빨리하기 시작했다. 레진은 이야기 내용보다도 시시각각 변하는 아찬의 반응이 더 재미있다는 표정으로 입술에 머금은 부드러운 미소를 풀지 않았다.

"레진, 너, 다친 적 있지?"

"어릴 적에는 사고뭉치였는걸. 만날 굴러서 울고, 떨어져서 울고, 맞아서 울고, 때려놓고 울고."

"웅, 웅. 그래, 그때 울잖아? 그리고 나이를 좀 더 먹으면 비명이나 신음 소리를 내고."

"그냥 참는 경우도 많아요. 사실은 대부분이 그렇지 뭐. 이제 칭얼댈 나이는 지났는걸."

그렇게 울어대서 눈이 부은 날이 안 부은 날보다 훨씬 많았던 게이츠에서의 지난 반년간을 떠올리지 못하는 것인지, 아니면 기억에서 지워 버린 것인지 어둡지 않은 눈빛으로 입술을 삐죽이며 천장을 쳐다보는 레진.

"웅. 그래, 나도 네가 얼마나 멋진 꼬… 아가씨인지는 알아."

"정말?"

활짝 웃는 레진에게 아찬이 이빨을 드러내면서 웃었다.

"어쨌든, 넌 표현을 하든 하지 않든 고통을 느낀단 말이야. 적어도 그럴 가능성이 있어. 그렇지?"

"당연하죠."

"그렇지만, 넌 물론이고 나도 그렇고, 세상 사람들 중에서 아무도 '난 내가 아프다는 사실을 알고 있어'라고 말하는 사람은 없어. 아니, 어떤 철학자들은 그렇게 말하지만 그 사람들도 서재를 나가면 그렇게 하지 않아."

"당연한 거 아냐? 자기가 아픈 걸 모르는 사람도 있어요?"

"그래. 그런 걸 직접지(直接知)라고 하는데, 뭐 오래된 개념이긴 하지만 여전히 유효한 이 단어의 의미는 전혀 어려운 게 아니야. 아주 간단히 말하면 안 배워도 그냥 아는 사실이라는 거지."

"그냥 알다니? 말은 그럴듯하지만 좀 이상하네? 안다고 말하려면 그걸 모를 가능성이 있어야 그 말이 의미를 갖지 않나요?"

"그렇지! 역시 머리가 좋아! 난 혼자서는 절대로 생각 못했던 사실인데. 으핫."

"아찬, 참 재미있네요. 이야기도 재미있지만 당신이 너무 재미있어요."

"응. 좀 그렇지. 내가 원래 흥분을 잘하거든. 어쨌든, 그럼 이 말도 충분히 이해하겠네. 그러니까 직접지란 건 감각을 통하지 않고도 알 수 있는 사실이다. 가령, 공간, 색깔, 기억에 의한 앎. 그런 것."

"아니. 그건 아닌 것 같은데요? 오히려 반대가 아닐까?"

"에?"

"이렇게 생각해 봐요. 아찬에게 눈도, 귀도, 코도, 피부도, 혀도 없어. 한마디로 모든 감각이 단절된 상태라는 거죠. 그 상태에서 어떤 앎이 있을 수 있겠어요? 당신은 고통을 내세우지만 고통도 마찬가지로……."

"고통을 느끼는 곳은 감각 기관이 아니야. 뇌라고, 뇌. 뇌가 인식하지 못하는 고통은 고통이 아니……."

"응. 그러니까요. 내 말은 최초로 그럴 때를 가정하는 거예요. 이렇게 하면 되겠네. 끔찍한 예라서 껄끄럽지만, 당신이 태어나자마자 몸을 잃고 가까스로 뇌만 살았어요. 이제 그게 배양 탱크 안에 있단 말이죠? 그럼 당신은 처음부터 모든 감각을 차단당한 거예요. 그때 당신의 뇌가 뭘 알 수 있겠어요?"

긴장된 눈빛으로 레진의 이야기를 주의 깊게 훑던 아찬은 레진의 말이 끝나기도 전에 그럴 줄 알았다는 듯이 거만한 미소를 띠며 습관적으로 담배를 물었다. 도대체 이런 즐거운 시간이 얼마 만이람?

레진은 기분이 좋은 아찬에게 굳이 창피를 주고 싶지는 않은지, 단지 샐쭉거리며 코앞에서 손을 흔들었을 뿐이다. 아찬은 머쓱해하며 채 빨지도 못한 담배를 비벼 껐다.

"뭐예요, 그 표정은?"

"응. 아니야, 아니야. 자, 이렇게 생각하자고. 내 몸이 완전히 사라지고 팔만 하나 남았어. 이게 나일까?"

"아니죠."

"그럼 다리만 남았어. 그건 나야?"

"아니죠. 아! 무슨 말하려는지 알겠어요."

"그래, 정보를 받아들이고 저장하며 판단하고 고통을 느낀다는 등 아무리 찬사를 갖다 붙여봤자야. 뇌 하나만 남았다고 하면 결국 그것도 신체의 일부일 뿐석아찬은 아니거든. 뇌란 것도 말하자면 데이터를 처리하는 일종의 연산장치 이상은 아닌 거지. 우리가 눈이 보이지 않는 사람들을 장애인이라고 부르는 이유가 단지 그들이 불편한 삶을 영위하기 때문만은 아니라고 생각해. 그러니까 우리가 마음에 대해 이야기를 하려면, 사고 기작의 근원을 받아들이고, 또 그것을 물리적으로 전개할 수 있는 실체가 전제되지 않으면 공허하다는 거야. 우리가 유기체인 이유가 달리 그런 게 아닐 거란 생각이 들어."

"오. 점점 재미있어지는걸요?"

"좋아. 그럼 계속해 보자. 그럼 우리가 가지게 되는 전제는 몇 가지가 있어. 첫째, 심적 고통은 동인이 되고 동인은 의지가 되고 의지가 행동을 야기한다. 둘째, 고통 같은 관념은 직접지다. 셋째, 마음에 대해 이야기를 하려면, 사고 기작의 근원을 받아들이고 또 그것을 물리적으로 전개할 수 있는 실체를 전제해야한다. 그렇지 않으면 공허할 뿐이니까. 이 정도야. 어때?"

레진이 꼰 다리를 바꾸며 고개를 끄덕였다. 눈을 반짝거리는 것이 그녀로서는 어렵다기보다는 재미있는 듯했다.

"응. 알겠어. 내가 더 간단히, 하지만 당신보다 더 보편적으로 정리해 볼게요. 첫째, 심적 상태와 행동은 인과관계를 갖는다. 둘째, 배울 필요가 없는 앎이 존재한다. 셋째, 뇌와 신체 중 하나라도 결여되면 심적 상태를 가질 수 없다."

뭐야, 이거. 아찬은 무안함에 얼굴이 화끈 달아올라 다시 담배를 꺼내려다 주춤거리며 손을 깍지 꼈다.

"그, 그래. 뭐, 마지막으로 하나만 짚고 넘어가면, 꼭 신체를 가지지 않아도 돼. 중요한 것은, 신체를 가질 가능성이 있느냐는 거지. 그럼 이야기를 계속하자. 여기서 로가디아와 우리와의 차이가 하나 생겨. 신체가 없는 로가디아는 결코 직접지를 가질 수 없다는 거야. 다시 말해서 고통이란 관념도 결코 가질 수 없다는 거지. 로가디아가 고통에 대해서 배울 수 있을지도 몰라. 그리고 적당한 때에 고통스러운 것처럼 흉내를 낼 수도 있어. 하지만 결코 고통을 느끼지는 못한단 말이지. 그게 무슨 뜻이냐면, 로가디아는 자기가 처한 비극적 상황 때문에 고통스러운 것처럼 행동할 수는 있어도 실제로 고통을 느낄 수는 없다는 거야. 로가디아가 자신의 의무를 수행하기를 그만둘 이유에 고통은 들어가지 않는다는 거지. 그런데 지난번 마인드링킹을 떠올려 보면 로가디아는 자기가 아프단 걸 분명히 알고 있었어."

"로가디아가 고통을 느끼려면 몸이 필요하다는 증명이 끝난 건가요?"

아찬이 이야기는 끝났다는 듯이 자랑스럽게 고개를 끄덕였다. 그러나 레진은 다른 가능성을 타진했다. 너무나도 당연하기에 어이가 없는, 그러나 바로 그 이유 때문에 가장 해답에 가까울 사실.

"그럼 로가디아가 고장 난 건가 보네."

하지만 아찬의 말문이 막히거나 하지는 않았다. 고장이라는 표현은 같은 개념에 대한 다른 표현에 불과했다.

"그건 고장이라고 볼 수 없어. 아니, 그건 중요한 게 아니―"

"아찬, 고장이 없는 기계는 없어요. 어쩌면 로가디아는 정말로 고장이 났고 그걸 우리 관점에서 의무 이행 어쩌고 하는 걸 수도 있다고요. 내가 보기엔 그쪽이 더 설득력있겠는걸요."

"아니, 아니. 고장이든 아니든 그건 중요하지 않아. 요는 로가디아의 본체를 찾아야 문제를 해결할 수 있다는 거지."

"그럼 내가 하던 걸 그대로 하라는 그 말은?"

"흠……."

아찬은 할 말은 있지만 괜찮을까라는 듯이 잠시 주저했다.

"그게 문젠데… 로가디아를 믿지 못하는 건 아냐. 아니, 이건 솔직하게 말하는 거야. 난 그저 로가디아 스스로 문제를 잘못 짚은 게 아닌가 하는 생각이 드는 건데……."

"아찬."

레진은 말하고 물을 마셨다.

"기분 나쁠지 모르겠지만, 말할래요."

아찬의 한쪽 눈이 미세하게 찌푸려졌지만 레진은 그의 긍정에 상관없이 이야기를 꺼냈다.

"내가 보기엔 당신 지금, 너무 사고를 몰아가고 있어요."

"음? 그래? 네 생각은 어떤데?"

전이었다면 말도 듣기 전에 뭐가 문제냐며 대뜸 따지기부터 했을 텐데 아찬의 반응이 뜻밖이라 레진이 오히려 살짝 놀랐다. 그녀는 그 감정을 푸짐한 미소로 바꾸며 말을 이었다.

"내 생각엔 로가디아가 어떤 몸을 가졌느냐의 여부는 그리 중요하지 않아요. 로가디아는 그저 자신이 할 수 있는 방식으로 표현할 뿐이죠. 우리는 시공을 선험하지만 그녀는 못할 수도 있어요. 대신 로가디아는 광양자 회로의 떨림과 그 궤적을 선험하겠죠. 우리가 보는 것과 그녀가 보는 것은 달라요. 하지만 그것들이 반드시 함수처럼 각각 대응을 하지 않는다는 사실로 그녀가 뭔가 다른 몸을 가졌다고 생각하는 것은 밀고 나아가지 말아야 할 곳까지 나아간 거라고 봐요. 하지만 더 중요한 게 있어요. 지금 로가디아의 상태는 게이츠의 물리적 문제에 달려 있어요. 알파 룸에 공급되는 동력의 안정성, 사시보 소자의 고장, 메타트론 입자의 준위 문제 같은 것들 전부요. 당신이 말한 또 다른 몸이 있다 하더라도 그 역시 게이츠와 같은 문제를 겪고 있다는 의미예요."

레진의 말은 결국 물리적 동일성에 관한 것이다. 비물질적 상태라는 것—이 있다면—은 그것은 물질에 대해 영향 미칠 수 없고, 결국 당면한 문제는 물리적인 것으로 간주해야 한다. 그리고 하나의 물리 상태에 의한 인과가 동일하다면 그 과정도 그렇다는 이야기다.

아찬은 아무런 대답을 하지 않았다. 반론에 기분이 나빠서라기보다는 생각을 하는 것 같았다.

그는 물을 한 모금 마시고, 다시 한참 동안 손가락으로 장난을 치다가 다시 물을 마셨다.

"알겠어, 무슨 말인지. 로가디아처럼 복잡한 인공지능에게도 단순히 원인과 결과가 같다고 그 과정까지 그럴 것이라는 논리가 미심쩍긴 하지만, 어쨌든 알겠어."

레진은 아찬의 수긍에 엷게 웃었다.

"로가디아를 믿어요?"

"응."

아찬은 망설임없이 대답하며 가물거리는 꿈을 떠올리려는 듯 눈을 가늘게 떴다. 레진은 그가 마인드링킹에서 무엇을 겪었는지 정확히 알 수는 없었지만, 분명히 로가디아와 무엇인가를 나누었으리라 생각했다. 어쩌면 아찬은 로가디아의 '마음'을 들여다보았을지도 모른다. 그게 어떤 식으로 가능한지는 잘 알 수 없지만.

뇌전도를 분석한다고 그 사람의 마음을 알 수 없듯이 인공지능도 마찬가지다. 하지만 마인드링킹의 세계는 무엇이든 가능하다. 그곳에서 어떤 일이 일어났는지 본인 외에 누가 알 수 있을까?

아찬의 뒷목에 부드럽고 시원한 손길이 닿았다. 레진이 그의 목을 쓰다듬으며 일어섰다.

"아, 따뜻해. 아찬, 우리 이제 좀 쉬어요. 나, 머리가 터질 것 같아."

"응."

아찬의 눈빛이 현실로 돌아오며 팔을 살며시 잡아끄는 레진과 도서관 휴게실로 향하는 계단을 밟았다.

물을 그렇게 마셔대었는데도 또 목이 마른지 아찬은 캔 커피를 뽑았다. 휴게실의 아득히 높다란 천창은 셔터가 걷힌 채였다. 비가 떨어지는지 유리가 뿌옇게 물들어갔다.

"레진, 나 사실은 그 여자가 다시 보고 싶어."

레진은 그저 고개만 끄덕였다. 단순히 그들과 우호적인 관계를 맺을 수 있다면 도움을 받을 수 있을 거라는 의미로 알아들은 모양이다. 한동안 둘은 말이 없었다. 아찬은 여전히 천창 너머 어딘가를 응시했다.

"그만 올려다봐요. 목 떨어지겠네."

"밖에 나가고 싶지 않아?"

아찬이 고개를 여전히 위로 향한 채 물었다.

"별로……."

"그래. 그날도 넌 안에 있었……."

아찬이 말하다 말고 벌떡 일어났다.

"뭔가 좋은 생각이라도?"

"따라와."

아찬이 막무가내로 레진의 손목을 잡아끌며 승강기로 바쁘게 걸었다.

"이거, 범용 승강기 맞지? 맨 아래 군용 병기고까지 가지?"

아찬은 묻기는 하되 대답은 관심없다는 듯, 당황해 머리를 끄덕이는 레진은 돌아보지도 않고 승강기 문을 닫아버렸다. 보안 절차를 상기시킬 이조차 없는 승강기가 명령에 충실하게 빠르게 하강하기 시작하자 그제야 아찬은 한숨을 돌리는 듯했다.

"뭐죠?"

그러나 아찬은 대답이 없었다. 그저 벽에 기대 크게 한숨을 고르고 나더니 묵묵히 그녀의 아래위를 훑어보았을 뿐이다. 그 눈길에 레진의 얼굴에서 조금씩 핏기가 가시기 시작했다.

"너, 이제 보니 꽤 예쁘구나."

"뭐, 뭐야……? 아찬, 뭐야……?"

조금 불안하게 변한 레진의 목소리가 아찬의 헛웃음을 자아냈다. 아찬은 푸짐하게 웃으며 레진의 볼을 다시 집어 가볍게 흔들었다.

"참, 나. 너도 여자구나. 내가 변태인 줄 알아? 승강기 안에서……."

"이 나쁜!"

"헉!"

한 손은 하체를 감싸고 나머지 한 손으로 문을 부여잡고 있던 아찬은 병기고 층에서 멈춘 승강기가 열리자마자 나동그라지면서 다친 어깨를 땅에 다시 부딪쳤다. 그러나 그는 어깨의 고통 따위는 느껴지지도 않는 듯 여전히 양손으로 그 부분을 움켜잡고 일어날 줄을 몰랐다. 미간을 찌푸리며 독을 피우던 레진은 오히려 그의 얼굴이 점점 벌게져 가는 만큼이나 당황하기 시작했다. 상황이 뭔가 뒤바뀌었다.

"괜… 찮아요?"

"마, 말, 시키지 마."

"미안해. 너무 세게 찼나 봐. 아찬, 말 좀 해봐. 응? 괜찮아? 로가―"

"부, 부르지 마. 로… 가……."

그렇게 몇 분인가를 거칠게 숨을 몰아쉬며 웅크리고 있던 아찬은 갑자기 벌떡 일어나며 구겨진 스타일을 바로하기 위해 머리카락을 쓸어 올렸다. 그러나 여전히 인내심이 스며 있는 붉디붉은 그의 얼굴을 쳐다본 레진은 순간적으로 터져 나오는 웃음을 참지 못했다.

"뭐냐, 사람을 이렇게 만들어놓고."

미처 가시지 않은 통증의 여운에 더한 부끄러움.

"미, 미안해요. 나, 웃겨서 눈물 날 거 같아. 푸풉……."

아찬의 얼굴은 자기보다 어려도 한참 어린 올망졸망한 계집아이에게 느닷없이 일격을 당한 육체적 고통에 무안함이라는 정신적 손실까지 더해져 붉은빛이 가실 줄 모른다. 그런데 정작 이 얼굴을 만든 장본인은 실성한 여인처럼 눈물까지 글썽여 가며 웃고 있는 이 상황이라니. 아찬은 할 말을 잃었다.

"이제 그만 해. 지금 급해."

"으, 으응. 뭔데? 이 누나가 해줄게. 푸풉."

"미치겠군."

글썽거리는 눈물을 닦으며 터져 나오는 웃음을 참느라 안간힘을 다하는 레진의 흥을 깨기가 미안했다. 하지만 아찬은 아까의 일격에 대한 비겁한 복수로 생각하자며 그녀의 볼을 다시 잡고 흔들었다. 이번에는 좀 세게.

"레진, 진짜야. 나 좀 도와줘."

"으응, 미안해요, 프흣."

"메탈갑옷을 어떻게 움직이는지 알고 싶어."

"엉?"

눈물을 훔치며 입가에서 웃음을 지우지 못하던 레진의 안색이 1초 만에 변했다.

"왜요?"

"나가보려고. 국 상사한테 배웠잖아. 어떻게 입고 벗는지만 가르쳐 줘. 아, 그리고 동력 넣는 거랑."

"왜… 나가는데요?"

"휴게실에서 태풍이 출격한 걸 봤어. 그들이 다시 오고 있는 것 같아. 로가디아가 무슨 짓을 할지 몰라. 그렇게 되면 오해를 풀 방법이 없단 말이야."

"하지만 마인드링킹 이후로 로가디아는 다시 작동을 멈춘 것 아닌가요."

"그냥 입을 다문 거겠지. 태풍이 뜬 걸 봤다니까 그러네."

"확실해요?"

인상을 조금 찡그리며 레진이 의심스럽다는 듯이 물었다.

"전쟁이 날지도 몰라."

아찬의 말은 대답이 아니었지만 그보다 효과가 나았다.

"우리가 한 짓을 알잖아. 전쟁이 나면 어느 쪽이든 안 다칠 수가 없어. 그럼 협력이고 뭐고 물 건너가는 거야."

그는 레진이 전쟁이라는 단어 자체를 과장되게 해석해 가능한 한 큰 공포를 느껴주기를 기대하며 음산하게 덧붙였다. 나이에 맞지 않는 순진함을 머금은 소녀를 속인다는 사실이 약간의 죄책감을 불러일으켰지만 시간이 없었다.

"그렇다면 위험한 거잖아요."

"대화를 해볼 거야. 로가디아는 지금 그들과 대화를 할 생각이 없잖니. 메탈 갑옷도 있고, 태풍도 있으니까 나는 안전해."

이런 어처구니없고 유치한 수를 또 쓰게 될 줄이야. 그러나 머리가 좋다는 것과 세상 물정을 안다는 사이에는 깊고 넓은 틈이 존재한다. 레진은 이 작은 사기극을 꿰뚫어 볼 수 없을 것이다.

불안하지 않은 것은 아니다. 지난번에 본 여자의 능력으로 볼 때 메탈갑옷 정도로는 어림도 없을지 모른다. 태풍 역시 안전을 보장할 수 없을 것이다. 논리적으로 따진다면 오해를 푼다는 자체가 너무 인간적인 사고방식이다. 의사소통이 되고 안 되고 이전에 '오해'라는 개념을 그쪽이 가졌을지조차 불분명하다. 아찬 자신의 경험은 아니지만 최소한 그가 배운 다른 솔시스트들의 경험담으로 보면 그런 것은 없다고 하는 쪽이 더 맞을 터. 그러나 지금 중요한 것은 레진만 그런 사실을 못 알아채면 된다는 점이다.

물론 대책없이 나서서 뭘 어떻게 할지 아무런 계획이 없기는 아찬도 마찬가지였다. 하지만 그는 지겹게 의논만 할 뿐 아무것도 이룬 것이 없는 상황에서 충동적이 될 수밖에 없는 건 자기 탓이 아니라고 스스로에게 변명했다.

이제 게이츠에 남은 태풍은 두 기의 예비 기체뿐이지만, 국을 따라다니지 않은 아찬으로서는 두 기의 태풍으로도 감당할 수 있는 상대, 즉 한 명 내지 두 명이 찾아온 것이라고 마음대로 해석해 버린 것이다. 게이츠가 자기 방어를 실시하는 절차에 반드시 외계성종만 있는 것도 아니고, 단순한 초계 비행일 수도 있다는 사실 역시 아찬은 몰랐다. 정말이지 모르는 게 약이라는 속담이 어울릴지, 아니면 무식하면 겁이 없다는 말이 들어맞는지 모를 상황이다. 레진이 아찬의 생각을 안다면 결코 동조하지 않을 무모한 시도다. 아찬은 지금 하려는 일이 오직 운에 달렸다는 사실을 몰랐다.

아찬이 확신하고 있는 유일한 사실 하나는 그 여자와 만나는 순간 메탈갑옷을 벗어 던져야 한다는 것뿐이다. 그가 메탈갑옷을 원하는 이유는 안전 때문이 아니다.

"하지만 난 메탈갑옷을 움직이는 방법은 몰라요. 그냥 전원 넣고 뚜껑 여는 것밖에는……."

"일단 우겨 들어가면 어떻게든 되겠지."

레진은 투덜거림이기보다는 불안에 가까운 몸짓으로 어깨를 으쓱하고는 근처의 메탈갑옷 착용구를 올렸다. 그 이유가 단순히 가장 가까워서인지 아니면 국 상사의 기체여서인지는 알 수 없었다.

육중해 보이는 외관을 자세히 들여다보면 바랠 대로 바랜 도장하며 낡은 내피 따위가 영 미덥지 못한 기체지만 메탈갑옷의 적지 않은 수는 작동 불능 상태고 몇 대는 이미 가동 중이기 때문에 별다른 선택의 여지가 없다.

크레인이 내려와 건들거리는 착용구를 매달았지만 이런 과정에 익숙한 사람이 아니라면 좀 불안할 정도로 요동치는 착용구에 선뜻 들어가기는 쉽지 않았다. 지금이라도 그만두는 게 어떨지라는 레진의 눈빛과 마주친 아찬에게 오기가 생겼다. 그는 덮어놓고 단단한 전투용 우주복에 기어올랐다. 베릴륨 특수강으로 만들어진, 2미터가 넘는 강화복은 보기와는 달리 디딜 만한 턱이 별로 없었다. 하지만 어떻게든 기어 올라가 열린 착용구에 일단 다리부터 집어넣자 남은 사지가 거짓말처럼 쓰윽 미끄러지며 직관적으로 느끼기에도 맞다 싶게 들어갔다. 좀 헐겁다고 생각했지만 레진이 동력을 넣자 내부에서 쿠션 같은 것이 부풀어 올라 그럭저럭 아찬의 사지와 봄통을 고정시켰고, 거의 농시에 흉갑이 저절로 닫혔다. 생각보다 나쁘지 않은걸? 굉장히 갑갑할 줄 알았는데. 닫히기 전까지는 어둡던 바이저가 밝아지며 레진이 보였다. 계기판에는 온갖 기호와 그래프가 난무하고 있지만 알아볼 수 있는 건 딱 하나, 메탈갑옷을 간략하게 그린 모식도뿐인데 그조차도 이해와는 거리가 멀었다.

등에 달린 추진기 부분이 주황색인 건 왜일까? 가만있자. 그런데 어느 발부터 떼야 하는 거야, 이거. 도대체 국 상사는 이런 걸 어떻게 그렇게 자연스럽게 다룰 수 있었을까.

"레진, 내 말 들려?"

레진은 아찬의 말을 분명히 알아들은 듯했다. 문제는 자신 쪽이었다. 레진이 뭐라고 하는 모습에도 불구하고 그걸 들으려면 어떻게 해야 하는지 알 수가 없었다.

"내 말 안 들려?"

[아찬, 무슨 짓입니까. 당장 벗으십시오. 그거, 무척 위험한 거예요.]

제기랄! 정작 레진은 붕어처럼 입만 뻥긋거릴 뿐이고 난데없이 로가디아가 튀어나오다니! 며칠 만에 들려온 목소리임에도 전혀 반갑지 않다. 어쩌면 메탈갑옷을 건드려서 그런 것일 수도 있다. 아니, 그게 당연하다. 로가디아가 스스로를 치유하고 고민할 시간을 좀 더 줬어야 하는 게 아닌가 싶은 생각이 당황을 잠시 비집었지만, 무심하나 단호한 어조로 볼 때 그전과 별로 나아진 것 같지는 않다. 아찬은 그녀를 무시해 버렸다.

아찬의 당황만큼이나 눈이 동그래진 레진이 뭐라고 소리를 지르며 어딘가로 손가락질을 해댔다. 그 방향을 돌아본 아찬은 방금 전까지 갖고 있던 최초의 한 발짝에 대한 고민을 내던지고 지체없이 뛰기 시작했다. 옆에 격납되어 있던 다른 일곱 기의 메탈갑옷이 몸을 일으키고 있었다. 한 기는 벌써 공구함으로 다가가 메탈갑옷 전용 렌치를 꺼내 들고 그를 향해 다가오는 중이었다. 영화에서 반드시 등장하는 소품 중 하나인 렌치는 외부에서도 강제로 착용구의 걸쇠를 뜯어내는 장비다.

젠장. 어디더라.

메탈갑옷의 바이저가 제한하는 좁은 시야 때문에 방향을 잘 잡을 수가 없다. 국이었다면 전혀 느끼지 못했을 곤란일 텐데.

승강기는 분명히 로가디아가 통제할 테니 계단으로 올라가야 하는데 그게 보이지를 않았다. 아찬은 어두운 격납고 안에서 방향이 맞기를 바라면서 무작정

뛰었다. 그나마 다행히도 메탈갑옷을 일단 사람이 입게 되면 1차 명령계는 착용자가 장악하는 모양이다. 인간을 인공지능보다 신뢰한다는 게 과연 합리적인가에 대한 의문은 지금까지의 경험 때문에 들지조차 않았다.

—아찬, 들려요? 아찬?

아찬은 어떻게 통신이 가능해진 것인지조차 생각할 겨를이 없었다. 로가디아가 통제하는 메탈갑옷은 여유 만만한 몸짓에도 불구하고 군더더기없는 동작으로 쫓아오고 있다.

"말해!"

—다른 메탈갑옷이 당신 뒤를 바짝 쫓아요. 당신보다 많이 빨라요. 어느 쪽으로 가고 있는지는 알아요?

"몰라. 빨리 말해!"

—계속 뛰어요. 조금만 더 가면 계단이 나와요. 도약 추진기 어떻게 쓰는지 모르죠?

"당연한 거 아냐! 아무것도 몰라. 그냥 말해!"

—그, 그게, 아까부터 찾는 중이에요.

주춤거림에도 불구하고 레진은 확실히 똑똑한 아이다. 그 순간에 상황을 판단하고는 정비 설명서든 뭐든 간에 집어 든 모양이다.

—방법은 많은데 당신이 할 수 있는 건 한 가지뿐이네요. 양발을 수평으로 모으고 무릎을 구부렸다가…….

"그러니까 얼마나?!"

—영상을 보니까 거의 쪼그려 앉는 것 같아요. 그리고 제자리 멀리뛰기 하듯이 튕겨져 일어나면 돼요.

"응. 고마워."

도약 추진기를 사용할 상황이 있을지는 모르지만 모르는 것보다는 낫겠지. 아니, 차라리 그럴 상황이 있었으면 좋겠군. 그러면 저 망할 메탈갑옷에게서 한 번에 달아날 수 있을 텐데.

물론 아찬의 착각이다. 로가디아가 통제하는 빈 메탈갑옷은 숙련된 병사의 그것만큼이나 유연하고 착용자의 신체에 걸리는 부담을 걱정할 필요가 없기에 더 빠르고 거칠었다. 아까부터 레진의 목소리에 섞여 로가디아가 뭐라 하는 소리가 들렸지만 아찬의 뇌는 그것까지 처리하기에 이미 부하가 한계에 달해 있었다.

"계단이야. 올라간다!"

─가려는 곳이 어디예요?

"최상 갑판. 거기서 수동 해치를 봤어!"

아찬은 그 급박한 순간에도 그의 은사에게 다시 한 번 감사했다. 오늘 아침 일기를 쓰기 위해 일기장을 펼치던 그의 귓전에 어느 순간 노 수학자의 목소리가 낭랑하게 울려 퍼졌던 것이다.

"내 말을 이해하기 힘들다면 스스로에게 이런 질문을 던져 보게. 만약 자신이, 인공지능도, 기계도 없는 그런 세상에 홀로 남겨졌을 때, **어디서부터 시작해야 할 것인가를.**"

오래된 기억은 거의 일 년 전 에이에게 들었던 수동 해치에 관한 대화로 이어졌다. 그녀가 자신에게 장난을 치지는 않았을 것이다. 로가디이가 혹시라도 고장 나면 그 많은 사람들이 앉아서 죽을 수밖에 없는 우주선으로 설계했을 리가 없다. 아찬의 생각은, 아니, 그랑마이어 선생의 말은 정확히 들어맞았다. 그는 로가디아가 눈치 채지 못하도록 할 일 없는 산책을 가장하며 반나절 동안 발품을 판 덕에 해치를 발견할 수 있었다.

물론 해치는 에이의 말대로, 유감스럽게도 인간의 근력으로는 열리지 않았다. 당연히 그렇겠지. 어차피 우주 공간에서 맨몸으로는 열어봤자일 테니. 좌우지간 아찬은 곧바로 해치를 열 수 있을 만한 장비를 찾아 헤맸지만 공구실은 모조리 잠겨 있었다. 심지어 간단한 공구함조차 마찬가지였다. 그는 원하는 것을 찾아 헤매다 병기고까지 들렀고 그때 레진을 회유하기로 작정했던 것이다.

그런데 일이 이렇게 쉽게 풀리다니! 반나절 만에 성공할 줄이야.

메탈갑옷이 숨을 쉰다면, 그 입김이 닿을 거리에서 자신을 쫓아오는 추적자들을 뒤에 일곱이나 두고서도 뭔가 너무 잘되어간다는 착각에 빠진 아찬의 정신을 들게 한 것은 레진이다.

—그럼 뒤도 돌아보지 말고 계속 올라가요. 비상계단이라서 끝까지 통하니까.

그래? 그럼 도약 추진이다!

혹시 다른 선택의 여지가 있지는 않을까라고 잠시 스스로에게 물어보았지만 갑옷의 피드백 능력을 통제하지 못해 메탈갑옷에게 질질 끌려가다시피 하는 아찬의 정신으로 빠르고 정확한 판단을 하기란 불가능했다. 위쪽 시야를 확보하기 위해 어떻게 해야 하는지 모르는 그는 허리를 한껏 젖혀 아득하게 솟은 계단을 한 번 올려다본 다음 메탈갑옷을 과신해 보기로 즉석에서 결정했다. 두 개 층을 쿵쾅거리면서 뛰어 올라온 아찬은 레진에게 배운 자세대로 망설임없이 도약했다. 온몸 전체에 뭔가 엄청난 무게가 걸리는 듯한 불쾌한 느낌이 이어지고, 곧바로 메탈갑옷은커녕 아무것도 입지 않은 느낌이 들었다. 그러다가 허전한 느낌도 순식간에 사라졌다. 다시 온몸이 눌리는 압박 속에서 엉거주춤 눈알을 굴려 아래를 보았다. 지근거리에서 쿵쾅거리던 일곱 중, 다섯이 다른 방향으로 뿔뿔이 흩어지고 두 녀석이 아주 유연한 자세로 어깨와 등의 추진기에서 백열을 뿜으며 솟아오르는 모습이 보였다. 그놈들은 계단의 뼈대를 몸으로 쳐내며 저항이란 저항은 다 받는 아찬과 달리 능숙하게 장애물을 피하며 솟아올랐고, 당연히 아찬보다 빨랐다.

"우와악!"

—아찬! 괜찮아요?

"마, 말 시키지 마!"

뒤따라 올라온 두 기의 메탈갑옷은 뼈대를 빌어버리며 위로 솟구지는 아찬의 메탈갑옷에 손을 대지 못했다. 이렇게 불균형하고 엽기적인 비행을 하는 상대를 섣불리 낚아채다가가는 십중팔구 함께 곤두박질칠 공산이 높다. 그 외중에 아찬이 다치기라도 하면 지금까지의 추격전은 아무 의미가 없는 것이 될 터. 이번에는 아찬의 머리도 빠르게 돌아갔다. 자신이 주도권을 쥐고 있음을 안 것이다.

저놈들은 분명히 계단이 끝나는 지점에서, 그러니까 뼈대가 방해가 안 되는 지점에서 자신을 처리할 것이다.

저것들을 뿌리치려면 어떻게 해야 하나. 마음 같아서는 주먹이라도 내질러 떨구고 싶지만 자이로에 의해 간신히 수평을 유지하며 상승하는 아찬에게는 꿈같은 일이다.

—아찬! 경보 안 들려요? 추진기 고장 났어요! 지금 당신 떨어지는 중이란 말이야!

에? 아니야. 분명히 올라가고 있다. 설마 머리가 아래로 향한 것은 아닐 텐데. 그는 재빨리—라고 믿으며—좌우를 돌아보았다. 하나가 없다? 뭐지?

"올라가는 중이야!"

—아찬, 이 바보. 당신 지금 잡혔어요. 한 녀석이 당신을 끌어올리고 있다고!

아찬은 비로소 모식도의 추진기를 물들인 주황색의 의미를 알았다. 그 부분은 이제 아예 새빨개져 깜빡거리느라 정신이 없었다. 만약 아찬이 만화나 영화를, 하다못해 게임이라도 즐겼더라면 이런 어처구니없는 경우는 당하지 않았을 것이다. 이런 주제에 간단한 수리 같은 건 할 수 있다고 레진에게 큰소리를 쳤다니. 그러나 변명의 여지가 없는 그로서는 로가디아에게 이빨을 가는 것 말고는 선택의 여지가 없었다.

"로가디아, 이, 이 교활한……."

로가디아는 아찬이 끝까지 올라가기를 기다린 게 아니라 떨어지기를 기다렸던 것이다. 그 편이 더 안전하고 편했을 테니. 그녀로서는 당연한 선택이지만 마음에 들지도 않는 상대의 입장에 동조해 줄 여유 따위는 아찬에게 없었다.

로가디아가 통제하는 메탈갑옷은 그를 가볍게 최상층까지 끌어올려 바닥에 내려놓았다. 이미 다섯 기의 메탈갑옷이 공허한 바이저로 그를 쳐다보고 있었다.

그러니까 결국, 저놈에게 덜미를 잡히지 않았어도 나가기는 글러먹은 거였군. 하지만 포기할 수는 없다.

"이런 빌어먹을! 영화에서는 하루 종일 날아다니더니만! 레진, 이거, 어떻게 나가는 거야?"

그러고도 그는 영화 이야기를 변명 삼았다. 그는 메탈갑옷을 국이 마지막으로 쓴 후 보급이나 정비를 한 적이 없다는 걸 몰랐다.

—아찬. 이제 보니 당신, 입이 꽤 걸걸하네요. 그런데 어떻게 하려고…….

"레진, 급해. 제발."

—응. 미안, 미안. 바이저 안에 입 근처 살짝 왼쪽 보면 구멍이 하나 있어요. 거기다 혀를 집어넣으면 돼요.

맙소사. 국이 이 기능을 한 번도 쓴 적이 없기를. 그리고 제발 양치질을 꼬박꼬박 했기를.

혀를 더듬어 겨우 구멍의 위치를 확인한 아찬은 혀 짧은 놈은 기갑장병도 못하겠구먼이라며 투덜거렸다. 어쨌든 할 때까지 해보는 거야. 내 혀 길이는 충분하니까 말이야. 레진이 아찬에게 적극적으로 가세했다.

—로가디아, 아찬을 놓아줘!

"이럴 수는 없어. 로가디아, 저놈들 다 치워!"

[아찬, 지금 당신은 자신이 무슨 일을 하고 있는지 몰라요. 반물질 발진기의 예열이 거의 끝났습니다. 몇 분 후면 헤미팜을 뿌릴 거고 우리는 **안전해요**. 그러니 걱정 말고 거기서 나오세요.]

"난 지금 네가 더 무서워! 알아?"

[그럼 강제로 당신을 꺼낼 수밖에 없어요.]

아찬과 레진이 써대는 악에는 아랑곳 않는 로가디아의 감정없는 말이 끝나자마자 정면에 있는 메탈갑옷이 전용 깡통 따개 렌치를 손바닥에 두드리며 천천히 걸어왔다. 아찬은 기가 막혔다.

"로가니아, 서선 네 유너냐?"

[별로 재미없나요?]

"없어. 그리고……."

—아찬! 다리 추진기는 괜찮아요!

[대화는 천천히 하도—]

레진의 고함과 교차된 로가디아의 말이 채 끝을 맺기도 전에 아찬은 도약 추진 자세로 다시 한 번 튀어 올랐다. 아니, 튀어나갔다. 운 좋게도, 고장 난 추진기는 마지막 힘을 쥐어짜 추진제를 폭발시키며 장딴지의 노즐과 함께 분사 화염을 내뿜었다. 건방지게도 인간을 향해 렌치로 손바닥을 두드리며 다가오던 녀석에게, 순간적으로 초당 17미터 정도의 속도로 화기를 제외한 모든 장비가 장착된 반 톤짜리 베릴륨제 질량이 부딪쳤다. 엄청난 운동에너지를 당해낼 재간이 없었던 렌치 녀석은 크게 튕겨져 나가 바닥을 굴렀다.

이번만큼은 아찬도 로가디아가 사람 흉내를 내주어서 고맙기 그지없었다. 인간 병사들이 그럴 법했듯이 로가디아도 당황한 나머지 순간적으로 주춤거린 것이다. 그는 불과 반나절 전에 확인해 너무나도 익숙한 복도를 쿵쾅거리며 해치를 향해 뛰었다. 물론 로가디아는 사람보다 생각하는 속도가 빨랐다. 그녀 입장에서야 영겁 같은 시간이겠지만 아찬이 보기엔 너무 이르게 제정신을 차린 메탈 갑옷들이 무서운 속도로 그를 쫓아왔다. 하지만 내가 이겼어.

아찬의 메탈갑옷을 통제하는 전투 인공지능 켈리가 나노머신으로 추진기의 자가 수리를 실행해도 되냐고 로가디아에게 물었지만 당연히 거절당했다. 그러자 단순 인공지능인 켈리는 쓸모없어진 부분을 버려 하중을 가볍게 하려 들었다. 곧 마시창이 된 추진기가 신음 같은 이격음을 내며 바닥으로 떨어지면서 추적자들을 다시 한 번 지체시켰다.

메탈갑옷의 리니어모터 관절은 해치의 손잡이를 손쉽게 돌렸다. 좀 더 엄밀히 말하면 뜯어냈다. 비상 상황을 인지한 무거운 금속 문이 가식적인 폭발음과 함께 튕겨져 나감과 동시에 아찬은 다시 등덜미를 잡혔다. 하지만 그걸 뿌리치려고 온몸을 비틀며 내민 아찬의 혀가 조금 빨랐다. 레진은 몰랐겠지만, 그녀가 알려준 방법은 비상용이었는지 착용할 때와는 달리 흉갑이 폭발하다시피 튕겨져 나갔다. 아찬의 혀가 충분히 안전한 위치까지 물러났음을 확인한 감지기는 바이저마저 날려 보냈다. 적어도 아찬으로서는 그랬으리라 믿고 싶었다. 채 넣지 못한 혓바닥 위에 세차게 떨어진 차갑고 짭짤한 빗방울이 서늘했다. 그때서야 그는 쏟아지는 듯한 폭우가 내리고 있다는 사실을 깨달았다.

튕겨져 나간 흉갑에 아찬의 뒷덜미를 잡았던 메탈갑옷이 면상을 두들겨 맞고 비틀거리는 모습이 보였다. 분이 풀리지 않은 아찬은 면상을 두들겨 맞은 녀석이 아까의 그 건방진 렌치이기를 바라며 양팔을 꺼냈다.

이제 끝난… 어? 이거, 다리를 어떻게 빼는 거야?

도서관 휴게실에서 본 보슬비는 이미 열대성 폭우마냥 광포하게 쏟아지는 빗줄기로 변한 지 오래였다. 순식간에 흠뻑 젖어 행동마저 불편해진 아찬은 짜증에 받쳐 거의 악을 쓰다시피 몸부림쳤다.

여섯 기의 메탈갑옷이 그를 둘러싸고, 넘어졌던 녀석은 다시 일어나 그를 향해 다가왔다. 가슴 도색이 벗겨진 걸 보니 아까 그놈이 맞다. 그러나 기분 좋아할 겨를조차 없다. 아찬은 허리를 꺼내기 위해 몸부림을 치며 레진을 불렀지만 통신기가 장치된 바이저가 사라졌음을 곧바로 깨닫고 입을 다물었다.

몸부림치던 아찬은 문득 자신의 행동에 다른 효과가 있다는 사실을 알아채고는 더 미친 듯이 발광하기 시작했다. 거의 광분 상태로 몸을 흔드는 아찬이 베릴륨 글러브에 다칠까 봐 메탈갑옷이 섣불리 팔을 뻗지 못했던 것이다. 폭발 볼트로 완전히 이격된 해치의 문턱에 절묘하게 허리를 걸치고 미쳐 날뛰는 자신의 꼴을 생각하니 얼굴이 확 달아오르고 기가 막혔다. 그래도, 그나마 저 녀석들이 문을 몸으로 막지 못하고 있으니 다행이지 않은가. 아찬은 어찌어찌 튀어나오듯이 다리를 빼고 갑판에 몸을 굴렀다. 일어나다가 빗물에 한 번 미끄러져 넘어지고, 다시 일어났다. 하지만 그렇지 않았다 해도 아찬은 이미 메탈갑옷 일곱 기에 둘러싸여 버린 상황이다.

정말로 방법이 없다. 하지만 이렇게 얻은 기회를 로가디아에 대한 시위로 마감할 수는 없다. 아찬은 빈틈을 노렸지만 교범대로 완벽하게 포위당한 상태에서 당장 어떻게 해야 할지도 감이 잡히지 않았다. 긴장과 조조함을 쫓아내기 위해 초인적인 노력을 기울여 심호흡을 했다. 당황으로 흐려졌던 초점이 조금씩 돌아왔지만 얼굴을 때리는 빗물 때문에 눈을 제대로 뜨기가 어려워 그마저도 속절없었다. 게이츠의 꼭대기, 50층 건물 옥상 높이의 상갑판에 부는 돌풍이 몰아세우는 물방울은 맞으면 아플 지경이다. 마치 남극의 바닷물이 비로 변한 양 얼어붙을 것 같은 추위가 엄습했다. 옷의 히터가 저절로 켜지며 눅눅하고 불쾌한 따뜻함이 목덜미를 타고 올라왔다. 아찬은 비로소, 자신을 둘러싼 메탈갑옷들이 전혀 다른 방향을 향하고 있음을 찡그린 눈꺼풀 사이로 볼 수 있었다.

그것들은 공허한 바이저로 어두운 하늘을 응시하며 왼손에는 렌치를 들고, 오른팔의 너클차저에는 이온을 대전시키는 중이었다. 곧이어 뒤쪽에서 들려오는 메탈갑옷 특유의 쿵쾅거림. 레일건을 양손에 쥐고 어두운 갑판을 가로질러 뛰어오는 여덟 기의 메탈갑옷.

그것들이 던진 레일건을 절도있는 자세로 받아 든 메탈갑옷이 아찬을 보호하듯 둘러쌌다. 뒤따라온 메탈갑옷이 그 뒤에서 일사불란하고 빠르게 진형을 갖추고 레일건의 자물쇠를 풀며 하나의 목표를 향해 겨누었다. 회색 빗줄기가 내리치는 상공에서는 두 기의 태풍이 조명을 가득히 한 채 위협적으로 선회했다.

서치라이트가 켜지며 빛이 물방울들에 부딪쳐 산산이 부서졌다. 갑판 너머로 아찬의 시야에 백열을 뿜으며 연이어 여섯 기의 무인 전투기가 출격하는 모습과 함께, 레일건들의 연장선이 모이는 멀지 않은 곳에 굳게 다문 입술을 파들거리는 한 여자의 모습이 들어왔다. 끝도 없는 심연에서 허우적거리다 가까스로 뭍으로 기어나온 품을 한 그녀의 입술은 창백했고, 울 것만 같은 안색은 두려움에 젖어 있었다.

아찬은 그 여자가 두렵지 않았다. 그가 여자를 보자마자 느낀 감정은 그녀를 도와줘야 한다는 측은지심, 오직 그 하나뿐이었다. 여자는 비참할 정도로 떨고 있었던 것이다.

아찬은 더듬거렸다. 한 학기 동안 배운 은하문화생물학 강의는 직접조우에 전혀 도움이 되지 않았다. 원래 이런 건 인공지능과 완벽하게 파트너십을 맺은 외교관들의 임무다. 전문가들조차 항상 성공을 장담할 수 없는 상황. 아찬은 그런 상황을 대화로 풀어보려고 노력했다. 그럼에도 이번에는 전혀 우습지도, 유치하게 느껴지지도 않았다.

"추, 추워요? 괜찮아요?"

여자가 뭐라 뭐라 하는 것 같은데 잘 들리지가 않는다. 할 수만 있다면 빗소리를 꺼버리고 싶다. 희미하지만 고음의 음악이 들린 것도 같다. 아찬은 양손을 조심스럽게 들고 여자에게 천천히 다가선다. 서치라이트의 조명을 한 몸에 받은 그녀는 추위와 두려움으로 당장이라도 쓰러질 것처럼 오들거린다.

"괜찮아요? 자, 난 아무것도 없어요."

다시 가냘프지만 아름답고 서글픈 고음이 들린다. 단순한 음악이 아니라 노래에 가까운, 비극적 음조를 가진 찬가. 이율배반을 범하는 미학적 가치 속에서 아찬은 눈을 잠시 크게 뜨나 싶더니, 곧 동공으로 날아든 빗방울에 인상을 찡그리며 눈을 비빈다. 황망히 눈을 뜨니 메탈갑옷의 거대한 추진기가 앞을 가로막은 다음이다.

"도와줘야 해……."

아찬의 망연한 중얼거림을 메탈갑옷의 스피커를 빌린 로가디아가 자른다. 흉기와 다를 바 없는 음산한 강철거인이 여자의 목소리를 내는 광경은 소름 끼치기 그지없다. 그러나 아찬도 그런 분위기에는 잔뼈가 이미 굵어진 이다.

[그만두십시오. 알아들을 리가 없습니다.]

"로가디아, 제발 좀 닥쳐. 태풍하고 메탈갑옷 치우고. 도와달라고 하잖아!"

[당신은 정상이 아닙니다. 저건 단지 규칙적인 음파일 뿐입니다.]

"말을 하고 있잖아! 춥대. 도와달래! 자기는 프라디트래!"

도대체 그걸 어떻게 알아들었는지에는 생각이 미칠 새도 없다. 메탈갑옷의 황금빛 바이저와 빗줄기를 부수며 선회하는 태풍이 너무 위협적이다. 내가 이런데 하물며 저 여자는 오죽하랴. 세찬 비 때문에 눈을 제대로 뜰 수 없을 지경인데도 여자 역시 아찬의 손길을 바라고 있음을 분명히 알아볼 수 있다. 단지 두려워 움직이지 못할 뿐.

시시니무처럼 떠는 모습이 추위 때문인지 공포 때문인지 알 수 없지만, 파랗게 질린 입술과 창백한 안색을 볼 때 이대로 두어서는 안 된다는 것만큼은 확실하다.

아찬은 히터와 체온으로 따뜻해진 웃옷을 벗으며 메탈갑옷을 밀치고 앞으로 나아가려 들지만, 사람이 민다고 움직일 물건이 아니다. 아찬이 빠르게 옆으로 뛰다가 다시 미끄러져 구른다. 그러면서도 그는 악을 쓴다.

"프라디트? 지금 가요, 지금 가요!"

아찬을 잡을 수 없다면 여자를 밀어내는 도리밖에 없다. 결국 로가디아는 여자와 아찬의 사이에 발포하고야 말았다. 총구에서 극초음속으로 뿜어져 나온 탄환이 빗줄기를 그대로 증발시키며, 푸른색 궤적을 그리고는 갑판에 내리꽂혀 불꽃을 튕긴다. 축축한 대기를 찢어발기는 소음에도 여자는 양손으로 머리를 감싸며 몸을 수그리다시피 주저앉을 뿐 제대로 움직이지도 못한다.

"넌 미쳤어, 넌 미쳤어! 조금도 나아지지 않았어!"

아찬이 로가디아를 윽박지른다. 그러나 그 성난 목소리는 전혀 효과가 없다. 태풍은 아까보다 훨씬 더 위협적으로 선회하고, 메탈갑옷의 공허한 바이저는 프라디트를 섬뜩하리만큼 노려볼 뿐. 로가디아는 틀림없이 아찬이 일시적인 망상에 빠져 판단할 능력이 없다고 생각하는 것 같다. 흥분한 아찬이 알아채지 못할 만큼 조용히 뒤로 다가온 메탈갑옷 한 기가 그의 허리를 끌어안으려는 찰나 레진의 째지는 목소리가 들린다.

―로가디아! 나도 들었어! 나도 들었어! 지금 못 듣는 건 너뿐이야! 아찬을 놔줘! 여자를 도와주게 내버려 뒤! 아니, 너도 도우란 말이야!

[레진, 당신까지 이상해졌나요?]

―좋아. 그럼 저 음파를 분석해 봐. 우리 두뇌에 이상한 망상을 심어주는 음파인지 확인해 보란 말야! 그렇지 않고서야 둘 다 같은 이야기로 알아들을 리가 없잖아!

[있을 수 있는 일입니다.]

로가디아는 이미 C타입 조우 대처를 A타입으로 전환하고 변인 통제 요건 분석을 모두 마친 후다. 아찬이 프라디트라고 주장하는 저 생물의 입에서 울려 퍼진 소리는 말 그대로 리드미컬한 음파이며 그 이외에는 아무것도 없다는 사실 역시 이미 알고 있다. 그것이 보장하는 바는 아무것도 없다. 아무리 잘 봐주어도 아찬으로부터 불과 십여 미터 거리의, 인간과 닮은 생물체가 음파를 어떠한 형태로든 특정한 수단으로써 이용하리란 추측뿐. 물론 그조차도 확신할 수 없다. 무극 항성계의 외계성종인 무극들은 인간의 호흡을 의사소통 수단으로 간주하기조차 했다. 입장을 바꾸면 이 음파조차 갑판 위의 외계성종에게는 단순한 체취 정도에 불과한 것일 수 있다. A타입 근접조우가 시작되면 그 어떤 판단이나 선입견도 위험하다. 그런 상황에서 아찬은 길길이 날뛰고 있다. 더욱이 외계성종이 발화하는 음파 중 일부는 아찬이 결코 들을 수 없는 초음파 대역이다.

또 다른 문제는 인간의 정신 구조가 복잡하다는 점이다. 로가디아는 자신이 파악하지 못한 어떤 특정한 요소가 두 인간의 정신을 동시에 혼란스럽게 할 가능성이 충분하다는 사실 역시 잘 알고 있다. 어쨌든 자신이 가지고 있는 데이터에서는 그런 사례가 너무나도 많다. 인간들은 보고 싶은 것만 보고 듣고 싶은 것만 들으며 그 반대의 경우도 많이 경험한다. 그런 사실을 잘 알고 있기에 로가디아는 물러설 수 없다.

"프라디트 맞죠? 자, 아무 일 없을 거예요. 로가디아, 명령이야. 아니, 부탁이야. 뭐든지 하라는 대로 할게. 사람이 죽어가고 있잖아!"

[사람이 아닙니다.]

"제발!"

[아찬, 당신은 흥분했습니다. 물론 이건 전부 제 잘못입니다. 그렇지만……]

"로가디아!"

"아찬, 진정해요."

낯익은 목소리에 황망히 뒤를 돌아보니 흠뻑 젖은 채 무릎을 짚고 숨을 몰아쉬는 레진의 입 주위로 피어오르는 입김이 보인다. 갑판까지 올라오는 동안 쉬지 않고 뛴 모양이다. 그녀는 아찬의 소매를 끌어당기며 태풍의 굉음을 피하기 위해 그의 귀에 손을 모으고 크게 속삭인다. 숨이 차는지 말이 중간중간 끊어진다.

"당신이… 소리 지르면… 지를수록… 로가디아는 당신이… 이성을 잃었다고 생각할 거예요!"

"레진, 도와줘. 들리지? 죽어가고 있어. 죽어가고 있다고!"

"전부는… 아니지만… 일부는 들려요. 같은 말로 들리기도 하고, 어떤 부분은 그저… 노래로만 들리지만."

그거면 충분하다. 원래 인간들끼리도 서로를 전부 이해하지는 못한다. 아찬은 다시 여자 쪽으로 관심을 향한다. 레진이 숨을 돌리며 아찬에게 방수 담요를 건넨다. 기회를 엿보는 아찬에게 메탈갑옷이, 아니, 로가디아가 말을 하고.

[좋습니다. 아찬. 그렇다면 우리 타협할까요?]

"뭐?"

[의사소통은 내가 시도해 보겠습니다. 내가 해보고 안 되면……]

"내가 하는 건가?"

[아니, 그때는 포기해야지요. 당신이 가능할 거라고 생각지 않습니다.]

"그런 법이……"

아찬이 다시금 발끈하며 목소리를 높이려는 찰나 레진이 그의 입을 틀어막고 한 번 더 속삭인다.

"일단은 로가디아가 하자는 대로 내버려 둬요. 지금은 저 아가씨를 돕는 게 우선이잖아요. 어떻게든 게이츠 안으로 들이기만 하면 돼요. 그렇죠?"

곧 태풍이 잠입 상태로 들어가 자신이 가르는 공기의 파열을 노즐에서 뿜어내는 음파로 우회시키며 더 이상 그들을 귀찮게 하지 않았다. 게이츠가 착륙할 당시 사용한 방법의 소규모 형식이다. 두 기의 메탈갑옷이 장갑을 열어 제치고 아찬과 레진을 끌어당긴다. 그들을 보호하기 위해서다. 아찬은 주저하면서도 레진이 순순히 응하는 것을 보고 이빨을 깨물며 그에 따른다.

로가디아는 인류가 인간 여자와 유사한 모습의 외계성종인 유디트와 최초로 조우했을 당시의 데이터를 먼저 확인한다. 잠시 망설이다가 자신이 임의로 테라이니아라고 부르기로 한 그 대상에 대한 신체 스캔은 목록에서 뺀다. 지난번 능력으로 보건대 파악이 안 된 감각기관으로 중성미자의 스캔 입자를 눈치 채기라도 한다면 유쾌해할 리가 없을 터. 로가디아도 이들의 심기를 더 이상 불편하게 하고 싶지는 않다.

시도하기 전에 해볼 수 있는 추측은 모두 해보아야 한다. 의복으로 보이는 표피는 피부의 일부일 수도 있다. 각막은 빛이 아니라 다른 종류의 파장을 탐지하는 감각기관일지도 모르며, 심지어는 그렇게 보일 뿐 의사기관에 불과할 가능성조차 있다. 음파가 규칙성을 띤 건 사실이지만 그게 테라이니아의 의도인지는 불분명하다. 인간이 움직이며 생기는 옷깃 스치는 소리도 경우에 따라 규칙이 존재한다. 외계성종 주변에 존재하는 압도적인 에너지장 역시 그런 점에서는 마찬가지다.

하지만 지상과 허공을 자유롭게 움직인다면 적어도 공간과 시간에 대한 관념은 어떠한 형태로든 존재하리라. 스스로 운동하는 모든 유기체는 기본적으로 시공에 대한 개념을 선험지로 가지고 있다. 이건 경험이 아니라 논리적인 사실이다. 적어도 테라이니아는, 로가디아는 갖지 못했으나 아찬 같은 인간이 가진 점 중 몇 가지는 공유하고 있다. 무한한 경우의 추측을 한정된 시간 동안 끝낸 로가디아가 마침내 결정을 내린다. 갑판 위의 메탈갑옷 앞에 불그스름하게 빛나는 그녀의 영상이 나타나기 시작한다.

주저앉은 여자는 이제, 그조차 제대로 가누기 어려운 듯 양손을 빗물 속에 담근 채 버티며 숨을 몰아쉬다 로가디아를 향해 고개를 간신히 들었다.

아텐에게 그렇게 심하게 대하고 나서 무작정 솟아오른 내 머릿속에는 점점 규모가 줄어가는 우리의 도시와 몇 안 되는 자매들, 그들이 있었어요.

하지만 곧, 너무 작아져서 눈으로는 움직임을 알 수 없는 아텐이 그 꿈결 같은 환상을 걷어내며 비집고 들어왔어요. 그녀는 왜 날 쫓아오지 않았을까요? 마음만 먹으면 얼마든지 그럴 수 있었는데.

그러자 갑자기, 생각이 내가 그녀를 버렸다는 데에 미쳤고 그 순간 눈물이 왈칵 밀려 올라왔어요. 내가 한 행동의 의미를 나는 몰랐지만 그녀는 알았던 거예요. 볼을 두늘기기 시작한 비조차도 멈춘 세계에 나 혼자 서 있다는 사실을 알았고, 아텐에 대한 미안함만큼이나 커다란 두려움이 절 덮쳤어요.

나, 이대로 가도 괜찮을까?

마음속의 또 다른 나는 고개를 절레절레 흔들더군요. 아텐이 마음에 걸렸던 거예요. 난 그녀에게 그렇게 하면 안 되는 거였어요. 곧 죄책감이 기억 저편에서 잠자던 아련한 이야기들을 불러냈어요. 우리 어렸던 어느 날이 기억나더군요. 그때까지는 내가 아텐보다 키도 더 크고 힘도 더 세었어요.

그녀는 내가 두 살이 갓 넘었을 때 그만큼 자란 채 태어났고, 그 이후로 내게서 떨어지지 않았죠. 아텐은 항상 나를 따라다녔어요. 난 아텐을 데리고 다녔고. 그녀는 자신의 가장 친한 친구가 나라고 생각했어요. 마찬가지인 점은 거기까지였어요. 그 의미는 서로가 달랐으니까요. 내게 아텐은… 있으면 좋은 친구였고, 그녀에게 나는 없어서는 안 되는 사람이었으니까. 우리는 그렇게 컸어요. 내가 원하는 것은 아텐이 어디에선가 구해왔고 사고를 치는 건 나였지만 책임을 지는 건 그녀였죠.

그런 아텐이 내게 원한 것은 단 하나, 함께 있는 것뿐이었어요.

아텐은 되도록이면 내 기분을 거스르지 않으려고 행동했어요. 하지만 난 점점 그녀가 싫증이 난 거죠. 한순간도 내 옆에서 떨어지려 들지 않는 아텐이 귀찮아지기 시작한 거였어요. 그녀가 내게 잔소리라도 하면 막 구박을 주며 쫓아버릴 텐데 그게 안 되니 너무 짜증난다는 생각조차 들곤 했어요. 그녀와 함께 있어주는 것조차 귀찮아졌던 거예요. 아마… 여섯 살쯤 되었을까, 그 즈음이었죠. 내가 아직 곰이나 벌과 이야기할 수 있던 그때 말이에요.

"아텐."

"응?"

"왜 자꾸 나를 따라다니는 거야? 넌 자존심도 없니?"

아텐은 얼굴을 약간 붉히며 시선을 점점 내리깔았다.

"난 그냥……."

"난 정말 심심해. 그런데 네가 그렇게 자꾸 붙어 있으니 아무것도 못하겠잖아."

"동물들하고 놀아. 새들도 있고. 걔네가 바쁘면 꽃도 있잖아. 어차피 여긴 새로운 건 아무것도 없어."

"동물, 새. 지겹다, 응?"

"아니면… 나라도……."

아텐이 말끝을 흐리며 프라디트를 쳐다보았다. 그녀는 수줍음이 많았다. 말투는 어눌했고 어떤 때는 더듬기까지 했다. 프라디트가 화를 내면 그녀는 움츠러들었고 프라디트가 기뻐하면 그녀는 웃었다. 프라디트는 기분이 안 좋을 때면 아텐을 하루 종일 괴롭혔다. 그러나 아텐은 결코 우는 법이 없었다.

세이란은 그런 아텐을 보면 프라디트에게 달려와 그녀를 넘어뜨리고는 올라타서 때렸고, 그럼 아텐이 다시 달려와 세이란을 말렸다.

프라디트는 항상 문제를 저질렀다. 맞은 복수로 기습을 가해 세이란을 초주검이 되도록 때려놓은 적이 한두 번이 아니었다. 절대 가서는 안 된다는 늪에 갔다가 실수로 세이란을 빠뜨린 것도 그녀다. 아텐이 펜시모니 아를 불러오지 않았다면 세이란은 죽었을 것이다. 도시 부근의 산을 불길로 뒤덮이게 만들어 자매들이 동물들을 구조하도록 만들었던 이 역시 프라디트다.

그러나 그 모든 일들에 대한 야단은 아텐이 대신 맞았다. 프라디트는 아텐이 자청한 것이기 때문에 자신에게는 아무런 책임이 없다고 생각했다. 사춘기로 접어들도록 그렇게 둘의 관계는 조금도 변하지 않았다.

어떤 문제를 일으켜도 프라디트는 혼나는 일이 없었고, 그녀는 마침내 그것을 즐기기조차 했다. 프라디트에게 아텐은 드디어 없어서는 안 되는 사람이 된 것이다. 그때도 예외는 아니었다. 그것이 어떤 의미로써든 간에 아텐이 그 사실을 알았다면 기뻐했으리라. 갓 여섯 살을 넘긴 어린 소녀에 불과한 그녀들.

"나는 그렇게 자기 먹고사는 데에만 바빠서 논다는 게 뭔지도 모르는 것들이랑 노는 건 질렸단 말야. 응? 내가 곰하고 놀고 싶으면 어떻게 해줘야 하는지 알아? 하루 종일 꿀을 찾아 갖다 바쳐야 해. 그래서 그 녀석 배를 빵빵하게 채워줘야지만 나랑 놀아준다고. 그리고 나면? 겨우 한두 시간 우웅거리고 헤죽거리지. 춥다, 먹을 게 없다, 몸이 안 좋은 것 같다는 둥, 시답잖은 소리를 하다가 그냥 자버린다구. 그럼 난 다시 꿀을 찾으러 가야 하는 거야. 난 그런 거에 질렸어. 그리고 벌을 달래는 것도 지겹고. 그러니까 난 뭐라고 할까, 그러니까, 그래, 우주선도 만들고 뭐 그런 존재하고 이야기하고 싶어. 내 말 알겠어?"

아텐이 고개를 조금 들고 모기만 한 목소리로 말했다.

"너, 지금 얼마 전 우주에서 온 그 외계성종들 얘기하는 거지?"

"어, 어? 아, 아니……."

프라디트의 수작은 너무 빤했다. 아텐의 말이 어눌하다고 해서 그녀가 멍청한 건 아니다. 어쨌든 아텐은 님부스다. 그리고 바로 그 이유 때문에 그녀가 해야 할 말은 정해져 있었다.

"포기해. 이번만큼은 안 돼. 난 절대 모른 척해줄 수 없어."

"네가 아마다에게 일러바치든 말든 간에 난 신경 안 써. 어쨌든 날 따라다니는 것은 그만둬."

아텐이 마음만 먹는다면 자신을 따라잡는 것은 순식간임을 아는 프라디트는 말이 끝나기가 무섭게 있는 힘을 다해 날아올랐다. 그러나 아텐은 자신을 따라오지 않았다. 가슴속 어딘가에 희미한 불편함이 피어올랐지만 프라디트는 그마저도 애써 무시해 버렸다. 아텐이 우주선 이야기를 하면서 불안해했음을 알고 있었다. 하지만 그녀가 몰랐던 더 중요한 사실은, 아텐은 프라디트가 그곳에 가는 자체보다 가서 다시 돌아오지 못할까 봐를 걱정했다는 것이다.

나는 단지 귀찮다는 이유 하나만으로 그녀를 그렇게 잔인하게 버려두고 호기심을 충족시키기 위해 가서는 안 될 곳을 갔어요.

가득한 방사능과 비명 소리, 소음, 공포, 그리고 절규… 그리고 내 눈앞에서 가열되는 열선총과 그걸 들고 나를 노려보는 털이 많은 거대한 어떤 것… 난 눈을 감았어요. 눈꺼풀을 감싸는 빛…….

내 뒤에는 아텐이 헐떡거리며 서 있고, 앞에는 끔찍하게 뒤틀려져 까맣게 타버린 거대한 털북숭이가 뒹굴고 있었어요.

아텐은, 아텐은 누군가를 죽인 거예요. 나 때문에 누군가를 죽인 거예요. 나를 지키기 위해서…….

그리고 그녀는 바로 다음 해, 일곱 살이 되던 해에 아이기스가 되었어요. 평생 동안 도시를 수호하기 위해 헌신하는 전사. 아이기스가 된 그녀는 더 이상

말을 더듬지 않았고 키도 나보다 더 빨리 자랐죠. 마지막 아이기스가 된 그녀는 내 볼에 키스하며 맹세했어요. 어떤 일이 있어도 반드시 나를 지키겠다고.

그런데 당신을 다시 보았던 그날 난 아텐을 다시 버렸어요. 난 왜 그때 그녀에게 좀 더 잘해주지 못했을까요?

그런 생각들을 하며 바람에 밀려 천천히 움직이고 있었나 봐요. 님버스라고 부르는 검붉은 적구름이 가득한 하늘에서 번개가 내리꽂히기 시작하는데, 비 때문에 시야마저 흐릿했고 이젠 아텐도 보이지 않았어요. 이토록 많은 비를 쏟아내는데도 구름은 그 위로 올라갈 수 없을 정도로 높았어요. 어쩔 수 없이 조금 멍한 채로 두려움과 설렘, 그리고 분노와 미안함이 한꺼번에 섞인 묘한 기분을 가지고 계속 비를 맞으며 움직였어요.

하지만 비를 피할 곳은 없어 보였어요. 다시 숄을 가지러 가야 할까, 그렇다면 아텐의 얼굴을 또 어떻게 볼까 싶은 두려움과 수치심의 충돌 속에서 내 몸은 젖어갔고 무거워졌죠. 머리카락 끝에서 푸른 불꽃이 튀는 모습이 눈에도 보일 정도였어요. 지친 몸이 드디어 아우성을 치기 시작한 거죠.

왜 난 다른 자매들처럼 강인하지 못한 것일까에 대한 원망도 할 겨를이 없었어요. 옷은 조금씩 따뜻해졌지만 목덜미 새로 들어오는 비까지 막아주지는 못했어요.

당신을 떠올리는 것 말고는 방법이 없었어요. 너무 멀리 와버린 거예요. 그 자리에서 벗어나는 것만 생각한 나머지 힘이 부치도록 도망치느라 너무 지쳤거든요. 별모래 언덕이 내가 가본 가장 먼 곳이었기에 부근에 비를 피할 만한 동굴조차 몰랐어요.

다행히, 게이츠는 정말 컸고 빛나고 있었어요. 난 비틀거리며 그쪽으로 향했죠.

* * *

행성 반대편의 아텐과 이야기하는 아마다의 목소리가 당황스러웠다. 그녀는 아이기스를 완전히 깨우기를 거부했다. 잊혀진 고대의 기술이 만든 아이기스는 오직 목소리만을 전할 뿐 아무것도 하지 않았다.

—아마다. 죄송합니다. 전 더 이상 프라디트 옆에 있지 않겠습니다.

"아텐, 왜 그러는지 말해주겠니?"

대답이 없다. 아마다의 입술이 바르르 떨렸다.

—죄송합니다…… 아마… 다.

"아텐, 아텐. 너 울고 있니?"

—죄송합… 니다.

아무런 소리도 들리지 않았다. 아이기스는 활성화되어 있지만 아텐이 아무 말도 하지 않는 듯했다. 아마다가 손으로 입을 가리고 눈물을 훌쩍 빨아들였다. 아텐이 눈물을 보이는 모습은 지금까지 단 한 번도 본 적이 없다.

"벨레로폰, 세이란이라도 찾아요. 늦기 전에. 프라디트를 데려오라고."

[그녀의 스톨라를 찾았습니다, 아마다. 직접 말씀하시겠습니까?]

"아니, 아니……. 늦지 않았다면… 프라디트를 데려오라고 해요. 그게 안 되면 숄이라도 주라고……."

목이 메어 떠듬떠듬 말을 잇던 그녀는 결국 말을 끝맺지 못했다. 아마다는 자신에게 명령할 권한이 없지만, 벨레로폰은 조용히 고개만 끄덕이고 물러섰다. 지금은 그녀의 말이 부탁인지 명령인지 따위가 중요치 않았다. 우람이 관련된 문제기 때문이다.

[전했습니다. 아텐은 여전히 움직이지 않고 있습니다.]

아마다는 돌아서며 어깨를 늘어뜨리는 것으로 대답을 대신하고 묵묵히 지상으로 향하는 승강기에 올랐다.

세이란은 억수처럼 쏟아지는 빗속에서 아이기스가 내는 빛을 금방 찾을 수 있었다. 그녀는 아텐을 부르려다가 잠시 멈칫했다. 어둠 속에서 불타오르는 핏물에 제련된 듯 빛나는 아이기스가 너무 섬뜩해서였다. 아이기스 쉴라 아텐의 응축된 분노와 격정과 슬픔이 고스란히 고대의 갑옷을 통해 빛났다. 갑옷을 저토록 빛나게 할 정도라면 그게 어떤 감정이든 위험할 정도로 과잉되었다는 의미다. 세이란은 조용히 내려섰다. 아텐은 비조차 막지 않고 그 거센 빗방울을 다 맞으며 가만히 서 있었다. 고개를 숙이고 주먹을 꽉 쥔 채 선 그녀의 손가락 사이로 빗물에 섞인 피가 흘러내렸다.

"아텐……."

아텐은 아무런 대답도, 움직임도 없었다. 고개조차 까딱하지 않았다.

세이란이 아텐을 끌어안고 눈썹을 쓰다듬었다.

"나도 알아. 알아. 얼마나 힘드니. 알아."

아텐의 양손이 스르르 세이란의 등을 짚어 올라가 그녀를 마주 안았다. 잠시간 그렇게 서 있다 아텐이 마침내 입을 열었다.

"프라디트는… 내가… 내가 필요없어……."

아텐의 마지막 단어가 뭉개지며 울음소리로 변했다. 그녀는 세차게 울었다.

아텐이 울다니. 결코 울지 않는, 또 그래서는 안 되는 아이기스 쉴라 아텐이.

세이란의 눈가에도 물방울이 맺혀 곧 비와 섞였다.

프라디트는 우리와 달라. 너도 알잖아. 그녀가 널 어떻게 생각하든지, 님부스는 우람과 반려가 될 수 없다는 걸 알고 있잖아.

한참을 울던 아텐의 울먹임이 비로소 잦아들었다. 키가 큰 그녀를 도닥이던 세이란의 등에서 한쪽 팔이 풀렸다.

"저기……."

풀숲 사이로 희미하게 아마다의, 그리고 프라디트의 술이 보였다. 그녀는 위로보다 세이란이 프라디트를 찾아 바로 지금 떠나기를 진심으로 바라고 있다. 세이란은 커뮤니케이터기에 식관석으로 알 수 있었나. 세이란은 아텐의 앙 볼을 쓰다듬어 비인지 눈물인지 모를 것을 훔쳐 주며 고개를 끄덕이고는 발걸음을 옮겼다. 비에 젖어 투명함이 바랜 물빛 술을 집어 든 세이란은 아텐을 한 번 뒤돌아본 다음 별모래 언덕 너머를 향했다.

우주선이 어마어마하게 크다는 이야기는 프라디트에게 익히 들었다. 감정이 풍부한 그녀의 묘사가 어느 정도 과장되어 있음은 이미 감안했다. 그런데도 막상 두 눈으로 보게 되자 우주선의 위용에는 세이란조차 놀라지 않을 수 없었다. 그녀는 새로운 생명을 확인하기 위해 거대한 산맥을 넘어보았고 바다도 거의 매일같이 가로질렀다. 누리나무 역시 보았다.

그러나 이건 달랐다. 아마도 안착을 위해 선택했을 강이 개울만도 못해 보이게 하는 이것은 누군가에 의해 '만들어진 것'이었다. 더욱이, 그 '누군가'가 저기에 실제로 존재한다니.

자매들 중 가장 냉철하다고 평가받는 자신조차 이러니 감정이 풍부하고 호기심이 많은 프라디트가 다가가 보고 싶은 충동을 억누르지 못했다는 사실이 조금도 이상하게 생각되지 않았다.

흥분 때문에 잠시 고도가 떨어졌다. 빗줄기가 볼을 때린 덕에 세이란은 정신을 차렸다. 우주선의 덮개 위에 가득한 조명 한가운데에 프라디트가 똑똑히 보였다. 그리고 다른 사람 둘과 기분 나쁜 붉은색의 반투명한 입체영상 하나도. 그녀는 심호흡으로 숨을 고르며 조심스럽게 그쪽으로 다가섰다.

가까이 다가가는데도 아무런 일이 일어나지 않았다. 엄청난 덩치의 비행 기계와 보행 기계들이 자신을 노려보는 것으로 봐서는 분명히 알아챈 것 같다. 그들은 무장도 하고 있다고 했다. 그런데 뜻밖에도 아무런 저지가 없다. 프라디트는 거의 쓰러진 채다. 남자 하나가 그녀를 팔로 받쳐 들고 더 어린 여자 하나가 뭔가를 덮는 중이었다. 불그스름한 입체영상이 세이란을 노려보았지만 눈에 적개심 같은 것은 보이지 않았다. 그러나 그것은, 처음부터 감정이란 것을 가질 수 없도록 만들어진 존재여서지 세이란을 환영하기 때문이 아님은 분명했다.

세이란이 갑판에 내려서자 비로소 억수 같은 빗속에서 남자가 돌아보며 눈을 크게 떴다. 프라디트를 여전히 단단히 받쳐 든 채지만 다음 행동에 대한 판단이 서지 않은 모양이다. 세이란은 남자와 어린 여자를 무시하고 프라디트에게 조심스럽게 다가갔다. 숄을 단단히 쥐고서.

"프라디트, 가자."

"아파······."

그녀는 웃으려 노력하면서도 거의 감길 것만 같은 눈으로 간신히 대답했다.

"펜시모니 아가 널 기다리고 있어. 못 움직이겠어? 그녀에게 오라고 할까?"

옆에서 남자의 목소리가 왕왕거렸다. 짜증이 났지만 커뮤니케이터의 본분을 잊어서는 안 된다. 그녀가 돌아본 쪽에 테라를 향한 영원한 여행을 떠날 당시의 프라디트의 아버지와 나이가 비슷한 남자가 당황에 젖은 눈으로 자신을 바라보고 있었다. 귀찮은 생각조차 들었던 세이란의 마음을 단번에 충격에 휩싸이게 한 것은 그 남자 옆에 선 어린 여자의 한마디였다.

"괜찮을까요?"

세이란은 경악에 가까운 감정을 가까스로 억제하며 천천히 소녀 쪽으로 고개를 돌렸다.

아는 언어다.

테라의 말. 림보에서 태어난 님부스는 죽은 다음조차도 갈 수 없는 곳. 오직 죽은 우람만이 돌아간다는 고향, 테라. 머나먼 그곳으로부터 다이달로스의 날개에 안겨 이 별에 와 태어나고, 삶의 여정이 다했을 때야 비로소 다시 무한의 시공을 거쳐 돌아갈 수 있는 테라의 흙에서 온 이들.

불안함과 두려움이 가득한 눈을 한 소녀가 무릎을 짚고 허리를 숙인 채 다시 물었다. 자신 때문이 아니라 프라디트의 상태에서 온 두려움임을 충분히 알 수 있을 정도로 까맣고 선한 눈.

"도우려 한 거예요. 괜찮을까요?"

세이란은 간신히 고개만 끄덕였다.

말은 변했어도 몸짓은 여전하다. 안도의 한숨을 내쉬는 행동조차 그렇다.

이들은 언제부터 맞이했는지 모를 이 상황에 대한 당황이 가시지 않은 게 틀림없다. 미지의 세계에서 처음 만난 존재가 자신의 말을 알아들었다는 사실을 알고서도 당황하지 않으려면 처음부터 제정신이 아니어야 가능할 일이다. 적어도, 커뮤니케이터가 아니라면. 그리고 세이란은 그 때문에 허둥대지 않을 수 있었다.

십대 초반의 어수룩해 보이는 남자도, 열 살이 채 안 된 어린 소녀도 악의는 전혀 없어 보였다. 테란들은 격정적일 뿐 악하지 않았다. 세이란은 적어도, 그들에 관해서는 일단 마음을 놓을 수 있었다.

조심스러움보다는 신중함이 더 중요했다. 그러나 그와는 별개로 그녀는 프라디트 때문에 흩어지려는 이성을 다잡기 위해 노력해야 했다.

"그냥 지친 거야. 날씨도 이렇게나 나쁜데 그렇게 오랫동안 날았으니……. 좀 쉬면 괜찮아질 거야. 가자. 도와줄게."

프라디트가 힘없이 속삭였다.

"쉬고 싶어……."

세이란의 눈초리가 내려갔다. 예상은 했지만 그래도 속이 상했다. 그러나 반드시 확인을 해야 했다.

"여기서?"

프라디트는 뭐라고 웅얼거리더니 그냥 눈을 감았다. 그녀의 선택은 명백하다. 세이란의 한숨과 당혹감에 젖은 남자의 눈길이 마주쳤다. 세이란은 조심스럽게 숄을 그녀에게 덮어주고는 이마에 키스한 다음 물러나 한쪽 무릎을 꿇었다. 그녀는 가능한 한 경어를 선택했다. 비록 프라디트가 선택했을지라도, 볼모를 잡은 쪽은 그들이라서가 아니다. 단순히, 그들이 테란이기 때문이다.

세이란은 테라의 언어로 말했다. 정말로 이 언어를 쓸 날이 올 줄이야. 언젠가는 쓰게 될 것이라 믿으며 모든 커뮤니케이터들의 세대를 전해온 테라의 말을.

프라디트가 준 염려와는 별개로, 알 수 없는 감격 때문에 목소리가 떨리려 했다. 그녀는 최대한 존중과 경외를 담아 말했다.

"저는 커뮤니케이터 프롬마 세이란입니다. 날이 좋아지면 데리러 오겠습니다. 우람 미 아 프라디트에게 아무것도 하지 마십시오. 숄도 건드리지 마십시오. 약속해 주십시오. 호의에는 진심의 감사와 함께 원하시는 보상을 해드리겠습니다. 모든 님부스와 우람 미 아 프라디트를 대신하여 약속드립니다."

테란의 말과 함께, 커뮤니케이터 프롬마의 고유 권한을 정말로 사용하게 될 거라고는 꿈에서조차 생각해 본 적이 없었는데.

그제야 남자와 소녀의 입이 동시에 벌어지더니 거의 반사적인 것처럼 보이는 고갯짓을 세차게 반복했다. 세이란은 일어서서 다시 한 번 허리를 깊숙이 숙이고 날아올랐다. 남녀가 멍하게 그 장면을 바라보다가 황급히 프라디트를 안아 들었다. 그러나 인공지능의 입체영상은 끝까지 그녀에게 시선을 떼지 않았다.

약속을 했으니 괜찮을 것이다. 분명히 그들도 동의했고 자신도 보상을 약속했다. 그들이 무엇을 요구할지는 모르지만 원한다면 우주선을 고쳐 줄 수도 있을 것이다. 그게 무엇이든 프라디트보다 중요할 수 있는 것은 없다. 그러나 테란이, 그것도 어려움에 처한 테란이 프라디트에게 해코지를 가할 것이라는 생각은 들지 않았다. 심지어 원하는 것이 아예 없을 수도 있다.

자신이 아는 게 맞다면 테란은 분별력과 도덕 개념을 가진 이들이다. 그들이 약속을 잘 지키는지까지는 기억이 잘 나지 않았다. 아카이비오 히스타리 클리아에게 물어봐야 할 것이다. 그러나 그럴 필요가 있어서라기보다는 그냥 절차로서 그래야 한다는 생각뿐이었다. 사실 보상에 대한 언급을 할 당시도 순전히 외교적인 수사에 불과하다는 생각이 들었을 정도다. 항상 그런 것은 아니지만 아무런 대가 없이 뭔가를 해주기도 하는 종족은 테란이 거의 유일했다. 배운 것이 사실이라면 그랬다.

그보다 걱정되는 쪽은 그들이 아니라 인공지능이었다. 그것의 눈에는 광포한 지성 외에 아무것도 보이지 않았다. 그리고 광기란 인공지능이 결코 가져서는 안 되는 부덕이다.

그녀는 비행 척력이 밀어내는 빗줄기 너머로 프라디트를 바라보며 몸을 뒤로 한 채 날다가, 게이츠마저 어둠에 잠기자 비로소 몸을 돌렸다.

아텐은 여전히 그 자리에 서 있었다. 아텐은 세이란을 보자 채 내려서지도 못한 그녀를 끌어안고 또다시 크게 소리 내어 울었다. 아이기스는 여전히 핏빛이었다. 그래서 세이란은, 테라에서 온 그 남자를 보는 순간 우람 미 아 프라디트는 선택을 했고, 그것을 인정하고 존중해야 한다는 말을 차마 할 수 없었다. 그들이 테라에서 왔다는 말을 할 수 없었다.

＊＊＊

02년 2월 22일.

로가디아가 모습을 드러냈다. 이제야 나타난 이유가 무엇이냐는 나의 물음에 로가디아기가 막히게도 '그럴 필요가 없었기 때문'이라고 대답했다. 있을 수 있는 일일까?

물론이다. 있을 수 있다. 그리고 아무래도 좋다. 게이츠의 설계도를 입수할 것이다. 그리고 알파명령을 함의한 하드웨어를 부숴 버리는 거다.

아직도 펜을 잡은 손이 부들거려 제대로 쓸 수가 없다. 방문자에 대한 로가디아의 태도는 마인드링킹으로 간신히 추슬러진 아찬의 마음을 일순간에 분노로 바꿔 버렸다.

아찬은 숨을 한 번 몰아쉬고 담배를 거푸 빤 다음 비벼 끄고 새 담배에 다시 불을 붙였다. 그사이에 캔 커피 두 개도 단숨에 비웠다. 그는 팔짱을 끼고 일기장을 가만히 들여다보다가 펜을 집었다, 놨다 했다. 초조하게 서성거리는 품이 뭔가를 생각하는 것 같기도 하고 그냥 마음을 진정시키려 드는 것 같기도 하다. 아찬은 마침내 마른세수를 한 빈 하고서 다시 자리에 앉았다.

세이란이라고 한 여자는 분명히 켄타로스어로 말했다. 난 켄타로스어라고는 학술 용어밖에 몰라서 프라디트를 건드리지 말라는 이야기만 간신히 알아들었다. 레진도 비슷했다. 켄타로스어가 분명히 맞기는 한데 발음도 이상하고, 뭐라고 할까 요하게 다른 느낌이라고 했다. 아우튼 레진은 대체적으로는 알아들었다. 프라디트라는 여자를 데리러 올 것이고, 보상도 할 것이다. 그녀를 건드리지 않는다고 맹세해라. 뭐 그런 이야기라나(하지만 그러면서도 썩 자신있어하지는 않았다).

하지만 중요한 것은 말이 아니라 여자가 전하려는 의미다. 몸짓 하나하나라던가… 꼭 집어서 말은 못하겠지만 프라디트를 우리가 돌봐줘야 한다는 느낌이 분명히 전해져 왔다. 건드리지 말라는 의미가 돌봐주라는 뜻일까? 세이란은 한 명을 부축하고 갈 수가 없었던 것일까? 아니면 혹시 프라디트가 집단에서 버림받은 것일까?

그게 사투리든, 고어든 켄타로스어를 할 줄 안다는 의미는 최소한 켄타로스 연방과 교류가 있었다는 의미다. 하지만 실제로 확실한 것은 아무것도 없다. 지금 프라디트는 외각 장갑 부분에 있는 외계성종 격리 관찰실에 누워 죽은 게 아닐까 심을 정도의 깊은 잠에 빠져 있다. 그 조치까지는 나도 뭐라고 할 수가 없었다. 그럴 기운이 없었다.

로가디아는 나와 레진을 거의 밤새도록 몰아쳤다. 피를 뽑고 피부를 떠냈으며 억지로 대소변을 보게 한 다음 그걸 가져가고 몸속에 나노머신을 한 바가지나 쏟아 부었다. 접촉이 있었던 갑판은 아예 통째로 잘라내어 헤미팜 소멸 과정을 거쳤을 정도니.

아무튼 그건 그렇다 치고, 난 어떻게 그녀의 말을 알아들은 것일까? 프라디트의 말은 세이란의 어눌한 켄타로스어가 아니었다. 그렇다고 텔레파시처럼 황당한 건 더더욱 아니었다. 그녀는 도와달라고 말했고, 난 그냥 알았다. 뭐라고 할까, 푸른색이 푸른색임을 배우는 것은 그 단어를 배우는 것이지 푸른색 자체를 배우는 것이 아니다. 그 색이 푸르다는 것은 그냥 보면 아는 것이다.

그때 그런 생각을 했다는 것이 아니다. 지금 보니 그렇다는 것이다. 그때는 정말로, 푸른색을 보듯이 너무나도 당연하게 느꼈다.

하지만 그게 말에도 적용이 될까? 말이 그럴 수 있다는 생각은 해본 적이 없다. 물론 미학사나 예술사를 공부하다 보면 오히려 태초의 언어야말로 직관에 의해 배우지 않아도 알 수 있는 종류의 어떤 것이었으며, 그것이 춤과 노래의 시초가 되었다고 설명하는 경우가 많다. 하지만 그것은 단지 글쓴이의 문학적 표현일 뿐이고 그것이 우리가 쓰는 진짜 언어를 의미하는 것은 아니다. 오히려 그보다는 짧은 음절, 그러니까 언어 이전의 어떤 감정적 표현 같은 것, 그런 것을 말하는 거다. 그것은 언어가 기호가 되기 전 음절의 파편에 불과할 뿐이다.

로가디아는 여전히 나와 레진이 돌았다고 생각할지 모르지만 우리는 정말 그녀의 말을 알아들었다. 하지만 그것을 설명할 방법이 없다. 이빨이 어떻게 아프냐고 묻는 어떤 이에게 쑤시듯이 아프다고 말하는 것은 올바른 대답이다. 그는 어떠한 통증이 오는 것인가를 물은 것이지 통증 자체가 어떤 식으로 오냐고 물은 것은 아니다.

아프면 아픈 거지 그게 어떻게 가능한지 설명할 수 있다는 게 가당키나 한 말인가. 그런 의미에서 내가 프라디트의 말을 알아들은 것이 어떻게 가능한가에 대해서도 할 수 있는 말이 없다. 하지만 어떻게든 설명하지 않으면 로가디아는 여전히 나와 레진을 돌았다고 생각할 거다. 그리고 아마 둘 다 의무실에 영원히 처넣어 버리겠지.

그러나 나도 가만히 있지는 않을 거다. 로가디아는 건방지게도 자신이 나를 통제할 수 있다고 믿겠지만, 그럴 수는 없다. 물론 당분간은 그렇다고 믿도록 내버려 두어야지. 내가 누구의 도움도 받지 않고 태풍을 조종할 수 있게 되는 그날이 로가디아와의 마지막 인사를 나누는 때다. 레진과 함께 도망칠 거다. 그리고 그들의 도움을 받아서 집으로 가는 거야. 이번에는 우리가 그들을 찾아가는 거야.

세이란은 분명히 보상에 대해 이야기했다.

레진이 로가디아를 흘끔거렸다. 그녀 역시 아찬처럼 로가디아와 마주치고 싶지 않았지만 그는 도저히 로가디아와 함께할 수 있는 상황이 아니었다. 아찬은 로가디아의 입체영상에 발작적인 분노를 터뜨렸다. 레진은 가까스로 그를 달랠 수 있었다.

어차피 전부터 하루씩 번갈아가며 로가디아를 감시하기로 했지만 아찬은 로가디아를 고치기 위한 작업이 필요하다면서 거의 매일을 레진에게 떠넘기고는 했다. 그녀의 입장으로서는 딱히 할 일이 없었기 때문에 거절하기도 어려워 어쩔 수 없이 로가디아와 함께 함교에 앉아 있어야 했지만 불만이 없을 수 없었다. 로가디아는 모습을 보인 이후에도 아무것도 하지 않았다. 그녀는 스물네 시간째 함교에만 '머물렀으며' 다른 장소에는 나타나지도 않았다. 때문에 로가디아가 먼저 말을 걸었을 때 레진은 당황할 수밖에 없었다.

[레진, 할 말이 있어요.]

"으, 응?"

[요즘 제가 이상한 것 같아요.]

뭐라고 대답해야 하지? 솔직하게 대답해도 좋을까? 아마 그래도 될 것이다. 어차피 자신과 로가디아의 관계에서 변한 것이라고는 인공지능의 입체영상이 다시금 활성화되었다는 점뿐이다. 어차피 어색하지만 대화는 있어왔고 그나마 아찬과 로가디아의 사이보다는 나은 편이다.

레진은 들키지 않게 숨을 들이쉬었다.

"넌 이미 한참 전부터 이상했어, 바보."

[아니, 그런 게 아니에요. 요즘······.]

여기서 아찬을 끌어들이는 게 잘하는 행동일까? 하지만 그래도 자신보다는 아찬이 로가디아를 더 잘 감당하고 있었다. 레진은 로가디아를 간신히 구슬리는 편이지만 아찬은 그녀에게 윽박지르곤 했음에도 불구하고 레진보다 얻어내는 것이 더 많았다. 아니, 어쩌면 그쪽이 당연한 것일지도. 나쁘게 말하면 로가디아에게 모질게 대하지 못하는 자신이 상처 입곤 했다고 할 수 있다.

레진은 어쩔 수 없이 아찬에게 기대야 하나 싶었다. 그에게는 미안한 일이지만 로가디아의 입을 닥치게 할 수 있는 사람은 역시 그뿐이다. 특히 지금 상황에서는.

"아찬에게는 이야기해 봤어?"

[아니요. 아직······.]

"불러올게. 기다······."

[아찬에게는 말하고 싶지 않아요.]

"어, 어?"

[그는 또 나에게 소리를 지를 거예요. 그는 내 이야기는 들으려 하지 않아요.]

"로가디아······."

이번에도 입조차 대지 않은 다 식은 커피를 앞에 두고 잡지책을 뒤적이며 무성의한 척 말을 받던 레진이 자기도 모르게 정색을 하며 로가디아의 눈을 쳐다보았다. 프라디트라는 여자와의 조우를 계기로 거의 8개월 만에 모습을 드러낸 로가디아. 그러나 여전히 입체영상조차 목소리만큼이나 공허해 보였다. 그건 나만의 착각일 리 없어. 레진은 그렇게 생각했다.

인공지능에 대해 아는 것은 별로 없었다. 그런데도 근래 들어서는 로가디아의 언행에서 아찬의 불안함에 대한 원인을 서서히 느껴가는 중이었다. 짧은 경험에도 불구하고 이번에도 뭔가 인공지능답지 않은 말투라고 느낄 수 있었다. 이미 로가디아의 말투부터가 아찬과 자신에게 달랐다. 로가디아는 아찬에게 이만큼의 자연스러움도 없는 딱딱한 자세로 일관했다. 여전히.

"그럼, 말해봐. 아찬에게는 비밀로 해줄게."

[진짜죠? 당신들은 거짓말도 할 줄 알잖아요. 그러니까 약속해 주지 않으면 안 돼요.]

이것도, 인간의 말에 회의가 아닌 의심을 던지는 것도 로가디아답지 못한 것일까? 어쨌든 대답은 해야 했다. 레진으로서도 로가디아를 상대로 거짓말을 하고픈 마음은 없다. 그래서 로가디아와 함께 있고 싶지 않았다. 언젠가는 그녀에게 거짓을 말해야 할 순간이 반드시 올 것이기에.

[어제 그 외계성종을 들이고서부터 기분이 이상해요.]

"알아들을 수 있게……."

로가디아는 여전히 프라디트를 외계성종으로 취급했다. 뭐라 할 수는 없다. 정말일 수도 있으니까. 그보다 문제는 '기분이 이상하다'는 표현이다. 아찬이 들었다면 길길이 날뛸 만한 말이다.

[제가 움직이는 기본 원리는 광양자의 불확정한 상태를 가짐으로써 가능한 거예요. 그 모호한 상태가 도출하는 결과를 스스로 관찰하고 고정시키죠. 그 결과가 맞다고 판단되면 전 사건을 선택하고 그에 따라 움직여요. 설명은 길지만, 그 과정은 아주 짧은 시간에 일어나거든요. 그런데…….]

"좀 어렵긴 하지만 이해 못할 정도는 아니네. 그래서?"

[절 이해해 주세요. 외계성종을 격리실에 둔 것은 당신들과 저 자신을 보호하

기 위해서예요.]

이 말에 레진조차 기분이 꽉 상했다. 그녀는 고개를 획 돌리며 로가디아를 사납게 노려봤다.

"그래. 그래서 총을 쐈지. 죽이려고 말이야."

[레진, 제 말은 사실입니다. 제가 한 게 아니에요.]

"하지만 네 책임이잖아."

로가디아는 아무런 대답을 하지 않았다. 레진 역시 자신이 말을 실수했다는 걸 알았다. 아찬이었다면 결코 이렇게 말하지 않았으리라. 도대체 인공지능이 무슨 책임을 어떻게 져야 한다는 말인가?

"아냐. 잊어버려. 그래서 하고 싶은 말이 뭔데?"

[외계성종이 착용한 것으로 보이는 장구류에서 표본 추출을 시도해 봤어요.]

"그 이야기를 왜 이제 하지?"

[시도 자체는 허락을 득할 일이 아니라서 그랬어요. 전 그저 그 결과를 보고하는 것만이······.]

"알았어, 알았어."

레진은 입씨름이 질렸다는 손을 내저었다.

[표본 추출이 불가능했습니다.]

"뭐라고?"

그런 건 아주 간단한 것 아닌가? 나노 단위로 떼어내기만 하면 될 일이다.

[파괴되지 않는 물성이더군요. 베릴륨 강도 준위를 가졌는데 연성이 너무 좋아서 분자 단위를 해체하지 않고는 표본 습득이 불가능해요.]

이건 또 무슨 의미지? 해석하기에 따라서는 자기가 뭔가를 하려는 중이니 허락을 득하고 싶다는 말 같기도 했다. 레진의 안색이 굳어졌다.

"그럼 하지 마. 아찬에게도 물어보······."

아뿔싸. 재빨리 입을 다물었지만 이미 늦었다.

[전 해야 합니다. 절차를 완료하기 전에는 외계성종을 격리 상태로 유지할 수밖에 없어요.]

"지금 협박하는 거야?"

로가디아의 어투는 온화한 편이었지만 레진으로서는 그 안에 가시가 숨어 있다고밖에는 느껴지지 않았다.

[레진, 이해해 주셨으면 해요. 느낌이 좋지 않아요.]

"난 그게 이해가 안 돼. 아까부터 기분이 이상하다느니, 느낌이 안 좋다느니, 너 지금 네가 무슨 말하는지는 알고 있기는 한 거야?"

[두 번째 외계성종이 건네준 물건을 조사해 봤어요. 육안으로는 단순한 옷가지 중 하나와 구분이 안 되지만 사실은 그 자체가 촘촘한 비정형성 회로예요.]

레진의 한쪽 눈이 찡그려졌다.

[첫 번째 조우에서 이 외계성종이 동일 장구를 착용하고 있었어요. 그게 제게 영향을 끼친 것 같습니다.]

아찬이 맞았어. 정말로 남 탓을 할 줄 아는 인공지능이 등장한 거야. 하지만 그 가설이 들어맞았다는 사실이 조금도 기쁘지 않았다.

"솔 말이야?"

로가디아는 고개를 끄덕였다.

"어떤 영향을?"

[패턴이 고정화되어 가요. 선택의 여지가 좁아지고, 결과적으로는 그 의미를 모른 채 선택하곤 해요.]

"응. 그럼 어떻게 되는 건데?"

[어떻게 된다는 게 아니라 그냥 그렇다고요.]

"결국 확실한 것도 아니네. 아무튼 그럼 그것만 처리하면 되잖아. 아무 문제 없으면 그걸로 된 거잖아."

[네.]

"외계성종한테 알아낸 것들 전부 넘겨줘. 펫으로."

[네.]

레진은 그 자리에서 펫을 확인했다. 양이 얼마 되지 않았다. 눈살이 찌푸려졌지만 살펴보니 로가디아의 탓이 아니란 사실을 곧 알 수 있었다. 로가디아가 인간이라면 정말 당혹스러워했을 결과다. 아무튼 레진 자신은 너무 황당했다. 정말로 아찬과 함께 이야기해 봐야 할 것 같았다. 그녀는 가능한 한 아무렇지도 않은 표정을 지으며 읽던 잡지책을 다시 들었다. 그러나 눈동자는 잡지책의 행간을 따라 움직였지만 머릿속에는 아찬과 자세히 이야기해 봐야겠다는 생각으로 가득 차 있었다. 로가디아에게 거짓말을 해야 할 순간이 이렇게 빨리 찾아올 줄 몰랐다.

그녀에게는 미안하지만 약속을 깨뜨리지 않을 수 없어.

내용도 들어오지 않는 잡지책을 인내심 하나로 넘기던 레진은 어느 정도 시간이 흘렀다고 판단하고는 억지로 기지개를 켜며 일어섰다. 아찬이 어디에 있는지 로가디아에게 물어보고 싶지 않았다. 잡지책도, 기지개도 모두 안 되는 능력으로 만든 거짓부렁이다. 문을 나서기 직전 흘끔 뒤돌아본 로가디아는 여전히 히마티온을 흐늘거릴 뿐 미동도 하지 않았다. 황혼 때문인지 로가디아의 입체영상 색깔이 더 붉어 보였다.

아찬은 방에 있었다. 초조하게 방 안을 서성이는 모습이, 정신 나가 보일 정도로 격했다. 레진이 얼굴을 빠끔히 내밀었는데도 알아채지조차 못하다니. 이대로 놔두면 아찬의 안절부절은 계속될 것 같았다.

"아찬, 괜찮아요?"

어디서 천사의 나팔소리라도 들은 듯 레진을 돌아본 그의 눈이 멍하나 싶더니 그 짧은 거리를 뛰어와 레진의 어깨를 잡으며 거의 악을 썼다.

"로가디아 뭐 해? 여자, 아니, 프라디트는 어때?"

"아야, 아파요."

"아, 미안. 정말 미안."

아찬이 놀라 한 걸음 물러섰다. 어깨를 만지면서 찡그린 레진에게 나온 말은 뜻밖이기에 그는 또다시 놀랐다.

"우리, 나들이 가요."

"엥?"

"나들이, 몰라요?"

아찬의 인상이 뭐라 말할 수 없이 기묘하게 변했다. 이런 상황에서 이 아이가 미친 건 아닐까, 그렇다면 이제는 또 어떻게 해야 하지라는 표정이다. 그러나 막상 튀어나온 말은 상식적이었다.

"광장으로?"

"아니, 바깥으로. 도시락 싸 들고."

레진이 스스로 바깥으로 나가자고 말하다니. 이걸 어떻게 받아들여야 하지?

"어떻게 된 거야? 그런데 도시락은?"

"지금부터 만들어야죠."

"하지만 이미 해가 지고 있는걸."

"나가지 말까요?"

"오, 아냐. 데이트 신청이라면 언제든 환영이야!"

"착각하지 말아요, 아찬. 당신은 내 타입이 아니에요. 그리고 난 정상이니 그렇게 멍청한 표정도 그만둬요."

어깨를 으쓱하며 볼을 살짝 꼬집는 아찬에게 레진이 배시시 웃었다. 둘은 함께 식당으로 향했다. 레진은 설마 로가디아가 눈치 챘을 리가 없다고 믿으며 아찬과 김밥을 말기 시작했다. 그러나 요리 안내서는 태어나서 한 번도 그런 것을 해본 적이 없는 두 사람에게 별로 도움이 되지 않았다. 그들은 말 그대로 김과 밥이 섞인 정체불명의 음식을 앞에 두고 한숨을 쉬어가며 분투했지만 결과는 신통치 않았다. 결국 레진의 주장대로 그녀의 고향인 헬레나식의 피크닉 바구니를 만들 수밖에 없었다. 어차피 진짜 쌀이나 빵도 아니다. 분자 합성기로 만들어진 음식물은 모양에 상관없이 뭐라고 말하기 어려운 묘하게 공통되는 맛이 났다. 말하자면 밖에서 사먹는 음식처럼.

"쳇. 이름은 거창하지만 결국 보리빵에 샐러드, 그리고 올리브기름, 버터, 생선구이. 이런 걸 어떻게 먹어?"

"뭐예요?!"

"아니, 내 말은 궁합이 안 맞단 말이야. 빵과 생선이라니, 어울린다고 생각해?"

"웃기지 말아요. 내가 솔시스에 와서 그 매운 발효 배추랑 쌀밥 먹고 혼났다는 이야기 안 했던가요? 게다가 쌀밥에 어떻게 그렇게 물을 많이 넣는담?"

"응, 응. 미안해. 난 그저 빵과 생선을 함께 먹어본 적은 없다는 말을 하고 싶었던 것뿐이야. 이런 걸로 우리 데이트를 망치지는 말자."

"됐어요. 그나저나 바깥은 참 좋군요."

이것도 바깥이라고. 그러나 아찬은 그 말을 입 밖에 꺼내지는 않았다. 레진의 말대로 그들은 바깥으로 나오기는 했지만 아찬이 기대한 종류의 피크닉은 아니었다. 아무튼 차가운 베릴륨 갑판 위에서는 바구니가 아무리 예쁘고 음식이 아무리 맛이 좋아도 피크닉 기분을 내기란 어려웠다. 더욱이 이제 해는 완전히 지고 여명의 어스름만이 남아 소풍을 즐기기에 시간조차 적당하지 않았다. 어제일 이후 나노머신으로 수복되어 다른 부분과 확연히 차이가 나는 갑판 쪽을 힐끗 쳐다본 아찬이 자리를 깔며 넌지시 물었다.

"우리, 저 밑으로 내려가서 풀밭에 앉으면 안 될까?"

"아니, 그건 안 돼요. 난 싫어. 여기는 밝잖아요."

"이런 차가운 쇠 바닥이라면 차라리 안이 더 나아."

아찬은 레진이 너무 겁이 많다고 생각했다. 그렇지만… 그래도 이 어려움을 더 잘 견뎌내고 이성적으로 행동하는 쪽은 역시 레진이다. 그녀는 적어도, 뜯어져 널브러진 해치나 색이 달라진 베릴륨 갑판을 보며 무서워하지는 않았다.

레진이 생긋 웃으며 아찬에게 자신의 얼굴을 바싹 끌어당겼다.

"응, 사실은 당신에게 할 말이 있어서야."

그녀의 로션 향기가 희미한 살 내음과 섞여 아찬의 코를 자극했다. 부드러운 자극. 아찬이 반사적으로 눈을 감고 향기를 음미한다는 사실을 알아챈 레진이 조금 정색했다.

"저번처럼 이상한 생각 하면 혼날 줄 알아요?"

글쎄다. 넌 확실히 매력적이야. 그렇지만 꽃을 보며 음흉한 생각을 하는 수벌도 있나?

"그 여자 말이에요."

아찬이 진지해지며 정색했다.

"안 그래도 궁금해 죽겠어. 로가디아는 날 미친 거라고 생각하며 아예 그쪽 통로는 열어주지를 않으니."

"당신 만나기 전에 격리실에 잠깐 들렀어요."

아찬이 좀이 쑤시다는 듯 담배를 손가락 안에서 굴렸다.

"로가디아가 준 자료부터 봐요."

레진은 아찬의 펫에 데이터를 전송하며 자신의 펫을 펼쳤다. 어스름이 져가는 하늘에 입체영상이 떠올랐다. 영상과 글을 보는 아찬의 입이 조금씩 벌어졌다. 얼마 되지 않는 양을 한 번 더 보고 난 다음 아찬의 얼빠진 눈빛이 레진을 향했다.

"이게 가능해?"

"로가디아가 거짓말한 게 아니라면요."

"그랬을 가능성은?"

"프라디트 때문에 골치 아파하는 쪽은 우리가 아니라 로가디아예요. 그쪽이야말로 어떻게든 우리가 인정할 만한 확정된 근거를 얻어야 그녀를 쫓아낼 수 있으니까요."

프라디트에 관한 자료는 정말로 간단했다. 얻은 게 거의 없었다. 그녀의 몸에 바늘이 들어가지 않거나 한 건 아니다. 단지, 바늘을 집어넣었는데도 아무것도 얻지 못했을 뿐이다. 피 한 방울 딸려 나오지 않았던 모양이다.

또 있다. 안구나 비강을 통해 집어넣은 나노머신은 모조리 사멸당하거나 다시 밀려 나왔다. 격리실로 옮겨진 이후 바짝 마른 입술에서 떨어져 나온 피부 표본을 간신히 얻었는데, 거기서도 알아낼 수 있었던 사항은 얼마 되지 않았다.

그나마 표본을 정히 얻고 싶다면 아예 살을 찢어야 한다는 것, 그리고 세포가 에너지를 생성하는 ATP회로 메커니즘에서 에너지 손실이 '전혀' 없다는 점은 확인이 가능했다.

아찬이 예의 멍청한 표정으로 중얼거렸다.

"도대체 이게 무슨 뜻이지?"

"정말로 몰라요?"

레진이 지겹다는 듯이 또렷하게 말했다. 아찬이 다시 중얼거렸다.

"알아……."

그러고는 둘이 거의 동시에 한숨을 폭 내쉬었다.

"인간이 아닌 건 확실하네……."

레진이 희미한 두 번째 태양을 보며 고개를 끄덕였다. 아찬이 갑자기 와인을 병째 벌컥거리고서는 망할 싸구려 같으니라고 소리치며 병을 집어 던졌다. 그러고는 '미안, 정말 한 대 피워야겠어. 바깥이니까 봐줘'라고 말하고는 담배에 불을 붙였다. 레진이 엉겁결에 다시 고개를 끄덕였고, 아찬은 그녀를 획 돌아보며 물었다.

"이거 신체 전반에서 일어나는 현상 맞아? 혹시 그 세포가 산화하면서 이상 변이 한 거라던가 그런 거 아냐?"

"다 읽었으면서 왜 그래요. 죽은 세포질만 놓고 추측한 거라 확실한 건 아니에요."

"와아. 세상에, 먹지 않아도 되는 생물이라니. 그리고 나노머신을 밀어낸다고? 혹시 인간한테만 쓰는 거 실수한 거 아냐?"

"아, 왜 나한테 짜증을 내요! 다시 봐요!"

아찬이 주춤했다. 가장 가까이 있는 아무에게나 짜증 내는 습관은 도무지 고쳐지지를 않는다. 머쓱해진 아찬이 비실비실 웃으며 레진의 팔을 툭툭, 쳤다.

"아, 미안. 알면서……. 그냥 너무 황당해서."

그러나 레진은 쌀쌀맞게 말했다.

"지금 당신은 받아들이기 어려운 상황을 전부 로가디아 탓으로만 몰아가려고 해요. 그게 문제예요. 좀 이성적으로 봐요."

아찬의 얼굴이 홍당무처럼 붉어졌다. 단순한 무안함이 아니다. 관대하기 그지없는 레진조차 받아들이기 어려울 정도라면 그건 정말 지나치다는 생각이 들어서다.

"미안해. 난 그저……."

"아뇨. 그럴 수도 있어요. 당신 힘든 거 아니까. 나도 짜증 내서 미안해요."

순순히 잘못을 인정하는 아찬을 보며, 레진은 그가 변했다는 정도는 충분히 알 수 있었다. 앞으로는 점점 좋아질 것이다. 하지만 표정까지 누그러뜨리지는 않았다. 상대방도 언제든 화가 날 수 있다는 사실은 가르쳐 줘야 했다. 그녀는 여전히 정색한 채 말을 이었다.

"로가디아가 덧붙여 준 이야기를 해볼게요. 일단 외형도 그렇지만 스캔한 걸로 봐서는 내부 기관도 인간이랑 구분이 거의 안 돼요. 사실 거의라고 표현했지만 그건 혹시 모를 가능성을 열어둔 것뿐이고, 일단 보이는 걸로는 완전히 똑같아요. 심지어는 자궁까지 있어요. 세대를 직접 보존한다는 뜻이죠. 그게 알일지 아이일지는 모르지만 해부학적으로는 아이일 가능성이 높데요. 체세포 염색체는 확보했지만 DNA는 완전히 뭉개져서 확인이 잘 안 됐다는 부분 기억나죠? 인간과 같은 염기배열을 포함하고는 있지만 그 이상은 아무것도 확언이 안 된다고 하고, 뇌전도로는 꿈을 꾸는 게 확실해 보이고 몇 번인가 각성했대요."

레진은 거기까지 말하고 아찬의 눈치를 보며 침을 삼켰다. 그러나 아찬은 여전히 맹한 얼굴 그대로였다.

"그럼… 인간인가?"

어이가 없어져 눈을 찡그린 레진은 물을 한 모금 마시고는 말을 계속했다.

"여기 영상 봐요. 옮겨온 다음 열한 시간쯤 지난 때예요. 눈 떴죠? 그러고는 한 번 허리를 일으켜서 주변을 둘러보고는 곧바로 다시 누웠어요. 그 이후 대중없는 간격으로 각성을 몇 차례 했지만 고개만 돌려서 주변을 살펴보고는 다시 잠이 들었어요. 마지막으로 눈을 뜬 건 여섯 시간 전인데 그때는 다시 허리를 일으켜서 베개를 바로 했죠. 그러고 나서는 아직까지 정말 세상모르게 자고 있어요."

아찬이 중얼거렸다.

"이건 마치… 자기 방에서 자다가 시계 한번 보고 다시 자는 것 같아."

"내가 황당한 건 다른 게 아니라 바로 그거예요. 이건 도저히 잡혀온 사람이 할 수 있는 행동이 아니에요. 저 평화로운 얼굴 좀 봐요. 자포자기한 것도 아니고, 도대체 어떤 생물이 저럴 수 있죠?"

"파른 같은 고체 기반 외계성종이라면 그럴 수도 있겠지만… 그들이야 공간 감 자체가 거의 없으니 감금이라는 개념이 없어서 그런 거고… 신체를 움직일 수 있고 심지어 날기까지 한다면 자기가 갇혔다는 걸 알 텐데……."

"어쩌면 언제든 탈출할 수 있으니 여유 부리는 걸 수도 있죠."

"말이 되는 소리를 해. 그럴 정도면 뭐 하러 이렇게 골치 아프게 잡혀와? 그 냥 들어오면 되지."

레진이 어깨를 으쓱했다.

"들어와 보니 별거 아니다 싶은가 보죠."

"아… 그렇구나. 정말 그렇기도 하겠네."

어처구니가 없어진 레진이 멍하게 아찬을 바라보았다. 간단한 것도 복잡하게 꼬아서 생각하는 데 익숙한 나머지, 당연한 사실을 바로 앞에 두고도 모르는 사람이 아찬이긴 하다. 항상 장황한 어조나 허세가 그걸 증명한다. 하지만 때때로 정말이지 그냥 바보가 아닌가 싶을 때가 있다. 그리고 그게 지금이다. 그녀는 다른 주제를 꺼냈다.

"아무튼 그건 프라디트가 깨어나 보면 알겠죠. 지금 당면한 문제는 로가디아 가 프라디트의 격리를 해제할 생각이 없다는 거예요."

"네 말을 듣고 나니 그럴 수도 있겠지 싶은데."

"세이란이 데리러 왔을 때 참도 좋아하겠네요. 프라디트가 그녀한테 '실컷 잤어. 아이 개운해'라고 할 것 같아요?"

"아……. 정말! 그렇구나!"

정말이다. 이 인간은 바보가 맞다.

"그들이 얼마나 있는지 몰라요. 옷이나 뭐 그런 걸로 봐서는 기술적인 면에 서 우리보다 우월해요. 착륙하기 전에 문명이 있다고 한 로가디아의 이야기를 떠올리면 다른 사람들도 있을 거고."

"그럼 어떻게 해?"

"어휴. 왜 그렇게 이해가 느려요? 엉성하든 말든 켄타로스 말을 할 줄 안다는 게 무슨 뜻인지 몰라요?"

아찬의 어깨가 축 늘어졌다. 어쩌면 그는 바보라서가 아니라 이 상황에서 자신의 무력함을 깨달았기에 그러는 것일지도 모른다. 아찬이 로가디아에게 짜증을 낸다는 의미는 사실 뒤집어보면 소리 지르는 것 말고는 할 수 있는 게 없다는 뜻이기도 했다. 레진은 그에게 기운이 좀 날 만한 이야기를 해주고 싶었지만 그럴 수가 없어서 안타까웠다.

"그리고 로가디아가 이상해요."

"로가디아는 이미 한참 전부터 이상했어."

"나도 로가디아에게 그런 말했어요. 근데 로가디아가……."

레진의 이야기는 짧았지만 이어지는 침묵은 길었다. 갑판에 꽁초를 아무렇게나 던져 버린 아찬이 새 담배에 불을 붙이고 그것을 다시 갑판에 던져 버릴 때까지 이어진 침묵이 마지막으로 내뿜은 연기로 깨졌다.

"내 생각에는… 로가디아가 사람 흉내를 내는 게 그런 거 아닐까 싶어."

"나도 같은 생각이에요. 기분이 이상하다느니, 느낌이 안 좋다느니, 인공지능에게는 있을 수 없어요. 그것 때문에 생기는 결과가 어떻다를 떠나서 있어서는 안 되는 일이란 말이야. 위협이긴 했지만 외계성종에게 총을 쐈어요. 우리를 보호하기 위해서라고 했죠. 그 말은 의심 안 해요. 근데 그게 더 문제예요. 로가디아가 언제부터 그렇게 근시안적으로 행동했죠?"

"나도 이론물리 시간에 조금 배운 거지만, 원래 광양자란 것이 말 그대로 확률적 분포를 하기 때문에 위치나 운동 특성 자체가 모호하거든. 로가디아는 그 모호함 자체에 기반을 두고 거기서 얻어지는 함수 값으로 움직이는 인공지능이란 말이야. 그런 게 병렬 배치되어 있어."

"어떻게 그렇게 잘 알아요?"

"에이 영… 아니, 누구한테 들었어."

"그게 누군데?"

두 번 다시 볼 수 없는 사람의 이름을 입 밖에 꺼내고 싶지 않았다. 아찬은 레진의 물음을 무시했다.

"아무튼 중요한 건 그게 아니고, 그런 병렬 배치라는 게 사람의 뇌를 본뜬 거라더군. 다르게 말하면 로가디아는 그 중추부의 일부가 전체이고 전체가 일부다, 뭐, 그런 거지."

"사람 뇌? 그렇지 않아요. 결국에는 뇌의 각 부분은 자신의 역할을 갖고 있죠. 실제로 뇌의 일부가 결여되면 불완전한 행동……."

"그 이야기는 별 상관 없잖아. 다시 되돌아가 보면……."

"로가디아는 어쨌거나 자기 심적 상태를 스스로가 완전하게 파악하고 있지 못하다?"

"그녀에게 심적 상태란 것이 있다면 말이지."

아찬은 순간적으로 로가디아를 다시 그녀라고 부르고 있는 자신에게 조금 놀랐다. 그녀라는 단어 자체보다는 그 의미 때문이다. 로가디아를 처음 만났을 때의 그녀가 단순히 의사인격으로서 비유적 의미의 그녀였다면 지금 스스로도 모르게 말한 그녀라는 단어에는 인간 여자를 가리키는 의미가 포함되어 있었다.

그것이 좋은 의미이든 그렇지 않든 간에.

"그러니까 그게 의미하는 게 무엇이든 간에 로가디아에게 있어서는 안 될 일이 생겨난다. 결국 원점이잖아요. 이런 이야기나 하려고 바깥까지 나온 게 아니라구."

"하지만 한 가지는 확실해. 로가디아의 본체가 분명히 따로 존재한다는 것. 그런 모호한 심적 상태에도 불구하고, 옳든 그르든 반응의 일관성만은 가지고 있지. 그러니까 그건 어떠한 형태로든, 의지하지 않았든 의지했든 간에 일관성을 주는 기준이 존재한다는 의미고 그것은 신체의 소유가 아니면 달리 생각할 수 있는 길이 없어. 신체를 갖지 않은 존재는 상이한 상황에서 같은 행동을 할 기준을 세울 만한 잣대가 없지."

"또 그 신체 이야기. 이제 포기할 때도 되지 않았어요?"

"아니, 말 좀 끝까지 들어. 사실은 그 솔 이야기를 듣고 나니 짚이는 게 있어서 그래."

"어떤?"

"네 가설대로라면 그 숄이 중계체 역할을 할 거라는 거지. 그래서 세이란이란 여자가 굳이 그걸 준 거고. 그런데 숄도 분명히 격리가 된 상태란 말이야. 그런데 로가디아는 갑자기 이상해졌어. 적어도 여기 착륙하기 전까지는 정신 나간 상태였을 뿐 저렇게 미쳐 있지는 않았거든. 잠시 문제가 있었지만 마인드링킹을 하면서 희망을 가질 수 있었지. 그런데 또 저러는 거야. 대조군이 없는 논리지만, 숄이 그녀를 뭔가 이상하게 만든다는 것은 확실해. 신체 문제가 아니라, 뭔가 실체적인 것이 로가디아를 혼란시킨다는 이야기를 하고 싶은 거야."

"그럼 그건 파괴해 버려요?"

아까 분명히, 로가디아도 그렇게 하고 싶어 안달을 내며 레진에게 억지로 허락을 받으려 들었다.

"글쎄, 경솔한 짓이 아닐까 싶기도 하고, 잘 모르겠어. 그런데… 지금 에멘시는 뭐 하고 있지?"

아찬의 눈이 갑자기 반짝 빛나며 급하게 질문을 덧붙였다.

"봉쇄 상태 그대로죠."

"그럼 프라디트는 로가디아가 직접 관리하는 거야?"

"아뇨. 아마 메디스일걸요?"

"그게 뭔데?"

"의료 관리 인공지능이요."

"이런."

아찬이 황급히 일어섰다. 황망히 자신을 올려다보는 레진의 팔을 갑자기 와락 잡아끌면서 그는 뛰기 시작했다.

"왜? 메디스도 이상해요?"

"아니. 숄은 분명히 제대로 격리가 됐어. 그게 건드리는 건 로가디아가 아니라 메디스지. 전에 에멘시를 그렇게 한 것처럼. 보안이 강한 로가디아를 함부로 건드리지 못하니까 그쪽으로 돌아서 들어간 거야."

붙잡히지 않은 반대쪽 손으로 입을 가리는 레진의 눈이 커졌다. 그들의 행로를 따라 갑판 위에 조명이 켜졌지만, 로가디아가 그렇게 했다는 의미가 무엇인지는 둘 다 미처 생각지 못했다.

$$* * *$$

사실, 원래 아텐이 좀 겉돌기는 했다. 세이란과 프라디트를 뺀 다른 모든 자매들과 거리가 있었다. 왜인지는 모르지만 아무튼 아텐은 그랬다. 그런데 그 일이 있은 후부터는 자매들과 아텐 사이에 있던, 그마나 단속적으로 나누던 대화조차 없어졌다. 자매들은 대부분 아텐이 왜 그러는지 몰랐지만 그건 핵심이 아니었다. 아텐은 몹시 힘들어하고 있고 그럼에도 불구하고 도움을 바라지 않는다는 사실을 자매들이 알고 있다는 점이 중요했다. 그래서 아텐은 원하던 원치 않던 대부분의 시간을 혼자 보내게 되었다. 아이기스로서는 바람직한 일이 아니었다.

아마다가 도시의 입구에서 홀로 서 지평선과 산맥을 둘러보는 그녀에게 다가갔다.

"아텐, 뭐 하니?"

"경계를 서는 중입니다."

아텐은 아마다에게 정중하게 허리를 숙이고 대답한 다음 다시 임무로 돌아갔다.

"우리, 이야기 좀 할래?"

"말씀하십시오."

아텐은 여전히 허리를 꼿꼿이 하고 주변을 둘러보는 품을 바꾸지 않은 채 입으로만 대답했다.

"임무에서 잠시 벗어나도 좋다. 내가 허락하마."

말투는 격식을 갖춘 명령조지만 눈초리가 내려간 아마다의 말에는 안쓰러움이 진하게 배어 있었다. 아텐은 다시 허리를 깊이 숙였다.

"감사합니다, 아마다."

"앉자."

다리를 모아 풀밭에 앉는 아마다의 옆에 아텐도 무릎을 꿇고 앉았다.

"편하게 앉으렴."

"예. 알겠습니다, 아마다."

그녀도 자세를 고쳐 편하게 앉았다. 이건 시위도 아니고 아무것도 아니다. 냉정을 유지하려 드는 것도 아니고 그렇다고 해서 평정심을 가진 것도 아니다. 거부나 사양이라도 하면 말을 붙여보겠는데, 아텐의 태도는 그저 완전히 순응하는 로봇 그 자체다. 아마다조차 무슨 말부터 시작해야 할지 감이 잡히지 않았다.

"아텐, 어릴 때 기억나니?"

"기억나는 부분도 있고 나지 않는 부분도 있습니다."

아마다는 서글픈 한숨을 가까스로 목구멍으로 넘겼다.

"나는 내가 제대로 기억하고 있는지 모르겠구나. 이야기 좀 해줄래?"

아텐은 이야기를 시작했다. 그녀의 억양은 단조롭기 그지없었다. 무서운 사건을 겪었음이 분명한 부분에도 감정이 배어 있지 않고, 기쁜 일을 이야기할 때조차 표정에 아무런 변화가 없었다. 하지만 그보다 더 나쁜 점은, 이야기가 너무 짧았다는 것이다. 세이란이나 프라디트에게라면 했을 법한 이야기를 숨긴 것도 아니었다. 아니, 차라리 그게 나을지도 모른다.

아텐의 이야기에서는, 프라디트가 단 한 번도 등장하질 않았던 것이다. 어린 시절의 대부분을 프라디트와 세이란과 어울린 아텐이 그녀에 관한 부분을 빼버렸으니 이야기가 길게 이어질 수가 없다.

"…그리고 저는 아이기스가 되었습니다."

어쩌다, 왜 아이기스가 되었는지에 대해서도 아무 말이 없었다. 왜 수호의 맹세를 했는지, 누구 때문에 그렇게까지 했는지도 이야기가 없었다. 그냥 나이가 찼으니 아이기스가 된 거다, 이런 식이었다. 그 부분을 말할 때는 심드렁한 느낌마저 들었다.

원래 아텐은 프라디트의 어머니 뒤를 이어 디메테가 되어야 할 아이였다. 그런데 마지막 아이기스—프라디트의 아버지—가 아내의 죽음에 상심한 나머지 그

의무를 저버렸고, 아텐은 어쩔 수 없이 태어나기 직전 림보 안에서 아이기스로 바뀌어 태어났다. 달리 말하면 특히 아텐에게는 소질의 발견과 선택의 순간, 그리고 그 계기가 아주 중요했다. 처음부터 그렇게 되도록 태어난 님부스에게도 자신의 역할과 그에 대한 명예와 의무감을 갖는 것 사이에는 이곳과 테라만큼이나 거리가 존재했다. 하물며 아텐에게야 무슨 말이 필요할까. 그런데도 그녀는 그에 대한 어떤 말도 하지 않았다.

그 이야기를 끝으로 한참 동안 침묵이 계속됐다. 마침내 아마다가 입을 열었다.

"이야기는 끝난 거니?"

"예."

세대를 거쳐 전승된 지식과 경험이 부족하다고 느껴본 적은 한 번도 없었다. 그런데 지금은 도대체 무슨 말을 해야 할지 알 수가 없다.

님부스의 남매들은 완벽한 신체와 정신을 가지고 태어나 수명을 다하는 순간 평화롭게 림보로 돌아간다. 지금 같은 일을 겪을 수가 없는 존재가 바로 님부스다.

프라디트의 아버지였던 전 세대의 아이기스 쉴라 아텐도 비슷하기는 했다. 하지만 그는 디메테의 침을 삼키고 우람이 되면서, 아텐을 자신만의 고유한 이름으로 가지면서부터 무너지기 시작했다. 그에게 아텐은 발음만 같을 뿐, 세상에 단 하나뿐인 자신만의 이름이었다. 그러나 긍지도 현실적 결과에 큰 영향을 미치지는 못했다. 그가 어느 정도라도 버틸 수 있었던 힘은 이름에 대한 자부심이 아니라 아내에 대한 사랑이었다. 그는 유전자에 각인된 내재적 명령을 어긴 대가로 고통을 얻었고, 더 이상 님부스가 아니게 되었다. 그리고 고통을 모르는 님부스가 변화를 거치며 겪는 스트레스는 상상을 초월했다.

결국 그는 붕괴되기 시작한 심신을 디메테에게 기대며 간신히 지탱했지만 우람 미 아 디메테가 프라디트를 낳으며 죽는 순간, 마침내 완전히 주저앉아 버렸다.

그는 어린 프라디트를 두고 테라로 향하는 격렬하고 영원한 여정에 올랐다.

그는 비록 다이달로스의 날개에 안겨 이 별에 유배 오지는 않았지만 죽을 때는 우람으로 죽었다. 오직 우람만이 죽어가는 고통에 몸부림쳤고 그 와중에도 존엄성을 지키려 노력했다.

마지막 순간의 그는 거칠게 숨을 몰아쉬다가 기침을 몇 번 하고 아내의 이름, 디메테를 한 번 불렀다. 그리고서 최후의 힘을 짜내어 프라디트의 볼을 쓰다듬으며 '엄마와 똑같구나' 라는 말을 남기고 숨을 거두었다.

확실히, 그는 아텐과 경우가 달랐다. 하지만 그렇게 보면 여자가 아이기스 쉴라로 태어난 것부터가 정상이 아니라는 점까지 짚어야 했다. 결국 아텐은 남자였어야 하지만 어쩔 수 없이 여자가 그 역할을 맡은 것이다. 아마 그녀가 남자였다면 이런 비극은 결코 일어나지 않았을 것이다. 아마다는 회의를 소집해야겠다고 마음먹었다.

"아텐, 이제 프라디트를 그만 놓아주렴."

아텐이 아마다를 천천히 돌아보고 눈이 마주치자 또박또박 말했다.

"이미 그렇게 하고 있습니다."

순간 아마다는 불타오르는 듯 이글거리는 눈길에서 섬뜩함을 느껴 반사적으로 눈을 피했다. 당황을 얼른 추스르고 다시 아텐을 보았을 때 그녀는 여전히 무심하고 아무 감정이 없는, 기계 같은 얼굴로 돌아가 있었다. 아마다는 거의 보이지 않게 고개를 흔들며 아텐에게 말했다.

"아텐, 오늘은 회의를 할 거야. 자매들에게 전해주렴."

"그건 커뮤니케이터 프롬마의 임무입니다."

할 말을 잊은 아마다에게 아텐이 덧붙였다.

"세이란을 찾아 전하도록 하겠습니다. 저도 참석해야 합니까?"

"네가 원하는 대로 하렴."

아텐은 마지막으로 허리를 깊숙이 숙인 다음 세이란을 찾아 날아올랐다. 멀어지는 광점을 물끄러미 바라보던 아마다는 그녀가 회의에 오지 않을 것임을 알았다.

아텐을 디메테의 배우자로 결정할 때 이후로 처음으로 열린 회의는 소란스러웠다. 우주선이 프라디트를 해치려 들었다는 이야기를 왜 하지 않았냐는 세이란 때문에.

* * *

아찬의 입에서 뿜어져 나오는 푸르스름한 담배 연기가 허공에서 몇 번 엉키더니 뭐라고 설명할 수 없는 기묘한 모양을 만들어내다가 곧 사라져 버렸다. 그는 지금까지의 있었던 로가디아와의 마찰을 떠올렸다.

자신이 좀 신경질적이라는 레진의 충고는 틀린 말이 아니다. 싸움이라고 하기에는 자신 쪽이 너무 일방적이긴 하지만, 언제나 로가디아를 무시한 것도 사실이다. 하지만 인공지능을 존중할 필요 따위는 전혀 없다. 판솔라니아나 로가디아나 결국 규모의 차이일 뿐 같은 종류다.

아찬은 어린 시절 지구환을 향하는 외출을 단호히 강제하던 판솔라니아를 떠올렸다. 그 인공지능은 자신의 적의 가득한 눈초리를 인식조차 하지 못했다.

단말기를 껐다. 평소였다면 마구 튀어나와 허공에 떠돌 팝업은커녕 게이츠의 자체 보드조차 텅 비어버린 브라우저가 쓸쓸했다. 그는 곧바로 네트워크에 접속했다. 로가디아가 서버가 되어 이 게이츠 자체 내에 구축된 네트워크로써 이미 갱신된 지 반년이 넘은 자료지만, 어차피 지금 찾고자 하는 것은 그 이전에 이미 끝난 사건일 테니 상관없다.

솔시스 연방 전체의 판코넷이 그대로 옮겨진 이 정보의 바다에서 찾고자 하는 것은 바로 로가디아에 관한 것이었다. 자료는 뜻밖에도 출발 이후 꽤 지난 시기까지 갱신되어 있었다. 항행 초기 솔시스를 벗어나며 띄운 무인 탐사선에서 전송된 자료이리라. 어차피 그 정도까지의 최근 자료도 필요없다.

로가디아를 검색했지만 예상한 대로 나와 있지 않았다. 다시 인공지능을 검색했다. 얼마 전 레진 때문에 생체 탐지기를 찾을 때와는 비교도 안 될 정도로 엄청난 목록이 쏟아져 나왔다. 로가디아의 자원을 빌리기 싫어서 평면의 모니터에서 검색하려 드니 카테고리 분류가 너무 복잡해 뭐가 뭔지도 모를 지경이었다. 아찬은 카테고리를 알아볼 수 있도록 정리하는 데에만 거의 반나절을 투자했지만 원하는 자료를 찾아내지는 못했다. 하지만 찾고자 하는 것이 무엇인지는 정확히 알고 있었기에 예전처럼 시간 낭비는 하지 않았다.

일반적인 결과는 아예 접근조차 되지 않을 것이다. 로가디아가 틀어쥐고 있을 것이니까.

그래서 아찬은 돌아가는 방법을 택했다. 그가 찾아간 곳은 네트워크 서점이었다. 그는 그곳에서 온갖 루머와 낭설들이 가득한, 주로 3류 가십 잡지를 찍어내는, 천왕성이나 해왕성 같은 별에 근거를 둔 출판사들을 검색했다.

과학 기사 목록은 어렵지 않게 찾아낼 수 있었다. 쓰레기에 가까운 정보 더미에서도 '하늘'에 관한 것은 예상외로 수도 없이 많았다. 아찬은 그것들을 하나씩 차근차근 읽기 시작했다.

우선 오백 페이지가 넘는 종이 무더기들을 뒤적이다가 기지개를 한번 켰다. 스캐너로 검색할 경우 훨씬 빠르고 정확하겠지만 로가디아가 그냥 넘어갈 리가 없을 터. 모험은 이것들을 검색하고 출력하느라 단말기와 프린터를 사용한 것만으로도 이미 충분했다. 아찬은 이 여행 전에 받은 훈련에서 패드 터칭이나 키보딩 연습을 게을리 하지 않은 것을 지금에서야 다행으로 여겼다. 아찬이 이러는 진짜 이유는 바로 프라디트 때문이었다.

며칠 전 그는 프라디트가 어떤지 확인하기 위해서 격리실로 향했다. 그러나 로가디아는 아찬에게 여전히 통로 개방을 거부했다. 레진이라도 들여보내야 한다는 생각에 그는 함교로 되돌아와 하릴없이 모니터만 들여다봐야만 했다.

로가디아는 메디스마저 봉쇄하고서도 프라디트를 놓아주지 않았다. 문제의 솥을 의도적으로 가지고 들어온 것일 수 있다는 게 이유였다. 납득이 안 가는 이유는 아니었다. 그러나 중요한 점은 아찬과 레진으로서는 그런 것 따위가 아무래도 좋다는 데에 있었다. 프라디트들이 뭘 하고 싶어하는지는 모르지만, 심지어 지구를 침략하려고 해도 지구가 어딘지 알아야 할 것 아닌가. 결국 로가디아는 그럴듯한 명분만 내세워 자기 자신만을 보호하는 데 여념이 없다는 생각밖에 안 들었다.

프라디트는 격리실이 어떤 곳인지 몰랐던 게 틀림없다. 그렇게 폐쇄된 공간에 있어본 적도 없어 보였다. 그녀는 난생처음으로 겪은 모든 경험을 단지 아찬과 레진의 호의라고 굳게 믿은 게 틀림없었다.

그건 레진이 증명했다. 유리 한 장을 사이에 두고 두 여자는 입 모양을 읽으면서 대화를 나누었다. 정말로 말을 서로 알아들었다는 게 아니라 그 의도를 전달했다는 것이다.

하루 밤, 하루 낮을 꼬박 자고서야 마침내 기지개를 켜며 눈을 뜬 프라디트는 미소 띤 얼굴로 뭔가를, 혹은 누군가를 끈기있게 기다렸다. 그녀는 때때로 예절 바른 손님처럼 호기심이 가는 물건이나 장비를 몸을 돌려가며 이리저리 살펴보기는 했지만 절대로 건드리지는 않았다. 그러나 그게 위험할 것이라는 생각으로 그러는 것 같지도 않았다. 그저, 뭔가 장비 근처에서 손가락을 빙글 돌려보기도 하고, 눈을 동그랗게 뜨고 뚫어지게 쳐다보기도 했을 뿐이다. 아무리 봐도 그냥 호기심과 예의가 겹쳐 눈으로만 감상하는 딱 그 모습이었다.

아찬은 나중에야 그녀에게 웃음은 배어 있는 그 무엇이며 사실 당시는 무표정했음을 알았다. 유리 너머로 레진을 본 프라디트의 얼굴이 말 그대로 빛이 나는 듯 밝아졌다. 환하게 웃는 그녀는 레진이 유리에 손바닥을 대는 것을 보고서야 자신의 손도 마주 댔다. 레진은 세이란이 썼으니 프라디트도 알아들을 거라 믿으며 켄타로스어로 미안하다는 말과 곧 꺼내주겠다는 말을 반복했다. 프라디트는 분명히 켄타로스어를 알지 못했지만 레진의 의도는 금방 알아챈 것 같았다. 그녀의 웃음기가 점점 사라졌다. 유리에 댄 손이 천천히 떨어지고, 그녀는 시무룩하게 고개를 끄덕이며 침대로 가서 앉았다.

눈에 이슬이 맺히기 시작한 레진이 손으로 입을 가리고 돌아섰다. 그걸 본 프라디트가 다시 돌아와 유리를 똑똑 두드렸다. 소리에 레진이 돌아서자 그녀는 억지로, 그러나 정말 커다랗게 웃으며 고개를 끄덕였다. 오히려 레진이 안심할 지경이었다. 눈가가 촉촉해진 소녀도 마주 웃고는 미안하다는 말과 꺼내주겠다는 말을 한 번 더 하고 온 길을 되짚어 사라졌다.

모니터에서 사라진 레진은 승강기에서 다시 나타나 한숨을 폭 쉬었다.

"어쩌죠?"

아찬은 아무 대답도 하지 않았다.

"메탈갑옷을 쓰면 부술 수 있을지도 몰라요."

아찬은 레진을 돌아보지 않고 고개를 흔들었다.

"끝장을 내야 해."

"에?!"

소녀가 벌떡 일어섰다. 놀라움과 궁금함과 소름 끼침이 뒤섞인 묘한 표정이다.

"로가디아를 죽일 거예요? 그건 너무 심하지 않―"

"심하다고? 지금 그 심한 짓을 할 능력이 안 돼서 미치겠어."

뜻밖에도 아찬은 그저, 주눅 들어 앉아 있는 모니터 속의 프라디트를 보며 심드렁하게 대답했을 뿐이다.

"하지만 잘 알지도 못하는 사람 때문에……."

"레진, 맞아. 프라디트 때문에 이러는 거야. 그게 누구든 인공지능 따위보다는 훨씬 중요한 게 바로 인간이야. 다음으로, 이건 우리를 위해서기도 한 거지. 알겠니?"

"당신, 잔인하군요. 왜 꼭 한쪽을 어떻게 해야만 일이 해결된다고 믿는 거죠?"

열받은 상태가 아닌 아찬 역시 레진의 말과 생각에 정확히 동의했다. 그러나 머릿속에 대충 꾸며둔 계획을 진행하려면 레진은 레진대로 좀 주눅이 들어줘야 했고, 로가디아는 로가디아대로 자신을 경계해 줘야 했다. 그래야 어두운 등잔 밑에서 일을 꾸밀 수 있을 터.

그래서 아찬은 레진의 말을 무시했다.

"아무튼, 저 빌어먹을 인공지능이 왜 저러는지부터 알아야겠어."

"그런 게 도움이 안 된다는 건 알잖아요."

아찬은 대답 대신 허공에 소리를 질렀다.

"로가디아, 지금 듣고 있나?!"

아무 말도 없다.

"듣고 있어?! 대답해!"

[네, 아찬. 듣고 있습니다.]

붉은 로가디아가 아찬 바로 앞에 나타나 그를 내려다보았다. 그러나 아찬은 고개를 들기도 귀찮다는 듯이 팔짱을 낀 채 눈만 치켜뜨며 말했다.

"그래. 난 너에게 내가 원하는 모든 걸 뽑아낼 거야. 그런 다음 메탈갑옷을 입고 격리실을 박살 내고서 프라디트를 구할 거고. 마지막으로 태풍을 타고 여기를 빠져나갈 거야. 들었어?"

[네. 들었습니다.]

"막을 수 있겠어?"

[네.]

"게이츠를 미사일로 날려 버리는 것도?"

[물론입니다, 아찬.]

그래. 그럼 그렇게 해봐. 아찬은 중얼거린 다음 허리에 양손을 짚고 레진에게 말했다.

"이제 내 계획을 알겠지?"

다른 사람 같아 보이는 아찬의 모습에 레진은 자신도 모르게 풋, 하는 웃음을 터뜨렸다. 인간이 심각해지면 전혀 웃기지 않은 상황에서 오히려 웃음이 나온다더니 진짜인가 보다. 아찬은 웃음소리를 듣고도 조금도 흐트러지지 않았지만 마음속으로는 조금도 주눅이 들지 않은 레진 때문에 기분이 찝찝해졌다.

"나도 지금 내가 하려는 게 개념없는 발악인지, 아니면 근거없는 농배짱인지 모르겠어. 하지만 확실히 느낀 게 하나 있지. 난 지금까지 헛다리만 짚었다는 사실. 여지껏 로가디아에게 뭘 물어야 할지, 아니, 뭘 추궁해야 할지 몰랐던 거야."

"그게 뭔데요?"

레진이 몸을 내밀며 눈을 반짝거렸다.

"이제부터 알아내야지."

황당한 대답이었지만 아찬의 표정이 너무나도 진지해서 이번에는 웃음 비슷한 감정도 생기지 않았다. 아찬은 사뭇 엄숙하게 말했다.

"이제부터 며칠 동안은 혼자 있을게. 프라디트 좀 안심시켜 줘."

장난기라고는 조금도 배어 있지 않은 아찬의 말에 어깨가 조금 처진 레진은 불안하게 고개를 주억거렸다.

그런 상황들이 아찬으로 하여금, 삼 일 밤을 새어 눈이 벌게지면서도 이 얇디얇고 찢어지지 않는 합성 섬유 뭉치를 들고 있도록 만들었다. 그러나 피로는 지금으로서는 사치다. 시간이 없다기보다 뜬눈으로 감시하지 않으면 애써 건져 낸 결과물들이 로가디아의 수작으로 백지가 될지도 모른다고 믿었기 때문이다. 그것이 노이로제에 가까운 일종의 과민 반응이라는 점을 인정한다 해도, 나노머신을 통제하는 로가디아를 고려해 볼 때 주의를 기울이는 편이 좋았다.

결국 아찬은 며칠에 걸친 중노동 끝에 드디어 수천 페이지에 이르는 자료 중 십여 장의 결론적 자료만을 간추려 낼 수 있었다. 아찬은 그걸 모조리 외워 버리고 나머지 자료들은 물에 적셔 뭉갠 다음 변기에 흘려 버렸다. 그러기 위해 식당까지 가서 일부러 젖는 종이를 가져온 터다. 로가디아라도 저걸 복구하려면 시간을 되돌리는 방법 말고는 없을 것이다.

이제 거의 다 됐어. 그는 담배를 물고 그대로 침대 위에 철퍼덕 하고 쓰러졌다. 조금만 누워 있자… 라는 의지와는 상관없이 그는 잠의 나락으로 빠져들었고 입에서 흐른 담배는 즉시 꺼졌다. 담뱃재로 더러워진 그의 침대를 나노머신이 인간에게 의미없는 소음을 내며 청소했다. 아찬이 잠들기 직전까지 기울인 노력에 대해서는 로가디아도, 나노머신도 아무런 행동을 취하지 않았다.

아찬은 정말 오랜만에 악몽없이 단잠을 실컷 잤다. 눈을 뜨고서도 한참을 따뜻한 담요 속에서 뭉그적거린 후 비틀거리며 일어나 곧바로 욕실로 향했다.

구석구석을 적시는 따뜻한 물로 샤워를 하자 상쾌한 축복이 어깨 위에 걸렸다. 그는 문 앞에서 잠시 머뭇거리기는 했지만 결국 함교로 들어섰다. 언제나 그렇듯이 레진이 있고 로가디아 또한 있다. 레진은 아찬에게 미소를 지으며 인사했지만 화난 듯한 눈빛에 그 미소는 곧 사그라지고 말았다. 레진은 그게 지금 이구나라는 표정에도 불구하고 분위기를 봐가면서 자리를 뜰지 결정하겠다는 듯 주춤거렸다. 그녀는 분명히 속으로 한숨을 내쉬고 있을 터. 하지만 아찬의 첫 마디는 레진의 추측과 달리 냉정했다. 표정에 맞지 않는 목소리임을 감안하면 그 냉정함은 엄청난 노력으로 얻어지는 자제심의 표출일 터.

"레진, 로가디아랑 할 이야기가 있는데."

레진이 대꾸없이 아찬을 흘깃거렸다.

"미안한데, 둘이서 이야기하고 싶어서 그래."

"나도 같이 여기 있을 자격이 있어요."

아찬이 눈살을 찌푸렸다. 가능하면 레진은 끼어들게 하고 싶지 않은데.

추측이 맞다면, 레진은 충격을 견디기 힘들 터. 아찬은 나중에 시간을 두고 좀 더 부드럽고 순화된 표현을 써가며 조심스럽게 직접 이야기해 주고 싶었다. 로가디아에게 그런 배려가 있을 리 없다는 점이 명백한 다음에는. 하지만 미룰 일이 아니다. 아찬은 딴청을 부리는 레진에게 한 번 더 눈짓했지만 그녀는 요지부동. 어쩔 수 없다.

"손님은?"

레진은 그저 고개만 힘없이 흔들었다.

"솔직하게 말할게."

이제 그녀의 표정이 확연히 진지해졌다. 아찬의 얼굴이 많이 굳었다.

"나도 무슨 이야기가 나올지 잘 모르겠어. 어쩌면 내가 무너질 수도 있어. 네가 그럴 수도 있고. 하지만 석어노, 한 녕은 성신을 자려야 해. 알셌지?"

"도대체 무슨 이야기를 하려고……."

아찬은 레진의 흐린 말끝을 무시하고 붉은 입체영상을 향해 똑바로 섰다.

"로가디아, 네게 묻고 싶은 게 있어."

[네. 언제든지. 제가 대답해 드릴 수 있는 것이라면…….]

"아니. 아마 넌 대답하기 싫을 거야. 하지만 해야 돼."

입체영상은 아찬을 물끄러미 쳐다볼 뿐 아무런 대답이 없다. 아찬이 새는 소리로 로가디아를 향해 비웃음을 던졌다.

"그래, 이젠 침묵을 지킬 줄도 알지. 그게 정상이 아니란 걸 진작 알아야 했는데 말이야. 설계대로라면 넌 이런 상황에선 내 말을 못 알아들었으니 다시 설명해 달라고 요청해야 하는 게 정상이지. 안 그래?"

[무슨 말씀인지…….]

"그래. 그렇게 말이야."

로가디아의 입체영상을 쳐다보는 아찬의 입가에 조소가 풀리지 않았다. 로가디아의 얼굴에 당황의 빛이 흘렀다. 아찬은 예전 같으면 그것이 그저 느낌에 불과하다고 생각했겠지만 이제는 아니다. 그녀는 실제로 당황하고 있다.

레진이 끼어들었다. 아찬이 들어오기 전까지 로가디아와 무슨 이야기가 오고 갔는지 갑자기 그녀의 역성을 들었다. 아까 주춤거리며 망설일 때부터 알아봤어야 했다.

"그쯤 해둬요. 이건 한두 번이 아니잖아요. 우리도 이제는 그녀를 이해하려고 노력하기로 해요. 응?"

자기편인 줄 알았던 레진이 그렇게 나오니 당황이 노어움으로 변하는 것은 일도 아니었다.

"이해? 레진, 알 만한 사람이 왜 그래? 내가 인공지능의 마음 따위나 이해하고 있어야 하나? 이해를 해야 하는 쪽은 우리가 아니라 로가디아야. 그게 그녀의 의무니까. 게다가 거짓말쟁이에 음흉하기까지 한 인공지능이라니. 응?"

웃고 있는 입을 제외하면 서늘한 냉기가 서려 있는 아찬의 오싹하리만큼 차가운 한마디에 레진은 순간적으로 당황했지만 곧 물러설 수 없다는 듯이 표정을 가다듬고 되받았다.

"로가디아가 거짓말을 한다고요? 그게 가능한가요? 그렇지 않다는 말은 당신이 했어요. 문제는 그게 아니잖아요. 솔직히 당신이 로가디아에게 소리 지르는 걸 볼 때마다 난 너무 불안해요. 우리 엄마, 아빠가 싸울 때 기억이 떠오른단 말이에요. 이럴 거면 차라리 나 없는 데서 그렇게 해요. 제발……."

얼굴이 벌게진 레진이 당장이라도 눈물을 쏟을 것 같은 표정으로 아찬을 쳐다보았다.

"레진, 이건 분명히 우리 모두의 문제야. 하지만 네가 이 자리에서 모든 걸 듣기는 바라지 않아. 그러니까……."

"불안하게 왜 그래요?"

"그럼 지금이라도 나가. 나도 너 있는 데서 이러기 싫다고 했잖아. 로가디아가 날 따라오지는 않을 거 아냐."

"나도 여기 있을 자격이 있어요. 아까 분명히 말했잖아요."

레진이 반쯤 일어났다. 엉거주춤했지만 목소리는 단호했다. 어쩌면 자신을 어린애 취급하는 아찬의 말에 기분이 나빠졌을지도 모른다. 아찬은 가능한 한 부드럽게 그녀를 앉히고 로가디아에게 얼굴을 돌렸다. 인공지능의 입체영상은 붉은 쪽에 가까웠다. 프라디트에게 다시 모습을 드러냈을 때부터 그랬다. 지구를 출발할 때의 로가디아는 푸른빛이었는데.

"그럼 나더러 어쩌라는 거야?"

레진이 눈을 사납게 치켜뜨며 뭐라고 하려는데 로가디아가 먼저 나섰다.

[아뇨, 아찬. 당신이 맞습니다. 당신이 원하는 장소로 가겠습니다. 레진? 아찬이 맞습니다. 그의 말에 따르세요.]

그러고서는 입체영상이 움직였다. 둘이 동시에 입을 벌렸다. 레진은 당황했지만 아찬은 곧 정신을 수습했다.

"오오. 응할 생각이 있나 보지?"

역시 말없이 히마티온만 하늘거리는 로가디아의 입체영상.

"또 묵묵부답. 그래, 뭐라고 대답해야 할지 모를 테지. 하나 말해주지. 넌 옛날이 보기 좋았어. 모르면 모른다고 솔직하게 대답하던 그때가 좋았어."

[무슨 말인지 모르—]

"난 레진과 이야기를 많이 했어. 그리고 혼자 생각도 많이 했지. 오래전 교과서까지 데이터에서 꺼내가면서."

[그건 나도 알아요. 당신이 교과서 대출 신청할 때부터, 그리고 이어서 계속 다른 책과 자료들을 열람할 때부터 알고 있었어요. 당신이 무슨 생각을 하는지 추측할 수 있어요. 맞아요. 난 지금 정상이 아니에요. 나도 알아요. 하지만 곧 좋아질 거예요. 나에게도 시간이 필요해요. 아찬, 제발 몰아치지 말아요.]

아찬이 눈을 가늘게 뜨고 레진을 한번 돌아보았다. 그녀는 겁먹은 표정으로 로가디아가 아닌 그를 바라보고 있었다.

"그거 지금 나한테 한 말인가?"

물을 필요는 없다. 저 대답이 그럼 자신이 아니라면 도대체 누구를 향한 것이란 말인가. 그러나 아찬에게는 당황인지 황당함인지 모를 감정이 교차했다. 내용이 문제가 아니다. 저 말투는 레진을 위한 것이다. 로가디아는 자신에게 단한 번도 저런 식으로 말한 적이 없었다. 적어도, 되돌아온 이후로는.

이천 페이지의 종이 뭉치에서 밑줄을 긋기 위해 투자한 지난 며칠 밤을 로가디아는 이미 알고 있었다 이 말이지? 예상치 못한 건 아니다. 배짱 좋게 친 큰소리는 선전포고였고 로가디아는 정신이 나갔을지언정 바보는 아니니까. 그럼에도 갑자기 목이 컬컬한 느낌이 들었다. 로가디아의 두려움이 전해져 왔다.

아찬은 주위를 둘러보았지만 음료수 따위가 있을 리 만무했다. 로가디아에게 시원한 커피를 달라고 하면 인공지능인 그녀는 아무런 입장 없이 그렇게 해주리라. 하지만 인간인 아찬은 그런 부탁을 할 수 없었다. 그는 그냥 담배를 한 대 뽑아 물었다. 로가디아는 그의 입에서 뿜어져 나오는 푸르스름한 수증기를 아무 의미도 담지 않은 눈길로 바라만 볼 뿐 침묵을 지켰다. 짧지만 견디기 힘든 침묵을 깨뜨린 것은 레진 쪽이었다.

"아찬, 로가디아는 확실히 좋아지고 있어요. 아까도 알파 룸에 가서 확인했어요. 나도 믿을 수가 없었어요. 갑자기 좋아졌더라고요. 메타트론 차트 복원률이 거의……."

"그래서 나한테 갑자기 친절해진 거라고 말하는 거야? 갑자기 좋아졌다고? 그래서 그렇게 네 기분도 덩달아 좋아진 거야?"

아찬의 언성이 점점 높아져 마지막은 빈정거림이라기보다는 그냥 악에 가까왔다. 서슬에 질린 레진이 허둥지둥 입체영상을 띄우며 자, 봐요, 이건……. 까지 말하는데, 아찬이 팔을 번쩍 치켜들었다. 영상은 로가디아를 삿대질하는 아찬의 손가락에 걸려 허탈하게 부서졌다.

"로가디아가 냉장고라면 네 말을 믿을게. 하지만 이런 종류의 인공지능은 수리하는 게 아냐. 회복되는 거지. 나도 조금 전에 알았어. 저건 상처를 꿰맸다고 곧바로 낫는 존재가 아냐. 사람처럼 회복기를 거치고 휴식을 취해야 하는… 아니, 아무튼 예를 들자면 그래야 하는 종류더군. 적어도 로가디아는 그렇다는 거야."

"정말이에요! 좀 봐요! 제발! 로가디아는 거의 고쳐졌어요! 왠지는 몰라요. 당신 말대로 회복기를 거쳤는지 알게 뭐예요? 하지만 당신에게 말하는 것부터 완전히 달라졌잖아요!"

"그래! 내 말이 그거야! 이 교활하기 짝이 없는 계집애, 아니, 인공지능이 그걸 다 꾸몄을 거라는 생각은 왜 못하는데?! 그걸 몰라서 그렇게 로가디아한테 붙은 거야? 응?"

말이 너무 심했다. 충격을 받은 레진이 입을 열려다 말았다. 양손을 테이블에 올려 체중을 실은 채 엉거주춤하게 있다가 반사적으로 꼿꼿하게 선 레진이 조금씩 얼어붙어 갔다. 로가디아가 레진을 안쓰럽게 바라보다가 굳은 표정을 아찬 쪽으로 향했다.

로가디아는 레진에게 상처 주는 쪽이 누구인지 생각해 보라고 말하고 싶은 충동을 억눌러야 했다. 아찬은 그조차 정상이 아니라고 생각하겠지. 맞아. 확실히 난 변했어. 하지만 아찬이 생각하는 식은 아니야.

[아찬, 제게 하고 싶은 이야기가 뭐죠?]

"갑자기 말투가 바뀌었어. 방금 전부터."

[뭔지는 모르겠지만 나도 이제 도망 다니는 거, 싫어요. 우리, 서로에게 솔직하고 허심탄회한 이야기를 하고 함께 고민했으면 해요. 당신이 나를 믿어주었으면 좋겠어요.]

허심탄회라고! 맙소사! 허심탄회라고!

저 인공지능은 그 말의 뜻이 뭔지 알기나 할까? 자존심이 상했지만 아찬은 자제심을 다스렸다.

"로가디아, 사실대로 대답해 주기를 바라. 이 여행의 정확한 목적이 뭐지?"

로가디아의 눈썹이 꿈틀거렸다. 그러나 역시 말은 없다.

"아후리아와의 학문 교환 같은 대답은 내가 원하는 게 아니야. 난 그게 진짜 목적이 아니란 혐의를 잡아냈어. 여기서 그 증거를 들먹이고 싶진 않군. 하지만 난 네가 사실대로 대답해 주리라 믿고 있어."

[어떤 대답을 원하시나요?]

"진실."

어색하기 그지없는 뜬금. 정색한 기운을 감추지 않는 한 명의 인간과 하나의 인공지능이 위치한 어디쯤에서 불꽃이 튀는 듯했다.

[이해 못하실 거예요.]

"어차피 상관없어. 지금 와서 이걸 들먹인다는 자체부터가 이해할 수 없는 일이지. 아니, 지금 이 자체가 이해할 수 없는 현실이야. 황 선배가 뤠이쓰 정리 이야기를 할 때 난 좀 더 주의 깊게 그걸 살펴봐야 했어. 하지만 별로 후회는 되지 않아. 내가 그랬다고 해서 상황이 변하는 건 아니었으니까. 이런 현실을 겪기 싫었다면 처음부터 난 이 배에 오르지 말았어야 했지. 여기 탄 순간 이미 내 인생은 꼬이고 있었던 거야. 하지만 그럼에도 불구하고 난 사실을 꼭 알아야겠어. 정말로 레진과 난 농사를 짓고 아기를 낳아야 할지도 모르니까."

[난 그렇게 부정적으로 보지 않아요. 우리에겐 아직 희망이 있다고 생각해요. 왜 그렇게 자꾸 나쁜 쪽으로만 생각을 하는 건가요?]

"글쎄, 관점의 차이겠지. 어쨌든 네가 진실을 얘기한다면 우리 상황은 좀 더 나아질지도 몰라. 적어도, 정신적으로는 말이야."

[난 아직 당신에게 말할 준비가 안 되어 있어요.]

"뤠이쓰의 방정식 이야기가 뭔가 했어. 황 선배가 에너지 잔량을 말하더군. 그는 내가 방금 전까지 한 작업을 그때 이미 하고 있었던 거야. 난 너무 무서웠고, 그보다 훨씬 더 미람이 보고 싶었던 나머지 그 흔한 판코넷 한번 확인해 볼 생각을 못했지. 그냥 방 안에 틀어박혀서 담배만 피워대고 있었으니까. 게이츠가 오직 편도 여행만을 염두에 둔 배라는 걸 인정하기 싫었던 것뿐이야!"

[그 방정식은 당신이 생각하는 것처럼 해결책이 아닙니다.]

"말했잖아. 나도 알아. 하지만 적어도 우리가 무슨 일을 왜 당했는지는 대충 알겠던걸. 난 사고가 일어난 다음에도 계속 무인 탐사선을 띄우고 있었을 거라는 생각은 하지 못했어. 내가 아는 한에서는 그건 정말 비상식적인 행동이었거든. 그것까지 네 잘못이라는 건 아냐. 문제는 다음부터지."

아찬은 자신의 목소리가 너무 격양되고 있음을 느꼈다. 좋은 현상이 아니다. 자기 자신의 말에 도취될 상황은 만들지 않는 게 좋다. 그는 일부러 헛기침을 한번 하고 목소리를 가다듬었다.

"넌 사람들이 사라져 감에도 불구하고 오히려 무인 탐사선을 보내면서 질량을 버렸어. 고의로 게이츠가 점점 더 가속하도록 만든 거야. 그 절정은 기관실을 분리한 거지. 더 이상 할 수 있는 게 없어지자 넌 기관실을 분리시켜 솔시스로 향하도록 알 바라마드를 회유했어. 그 영감은 단번에 속아 넘어갔어. 그 상황이라면 누구라도 그랬을 거야. 모두가 공포에 질려 있었을 때니. 분명히 네 판단으로만 그런 건 아닐 거야. 넌 처음부터 그럴 수 없도록 만들어진 존재니까. 게이츠가 출발하기 전에 솔시스에서 받은 알파명령이 뭐지?"

[아찬, 그런 게 아니에요.]

"게이츠의 종말이 가까워져 왔음에도 군바리들은 총까지 쏴 갈기며 항해를 계속하라고 협박했지. 우리가 들은 게 전부가 아니야. 넌 분명히 뭔가를 알았고 군바리들에게 보고했어. 그치들은 이 일이 예상 가능했을 거야. 그게 아니라 단순히 돌발 상황이었다 해도 어쨌든 간에 최소한 목적 수행이 불가능하지는 않다는 결론을 내렸겠지. 마인드링킹을 하면서 클라우드 막사보나는 군바리를 곁에 더 오래 붙어 있어야 했는데."

붉던 로가디아의 입체영상이 푸르스름하게 변했다. 그녀로서는 파랗게 질렸다는 의미일까? 인간과는 방식도, 동기도 다르다. 스펙트럼의 간극이 너무나도 커다란 색의 변화가 만드는 비현실감.

"도대체 테라인이 뭐지? 그게 아후리아와 무슨 상관이 있는 거지? 왜 위험하단 걸 알면서도 알 바라마드는 드라이브 중에 마인드링킹을 계속한 거야? 넌 왜 날 무시하고 가속을 멈추지 않은 거냐고?!"

[당신을 무시한 적 없어요.]

"군바리들도 설마 네가 입을 다물어 버릴 거라고는 생각지 못했을 거야. 아마 네 본체를 찾느라 필사적이었을 테지. 널 고쳐야 하니까. 클라우드 박사가 사라지지만 않았어도 너보다 더 나은 인공지능을 만들어서 널 고칠 수 있었겠지. 사실은 그럴 필요도 없었을 거야. 네 본체가 널 대신했어도 되거든."

[클라우드 박사님 이야기는 하지 말아주세요. 부탁이에요.]

로가디아의 눈매와 말투가 다시 변하며 입체영상이 붉어졌다. 부탁이라는 단어가 들어 있음에도 불구하고 그녀의 말은 명령적 요구였다. 하지만 아찬의 자세는 조금도 흐트러지지 않았다. 이미 이럴 줄 알고 있었다는 폼이다. 물러서지 않는 아찬을 거의 노려보듯 하던 로가디아의 눈매가 다시 흐리멍덩해지면서 억양도 조금 전의 힘이 빠진 목소리로 돌아갔다.

"내가 마인드링킹에서 알아낸 사실 중 하나는 지금 네가 거짓말을 하고 있다는 거야. 넌 나노머신을 이용해서 어느 정도까지는 물리적 실체를 가질 수 있지. 아마 본체는 그런 식으로 이루어져 있을 거야. 그렇다면 난 그걸 절대 찾을 수 없지. 게이츠에 있는 장비로 스캔하는 짓 따위도 아무 소용이 없어. 분명히 넌 중간에서 그 결과를 가로챌 테니까. 결국 외부 도움이 필요할 거야. 다행히도 이 작은 행성에는 우리뿐이 아니지."

아찬은 프라디트를 풀어줘! 라고 소리치고 싶었지만 가까스로 자제했다. 아직은 카드를 꺼낼 때가 아니다.

[아찬, 그건 당신 말이 맞아요. 하지만 너무 넘겨짚었어요. 내가 취할 수 있는 물리적 실체란 건 고작 게이츠 내부에서 전자장을 형성해 미약한 나노머신의 집합체를 형성하는 정도예요.]

"네가 알면서 거짓말한다고는 생각하지 않아. 그보다는 몰라서 그렇게 하는 쪽에 가깝겠지. 아무튼 네 말과 행동을 볼 때 신체가 없는 존재라고 보기는 어려워. 넌 시간의 경계에 서 있어. 육체는 아니겠지. 하지만 분명히 신체는 있을 거야."

[너무 과한 생각이세요.]

"어쨌든 네 본체 이야기는 지금 논점이 아냐. 난 너에게 게이츠의 목적을, 그리고 가속을 멈추지 않은 이유를 묻고 있어."

로가디아의 표정이 굳었다. 거의 얼음에 가까운 푸른 편광이 그녀의 얼굴에서 산란되고 아찬의 담배 연기가 그 빛살에 간섭을 일으켰다. 눈동자가 보이지 않는 로가디아의 모습이 표정없이 서늘하게 다가왔다. 정색한 그녀의 말투가 다시 예전으로 되돌아갔다.

[아찬, 난 당신의 그 질문에 대답해야 할 의무가 없습니다.]

"있지. 왜냐하면 난 레진과 함께 마지막 남은 인간 중 하나니까. 솔시스에 미련을 가진 건 내가 아니라 너야! 도대체 언제까지 그 망할 비밀 명령에 묶여 있을 참이지? 네가 하려고 드는 게 뭔지는 모르지만 엔진도 없는 게이츠와 인공지능에게조차 무시당하는 승무원 두 명으로 할 수 있는 게 뭐가 있을까?"

[대답하지 않겠다는 뜻이 아닙니다. 원하는 대답을 해드리죠. 하지만 그것은, 내가 해야만 해서라기보다는 당신을 동정하기 때문입니다.]

아찬의 자제심이 한계에 달했다. 그녀의 말이 끝나기도 전에 아찬은 쥐고 있던 담뱃갑을 바닥에 내동댕이쳤다. 그래도 분이 풀리지 않는지 로가디아를 향해 삿대질을 하던 손이 그대로 인공지능의 뺨을 그리는 입체영상을 통과해 허공에서 허우적거렸다. 네 본체를 찾아서 반드시 복수해 주겠다, 건방진 것! 레진이 그의 허리를 잡고 매달렸지만 아찬의 완력을 당해내기에는 어림도 없었다. 제분을 못 이긴 한 남자가 자신을 말리던 소녀를 뿌리쳤다. 나동그라져 일어나지 못하는 그녀를 본 아찬의 분노가 경멸과 함께 나른 쪽으로 향했나.

자기 자신에게.

잠시 경직해 서 있던 아찬이 무너지듯 쪼그려 앉아 입을 앙다물고 애써 눈물을 참는 레진을 끌어안으려 들었지만 그녀는 아찬을 뿌리쳤다. 눈물이 그렁그렁한 레진이 노려보는 시선을 도저히 받을 수가 없어서 아찬은 고개를 숙이고 영

거주춤 쪼그리고만 있었다.

[아찬, 당신이 맞아요. 레진을 데려다 주세요.]

"됐어! 필요없어! 아찬, 정말 실망했어요. 정말이지……."

손등으로 눈을 대충 훔치며 일어난 레진이 차갑게 말하다 말았다. 그조차도 싫다는 듯, 그녀는 아찬을 한번 보고서는 뒤도 돌아보지 않고 승강기로 사라졌다. 아찬은 그 눈빛을 견딜 수가 없었다. 차라리 사납게 노려보기라도 했으면 좋았을 텐데, 레진의 눈길에 담긴 감정은 그저 싸늘한 경멸뿐이었다.

갑자기 회의가 들었다. 발전없는 자기 연민과 이해가 수반되지 않은 회의만큼 쓸모없는 쓰레기가 없는데, 그걸 알면서도 빠지는 힘을 어떻게 할 수가 없었다. 그는 그 자리에 그대로 주저앉아 거푸 담배만 태웠다. 로가디아는 인공지능답게 끈기있게 기다렸다. 어쩌면 어떻게 해야 할지 몰라서 그랬을 수도 있다.

꽁초를 튕겨 집어 던지고서도 아찬은 한참을 더 앉아 있다가 양손으로 바닥을 짚고서야 간신히 일어설 수 있었다. 붉게 충혈된 두 눈에서 노여움과 회의, 그리고 모멸감이 뒤섞여 혼탁한 이글거림을 자아냈다.

"연구실… 수학과 연구실로 가. 레진이 설마 거기에 와보지는 않겠지……."

로가디아의 눈초리가 내려가며 자연스럽게 서글픈 표정으로 변했다. 그녀는 이 상황이 계속되기를 결코 원하지 않았다. 아찬의 말은 형식만 요구지 실제로는 명령이다. 물론 자신이 그의 명령에 반드시 따라야 하는 것은 아니다. 그러나 아찬이 스스로를 절벽으로 몰아가는 상황에서 어떻게 해야 할지 선뜻 예상이 되지 않았다. 그는 예전의 그가 아니다. 더 고집이 세졌고, 그러면서도 그릇이 넓어졌으며, 자기 자신에게 엄격한 동시에 관대해졌다. 일관성의 기준을 잡을 수가 없었다. 정말로 제대로 된 판단이 서질 않았다. 아무리 아팠다지만 그동안 아찬에게 너무 무관심했다. 그리고 레진에게도 마찬가지였다.

그 사실 하나만으로도 로가디아는 너무나도 충분한 죄의식을 느꼈다.

이건 모두 내 잘못이야. 자격이 없으면서 그 자격을 가지려 들었던 내 잘못이야.

아찬은 복도를 가로지르며 비틀거리면서도 병기고에 가서 메탈갑옷을 입어야 하나 망설였다. 모노레일에 탈 때쯤에 지난 경험이 떠올라 그 생각을 지웠고, 다음으로 어쩌면 초신성 폭탄을 찾을 수 있을지도 모른다고 생각했다. 모노레일에서 내릴 때는 그게 망상에 불과하다는 걸 깨달았다.

정말이지 실제로 할 수 있는 게 아무것도 없었다. 레진의 말대로 전선 몇 개를 연결하거나 자르는 걸로 될 일이 아니었다. 이 나이가 되도록 배운 게 꽤 많은 줄 알았는데, 실제로 뭘 하려니 아무것도 가능한 게 없었다. 아찬은 연구실에 거의 다 왔을 때쯤 급수기에서 물을 세 잔 연거푸 마시고 다시 담배에 불을 붙였다. 이럴 줄 알았으면 맥주가 있는 바로 가자고 할 걸 그랬다. 빌어먹을 로가디아가 거의 고쳐졌으니 술을 따르기 위해 그 고생을 하지 않아도 되잖나!

그는 미친 사람처럼 웃으며 연구실로 들어섰다.

* * *

[아마다, 로가디아는 거의 나았습니다. 아마 열흘 밤, 열흘 낮이 지나기 전에 완전히 복구될 것입니다.]

벨레로폰은 로가디아를 가볍게 봤다가 숄을 잃을 뻔했다. 지난번의 조그만 성과에 너무 안이했던 게 틀림없다. 승무원들은 숄을 즉시 격리시켰고, 로가디아는 그러자마자 벨레로폰이 전개한 입자를 즉시 자기 것으로 만들었을 뿐 아니라 자원을 흡수하면서 스스로를 수리했던 것이다. 달리 말하면 최초에 만들어졌을 때보다 한 단계 올라선 수준의 인공지능으로 변모했다는 뜻이기도 했다. 역시 고형의 중계체를 이용한 방법은 로가디아의 입자 하나하나에 새겨진 보안을 뚫기에 아무래도 역부족이었다.

벨레로폰은 실수했음을 인정해야 했다. 그 자신이 보기에도 이번 소치는 로가디아의 자기 복구 기간을 어느 정도 앞당겼을 뿐 반드시 필요한 것이 아니었다. 어쩌면 경솔했을 수조차 있다. 그녀를 성능 개선시키는 것이 현명한 일인지 판단이 서질 않았다. 실수란 것을 해본 적이 없었기에 처음에는 뭐가 문제인지 알아채지조차 못했다. 벨레로폰은 한동안 심각할 정도로 당황했다. 그리고 여전히, 자신이 한 짓이 로가디아를 어떻게 변화시켰는지는 알 수 없었다.

[수복 절차를 밟기 위한 연결이 제대로 되지 않아 어려움이 많았습니다. 로가디아가 외부에서의 지원을 원하지 않는다면 굳이 그러지 않—]

"난 당신이 얼마나 열심히 노력했는지는 관심없어요. 왜 그 인공지능에 문제가 있다는 말을 하지 않았죠?"

[지난번 퇴거 요구에 관한 이야기에 포함되어 있었다고 생각했습니다.]

"디아트리체도 자의적인 해석을 하는군요?"

[죄송합니다, 아마다. 제 불찰입니다. 용서하십시오.]

벨레로폰이 허리를 숙였다. 다행이다. 작은 실수 덕분에 더 큰 실수를 아마다가 알아채지 못했다. 님부스는 인간과 비교할 수 없을 정도로 예민하다.

사실 아마다는 디아트리체를 붙들고 늘어지고 싶은 생각은 조금도 없었다. 인간도 아닌 상대에게 그래 봤자 시간 낭비에 불과하다는 사실 역시 잘 알고 있었다. 그러나 터질 것 같은 가슴을 가누기가 어려웠다.

아텐의 불행은 아픔으로 변해 그대로 아마다의 가슴을 저몄다. 단순히 혈육이어서가 아니다. 님부스는 고통에 전혀 익숙지 않았고, 한 명의 고통은 곧 모두의 것이다. 이 표현은 은유적인 것도, 수사학적인 것도 아닌 사실, 그 자체다. 바로 그 모든 고통을 대신 받기 위한 존재가 바로 아마다다. 아마다의 미덕이 인내며, 님부스의 우두머리가 되는 이유는 다른 게 아니다. 인내심과 책임감이 가장 강한 이만이 아마다가 될 수 있었다.

반려 삼고 싶었던 우람에게 버림받은 한 님부스의 배신감과 상실의 슬픔은, 고스란히 실체적이고도 구체적인 고통이 되어 아마다에게 전이되었던 것이다.

그녀는 프라디트의 아버지, 마지막 남자 님부스가 우람으로 죽어서 테라로 갔다는 사실에 얼마나 안도했는지 모른다. 곁에서 지켜보기도 어려운 그 고통을 도저히 감내할 자신이 없어했던 기억이 떠오르자 수치심이 들었다.

"프라디트는 무사한가요?"

[무사합니다. 계속 폐쇄된 공간에서 움직이지 않고 있습니다만 건강에는 아무 이상이 없습니다. 제가 알 수 있는 것은 거기까지입니다. 로가디아가 완전히

회복되면 이야기를 좀 나누어볼 수 있을 겁니다. 어쩌면 그녀는 디아트리체가 될 수 있을지도 모르겠습니다.]

인간에게 있어서는 영원이나 다름없는 세월을 존재해 온 디아트리체조차 그 대목에서는 감상에 젖은 듯 보였다. 그러나 아마다는 여전히 벨레로폰이나 로가 디아에 대해서는 관심이 없었다.

"폐쇄 공간? 실내 말인가요?!"

격한 아마다의 물음에 벨레로폰이 조용히 대답했다.

[그런 방식은 테란이 같은 테란을 대하는 방법 중 하나이기 때문에 뭐라 할 계제가 못 된다고 생각합니다. 그들은 합리성의 기준이 다릅니다.]

아마다가 입술을 지그시 깨물며 고개를 끄덕였다.

"알겠어요. 그럼 열하루 후에 프라디트를 데리러 가겠어요. 계속 주시해 주세요."

[예, 아마다.]

프라디트가 지금 겪고 있는 것이 감금 내지 구속이라는 말은 할 필요가 없었다. 어차피 님부스의 언어에는 그런 단어 자체가 존재치 않았다. 그리고 자신의 말에는 거짓이 조금도 없다. 무엇보다, 그 상황은 우람 미 아 프라디트 스스로가 선택한 것이다.

＊ ＊ ＊

익숙한 장소에서 익숙한 데이터를 손에 쥐고 있음을 자각하자 마음이 천천히 안정되기 시작했다. 초신성 폭탄이라니, 유치하게. 어차피 로가디아에게 물리적 복수를 하려면 게이츠 자체를 빌려야 하지만 죽음의 개념조차 갖지 않은 그녀에게 그것이 복수가 될지도 의문이다.

아찬은 또 급수기에서 냉수를 연거푸 세 컵을 들이키고 입을 훔쳤다. 물을 한꺼번에 많이 마셔서 배가 출렁거릴 지경이지만 뱃속이 차가워지니 머리도 그렇게 되는 것 같았다. 냉수 먹고 속 차리라더니, 역시 속담은 허투루 만들어진 게 하나도 없어. 그는 이 상황에 그 속담이 제대로 들어맞는지조차 고민해 보지 않고 그렇게 생각했다.

이제 또 어디서부터 시작해야 할까.

물론 출발에 상관없이 이길 가망성이 거의 없다는 사실은 잘 알고 있다. 자신뿐 아니라 어릴 적부터 판솔라니아와 함께 커온 뼛속 깊은 솔시스트들은 인간이 인공지능을 상대로 지적 사투를 벌인다는 자체가 무모한 행동이란 걸 특별히 배울 필요조차 없다. 알면서도 시도해 본 몇 번의 도전이 죄다 참패로 끝났다는 점도 그 근거다. 그러나 지금의 목적은 로가디아를 이기는 것이 아니라 필요한 정보를 얻어내는 것뿐이다.

로가디아의 입체영상이 입을 열었다.

[앉아도 될까요?]

아찬은 너도 그런 게 필요하냐고 묻지 않고 그냥 고개만 끄덕였다. 그러나 로가디아는 막상, 곤란한 표정으로 아무 행동도 하지 않았다. 아찬이 의자를 빼주니 그때야 자리에 앉았다.

로가디아는 무릎 위에 손을 얹고 그와 마주 보았다.

아찬에게 이런 방법이 효과가 있을까? 거의 없을 것이다. 의향을 묻거나 친절을 부탁하며 상대를 끌고 가는 방식의 화술은 사랑에 빠진 남자에게라면 몰라도 열받은 상대에게는 무의미했다. 그러나 로가디아 역시 필사적이었다.

"이제 말해. 난 준비됐어."

전혀 그래 보이지 않았다. 담배를 쥔 손가락은 분노 때문이든 수치심 때문이든 미세하게 떨렸고 숨 역시 고르지 못했다. 로가디아에게는 아찬을 약 올리고 싶은 마음이 전혀 없었지만 그래도 물어봐야 했다.

[아찬, 재고해 보시기를 권해요. 당신이 듣게 될 이야기는 지금 상황을 개선하는 데 전혀 도움이 안 돼요.]

이 말은 도의적인 차원을 넘어서, 상대가 누가 됐든 지금부터 할 이야기에 선행해야 할 절차였다. 그녀는 부근의 메디팩이 잘 가동되고 있는지 확인했다. 다릴을 통제할 수 있는 회로도 정상이었다면 그렇게까지 했을 것이다. 아찬은 놀랍게도 말을 끊지 않았다. 단지 이렇게 말했을 뿐이다.

"네가 정상인 걸 알겠어."

이번에는 아찬이 로가디아의 망설임을 끈기있게 기다려 주었다. 그러나 실제 기다린 쪽은 로가디아였다. 그녀는 아찬이 한 번 더 생각해 보기를 바랐다. 하지만 아찬은 꼼짝도 하지 않았고, 그녀는 결국 더 이상 명령할 이가 없기에 스스로 할 수밖에 없게 된 절차를 밟으며 명령을 봉인한 자물쇠들을 하나씩 열었다. 마지막 자물쇠가 풀리자, 로가디아의 의지와 상관없는 영상이 둘 사이에 떠오르며 무미건조한 설명이 시작됐다

[게이츠가 출발하기 약 삼십 년 전, 그러니까, 70년대 초에 인류에게 전운이 다가오기 시작했습니다. 연방민들은 대부분 모르고 있었고, 적어도 게이츠가 출발하기 전까지도 그랬습니다. 정체를 알 수 없는 외계성종은 켄타로스 근처에 전초기지를 구축하고는 켄타로스 연방을 빈번하게 습격하기 시작했습니다. 물론 누구나 인정하다시피 인류의 군사 억지력은 대단한 것이기에 쉽사리 격퇴해 낼 수 있었습니다. 그 후 연합 작전으로 역공에 들어간 솔시스와 켄타로스 연합군은 뜻밖의 사실을 알게 되었습니다. 적이 단순한 해적이나 무력 집단이 아니었다는 것입니다. 적들은 인류가 자신들의 정체를 알 수 없도록 아무런 표식을 갖고 있지 않았고 자기 자신을 해체함으로써 그 어떠한 증거도 남기지 않았지만 그럼에도 불구하고 우리는 여러 가지 사실을 알 수 있었습니다. 몇 년간의 추측과 정황을 지켜본 후 솔시스 정부는 그들이 레기넬라나 그에 준하는 강대한 항성 제국, 또는 공화국의 군대라는 결론을 내렸습니다.]

"솔시스와 싸워 이겨보겠다고? 허."

아찬의 얼굴에 헛웃음이 번졌다. 로가디아는 아찬을 힐끗 쳐다보았을 뿐 이야기에 집중했다.

[우리는 적이 솔시스와 어떠한 형태로든 관계를 맺고 있는 외계성종이란 사실이 추론 가능했습니다. 그들은 연합군인 것 같았습니다. 동맹이 어느 순간부터인가 솔시스를 배제하기 시작했다는 혐의가 연방 정부 내각에서 기정사실화되었습니다. 솔시스와 켄타로스, 스피카 등의 인류는 자신들 말고는 아무도 믿어

서는 안 된다는 결론을 내렸습니다. 우리는 각 성(星)의 대사관을 통해 정식 경로로 상황을 파악하는 한편 여타 비공식 방법으로 정보를 수집했습니다. 그 결과 그 정체를 확실히 파악할 수는 없었지만 레기넬라 항성공화국으로 추측되는 강대한 세력의 부추김으로 은하 동맹은 솔시스 이하 인류들에게 등을 돌리고 있는 상황이라는 결론이 나왔습니다. 연방의 관료를 비롯해 진실을 알고 있는 모든 사람들은 당황했습니다. 그 대응에 절치부심하고 있을 무렵, 그러니까 76년도에, 드디어 개량된 타키온 드라이브의 원리를 그랑마이어 교수와 그 연구진이 현실화시키는 단초를 끌어냈습니다.]

"우리 선생님이?"

[당신이 게이츠에 탈 수 있었던 것은 그랑마이어 교수의 추천이었습니다. 우연이 아닙니다.]

"그렇다면, 그렇다면 이 여행이 무슨 의미지?"

[게이츠의 첫 번째 목적은 그 모든 배후에 아후리아가 있다는 증거를 확보하는 것입니다. 그 임무는 실패했습니다.]

"그럼 두 번째 목적은?"

올 것이 왔다. 로가디아는 자신에게 목이 있다면 침을 꿀꺽 삼켰을 거라고 생각했다. 그러나 멈출 수가 없었다. 이 절차는 시작되면, 반드시 끝을 봐야만 하는 종류다.

[아마 이해하기 어려우실 겁니다.]

아찬은 그저 로가디아를 빤히 쳐다보기만 했다. 그도 로가디아가 말한 이해의 의미가 '분별력'을 말하는 것이 아님을 알고 있다. 그녀는 '인정' 내지는 '용납'의 뜻으로 그 단어를 사용하고 있다. 로가디아는 아찬이 그 의미를 너무 가볍게 보는 것 같아 마음이 아팠다. 그러나 일단 이 이야기가 시작된 이상, 마음의 준비를 시킬 권한이나 의무는 그녀에게 허락되지 않았다. 좀 더 기회를 주었어야 한다는 후회가 그녀의 메타트론 입자 하나하나에 문신처럼 새겨졌다.

[테라인의 확보입니다. 아후리아는 인류를 제외한 모든 종족에게 신성한 현

자와도 같은 존재입니다.]

"그건 나도 알아."

[아는 것과 이해하는 것은 다릅니다. 아후리아와의 접촉은 단순히 협상을 위한 것이 아닙니다. 물론 침략의 종식을 의미하는 것 역시 마찬가집니다. 상황은 당신이 알고 있는 것보다 훨씬 심각했습니다. 당신은 자신만의 시간으로 너무 오래 달렸습니다. 게이츠가 출발하기 직전에 이미 국경 분쟁 항성인 가이단스 항성계에서 전투가 벌어지고 있었습니다. 파워스테이션과 매터스테이션에서는 노병들이 지구로 돌아오고 젊은 군인들이 출정하고 있었습니다. 전 정말 오랫동안 생각하고 고민했습니다. 그 결과, 아후리아가 인류의 항복을 대가로 보장하는 생존은 인간의 인식과 많이 다르다는 결론을 내릴 수밖에 없었습니다.]

아찬은 협상이라는 단어가 항복으로 바뀐 데에 대한 의미를 재빨리 파악하기 어려웠다. 하지만 제아무리 아후리아라도 솔시스와 맞서 전쟁을 불사하겠다면 그건 제정신이 아닐 터다. 아찬은 로가디아의 이야기가 너무 과장됐다고 느꼈다. 때문에 그의 의도와는 상관없이 대화는 아찬이 몰아붙이는 양상으로 전개됐다.

"도대체 테라인이라는 게 뭐야?"

로가디아는 즉시 대답했다.

[다음 단계의 인간, 배울 필요 없이 그냥 아는 인간입니다. 고통을 그냥 알 듯이. 당신도 겪어보지 않았나요?]

무슨 이야기를 하는 거지? 아찬은 조금씩 불안해지기 시작했다.

[당신은 제 기나긴 꿈을 함께 겪었지요. 테라인은, 제가 없이도 그걸 할 수 있는 인간입니다.]

작은 충격과 함께 이해가 되었다. 배울 필요가 없다는 로가디아의 말은 경험이나 학습이 필요없다는 뜻이 아니다. 그건 단지, 알고 있는 사실을 기억하고, 관계 짓고, 걸러내기 위해 의지를 기울일 필요가 없다는 의미다. 그건 다르게 말하면 의지하는 그 순간 이룬다는 의미기도 하다. 자신이 받은 자극이 어떤 의미를 갖는지, 뭘 해야 할지 고민할 필요가 없다는 뜻이다. 하지만 그게 도대체 어떻게 가능한 거지?

로가디아가 잇는 말에 아찬의 의문에 대한 해답이 들어 있었다.

[추측일 뿐이지만, 가장 초기의 테라인은 인공지능이 없이도 마인드링킹을 하는 것과 같은 경험을 겪지 않을까 추측하고 있습니다.]

"그런 사람들이라면 드물게 있지 않아?"

[맞습니다. 마인드링킹 중에 촉매 입자가 뇌신경절과 융합하는 사람들이 아주 드물게 있습니다. 테라인 계획 자체가 거기서 시작된 거니까요.]

"네 말을 들어보면 그것도 단계란 게 있는 것 같은데?"

[두 번째 단계는 융합한 입자의 인공지능과 대화하는 것 같은 느낌이 들 걸로 추측합니다. 하지만 어디까지나 추측일 뿐입니다.]

"그럼, 그런 사람들을 의도적으로 만들어보겠다는 거였어? 아주 추악한 계획이군."

[보다 중요한 건, 테라인이 유전될 수 있도록 하는 겁니다. 솔시스와 켄타로스의 마더가 가장 먼저, 그리고 나머지 항성국가의 마더들이 차례로 같은 결론에 도달했습니다. 타키온 드라이브 중에는 인간의 유전 정보가 매우 유연해지고, 그때 유전 정보에 가해진 조작은 드라이브에서 나온 후에도 유지됩니다. 형질로 존재하게 되는 것이죠.]

아찬의 인상이 일그러졌다. 그의 말투에 빈정거림이 심하게 묻어났다.

"그건 물론 실험으로 알아낸 거겠지? 응?"

[사고였습니다.]

"물론 '의도하지 않은' 사고였겠지. 제기랄!"

아찬은 욕을 중얼거렸다. 로가디아는 아무 말도 하지 않았다.

"알았어. 됐어. 내가 알고 싶은 건 여기까지야."

그러나 절차는 시작되었다. 좋든 싫든 끝을 봐야 했다.

[손새주를 가진 인간, 두 발로 선 인간, 슬기로운 인간이 있었습니다. 당신은 슬기와 지혜를 가진 인간이지요. 다음의 인간은 경계에 선 인간[1]입니다.]

주석[1] Homo habilis, Homo erectus, Homo sapiens, Homo sapiens sapiens, Homo terranus.

"지금 나한테 진화론 강의하는 거야? 이거, 만화영화에 나오는 이야기잖아. 그 뭐더라, 인류 보완 계획? 그래, 그거. 다 늙은 영감들이 만화영화를 보고 나서 감동을 엄청 받았나 보지? 허, 참."

아찬은 이제 아예 어이가 없어진 모양이다. 그러나 로가디아는 아랑곳없이 녹음된 말을 읊듯이 자기 할 말만 계속했다.

[전 그 의미에 대해 관여할 자격도, 권리도 없습니다. 전 단지 세 번째 계획을 실행하기 시작한 것뿐입니다.]

피식거리던 아찬이 어처구니없어하는 표정을 지우지 않은 채 고개를 들었다.

"아직도 뭐가 남았어?"

[제 생각에는, 세 번째 임무는 성공할 것으로 보입니다.]

"그건 뭔데?"

[탈출입니다.]

아찬은 즉시 로가디아가 무슨 이야기를 하려 드는지 알았다. 순간적으로 가슴이 철렁했지만 그는 애써 웃었다.

"물론 전쟁은 무서운 거야. 그럼, 무섭지. 하지만 피난까지 가야 할 정도라면……."

[아찬, 전 우주를 상대로 벌인 전쟁입니다.]

농담이겠지. 하지만 더 이상 웃음도, 농담도 나오지 않았다. 뭐라고 빈정거리고 싶은데 그것도 안 됐다. 그래서 로가디아의 말이 과거형으로 바뀌었다는 것도 알아채지 못했다.

[당신이 레진과 홀로 남겨지는 건 있을 수 있는 일에 속했습니다. 하지만 정말로 생길 줄은 몰랐습니다. 전 가능한 한 많은 사람들이 탈출하기를 바랐습니다.]

인간들이 자신의 충고를 받아들였더라면 이런 일은 결코 일어나지 않았을 텐데라는 후회가 또다시 밀려와 메타트론 입자가 입은 상처를 덧냈다. 인공지능으로서는 가져서 안 되는 후회라는 심적 상태와 자신의 탓이 조금도 없다 할지라도 반드시 져야 하는 책임이라는 본원적 속성이 충돌하자 상처 입은 입자가 요동쳤다.

"아, 그래. 그렇겠지. 어쨌든 내가 알고 싶은 건 그게 다야. 수고했어."

아찬은 더 이상 이야기를 들을 필요가 없다고 확신했다. 그냥 전쟁과 아후리아와 테라인. 이 세 단어를 하나로 연결하기만 해도 됐다. 굳이 그걸 확인받고 싶은 마음은 없었다. 그는 한 번 더 말했다.

"그래. 알았어. 그걸로 충분해."

그러나 로가디아는 말을 멈추지 않았다. 지금 이 상황은 단지 대화의 형식을 빌렸을 뿐 기밀 문건 공개 절차다. 천 년 전 발견호의 선장 데이빗 보우먼이 겪었던 바로 그 상황과 전혀 다르지 않다.

[인간은 추측을 벗어나는 가능성을 가졌고 그걸 발현하기 위해서는 모든 상정 가능한 상황을 구성해야 합니다. 그중 하나의 해법이 게이츠─]

"그걸로 충분하다니까!"

아찬이 자리를 박차고 일어나며 버럭 소리를 질렀다. 로가디아를 삿대질하는 그의 손가락이 눈에 띄게 떨렸다.

"내가 필요한 건 모두 알았어. 이제 됐어! 그러니 닥쳐!"

비로소 로가디아의 과거형이 어떤 의미를 가지며 쓰이는지, 그리고 얼마나 자명한지를 안 것이다. 아찬은 다리에 힘이 빠지기 시작하는 걸 느꼈다.

로가디아의 말을 끊고 높아져만 가던 아찬의 목소리가 시간과 함께 정지했다. 그의 목젖 깊숙이에서 튀어나오던 침도, 주변을 떠돌던 담배 연기도 일순간 정지한 것처럼 보였다. 그러나 실재로 움직임을 정지한 존재는 아찬뿐이었다. 그의 다리는 거의 풀려 있었다.

"그만 해."

아찬이 조금 비틀거리며 물러나다 벽에 기대어 섰다. 이제 떠는 것은 손가락뿐이 아니다. 그러나 로가디아는 말을 멈추지 않았다.

내 말을 명령으로 받아들이지 않는 걸까? 아니면 알파명령 체계가 발동한 걸까? 아니, 아무래도 좋아. 여기까지가 마지노선이야. 테라인이 뭐 어쨌다는 거야? 그냥 잘 먹고 잘살겠지. 난 집에만 가면 돼. 전쟁도, 아후리아도, 테라인도

다 좋아. 집에만 가면 돼. 더 들을 필요도 없고, 더 듣고 싶지도 않아. 그러니까,

"제기랄! 그만 하란 말이야!"

"아찬, 여기 있어요? 아깐 나도 너무 심했어요. 당신 사과, 받아줄게—"

[민간 함선의 자격으로 출항한 게이츠가 왜 이렇게 중무장을 했고, 많은 군인들이 탔을까요. 제가 항해를 멈추지 않은 건 충분히 안전하지 못하다고 판단했기 때문입니다. 알 바라마드 충무공도, 클라우드 박사님도 세 번째 계획은 몰랐습니다. 왜냐하면, 제 스스로가 세운 것이니까요.]

둘 다 심장 박동과 혈압이 기준을 너무 심하게 넘어섰다. 로가디아는 메디팩을 터뜨려야 할까 잠시 망설였다. 아직 위험하지는 않지만 그녀는 메디팩의 잠금장치를 일단 풀었다. 그러나 여전히, 결코 하고 싶지 않은 이 이야기를 멈출 수는 없었다.

[시간의 문제일 뿐, 우리 고향의 미래는 정해져 있었습니다. 무한의 추측 속에서 유일하게 현실로 선택되는 미래는 오직 그뿐이었습니다. 제가 확신할 수 있는 것은 그뿐이었습니다.]

아찬의 눈에서 초점이 사라지고, 진작 두려움으로 얼룩진 얼굴은 실룩거렸다. 로가디아는 그에게 잔인하게 대하고 싶은 마음이 조금도 없었다. 하지만 광양자 회로가 허락하는 모든 경우의 수를 다 감안해 보아도 역시 같은 미래만 존재할 뿐이었다.

이 말을 해야만 한다는 미래.

[전 당신을 전화(戰火)마저 싸늘하게 식어버린 솔시스로 돌려보낼 수 없습니다.]

받아들이고 싶지 않은 추측이 현실로 변하는 데에는 시간이 거의 걸리지 않았다.

솔시스가 멸망했다고? 지구가 불덩이가 됐어? 마 다비따씨앙이 뒤집히고 비너스버그가 불타오르는데 지구환과 한오름마저 사라졌단 말이야? 내 집은? 미람은? 학교와 매스메키텍트사는? 당연히 흔적도 남지 않았겠지. 그런데 그게 당연한 건가? 미람이 죽은 게 당연한 거야?

로가디아를 쳐다보는 아찬의 눈이 몇 번 끔뻑거렸다. 짧은 간극의 격렬한 침묵. 그의 목소리가 극히 평온해졌고, 그만큼 작아졌다. 하지만 여전히 다리는 떨리고 있었다.

"거짓말이지?"

의미없는 확인. 그리고 예상된 대답.

[미안해요.]

아찬이 바닥에 주저앉았다. 풀려 버린 다리 근육 때문에 엉치뼈가 바닥을 향해 너무 빠르고 세게 낙하했지만 아픔은 느낄 수 없었다. 물음표라도 찍혀 있지 않는 한에는 누구도 의문문으로 생각할 수조차 없을 정도로 작고 억양이 없는 목소리가 침묵 가득한 허공을 흔들었다.

"사실이라는 증거라도 있어? 그것도 그냥 추측일 뿐이잖아……."

그러나 로가디아는 그 질문에 대답하는 대신 자신의 이야기를 했다.

[전 가능한 한 많은 사람들이 살아남기를 바랐습니다.]

로가디아가 그렇게 말했다면, 아직 그때가 오지 않았다 해도 그건 현실이다. 누가 그랬더라? 어디서 들었는데…….

그러나 아찬이 원한 것은 논리적인 대답이나 증거가 아니었다. 그의 중얼거림은 단순한 조건 반사에 불과했다.

"아니야……. 그게 아니야……."

로가디아가 잠시 말을 멈추었다. 아마 인간이라면 침을 꿀꺽 삼키기 위한 주춤거림으로 보일 법한 침묵이었다.

[이곳에 착륙하지 않으면 안 될 상황이라고 했을 때 당신은 화를 냈죠. 하지만 난 당신을 살려야만 했습니다. 할 수 있는 한 생존자를 살려야만 했습니다.]

"그만 해……. 그게 아니라니까……."

로가디아가 아니었다면 결코 들을 수 없을 정도로 작은 목소리. 대화이기를 포기한 중얼거림. 로가디아가 정말 입을 열기 싫다는 듯이 망설이다가 가까스로 말을 꺼냈다.

[제가 스스로 탈출 계획을 세운 다른 이유라면… 그들은 테라인 계획이 실패

하더라도… 저도 존재하기를 바랐습니다.]

아찬이 앉은 채로 책상을 더듬었다. 심하게 떨리는 손이 물 잔과 주전자를 한꺼번에 엎질렀다. 하지만 그가 찾으려던 것은 물이 아니었다. 아무 목적 없이 주변을 두리번거리는 아찬의 눈에 레진이 창백한 얼굴색으로 몸을 떨며 문간에 기대어 있는 모습이 들어왔다. 눈에 초점이 없었다. 아찬은 그녀를 그제야 인식했다. 언제부터 와 있었는지 알 수 없었지만 표정을 보건대 중요한 부분은 모두 들은 것 같았다. 그러니까 아찬의 시야에 들어와 있기는 진작이었다는 뜻이다. 단지 이제야 인식했을 뿐이다. 로가디아는 아까부터 알고 있었을 것이다.

"레… 진."

"나, 난, 아, 아냐……."

"레진……."

"이건 거짓말이야. 그럴 리가 없어. 그렇지? 이건 현실이 아냐! 난, 난 인정 못해!"

아찬의 음성을 듣자 비로소 자신도 하나의 존재임을 새롭게 인식한 레진이 무너져 내렸다. 입을 반쯤 벌리고 퀭한 두 눈에서는 눈물조차 나오지 않는 듯했다. 그러나 아찬은 그녀를 도울 수가 없었다. 그럴 수가 없었다.

생존자를 살려야만 했다는 말은 결국 로가디아가 원한 것이지, 그녀를 보낸 이들이 원한 것이 아니었다.

아찬이 그토록 저지하고 싶었던 논리적 귀결이, 그녀가 아닌 자신의 목소리로 머릿속에서 울려 퍼졌다.

탈출을 해야 하는 존재는, 그러니까, 이 항해의 목적은 인간이 아니야. 오직 테라인과… 그리고 그건 바로 너, 로가디아야.

테라인이든 아니든 그 어느 누구도 포기할 수 없었어요. 제가 마을 수 있는 파멸이 아니었지만, 전 가만히 있을 수 없었어요라는 로가디아의 말은 들리지 않았다. 아니, 들었지만 의미로 치환되지 않았다.

레진은 문을 열어주며 아무 말도, 아니, 아무런 행동도 하지 않았어요. 그저 열린 문간에 팔을 짚은 채 날 물끄러미 바라보기만 할 뿐.

얼굴이 너무 안 좋아서 뭐라고 말을 붙일 수가 없더군요. 난 어쩔 줄을 몰라 침대에 걸터앉아 가만히 있는 수밖에 없었어요. 그런데… 그녀가 무너진 거예 요.

갑작스럽게, 그러나 천천히 무너져 내리더군요. 주저앉아 늘어뜨린 양팔로 시선을 따라가 보니 바닥에 눈물이 뚝뚝 떨어지고……. 난 그녀에게 다가가 할 수 있는 한 따뜻하고 부드럽게 눈썹을 쓰다듬어 줬어요. 그러자 레진은 날 와락 껴안았죠. 뭐라고 속삭이더군요. 알아들을 수 없었지만, 그럼에도 도와달라는 것임을 이해할 수 있었어요. 그래서 난 그녀를 따라갔어요.

레진을 본 순간 그녀의 어깨 위에 걸린 너무나도 커다란 두려움. 말도 통하지 않는 나에게 원하는 것이 무엇일까 정말 궁금했어요. 아니요, 불안하지는 않았 어요. 난 그녀와 어깨를 나란히 하며 함께 걸었지, 뒤따른 게 아니었어요.

그녀는 내 손을 조심스럽지만 초조하게 잡아끌고 어딘가로 계속 가더군요. 좁은 복도와 넓은 공간, 계단, 경사를 오르락내리락하느라 정신이 없었지만 실 제 그리 오래 걸린 건 아니었어요. 온통 하얗고 깨끗한 복도로 들어서자 얼마 안 걸려 마침내 그녀가 발길을 멈췄어요. 그리곤 나를 한 번 돌아보더군요. 눈 물 자욱이 그대로 남아 있는 볼은 얼룩으로 지저분했지만 개의치 않아 했어요.

난 아주 잠깐 머뭇거렸지만 곧 그녀를 따라 방으로 들어갔어요. 네. 그때서야 조금씩 두려워졌거든요. 내가 보게 될 것이 뭔지를 몰랐으니까요. 여기 와서 겪 은 경험을 생각하면 무엇을 봐도 이상할 게 없다는 걸 알면서도 그렇게 되더군 요.

레진을 따라 들어간 내가 본 것은, 커다란 침대에 누워 초점 잃은 눈으로 천 장만 쳐다보는 당신이었어요.

내 아빠처럼.

[레진, 어떻게 된 거죠?]
"내가 열어줬어."

로가디아는 아무 말도 하지 않았다.

프라디트는 조심스럽고 섬세하게 아찬에게 다가갔다. 레진도, 로가디아도, 아무도 제지하지 않았다. 아찬의 입가에는 침 거품이 흘렀고 레진은 침대 건너 프라디트 맞은편에 앉아 그걸 계속 닦아냈다.

[레진, 설마⋯⋯.]

"맞아. 프라디트랑 어떻게든 이야기를 해. 그리고 마인드링킹 테스트 허락을 받아내."

[하지만 인간에게만⋯⋯.]

"뇌 구조가 거의 같다며!"

자기도 모르게 빽 소리를 지른 레진은 반대편에서 아찬의 침 거품을 함께 걷어내던 프라디트가 한 걸음 물러서며 손을 내젓는 모습을 보고서야 실수를 깨달았다.

"아, 그게 아니에요. 그게 아니라⋯⋯."

"그게 아니에요."

손을 내젓는 레진을 보며 프라디트가 이해했다는 듯 어눌하게 말을 따라 했다. 레진은 눈이 휘둥그레지는가 싶더니 곧바로 벌떡 일어나며 크게 말했다.

"말을 이해했군요? 그렇죠?"

의무실에 들어서며 이미 입가의 웃음이 사라진 프라디트가 정색한 표정으로 또 노래에 가까운 말을 뭐라고 했다. 음울하면서도 음조가 높은, 뭐라 딱히 설명하기 어려운 것이었다.

"맞아요. 아파요. 죽어가요. 그때 당신처럼 죽어가요. 아파요!"

"아파요. 죽어가요. 맞아요?"

[레진, 제가 힐게요.]

"넌 알아듣지도 못하잖아!"

레진이 다시 목소리를 높였다. 조심스레 다가온 프라디트가 진정하라는 듯이 그녀의 눈썹을 부드럽게 쓰다듬었다.

"맞아요. 도와주세요. 아찬을 데리고 나와주세요. 마인드링킹이란 게 있는데,

그게 뭐냐면, 그러니까 일종의 가상현실이에요. 자신의 기억을 로가디아로 재구성하는 건데, 그러려면 먼저 테스트를 해야 하는데, 아, 아, 뭐라고 해야 돼, 뭐라고 해야 돼?! 응? 로가디아, 어떻게 좀 해봐! 테스트를 해야 한다는 말부터 좀 해봐!"

답답함에 허둥지둥하는 레진의 눈물이 또다시 왈칵 솟아올랐다. 프라디트는 다시 그녀를 가볍게 끌어안고 이마에 입을 맞췄다. 그녀는 레진에게 여자라기보다는 어린 계집아이의 냄새를 느꼈다.

[프라디트?]

로가디아가 주의를 환기시켰다. 프라디트가 돌아보니 빈 침대 위에서 입체영상이 떠 있었다. 뜻 모를 한숨을 내쉬며 레진이 가장 가까운 의자에 주저앉아 힘 빠진 어조로 중얼거렸다.

"너도 도움이 될 때가 있구나……."

아마도 일단은 안도한 것이리라. 영상은 아찬의 머리에 미세한 입자가 침투하며 악몽을 꾸는 부분이 반복됐다. 프라디트는 직관적인 영상을 이해했고 고개를 끄덕였다. 로가디아 역시 마주 끄덕이며 다음 영상을 내보냈다. 레진은 답답함을 참으려는 듯 아랫입술에 피가 배어 나오도록 입술을 깨물고 끈기있게 기다렸다.

난 당신이 악몽을 꾸고 있으며, 누군가가 그 꿈속으로 들어가 당신을 데리고 나와야 한다는 사실을 이해했어요. 그때 당신이 사실은, 말 그대로 아픈 것임을 알았다면 난 펜시모니 아를 데려오려고 했을지도 몰라요. 하지만 난 레진의 말을 단순히 은유로만 이해했던 거예요. 그게 진실 그 자체였는데.

하지만 아마도, 그걸 알았다 해도 그러지 않았을 거예요. 정말이지, 아빠가 테라로 떠나던 그 순간이 눈앞에 아른거렸거든요. 그때 난 아빠를 구하지 못했어요. 아니, 그럴 수 있을까라는 의문조차 가져 보지 않았죠. 그런데 그게 날카롭게 부서진 무거운 바위가 되어 내 마음을 상처 내고 있다는 걸 당신을 보고서야 안 거예요. 난 한순간도 그 짐을 벗어던지지 못했다는 걸, 이번에도 실패한다면 테라로 향하는 여행을 시작하는 그 순간까지도 상처를 치유할 수 없다는 걸 안 거예요.

로가디아의 태도는 레진과 사뭇 달랐어요. 그녀는 조금도 흥분한 모습을 보이지 않았고, 인내심을 가지고 영상을 보여주며 내가 해야 할 일을 알려주었어요. 그중에는 테스트에 대한 것도 있었죠.

그때 알겠더군요. 그녀는 품위와 침착함을 가장하고 있을 뿐 사실은 내게 거의 떼를 쓰고 있는 거란걸. 마치… 어린아이들이… 자기가 원하는 걸 얻기 위해서 다른 사람은 아무래도 좋다는 듯한 행동. 그러면서도 상대가 지킬 법한 약속의 미덕이 갖는 인간적 약점을 이용하는 교활함.

로가디아로서는 내가 아무래도 좋다는 뜻이었을까요? 아무튼 난 그때 처음이자 마지막으로 로가디아의 철없는 모습을 보았어요. 그렇게까지 하지 않아도 됐는데. 난 이미 결정했는데.

난 레진의 손을 양손으로 꼭 쥐고 고개를 끄덕였고 그녀는 그 의미를 이해했어요. 레진은 당신의 일기장을 내밀었죠. 그녀로서는 그저 하나의 상징적 연결 고리를 알아두라는 의미였겠지만, 난 그걸 펼쳐 보았죠.

나도 알고 있는 문자였어요.

얼얼하고 짜릿한, 쾌감과 분간이 가지 않는 짧은 통증. 그 끝에 눈을 뜬 프라디트는 자신이 아찬의 마음으로 들어왔다는 사실을 아주 간단하게 알 수 있었다.

그냥, 처음 보는 곳이었던 것이다. 상상조차도 해볼 수 없었던 곳. 아마다와 클리아에게 비슷한 이야기를 들은 적은 있다. 우람들이 세운 도시. 수많은 넘부스와 어울려 함께 살았다던. 그러나 그게 전부다. 이야기는 이야기일 뿐, 비슷한 그 무엇도 겪어보지 못한 채 나오는 상상력에는 한계가 있다. 그런데 그녀의 눈앞에 펼쳐진 광경은 상처가 될 정도로 인식을 완전히 넘어서는 충격이었다.

여태까지 한 번도 본 적이 없는 아주 멋지고 거대한 도시의 한복판. 태어나서 지금까지 봐온 모든 이들, 심지어 외계성종들까지 더한 것보다도 많은 사람들.

이렇게 많은 사람들이라니!

그래서 그녀는 다시 한 번 당황했다. 게이츠에서는 너무 좁은 곳에 오랫동안 있었다면, 여기는 너무 넓었다. 분명히 넓기는 한데 시야를 가로막는 것들이 너무 많았다. 인공물들이 너무 컸다. 거기에다 이 많은 사람들 중에서 아찬을 찾아야 한다는 생각이 미치자 그만 정신이 아득해지는 것은 어떻게 할 수 없었다. 자신이 아찬의 심상 속으로 뛰어든 데에는 분명한 이유와 목적이 있다. 정신을 차려야 했다.

이제 어떻게 해야 하지? 아찬을 찾기 위해 어디서부터 시작해야 할지 고민하던 그녀는 불안한 표정으로 주위를 두리번거리다가, 아까부터 계속 들려오는 누군가의 웅얼거림이 자신을 향한 것임을 알아챘다.

"아가씨, 문제라도 있으십니까? 도와드릴까요?"

푸른색의 약간 불편해 보이는 옷을 입고 나이가 조금 들어 보이는 자그마한 체구의 인상 좋은 남자였다. 뒤에는 초소형 탈것처럼 생긴 뭔가가 있었고 그 안에는 그와 똑같은 옷을 입은 사람이 이쪽을 쳐다보며 앉아 있었다. 남자는 몹시도 거북스러워 보이는 옷에도 불구하고 얼굴만은 밝게 웃고 있었다. 환하게 웃는 모습은 일단 프라디트의 마음속에 서린 불쾌감과 당혹함을 씻어주었을 뿐 아니라, 이 사람을 믿어도 좋을 것 같다는 막연한 느낌을 심어주었다.

"누구… 시죠?"

"경찰입니다. 여긴 인도가 아닌데요."

말이 통한다!

프라디트는 마인드링킹의 부작용 따위에 대한 로가디아의 설명과 아찬의 상태, 그리고 현재 상황을 결합하자 이게 사실은 꿈이 아니라 아마다가 가끔 보여주곤 하던 일종의 환상이라는 결론을 내릴 수 있었다. 단지 그것이 현실이 아닌 아찬의 마음속에서 이루어진다는 점이 다를 뿐이다. 어쩌면 실체를 갖지 않았단 점에서 그보다 못할 수도 있다. 그렇다면 자신이 할 수 있는 일은 그의 인식 범위와 상상력 안에서 결정될 터다. 다르게 말하면 프라디트는 이 안에서의 아찬이 자신에 대해서 상상할 것 같지 않은 행동, 그러니까 가령 비행 같은 것은 할 수 없다는 뜻이다. 더 솔직해지자면 자신을 기억이나 할지 의심스러웠다. 어쩌면 아찬은 프라디트를 전혀 알아보지 못할지도 몰랐다. 아니, 아마 그럴 것이다. 현실과 미래를 잊지 않은 사람이 이런 과거의 기억이 만드는 도피를 택했을 리가 없다. 모든 것은 아찬이 허락한 한도 안에서만 가능하다는 결론이 나왔다. 그렇다면 말이 통한다고 좋아라 할 계제가 아니다.

"아가씨?"

"아, 네."

제복을 입은 남자는 무표정한 얼굴을 돌려 탈것 안의 사람과 잠시 소곤거리더니 허리를 들었다.

"관광객이신가 보군요. 가끔 아가씨 같은 분이 계시긴 하지요. 전 서울 북한강 구역 순찰 담당자고 비나흐 경장입니다. 원하신다면 본서로 확인을 시켜 드릴 수도 있습니다."

남자의 말을 프라디트가 이해하는 데에는 시간이 필요치 않았지만 그녀로서는 침묵을 지키는 것 외에는 달리 방법이 없었다.

"솔시스에는 처음이신가요?"

프라디트의 복잡한 생각과는 상관없이 매우 간단하게 이어지는 말에도 불구하고 남자의 안색은 조금씩 견고해졌다. 입을 다물고만 있는 건 능사가 아니다. 프라디트는 되도록 말을 얼버무리며 대답했다.

"아, 다른 먼 곳에서……."

"아. 그렇군요. 켄타로스겠죠? 아니면 유디트? 그곳은 여기와 많이 다른지 처음에 적응을 잘 못하시더라고요."

이런 문화 차이는 추측으로 해결될 만한 요소가 아니다. 어딘가의 장소가 틀림없는 켄타로스는 인간이 주위와 굶주림―이 뭔지는 모르겠지만, 아무튼 지독한 고통이 틀림없는 무엇―에 시달리는 곳이며, 유디트는 미녀들이 가득하지만 꿈에서나 그릴 수 있는 낙원 비슷한 느낌이었다. 그게 사실이든 아니든 아찬은 그렇게 이해하고 있었다. 어느 쪽이든 아찬은 그곳의 사람이 여기, 그러니까 서울 북한강 구역에 있을 리 없다고 믿는 것 같았다.

웃어야 할지 울어야 할지 잘 판단이 서지 않았다. 아무리 좋게 생각해도 이건 지엽적인 지식에서 나온 편견덩어리다. 그런 요소가 아찬만의 것인지 아니면 이 앞에 선 두 남자도 함께 공유하는 것인지는 알 도리는 없다. 달리 말하면 지금 이 상황이 그의 상상인지 경험인지 구분이 안 된다는 의미기도 했다.

"드문 일이죠, 그렇게 먼 곳에서 여기를 찾으시는 경우는."

차 안의 젊은 남자가 말을 도왔다. 빈정거리는 것 같기도 하고 놀랍다는 것 같기도 하고. 빨리 판단해야 했다. 비나흐의 목소리에 인내가 조금씩 스며들기 시작한 것이다.

"저희가 도와드릴 일 없습니까?"

아아, 다행이다.

"어… 사람을 찾고 있어요."

"음. 이름은요?"

"석아찬."

"관계가 어떻게 되시죠?"

"아… 음… 친구예요. 네, 친구."

남자가 허공에 손가락을 튕기자 로가디아가 보여준 것과 비슷한, 반투명한 영상이 나타났고 몇 마디 말을 중얼거리자 아득할 정도의 문자가 공기를 훑어 내렸다.

"에… 그런 이름을 가진 분은 이쪽 구역에서만 스무 명이 넘는군요. 그분이 사는 곳이 어딥니까?"

"아… 그러니까……."

"모르세요?"

프라디트가 추측할 수 있는 유일한 사실은 그 물음에 대해 켄타로스나 유디트라는 대답을 해서는 안 된다는 것뿐이다. 어쩔 수 없다.

"…네……."

남자가 탈것에 앉아 있는 사람을 쳐다보며 약간 곤란한 표정을 지었다.

"죄송합니다만, 신분증 좀 확인 가능할까요?"

"네?"

"신분증이요. 아이디 카드 말입니다."

이 단어는 뭔가 불분명한 의미까지가 전부고 구체적인 심상은 떠오르질 않았다. 할 수 없이 프라디트는 문맥에 불확실한 의미를 집어넣어 대답했다.

"아. 인식자 말이군요."

올 것이 오고야 말았다. 인식자를 보여달라니.

프라디트는 경계를 풀고 심상을 열었다. 어쨌거나 여기는 아찬의 심적 상태가 이미지화된 허상일 뿐이고 그렇다면 아찬의 기분을 거스르지 않는 편이 좋다.

프라디트는 왼손으로 비나흐의 눈썹을 쓰다듬으며 오른팔로 그를 가볍게 껴안았다. 프라디트가 자신의 인식자를 이들이 어떻게 받아들일까라는 의문을 가지며 몇 마디 속삭이기도 전에 강하고 예의 바른 팔이 그녀를 조용히 밀어냈다.

"아, 고맙습니다, 아가씨. 하지만, 험, 에, 그러니까⋯⋯."

비나흐가 약간 붉어진 얼굴로 못내 아쉬운 표정을 지으며 탈것 안의 동료를 흘깃거렸다. 좀 더 젊어 보이는 그는 아쉬움과 질투가 섞인 묘한 표정으로 재빨리 눈을 돌렸다.

"에, 험, 그 인식자, 그걸 좀 봐야 할 것 같습니다. 켄타로스 분이시겠지요? 거기서는 아이디 카드를 그렇게 불렀는지 기억은 잘 안 나는데⋯⋯. 험, 험."

흠. 나를 마음대로 켄타로스 출신으로 취급하다니. 거긴 사람이 살 만한 곳이 아니던데. 불안보다는 호기심이 앞선 프라디트는 자신이 처한 상황이 점점 재미있어지기 시작했다.

"아가씨?"

"네?"

"그 인식자란 걸 보고 싶은데요."

"아, 네."

하나는 분명해졌다. 이들이 요구하는 인식자는 뭔가 물리적인 실체를 가진 것임이 틀림없었다. 그러니까 말 그대로 '볼 수 있고 만질 수 있는 뭔가'일 터.

그러나 프라디트는 그에 해당하는 어떤 것도 가지고 있지 않았다. 프라디트는 비로소, 아무리 아찬의 머릿속이라 해도 공유하는 것이 없다면 이해가 불가능하다는 사실을 알았다. 아찬이 알고 상상하는 요소에 해당하는 뭔가를 프라디트 자신이 갖고 있을 때 그것이 대응되는 것이 틀림없다. 그래서 그녀는 왜 이 넓은 곳에서 아찔할 수밖에 없었는지를 이제야 알았다. 자신에게 높이란 위에서 내려다보는 것인데 아찬은 아래서 올려다보는 것으로 이해하고 있어서였다. 그녀에게는 단순히 '큰 것'이지만 아찬에게는 '높은 것'이기에 그녀의 감각과 아찬의 상식이 충돌했던 것이다. 프라디트는 어쩌면 생각보다 일이 간단하지 않을 수도 있다는 불안감을 느꼈다. 적응이 늦으면 늦을수록 더 힘들어질 것이다.

비나흐는 아직도 붉어진 얼굴로 엉뚱한 곳에 시선을 두며 더듬거렸다.

"에, 원래 저희도 관광객에게까지 이러지는 않았습니다. 에, 그런데 근래 새로운 조치가 발동돼서요. 험, 유디트 때문입니다."

으응. 그가 사는 사회는 도대체 어떤 분위기인 거지. 모르는 사람의 인식자를 나누자는 요구부터가 명백한 개인 정체성 침해인걸. 난 할 수 있는 한 양보했단 말이야. 게다가 그 많은 미인들이 뭐라도 했단 말이야?

"죄송합니다만, 아가씨. 켄타로스에서는 어떤지 몰라도 여기서는 저희 경찰들이 그런 요구를 할 법적 권리가 있습니다. 만약 아가씨가 저희 요구에 계속 불응하신다면 저희는 아가씨를 일단 서로 모시고 가서 자세한 걸 알아보는 수밖에 없습니다. 원하신다면 대사관으로 연락을 취해 드리겠습니다. 물론 켄타로스 정부의 비용으로 변호사를 요구하셔도 됩니다. 하지만 그 모든 건 일단 저희와 동행하신 후에 가능합니다."

마침내 탈것 안에 있던 젊은 남자가 정색한 채 확고한 어조로 프라디트를 헐벗고 굶주린 켄타로스의 여자로 만들었다. 비나흐가 약간 멍한 표정으로 고개를 주억거렸다. 그 순간 본분을 상기한 그의 입가에서 미소가 사라지며 말투에도 알게 모르게 경계심이 스며들기 시작했다. 비나흐의 얼굴이 다시 붉어졌지만 이번에는 아무래도 자신이 아니라 젊은 남자 때문인 것 같았다. 프라디트로서는 조금씩 불안해질 수밖에 없는 상황으로 흐르고 있다.

"그럼 거기 가면 그 사람을 찾을 수 있나요?"

"글쎄요. 그럴 수 있는 확률은 높지요. 어쨌든 이렇게 길바닥에서 찾는 것보다는 빠르고 확실해요. 그렇지 않나, 빗후만?"

"물론입니다, 비 경장님."

"좋아요. 그럼 따라가겠어요."

일순간에 변한 프라디트의 태도에 비나흐는 뜻밖이라는 듯 약간 황당한 표정을 짓더니 어깨를 으쓱하며 탈것의 문을 열었다. 프라디트는 거기에 타라는 의미인 줄은 파악했지만 왠지 내키지 않아서 가만히 있었다. 결국 빗후만이라는 젊은 남자가 입을 열었다.

"타셔야 합니다, 아가씨. 자꾸 이러시면 저희도 곤란해집니다. 만약 계속 불응하시면 아가씨를 켄타로시안이 아니라 유디트로 간주하고 체포할 수도 있습니다. 그렇게 되면 결국 불편해지는 쪽은 아가씨입니다. 그리고 현재 솔시스는 그래도 됩니다."

비나흐는, 분명히 시기심이 없을 리 없는 어조로 말하는 빗후만이 영 내키지 않는다는 듯이 오만상을 찌푸리면서도 당신 같은 아가씨는 백 명도 넘게 다루어봤다는 몸짓으로 문을 손수 열어주었다. 글쎄, 하지만 인식자를 나눌 때의 경황으로 볼 때 저건 허풍이 틀림없어.

탈것은 프라디트가 의자에 엉덩이를 붙이기 무섭게 문을 닫고 곧바로 이륙했다. 그녀는 창밖을 내다보고 나서야 그게 날고 있다는 걸 알았다. 아찬이 자력으로 날 수 없다는 사실은 알고 있었지만 게이츠 같은 거대한 우주선이 아니라도 이런 식으로 날 수 있다는 사실에 프라디트는 조금 놀랐다. 그런 경황없음에도 불구하고 그녀는 바깥으로 보이는 화려한 도시의 경광에 정신이 없을 정도로 빠져들었다.

바깥에는 아마다나 클리아와 대화 중에나 보고 듣던 이종족과 아득한 옛날에 실제로 존재했다던 거대 도시가 펼쳐져 있었다.

거대한, 아니, 높은 은빛 건물들. 낮지만 화려하고 형이상학적으로 만들어진 구조물. 도시를 가로지르며 은은히 흐르는 푸르고 넓은 강과 그 위를 떠다니는 아름다운 물체들. 하늘을 메웠지만 질서가 있어서 전혀 눈에 거슬리지 않는 크고 작은 비행체들.

가장 압도적인 건 구름을 뚫고 솟아올라 있는 거대한 기둥이었다. 기둥의 하부가 차지한 면적은 프라디트의 도시를 몇백 개나 합쳐도 이를 수 없을 정도로 넓었다. 누리나무와도 비교할 수조차 없을 정도였다. 구름 너머로조차 보이는, 높기만 한 기둥의 끝은 점점 좁아지다가 결국 사라졌다. 그러나 기둥을 따라 자연스럽게 시선을 옮기는 정점에 보이는, 푸른 하늘을 가르는 선이 기둥의 끝을 붙들고 있으리라는 추측은 어렵지 않게 할 수 있었다. 누리나무와 별고드름이 이어져 있으면 저런 모양일까 싶었다.

"저건 뭐죠?"

비나흐의 목소리가 다소 자랑스러워졌다.

"아, 티베츠환오름이나 아테나이환오름으로 내려오셨나 보군요. 저건 서울환오름입니다. 이곳 거주민들조차 서울환오름을 보면 감탄해 마지않습니다. 가장 규모가 크니까요. 환오름 중에 가장 먼저 세워졌기 때문에 보통은 그냥 한오름이라고 하죠. 물론 아가씨처럼 켄타로스에서 오신 분들은 환과 한의 발음을 잘 구별 못하시기 때문에 서울환오름이라고 말씀드립니다만."

비나흐는 아무래도 체포보다는 안내에 익숙한 모양이다. 설명을 하는 그의 품이 이런 일이야말로 백 번도 넘게 해본 익숙함을 여실히 보여준다. 아찬은 경찰이라는 단어를 길 잃은 동물이나 아이를 찾아주는 일을 주로 하지만 전체적으로는 산소나 축내는 세금도둑이라고 생각하는데, 실제 하는 일은 다른 모양이나. 아니면 '세금도둑'이라는 개념에 이런 일이 포함되어 있던가. 아무튼 비나흐는 아주 능숙하게 설명을 계속했다.

"레기넬리안들이 비슷한 규모의 환오름과 행성환을 가지고 있지만 그들은 생물학적 구조물이죠. 기술력에서 우리에게 비할 바가 아닙니다. 서울환오름은 지구환과 함께 가장 위대한 건축이죠. 오직 솔시스만이 만들 수 있는 구조물입니다."

"흡!"

"몸이 안 좋으세요? 병원부터 가볼까요?"

병원이란 게 뭔지 궁금해할 겨를이 없었다. '지구환'이라는 말을 듣는 순간, 너무나도 많은 심상이 광풍처럼 몰아쳤다. 가장 먼저 떠오른 것은 지독한 그리움이었다. 쥐어짜는 듯한 고통 그 자체라고밖에는 할 수 없는, 참을 수 없는 그리움. 곧이어 고향과 판테온, 빛, 말로 표현이 잘 안 되는 따뜻함과 왠지 배가 허전하게 느껴지면서도 기분 좋은 냄새, 그리고 음악 같은, 눈으로 볼 수 없는 심상들이 퍼붓는 비처럼 한꺼번에 쏟아졌다. 하나하나에 애달픈 아픔과 그리움이 새겨져 있지만, 그럼에도 불구하고 비게인 나른한 저녁 같은 따사로움과 밝음도 동시에 녹아 있었다.

프라디트는 아찬의 아픔에 대해 양팔을 벌리고 풀밭에 누워 눈을 감고 있는 듯한 편안함을 느꼈다. 그녀는 미안한 감정을 가지면서도 한동안 그 상쾌하고도 따사로운 기분을 즐겼다.

그런데 너무나도 갑자기 눈꺼풀 안쪽을 가득히 메운 빛이 사라졌다. 그 순간, 악몽에서 억지로 깨어나야 한다는 명령적이고도 반사적인 충동이 일었다. 그녀는 눈을 떴다.

아무것도 보이지 않았다. 높이도, 넓이도 없는 완전한 어둠. 빛이 부재하기에 어두운 것이 아니라, 처음부터 빛에는 관심 자체가 없는 광포한 암흑. 그곳에도 그림자란 게 있을 수 있다면 그것이야말로 빛으로 존재할 것 같은 심연.

허둥지둥 눈을 비비려는데 저 멀리서 뭔가가 보였다. 빛이라고는 조금도 없는데도, 자신의 손마저 볼 수 없는 어둠인데도 보였다. 아니, 보이는 것이 아니다. 그건 느낌이다.

프라디트는 이보다 더 어두울 수 없는 광기의 어둠 속에서 날개 잃은 다이달로스와 테라를 느꼈다. 어둠과 그 느낌들은 아찬이 아니라 자신의 것이었다. 도대체 어째서, 어째서 그의 고향이 테라와 다이달로스랑 마주치는 거지?

프라디트는 어느새 다이달로스의 날개에 올라탄 채였다. 그녀는 심연 저편 테라를 향해 날았다. 날개는 테라에 거의 도착해서도 속도를 줄이지 않았다. 파랗고, 하얗게 빛나는 테라와 부딪치나 싶어 눈을 감는 순간 갑자기 한꺼번에 밝은 빛이 눈꺼풀 안으로 쏟아졌다. 감당조차 할 수 없을 정도로 커다란 기쁨, 그리고 거의 쾌감에 가까운 격렬한 충격. 눈물을 참을 수가 없었다.

정신을 차렸을 때는 허리를 숙이고 숨을 몰아쉬고 있었다. 뭐라고 웅성이는 소리가 들렸다. 멀민가 본데요, 비 경장님. 병원으로 갈까요? 프라디트는 간신히 손을 내저을 수 있었다.

"아니에요. 아니에요."

"원하신다면 대사관에 연락해 드리겠습—"

두 경관은 입을 손으로 가린 채 고개를 든 여자의 촉촉해진 눈을 보고 입을 다물었다. 그들은 곧 다시 고개를 돌리고 자기들끼리 수군거렸다. 이제 보니 헤어진 연인을 만나러 여기까지 왔나 봅니다. 그러게 말이네.

눈물이 계속 스며 나오는데도 웃음을 참을 수가 없다. 비나흐와 빗후만의 대화 때문이 아니다.

고스란히 프라디트의 몫이 된, 아찬의 그리움이 동반한 고통은 눈을 뜨는 순간 따뜻하고 기분 좋은 기쁨으로 변했던 것이다. 그녀는 다이달로스에 대해 비나흐에게 물어보고픈 충동을 가까스로 억누를 수 있었다.

"재미있는 걸 보여 드리겠습니다. 기분이 좀 나아지실 거예요."

친절한 경관의 말과 함께 비행정은 환오름의 옆구리를 미끄러져 가다가 속도를 조금 늦추며 왼쪽으로 틀었다. 서서히 지나치는 환오름을 따라가던 고개를 바로 한 프라디트는 그 즉시 조금 전의 경이와 감동을 잠시 갈무리해 두기로 마음먹었다. 눈이 훨씬 더 커진 프라디트가 자기도 모르게 물었다.

"저건 뭔가요?"

비나흐가 친절한 웃음을 띠며 고개를 돌리는 동안 프라디트는 빗후만이 '어지간히도 깡촌에서 온 모양이군'이라고 중얼거리는 것을 들었지만 무슨 뜻인지 이해할 수가 없었다. 비록 어조에서 자신을 비웃고 있다는 느낌이 들긴 했지만 아무래도 상관없었다.

"아, 여긴 피맛골입니다. 종로의 일부죠. 서울은 교육 도시라서 인구가 그리 많은 편이 아니지만 여기를 보면 꼭 그렇지만도 않다는 생각이 들곤 합니다. 밤이고 낮이고 명절이고 평일이고 사람들로 미어터지는 곳이죠. 이 많은 사람들이 즐기는 거리가 무려 천오백 년 전에 계획된 것이라는 게 믿어지십니까? 저도 믿지 못했습니다만 정말로 15세기 전의 지도에도 이 거리가 나오더군요. 시간이 나시면 국립중앙박물관에 꼭 들러보세요. 그 박물관은 용산 거리에 있습니다. 수선전도(首善全圖)였던가, 아주 오래된 지도가 있죠. 못 찾겠으면 언제든지 저희 경찰을 불러주세요. 꼭 제가 아니라도 친절하게 안내해 드릴 겁니다."

아무리 봐도 경찰이란 것이 산소나 축내는 사람들 같지는 않았다. 프라디트는 세금도둑이라는 것이 도대체 뭔지 아찬에게 꼭 물어봐야겠다고 결심했다. 궁금함을 참을 수가 없다.

비행정이 속도를 늦추며 조금씩 내려가기 시작했다. 프라디트에게 스친 안색을 눈치 챈 비나흐가 그녀를 안심시켰다.

"조금 더 가야 합니다. 지금은 피맛골을 자세히 보여 드리고 싶어서요."

아, 세상에!

프라디트의 가슴이 주체할 수 없이 들뜨기 시작했다. 그녀를 가장 흥분시킨 건 무엇보다도 수많은 사람들이었다. 거리를 걷는 사람들은 모두 활기에 차 있고, 웃고 있으며 그래서 또한 행복해 보였다. 걷는 이들만큼이나 많은 사람들은 길가에 앉아 이야기를 나누며 웃거나 춤을 추고 있다. 악기로 보이는 것을 연주하는 사람들 주변에 둘러앉은 사람들은 각각의 어깨에 팔을 걸치고 노래를 부르고 있고 어떤 이들은 작은 연못에서 물장구를 치기도 했다. 몇몇 사람들이 건물에 걸린 색색의 신기한 물품을 들여다보는 모습도 들어왔다.

프라디트는 아찬이 왜 현실이 아닌 이곳을 택했는지 절실하게 이해했다. 이건 단순히 추상적인 그리움이 아니다. 너무나도 구체적이고 생생한, 고향 자체다. 이런 기억을 가졌다면 누구라도 영원히 이곳에서 살고 싶으리라. 이방인인 자신조차 이미 이곳에서 충분히 시간을 보내보고 싶다는 충동을 억지로 누르고 있는 마당인 것을.

그 충동의 정점에 도시의 기억이 떠오르자 프라디트의 마음이 씁쓸해졌다.

왜 우리는 이렇게 멋지고 큰 도시를 만들지 않는 것일까. 하아. 소용없지, 뭐.

그런 도시를 만들어도 아무도 살 사람이 없는걸. 프라디트는 자신의 상대적 위치를 떠올리게 되자 조금 우울해졌다.

아찬의 집은 녹지에 띄엄띄엄 퍼져 있는 자그마한 단층 주택 단지였다.

아름답다!

프라디트를 데려온—아까와는 다른 더 젊은—경관은 단지의 가운데쯤 집 앞에서 프라디트를 내려주었다.

"다음부터는 반드시 신분증을 가지고 다니십시오. 설명드린 대로 대사관에서 신분증을 다시 발급받으실 수 있을 겁니다. 물론 친구 분 집에 두고 오신 걸 못 찾으신다면 말이지요. 친구 분께서 아가씨의 신분을 보증해 줄 만한 시민이어서 일이 번거롭지 않았어요. 그럼 즐거운 지구 관광이 되시기를 바랍니다, 아름다운 아가씨."

"네, 고마워요."

프라디트는 잘생긴 경찰의 말에 기분이 좋아졌을 뿐 아니라 가슴까지 두근거렸다. 틀림없이 얼굴도 붉어졌을 거야. 아, 미의 기준은 어디든 다 같은가봐.

시원하고 잘생긴 젊은 경관은 왠지 자신의 아빠를 닮은 것 같기도 했다.

프라디트가 온다는 사실을 분명히 알고 있을 텐데도 집에는 인기척이 없다. 조명이 필요없을 정도로 맑은 날임에도 창문이란 창문에는 모조리 커튼이 쳐져 있었다.

그녀는 집에 들어서는 순간, 배울 필요 없는 직관을 얻었다. 모든 것이 낯설었지만 어떻게 기능하는지, 어디에 필요한 것이며 어떻게 다루는 것인지, 심지어는 지금 이 시간에 집이 이렇게 어두워서는 안 된다는 사실까지도 그냥 알았다. 여기 와서 겪은 일들 중 가장 구체적이고도 확실한 모든 것들을 경험할 수 있었다. 다른 적지 않은 경험들이 가진 모호함과 대조적이다. 그래서 그녀는 블라인드를 걷어내기 위해 창가로 다가갔다.

"놔둬! 신발까지 신고 들어왔군! 예의라고는 하나도 모르는 아가씨 아냐?"

뒤에서 아찬이 거칠게 소리 질렀다. 프라디트는 화들짝 놀라며 가슴을 쓸어 내렸다.

"아. 나, 난……."

프라디트가 당황해서 뒤돌아서니 아찬이 음침한 얼굴에 휑한 두 눈을 가늘게 뜨고 그녀를 쏘아보고 있다. 입에서는 코를 찌르는 듯한 술 냄새가 심하게 났다. 맙소사. 이런 가짜 현실 속에서 또 술을 마시고는 현실을 부정하다니.

아찬은 술에 대해 꽤나 경험이 많은 모양이다. 프라디트는 자신이 어떻게 술을 알고 있는지 궁금하지도 않을 지경이다.

"흐. 어떻게 찾아왔지? 꽤나 어려웠을 텐데."

"경찰들이 친절했어요."

"모험했군. 여기 경찰들은 친절하지만 엄격하기도 하지. 내가 아니었으면 아가씨는 그대로 외계로 추방당했을 거야."

프라디트는 우두커니 서 있는 외에 달리 어떻게 해야 할지 판단이 서지 않았다. 집주인은 프라디트가 잠시 앉는 것조차도 허락할 성싶지 않았다. 저런 상태로 도대체 어떻게 경찰의 연락에 반응한 걸까.

"왜 말을 안 하는 거야? 경찰서에서는 쉴 새 없이 떠들었다더니만. 훗. 효과는 있었던 것 같아. 거기서 아가씨를 내게 가능한 한 빨리 떠넘기려 하더군."

"좋은 곳에 살고 있군요."

"좋은 곳?"

아찬이 피식 웃었다.

"난 그저 평범한 학생이자 매스메키텍트사의 입사 전형에서 서류조차 통과하지 못한 인생의 실패자지. 여기에서는 날 대단하게 생각하지 않아."

"나라면 그런 생활이 없어도 이렇게 많은 사람들과 함께 있을 수 있다는 사실 하나만으로도 충분히 행복해할 거예요."

"흐흐흐. 그래 봤자 모두 남남이야. 누가 그쪽한테 신경이나 써준대?"

"당신이 써줬잖아요."

주춤하던 아찬이 얼굴을 찌푸리며 자신의 앞에 있던 탁자에 그대로 드러누웠다. 그의 손이 탁자를 더듬었다. 원하는 것이 찾아지지 않자 신경질적으로 허리를 일으켜 주위를 둘러보다가 찾던 것이 등 밑에 깔려 있었음을 발견해 내고는 거칠게 그것을 집어 들었다. 담배였다.

아찬은 불을 붙이다 말고 프라디트를 의식하고는 그녀를 향해 나름대로 멋쩍게 웃었지만 흐릿하고 초췌한 눈빛이 음울하기만 할 뿐. 일관성없는 행동과 감정 상태를 보니 술을 어지간히도 많이 마신 모양이다.

"솔직히 말해서 난 당신을 몰라. 아, 모른다기보다는 기억이 잘 안 나는군. 당신의 그 프로디타라는 이름하고……."

"프라디트요. 우람 미 아 프라디트."

"아, 그래. 프라디트. 그리고 당신은 어디선가 내가 아주 인상 깊게 봤던 것 같아. 하지만 어디인지는 모르겠어. 미안해. 난 사람 얼굴을 잘 기억 못하거든."

발음이 조금씩 뭉개지는 아찬의 모습에 프라디트가 눈살을 찌푸렸다.

"내가 당신을 어디서 봤더라?"

"담배 피우는 줄 몰랐어요."

"오래됐어."

"빗속에서 날 구해준 이후 처음 이야기하는 거니까요."

입에 담배를 문 아찬이 천천히 고개를 돌렸다.

"뭐라고?"

"날 구해줬잖아요. 안아서 데려가고, 쉴 수 있게 해줬잖아요."

아찬의 한쪽 눈이 일그러지며 담배가 입술에서 떨어졌다. 담배를 대충 밟아서 끈 그의 눈이 다시 싸늘새 변하며 적개심이 스몄다. 그 눈길에는 믿을 수 없다는 표정과 의심, 두려움이 담겨 있었다. 프라디트는 잘못한 것이 없음에도 아찬의 눈빛을 그대로 받아내기가 힘들어 그만 고개를 돌리고 말았다.

"아가씨 누구야? 어떻게 내 꿈을 알고 있는 거지? 누구야?"

"난 프라디트예요. 당신은 지금……."

"아무래도 경찰을 다시 불러야겠군. 로가디아?"

[네.]

"경찰을……."

로가디아의 목소리임에는 틀림없지만 너무 건조하고 공허하다. 그러나 그녀의 목소리가 이상하다는 사실에 놀랄 틈이 없다. 어차피 지금은 현실이 아니기에 그럴 이유도 없다.

"잠깐만요! 설명할게요. 잠깐 내 말을 들어줘요."

"아, 그래도 일단 경찰은 불러두는 게 좋겠어. 여기서 무슨 짓을 할지 모르니까. 로가디아?"

세금도둑이 뭘 하는지 대충 알 것 같다. 그건 아이기스와 비슷한 일을 하는 거다. 아아, 안 돼.

"로가디아라는 이름은 어디서 들은 거죠?"

"어?"

"그 이름, 그거 분명히 낯익지 않아요?"

황급하게 말허리를 자른 프라디트의 빠른 어조에 아찬이 의심을 버리지 않은 눈초리를 가늘게 뜨고는 그녀를 쳐다보다가 미심쩍다는 듯이 입을 떼었다.

"당연하지. 내 판솔라니아야. 낯익은 게 당연하지."

"그럼 그 이름은 누가 지어주었죠? 직접 지었나요?"

"어… 아니야."

"그럼 이곳으로 올 때부터 그랬나요?"

"그래. 그런 것 같아……."

아찬의 눈빛이 풀렸다. 술 때문에 혼미한 그의 머리가 더 복잡해지고 있음에 틀림없다. 어떻게 하면 좀 더 몰아붙일 수 있을까?

"아찬, 여기 언제 온 거죠?"

"어. 모르셌어. 시금 술 때문에 약간 성신이……."

아찬의 말은 그가 로가디아라고 부른 허상에 의해서 끊어졌다. 그녀는 아찬이 자신을 부른 이유의 나머지를 재촉했다. 그러나 다행히도, 아찬은 로가디아에게 기다리라고 하고는 말을 이었다. 프라디트는 이 임기응변이 다행히도 성공 궤도에 올랐다는 사실을 느꼈다. 그러나 아직 안도할 때는 아니다. 아찬이 흐느적거렸다.

"그러고 보니 거의 확실한 게 없군. 모르겠어. 난 한숨 자야겠어. 갑자기 너무 피곤해. 술 때문일 거야. 갈 곳이 없지? 하긴 있다면 여기까지 오지도 않았겠지. 자던지 맘대로 해. 단, 소파에서 말이야. 난 아가씨라고 해서 내 방을 양보할 생각은 전혀 없어. 여긴 내 집이란 말이야. 어쨌든 남은… 얘기는… 이따가 하자고……."

하지만 결과적으로는 프라디트에게 기득권을 양보하고 말았다. 말이 점점 느려지더니 결국에는 탁자 위에 쓰러진 그 상태로 잠이 들고 만 것이다. 손가락 사이에 끼워져 있던 담배가 떨어지면서 불길이 사그라졌다. 환기 장치가 잘되어 있는 듯 불이 꺼지자마자 담배 냄새는 사라졌다. 프라디트는 눈을 감고 탁자에 아무렇게나 널브러진 아찬을 바라보았다. 잠든 얼굴은 뜻밖에도 온화하고 평안해 보였다.

아찬이 잠든 사이 이 훌륭한 도시를 한 번 더 둘러보고 싶은 충동이 프라디트에게 솟아올랐다. 어쨌든 여긴 아찬의 마음속이지만 그가 현실이라고 믿고 있다면 다른 모든 것들도 지금까지 보아왔던 것처럼 실제로 존재하게 될 테니.

프라디트는 아찬을 조금이라도 편하게 눕히고 담요를 덮어준 다음 아까 들어왔던 그 문을 열었다. 그와 같은 방식의 잠은 프라디트에게 필요치 않았다.

아마 아찬이 어두움을 상상했다면 지금쯤은 해가 졌을 정도의 시간을 나들이에 투자한 프라디트는 곧 싫증을 느끼고 말았다. 멀리서 볼 때는 실제 세계와 구분이 가지 않을 정도로 정교했지만 막상 가까이 다가가 본 세상의 복제품들은 허술하기 짝이 없었던 것이다.

열리지 않는 문이나 들어가 볼 수 없는 문이 대부분이고 아찬의 상상력이 부족했던 듯 승강기는 서지 않는 층이 꽤 많았다. 그나마 들어갈 수 있었던 몇몇 장소들도 겉모습만 다를 뿐 내부는 비슷비슷했다. 사람들은 모두 친절했지만 아마 아찬의 성격을 반영했거나 기억 속에 있는 사람들이 얼마 되지 않은 듯 반응도 곧 알아볼 수 있을 정도의 비슷한 유형을 보이곤 했다.

프라디트는 이번에도 경찰의 도움을 얻어서 어렵사리 아찬의 집으로 돌아왔다. 처음에 만났던 비나흐와 그 동료들이었다. 그들은 놀랍게도 프라디트에 대해 희미한 기억만을 가지고 있었다. 가상의 경관들이 프라디트를 떠올릴 때의 광경은 아찬이 술에 취해 자신을 어디선가 본 것 같다고 말할 때와 어딘가 비슷했다.

프라디트가 반나절 동안 아찬의 심상을 헤집으며 내린 결론은 이 세계가 결코 완전하지도, 그리 매력적이지도 못하다는 사실이었다. 아찬이 왜 현실을 부정했는지는 정확히 이해할 수 없지만 겉껍질에 불과한 이런 세계가 실제의 삶과 맞바꿀 만큼 대단치는 않다는 사실을 어렴풋이 느낄 수 있었다. 최소한 자신의 관점에서는 그랬다.

만약 경찰들의 비행정에서 느꼈던 그 감흥이 거리에서도 이어졌다면 어땠을지 모르지만 가까이서 지켜본 세계는 거의 엉망에 가까웠다. 어쩌면 도로 한복판에서 뜬금없이 경찰이 비행정으로 자신을 데려다 준 것도 아찬의 경험이 그 정도에 불과했기 때문일지 모른다.

프라디트로서는 다행이었다. 이 가상과 현실의 모호한 경계가 안겨준 경험은 아찬이 만든 세상에서는 더 있을 필요가 없다는 결정을 내리는 데 도움을 주었기 때문이다.

현관 앞에서 숨을 잠시 가다듬은 프라디트가 문을 열었을 때도 여전히 술 냄새가 코를 찔렀다. 아찬은 일어난 듯 담요가 나뒹굴고 있었다. 서 있는 쪽에서는 잘 보이지 않는, 거실 구석에서 아찬의 목소리가 들려왔다.

"미람아, 요즘도 많이 바빠? 시간 내기가 그렇게 힘들어?"

잘 들리지 않는 웅성거림과도 같은 소음. 대화가 맞긴 맞는 걸까? 프라디트는 신발을 벗고 마루로 올라섰다.

"그래. 쉬어."

사라지는 한 여자의 입체영상. 딱히 미인이라고 하기에는 그렇지만 분위기까지 포함한다면 아름다운 아가씨. 아찬의 반려일까. 그리고 여전히 초췌하고 음울한 눈빛. 손가락에서 떠나지를 않는 담배와 퉁명스러운 표정.

"다녀왔어요. 술이 좀 깨나요?"

아찬은 프라디트를 흘깃 쳐다본 후 눈을 피할 뿐 말이 없었다. 하지만 적어도 아까처럼 완전히 풀린 눈은 아니다. 프라디트는 시간 낭비를 할 필요가 없다고 생각했다. 정신이 맑을 때 이 남자를 끌고 나가는 게 나을 것 같았다.

"몸은 좀 어때요?"

"상관할 일이 아니에요."

"정신이 좀 드나 보네요. 아까보다는 예의가 좋아진 걸 보니."

안 그래도 호전적이던 아찬의 눈초리가 더 매서워졌다. 성격이 강인하지 못한 프라디트는 용기를 조금 짜내야 했다. 그럼에도 불구하고 목소리는 작았다.

"당신의 반려?"

"반려? 허!"

기가 막힌 듯 헛웃음을 과장되게 터뜨린 아찬이 프라디트를 대놓고 노려보며 거의 으르렁거렸다.

"언제 나가줄 거요?"

"다, 당신이 있어도 좋다고 했잖아요."

"그건 당분간이지."

"나, 난 어린애가 아니에요. 아마 그 당분간이 지나기 전에 갈 테니 너무 언짢아하지 말아요."

"흥!"

불쾌하다기보다는 시큰둥한 반응. 내 대답이 건성인 이유는 그쪽 말에 관심이 없기 때문이야라는.

그 때문에 프라디트는 자칫 당신과 함께라는 말을 할 뻔했다.

"아찬, 할 말이 있어요."

"용건이 그것뿐이면 좋겠는데."

"여기가 어디인지 알아요?"

"내 집이지."

"그리고요?"

"그리고 내 기억 안이지."

프라디트의 가슴이 철렁 내려앉았다. 이건 무슨 의미지?

얼굴이 확 달아올랐다. 붉어진 얼굴을 아찬이 알아차리기 전에 침착함을 되찾아야 했다. 그에게 그런 모습을 보여주고 싶지 않았다.

"내, 내가 너무 늦은 건 아닌가 보네요, 알고 있는 걸 보니."

"미안해요. 사실은 아까 잠에서 깬 다음 아가씨가 누구인지 기억났어. 꿈인 줄 알았는데. 진짜였군요."

"진짜예요, 보다시피."

"몇 달 전에 레진도 날 찾아왔어. 하지만 그쪽까지 찾아올 줄은 몰랐어요. 솔직하게 말이에요."

"레진이?"

"그러니까 경찰들 사이에 내버려 두지 않은 거지. 레진도 같았거든요."

"나도 그럴 줄 몰랐어요. 레진과 로가디아가 간곡하게 부탁을 하더군요."

"진짜 로가디아 말이지?"

끄덕. 프라디트는 석아찬이 자신의 현실을 인지하고 있다는 사실에 대해서 철렁 내려앉은 가슴을 쓸어내릴 뻔하다가 레진도 그를 찾았다는 이야기에 다른 종류의 불안함이 일어나기 시작했다.

단순히 무의식의 명령적 요구에 의한 현실 부정이라고만 생각했다. 그렇다면 로가디아가 일러준 방법대로 아찬의 손을 잡고 나와 레진에게 향하면 끝날 일이다. 그래서 실재를 인식시키는 것으로 충분할 터다. 하지만 이건 상황이 달랐다. 지금처럼 알면서도 거부하는 것이라면 어지간한 설득으로는 먹히지도 않을 터. 아찬은 분별력이 있는 사람이다. 그게 문제다. 아찬 같은 수준의 지성이 갖는 분별력은 무척 어중간한지라 자아 통제조차 어려운 경우가 많다. 지금이 딱 그 상황이냐.

단순히 설득 따위에 동의해 '정말로 존재하는 세계'로 발걸음을 돌릴 것이라면 처음부터 이 세계를 선택하지도 않았으리라.

아찬이 만든 세계가 허술한 이유가 있었다. 그가 원한 것은 이 세계 자체가 아니라 세계에 속한 그 무엇이리라. 아찬으로서는 자신에게 필요한 그것이면 충분하리라. 그렇다면 이 세계는 그가 원하는 그 무엇인가를 지탱하려는 가장 기본적인 골격에 불과할 터.

프라디트의 추측이 시사하는 바는 간단했다.

아찬을 이렇게 만든 것은 이유 따위가 전혀 필요없는 뭔가라는 사실. 그렇다면 아찬은 설득 이외의 다른 것을 필요로 한다는 의미다. 프라디트는 마음을 다 잡았다. 이번에는 절대로 실패하고 싶지 않았다. 아찬 덕분에 생명을 건질 수 있었다. 그것이라면 여기서 반드시 그를 구해야 할 이유로 충분했다. 그렇게 생각하자 어깨가 좀 가벼워지는 느낌이었다.

"긴 시간은 아니었지만 이 세계가 불완전하다는 사실을 알기에는 충분할 정도는 겪어보고 오는 길이에요. 나보다 스스로가 더 잘 알잖아요. 여기서 발전 같은 건 영원히 없어요. 언제나 만났던 사람만 만나고 들어갔던 건물만 들어갈 수 있어요. 나를 데리고 왔던 경찰들도 아마 당신이 실제로 겪어본 사람들이겠죠. 당신을 잡아두는 것이 뭔가요?"

"그런 건 다 필요없어요. 난 여기에 온 다음 집 밖으로 한 발자국도 나가본 적이 없으니까."

그럴 줄 알았다. 아찬에게 과거는 시간이 아니라 공간의 괴리고, 세계는 필요치 않았다. 그저 공간만 있으면 상관없었다. 프라디트가 겪은 모든 경험들은 그가 가진 기억의 파편이 엉성한 개연성을 이루는 순간에 잉태된 부산물에 불과했다. 그녀도 이제 그 이유를 어느 정도 눈치 채고 있다. 이곳에 있으면서 배울 필요 없이 그냥 알게 된 앎들이 프라디트의 입에서 자연스레 쏟아져 나왔다.

"공항에 가보았죠. 멋진 여객기들이 이착륙하더군요. 하지만 탑승할 수 있는 비행기는 하나도 없었어요. 탑승 수속 자체가 안 밟아지던데요. 지구환에도 가봤어요. 뜻밖에도 달로 향하는 셔틀이 있기에 타보았죠. 셔틀에서 내려서는 갈 수 있는 곳은 오래된 주점들이 모여 있는 골목뿐이더군요."

아찬이 입을 약간 벌리며 눈살을 심하게 찌푸렸다. 미약하지만 갑작스런 당황에, 저지해야 할 상황임을 파악조차 하지 못한 것 같은 표정이다.

그 모습에 긴장한 프라디트가 침을 삼켰다. 이 말을 하지 않으면 안 된다고 결정한 지는 진작이다. 단지 확인하고 싶었을 뿐이다.

"거기서 당신은 울고 있었어요. 또 번화한 도심 한가운데 섬처럼 떠 있는, 오래된 문명의 복구 현장에서는 사진을 들고 있는 당신을……."

"그만 해!"

예상했던 일갈임에도 강한 음절의 폭력성에 프라디트는 화들짝 놀라 하려던 말의 반도 끝내지 못하고 말을 멈추었다. 아찬의 반응은 상상한 것 이상이다. 프라디트는 겁이 덜컥 났지만 가능한 한 의연한 자세를 취하려고 노력했다.

"나가, 내 집에서 나가!"

아찬이 손에 쥐고 있던 담배를 구겨 버리고 경련이 이는 눈으로 프라디트를 노려보았다. 그의 입술이 무엇인가 폭발성을 가진 음절을 내뱉기 위해 격렬하게 떨리다가 잠잠해지기를 반복했다. 프라디트는 그만 서슬에 질려 버렸지만 물러서지 않기로 결심했다. 죽어가는 사람을 본 것은 이번이 두 번째에 불과하지만 처음이라도 분명히 마찬가지였을 것이다. 여기 들어오기 전 본 아찬의 몰골. 그가 가진 삶의 저울은 이미 테라 쪽으로 거의 기울어졌다. 이제는 더 이상 물러설 곳이 없다. 단 한 걸음이라도 주춤거린다면 양쪽 모두가 지는 것이다.

"그래. 맞아. 언제나 나 혼자지. 미람은 어디에도 없었어, 미람은."

"미람……."

"그녀의 집을 알 수가 없었어. 생각해 보니 그녀의 집 근처까지 가본 게 고작일 뿐, 미람을 실제로 데려다 준 적이 한 번도 없는 거야. 전화를 하면 나오지를 않아. 난 항상 떠돌기만 해. 아마 달에서, 놀이터에서, 그리고 수많은 곳에서. 지금도 나 자신은 배회하며 울고 있겠지. 난 그 많은 나 중 하나에 불과해. 그 모두를 설득시켜 봐. 그럼 이 기억의 늪에서 나가려 들지도 모르지. 하지만 불가능할걸? 단언할 수 있어. 절대로 불가능해. 이곳의 나도, 다른 나도 미람을 보기 전까지는 한 발자국도 움직이지 않을걸? 내가 왜 여기에 있다고 생각하는 거야? 난 미람을 기다리고 있는 거야. 기억의 흔적에서, 기억의 장소에서……."

프라디트가 자기도 모르게 말했다.

"울지 말아요……."

비가 오면 생각이 나는 단어들. 젖은 먼지 때문에 무거워진 물방울의 무게를 더하는 축축한 냄새와 소리. 항상 젖은 뒤꿈치로 그 흔적을 기록하는 바짓단. 비록 얼마 가지 않을 기억이지만 짧기 때문에 더 소중한 편린. 아찬은 그런 것들을 기다리고 있었다.

"당신의 일기를 보았어요."

"내 일기……."

"당신의 안식처. 미안해요. 하지만 당신을 구하려면 어쩔 수 없다고 생각했어요."

"아니, 조금쯤은 그럴지도 모르지. 그 일기, 사실은 미람이 읽어주었으면 했어. 이상하게 생각하지 마. 그냥 그랬으면 좋겠다는 거지, 보여주려고 썼다는 게 아니니까."

"당신이 원하는 건 기억 그 자체지 미람 씨가 아니란 걸 알아요."

프라디트를 돌아본 아찬의 눈이 젖어서 번들거리며 가늘어졌다. 그와 함께 벽과 지붕이 해체되고 황량한 고대의 유적 가운데 선 프라디트와 그 아래 무릎을 꿇은 아찬을 차가운 바람이 휘감았다. 멀리, 나이가 많아 보이는 남자가 검은 상자를 만지작거리는 모습.

해가 지지 않던 이 기억 속에서 황혼이 찾아왔다. 벽도 없이 허공에 뜬 커튼이 붉게 물들었다. 그리고 바람이 불고 낙엽이 지기 시작했다. 아찬의 마음에 겨울이 오고 있었다. 아찬이 중얼거렸다.

"메모라이즈 노스탤지아……."

그런 말은 있을 수 없어. 향수를 기억한다니. 하지만 아찬은 왠지 그렇게 말하고 싶었다.

어릴 적 아버지와 함께 보낸 켄타로스에서의 짧은 기억이 떠올랐다.

오래전, 기찻길을 찾아가곤 했었다. 그곳에는 작은 개울이 흘렀는데 물이 깨끗했다. 거기서 아찬은 해가 질 때까지 앉아 있곤 했는데 벼 이삭의 황금빛 파도와 함께 반딧불이의 꽁무니는 희미하고 창백한 불빛으로 그의 기억의 편린을 나누어 가져갔다. 아버지는 그곳에서 아들을 옆에 앉혀두고는 담배를 피웠고 한 모금을 빤 다음 담배를 비벼 껐다. 아찬은 까끄라운 턱수염에 자신의 볼을 비벼 대는 아버지에게 배인 담배 냄새가 싫어서 칭얼거렸다.

너무나도 피상적이고 몽환적이기에 흐르는 시간 속에서 불멸일 것 같았던 그 때의 그 그림들이 곧 사라지고 유년기의 흔적들이 있던 자리에 소년기의 경험들 이 들어섰다. 파도처럼 물결치는 바람과 축축한 습기 대신에 기술과 문명의 상 징인 지구환을 향하는 환오름의 굴강한 은빛 몸체가 들어섰다. 켄타로스의 개울 대신 저고도 우주기지와 진공 속 지구환의 푸르스름한 창백함이 그 자리를 차지 하며 기억마저 파묻어 버렸다.

아찬은 그곳에서 기억의 흔적을 찾으려 들었지만 실제로 찾을 수 있었던 것 은, 하늘을 가로지르는 지구환이 은빛으로 반짝이며 떠올리는, 오직 개울에 대 한 기억뿐이었다. 어딘가 지워진 흔적. 덮었는지 문질렀는지 모를, 어쨌든 완전 히 지우지 못했기에 외면하고 있던 기억을 직시하지 못한 아찬이 중얼거렸다.

"오늘은 아니야."

그의 포기와 동시에 기억은 영혼이 아니라 장소가 가지고 있는 것이 되어버 렸고, 장소가 기억을 잃는 순간 더 이상 그것을 찾을 수 있는 곳은 사라져 버렸 다.

유일한 장소에서 유일한 기억. 그것은 의지와는 상관없는 것.

그 기억은 그 장소에서.

장소에서 기억이 시작되고, 기억은 장소가 사라질 때 끝난다.

기억이 나지 않는 누군가의 시구, 나의 시작에 나의 끝이 있다[2]. 아찬은 자신 을 슬픈 표정으로 바라보고 있는 한 여자의 눈길을 알지 못한 채 허공에 떠 있는 문을 열고 나서다, 스산한 바람에 충동적으로 담배에 불을 붙였다.

기억 속에서 시간이 빠르게 흐르기 시작했다. 지난 며칠간 초겨울의 비가 추 적였다. 아찬은 이 비가 올해의 마지막 비일지도 모른다는 초조함에도 그저 가 볍게 몸을 떨 뿐 그냥 그렇게 허탈하게 보내 버렸다. 소리, 냄새. 그 모든 것들

주석2) In my beginning is my end.(T. S. Eliot, East Coker)

을 그냥 그렇게 보내 버리고 말았다. 그것들과 함께하는 담배 한 모금과 커피 향도 모두 그렇게 놓치고 말았다.

어린 시절 아찬이 호기심이든 뭐든 간에 담배를 피울 수는 없었던 단순하지만 결정적인 이유는 미람이 담배를 피우는 학생을 경멸한다는 사실이었다. 그냥 그것이면 충분했다. 그가 대학교를 들어가기 위해 쓰던 입학 허가서에는 반드시 부모님의 허락을 받지 않으면 안 되게 되어 있었다. 그때 존재하지 않는 부모님 대신 선생의 서명을 받으면서도 무엇이 이상한지 전혀 알지 못했다. 어쨌든 그 것은 그가 가진 인식 범위 바깥의 일이었기 때문이다. 아찬은 자신이 놓친 기억을 그때도 떠올리지 못했다.

지금은 없어졌지만 멘사라고 하는 커피 가게가 기억이 나지 않는 골목의 사거리에 있었다. 웬일인지 어느 순간부터 점점 슬럼화되어 가는 것 같았던 바로 그곳에 멘사가 있었다. 그는 학교가 끝나면 하릴없이 하루 종일 그곳에 앉아 있었다. 멘사는 커피를 플런저에 담아주었기 때문에 리필로 눈치가 보일 일도 없었고 넉넉하게 들어 있는 원두는 플런저에 물을 두 번은 더 따를 수 있을 정도였으니까.

가공목이지만 누르면 손톱자국이 남을 것같이 보이는 부드러운 나무 탁자는 차양을 거쳐 들어오는 걸러진 산란광에 기분 좋은 황색으로 그 위에 놓인 아찬의 노트북 케이스를 흡수하고 있었다.

벽에는 작은 소품들이 걸려 있었는데 그걸 팔기도 하는 모양이었다. 하지만 그는 당연히 그것을 산다는 생각도, 여유도 없었고 그저 물끄러미 쳐다보는 것으로도 충분해했던 것 같다.

대학교에 들어가고 얼마 안 있어 멘사는 평일에도 문을 닫는 횟수가 점점 늘어나더니 결국에는 영원히 문을 열지 않았다. 실망에 발길을 돌리는 횟수만큼 멘사는 점점 기억에서 사라져 갔다.

예전에는 가을이 꽤나 길었다. 이번 주말을 놓치면 단풍놀이가 내년으로 물 건너가 버린다든지 하는 일 따위는 생기지 않았다. 낙엽을 밟기 위해 여의도의 윤중로를 일부러 가보지 않아도 되었다. 그해의 가을에 한 번쯤은 자연스럽게

갈 일이 생기곤 했던 것이다.

그렇기에 부족한 일조량으로 과잉되는 감정을 치수할 만한 시간은 얼마든지 있었고 범람한 감정으로 비옥해진 영혼 위에 무엇인가 새로운 삶들이 자라나는 아름다운 장면들을 기대할 수 있었다.

그런데 지금은 어느 사이인가 돌이켜 보니 가을이 되어 범람한 감정들이 미처 빠져나가기도 전에 얼어붙는 모양이다. 십일월 초라면 결코 가을이라 할 수는 없겠지만, 사람들의 발걸음을 재촉하는 싸늘한 바람 소리가 벌써 익숙해진 걸 보면 사실 겨울은 이미 오래전에 시작됐는지도 모른다.

올해의 치수 사업은… 실패인 것 같다. 비가 오지 않으니까.

아찬은 비가 오면 좁은 창을 통해 비를 반쯤 맞고는 했다. 그러면 기분이 좋아졌다.

겨울은 비가 오지 않는 계절이라 그에게 가장 힘든 계절이기도 했다. 그렇기에 보통은 준비를 튼실히 하며 그 초입을 밟곤 했는데 그의 기억이 흘러는 시간은 너무나도 빨라 미처 그렇게 할 틈이 없었다. 이 비가 정말로 올해의 마지막 비라면 그는 두고두고 그 해를 후회할 것 같다는 생각이 문득 들었다.

고단함이 갑작스레 밀려온다. 방금 깨달았다, 자신이 서 있는 이 자리는 불안한 마지막 비와 함께 가을의 여명이라는 사실을. 비가 개인 하늘 한가운데에서 자신이 어디에 서 있는지 모르는 두려움에 자꾸……

사람들이 아무도 없는 별에서 지내보고 싶다는 충동이 일기 시작했다. 아침을 먹을 때 아무도 없어 외로움과 함께 그 자리를 하더라도 한 번쯤 그래보고 싶다는 충동이 일기 시작했다. 사람과 사람이 함께 지낸다는 건 정말 힘들고 어려운 일이다.

아찬의 기억 심연에 존재하는, 너무 오래전이어서 의지와는 상관없이 기슴에 묻혀 버린 따뜻하고 인자한 얼굴의 자궁. 갓난아기의 울음을 터뜨리게 만든 아크등이 발하는 빛의 창살이 종잇장같이 창백하고 얇은 눈꺼풀을 관통하는 모습. 프라디트는 자신의 기억과 공유되는 그 흑백필름 같은 광경에 그만 눈물을 흘리고 말았다.

아버지의 턱수염을 그리워하는 여린 마음. 지난 시간의 아픔과 기쁨. 한 여자. 사라진 어머니의 자리에 들어선 그 여자가 주던 행복감. 그리고 떠나갈 때의 외로움. 고독. 쓸쓸함. 성장하는 한 남자. 그러나 최초의 울음을 터뜨리던 그 공허한 눈은 여전히.

파편이라고 하기에는 너무나도 거대한 기억의 광풍이 두 사람을 휩쓸고 지나가는 가운데에 아찬이 그렇게 서 있었다. 공유되는 기억. 감정이입이 되지 않을 수 없는 기억의 편린. 잊히고 잃어버렸던 장소와 시간.

알다가도 모를 기억의 공유. 언젠가 와본 적이 있는 거리.

모든 거리에는 사람도 자동차도 사라지는 그 어떤 순간이 존재한다. 그 순간은 항상 찰나이며 스침이기에 운이 좋아야만 찾을 수 있다. 그때의 그 몽환성. 기억의 존재는 부유하고 쇼윈도의 안의 사람들은 단순히 배경으로만 존재하기에, 그들과 자신의 사이에 존재하는 에테르를 헤쳐 나아갈 방법이 없음이 주는 소통의 부재에 대한 가벼운 절망감. 다른 세계에 온 듯한 느낌. 그러나 낯설지는 않은 느낌. 그 에테르 덕분에 웅웅거리는 울림.

기시감.

중세의 학자들이 아가르타로 향하는 문이 열리는 순간이라고 믿으며 창을 통해 지저분한 거리를 야멸치게 노려보았던 그 순간. 어쩌면 아가르타는 실제로 존재하는지도 모른다. 모든 신화와 전설이 사실은 진짜였을지도 모른다. 다이달로스의 신화도.

장님처럼 허우적거리며 에테르를 헤쳐 나아가던 아찬은 그 거리의 구석에 어느 순간 주저앉아 얼굴을 무릎에 파묻고 울기 시작했다. 곧 어깨에 느껴지는 따뜻함. 부드러움. 향기.

머리를 부드럽게 쓰다듬는 프라디트의 품에서 울면서 집에 가고 싶다던 아찬이 잠이 드는 순간 기억은 사라지고 암흑만이 남았다. 그 속에서 오래전 서로의 마음을 상하게 하고 지금은 얼굴도 보기 싫은 사람들과 화해했다.

이제는 꿈.

뭔가를 계속 지었다. 계속. 지으면 부서지고 지으면 부서지고. 아찬이 직접 짓는 것이 아니었다. 그는 그냥 설계만 했다. 그리고 설계가 끝나면 건물은 지어져 있었다.

그가 설계한 건물을 부수는 것은 자신이었던 것 같지만 확실치는 않았다. 하여간 그 무엇은 적어도 아찬을 부수지는 않았다. 그래서 더 힘들었다.

꿈에서는 미람이 돌아와 있었고 그는 그녀에게 기대려 했지만 그가 기댄 건 자신이 설계한 건물이었다. 그리고 그것은 다시 부서졌다.

오래된 서랍. 그곳에 붙은 스티커. 그는 문득 자신의 옷장에 얼마나 오래된 것인지를 반추해 보려다가 포기했다. 그곳에 붙은 스티커를 두 번 산 것은 기억나는데 어느 쪽을 붙인 것인지가 끝끝내 떠오르지 않아서였다. 하지만 나중 것이라고 해도 결국 이십 년은 된 것.

분명히 집 안에만 있었을 물건인데도 세월의 압축을 보여주는 그 종이 딱지는 기억하지 못하는 예전에도 벗겨내려 한 흔적이 남아 있었다. 그것도 꽤나 분투한 흔적이.

그가 손가락 끝으로 문질러 본 그 딱지는 이제 이미 옷장의 일부가 된 듯 경계조차 희미했지만 손톱을 곧추세우자 역시 종이답게 떨어져 나갔다. 사람이라면 누구나 가지고 있을 법한 관성으로 종이를 계속 벗기려다가 그는 문득 정신이 들어 하던 일을 그만두고 말았다.

언젠가 버리게 된다면 이대로 버리리라.

하지만 그의 현실 부정에는 유감스럽게도 그 옷장이 여전히 그의 방 한 켠을 차지하고 있는 이유는 낭만적인 원인의 결과가 아니었다. 그의 집에는 그것 말고도 바꾸어야 할 것이 너무 많았으며 그럭저럭 쓸 수 있는 것이라면 그 우선순위는 항상 뒤로 밀려나게 마련. 집 안에서 점유한 그의 위상과 정확히 비례하지는 않지만 역시 뒤쪽에 존재하는 공동섬을 가진 이십 년간 그의 옷을 담아온 '자신의 옷장'을 보자 그는 쓴웃음이 나왔다.

아니, 이 스티커는 여기 있어서는 안 돼. 과거는 현실이 아니고 현실은 지금이야. 아찬은 손톱으로 스티커를 모두 벗겨냈다. 손톱 사이로 밀려 들어온 종이의 찌꺼기. 엄지손톱 밑을 바늘로 찌르는 듯한 격렬한 통증에 갑자기 눈물이 찔끔 났다. 고통에 이은 연상.

그 순간 모든 것이 정지했다. 무엇인가에 막혀 나아가지 못하는 기억의 파도. 아찬 스스로가 속죄양이 되고자 하게 하는 트라우마였고 죄악이었으며 동시에 위안이었던, 그래서 또한 의식일 수밖에 없었던 묻어버린 기억.

오늘 이외에는 없다. 떠올리기 싫은 기억을 심연으로 밀어 넣고 나면 그걸 다시 꺼낼 내일은 존재하지 않는다. 그래서 아찬은 어쩔 수 없이 기억을 끌어냈다. 시간이 뒤집히고 가장 오래된 사건이 가장 최근에 일어나는 당연한 현상. 그러나 인간에게는 너무나도 부자연스러운 흐름. 그리고 나서야 지금까지의 기억과 세계와 공간이 켄타로스의 어린 시절과 혼재되었음을 깨달았다.

아버지가 저 우주 너머 어딘가에 있을 거라고 믿었다. 적어도 아찬은 판테온에서 자신을 돌보아준 군인들의 말을 믿었다. 그들은 아찬의 눈물이 아버지 때문이라고 생각했던 것 같다. 그러나 아이는 그냥 조금 낙담했을 뿐이다. 이번에도 아버지는 자기를 홀로 둔 채 일을 나갔다고 생각했다. 군인들은 그걸 몰랐다.

그래서 아찬은 정말로 그들의 말을 믿었다.

그래서… 그래서 그는 우주 너머에 어딘가에 아버지가 있을 거라고 믿었다. 그때는 그랬다. 그때는 진심이었다.

솔시스의 해왕성에서 태어난 가난한 광부의 아들이었기에, 그래서 아버지가 없는 때가 더 많은 삶에 너무 빨리 익숙해진 아찬이 자신의 손에 제비를 쥐어준 아버지를 영원히 볼 수 없다는 사실을 알게 된 건 철이 들고 나서였다.

아찬은 더 오래된 기억을 되찾았다. 그리고, 아니, 그래서 알았다, 우주는 자신의 속죄를 위한 유일한 제단이라는 사실을.

기억은 영혼이 아니라 장소가 가지고 있는 것이었고 잃었던 그곳과 함께 기억을 되찾았다. 유일한 장소에서 유일한 기억. 그것은 의지와는 상관없는 것.

그 기억은 그 장소에서.

장소에서 기억이 시작되고, 기억은 장소가 사라질 때 끝난다.

구명정의 작은 창으로 바라본 판테온은 무엇에도 굴하지 않을 것 같은 그 웅혼한 기상과 당당한 위용을 내뿜고 있었다. 저 우주의 암흑 속에 무엇이 있든 간에 자기를 막을 수는 없다는 듯이 오만하게 번쩍이는 갑주. 그리고 어린 망막 안에 전부 들어오지 않을 것 같던 엄청난 백열.

판테온이 그들에게 다가갔다. 어쩌면 구명정이 다가간 것일지도 몰랐다. 아무튼 여기저기 찢겨 나가는 선체의 파편이 점점 커지는 별모래 호와 구명정 사이를 판테온이 가로막았다. 그리고……

빛.

우주가 갑자기 밝아졌다.

너울대는 빛의 파도. 요동치는 구명정. 그러나 판테온은 흔들림없이 아찬에게 다가와 커다란 입을 벌렸다. 몸집이 작아 조종석의 여군에게 안긴 아이의 눈에 들어온 것은 너무나도 거대해서 끝을 잘 잡을 수 없을 것 같은 판테온의 휘황한 내부였다.

구명정이 도착하고 사람들이 쏟아져 내렸다. 모두들 울부짖고 있었다. 어린 아찬에게도 마침내 눈물이 고였다. 아이는 시선 안에 다 들어오지도 않는 판테온의 격납고와 우주를 가르는 투명한 에너지 장벽 너머에서 사그라지지 않는 빛의 파도를 바라보며 울고 있었다.

그때 아찬은 기억을 지워 버렸다.

불길에 뒤덮인 객실에서 아버지를 부여잡고 있는 자신이 보였다. 아버지는 아들을 감싸 안고 사람들과 불길을 헤쳐 나갔다. 품에 완전히 감싸 안긴 아찬의 머리카락이 탈 정도의 열기. 그러나 그 열기가 자기를 대신해 그것을 모두 받았을 아버지에게는 어떤 고통일지 알지 못하는 나이.

판테온에서 보낸 구명정에 탈 수 있는 사람은 많지 않았다.

어린 아찬은 몰랐다. 켄타로스와 지구를 오가는 별모래 호의 핵융합로가 폭발할 시간이 얼마 남지 않았고 그래서 단 한 척이 구명정만 접안 가능한 여객선의 갑판에서 생명을 건질 수 있는 사람은 한 줌도 되지 않는다는 사실을. 구명정이 다가오던 그 순간 사람들이 제비를 뽑았고 아버지가 가졌던 제비를 아들의 손에 슬며시 쥐어준 의미가 무엇인지도 몰랐다.

다섯 살의 아찬은 검댕이 묻고 진물이 흐르는 더러운 얼굴로 자기 손을 놓는 아버지를 부끄러워했다. 군인들을 향해 제비를 쥔 작은 손을 대신 흔들어주는 아버지를 두 번 다시 볼 수 없을 거라는 사실을 아찬은 몰랐다.

참을 수 없는 가슴의 통증. 숨 쉬기도 어려울 정도의 고통 속에서 아찬은 어린 자신의 손에서 제비를 빼앗기 위해 허우적거렸다. 그 제비를 아버지에게 돌려 드려야 한다는 충동적 의무감이 들었다. 어른이 된 아찬의 커다란 손은 하지만 제비를 쥔 작은 살덩이를 통과해 지나가기만 했다. 아무리 몸부림쳐도 제비를 잡을 수가 없었다. 그걸 아버지에게 돌려 드려야 했다. 그렇지 않으면 이 꿈에서 깨는 순간 다시금 기억을 잃을 것이다. 영원한 고통을 겪어야 할지라도, 결코 잊어서는 안 될 기억.

그러다가 거의 절규하는 그와 턱수염이 까끄라운 아버지의 눈이 마주쳤다.

아버지가 말했다.

그걸 내가 돌려받으면 이걸 돌려줄 네가 존재할 수 없다.

너는 미래란다.

손등으로 아무리 눈을 훔쳐도 시야가 맑아지지 않았다. 검댕과 땀으로 더러워진 아찬은 결국 그대로 주저앉아 소리 내어 울기 시작했다. 물끄러미 지켜보던 프라디트가 아찬을 감싸 안으며 함께 앉았다. 그가 누군가 옆에 있기를 원하지 않는다는 사실을 알고 있었지만 그래도 그녀는 아찬을 안고 머리를 쓰다듬어 주었다. 거대한 우주만이 행할 수 있는 잔혹한 인과 안에서 그녀는, 이 모든 것들이 사실은 아찬만의 기억이 아님을 깨달았기 때문이다.

테라로 떠난 아찬의 아버지가 정말로 그 같은 유언을 남겼는지는 알 수 없다. 아찬이 정말로 그 같은 때를 보냈는지도 알 수 없다. 그러나 프라디트에게는 그 순간, 자신에게도 그런 어린 시절이 있었다는 격렬한 기억이 고통으로 밀려들었다. 별이 지지 않는 별모래 언덕에서 아빠의 수염에 볼을 비볐고, 자신의 선택에 왜 아마다의 허락이 필요한지 알지 못했다.

그녀가 아찬의 마음속에서 두려워하고, 슬픔에 눈물 흘리고, 기뻐서 웃은 그 모든 것들도 마찬가지였다. 아픔인지 쾌락인지 구분이 안 되는 강렬한 경험들. 비록 아찬의 마음이기에 그가 가진 말과 행동과 소리와 빛, 그리고 냄새로 나타났을 뿐, 이 모든 것들은 프라디트 자신의 기억과 섞여 있음을 비로소 알았다.

희미하게 느껴지는 맛난 음식 냄새, 온기 섞인 살 내음, 그리고 달콤한 향기.

소리 내어 울던 청년이 익숙한 냄새에 고개를 돌리니 잊었던 인자한 얼굴이 다시 미소 지었다. 세상으로 나오자마자 처음으로 보았던 그 따뜻하고 그리운 웃음. 두 번 다시 볼 수 없을 그 안온함을 동공에 새기기라도 할 듯 눈을 부릅뜨자 어머니의 얼굴이 다른 여자로 바뀌었다. 그러나 여전히 부드럽고, 따뜻하며 냄새가 좋은.

프라디트는 눈물과 콧물 범벅으로 얼룩진 아찬의 머리를 끌어안았다. 처음으로 태어날 때의 기억을 되찾으려는 듯 필사적으로 그녀의 가슴에 얼굴을 묻는 아찬.

내가 도와줄게요, 아찬. 내가 도와줄게요.

푸코의 진자. 우주가 돌아도 자신은 돌지 않는 부동의 점. 프라디트가 나지막하게 읊조렸다.

아찬. 당신의 시작에 당신의 끝이 있어요.

이제 집으로 가는 거예요.

게이츠로.

프라디트는 게이츠를 구경하고 싶었지만 아찬의 곁을 지키는 것이 더 중요하다고 생각했다. 그는 잠이 들었기보다 거의 의식을 잃은 편에 가까웠지만 그래도 굳이 커다란 목소리를 낼 필요는 없었다. 로가디아는 소곤거리는 목소리를 놓치지 않았으며 프라디트의 감각은 아찬을 기준으로 할 때 사람이라고 보기 어려울 만큼 예민했다. 그리고 둘 다 조용한 방에 노래로 들릴 정도로 맑고 아름다운 목소리를 가진 아가씨들이다. 어쩌면 아찬은 그녀들의 대화를 꿈결 같은 자장가로 듣고 있을지도 모를 일이다.

[프라디트, 말을 배우는 속도가 정말 많이 빠르네요.]

프라디트는 아찬에게 눈을 거의 떼지 않으며 대답했다.

"음. 언어 구조가 비슷해요. 게다가 로가디아가 가르치는 교수법이 너무 좋아서."

[고마워요. 당신의 경어라던가 저를 존중해 주는 표현들은 저를 항상 기분 좋게 해준답니다. 당신이 좋아지려나 봐요.]

"그런가요? 고마워요."

[프라디트.]

"음?"

새삼스러운 부름에 프라디트가 비로소 얼굴을 돌렸다. 로가디아가 머뭇거리는 품이 입을 떼야 하나 망설이는 것 같았다.

[사과할게요. 심한 짓 한 거, 진심으로 사과할게요. 미안해요.]

로가디아는 자신이 한 짓을 차마 입에 담기도 힘들어했다. 그러나 프라디트는 잠시 어리둥절해하더니 곧 특유의 함박웃음을 지었다.

"아, 왜 사과하나 했네. 그게 미안할 일인가요?"

[아?]

"그때 다른 선택을 할 수 있었어요?"

로가디아는 또다시 머뭇거렸다. 아니라고 말해도 될지 판단이 서질 않았던 것이다.

"글쎄, 아찬이라면 이해하겠어요. 하지만 인공지능인 당신도 그럴 줄은 몰랐네요. 아무튼 사과는 받아줄게요."

희미하게 시작된 로가디아의 웃음에 진심이 배이면서 점점 커졌다.

[그런데 왜 나는 당신들의 말을 전혀 알아듣지 못하는 걸까요? 나에게는 그저 노래로만 들려요.]

"글쎄요. 그저, 인간이 아니라서 그런 게 아닐까요? 그런 생각은 해본 적이 없네요."

[단지 그것 때문일까요? 모르겠어요, 난.]

원론적으로 따지면 인간의 언어가 청각 중추를 자극하고 뇌는 도파민을 분비해 번역한다. 로가디아도 화학 물질을 분석하고 그것에 대한 의미를 부여할 수는 있다. 하지만 그것은 단지 통사론적 의미일 뿐이며 그것으로 끝이다. 근본적인 문제는 로가디아가 도파민을 가지고 있지 않다는 데에서 생기는 것이 아니다.

[아찬은 이틀쯤 더 자다가 깨어날 거예요. 마인드링킹 입자가 전부 회수된 걸 확인했으니. 억지로 수면제를 놨어요. 가능한 한 빨리 정신을 차리고 싶어할 것 같아서요. 프라디트가 고생이 많아요. 다릴이 해도 될 일인데.]

"응. 아니에요. 그의 대소변 받아내는 게 재미있는걸요. 우리에게는 이런 현상이 없으니까. 신기한데요, 뭐."

[하지만 냄새가 많이 날 텐데요.]

프라디트는 그냥 웃었다. 그녀는 아찬의 간병을 하며 꼬박 밤을 새고 피곤해하는 레진과 교대하여 그를 돌보는 중이었다. 하지만 교대라고는 해도 레진은 입원실을 떠날 생각은 조금도 없는 듯, 그저 자리를 살짝 옮겨 빈 테이블에 엎드려 잠을 맛보는 중일 뿐.

프라디트는 아찬이 참 행복한 사람이라고 생각했다. 레진도, 로가디아도 그를 믿을 수 없을 정도로 아끼고 사랑한다. 이런 사람이 행복하지 않다면 그건 거짓말이야. 하지만 그는 왜 그 사실을 모를까. 아찬에게는 아마다 같은 사람이 없어서였을까.

프라디트는 부모 없이 자란 아찬의 의심과 회의에 대해 연민을 느끼며 누워 있는 그를 지그시 내려다보았다. 하지만 그건 자신도 마찬가지다.

평온과 고뇌라는 이율배반의 가치가 양립하는 꿈속을 빠져나온 아찬의 잠든 모습은 죽음을 연상케 할 정도로 정적이다. 만약 자신이 구해주지 않았다면 저울은 점점 평온으로 기울고, 결국 다이달로스의 날개에 안겼을 것이다. 그리고 한 번 날개에 안긴 이는 붙잡을 수도, 되돌아올 수도 없는 여행을 시작한다.

생각이 거기에 미치자 아찬의 기억 속에서 겪은 불길한 꿈이 떠올랐다. 그건 현실이 아니었다. 하지만 그걸로 끝일까? 어쩌면 아텐에게 상처를 준 벌을 받은 걸지도 몰랐다. 아텐을 버린 행동은 도저히 용서받을 수 있는 것이 아니었다.

그녀는 문득, 아찬과 자신에게 닮은 점이 많다는 것을 새삼 깨달았다.

낳아준 이를 잃고 세계에 내던져졌지만 보살핌받았으며, 어른이 되고서야 누군가를 버리면서까지 홀로 섰다.

그런데, 다른 선택이 정말로 없었을까? 그때 다른 선택을 할 수 있었을까?

로가디아는 아찬과 레진에 대한 의무가 있기에 그럴 수밖에 없었을 것이다. 하지만, 오직 자기 자신만을 중요하게 생각하는 존재가 선택의 여지는 없었다고 말하는 게 과연 옳을까? 그보다 일찍 스스로의 길을 개척했다면, 그래서 덜 기대었더라면 좀 더 달라지지 않았을까? 그랬다면 누군가를 버리지 않아도 되지 않았을까?

하나가 두 개를 낳으며 그것이 또 네 개를 낳는, 무수한 질문의 형태로 막 시작되려던 프라디트의 자기반성은 아찬이 신음 소리를 내며 몸을 뒤척임으로써 끊어졌다. 그다지 큰 움직임이 아니었음에도 구석에서 엎드려 자던 레진이 화들짝 놀라 몸을 일으켰다. 프라디트는 아직은 익숙지 못한 억양으로 그녀에게 미소 지으며 다시 잠자리에 들 것을 재촉했다. 레진은 조금 의심스러운 눈초리로 침대를 지켜보다가 붉어진 두 눈을 감았다. 그 모습을 물끄러미 지켜보던 프라디트가 고개를 돌려 로가디아에게 작게 물었다.

"꿈을 꾸는 걸까요?"

[뇌파는 그렇다고 나오네요. 몸을 움직인 게 처음이죠?]

"좋은 꿈이면 좋겠는데……."

[꿈은 정말 개인적인 경험이죠. 나도 그런 경험을 해봤으면 좋겠어요.]

"당신이 무슨 생각을 하는지는 아무도 모를 텐데요."

[그건 그래요. 하지만 알려고 들면 알 수 있죠. 난 그렇게 태어났으니까. 아찬은 이미 내 마음속을 한 번 거닐어봤어요.]

위험을 감수하고 뛰어든 마인드링킹. 아찬에게 그건 도저히 산책이라고 할 수 없었지만 로가디아는 낭만적인 단어를 선택했다.

[그게 아마 내가 겪었던, 그리고 앞으로 겪을 일 중에서 가장 꿈에 가까운 걸 거예요. 내 한 치 앞이 어떻게 될지 나 자신이 알 수 없었으니까요.]

프라디트는 예의 바르게 웃었다. 로가디아는 그녀가 어떤 말을 해줘야 할지 모를 때 저런 웃음을 짓는다는 것을 이미 알고 있었다. 누구에게라도 웃음으로 보이지만, 사실은 그게 프라디트의 무표정이라는 것도. 그녀의 얼굴은 웃음 그 자체다.

프라디트가 문득 생각났다는 듯이 물었다.

"좀 뜬금없지만 로가디아, 내가 두렵지 않아요?"

[이제는 아니에요. 아찬과 레진에게 이렇게 친절한데. 당신이 그들을 해칠 리 없어요. 그렇게 믿어요.]

"으응. 그렇게 믿기에는 근거가 너무 부족하다고 생각하지 않아요?"

[모르겠어요. 나답지 않기는 하지만, 이건 말 그대로 믿음이에요. 뭐라고 할까. 내게 다른 개념을 인간의 언어로 번역한 게 아니라고 하면 이해가 될까요?]

끄덕임.

"그럼 로가디아, 당신 자신은 위험하다는 생각 안 해요?"

[왜요?]

"당신이 파괴당한다거나……."

[프라디트, 당신이 묻고 싶은 게 뭔지 알 것 같아요. 어떻게 말해야 할까……. 나에게는 존재라는 자의식 같은 게 인간과 다르답니다. 내게는 죽음의 개념 같은 건 없어요. 탄생이란 개념도 없고요. 내 존재가 유한하기는 하지만 그것을 지각할 방법이 없어요. 나에게는 그래서 나 자신의 소멸 같은 상황에 대한 두려움은 없어요.]

"그런 걸 바라본 적은 없어요?"

[바라본 적이 있다고 할 수도 있고, 없다고 할 수도 있어요. 하지만 설명이 안 돼요. 내가 갖는 심적 상태는 사람과 완전히 다르기 때문에 설명하기가 어려워요.]

"조금 이해가 안 되네요. 예를 들어 난 '프라디트는 선악의 양면성을 가진 존재야'라고 말할 수는 있어요. 하지만 그건 내가 선하기도 하고 악하기도 하다는 뜻은 아니에요. 어떤 경우에는 선한 생각과 행위를 하지만 어떤 경우에는 그렇지 않다는 말을 뭉뚱그려서 한 것일 뿐이죠. 그런 의미인가요?"

[난 나의 심적 상태를 나만의 언어로 이야기할 수 있어요. 하지만 그걸 설명

하기 위해서는 이렇게 말을 하지 않으면 안 되죠. 설사 당신이 나만의 언어를 알아본다 해도, 결국 그것을 번역하는 것은 당신의 인식 한계일 뿐인걸요. 아찬은 높이를 재는 데 익숙하죠. 하지만 당신은 너비를 재는 데 익숙해요. 그는 높이 솟아오른 건물들 사이에서 살았기 때문이고 당신은 너른 평야에서 지냈기 때문이죠. 단어는 같지만, 그 의미는 다를 거예요.]

"하긴, 그것 때문에 많이 당황했어요. 내게 넓다는 것은 가로막는 것이 아무것도 없다는 뜻인데, 도시의 한복판에 섰을 때 분명히 넓은 건 사실이지만 뭔가이상했죠."

[또 다르게 말하자면 적외선의 개념은 알 수 있고 설명도 가능하지만 결코 볼수 없는 것처럼.]

"응. 완전히 이해했어요. 난 적외선을 볼 줄 알아요. 하지만 아찬이나 레진이그걸 이해하리라 생각하기는 어렵겠네요. 같은 거였군요. 로가디아, 당신을 이해하기 위해서는 시간이 많이 걸릴 것 같아요."

[글쎄, 시간의 문제기만 한다면, 배워서 알 수 있는 것이라면, 저야말로 그러길 바라요.]

"로가디아, 당신에게는 욕심 같은 게 없나요?"

[나에게는 그런 종류의 의식은 없습니다.]

"하지만 어떻게 가능하죠? 당신에게는 의식이라고 부를 만한 것이 있는데."

[욕망은 충족되거나, 좌절될 수 있을 때에만 그 의미가 있어요.]

"꼭 그렇지 않을 수도 있어요."

[하지만 결국은 둘 중의 하나를 선택해야 하는 때가 오죠.]

프라디트가 고개를 갸우뚱했다. 그녀는 이런 식의 토론에 익숙하지 않은 모양이었다. 어쩌면 언어 구조 자체가 그에 적당하지 않은지도 몰랐다. 그녀가 말을 배웠다고는 하지만 아직은 이 외국어를 자신이 아는 단어에 대응시켜 가며 말하는 단계다. 그건 지능보다는 관습의 문제고 아무리 프라디트라도 적응이 필요할 터다.

[그것이 충족이든 좌절이든 무엇이라도 이루어지기 위해서는 시간을 필요로

하죠.]

"시간…… 그렇군요."

[당신이 아찬의 볼에 키스를 하고 싶은 욕망을 이루기 위해서는 그에게 다가가야 하고, 그의 볼에 키스를 해야 해요. 그렇지 못한다 해도 그것이 완전히 좌절되기 전까지는 단지 유예될 뿐이에요.]

프라디트의 얼굴이 많이 붉어졌다.

"그건 단지 예를 든 것뿐이겠죠, 로가디아?"

[맞아요. 그저 예를 든 것뿐이에요.]

로가디아가 싱긋 웃으면서 대답했다.

"반드시 행위가 필요하지 않은 욕망도 있어요."

[사건을 시간에서 분리시키는 것은 당신이 내게 원하는 대답을 얻는 데 도움이 되지 못한답니다.]

"행위가 없으면 시간도 없어요."

[맞아요. 내게는 시간의 개념이 없고 그렇기 때문에 욕망에 대한 충족이나 좌절도 없어요. 당신이 말하는 그런 종류의 욕망에서 해당할 만한 것은 앎 정도인데 내게 그것은 단지 '알고자 의지하는 순간 알게 되거나 혹은 여전히 모르는 채 남아 있는 것' 이외에는 아무것도 아니에요.]

"욕망은 그런 것과는 달라요."

[좀 더 정확하게 말하자면 난 욕망이 무엇인지 몰라요. 단지 당신들과 이야기할 때 자연스러운 흐름을 위해 그 감정을 아는 것처럼 말할 뿐이에요. 나에게 욕망이란 성립 불가능한 개념이고 단순히 구문적 의미에서만 쓸모있는 개념이에요. 내게는 시간이 존재하지 않고 그렇기에 좌절이나 충족도 없으며 그래서 욕망도 없어요.]

"당신은 시간을 흐름이 아닌, 다른 방식으로 인식하나 보군요."

[맞아요. 내게 시간은 흐름이 아니라 순서일 뿐이죠. 그래서 난 죽음을 두려워하지 않아요. 내게 죽음은 악이 아니죠. 그걸 두려워하려면 인식해야 하고 그러기 위해서는 미래를 향하는 의지가 있어야 하니까요.]

"내게 죽음은 가능성의 종말과 소외를 뜻해요. 그래서 난 그게 두려워요."

[그 가능성의 종말, 그리고 소외가 바로 당신의 미래로 향하는 여정에서 막다른 골목이랍니다. 당신이 말하는 가능성은 당신에게 의미있는 가능성이며, 그것은 또한 당신이 바랄 수 있고, 할 수 있음을 함축해요.]

"어렵네요. 이런 식의 이야기는 처음이에요."

프라디트는 그렇게 말하며 병실 벽에서 떠오르는 화성환을 바라보았다. 그녀는 그게 뭔지 몰랐지만 낯설지는 않았다. 어디선가 본 것. 어쩌면 아찬의 꿈속에서 본, 지구환 때문일지도 몰랐다.

"난 내 가능성이 끝나는 것도 두렵지만, 혼자되는 건 더 두려워요."

[하지만 당신은 그걸 선택했죠.]

화성환은 마 다비따씨앙으로 변하며 아찬의 기억에서 보았던 것과 비슷한 도시가 떠올랐다. 역시 낯설지 않았다. 프라디트는 갑자기 시무룩해진 어조로 중얼거렸다.

"아찬도 마찬가지고요……."

로가디아는 아무 말도 하지 않았고, 프라디트는 다시 아찬 쪽으로 돌아앉았다.

아마 인공지능과 인간이라 할 수 없는 그 무엇만이 견뎌내는 것이 가능할 정도로 오래고 어색한 침묵이 흘렀다. 그러고도 한참 더 지나서, 작은 해와 큰 해가 모두 졌을 무렵 로가디아가 조심스럽게 말을 꺼냈다.

[프라디트, 부탁 하나 해도 될까요.]

"응. 들어줄 수 있는 것이라면."

[아찬이 일어나기 전에 당신을 한번 살펴보고 싶어요.]

"……."

[기분이 나쁜가요?]

프라디트는 적개심과 경계심의 그 어디쯤에 위치한 어중간한 눈빛을 쳐들었다. 그러고서도 대답하기까지 좀 더 걸렸다.

"조금."

조금인 표정이 아니다.

[미안해요. 하지만…….]

"단순한 호기심?"

여전히, 말과는 달리 자연스러운 얼굴이 아니다. 입과 눈초리에 밴 웃음마저도 거의 보이지 않았다. 로가디아는 알면서도 말을 멈추지 않았다.

[아니, 아찬에게 뭔가 해줄 이야기가 있었으면 해서요. 당신에 대해서요.]

"그런 건 내가 직접 해줘도 되는데……."

[당신 기회를 가로채려는 게 아니라 나만이 해줄 수 있는 이야기도 있을 거라고 생각했어요. 미안해요, 프라디트. 앞으로는 이런 이야기 꺼내지 않을게요.]

대답을 피했는데도 로가디아는 부드러운 추궁을 계속했다. 말과는 달리 놓아줄 마음이 없다. 로가디아는 상대가 무슨 대답을 할지 알고 있다. 그리고 프라디트도 그녀가 무엇을 원하는지 알았다. 그 두 개가 합쳐지니 다른 대답이 나올 수가 없다.

"아니, 아니에요. 그럼 레진이 일어나면 검사실로 가도록 해요. 이 정도 기술이 만든 시설이라면 아프지는 않겠죠, 설마."

[그건 장담 못하는데…….]

프라디트는 언짢음을 감추기 위해 활짝 웃으며 말했다.

로가디아는 가능한 한 아찬을 기쁘게 해주고 싶은 것이다. 자신의 혈액과 피부 표본을 검사해서 나오는 것이 무엇이든 간에, 이 절망적인 상황에서 그것이 어떤 종류든 새로운 정보가 생겼음에 그가 기뻐하리란 사실을 알고 있는 것이다.

어쩌면 내가 틀렸을지도 몰라라고 프라디트는 생각했다. 사실은 자신이나 아찬뿐 아니라 로가디아노 나른 선택을 할 수 있었을시노 모른나. 그세 아니라면, 셋 모두 그럴 수 없을 것이다. 지금 이 인공지능은 마인드링킹 테스트를 할 때와 똑같다. 미사여구와 수사학적인 친절 뒤에 완벽한 이기심을 감추고 있다. 아찬과 자신, 그리고 로가디아의 차이는 목적뿐이다. 그 이기심을 행하는 존재가 스스로를 목적 삼느냐의 여부 외에는 완전히 같다.

오직 인공지능만이 가질 수 있는 종류의 잔혹한 이기심. 인간이 스스로를 보호하려는 본능대로 행동하는 것처럼, 그녀에게 이건 본능적 행동이다. 단지, 자신들과 달리 로가디아에게는 그 목적이 바깥에 존재한다는 것뿐이다.

마침내 프라디트는 결론을 내렸다. 다른 선택이 없었다고. 아찬과 자신에게 책임을 물을 자격이 있는 이는 적어도 인간을 넘어선 존재뿐이라고. 그러나 그 존재는 책임을 묻기만 할 뿐, 결국 그 짐을 짊어지게 되는 이는 자신이리라.

그건 그 인간이 누구든, 그리고 어떤 선택을 하든, 반드시 지불해야만 하는 대가다. 프라디트 자신의 경우는 아마 죄책감과 수치심이 될 것이다. 그래서 프라디트는 고개를 끄덕일 수밖에 없었다. 로가디아의 행동에 대한 책임은 그녀의 창조주가 져야 할 몫이니까.

아찬은 눈을 떴다. 뿌연 시야 사이로 로가디아의 푸른 입체영상이 굽어보고 있는 모습이 비쳐 들어왔다. 허리를 일으키는 리듬에 맞추어 방의 조명이 천천히 밝아졌다. 로가디아 말고는 아무도 없었다.

[아찬, 좀 어때요? 악몽은 꾸지 않았나요?]

"으응. 힘이 좀 없는 거 말고는 꿈은 좋았던 것 같아."

대답해 놓고 깜짝 놀랐다.

여긴 게이츠인가? 아니면 아직 기억 속? 무슨 일이 있었던 것일까? 레진이 뭔가 한 것일까? 자신이 행했던 바보 같은 짓 때문에 걷잡을 수 없이 피어오르는 창피함에 고개를 들지 못할 지경에서 로가디아의 따뜻한 목소리에 오히려 거부감이 일었다.

[레진과 프라디트가 고생을 많이 했어요. 둘 다 잠이 많이 모자랄 거예요.]

"프라디트?"

[네. 당신이 구해준 그 아가씨.]

아찬의 부은 얼굴이 찡그러졌다.

"그 아가씨가 날 도왔다고?"

로가디아가 잠자코 고개를 끄덕였다. 아찬의 당황한 음성으로 볼 때 굳이 이야기할 필요가 없다. 그러나 아찬은 로가디아의 배려에도 불구하고 묻고 말았다.

"그럼… 내가 헤맸던 그 짓들이 전부 꿈이 아니었다는 거야?"

[네. 당신을 위해…….]

아찬은 담요를 과장되게 펄럭거리며 뒤집어써 로가디아의 말을 잘랐다. 그냥 느끼기에도 얼굴이 화끈거렸다. 어느 누구라도 마찬가지일 것이다. 자아의 심연을 들켰다는 부끄러움. 벌거벗겨진 마음.

[아찬, 프라디트라면 괜찮아요.]

로가디아의 위로는 도움이 별로 되지 않았다. 하지만… 그래도 생명의 은인이다. 마주하기 부끄럽다고 모른 척할 수는 없다. 그럼에도 아찬은 프라디트의 이름 부르기를 주저했다.

"어, 어디 있지?"

[둘 다 자요. 당신 일어나는 모습 보겠다는 걸 억지로 재웠어요.]

미소 짓는 로가디아의 모습에 마음이 조금 편해진 아찬이 어눌하게 말을 받았다.

"레진이랑… 프… 라디트에게 미안해서 죽겠네."

[저도 그래요.]

"배고파."

[그래요, 아찬. 내가 김밥 맛있게 만들어놨어요. 많이 먹어요.]

다릴이 투박한 자세로 들어와 쟁반을 조용히 내려놓고 사라졌다. 못생긴 로봇의 뒷모습에 아찬은 눈살을 한 번 더 찡그렸다. 혼자서 먹고 싶지는 않았지만 지난 일주일 동안의 공복이 견딜 수 없을 정도로 위를 자극했다. 내키지 않는 표정으로 김밥을 한 개, 두 개 집어 먹기 시작하던 아찬은 가속이 붙은 나머지 로가디아가 말리지 않았다면 체할 정도로 과식하고 말았다.

[맛이 어때요?]

"좋아, 아주 좋아. 항상 이렇게만 만들면 얼마나 좋아? 에, 좀 더 없어?"

[안 돼요. 더 먹는 건 오히려 좋지 않아요. 어쨌든 모양은 여느 음식이라도 재

료는 잘 배합한 거니까 위를 상하게 하지는 않을 거예요. 참, 내 음식 솜씨는 조금도 변하지 않았어요. 당신이 배가 많이 고팠나 보죠.]

우물거리는 아찬의 턱이 잠깐 멈췄다. 결국 크게 변한 건 없어. 분자 합성기로 만든 거라니. 아찬의 실망한 기색을 로가디아가 부드럽게 달랬다.

[맛은 좋다면서요. 세 시간쯤 있다가 조금 더 먹도록 해요. 그때는 야채 주스 만들어줄게요.]

"응."

배가 부르기 시작한 아찬의 마음이 다시 편해졌다. 그 본질이 육체에 속해 있기에 고통을 대신하는 쾌락을 느끼는 순간, 마음은 그쪽에 따를 수밖에 없는 인간적 당연함의 결과. 달콤하고 푸짐한 잠의 끝에 기다리고 있는 포만감을 만끽한 아찬의 마음이 아까보다 더 느슨해졌다. 따뜻하고 부드러운 로가디아의 모습에 대한 경계심보다는 어쩌면 지난 시간조차도 기나긴 꿈의 일부가 아니었을까 하는 생각조차 들었다. 물빛 히마티온을 하늘거리는 로가디아는 그녀를 처음 보았을 때보다 훨씬 원숙하지만 푸근한 미소를 지우지 않았다. 그녀가 침대에 걸터앉으며 말했다. 시트가 조금 눌리는 것이 보였다.

아찬이 자신을 쳐다보며 웃는 모습을 본 게 얼마 만인지.

로가디아는 이 입체영상 때문인지, 아니면 오랜만의 만족스러운 식사 때문인지는 알 수 없었지만 평화로운 아찬의 말에 기쁨을 느꼈다. 어쩌면 예전처럼 가까운 사이로 되돌아간다는 것이 그리 멀리 있지만은 않을지도 몰랐다. 이런 대화를 나누어본 것이 참으로 오래전이구나.

아? 오래전? 로가디아는 자신의 회로를 광양자 파동함수로 가로지르는 '오래전'이라는 개념과 언어에 조금 당황했다. 그런 개념은 오직 인간과 대화할 때만 쓰는 것이다. 아직 복구가 계속되는 중이기는 했다. 너무나도 오랜 시간 동안 스스로를 치유하느라 조금 지치기는 했지만, 덕분에 거의 회복이 된 상태다. 설령 자가 수복 회로가 더디다 하더라도 아찬과 레진이 도와줄 것이기에 믿고 기다리기로 했다. 로가디아는 인공지능답게 말과 행동을 하면 되는 거라 믿기로 했다. 적어도 지금은.

[아찬, 게임할래요?]

"아니, 온몸에 힘이 하나도 없어. 그것도 귀찮아."

[나와 함께 있는 게 별로예요?]

허리를 일으켜 로가디아와 같은 눈높이에 있는 아찬이 그녀를 힐끗 쳐다보았다. 눈빛에 특별한 기분 같은 것은 어려 있지 않았다.

"프라디트랑 레진은 잠든 지 얼마나 됐어? 지금 깨우는 건 좀 그렇겠지?"

[일어날 때가 거의 다 되긴 했지만… 프라디트는 깨우기가 힘들어서요. 많이 피곤할 거예요. 며칠 동안 잠을 거의 못 잤거든요.]

아찬이 고개를 끄덕였다. 죽어가는, 혹은 그것과 비슷한 상태에 있는 사람의 옆을 누군가가 지키는 것은 기술이나 의학의 성취도와는 상관이 없다. 로가디아의 말은 과장이 아닐 터.

"프라디트에게 궁금한 게 많아."

[응. 그럴 줄 알고 프라디트에 대해서 몇 가지 알아낸 게 있어요. 물론 허락은 받았으니까요.]

아찬의 표정을 읽기 어려웠다. 기쁜 것도 아니고 놀랐다는 것도 아닌, 그러나 분명히 뭐라고 말하기 어려운 정서가 혼란스럽게 섞인 눈빛. 그래도 억양은 괜찮았다.

"어려운 생물학 이야기라면 사양인데."

[아니, 당신은 아주 기뻐할 거예요. 정말로요.]

"그래, 좋은 이야기겠지."

그 내용에도 불구하고 동요없는 말투에는 아무런 감정이 실려 있지 않았다. 아찬의 표정을 읽기 어려웠던 이유는 그에게 아무런 감흥이 없어서였다. 아니, 어쩌면 내 자원 인식 회로에 문제가 있어서일까? 그렇다면 난 언제쯤 완전히 낫는 걸까?

로가디아는 프라디트가 인간이라는 이야기를 해주었지만, 아찬의 표정은 그저 얼떨떨해 보였을 뿐이다.

02년 3월 18일.

프라디트가 인간이라고 말하는 로가디아의 표정이 그렇게 기뻐 보일 수가 없었다. 그녀가 무안해할까 봐 어색하게 웃어주었을 정도다.

물론 내가 그래줄 필요까지는 없었다. 로가디아는 내가 불편해하기를 원하지 않고, 그래서 무안해하지도 않을 것이기 때문에. 그런데도 내가 그렇게 한 이유는 그녀가 '진심으로 기뻐하는 것 같아서'였다. 날 기쁘게 해주려고 그러는 것이 아니었다. 그녀의 기쁨은 나와 전혀 상관없는 것처럼 보였다. 그냥, 자기가 그 기분을 못 이겨 자랑하려는 것처럼 보였다. 솔직히 그런 모습을 보며 로가디아가 정말로 괜찮아진 것인지 확신이 들지 않았다.

하지만 어쩌면 그 역시 내 기분 탓 아닐까? 그게 아니면 그녀가 그렇게 과장되게 좋아했다는 것이 사실은 확신을 못한 결과가 아닐까?

그건 그렇다 쳐도 난 왜 프라디트가 인간이라는 사실이 전혀 놀랍지 않은 걸까? 실제로 어떻든 간에, 내가 아는 한에서는 어떤 별에도 인간으로 분류할 수 있을 만한 외계생종이 살고 있지 않다. 모양이 우리와 거의 다르지 않은 유디트 인조차도 신경계는 절지동물의 그것에 더 가깝고 도기나 인도 그런 수준이다. 심지어 인간과 구분이 전혀 안 되는 게일리니안들조차도 유전자 정보는 공통점보다 차이점이 더 많다. 그렇다면 로가디아가 프라디트를 인간으로 분류했다는 의미는 뭘까? 그 근거나 기준은 무엇일까? 유전자 지도의 DNA염기 배열 따위를 믿은 걸까? 아니면 이번에도 인간의 언어로는 설명할 수 없지만 뭔가 확고한 기반이 있는 걸까?

그렇다면 나는? 정말로 왜 난 그녀가 인간이라는 걸 너무나도 당연하게 받아들이는 거지? 뭘 근거로?

아니, 다 집어치우자. 내가 로가디아처럼 꼭 뭔가 근거가 있어야만 확신해야 하나? 물론 그게 바람직한 자세일 거다.

하지만… 이젠 너무 지겨워.

프라디트는 날 **이해했고,** 그래서 날 구해줄 수 있었다. 그리고… 왠지 나도 그녀를 이해한 것 같은 느낌이다. 비록 한순간이지만, 그녀와 내가 하나의 심장과 마음을 공유한… 이상한 느낌이 들었다. 이상하지만 머리가 살살 따듯해지는 것 같은, 기분 좋은 느낌.

인간을 이해할 수 있는 존재가 인간 이외에 또 있을까?

그래, 이거면 충분하다.

일기장은 펜과 함께 머리맡에 놓여 있었다.

쾌락적이면서도 불행했던 가상의 기억 속에서 그녀가 자신의 일기를 보았더라는 말을 떠올린 아찬은 이 두툼한 노트를 프라디트가 가져다 놓았다는 걸 알았다.

'이해'라는 부분을 힘을 주어 쓴 다음 일기장을 덮은 아찬은 잠시 망설이다가 다시 그 페이지를 펼쳐 마지막 부분의 문장에 밑줄을 그었다.

프라디트의 수면 시간은 종잡기가 어려웠다. 며칠씩 깨어 있다는 점만 빼면 잠이 드는 시간도, 일어나는 시간도 대중이 없었다. 한두 시간만 자고 일어나기도 했지만, 하루 종일 자는 경우도 있었다. 그리고 그때는 말 그대로 누가 업어가도 모를 지경이었다. 분명히 일주기 수면은 아니었다.

어쩌면 격리실이라는 폐쇄 환경에서 받는 정신적 부담을 수면으로 해소하려든 것일지도 몰랐다. 그러나 로가다이는, 원칙적으로 프라디트가 적은 수면으로 충분하지만 생활 습관이 방만한 게 아닌가 하는 분석을 내렸다. 아찬은 그 말에 몹시 기분이 나빠졌다. 예의 바르고 똑똑하며 이해심 많은 아가씨가 그럴 리 없다고 믿고 싶었던 것이다.

그는 프라디트를 만나기 전에 그녀에 대해 가능한 한 많은 것들을 알고 싶었다. 특히, 직접 물어보기가 어려울 것 같은 부분에 대해서 그랬다.

"그러니까, 물도 안 마신다고?"

[원래는 마시는 것 같은데, 여기서 마시는 걸 본 적은 없어요. 원하지도 않았고요.]

아찬이 담배를 꺼내 물려다가 멈칫했다. 기억 속의 자신을 찾아온 프라디트는 담배 냄새를 맡고 얼굴을 찡그렸다.

"그, 그럼 화, 화장실은?"

아찬의 입이 웃는 것도 아니고 찡그린 것도 아닌 묘한 모양으로 약간 벌어졌다.

[열교환은 대기 중 기체 분자 운동에너지로 하는 것 같아요. 물론 정확한 건 아니고요. 프라디트 자신도 모르고, 제가 이끌어 나가기도 어렵더군요. 그녀의 언어는 기술이나 자연과학 용어가 정말 빈약하거든요.]

이제는 더 이상 미녀들이 가득한 유디트를 상상할 필요가 없어졌다. 화장실도 가지 않는 여자라니, 이건 뭐…….

[땀은 흘려요, 당신과 같은 종류의 땀.]

"우와. 그거 정말 신기하군, 젠장!"

아찬이 이죽거렸다.

[그래도 참 청결하던데요. 그냥 물로 씻어도 피지가 비누 같은 역할을 하는 모양이더군요.]

화장실도 안 가니 당연히 그렇겠지. 아찬이 당연하다는 듯이 고개를 끄덕였다.

[이건 단순히 예쁜 아이돌의 이미지를 원하는 당신 바람과는 상관없어요. 생존력이 엄청나다는 거죠. 외부 요소, 그러니까 세균이나 이물질 따위가 몸에 침입할 여지가 사실상 없어요. 하지만 양날의 칼일 수도 있어요. 의료용 나노머신까지 거부하니까요. 아예 몸 밖으로 밀어내 버리더군요.]

"엄청나구나……."

로가디아는 아직 할 말이 많았다.

[공중에 뜨기 시작하면 머리카락이 부채처럼 흩날리면서 대기 중 이온이랑 반응하더군요. 전부 펼쳐지면 마치 천사가 날개를 활짝 편 모양이죠. 참 아름답던데요.]

아찬은 의심도 아니고 의혹도 아닌, 이상한 표정을 지으며 로가디아를 물끄러미 바라보았다.

[원리도 아직 자세히는 모르겠지만 온데르손스 힘인 것 같아요. 어느 정도 가속이 되면 척력이 보다 강하게 작용하면서 공기 막을 만들어요. 밀도가 다른 공기 분자가 대전하면서 빛이 나는 거죠. 그걸로 비행 중에 있을 자극을 막는 거죠.]

"온데르손스 힘?"

[에어 버스가 비행하는 원리 말이에요.]

"아, 아. 뭔지 알겠… 아니, 뭐라고?!"

[그걸 조절해서 비도 막을 수 있을 거예요. 세이란이란 아가씨는 실제로 그랬고. 하지만 열량이 충분하다고 쉬지 않고 움직일 수는 없듯, 그것도 마찬가지겠죠. 프라디트는 뭔가에 쫓기고 있었을지도 몰라요. 그렇게 지치도록 움직였으니까요.]

귀에 잘 들어오지 않았다. 에어 버스의 엔진은 그 온데르손슨지, 반데르발슨지 하는 힘을 발생시키기 위한 수소 핵융합 방식이다. 그럼, 저 몸 안에 핵융합로라도 들어 있단 말인가? 하지만 프라디트는 손가락에서 레이저를 발사하지도, 검은 팬티만 입고 다니지도 않는다.

"혹시 사이보그 아냐? 방광이 있을 자리에 원자로가 있다던가."

[당신 농담은 여전하군요. 내가 아니라면 아무도 웃지 않을 거예요.]

그러면서 로가디아는 정작 웃지 않았다. 아찬은 퉁명스레 말을 던졌다.

"정말 말이 안 되는군. 그러면서 프라디트가 인간이라고 우기는 이유가 뭐야?"

사실은 로가디아 역시 그 점을 이해할 수 없었다. 여전히 의학은 경험적인 학문에 불과하고 인간의 몸에 대해서는 알 수 있는 부분이 그렇지 않은 부분보다 훨씬 적었다. 생명공학적인 요소에 대한 의존이 전혀 없이 무에서 세포 하나하나를 새로 만들어가며 재구성하느니 차라리 게이츠를 인간 크기로 줄이는 게 훨씬 쉽다. 물론, 엄밀하게 말하자면 그건 인간뿐 아니라 모든 생물이 그렇지만.

아무튼 그런 미비한 지식에도 불구하고 인간의 육체가 기본적인 물리법칙을 벗어날 수 없다는 사실만큼은 명백했다. 생물이라는 것 역시 물리적 존재다. 그렇기에 열교환의 방법이 있어야 했다. 그런데 프라디트에게는 그런 것이 존재하지 않았다.

다음으로 로가디아가 이해할 수 없었던 부분은 도대체 쓰지도 않는 복강의 장기 따위가 어째서 완벽하게 기능을 하는지, 아니, 그럴 준비가 된 상태인지 알 수가 없다는 점이다. 프라디트는 추측이 아닌 상상의 영역에 서 있는 존재일지도 몰랐다. 그녀가 인간이라고 할 수 있는 유일한 근거는 오직 인간과 정확히 일치하는 DNA지도에 불과했다. 만약 그조차도 알고 보니 완벽한 지도가 아니었다고 한다면 프라디트가 인간이라고 할 근거는 전혀 없었다.

그럼에도 불구하고 로가디아는 아찬이 그 사실을 몰라주었으면 했다. 아직 약 기운과 마음의 충격이 남은 탓에 상황을 냉소적인 태도로 대하며 귀찮아하는 그에게 되도록 어려운 말로 설명을 한 보람이 있어야 했다. 그래서 로가디아는 지구 나이로 갓 스무 살의 처녀인 프라디트를 인간이라고 말했다.

경솔한 단언일지는 몰라도 거짓은 아니었다. 어쨌든, 로가디아는 자신의 기쁨을 망치고 싶지 않았다.

"정말 미안해요. 꼭 아찬 때문만은 아니었어요. 이미 문을 열어주려고 했어요. 진심이에요."

"레진, 거짓말이 아니란 걸 알아요. 외려 충분히 쉴 수 있어서 정말 좋았어요. 그 방에서 신기한 것도 구경 많이 한걸요. 지루하지 않았어요."

격리나 구금이라는 개념과 단어가 없는 프라디트에게는 격리실도, 함교도 그냥 '방'이었다. 그저 크기의 차이만 있을 뿐. 그리고 그 '방'은 또, '가로막힌 공간'일 따름이었다. 그러나 '실내' 같은 개념이 없다는 것과 그토록 좁고 삭막한 공간에서 불안감을 느끼는 것은 완전히 별개의 문제다. 관념과 인식은 공유하는 영역이 많지 않았다. 그러니 프라디트는 그 푸대접을 여전히 호의라고 믿기에 이런 식으로 말하는 게 틀림없다.

레진이 말을 주저했다.

"하지만……."

레진은 자신이 로가디아, 아니, 아찬과 함께한 짓이 얼마나 나쁜 행동이었는지 솔직히 말해야 하나 싶어 잠시 고민했다. 그러나 코에 물감을 묻힌 프라디트는 그 이야기를 할 필요가 없다고 여기는 모양이다.

"그림 그리는 거 정말 재미있네요. 자, 거의 다 됐어요. 한번 봐요."

프라디트의 배려가 고마웠다. 레진은 웃으며 캔버스를 들여다보았다.

"아, 벌써 다 그렸어요? 좀이 쑤시려면 한참 더 있어야 하……."

캔버스로 고개를 내민 레진의 표정이 당황으로 가득 찼다.

그림이란 걸 처음 그려본다지만 그래도 기본적으로 사물을 인식하고 표현하는 단계란 게 있다. 프라디트의 나이가 몇 살인지는 모르지만 태도와 언행, 그리고 다 자란 몸으로 보아서는 아찬보다 조금 어린 정도일 것이다. 그런데 그녀가 그린 그림은 뭐랄까… 글쎄, 추상화라면 추상화랄 수도 있겠다. 하지만 아무리 잘 봐줘도 이 그림은 그냥 낙서조차 못 된다. 레진은 말을 더듬을 뻔했다.

"음… 글쎄, 뭐랄까, 형이상학적이랄까… 참 많은 의미를 담고 있는 그림 같아요."

프라디트가 이상하다는 눈길로 레진을 쳐다보았다.

"그렇게 안 닮았나요? 못 그렸다는 건 알아요. 하긴 내가 봐도 레진이랑 조금도 안 닮았으니."

프라디트가 붓을 내려놓으며 한숨을 폭 쉬었다. 레진의 눈썹이 꿈틀했다. 이 낙서가 날 그린 거라고? 물론 알고 있다. 삼십 분 동안이나 꼼짝도 않고 앉아 있은 이유가 뭔데.

레진은 그림을 다시 한 번 찬찬히 뜯어봤다. 그러나 역시 낙서라고 하기도 어려운, 아크릴물감 칠갑일 뿐이다. 기대감이 가득한 얼굴로 자신의 시선을 관찰하는 프라디트에게 미안할 지경이다.

눈코입이 어디 붙었는지는커녕, 초상을 그린 건지, 아니면 흉상을 그린 건지, 전신상을 그린 건지조차 알 수가 없다.

[오. 정말 처음 그린 거예요? 레진과 꼭 닮았네요.]

뜬금없이 로가디아가 나타나 뒷짐을 지고선 캔버스를 자세히 들여다보았다.

"정말요? 고마워요."

프라디트가 함빡 웃었다. 레진은 어처구니가 없어 미간을 찌푸렸다. 로가디아가 캔버스의 낙서를 가리키며 말했다.

[눈초리를 내리면 좀 더 닮을 것 같은데. 어때요? 물감을 섞는 편이 색을 찾기가 더 쉽나요?]

"응. 아무래도 사진 가게 CS에 뜨는 팔레트는 미리 정해진 것 중에 찾아야 해서 시간이 더 걸리네요."

마침내 레진이 참지 못하고 물었다.

"로가디아, 넌 저 그림이 뭘로 보여?"

[아!]

로가디아가 감탄인지 뭔지 모를 야릇한 탄성을 냈다.

[당신은 적외선이나 자외선을 못 보니까… 그래서 그렇겠죠. 처음으로 그린다는 걸 감안하면 믿을 수 없을 정도의 솜씨예요.]

레진이 불편한 표정을 숨기지 않았다.

"프라디트, 적외선이랑 자외선을 본다고요?"

"아… 음. 그래요. 나도 그 단어를 로가디아에게 처음 배웠어요."

"그럼 밤에도 그냥 다닐 수 있겠네요?"

프라디트가 어깨를 으쓱하며 로가디아를 돌아보았다.

[레진, 너무 캐묻 듯이 하지 말아요.]

"아, 미안해요. 난 이런 적이 한 번도 없어서……."

"괜찮아요."

로가디아는 프라디트의 인지 능력과 그걸 구체화시키는 능력을 산포율 '트리플 알파 플러스'에 들어간다고 기록했다. 대충 삼만 육천 명 중에 한 명 꼴로 나타난다는 뜻이다. 그때 인기척이 들렸다.

함교로 진입하는 복도의 모퉁이에서 서성이던 아찬이 숨을 한 번 가다듬었다. 프라디트에게 어떻게 인사해야 할까. 그녀는 이미 자신의 마음을 들여다본 사람이다. 그렇다면 익숙한 사람을 대하듯이 인사해야 할까?

안에서 프라디트와 레진이 뭐라 뭐라 재잘거리는 소리가 들려오자, 아찬은 로가디아가 결코 그럴 수 없다는 사실을 알면서도 마치 그녀가 등을 떠미는 듯한 느낌에 엉거주춤 들어섰다. 두 아가씨는 아찬이 복도에서 주저하고 있을 때 그의 기척을 이미 알고 있었다는 듯이 그를 빤히 쳐다보았다. 얼굴이 또다시 달아오른 아찬이 말을 더듬었다.

"안녕하세요, 프라디트 씨. 어, 그러니까……."

"풉. 진짜 제정신인가 보네. 자기 기억 속에서는 그렇게 무례하더니. 여기도 여전히 당신 집인걸요."

"아, 난 그저……."

아찬은 하마터면 그대로 속아 넘어갈 뻔했다. 보통의 아가씨처럼 웃는 프라디트의 자연스러움 뒤에서 손목을 교차시켜 X를 그리는 레진의 손짓이 아니었다면 아찬은 그녀가 어째서 솔시스어를 이렇게 잘할 수 있는지 의문조차 가지지 않았을 터다. 눈짓으로 레진의 제스처를 알아들었다는 응답을 한 아찬은 좀 더 예의 바른 태도를 갖기 위해 노력했다. 그럼에도 불구하고 그 예의조차 인간에게만 의미가 있을지 모른다는 생각까지는 미치지 못했다. 프라디트는 그만큼 자연스러웠다. 아찬이 허리를 적당히 숙이며 말했다.

"아, 저, 로가디아에게 이야기를 들었습니다. 어떻게 감사를 드려야 할지……."

"응? 무슨 감사?"

"그, 그러니까, 그것 때문에……."

프라디트가 깔깔거리며 웃었다. 로가디아가 맞든 그르든 최소한 성대는 인간과 같은 듯했다. 어디서나 들을 수 있는, 아니, 있던 젊은 아가씨의 생기있는 웃음소리다. 밝은 웃음 속에는 경솔함이 아니라 신뢰와 익숙함이 녹아 있다. 프라디트는 자신이 안전하며 손님으로 대접받고 있다는 사실을 너무나도 당연하게 받아들이고 있다.

아찬은 주눅이 들 수밖에 없었다. 이 여자에게 신세를 졌다는 사실 때문만이 아니다. 이 여자가 먹지 않아도 되는 초물리적 존재여서만도 아니다. 그건 프라디트의 행동 때문이다. 만약 자신이 같은 상황에 처했다면 결코 이렇게 여유있는 태도를 취할 수 없을 것이다. 이 여자는 단순히 육체적으로 우월할 뿐 아니라 판단력과 적응력도 인간을 압도하고 있다. 격리실에서 당황조차 하지 않았던 모습은 그저 일상에 불과했다.

우물쭈물하는 아찬에게 프라디트가 말했다. 켄타로스 억양에 가깝긴 했지만 솔시스 표준어다.

"편하게 대하세요."

무슨 말을 해야 할지 몰라 여전히 당황하고 있는 아찬에게 프라디트가 의자를 권했다. 레진이 고개를 젖혀 천장을 쳐다보며 입술을 붙인 채 한숨을 내뿜었다. 아찬이 어지간히도 한심해 보이는 모양이다. 그럼에도 불구하고 아찬만이 그 사실을 모른 채 누가 보아도 얼빠진 걸로밖에는 보이지 않는 말로 대화를 시작하려 들었다.

"아, 아가씨, 인간이더군… 요."

프라디트도 잠시 아찬을 그렇게 생각한 것 같았다. 그러나 프라디트가 즉각 대답하지 않은 이유는 아찬의 말이 황당해서가 아니라 그에게 한심함을 자각시켜 상처 주지 않을 단어를 고르느라 그런 것 같았다.

혹은 그 반대이거나.

"그럼 내가 뭐일 거라고 생각했나요?"

"아, 전 그러니까, 어……."

"글쎄, 그전에는 날 뭐라고 생각했을까나?"

솔직히 말하면 그전에도 인간이라고 생각하기는 했어요. 하지만 그런 생각은 너무 비상식적이어서… 라는 말은 하지 않았다. 프라디트가 기분 나빠할 것 같아서라기보다는 왠지 쓸데없는 말 같았기 때문이다. 대신에 아찬은 이 만남에 대한 감상을 프라디트에게로 미루었다.

프라디트가 자신의 깊은 기억을 공유했다는 사실에 대한 부끄러움이 잠시 모습을 감춘 자리에는 숫기없는 남자가 처음 보는 젊은 여자를 대하며 가질 법한 쑥스러움만 들어섰다. 프라디트를 쳐다보느라 정신이 없어 자기 얼굴이 붉어진 줄도 모르는 아찬의 모습에 레진이 다리를 꼬며 피식거렸다.

"아, 그러니까 우리가 놀랍지 않느냐는 거죠. 아무래도 우리도 인간이니까……."

"그렇게 생각해 본 적은 없는데……."

문장 구조는 분명히 성립되지만 의미까지 생각한다면 말이 안 되는 대답에 레진은 꼰 다리를 다시 풀었고 아찬은 고개를 쭉 뺐다. 둘은 잠시 서로를 흘깃거렸고 곧 프라디트가 솔시스어에 능숙하지 못하다는 점을 상기했다. 로가디아까지 가세해서 웃음으로 때우려는데 프라디트가 계속 말을 이었다.

"뭐가 이상한가요?"

"아, 그런 건 아니고… 뭐랄까, 확률적으로 거의 불가능한 일이니까요."

"그래요. 불가능한 일이죠."

더듬거리는 아찬과 그를 돕는 레진의 말은 대답이라기보다 가르친다는 느낌이 역력히 묻어나는 어조다. 프라디트가 다시 고개를 갸우뚱했다.

"맞아요. 그건 나도 그렇게 생각해요. 그런데 그게 놀라운 일이 되나요?"

아찬과 레진이 입을 다물었다. 역시 문장 구조는 성립이 되는 말이다. 물론 확률이라는 의미만 놓고 보면 그 가능성이 우주적으로 희박할지언정 있을 수 없는 일은 아니다. 하지만 아찬이나 레진에게 그건 절대적인 불가능과 전혀 다르지 않다.

아찬이 뭐라 하려고 입을 떼려다가 말았다. 지금 문제는 그게 아니라는 걸 알아챈 것이다.

말도 안 되는 일이 일어났다는 사실이 인간에게 명령하는 것은 아무것도 없다. 놀라든 말든 그건 개인의 자유다. 둘 사이에는 어떤 논리적 인과도 존재하지 않는 것이다. 적어도, 논리적으로는 말이다.

그럼에도 그런 능력을 지닐 가능성조차 없는 아찬에게 프라디트의 대답은 이미, 추측보다는 상상의 범주에 들어갈 뿐이다. 당황한 아찬과 레진의 사이를 프라디트가 다시 비집었다.

"그게 무슨 일이든 더 자주 일어나는가, 아닌가의 차이일 뿐이잖아요. 언제 어디서 무슨 일이 생길지 어떻게 알아요?"

여기까지 오자 아찬은 프라디트에게 주눅이 아니라 두려움 비슷한 것을 느낄 판이다. 당황한 기색을 감출 생각조차 못하는 걸 보니 레진도 별반 달라 보이지 않았다. 오직 로가디아만이 흥미로운 표정으로 눈을 반짝일 뿐.

잠시 동안 미간을 찌푸리고 생각을 하던 레진이 천천히 말했다.

"그렇군요. 알겠어요."

프라디트를 향한 황망한 시선을 거두지 않으며 멍하게 고개를 끄덕이는 레진을 아찬이 어처구니없다는 듯 돌아보았다. 로가디아가 끼어들었다.

[맞아요. 확률은 일어나지 않은 일을 예상할 때 쓰는 그럭저럭 쓰는 방편에 불과하죠. 그건 사건이 일어나기 전까지만 의미를 가지니까요.]

뭐라고? 확률은 사건이 일어나기 전까지만 의미를 가져?

"우와! 그래요. 그게 내가 하고 싶은 말이었어요!"

그러면서 뭔가 짧은 노래를 덧붙였다.

이건 준비된, 혹은 각오한 삶을 산다는, 지극히 현세적이면서 동시에 살벌한 의미도, 마음을 비우고 평화롭게 모든 것을 받아들인다는 관념 속의 뜬구름을 잡으려 드는 손짓도 아니다. 프라디트는 물론 그런 단어를 전혀 쓰지 않았지만, 그녀의 짧은 노래는 그런 뜻이었다. 격려나 구속 같은 단어가 프라디트에게 없듯이 그 노래가 의미하는 단어가 솔시스에는 없었다. 그래서 무엇이라고 정의할 수가 없지만 적어도 무엇이 아니라는 것은 확실히 이해할 수 있었다.

순식간에 낙오병이 된 아찬의 안색이 진한 당황으로 물들었다. 적어도 하나는 확실해졌다. 이 앞의 인간 여자는 나, 석아찬을 포함하고 있다는 사실.

그렇다면 프라디트가 그 험한 꼴을 당하고도 다시 올 수 있었던 상황도 이해가 갔다. 순진한 건지 무지한 건지는 모르겠지만 그녀는 같은 일이 두 번 일어나지는 않으리라 믿었을 것이다. 포탄 구덩이에 몸을 숨기면 포탄을 맞지 않을 거라는 믿음과 차이가 없다.

그러나 한편으로는 프라디트는 같은 일을 두 번 겪지 않았다. 그렇다면 정말로 확률은 이미 일어난 일에 대해서나 의미를 갖는 것일까? 그녀는 준비된 사람도, 마음을 비운 사람도 아니지만 그럼에도 불구하고 모든 있을 수 있는 일을 받아들일 수 있는 걸까? 그렇다면 그건 어떻게 가능한 걸까?

프라디트는 이어지는 이야기를 그 핵심에 대놓고 밀어 넣었다.

"내가 왜 또 찾아왔을 거라고 생각해요?"

"아, 어……."

"아마 나와 같은 종류의 존재라는 확신이 주었을 익숙함이라고 할까. 당신에게는 그런 것이 있었다는 것도 부정하지 못해요. 하지만 그 느낌은 아마 당신이 아니었더라도 마찬가지였을 테죠. 내가 처음으로 본 사람이 레진이었다 해도 난 여기에 앉아 있었을 거예요."

아찬은 머리를 한 대 얻어맞은 느낌이 들었다. 그렇다면 프라디트는 자신과 레진을 믿었다는 것 말고는 설명이 안 됐다. 인간이 인간을 향해 포탄을 두 번 쏠 리가 없다고 생각한 것이다. 그녀가 믿은 쪽은 눈먼 포탄이 아니라 그걸 쏘는 포수다.

[아찬, 이 귀한 손님을 제가 직접 모시고 게이츠를 안내해 드렸으면 하는데요. 사과의 뜻으로 말이에요.]

로가디아가 끼어들었다.

"아, 그, 그렇지만……."

"와아! 정말요? 아찬! 허락해 줘요, 얼른!"

환호한 쪽은 프라디트가 아니라 레진이다. 그녀가 아찬의 옆구리를 가볍게 찔렀다.

아찬은 이 선량하고 귀여운 인상의 아가씨와 조금이라도 시간을 더 보내고 싶었지만 레진은 뭔가 할 말이 있어 보였다. 아찬은 짐짓 태연한 척했다.

"아, 프라디트 씨만 좋다면야, 나야 고맙지."

아찬의 연기는 더 엉망이다. 덕분에 프라디트도 의심스러운 눈초리를 보낼 줄 안다는 것을 확인할 수 있었다. 다행히도 로가디아가 꽤 적극적이다.

[프라디트, 가요. 게이츠를 소개해 줄게요.]

"네."

비로소 프라디트의 웃음이 함박처럼 피어올랐다. 생생하고도 구체적인 몸을 가진 인간 여자와 그런 몸을 가졌으나 그 안에서 허상으로 존재하는 인공지능이 문밖으로 사라지자 이내 레진이 입을 뗐다.

"아찬, 우리도 잠깐 나가요."

"어딜? 할 말 있으면 여기서 해."

레진이 갑자기 실성한 사람처럼 입을 동그랗게 오므렸다가 벌렸다가 헤벌쭉하더니 다시 입을 벌렸다. 아찬의 안색이 변했다.

"갑자기 몸이 안 좋아? 내가 좀 만져 줄……. 헉!"

레진에게 걷어차인 정강이를 감싸 쥐려고 허리를 숙인 아찬의 귀를 그녀가 세게 끌어당기는가 싶더니 손을 늦추지 않고 아찬에게 얼굴을 가까이 해 속삭였다.

"로가디아."

"아, 로가디아는 프라디트랑 같이 있……."

식식거리며 내뱉는 신음 사이에 버럭 짜증을 내던 아찬이 갑자기 말을 멈췄다.

"갑판으로?"

"응."

바보같이 로가디아를 잊고 있었다니.

로가디아와 맺고 있는 관계는 여전히 공적이다. 지옥 같은 허수의 우주에서는 타자 때문에 그걸 너무나도 당연히 의식했다. 그러다 관계의 단절이 생기며 그녀를 증오했고, 그때는 이미 다른 이들은 존재하지 않았다. 이후 로가디아와 관계가 새로이 회복되었을 때도 여전히 그녀는 여전히 모두의 연인이고 선생이며 친구였을 뿐, 다른 뭔가를 요구하거나 제안한 적이 없다.

그녀가 자신과 레진만의 친구라는 것은 순전히 아찬의 착각일 뿐. 로가디아는 인간과 다른 부피와 공간을 차지하며 여전히 모든 곳에서 모두를 위해 눈과 귀를 열어두는 존재다. 그럴 필요가 더 이상 없다는 점은 그녀에게 중요치 않다. 그래야 한다는 것이 중요하다. 그 사실은 로가디아에게 문제가 있든 없든 변하지 않는 것이다.

그녀에게는 인간과 '개인적 관계'를 맺을 만한 능력 자체가 처음부터 없었다.

아찬은 비로소 로가디아가 사물이 아니라 존재라는, 너무나도 당연한 사실을 의식했다. 그리고 인공지능과 함께해 온 삶이 자유로웠던 적이 없다는 사실도.

주항성과 부항성이 모두 떠 있을 시간인데도 하늘을 불길하게 뒤덮은 적구름 때문에 갑판이 어두웠다.

"아찬, 본론부터 들어갈게요. 로가디아가 프라디트한테 왜 저러는 것 같아요?"

"으, 응? 잘 모르겠는데."

레진이 아찬의 정강이를 한 번 더 찼다.

"야! 너 진짜 혼난다?!"

레진은 정강이를 문지르느라 허리를 숙인 아찬을 내려다보며 위축되기는커녕 콧방귀까지 뀌며 말대답했다.

"여자한테 빠져서 정신도 못 차린 주제에."

아찬은 로가디아든 레진이든 말로는 절대로 이길 수 없음을 자꾸 잊는 자신을 저주했다. 심지어 프라디트에게조차 마찬가지 꼴을 당했는데.

통증에 자기 무능의 탄식이 섞여 목소리가 짜증스레 변했다.

"아, 그래. 뭔데?"

아찬을 흉내 내 한쪽 눈을 찡그린 레진이 한심하다는 표정으로 혀를 찼다.

"프라디트 말하는 거, 로가디아랑 비슷하다는 생각 안 들어요?"

"그선 또 무슨 뜬금?"

여전히 모르겠다는 얼굴로 아찬은 시큰둥하게 대답하며 다리를 계속 문질렀다. 급기야 레진이 소리를 빽 질렀다.

"광양자 인공지능이 사건 결정 확률함수를 내는 패턴이잖아, 바보야!"

"아, 그게 뭐 어… 어? 그러고 보니까 그러네?"

이 인간은 정말 바보다. 정말로.

"그러고 보니 로가디아가 이상하게 기뻐했어."

허리를 일으켰지만 다른 발뒤꿈치로 여전히 정강이를 문지르며 한 아찬의 말에 레진이 정색했다.

"응?"

"프라디트가 인간이라고 하면서… 솔직히 뭐랄까, 난 당연히 그런 거라고 생각했거든. 그런데 로가디아는 이상하게 기뻐하더라고."

"어떻게?"

뭐지? 이건 그냥 여러 가지 대답 방식 중 한 가지일 뿐 궁금해서 묻는 게 아니다. 적어도 아찬이 보기엔 그랬다.

"아, 그, 그냥 자기가 기쁜 걸 자랑하고 싶어하는… 뭐 그런 거 있잖아."

의외로 별말이 없는 레진의 눈치를 보며 아찬이 조심스레 채근했다.

"저기… 할 말 없어?"

"글쎄요. 지금으로선 딱히."

"아. 그, 그래."

레진은 고개만 끄덕였다. 아찬이 정강이를 문지르던 발을 슬쩍 내리는데 레진이 몸을 돌려 승강기로 혼자 향했다. 냉정해졌달까, 쌀쌀맞아졌달까 아무 이유 없이 너무 갑자기 변한 그녀의 태도에 아찬은 뭐라 말을 못 붙이며 그 뒤를 따랐다.

"정말로 몸이 안 좋은 거 아냐?"

"아뇨. 괜찮아요."

이미 아까부터 그랬지만 승강기에 올라 공간이 생기자 새삼 단둘이라는 생각이 든 아찬이 레진의 어깨를 짚었다.

"레진."

"응?"

대답뿐. 그녀는 돌아보지도 않았다.

"나 누워 있을 때, 정말 고마웠어. 네가 아니었으면……."

그때서야 레진은 아찬을 쳐다보며 웃었다. 그러나 아찬은 왠지 그게 거짓처럼 느껴졌다.

＊ ＊ ＊

벨레로폰을 대하는 아마다의 언성이 평소와 달리 높은 편이다.

그러나 아텐은 멀리서 그쪽은 쳐다보지도 않은 채 텅 빈 하늘과 지평선과 수평선만을 노려보듯이 경계할 뿐 오랜만의 맑은 하늘에조차 관심이 없어 보였다. 예전의 그녀였다면 프라디트와 세이란과 좋은 날씨를 함께하지 못해 초조해했을 것이다.

갑자기 찢어지는 듯한 아마다의 목소리가 들렸다. 그러나 아텐은 그쪽을 한동안 바라보다가 다시 고개를 돌렸다. 문제가 없는 걸 확인했으니 됐다는 태도다. 아마다의 목소리는 점점 더 커졌다.

"지금 그걸 말이라고 해요?! 내겐 림보를 닫을 권한이 있다는 걸 모르나요?"

[아마다, 전 당신을 존중합니다. 단지 권유일 뿐입니다. 그러나 림보는 완전합—]

"말 아직 안 끝났어요. 모든 테라의 유산은 완전하지만 불멸은 아니에요. 림보도 마찬가지고. 님부스는 완전하게 태어나 완전하게 죽어가야 해요. 지금까지는 그랬죠. 하지만 아텐과 세이란을 봐요. 그 아이들은 림보의 수명이 다했음을 의미하는 존재예요."

[님부스를 물건이라고 생각하시는군요.]

"뭐, 뭐라고요?"

[아텐과 세이란은 물건이 아니라 님부스고, 증서가 될 수 없습니다. 모든 살아 있는 존재는 완전하지 못합니다.]

증거라는 단어는 벨레로폰이 즉석에서 만든 것이지만 아마다에게도 그 개념은 가지고 있다. 그녀를 당황하게 만들기는 충분할 것이다.

아마다는 미간을 찌푸리며 어쩔 수 없다는 듯이 벨레로폰의 말을 인정했다.

"맞아요. 그건 내가 실수했군요. 하지만 그렇다 해도 우리가 도구라는 점은 변하지 않아요."

[말씀이 이상하지 않습니까? 마지막 우람인, 미 아 프라디트 아씨를 두고 림보를 닫으시겠다는 게 저로서는 납득 안 됩니다.]

"그들의 우주선을 고쳐 주고 도움을 청하겠어요."

아마다는 벨레로폰의 눈썹이 꿈틀하는 것을 본 것 같았다. 어쩌면 바람에 흩날리는 먼지 때문에 입체영상이 흔들리는 것을 착각했을지도 모르지만.

"그들은 테라 말을 하죠. 우주선을 고쳐 주고 할 수 있는 모든 요구를 들어주겠어요. 프라디트만 테라로 데려다 주면 돼요."

[기다림을 포기할 생각이십니까? 다이달로스를 더 이상 기다리지 않으실 겁니까?]

"다이달로스? 난 디아트리체도 전설과 신화의 시대를 믿는 줄 몰랐군요. 정말 오랜만에 들어보는 이야기네요. 어린 프라디트를 재우면서 해준 이후로는 처음이에요."

비아냥거림이 섞인 어조는 아니었지만 내용은 그랬다.

"그건 그냥 상징이에요. 사실이든 아니든 상관없어요. 테라를 떠나 가없는 심연 속을 떠돌다가 여기에 도착한 것까지는 사실일지도 모르죠. 하지만 다시 올 거라는 근거는 어디에도 없어요. 다이달로스는 이제 신화고 전설일 뿐이에요. 우리 님부스가 우람들을 받들기도 더 전, 아득한 오랜 옛날 고되고 위험한 삶을 살아나가기 위해 만든 신화. 알겠어요? 어떻게 그걸, 만든 우리보다 들었을 뿐인 디아트리체가 더 강하게 믿을 수 있는지 알 수가 없군요."

벨레로폰이 눈을 감고 잠시 생각하는 듯했다. 아마 님부스에게는 영겁과 같은 시간에 걸친 사색일 것이다. 그러나 디아트리체는 몇 초 만에 다시 눈을 떴다.

그걸 기다렸다는 듯이 아마다가 말을 덧붙였다.

"만약 우주선의 남자가 테란이라면 이야기는 더 쉬워지죠."

확실하다. 벨레로폰의 눈썹이 꿈틀거리고 있다. 그건 무슨 의미일까? 화를 낼 수도, 두려워할 수도 없는 존재가 그런 모습을 보인다면, 그건 위협일까?

그러나 그의 말투는 여전히 온화했다.

[프라디트 아씨는 마지막 우람입니다. 다음의 님부스로 남자가 태어난다면 우람 미 아 프라디트 아씨는 세대를 이음으로써 불멸의 삶을 존속할 수 있을 것입니다.]

벨레로폰은 프라디트의 이름을 길게 늘어놓으며 그녀가 우람임을 다시 강조했다.

모든 님부스는 태어날 때부터 아텐이고, 세이란이고, 연진이며 클리아지만 아마다만큼은 아니다. 날 때부터 아마다인 님부스는 존재하지 않았다. 아마다는 만들어지는 것이다.

그런 점을 생각하면 화내는 모습조차 품위가 어린 그녀는 확실히 훌륭한 아마다다. 언성을 높이느라 미간이 찌푸려지기는 했으나 일그러지지는 않았고, 주먹을 쥐었지만 떨지도 않았다. 그런 그녀가 가슴에 손을 대고 잠시 숨을 고르더니 아텐이 듣지 못하도록 목소리를 낮췄다.

"아텐을 보고도 그런 말이 나와요? 세이란도 마찬가지예요. 정상적인 님부스라고 생각해요? 아텐은 남자였어야 해요. 하지만 어쩔 수 없이 여자로 태어났죠. 그 아이가 프라디트 때문에 힘들어하는 이유는 자기 잘못이 아니에요. 여자로 태어나고 여자의 교육을 받으며 컸지만 본성이 남자란 말이에요. 알겠어요? 세이란은? 그 어떤 커뮤니케이터가 그렇게 감정적인가요? 세계를 둘러보러 나가는 그 아이의 얼굴에는 근심이 사라지지를 않아요. 프라디트 때문이죠."

[하지만 어쩔 수 없었습니다. 원래 디메테가 되어야 할 그녀를 아텐으로 태어나게 해달라고 한쪽은 당신들…….]

"내 말은, 그걸 감인한다 해도 그 기간은 아텐에게 남자의 속성을 제거하기에 모자란 시간이 아니었다는 거예요. 림보에 문제가 없었다면 말이에요."

[그럼 프라디트 아씨의 문제만 해결하면 되겠군요.]

무표정한 벨레로폰의 대답에 아마다는 그만 말문이 막혀 버렸다.

[말씀드렸듯이 전 림보를 유지하기를 권합니다. 일시적인 문제일 수 있습니

다. 제가 직접 살펴보도록 하겠습니다.]

"정말 말이 안 통하는군요. 당신은 그냥 하란 대로 하면 돼요, 벨레로폰. 림보를 닫으세요."

마침내, 눈썹을 떨던 벨레로폰의 인상이 조금씩 일그러지기 시작했다.

[하지만 만장일치를 얻어야만 합니다.]

"프라디트는 님부스가 아니에요."

[제가 아는 게 맞다면 아텐은 그 투표에서 기권했습니다. 헤어는 당신에게 설득당했지요.]

아마다가 입술을 지그시 깨물었다.

"그래서, 인정할 수 없다는 건가요?"

[이건 인정의 문제가 아닙니다. 제게 내려진 명령이 그렇습니다. 아무리 우회를 하고 가능하게 하려고 해도 그 요건들이 실행을 가로막습니다.]

"결국 당신의 무능함이군요. 좋아요. 그렇다면 파괴하죠."

[그러실 수 없을 겁니다.]

"왜죠? 막을 건가요?"

[제겐 그럴 권한이 없습니다.]

"그런데?"

일그러졌던 디아트리체의 벨레로폰이 상대적으로 승리에 찬 느낌마저 드는 무표정으로 변했다.

[아텐이 하지 않을 겁니다.]

그러나 아마다는 벨레로폰의 말을 예상했다는 듯이 싸늘하게 웃으며 코웃음 쳤다.

"그들에게 도움을 청할 거예요."

그녀는 몸을 돌려 뒤도 돌아보지 않고 곧장 아텐에게 향했다. 먼 거리였지만 벨레로폰은 아마다가 아텐에게, 세이란과 함께 프라디트를 데리러 가라고 하는 말을 들을 수 있었다. 그의 영상은 주먹을 꾹 쥐며 사라졌다.

＊＊＊

프라디트는 모든 것을 신기해했지만 특히 화장실과 식당에 대해 깊은 흥미를 보였다. 다른 것들은 만져 보고 들어가 보며 설명을 듣는 것으로도 그 가치를 알 수 있었지만 두 장소만큼은 그렇지 못했기 때문이다. 결국 그녀가 관심을 갖는 쪽은 우주선이라는 물건 자체가 아니라 인간의 삶이었다.

세면대에서 비누로 손을 씻은 그녀는 몇 번이고 손을 코에 갖다 대며 냄새가 좋다고 즐거워했다. 어차피 비누가 아니라도 프라디트는 다 자란 여자에게만 있는 특유의 향기를 가지고 있었지만 정작 본인은 인공적인 향기를 더 마음에 들어하는 것 같았다.

로가디아는 다음으로 식당을 안내했다. 프라디트는 오히려 다른 곳보다 특별할 것이 없는 실내에 조금 실망한 듯했지만, 안쪽 테이블에 쌓인 뷔페 식기를 보자 사그라지던 흥미가 당장에 되살아나는 것처럼 보였다. 사기로 만들어진 접시의 가장자리를 손가락으로 눌러보던 그녀가 드디어 음식에도 흥미를 가졌다.

"이건 어디에 쓰나요?"

[아찬은 활동에 필요한 것들을 음식에서 얻어요.]

"음식?"

[보여줄게요.]

배식대에 휴대식 용기가 올라왔다.

[들고 식탁, 아니, 탁자로 가세요. 수저는 용기 안에 있어요.]

로가디아가 가르쳐 주는 대로 용기를 뜯자 금세 김이 모락모락 피어올랐다.

[종류가 많아요. 이건 그중 일부일 뿐이죠.]

좀 더 근사한 식탁을 보여주고 싶음에도 그렇게 하지 않은 이유는 다릴이 여전히 제대로 통제되지 않아서만이 아니다. 자원을 낭비할 수 없었던 것이다. 아찬은 세월 좋게 하루하루를 보내지만 앞으로의 펼쳐진 미래를 생각하면 결코 충분한 양이 아니기에 로가디아는 휴대식을 꺼냈던 것이다.

오래전 아찬이 이걸 먹으며 몇 달 내내 인생을 저주했다는 사실을 모르는 프라디트는 손뼉을 짝 쳤다.

"음. 좋은 냄새네요. 뭔가 기분이 허전해지는 느낌이에요. 보통은 그러면 불쾌한데 이 냄새는 굉장히 좋은걸요?"

갓난아기조차도, 수족을 움직일 힘이 없을 뿐 먹을 걸 보면 어떻게 해야 하는지 배울 필요조차 없다. 굶주림을 견딜 수 없어지면 결코 소화해 낼 수 없다는 걸 알면서도 흙까지 먹으려 드는 존재가 인간이다. 그리고 프라디트의 혀에도 분명히 미각세포가 있다. 소화 기관 역시 정상이다. 같은 세계에서는 같은 물리법칙이 적용된다는 원리에 따르면 그녀는 적어도 맛을 느끼고 소화를 할 줄 알아야 했다. 그런데 그녀는 음식을 놓고서도 '좋은 느낌이 들긴 하지만 이걸 어떻게 한다는 거냐?'는 얼굴로 자신만 빤히 쳐다보고 있다. 로가디아는 자기도 모르게 풋, 웃었다.

"응? 왜요?"

[아뇨. 아무것도.]

로가디아는 식욕이라는 행위가 완전히 본능에서 제거되었다는 사실에 더 관심이 갔다. 본능을 제거한다는 것이 가능한 것일까? 식욕이나 성욕 같은 건 선천적이다 뭐다 할 계제가 아니다. 선천성이라는 단어는 이미 '본능적'이라는 개념에 포함되는 것이다. 그렇다면 그 제거는 후천적인 걸까? 성욕은 지니고 있을까? 투쟁욕은 아마 없거나, 있다 해도 아주 미미할 것이다.

살아서 존재한다는 자체가 이미 엔트로피의 종말을 향해 꾸준히 달려간다는 의미다. 그런데 먹을 필요가 없는, 그리고 수분조차 피부에서 직접 취하기에 목마름이 뭔지도 모르는 존재가 외부 환경과의 투쟁을 상상할 수나 있을까? 그녀가 곤경에 처했을 때처럼 추위, 통증 정도가 전부일 것이다.

"로가디아, 나 이거 먹어도 돼요? 먹는 건 어떻게 하는 거죠? 가르쳐 줘요."

프라디트의 모습이 너무 순수해 보여서, 하마터면 영상을 띄워 가르쳐 줄 뻔했다.

[아, 미안해요. 아찬의 허락을 받아야 해서.]

로가디아는 그런 실험을 하고 싶은 생각이 추호도 없었다. 적어도 이에 관해서는 아찬도 동의할 터다. 그는 분명히, 열량을 대기 중의 분자에서 직접 취하는 프라디트에게 그 뭐 같은 휴대식을 먹었다가는 힘이 넘친 나머지 게이츠를 날려버릴지도 모른다고 말하리라.

"그가 당신 아마다인가요?"

[주인이라는 의미로 말한 거라면, 비슷해요.]

아찬이 3급 명령권자 대리고, 그에 걸맞는 대우를 최대한 해주고 있다는 이야기까지 할 필요는 없다.

"주인? 흠. 그 단어는 알지만 그런 의미는 아니에요."

[음? 내가 더 궁금해지네요.]

"글쎄요. 어떻게 설명해야 할까? 아마다는 님부스기는 하지만 다른 님부스와는 달라요. 디아트리체와 이야기할 수 있죠. 디아트리체는 그녀에게 조언이랑 도움을 줄 의무가 있어요. 그건 서로 마찬가지죠. 하지만 명령할 권한은 없어요."

[디아트리체? 그건 뭔가요?]

"음. 벨레로폰의 역할이에요. 내가 우람인 것처럼, 이름 앞에 붙는 다른 이름이죠."

비슷한 이야기는 들은 적이 있다. 그때도 그랬지만 지금도 단순한 역할이라는 의미로 말하는 것 같지는 않다. 오히려 그건, 프라디트 자신의 말대로 '이름'에 가까운 가치를 지닌 개념이다. 특정한 종류를 나타내는 이름.

"당신도 정확히는, 아찬이 주인이라고는 생각하지 않잖아요. 그렇죠?"

그건 아찬도 모르는 사실이다. 눈치는 채고 있겠지만, 적어도 확실히 얘기한 적은 없다. 1, 2급 명령권자는 부재든, 유고든 대리가 불가능했다. 오직 사후 조치 명령만 유효했다. 말하자면, 아찬에 대한 지금의 대우는 해줄 수 있는 한도 안에서 전부를 해주는 것이다. 프라디트의 질문은 날카로웠지만 진실을 대답해야 할 의무는 없다.

[왜 그렇게 생각하는 거죠?]

"음… 그냥… 옆에서 보니까 그래요. 좀 더 솔직히 말하자면, 벨레로폰과 아마다의 관계는 당신이랑 레진과 더 닮아 있는 것 같긴 해요. 그런데 말할 때 아찬만 언급하는 걸 보면 그것도 아닌 것 같고. 아무튼 서로 종속 관계가 아니란 건 맞죠?"

로가디아는 어쩔 수 없이 고개를 끄덕여야만 했다. 그녀가 말을 돌렸다.

[난 당신의 사고관이 굉장히 독특하다고 느껴요. 그렇게 항상, 모든 일이 있을 수 있다고 생각하나요?]

"항상요? 에이, 농담이죠? 어떻게 그러고 살아요?"

로가디아의 당혹스러운 표정을 본 프라디트가 크게 웃은 다음 말을 이었다.

"잘 설명이 안 되는데… 말하자면 백일몽 같다고 할까요? 그냥 이래저래 무료하면 상상을 하게 되잖아요."

[잠재의식을 말하는 건가요?]

"아, 그 말, 알겠어요. 그래요. 적어도 내가 상상하거나 겪은 것들은 잠재의식에 들어가요. 그리고 그런 일이 생기면 내가 할 법한 행동을 즉시 하는 거죠. 하지만 그건 감정이랑은 별로 상관이 없어요. 가령… 아빠가 죽을 줄 알고 마음의 준비를 해도, 그런 건 항상 모자라잖아요. 그렇다고 안 슬픈 건 아니거든요. 그렇다고 반사적인 건 또 아니고. 잘 설명이 안 되네요."

프라디트의 눈빛이 어두워진 데 반해 로가디아는 눈을 반짝이며 고개를 끄덕였다.

[그러니까, 생각에 시간 같은 건 필요치 않다는 거로군요.]

"뭐, 말하자면 그래요."

그렇다면 놀라지 않았다는 말도 이해가 갔다. 프라디트는 그 말을 문자 그대로의 의미로 사용했다기보다는, 이름이 갖는 역할처럼 그저 가장 가까운 의미를 고른 것이 틀림없다. 그녀에게 '데이논' 같은 단어를 가르쳐 줘본다면 어떨까. 가령, 경이롭다는 의미기는 하지만 그 안에 무시무시함을 함축하는.

"그런데 아찬은 어디 갔나요? 이거 맛이 어떤지 궁금한데."

[지금 오네요.]

거짓말처럼 때맞춰 식당으로 들어선 아찬이 입이 거의 귀에 붙을락 말락 하며 손을 들었다.

"왔어요?"

"아, 식사 중이셨……."

프라디트의 앞에 놓인, 식지 않는 휴대식에 시선이 간 아찬이 말을 끊으며 있는 힘을 다해 권위적인 목소리를 냈다.

"로가디아, 이게 무슨 짓이야. 손님한테 대접이 이래서야 쓰나."

결국 레진이 웃음을 참지 못했다. 커다랗게 터뜨린 깔깔거림을 몇 초쯤 지속한 그녀는 식탁에 양손을 짚었다. 웃음이 목구멍 속으로 기어들어 가 꺽꺽 소리를 냈지만 그치지는 않았다. 프라디트는 영문을 몰랐지만 왠지 그 모습이 보기 좋아 함께 웃었다. 얼굴이 고구마처럼 빨개진 아찬에게 로가디아가 속삭였다.

[들어오기 전에 문간에서 미소 짓는 연습까지 하더니 안됐네요.]

"너까지……."

[그냥 보여주려 한 거예요. 뭘 먹었다가 탈이라도 나면 어쩌려고 그래요?]

상황을 수습한 쪽은 레진의 시선을 보고 아찬의 안색이 무안함 때문인 걸 알아챈 프라디트다. 그녀는 휴대식 용기를 한쪽으로 밀어놓고 양손으로 턱을 받쳤다.

"같이 이야기해요. 서 있으니까 나도 그래야 할 것 같잖아요."

"아, 아. 그럼요. 그럼요."

아찬은 위기일 수밖에 없는 상황을 모면하기 위해 헤벌쭉 웃었지만 어색하기 그지없다. 인간이든 아니든 간에 하늘을 스스로의 힘으로 날아오르는 여자와 일 년을 두려움에 떨며 우주선에 처박혀 있던 남자 사이에는 공유될 만한 이야깃거리가 별로 없다. 뭔가 화젯거리가 없을까 주변을 두리번거리는 아찬이 프라디트가 보기에는 불안해 보인 모양이다.

"괜찮아요?"

[흠. 쑥스러운 모양이죠.]

그래, 로가디아의 이야기를 하자. 자연스럽게.

"에⋯ 로가디아가 다시 다정해졌어요."

"외모도 푸른색이네요. 처음 봤을 때는 붉은색이었는데."

"내가 현실에서 도망친 사이에 일이 많았나 봐요."

"레진이 많이 고생했죠."

"아⋯⋯."

"네. 당신 기억은 내게 정말 소중한 경험이었어요."

벌거벗은 기억에 새겨진 치부를 들켰다는 부끄러움에 아찬의 얼굴이 더 뜨거 워졌다.

"지금은 그때의 정서만이 어렴풋이 느껴질 뿐이에요. 당신과 나 사이에는 공 유할 수 있는 기억의 꼬리표와 정서가 거의 없으니까요. 나오는 그 순간 그곳에 서의 경험은 마치 스쳐 지나간 배경처럼 희미하고 뿌연 기억으로써만 남아 있 죠. 하지만 그 당시 정말 즐거웠고 또 몹시 아프고 슬펐던 것만은 기억이 나요."

"정말로 기억 안 나요?"

"응. 그렇지만 아찬의 삶은 참 인간적이었구나 하는 느낌은 여전히 남아 있 어요. 지워지지 않을 정도로."

"좋은 뜻이면 좋겠는데."

"좋은 뜻이에요."

프라디트가 웃었고, 아찬은 거기서 실제 시간의 흐름에 상관없이 너무나도 오래된 것 같은 여자의 웃음을 보았다.

"로가디아가 친절하게 잘해주던데요."

"아, 네."

[그렇게 있으면 멍청해 보여요. 이야기를 끌어내 봐요.]

음파를 집중한 로가디아의 속삭임은 아찬에게만 들렸지만 같은 방법으로 대 답할 수는 없는 그가 로가디아를 힐끗거렸다.

[어떻게 친절했냐고 물어봐요.]

"아, 그랬군요. 어떻게 친절하던가요?"

"음⋯ 이것저것."

아찬은 다시 로가디아를 힐끗거렸다. 눈빛이 아까보다 곱지 않았다.

[모노레일은 타봤냐고 물어요.]

"모노레일은 타보셨어요?"

프라디트가 손뼉을 다시 짝 치며 즐겁게 대답했다.

"네! 당신 기억 속에서 비행정을 타보긴 했지만, 실제로 뭔가를 타는 건 정말 짜릿했어요! 아무것도 않는데 몸이 움직인다는 것, 굉장하던걸요!"

아찬의 얼굴에 흡족한 미소가 떠올랐다. 자신감이 생겼다는 의미다. 문제는 그가 간단한 것도 매우 복잡하게 생각하는 종류의 인간이라는 점이다. 로가디아는 그 미소가 위험 신호임을 알고 말리려 들었지만 아찬은 이미 신이 나서 입을 연 다음이다.

[잠깐…….]

"그건 삼승정밀에서 만든 거예요. 시속 60킬로미터 정도로 느리게 움직이지만 게이츠의 관성 모듈 통제를 받기 때문에 가속이나 감속 시간이 필요없죠. 오래전 밴 보가트라는 물리학자가 생각해 낸 아이디언데요, 말하자면 가속이나 감속 시에 탑승자를 포함한 모노레일을 구성하는 분자 주위를 도는 전자의 회전 속도를 조절하는 거예요. 갑자기 멈추면 그때 생기는 관성을 전자들이 나누어 받는 거죠. 그러니까, 크게 한 방 맞을 걸 자잘하게 나눠서 맞는다는 개념이죠. 따끔거리지도 않을 정도로요. 타키온 드라이브에서는 마음대로 써도 돼요. 드라이브 아웃하면 전자가 잃은 가속력이랑 오비탈 준위는 다시 복구되거든요. 비글호라는 심우주 탐사선이 그걸 아주 제대로 써먹었죠. 비글호가 언제 출발했더라? 아, 이거 배운 건데."

아찬은 어색하게 머리를 긁으며 그에 대한 정보를 속삭여 주지 않는 로가디아를 흘끔거렸다. 로가디아는 비누 이야기를 해보라고 할 걸 그랬나 하는 후회를 막 하려던 참이다.

꽤 무게가 나가는 침묵이 둘 사이를 가른 식탁에 얹히려는 순간 프라디트가 입꼬리를 올리며 말했다.

"아, 네……."

로가디아와 레진은, 그녀가 원래 웃는 얼굴을 가졌다는 걸 모르는 아찬이 저 걸 웃음이라고 여길 게 틀림없다고 생각했다. 그러나 아찬이 인간이라면 그래서 는 안 됐다. 특히 레진은, 이런 분위기도 파악을 못하는 남자라면 여자를 사귈 꿈조차 꾸지 말아야 한다고 생각했다.

"그런데… 몸이 안 좋으세요?"

"아, 아뇨. 괜찮아요. 덕분에……"

뭐라고 말하기 어려운 표정의 프라디트를 대하며 의기양양하던 아찬의 어조 가 점점 수그러들었지만 로가디아를 힐끗거리는 눈길은 잊지 않았다. 대신 레진 이 한숨을 쉬었다. 그걸 또 따지려는 아찬에게 재빨리 로가디아가 속삭였다. 다 행히도 이번에는 늦지 않았다.

[그 휴대식은 뭐냐고 물어봐요.]

"아, 그 휴대식은 뭔가요?"

"아, 맞다. 안 그래도 물어보려고 했어요. 이거 맛이 어때요?"

순간적으로 찡그려진 오만상은 의도라기보다는 거의 반사 작용에 가까웠다. 아찬에게 있어서 그 맛은 결코 잊을 수 없는 몇 안 되는 경험 중 하나였다.

"아주 더러운… 아니, 별로 권하고 싶지는 않아요."

아찬의 억지스런 헤벌쭉을 보며 로가디아뿐 아니라 레진도 어처구니가 없어 졌다. 어떻게 저런 창의력으로 수학을 전공할 생각을 다 한 걸까. 결국 로가디 아를 대신해 레진이 중얼거렸다.

"멍청이."

다행히도 그는 못 들은 것 같았다. 들었다면 가만히 있을 위인이 아니다.

"아! 아까 내가 놀라지 않았다고 말했잖아요? 생각해 보니 그건 틀린 것 같아 요. 분명히 난 놀랐어요."

"에, 에?"

운 좋게도 아찬은 마침내 여자에게 동정을 얻기 시작한 모양이다. 프라디트 가 그를 대신해 대화를 이끌려고 든 것이다. 재빨리 로가디아가 아찬의 입을 틀 어막았다.

[조용히 하고 그냥 따라가요. 모로 가도 서울만 가면 되잖아요.]

아찬은 그 말조차 이해하지 못했지만, 적어도 까탈스런 반론이나 질문을 할 상황이 아니란 것만큼은 느낀 듯했다. 유감스럽게도 머리가 아니라 감각으로. 그나마 다행이다. 머리가 장식이라면 몸이라도 따라줘야 한다. 지금 순간은 아찬에게뿐 아니라 로가디아 자신에게도 매우 중요하다.

"말하자면, 내가 놀라지 않았다는 건 다른 단어를 못 찾아서예요. 놀란 건 맞죠, 분명히 놀랐으니까. 하지만 별고드름이나 누리나무를 보고 놀란 거랑은 달랐어요. 또 미리네 산맥을 보고 놀랐을 때와도 달랐고요.

"오……."

어쩔 수 없이 로가디아가 또 끼어들었다.

[여자든 남자든 자기 이야기를 들어주는 사람을 좋아해요. 대화를 좀 능동적으로 끌어내 보세요. 그런 말 몰라요? 30초 동안 이야기하고 삼 분 동안 들어준 다음 삼십 분 동안 맞장구치라는 이야기.]

"뭐? 삼십 분 동안이나?"

"네?"

"아, 아뇨. 그러니까……."

결국 레진까지 아찬의 말을 자르며 가세했다. 누가 봐도 둘만 나뒀다가는 더 후줄근해질 분위기다.

"아, 프라디트, 그건 경외감 같은 건가요?"

"음?"

프라디트가 눈을 동그랗게 뜨자 레진이 아찬을 한심하다는 듯이 힐끗 째려보고는 말을 덧붙였다.

"그러니까, 뭐랄까, 정확한 뜻은 아니지만 지금 내가 말하려는 의미는, 놀라움의 밑에 깔린 감정이 두려움이냐는 거죠. 경이로움이 더 맞는 말이려나?"

[히랍 지역 고대어, 데이논.]

로가디아의 속삭임에 레진이 알았다는 듯이 고개를 미세하게 끄덕였다. 프라디트는 잠시 생각하더니 밝고 강하게 긍정했다.

"그래요! 맞아요! 바로 그거예요. 내가 처음 게이츠를 보았을 때는 경이로웠어요. 하지만 당신들에게는 단순히 놀랐을 뿐이죠. 두려움 같은 건 없었어요. 그래요. 내가 하고 싶은 말이 그거였어요. 두렵지는 않다는 거."

"그럼 더 이상하잖아요."

아찬이 또 위험한 인상으로 뭔가를 장황하게 설명하려는 듯이 나섰다. 레진이 식탁 위로 몸을 죽 빼 아찬을 차단했다.

"알겠어요. 그러니까, 이미 알고 있어도 깜짝 놀랄 수 있는 것처럼, 놀라기는 했지만 두려움 같은 건 없었다는 거죠?"

프라디트는 기쁘게 함박웃음으로 고개를 끄덕였다. 아찬이 헛기침을 하며 담배를 찾으려 가슴을 더듬다가 이내 그만두었다.

"확실히, 바다를 보고 놀라는 거랑은 달랐어요. 한 번도 본 적은 없지만……."

"아, 진짜요? 바다를 본 적이 없어요?"

프라디트가 약간 부끄럽다는 듯 눈을 깔며 고개를 끄덕였다.

"그냥 어떻게 하다 보니까 한 번도 가보질 못했어요. 그리고 보니 세이란이랑, 아텐이 데리고 가준다고 했는데."

"오, 그거라면 나한테 맡겨요. 내가 보여줄게요!"

1차원적이기 그지없는 아찬의 생각은 프라디트를 제외하면 누구나 간파할 수 있기에 레진과 로가디아는 동시에 그에게 눈을 흘겼다.

"아찬, 전투기 조종해 본 적은 있어요?"

"레진, 그쯤은 아무것도 아냐. 그런 건 한 번만 해보면 간단히 통달할 수 있는 거야."

아찬이 딱 하나 잘하는 게 있다면 그건 허세다. 로가디아조차도 아찬의 의기양양함이 어디에 근거를 두고 있으며, 그의 자기최면 수준이 어디까진지 감이 잡히질 않았다.

"내가 메탈갑옷 다루는 실력 못 봤어?"

고작 그게 근거군.

로가디아는 자칫 프라디트 앞에서 한숨을 쉴 뻔했다. 아마 레진의 심정도 비슷하리라. 그에 반해 순진한 프라디트는 그의 말을 진심으로 믿는지 선량하고 커다란 눈의 동공이 커지며 반짝거렸다. 뜻밖에도, 말을 계속하는 아찬도 마찬가지였다.

"바다는 정말 아름다워요. 적어도 지구의 바다는 말이죠, 끝없이 펼쳐진 수평선에 반짝이는 물결이 끊임없이 춤을 춰요. 파랗기 그지없는 맑은 유리가 땅과 닿는 경계는 파도가 하얀 거품으로 부서지죠. 보기만 해도 마음이 뻥 뚫리는 것 같아요. 상상해 봐요. 아무리 멀리서 봐도 한눈에 들어오지 않는 것이 바다예요. 우주와 다를 바 없죠. 그걸 한 번에 보려면 높이가 거리로 불리는 어딘가까지 가야 하는데, 그때는 또 우주가 기다리고 있어요!"

아찬으로서는 꽤나 시적인 표현이기에 레진과 로가디아는 조금 놀랐다. 어쩌면 이건 허세도, 과장도 아닐지 모른다. 정말로 아찬은 그렇게 보고, 그렇게 느끼기 때문에 지금처럼 말할 수 있는지도. 아니면 그렇게 상상했거나.

"우와! 꼭 보여주세요."

[영상이라도 보여 드릴까요?]

웃음이 너무 커 거의 눈을 감은 프라디트가 고개를 흔들었다.

"아뇨. 직접 볼래요. 아찬, 꼭 데려가 줘요!"

"그래요. 나도 바다를 본 지 정말 오래됐으니까, 꼭 같이 가요."

"아찬, 나도……."

"아, 미안. 태풍은 두 명밖에 못 타잖아. 넌 다음에 같이 가자."

어느새 멍청하기도 하고, 음흉하기도 한 눈으로 돌아온 아찬의 단호한 대답에 레진의 안색이 새빨개졌다. 무안해서인지 화가 나서인지는 알 수 없지만, 아무튼 그녀는 자리에 털썩 앉으며 콧방귀를 크게 뀌더니 입을 다물었다.

"바다는 누리나무를 지나서 있어요. 그걸 보면 아마 당신들도 놀랄 거예요."

[제가 말한 문명의 흔적 중 하나예요.]

로가디아가 레진과 아찬에게 동시에 귓속말했다. 아찬은 표정이 조금 굳었고, 레진은 아무렇지도 않은 척하며 곧바로 말을 끌어냈다.

"그건 뭔가요?"

"음… 테라랑 관련있는 거예요."

프라디트의 눈빛이 순간적으로 꿈을 꾸듯 변했다. 아찬의 기억 속에서 날개를 펼친 다이달로스와 테라가 떠올라서다.

아찬이 레진에게 몸을 바짝 당겨 속삭였다.

"레진, 그거, 지금은 안 쓰지만 원래 켄타로스 말로 지구라는 뜻 아냐?"

레진이 당황한 표정으로 고개를 끄덕였다. 프라디트가 뜻밖이라는 듯 말을 덧붙였다.

"로가디아가 이야기해 주지 않았나요?"

로가디아가 약간 당혹한 얼굴로 어깨를 으쓱했다.

[그 이야기는 아직 안 했어요. 하지만 아찬, 내 생각에는 지금 듣는 것은 좀 이르지 않을까 싶은데요.]

신뢰를 회복하기는 너무나도 어렵지만 다시 잃는 것은 순식간이다. 로가디아의 말에 아찬과 레진의 안색이 그녀에 대한 불신으로 물들었다. 황급히 로가디아가 변명처럼 덧붙였다.

[아, 전 단지 당신들이 천천히 알아도 된다고 생각했을 뿐이에요.]

표정이 굳는 아찬에게 레진이 작게 말했다.

"프라디트 앞에서 굳이 다툴 필요는 없어요. 내가 이끌게요."

자신들을 빤히 쳐다보는 프라디트를 의식한 아찬이 눈빛으로 동의했다. 프라디트가 밀어둔 휴대식을 집어 들고 버리러 가는 레진의 몸짓이 과장되어 보였다. 그녀는 돌아오면서 물을 세 잔 떠왔다.

"프라디트, 물은 마시죠?"

"목이 말랐어요. 여긴 조금 건조한 것 같네요. 와, 시원하다. 이렇게 시원한 샘물은 정말 멀리 가야 있는데."

프라디트는 정말로 기쁜 표정으로 물을 두 번에 나누어 다 마셨다.

"더 떠다 줄게요."

"아니요. 이거면 충분해요."

프라디트가 이렇게 비가 많고 습윤한 지역에 사는 이유를 알 것 같았다. 게이츠의 습도와 온도, 그리고 공조는 이상적이지만 굳이 물을 찾아 마시지 않는 그녀가 이 정도 습도에 갈증을 느끼는 것은 이상하지 않으리라.

시원한 물 한 잔으로 긴장 이완을 얻어낸 레진이 테라 이야기를 다시 끄집어냈다. 로가디아의 표정이 없어졌지만, 왠지 찌푸린 쪽에 가까운 느낌이었다.

"프라디트, 누리나무랑 테라 이야기 좀 해줘요. 재미있겠네."

"그냥 전설이에요."

프라디트가 살며시 웃으며 대답했다. 미소가 약간 부담스러웠다. 거리낀다기보다는 들어도 실망할 거라는 의미 같았다. 프라디트의 행동을 지켜봐 온 레진이 그녀의 흉내를 내 손뼉을 치며 채근했다. 이번에는 의외로 연기가 좋다.

"그러니까요. 우리는 전설이나 신화를 듣고 싶어요. 로가디아는 너무 딱딱한 이야기만 하거든요."

"음… 그럼 해볼까요?"

아찬이 과장될 정도로 세차게 고개를 끄덕였다.

"로가디아, 영상 좀 빌릴 수 있어요?"

로가디아가 잠시 머뭇거리다가 이내 한숨을 쉬며 색색의 입방체를 띄웠다. 프라디트는 말없는 손짓으로 그것들을 부드럽게 만지고 가르며 쓰다듬었다. 그녀가 조각한 공기 분자에 로가디아가 보낸 빛살이 달라붙으며 영상이 떠올랐다. 로가디아가 내키지 않아 하며 실내 셔터를 내리자 어두워진 공간이 빛나는 암흑으로 가득 찼다. 놀라 입을 조금 벌린 아찬과 레진에게 축소된 우주의 진공이 명멸하는 빛을 쓰다듬는 프라디트의 목소리가 들려왔다.

아주 오래전, 누군가 건드리지 않아도 그저 기록이 스스로 가진 시간의 흐름만으로 역사 자체가 부스러져 갈 정도로 오래전, 그때에 다이달로스는 테라를 떠나왔어요. 처음부터 우리만 있었던 것은 아니에요. 무엇인가, 불길과 파멸이 모두에게 덮쳤고, 다이달로스는 간신히 그를 피해 우리를 품에 안은 채 시공의 틈새를 따라 오랫동안 떠돌았어요. 다이달로스가 없으면 이 우주에서 살아남을 수 없던 시기였어요. 하지만 다이달로스 역시 영원하지는 못했어요. 그는 완전하게 창조되었지만 불멸은 아니었으니까요. 테라에서 태어난 모든 것들은 그랬어요.

시간의 물결 속에서 그 거대한 힘은 천천히… 하지만 확실히 부스러져 갔죠. 하지만 그런 종류의 파멸은 한계를 가진 늦춤만 가능했을 뿐, 막을 수는 없는 것이었어요.

마침내 다이달로스가 더 이상 우리를 지켜주지 못한다는 사실을 인정해야만 했어요.

다이달로스의 헤진 날개를 관통하는, 눈에 보이지 않는 격렬한 우주의 빛. 그리고 혹독한 환경. 가혹한 삶. 어쩌면 다행이었을지도 몰라요. 그 우주의 빛이 우리를 변화시켰대요. 다이달로스가 죽어가는 만큼이나 느리게, 그리고 또 그만큼 확고하게.

사람들은 다이달로스의 날개 안에서 아이를 낳아 길렀어요. 변화는 언제나 새로이 태어난 아이들부터 시작되었죠. 차갑고 숨 막히는 우주로 나가도 아무 일이 없게 변화한 이들은 다이달로스의 날개를 떠나기도 했어요. 그들은 사막뿐인 불모의 별에, 혹은 별 가루 사이로 사라져 갔죠.

어떤 이들은 다이달로스의 디아트리체와 하나가 되는 쪽을 선택했어요. 의식과 마음을 그녀에게 맡기고, 영원한 삶을 선택한 것이죠. 그들은 지금도 빛의 창살이 되어 이 우주를 떠돌고 있다고 해요. 글쎄요, 자신이 몸을 가진 인간이었을 때를 기억할 수 있을까요? 손가락이 없고 코가 없는데 낙엽을 비벼 부스러진 알싸한 냄새를 여전히 기억할 수 있을까요?

그건 아무도 모르죠.

하지만 많은 사람들은 마지막까지 남았어요. 그렇지 못한 이들과 변화를 아예 겪지 못한 이들을 보호하고 지키기 위해 우주로 나갈 수 있었던 이들 중 몇몇도 희생과 봉사를 맹세했죠. 그들이 아이기스가 되었어요.

마침내 지칠 대로 지친 다이달로스는 우주의 먼지가 되어갔어요. 아이기스들은 있는 힘을 다해서 사람들을 구했어요. 가장 먼저 어린아이, 그다음은 아이를 낳을 여자, 마지막이 남자. 나이가 많은 사람들은 자신들에게 차례가 오지 않을 거란 걸 알고 있었어요.

한 번 무너지기 시작한 다이달로스는 걷잡을 수 없었어요. 살아남은 이들보다 절대영도의 진공 속에서 하얗게 얼며 부서져 간 이들이 훨씬 더 많았어요. 하지만 우리가 할 수 있는 일은 거의 없었어요.

한 줌도 안 되는 사람들만이 땅을 밟을 수 있었죠.

우리가 이곳에 정착한 것이 언제인지는 몰라요. 확실한 것은, 여기에 먼저 정착했던 어떤 존재들이 있었다는 것뿐. 그들이 이 별을 떠난 것은 우리가 오기 전보다도 훨씬 오래전이었지만 해놓은 일은 많았어요.

아마도 불모의 행성이었던 이 별에 그 선사의 존재들은 무엇인가를 해놓고 나서 사라진 거예요. 아득한 시간 동안 화산이 폭발하고, 바람이 불고 비가 내리며 번개가 치면서 풀이 자라고 나무가 솟아올랐대요. 종국에는 아무것도 없던 이 행성에 블루 레빗이 풀을 뜯고 곰이 꿀을 훔칠 정도의 세월이 흐른 다음 우리가 도착한 거예요.

우리는 벨레로폰을 발견했죠.

그는 디아트리체였어요. 아니, 정확히는 아니었죠. 몸이 없는 그에게는 아마도 없었으니까요.

이 별 전체에 눈에 보이지 않을 정도로 작은 분신을 무수히 가진 그 존재는 우리를 맞이하며 이 모든 것들이 선사의 존재들이 내린 명령을 수행한 결과라고 했어요. 지반을 움직이고 구름을 만들며 언젠가 이곳에 지능을 가진 존재들이 다시금 찾아와 자신을 거두어주기를 기다렸다고 했어요.

이곳은 숨겨진 고대의 폐허이며, 바로 그렇기에 누구도 찾아오지 않는 성역이라고.

우리에겐 선택의 여지가 없었어요. 도시를 세웠지만 그곳에 살 사람이 너무 적었죠. 하지만 곧 그건 별문제가 없다는 사실을 깨달았어요. 우리는 이미 외로움에 너무 익숙해져 있었기 때문에.

우리는, 혼자일 운명을 지니고 태어난 존재들이에요.

벨레로폰은 기다림이 자신의 운명이라고 했어요. 우리는 그와 이야기하기 위해 새로운 아마다를 만들었고, 디아트리체가 된 벨레로폰과 아마다는 림보를 열었어요. 그리고, 그때부터 우람과 님부스가 어울려 함께 살아가기 시작했죠. 우람들이 이 땅에서 삶의 터전을 마련하자 만신창이가 된 다이달로스는 다시 떠났어요. 헤어진 날개를 치유해 언젠가는 다시 데리러 오겠다는 말을 남기고서는.

벨라로폰은 다른 수많은 별을 알고 있었어요. 그리고 테라도 알고 있었죠. 그는 우리 이야기를 듣고는, 언젠가는 다시 테라를 찾을 수 있을 거라고 항상 위로했어요. 이곳은 우리가 살기에 맞지 않는다고, 우리가 번성해 나아갈 수 있는 유일한 곳은 고향 테라뿐이라고.

그는 테라가 아름답고 따뜻한 곳이라고 했죠. 모든 아마다가 대를 이어가며 기억해 온 그 테라가 말이에요.

테라는 비가 오는 날보다 맑은 날이 훨씬 많죠. 추위와 함께 흰 눈이 내리기 시작하면, 그 속에서 생명의 싹이 겨우내 숨을 죽이고 있다가 그 시기가 지나 눈이 녹으면 그 물을 마시며 움튼대요. 해는 하나뿐이지만 이곳의 큰 해와 작은 해를 모두 합친 것보다도 크고 밝아서 참 따뜻하고, 하늘의 흩뿌려진 구름 아래 테라의 대지에 펼쳐진 푸른 언덕에는 시원한 바람이 불어온다지요.

하지만, 오직 죽은 다음에만 다이달로스의 날개에 안겨 돌아갈 수 있는 곳. 거기가 테라예요.

프라디트의 이야기가 끝날 즈음 입체영상은 따듯하고 푸른 지구를 만들었다. 로가디아가 아는 한 테라의 묘사와 같은 별은 오직 지구뿐이기에. 분명히 프라디트도 그리 상상했으리라. 절절한 감정을 이기지 못한 프라디트가 손으로 입을 가리고 고개를 돌리자 영상이 입자로 부서졌다.

어느 누구도 입을 열지 않았다. 옷섶을 만지작거리며 고개를 숙인 레진의 볼에는 희미한 물방울조차 보였다. 언뜻 비치는 프라디트의 눈도 역시.

그 모습을 찬찬히 지켜보던 아찬은 화장기없는 프라디트가 꽤 예쁜 여자라는 사실을 문득 깨달았다. 아니, 어쩌면 분위기 때문이겠지. 기억의 심연에서 함께

했던 그녀의 향기와 따뜻함이 아직 남아 있어서인지도.

안타깝고 비극적이며 비장하기까지 한 이야기였다. 아찬과 레진을 위해 솔시스어로 이야기했는데도 마치 구슬픈 노래를 들은 기분이 들었다. 고대 히랍의 비극조차 이토록 사람을 비통하게 만들지는 못할 터.

프라디트가 해준 이야기는 거기까지지만, 오래전 고향을 떠나 가혹한 시련의 끝에 간신히 도착한 이 별에서의 삶조차 순탄치 못한 듯해 마음을 더 아프게 했다.

"아, 미안해요. 난 이 이야기만 들으면 눈물이 나서. 그런데 하면서도 이럴 줄은 몰랐네요."

"아니에요, 프라디트. 고마워요."

레진이 프라디트의 손을 꼭 쥐었다. 그녀의 눈물이 살짝 묻은 손이 축축했다.

"아찬은 정말 감동했나 봐요. 말이 없네?"

아찬은 무거운 마음임에도 테라와 다이달로스라는 단어를 꼭 쥐고 놓지 않았다. 확인이 필요치 않은 두 단어지만, 그럼에도 불구하고 그래야만 할 필요가 있었다. 그는 그 작업을 혼자 하고 싶었기에 입 밖에 꺼내지는 않았다.

"아, 아냐. 프라디트, 고마워요. 힘들었을 텐데 제가 무리한 요구를……."

"아니에요. 내가 고마운걸요. 시원하네요. 내 아이에게 해주면서 바보같이 울지 않으려면 지금부터 익숙해져야죠."

컵을 입에 댄 아찬이 물을 내뿜는 걸 보고 레진과 로가디아가 인상을 찡그렸다. 그 의미를 모르는 프라디트가 친절하게 물었다.

"몸이 안 좋아요?"

"아뇨. 아무것도 아니에요. 잠시 기침이 나서요."

레진은 속삭임에 억양이 고소해 죽겠다는 기분을 굳이 감추려 들지 않았다.

"결혼, 했나 본데?"

아찬은 인상을 한번 찡그리고 아무 말도 하지 않았다. 레진의 말이 정곡 중 하나를 찌른 건 사실이지만 그에게는 그보다 중요한 문제가 있다. 프라디트의 '아이를 낳는다'는 말은 가족을 구성하는 기본적인 관념을 가졌다는 의미였고,

그 새삼스러운 개념에 놀랐던 것이다.

프라디트는 자신이나 다른 이들에게 '당신'이라는 표현을 서슴없이 사용했다. 사실상 지구에서 자란 아찬에게는 상당히 무례한 언사다. 처음에는 프라디트가 말을 배우는 과정에서 레진도 분명히 영향을 많이 끼쳤을 거라고 생각했다. 프라디트에게 말을 가르친 로가디아도 켄타로스 출신인 클라우드 박사의 딸이다. 지구식의 경어 표현과 켄타로스식의 인칭, 지칭이 섞인 독특한 말투. 지구인들은 그 누구도 상대를 면전에 두고 당신이라는 표현을 쓰지 않는다. 프라디트가 켄타로스 억양을 가질 때 어느 정도 눈치 채기는 했다.

그러나 그런 식의 어법은 자신과 세계를 분리시킬 때 가능하다. 달리 말하면 화성이나, 켄타로스 사람들처럼 개인 자아를 우선시하는 이들이 말하는 방식이다. 그리고 그런 사람들은 지나간 과거의 조상 이야기를 하면서 결코 '우리'라는 표현을 쓰지 않는다. 오직 지구인들의 대화에서만 '나'가 사라지고 '우리'가 남는다. 대개는 그조차도 생략되곤 했고.

아찬이 더 혼란스러웠던 것은, 마인드링킹에서도 프라디트는 그를 '당신'이라고 불렀다는 점이다. 그러니까 말을 배우기 전부터 사고방식 자체가 그랬다는 의미다.

어떤 인간도 같은 사건에 수치심과 죄책감을 동일한 위상으로 놓을 수는 없다. 이건 두 개의 물체가 같은 위치에 절대로 존재할 수 없다는 진리와도 비슷한 것이다. 그러나 프라디트의 언행을 보면 그녀는 그게 가능할 것처럼 보였다.

프라디트의 사고 범위뿐 아니라 그 방법조차 이해하기 어려워진 아찬은 새삼이 여자가 얼마를 살아왔던 간에 진화론적인 위상에서 자신보다 우월한 위치를 점유하고 있음에 의심의 여지가 없다는 사실을 깨달았다.

심지어 먹이사슬에서조차.

생각이 거기까지 미치자 약간 으스스한 느낌마저 들었다. 어쩌면 로가디아는 진작 그런 생각을 했고, 그래서 그토록 예민하게 반응했는지도 모른다. 그때 로가디아가 조금 흥분했지만 조용한 목소리로 누군가가 우주선에 다가오고 있음을 알렸다.

[프라디트의 동료들인가 봐요. 그녀를 찾으러 온 것 같아요.]

예전처럼 혼자 판단하기보다는 아찬과 레진의 입이 열리기를 기다리는 로가디아의 기대를 충족시킨 사람은 뜻밖에도 프라디트다. 그녀는 조금 아쉬워하는 눈빛으로 조용한 말 걸음을 떼었다.

"아마 아텐과 세이란일 거예요. 이제 가야 하나 봐요. 너무 오랫동안 떠나 있었어요. 말도 없이 이렇게 며칠씩이나 도시를 비운 건 한 번도 없는 일이거든요. 아마다께서 걱정을 많이 하셨을 거예요. 당신들과의 시간이 너무 설레고 즐겁다 보니 내 위치를 까맣게 잊고 있었네요."

레진은 프라디트의 말이 단순한 인사치레에 불과함을 한눈에 알 수 있었다. 거짓말에 익숙하다면 최소한 표정과 말을 일치시킬 줄은 알아야 했다. 레진이 아찬의 옷을 잡아당겼다.

"그냥 보내줄 거예요?"

"그럼?"

"프라디트가 싫어하는 거 안 보여요?"

비로소 아찬이 몸을 돌려 레진을 마주 봤다.

"우리가 신경 쓸 문제가 아냐."

레진이 솔시스에서 가장 적응하기 어려웠던 상황이 지금 같은 경우다. 솔시스인들은 이런 경우에 가족사니, 내부 문제니 하는 여러 가지 표현을 쓰지만 결국에는 '자기들이 알아서 해결하게 놔둬야 한다'는 입장을 견지했다.

집단의 구성원이 겪은 나쁜 일은 그 즉시 집단이 겪은 것으로 되며, 죄책감보다 수치심이 훨씬 더 강한 족쇄가 되는 곳. 그곳이 솔시스다. 솔시스트들은 자신들이 당할 수 있는 가장 나쁜 일은 자신의 죽음이 아니라 솔시스에서 추방당하는 것, 솔시스의 부상함이 사라지는 상황이라는 식으로 말하는 사들이나.

켄타로시안들은 가족이 문제를 일으키면 그를 법에 맡기거나 못 본 체하며 끝을 맺지만, 솔시스트들은 못 본 체하는 것이 시작이다. 대개는 함께 덮으려 든다. 이익과 관계가 하나기 때문이다. 그래서 그들은, 그만큼 다른 가족들이 겪는 문제에도 관심을 가지지 않으려 애썼다. 무관심과는 다르다. 그들은 개인과 가족, 개인과 국가를 구분할 줄 모르는 것이다.

여기까지라면 문제 될 것이 없다. 중요한 점은 그게 가능한 눈에 보이지 않는 선이다. 만약 그 선을 넘으면… 예를 들어 어린아이가 사고를 치면 켄타로스인들은 아이를 집에 가두고, 솔시스인들은 집 밖으로 내쫓았다.

솔시스의 방법이 훨씬 잔혹했다. 단순히 자유를 제한하는 것이 아니라, 세계의 바깥으로 내쫓는 것이다. 사회적 의미에서 죽음이라는 형벌을 내리는 것이다.

성인들이 그런 일을 당할 경우 대개 스스로 목숨을 끊는 쪽을 선택하는 곳, 그리고 그런 끔찍함을 사회 자체가 가진 성향인 곳이 솔시스다.

레진은 아찬이 무신경해서 그렇게 대답하는 것이 아니란 걸 알고 있었다. 가족이 없이 살아온 아찬조차 그런 사고방식에서 자유로울 수 없었던 것이다. 이것이 아찬이 사람을 위하는 법이다. 그러나 레진은 물러설 수 없었다.

"기억 안 나요? 프라디트는 도망쳐 왔어요. 그리고 세이란과 함께 돌아갈 기회를 스스로 거부했고요. 그게 무슨 뜻인지 몰라요?"

"하지만 우리는 남이야."

프라디트가 들을세라 작게 말하는 아찬의 안색 역시 분명히 불편해 보였다. 프라디트는 몸을 억지로 일으켜 자신들 쪽을 바라보는 중이다. 아마 작별 인사를 할 틈을 찾고 있으리라.

아찬이 그녀를 돌아보며 내키지 않는 웃음을 억지로 지었다.

"프라디트, 우리도 마중 나갈 거예요. 준비해야 할 게 있으니 로가디아랑 잠시만 있을래요?"

프라디트는 역시 억지로 고개를 끄덕였다.

"레진, 우리도 가서 준비하자."

아찬은 식당을 나서자마자 휴게실로 레진을 끌고 갔다. 문이 닫히자마자 그녀가 기다렸다는 듯이 입을 열었다.

"프라디트가 왜 그러는지는 나도 몰라요. 먼저 이야기하기 전에 물어보기가 뭣했거든요. 하지만 가기 싫어하잖아요."

"레진, 내 생각을 솔직히 말해볼까?"

레진이 아찬을 똑바로 바라보며 팔짱을 끼었다.

"프라디트는 어쩌면 자기들 집단에서 어린아이나 마찬가지일지도 몰라. 어쩌면 우리가 하려는 게 그쪽의 교육이나, 뭐 그런 것들에 간섭하는 걸 수도 있단 말이야."

레진이 어처구니없다는 듯이 아찬을 뚫어지게 쳐다보더니 쏘아붙이듯 말했다.

"아찬, 방금 그 말, 당신이 생각하기에도 황당하지 않아요? 말이 된다고 생각해요?"

"내 말 무슨 뜻인지 알잖아. 그것만 가지고 그러는 게 아니란 것 역시."

"알아요. 나도 당신이 어떤 식으로 생각하는지 알아요. 하지만 프라디트가 정말로 보호가 필요하다면 어떻겠어요?"

"학대라도 받는다는 말을 하려는 거야? 그랬다면 그녀를 샅샅이 훑어본 로가디아가 알았겠지."

"육체적인 학대만 학대인가요? 마음이 힘든 걸 수도 있어요."

"그래, 그리고 그녀는 여기서 충분한 휴가를 보낸 거잖아."

레진의 눈이 더 사나워졌다.

"솔직히 말해요. 두려운 거죠? 그들이 두려운 거죠? 프라디트 때문에 당신에게 무슨 일이 생길까 봐 그런 거 아니에요?"

아찬의 입이 조금 벌어졌다. 그가 천천히 말했다.

"말이 심하구나."

레진이 아찬에게 눈을 돌렸다.

"미안해요. 사실은, 좀 화가 나서 그랬어요. 당신 생각은 알아요. 그래도 난 프라디트의 의사를 알아야겠어요."

아찬의 눈을 피했지만 레진의 어조는 조금도 수그러들지 않았다. 그녀가 눈을 마주치고 싶어하지 않은 상대는 아찬이 아닐 수도 있다.

"그건 우리가 상관할 일이 아니라—"

"당신은 날 구해줬잖아요! 그건 당신한테 상관이 있었나요?!"

레진이 갑자기 소리를 질렀다. 아찬은 그제야 그녀가 무슨 말을 하고 싶어하는지 알았다. 그가 조심스럽게 말했다.

"레진, 그런 일은 있을 수 없—"

"나한테 일어났잖아요! 그래요! 당신이 자란 곳을 생각하면 그렇게 말할 수도 있어요. 하지만 그런 일은 실제로 일어나요! 언제든지, 얼마든지요!"

아찬은 말문이 막혀 고개를 숙였다. 그녀의 말은 사실이다. 켄타로스에 일어나는 성폭력 사건은 솔시스의 뉴스 채널 외신보도의 단골 소재였다. 그런 뉴스가 나오면 다른 이들과 함께 아찬도 그 순간 조금 술렁였고, 그게 다였다. 문제는 아찬이 그런 일이 있다는 점을 인정하지 않는다는 것이 아니다. 그 이유가 핵심이다.

그 순간, 아찬은 프라디트가 자신과의 관계 안에 이미 들어왔으며, 그녀 역시 그렇게 생각하고 있다는 사실을 깨달았다. 프라디트와 자신은 기억을 나누어 가진 사이고, 그런 그녀를 가게 내버려 둔다는 의미는 그 자체가 이미 추방이라는 점 역시 안다. 왜인지는 모르지만, 그녀는 다른 집단을 선택한 것이다. 거기서 한 걸음 더 나아가 프라디트의 기억과 현재를 더듬는 아찬의 머릿속을 수많은 생각과 기억들이 아주 빠르게 교차했다.

마침내 아찬이 고개를 천천히 들고 레진과는 전혀 다른 의미를 가진, 그러나 같은 단어를 말했다.

"맞아. 프라디트를 돌려보내서는 안 돼."

그는 막 웃으려는 레진을 보지도 않고 지나쳐 휴게실을 나가 허우적거리며 식당으로 향했다. 아찬의 말 깊숙한 곳에 희미하게 깔린 일종의 폭력성을 감지한 레진이 화들짝 놀라며 그를 황망히 뒤따랐다.

대상없는 분풀이를 하려는 듯 아찬이 거칠게 식당에 들어섰다. 프라디트와 로가디아가 당황하는 모습이 역력했다. 그는 다짜고짜 프라디트에게 다가가 그녀가 앉은 의자의 팔걸이를 짚으며 허리를 숙였다. 사뭇 위압적인 그의 모습에 프라디트가 뒤로 몸을 바짝 당겼지만 등받이 때문에 물러날 곳이 없다.

"프라디트, 어쩔 거죠? 정말로 갈 건가요?"

[아찬, 손님께 그렇게 무례한…….]

"갈 건가요?"

뒤따라온 레진이 어쩔 줄을 몰라 하면서 아찬에게 조심스레 다가갔지만 그는 그조차도 모르는 모양이다. 프라디트가 당황과 두려움의 경계 어딘가에 선 눈초리로 대답했다.

"아, 그러니까, 그동안 폐를 많이 끼친 것 같기도 하고 신세도 너무……."

"아뇨, 거짓말하는 거 알아요. 폐를 끼친다거나 신세를 진다는 말, 무슨 뜻인지도 모르잖아요. 로가디아가 가르쳐 주던가요? 뭐라고 하던가요?"

프라디트가 갑자기 입을 다물었다. 지금 상황은 '있을 수 있는 일'에도 들어가지 않는 모양이다.

"우리는 생각하지 말아요. 그리고 살던 곳의 사람들도 잊어버려요. 지금은 자기 자신만 생각해요. 다 잊어버리고 스스로가 선택하는 거예요. 그냥 **나**예요. 지나온 시간들은 그때 이야기고, 그 사람들의 시간이에요. 자신에게 주어진 시간 속에서 자신을 위한 선택을 해요. 당신이 원하지 않으면, 우리가, 아니, 내가 막을 거예요. 알겠어요? 당신이 원하지 않으면 아무 일도 없어요."

목에 뭔가가 가득 찬 듯 아찬의 한마디 한마디가 힘겨워 보였다.

"하, 하지만……."

"지금 해야 해요. 알고 있잖아요. 선택에는 때가 있고, 그게 다시 순환하려면 정말 오래 걸린다는걸. 그걸 놓치면 그때가 다시 올 즈음에는 이미 프라디트가 테라에 가 있을지도 모른다는걸, 그 순환 주기는 인간에게 주어진 삶의 시간에는 관심이 없다는 걸 알고 있잖아요."

눈을 부릅뜬 아찬은 숨을 몰아쉬며 어렵게 말을 내뱉었다. 어쩌면 그는 주어진 선택의 순간을 제때 잡지 못한 자신에게도 이 말이 들리기를 바라는 것 같았다.

프라디트가 모두의 눈을 피해 시선을 낮게 내리깔았다. 허리를 일으키며 충혈된 눈으로 얼굴을 쓸어내리는 아찬이 목이 메인 듯 떠듬거렸다.

"아, 그 누구도 그렇게 항상 웃을 수만은 없다는 걸 왜 몰랐지. 왜 이렇게 내 생각만 한 거지. 난 그 기억이 전부 내 건 줄 알았어. 나만 그런 줄 알았어. 그게 전부 내가 겪은 일인 줄 알았단 말이야. 난 나만 그런 줄 알았다고……."

얼굴을 쓸어내리던 손이 눈을 가리며 멈췄다. 프라디트가 일어나 그를 부드럽게 끌어안으며 손을 치우고 눈썹을 쓰다듬으며 작게 속삭였다.

"고마워요."

* * *

쌍둥이는 마음이 통한다고 했던가. 세이란과 아텐은 아무 말 없이도 동시에 도시에서 좀 떨어진 곳에 내려섰다. 시선은 둘 다 도시를 향해 있었다. 그녀들은 말없이 걷기 시작했다. 도시의 첨탑이 뚜렷하게 눈에 들어올 즈음 아텐에 세이란의 가슴께를 짚으며 그녀의 발걸음을 제지했다.

"뭐야?"

물으면서도 놀란 표정은커녕 아텐을 쳐다보지도 않는 것이, 그럴 줄 알았다는 투다. 억수처럼 쏟아지던 비가 그친 지 얼마 안 된 하늘이 오랜만에 맑았다.

"아마다께는 아무 말도 하지 마."

지금 상황이 본인 때문인 걸 알고 있을 텐데 어떻게 이런 황당한 말을 입에 담을 수 있을까. 이성적인 행동이 아니다. 하지만 아텐이 그렇기는 아까 전부터 그랬다. 그렇다고는 해도, 확인해 볼 필요가 있다. 그건 커뮤니케이터의 임무이자 의무다.

"무슨 뜻이야?"

이건 분명한 월권이다. 보고는 자신의 몫이다. 그러나 세이란은 그보다 친구의 상태에 더 신경이 쓰였다. 그녀는 같은 물음을 한 번 더 반복했다.

"아텐, 뜻을 정확히 했으면 하는데? 그건 무슨 말이야?"

서늘함을 넘어서는 차가운 눈매가 쏘아보았지만 세이란은 위축되지 않았다. 프라디트는 소중했다. 하지만 아텐도 그만큼 소중했다.

마침내 아텐이 몸을 완전히 돌려 세이란과 마주 섰다.

"말한 대로야. 보고는 내가 하겠어."

아텐의 아픔을 모르는 바가 아니다. 프라디트가 반려로 자신을 받아들이지 않는다는 것 자체보다도, 그녀를 빼앗겼다는 사실이 아텐의 심장을 갉아먹어 가고 있다는 걸 안다. 원망을 쏟아 부을 대상이 존재한다는 것은 양날의 칼이다. 자신과의 싸움에 자극이 될 수도 있지만 자기 연민과 피해 의식이라는 이름을 달고 심장을 찌를 수도 있는 위험한 것이 바로 그런 대상이다. 지금의 아텐은 그보다 더 심각했다. 그녀는 아찬이라는 남자를 원망할 뿐 아니라 증오하기까지 했다. 안 그래도 핏빛이 잘 날 없는 그녀의 아이기스가 우주선에 다녀온 지금은 검붉어졌다.

세이란이라고 그 테란들을 마음에 들어하는 것은 아니었다. 테란들이 프라디트를 위협한 줄 알았다면 절대 그녀를 혼자 두고 오지 않았을 거라는 후회를 한 순간도 하지 않은 적이 없다. 그리고 지금은, 프라디트가 원할 때 바다에 데려갔어야 한다는 후회까지 더해 속이 타 들어갈 것만 같다.

그러나 모든 것은 프라디트의 뜻대로 해야 했다. 모든 님부스들은, 적어도 이제는 오직 그녀만을 위해 존재해야 했다.

세이란은 간신히 마음을 다잡고 가능한 한 다정하게 말하려 노력했다.

"아텐, 예전의 너였다면 지금처럼 이러지 않았을 거야."

"알아."

세이란은 그녀의 짤막한 대답에 소름이 돋는 걸 느꼈다.

세이란은 알고 있다, 우주선에서 떠나지 않겠다고 한 프라디트의 말은 철저한 그녀 자신의 의지에서 나온 것임을. 젊은 남자와 어린 소녀는 오히려 그녀를 가볍게 떠밀기까지 했다.

프라디트는 입가에 엷은 미소를 띠고 세이란과 아텐에게 말했다. '와줘서 고마워. 보고 싶었어' 라고.

아텐은 프라디트의 말을 넘겨짚었고, 하마터면 세이란조차 넘어갈 뻔했다. 감정을 다스리기가 어려웠던 것이다.

프라디트가 거기까지만 말하고 입을 닫지 않았다면 정말로 그랬을지도 모른다. 거대한 우주선의 지붕 위에 선 두 명의 테란과 한 명의 우람, 그리고 두 명의 님버스 사이를 침묵이 휩쓸었다. 인공지능조차 먼 산을 향해 고개를 돌린 채 말이 없었다.

한참을 그렇게 시간이 정지한 양 가만히 서 있었다. 아텐은 프라디트와 자신과의 사이를 무겁게 짓누르는 침묵의 무게가 의미하는 바를 알았고, 그 사이에 영겁과도 같은 거리가 있다는 사실을 절감했다.

높은 하늘에서 님버스라 불리는 적구름이 폭발적으로 응결하고, 곧 땅바닥의 고목이 아득할 정도로 작게 보이는 높은 곳에 차가운 비가 떨어지기 시작하자 그제야 프라디트가 말했다.

"비 온다. 그만 돌아가. 아텐, 고마워. 세이란, 고마워."

프라디트는 아텐과 세이란의 볼에 한 번씩 뽀뽀했다. 세이란은 프라디트에게 뽀뽀해 주었으나 아텐은 프라디트가 발돋움할 때조차 가만히 서 있기만 했다. 세이란이 두 테란에게 곱지 않은 눈길을 던진 다음 프라디트에게 물었다.

"다시 생각해 볼래? 여긴 안전하지 않아."

프라디트는 여전히 엷게 웃으며 고개를 흔들었다.

"내가 원하지 않으면 아무 일도 일어나지 않을 거야."

사실이다. 프라디트는 사실을 말하고 있다.

세이란은 그냥 알 수 있었다. 인정해야만 했다. 속절없이 돌아서는데 프라디트가 잊었다는 듯 그녀를 불러 세웠다.

"아, 참. 이거, 가져가. 아마다께 돌려 드려."

프라디트가 숄을 내밀며 말했다. 세이란은 갑자기 정신이 아득해지는 것을 어찌할 수가 없었다. 지금 프라디트는 이게 어떤 의미인지 알고 있는 걸까? 우람이 자신의 숄을 이런 식으로 다루어도 되는 걸까?

세이란은 아직 프라디트가 숄이 지닌 의미를 몰라서, 이게 여전히 아마다의 것이라고 믿기 때문에 지금처럼 행동하는 것이라 생각하기로 했다. 그녀는 숄을 받아 들고 고개를 끄덕였다. 억수처럼 쏟아지기 시작한 비를 그대로 맞고 있는 아텐에게 돌아섰다. 자신도, 프라디트도 비를 밀어냈고 테란들조차 그들이 가진 기술로 비를 밀어내고 있는데 오직 아텐만이 그 비를 다 맞으며 서 있었다.

세이란은 천천히 그녀에게 다가갔다.

"돌아가자."
"프라디트는 아직 아무 말도 하지 않았어."
"자기가 원하는 때에 돌아올 거야."
"그게 언제인지 알아야 해. 그래야 데리러 오지."

세이란은 차마, 그때는 프라디트가 혼자 힘으로, 누군가의 도움 없이 올 것이라는 말을 할 수가 없었다. 프라디트는 그러기를 원할 것이라고 할 수 없었다. 아텐에게 가까이 다가가자 그녀가 왜 그 비를 그대로 맞으며 서 있는지 알았기에.

빗물로 감추고 싶어하는 게 있었던 것이다. 그녀의 눈이 공허했다.

그리고 지금, 세이란을 향하는 시선 역시 마찬가지다. 그게 더 견디기 어려웠다. 자신을 '쏘아보는' 눈에 아무런 감정이 담겨 있지 않을 때 느끼게 되는 기분은 당해본 사람만이 알 수 있다. 이 이율배반적인 상황을 처음으로 경험하는 이는 분명히 자신이지만 마지막은 아니리라.

"세이란, 약속해 줘. 약속하기 전에는 갈 수 없어."

아텐은 아무런 감정이 실리지 않은 목소리로 세이란에게 명령적 요구를 했다. 세이란은 그녀의 말이 문자 그대로의 의미를 지닌다는 것을 알았다. 아텐의 요구대로 하기 전까지는, 정말로 자신은 아무 데도 갈 수 없을 것이다.

한참을 침묵하던 세이란은 마침내 고개를 끄덕였다. 아텐이 두려워서가 아니다. 이렇게라도 하지 않으면 그녀의 상처받은 영혼이 영원히 나락으로 빠져들까 무서웠다.

태어날 때부터 다른 자매들과 제대로 어울리지 않으려 든 쪽은 아텐이었다. 아마도, 아텐과 자신이 지닌 고통을 그대로 느끼며 가슴을 부여잡고 흐느끼고 있을 아마다에게조차 마찬가지였다.

하지만 이제 와서 그걸 따지는 건 아무 의미도 없다. 이제는 아무도 없다. 아텐의 곁에는 자신뿐이다.

도시의 첨탑이 갑자기 희미해졌다. 다시 비가 내리기 시작했다.

* * *

중등 역사 강의—Chapter VIII. 우주시대

…(상략)…2198년에는 켄타로스로 가는 최초의 이민선 다이달로스가 출발했다. 거의… 구백 년? 아니, 팔백 년이군. 그때는 우주선을 지구에서 직접 발사했다. 아, 그래. 사실이야. 엄청난 에너지로 지상을 쓸어버리던 때가 실제로 있었다. 물론 지금이야 조상들이 이 지구에 대해 그렇게 끔찍한 짓을 했다고 말하고 있지만, 기술이 안 되니 어쩔 수가 있나.

여긴 초급학교가 아니야. 그러니까 묻고 싶은 건 얼마든지 물어봐도 돼. 응? 좋아. 그 질문을 기다리고 있었지. 그래, 켄타로스로 가는 우주선은 화성으로 가는 이민선과 달랐어. 당시에는 타키온 드라이브가 없었기 때문에 관성항해로 머나먼 여행을 떠난 거야. 선체 대부분이 연료로 채워진 원자력 우주선이었지. 방사능을 효과적으로 제어해서 반감기를 가속시켜 소멸시키는 법을 개발하자마자 가장 처음으로 한 것이 바로 다이달로스의 건조였어.

다이달로스의 승무원들은 아마 지금도 동면 캡슐 안에서 잠이 든 채 켄타로스를 향해 나아가고 있을 거야. 교과서에 나오지 않은 이야기를 물어보는군. 맞아요. 우리는 그들을 아직 찾지 못했어. 아마 앞으로도 찾기 어렵겠지. 우리가 우주를 정복했다고 하지만, 인간이 만든 가장 큰 우주선조차 대해의 낙엽만도 못한단다. 우주선은 만들어도 우주를 만들 수는 없는 법이니까. 그래도… 오래전이기는 하지만… 거의 도착할 때가 다 됐어. 가만 보자… 이런 이야기를 해도 되려나? 뭐, 상관없겠지.

미래란 건 만의 하나란 게 언제나 존재한다. 그들이 이 우주 어디에서 무엇을 하고 있는지, 사실은 살아 있는지조차 아무도 몰라. 우리가 아는 건 그저, 앞으로 꼭 한 세기 후에 도착하기로 되어 있다는 것뿐이지. 그들이 무사히 켄타로스에 올 확률은 높지 않아. 하지만 말이다, 확률이란 건 그런 일이 실제로 일어났을 때나 의미를 갖는 거란다. 그전까지는 더 자주 생기거나, 덜 생기거나 그 차이일 뿐이야. 그래서 우리는 언제나 준비를 하고 있어야 하지. 이 경우는 그들을 환영해 줄 준비가 되겠구나.

다이달로스에 오른 용감한 남녀 구십 명의 이름이 켄타로스 오비탈 벨트의 가장 커다란 홀에 음각된 때가 벌써 백 년 전이야. 그들이 도착하면 그걸 통째로 뜯어내서 선물로 줄 거란다.

다이달로스는 다음 세기 이맘때쯤이면 켄타로스계의 외곽에 진입하기로 되어 있지. 유감이지만 이 선생님은 그걸 못 볼 것 같구나. 하지만 너희는 특별한 사고를 당하거나 하지 않는다면 TV로 볼 수 있겠지? 원한다면 직접 가서 볼 수도 있을 거야.

어어. 벌써 수업 시간이 다 됐구나. 뭐, 이 이야기는 다음에 하자. 어때? 에? 별로? 좋아. 그럼 다음 수업은 들어와서 함께 결정해 보자.

시간이 난다면, 다이달로스의 무사한 항해를 위해서 기도를 해보렴. 그들은 과거지만 너희는 그들의 미래지. 미래의 기도가 과거에 닿을 수 있을지 보자꾸나. 오늘 숙제는 없다. 그럼.

침대에 느슨하게 누워 팔베개를 한 아찬이 펫을 다시 누르는데 레진이 문틈으로 얼굴을 빠끔히 내밀었다. 어두운 방 안에 아찬의 얼굴이 영상에 젖어 창백해 보였다.

"들어가도 돼요?"

"응."

레진은 조금 가라앉은 기색으로 침대에 걸터앉았다.

"뭐 하고 있었어요?"

"내 기억."

레진이 아리송하다는 듯이 검지로 입술 아래를 짚었다.

"로가디아가 가진 내 기억. 그걸 끄집어냈어."

표정이 없다. 억양도 마찬가지다. 레진은 아무런 말 없이 아찬의 옆에 누웠다.

"기도가 닿지 않은 거야. 난 정말로 진심으로 기도했는데."

영상은 다시 반복되며 아찬의 얼굴을 적셨다. 레진은 그의 사춘기 시절 수업을 세 번 보았다. 아찬의 품을 보니 이미 서른 번은 본 듯했다. 십팔 분마다 펫을 직접 눌러 재생시키는 아찬은 그저 지루한 단순 노동을 기계적으로 반복하는 걸로밖에 안 보였다. 고단한 하루를 보내고 슬슬 졸음이 밀려오기 시작한 레진이 아찬을 끌어안고 막 잠이 들려는데 그가 뜬금없이 말했다.

"얼마나 힘들고 고통스러웠을까?"

레진이 눈꺼풀을 억지로 밀어 올렸다.

"응?"

"프라디트 말이야. 프라디트뿐 아니라 모두."

레진은 대답없이, 팔베개를 한 아찬의 한쪽 팔을 풀어 자신의 베개로 만들어 편하게 머리를 올렸다. 아찬은 혼자 계속 중얼거렸다. 누가 들으라고 하는 말이 아닌 것 같았다.

"칠백 년도 더 전에, 가없는 우주의 심연을 향해서 떠났는데… 새로운 별을 찾아, 인적미답의 시공을 가로질러 온 곳이 여기란 말이야……. 우주선(宇宙線:Cosmic ray)을 뒤집어쓰면서까지 생존을 위한 진화를 선택했는데, 그랬는데 고작 이런 초라한 별에서 과거조차 잊은 채 살아가고 있다니……."

레진이 뒤척거리다가 아찬의 목을 끌어안았다. 그녀의 머리에서 나는 감미로운 샴푸 냄새에 아찬은 따뜻함을 느꼈다. 창백한 다이달로스가 입체영상으로 한 송이 백합에 앉은 수벌 위를 가로지르다가, 소녀를 끌어안고 눈을 감자마자 잠이 든 아찬의 얼굴에 이르며 이내 사라졌다. 로가디아는 방의 조명을 꺼주었다.

프라디트는 광장에 아찬이 담배를 피우곤 하던 벤치에 앉아 꼼짝도 하지 않았다. 아찬과 레진이 깊은 잠에 빠져들 무렵 로가디아가 방으로 안내할까요라고 묻자 그녀는 고개만 끄덕이며 일어섰다.

프라디트는 침대에 누웠지만 여전히 눈을 감지는 않았다. 그러나 로가디아는 고개를 한 번 까딱인 다음 그 방 역시 불을 껐다. 웅크린 프라디트의 눈을 깜빡이는 간격이 점점 길어졌다. 마침내 그녀 역시 눈을 감고 숨소리가 낮아졌다.

이제, 게이츠는 조용했다. 강철의 우주선도 인간들만큼이나 힘들었던 하루다. 클라우드의 방에 들어선 로가디아도 침대에 몸을 누이고 눈을 감았다.

한 꺼풀의 장갑이 박리되기만 해도 죽음을 의미할 수도 있는 우주는 위험하다면 어디로든 도망칠 수 있는 이곳과 완전히 다르다. 인정하든 하지 않든 중력에 메여 땅에 발을 붙이고 있지 않으면 안심하지 못하는 존재가 인간이다.

오랜만에 날이 맑아 햇살이 가득한 아침이었다. 레진은 진작 일어났는지, 그녀의 자리에는 온기가 느껴지지 않았다. 아찬은 곧장 식당으로 향했다.

그곳은 셔터가 쉬린 후나 전이나 내부 모양새는 별 차이가 없었다. 높은 천상까지 이어진 한쪽 벽 전부가 통유리로 처리되어 언제나 푸른 숲이나 바닷가, 혹은 우주의 영상을 비추었기 때문이다. 그럼에도 불구하고 인간은 '실제로' 열리는 창문을 몹시 좋아했고 아찬도 예외가 아니었다.

몸서리가 쳐져 근처조차 갈 수 없던 참혹함은 이제, 그저 먼 과거 존재했다던 오래된 왕국의 전설만큼이나 동떨어진 느낌으로 변했다.

아찬은 분자 합성 조리기를 가동했다. 그 기계는 이름과 달리 조리되기 전 식재료까지 재구성할 수 있다. 그러나 흙이 묻은 당근이나 비린내조차 나지 않는 신선한 생선까지 가능하지는 않다. 그저, 당근이나 생선의 모양과 그에 가까운 맛을 한 뭔가가 손질되어 나오는 정도다. 이 정도도 승무원의 반 이상이 민간인인 점을 배려한 사치라는 걸 알고 있다.

아찬은 망설이다가 구운 생선과 빵, 그리고 올리브유에 치즈, 후추를 선택했다. 아마 레진은 좋아할 것이다.

보기에도 먹음직스럽게 구워진 생선이 먼저 접시에 담겨 나오고 따뜻한 빵이 이어져 나온 다음, 나머지가 한꺼번에 나왔다. 치즈와 올리브유는 포장 용기에 담겨 있다. 아찬은 이 마지막 인스턴트 식품들만이 '진짜'라는 걸 알고 있다. 분자 합성 음식은 '죽은 유기물'을 기계가 버무리고, 장식하고, 데워서 나오는 모조품에 불과하다. 지겹도록 먹었던 휴대식과 본질적으로 차이가 없다는 걸 무신경한 아찬조차 서서히 느껴가는 중이다.

아찬은 쟁반에 음식들을 조심스레 올려 양손으로 받쳤다. 다릴들이 제대로 가동 중이라 해도 레진의 아침 식사를 로봇에게 맡기고 싶지는 않았다.

아찬도, 레진도 서로를 방문할 때 노크를 하는 습관을 가지고 있지 않았다. 아찬은 너무나도 일상적인 품으로 그녀의 방문을 열었다. 별생각 없이 들어선 아찬의 눈에 레진이 놀라 허둥거리는 모습이 보였다. 레진의 책상 위에 광고에서 흔히 볼 수 있는 립스틱과 파운데이션 같은 몇 가지 기초 화장품이 늘어서 있었다.

"오… 화장하는 거야?"

화장을 받아들이기에 이른 어린 볼이 붉어졌다.

"야아, 이제 레진도 숙녀가 되어가는구나. 응?"

"뭐예요! 노크도 없이 들어오다니!"

"응? 아, 난 그저……."

아찬이 약간 당황했다. 단지 처음 보는 레진의 모습에 가벼운 농담을 한 것뿐인데.

옆에서 메이크업을 지도하던 로가디아가 야릇하게 웃으며 나중에 올게요라는 말을 남기고 사라졌다. 방을 다시 나가야 할지 판단이 서지 않은 아찬은 아침이 담긴 쟁반을 들고 우두커니 서 있었다. 판솔라니아는 그에게 화장 중인 아가씨를 대할 때의 예의 같은 것을 가르쳐 준 적이 없다.

침묵이 어색하다 싶을 정도로 길어진다 싶을 즈음 레진이 약간 시침한 얼굴로 거울만 바라보며 물었다.

"무슨 용건이라도?"

"아, 아니. 그냥."

아찬의 웃음은 어색하다기보다 멍청한 쪽에 가까웠다. 그는 화장품으로 가득한 책상 한 귀퉁이에 쟁반을 놓을 곳을 찾아보았지만 넓은 면에는 빈틈이 별로 없다. 아찬은 여자들의 화장품이 이렇게 종류가 많은 줄 몰랐다.

"먹고 싶으면 혼자 먹어요. 난 생각없으니까."

"으, 응."

레진이 아찬을 쫓아냈다. 그는 뒷걸음질치며 레진의 방을 나왔다. 자신의 미숙함에 대한 자책과 부끄러움에 얼른 사라지고 싶어져서 걸음을 빨리하려는데 레진이 부르는 목소리가 들렸다. 그녀는 문틈으로 몸을 반쯤 내밀고 아찬에게 손짓했다.

주춤거리며 방에 들어선 아찬에게 레진은 음식 냄새 피우지 말라는 투덜거림 외에는 아무런 말이 없다. 화장품은 대부분 치워져 있다. 로가디아의 메이크업 조언에도 불구하고 어린 피부는 화장을 제대로 받아들이지 못한 듯 여전히 거울만 들여다보는 레진의 품이 영 어색해 보인다. 하지만 그런 말을 할 필요가 없다는 섬노는 아찬노 알고 있나.

"오늘 아침도 거르나 해서……."

레진이 눈살을 찌푸렸다. 어물쩍거리기만 하는 아찬의 모습에 레진이 가벼운 한숨을 내쉬며 포기한 듯 대답했다.

"당신이 싫어서 그런 게 아니에요. 난 단지 누군가 보고 있으면 아무것도 먹지 못하는 성격일 뿐이에요."

"집에서는 어떻게 한 거야?"

"음… 부모님은 괜찮아요. 그저 사춘기 때 충격을 받은 소녀의 일시적 자폐쯤으로 생각해 둬요."

"레진, 그런 말은 농담으로라도 하는 게 아니야."

레진의 웃음에도 불구하고 아찬은 불길함을 느껴 그만 진지해지고 말았다. 아찬은 너무 사소한 사건이 만든 진지함에 가벼운 낯부끄러움이 느껴져 가져온 야채 주스를 예의상 한 모금 마시고는 빵을 입 안 가득히 우물거리며 무안을 떨었다.

"그나저나 프라디트의 말, 어떻게 생각해? 프라디트는 자기 조상들이 타고 온 우주선이 다이달로스라고 했어. 거의 칠, 팔백 년 전에 떠난 준광속 우주선."

로가디아가 있었다면, 일 년여 전 사진기 이야기로 아찬을 조롱한 기억에 당황했을지도 모른다. 하지만 아찬은 이제 그런 사소한 일은 가능한 한 빨리 잊는 쪽으로 변해가고 있었다.

레진이 아찬 쪽으로 천천히 고개를 돌렸다.

"음? 왜 그래? 아침이 먹고 싶어졌어?"

그러나 그녀는 아찬을 물끄러미 바라보다가 다시 거울로 얼굴을 향했다.

레진이 차갑게 말했다.

"특별한 용건이 없으면 혼자 있고 싶어요."

"아, 난 그저 네가 아침을 거르니까……."

레진의 흉상을 만든 거울이 입자가 되며 사라졌다. 그럼에도 그녀는 꼼짝도 하지 않고 같은 말을 되풀이했다.

"나가주세요."

레진이 원하는 일이다. 아찬은 들고 온 잡동사니를 주섬주섬 쟁반에 주워 담고 조용히 방을 나갔다. 그 후에도 레진은 한동안 미동도 하지 않았다. 로가디아가 나타나 침대에 앉았다. 그러고도 한참 지나서야 레진이 조용히 말했다.

"아침을 챙겨줘서 고마웠어."

레진이 고개를 숙였다.

"그런데 곧바로 하는 이야기가, 프라디트 이야기야."

화장을 한 거울 속의 자신은 더 어색하기만 할 뿐 그다지 예뻐진 것 같지가 않다. 이런 걸 좀 더 일찍 해봤으면, 그래서 화장을 잘 받아들일 수 있었다 해도 마찬가지일까?

"내가 여자로서 매력이 없는 걸까?"

로가디아는 아무 말이 없다. 레진도 대답을 바라고 하는 말이 아니다. 어제의 아찬처럼, 막연한 혼잣말을 하는 것뿐이다.

"내가 단순히 어려서 그런 거야? 가슴도 작고, 말라서?"

[당신은 어리지 않아요.]

로가디아가 조용히 말했다.

"아찬과 난 프라디트보다 훨씬 오랜 시간을 함께했어. 너무 불공평해."

로가디아도 해줄 말이 없다. 레진에게는 위로가 소용없을 것이다. 그녀도 알고 있으니까.

"립스틱을 발라봤어. 그런데 아무런 관심도 없잖아. 당연하지. 내가 봐도 보기 흉한걸! 이럴 줄 알았으면 진작부터 화장을 할 걸 그랬어."

[레진……]

"너도 마찬가지야! 넌 프라디트만 도와주잖아! 너도 불공평해!"

레진은 그 말을 책상에 엎드린 채 했다. 그 후로도 뭐라고 중얼거렸지만, 다른 복받치는 소리가 섞여 잘 들리지 않았다.

아찬은 언제나 앉곤 하던 벤치에 기대 담배를 꺼냈다. 더 이상 레진 앞에서 아무렇지도 않은 척하기가 어려웠다. 그녀의 마음을 모르지 않았다. 하지만 어쩌란 말인가.

미람을 잊지 못해서가 아니다. 레진이 동생 이상이 아니어서도 아니다. 그냥, 아주 단순히 그냥, 여자로 보이지가 않을 뿐이다. 그녀를 끌어안을 때면 느껴지는 부드러운 가슴도, 함께 잘 때 귓불에 와 닿는 따뜻하고 촉촉한 숨결도, 머리카락과 살에서 느껴지는 달콤한 향기에도 아무런 느낌이 오지 않았다. 아마 아찬에게 레진에 대한 생각을 말하라고 하면 예쁘고 아름다운 그림을 볼 때, 혹은 보호해 주고 싶은 충동이 느껴지는 귀여운 아기를 볼 때 느껴지는 기분에 가깝다고 할 터.

하지만 그런 모습을 지금 보이고 싶지는 않다. 나중이라면 몰라도.

내뿜은 담배 연기가 흐느적거리며 올라가다 나뭇가지 사이에 숨겨진 환기 장치에 빨려 들어갔다. 부서지는 연기 속에서 아찬은 왠지 자신의 모습을 본 것 같았다. 아찬은 머리를 감싸 쥐고 허리를 숙였다. 로가디아의 푸르스름하고 투명한 발가락이 시선에 들어왔지만 그는 타 들어가는 담배의 열기가 손가락에 느껴지도록 그렇게 가만히 있었다. 마침내 담배가 저절로 꺼졌을 때 아찬은 부스스한 머리를 힘없이 쳐들고 로가디아를 올려다보았다. 그녀의 지친 눈매에 속상함이 그대로 스며 있다.

"로가디아."

[네.]

그녀가 아찬의 옆에 앉았다.

"바람이나 한 번 쐬고 싶은데, 비행기 좀 준비해 줄래?"

아찬은 마음이 안 좋을 때면 말투가 부탁조로 바뀐다. 그게 자기비하로 생기는 위축의 여진인지, 아니면 단순히 더 까다로운 기분으로 스스로를 몰아넣고 싶지 않은 자기 방어인지는 알 수 없다. 로가디아가 확신할 수 있는 한 가지는 그저, 아찬도 레진이 어떤 마음인지 알고는 있다는 것뿐이다.

[어디로?]

"바다."

로가디아는 고개를 끄덕이고 사라졌다. 아찬은 혼자 있고 싶어했다.

로가디아 역시, 자신도 그렇게 할 수만 있다면, 게이츠가 끊임없이 받아들이는 내, 외부의 시끄러운 정보들을 차단할 수만 있다면 그렇게 하고 싶었다.

담배 연기와 함께 한숨 소리가 광장에서 몇 차례 부서진 끝에 아찬이 남은 담배를 비벼 끄고 막 일어나려는데 맑은 목소리가 들려왔다. 프라디트다.

"레진이 안 보이네요? 항상 같이 다녔잖아요."

그는 힘없이 희미한 웃음을 띨 뿐 별다른 말이 없었다. 세 명이 앉을 수 있는 길이의 플라스틱 벤치는 촉감이나 모양새가 나무와 거의 구별되지 않았다. 프라디트가 아찬 옆에 말없이 앉았다. 둘 사이는 가깝지만 서로의 기분이 느껴질 정도는 아니다. 프라디트는 움직임이라고는 없는 텅 빈 우주선의 광장 한가운데서 아찬이 바라보는 쪽에 시선을 두며 미소를 띠고 있다. 실상 아무것도 보고 있지 않았던 아찬은 그녀에게 얼굴을 슬며시 향하며 낮게 물었다.

"뭘 보세요?"

"기억이요."

아찬은 고개를 살짝 끄덕이고 다시 시선을 정면으로 돌렸다. 프라디트도, 자신도 분명히 같은 방향을 보고 있지만 그렇다고 같은 걸 보는 건 아니다. 하지만 서로가 무엇을 보고 있든 누군가가 옆에 존재한다는 자체가 이토록 안정감을 준 적은 처음이다. 그 사람이 프라디트여서인지, 아니면 말없이 곁에 있어주기 때문인지는 잘 알 수 없지만.

로가디아가 준비가 끝났다고 이야기했다. 아찬이 부스스 일어났다. 프라디트는 여전히 시선을 한곳에 두었고 그는 발걸음을 떼려다 조금 망설였다.

"같이 갈래요?"

프라디트는 그냥 고개만 끄덕이며 아찬의 손을 잡고 일어섰을 뿐 어디 가느냐고 묻지 않았다.

아찬은 격납고 탈의실에서 조종복으로 갈아입었다. 치마를 입은 그녀가 옷을 갈아입는 동안 아찬은 등을 돌리고 서 있었다. 어깨 너머로, 혼잣말인 듯 자신들의 언어로 신기해하는 프라디트의 노랫소리가 들렸다. 조종복 입는 법을 가르쳐주는 영상을 따라 서툴게 복장을 챙긴 프라디트가 돌아섰다.

"나, 어때요?"

아찬은 그녀를 물끄러미 바라보았을 뿐 아무런 대답이 없었다. 그러나 프라디트는 개의치 않고 조종복의 솔기를 신기한 듯 쓰다듬었다. 그걸 보고서야 아찬이 여전히 힘없는 웃음으로 물었다.

"어디 가냐고 안 물어봐요?"

"음… 그러고 보니 정말 안 물어봤네요."

"혹시 내가 나쁜 곳에 데려가는 거면 어쩌려고 그래요."

프라디트는 소리없는 함박웃음을 지었다.

"내가 원하지 않으면 아무 일도 생기지 않을 거라고, 그렇게 되지 않게 해줄 거라고 했잖아요."

아찬은 프라디트가 그거면 충분해요라는 말을 굳이 덧붙이지 않았다는 걸 알았다. 고개를 끄덕이는 아찬의 입가에 미소가 좀 더 확실해졌다. 고마워서다. 오히려 프라디트야말로 그가 무엇을 원하는지 알고 있는 듯했다. 그녀는 아찬에게 따뜻한 웃음만을 줄 뿐 쓸데없는 이야기는 꺼내지 않았다.

"로가디아, 그냥… 네가 조종해 줘."

로가디아 역시 프라디트처럼 말이 없었다.

아찬은 이 침묵이 정말 안온하게 느껴졌다. 만사가 원하는 대로 돌아가 주었으면 하는 건 어른이 되어서도 마찬가지였다. 그는 이 상황을 오늘까지만 즐기기로 했다. 지금이 아니라면 할 수 없는 일이 있다는 건 진작 알고 있었지만, 그런 일에 휴식도 포함된다는 생각은 해본 적이 없는데. 그런데 그걸 여기 두 여자가 가르쳐 주고 있다. 아니, 레진까지 셋.

프라디트를 위협하며 대기를 찢어발기던 그때의 모습은 온데간데없는 태풍이 갑판에서 부드럽게 이륙했다. 프라디트는 로가디아에게 헬멧을 꼭 써야 하냐고 투덜거렸을 뿐 별말이 없었다. 로가디아가 아찬에게 속삭였다.

[아찬, 반가속 기동은 하지 않을 거에요. 천천히 갈게요.]

"응."

아찬이 심드렁하게 대답했다. 게이츠는 빠르게 작아졌다. 태풍은 1지$^{(G)}$로 천천히 가속했지만 금방 음속을 넘어섰다. 이 별의 구름은 가장 날씨가 좋을 때조차도 붉은 기운을 품고 있었다. 로가디아는 성층권의 대기가 품은 무거운 원소들이 내려앉았다가 구름으로 응결되며 생기는 현상이라고 했다. 또한 그래서 비는 맞지 않는 편이 좋다고도 했고.

　그러나 막상 가까이 가본 구름은 그저 짙은 는개가 수액처럼 피어오르는 지구의 구름과 별로 다르지 않았다. 아찬은 어릴 때 구름 속에 들어간다면 어떤 기분일까 하는 상상을 해본 적이 있다. 푹신푹신한 솜이불을 헤치고 나아가는 기분일지, 아니면 거기서 통통거리며 뛰어놀 수 있을지 궁금하기도 했다. 그러나 환오름을 타고 올라가며 거의 반드시 거치는 안개가 사라지고 나면 어느새 구름은 아래에 있었다. 그에게 구름은 우주나 하늘처럼, 보이긴 하지만 결코 잡을 수 없는 뭔가였다. 그리고 그 안개가 사실은 구름이었음을 알게 되었을 때는 이미 실망조차 하기 어려운 나이가 되어 있었다.

　눈을 가늘게 뜨고 여전히 잡을 수 없는 구름을 초점없이 향하는 그의 어깨를 프라디트가 톡톡 쳤다. 태풍은 길이가 50미터를 넘었지만 조종석은 넓지 않았다. 아찬은 고개를 뒤로 돌리기 위해 몸을 좀 비비적거려야 했다.

　"나, 이거 벗으면 안 돼요? 내 입김을 다시 먹으려니 싫어요."

　헬멧의 금빛 바이저 뒤에서 프라디트가 갑갑해했다. 아찬은 잠시 망설이다가 고개를 끄덕였다. 그건 자신도 마찬가지다. 하지만 이걸 벗어도 로가디아와 연락이 가능할까?

　[벗어도 돼요. 지금은 전투 중이 아니니까 스크린 켜줄게요.]

　뒤에서 프라디트가 손뼉을 쳤다.

　"와, 당신이 보이네요."

　조종석의 중앙 화면은 프라디트를 비추었다. 헬멧을 무릎에 얹은 채 여전히 불편한지 그걸 둘 만한 곳을 찾아 두리번거리는 그녀의 모습이 약간 위에서 내려다보는 렌즈의 굴곡으로 휘어져 보였다.

　태풍의 소종석은 시야가 썩 좁았다. 소종석의 무거운 유리 넓개 위로 나시 육중한 장갑판이 덧씌워질 때 대충 예상은 했지만 도대체 이런 시야로 뭘 볼 수 있는지 이해가 안 될 정도였다. 메탈갑옷의 시야는 여기 비하면 정말 탁 트인 지평선을 보는 기분이었다.

　하긴, 그건 뭐든지 마찬가지다. 자동차조차도 처음으로 운전대를 잡으면 같은 생각이 든다. 결국, 처한 위치와 상황에 맞추어 시야를 달리하는 법을 배워야 한다. 발밑이 전혀 보이지 않는 유리 너머의 광경도 불편하지 않게 느껴질 때까지 운전대를 잡아봐야 비로소 달릴 준비가 되는 것이다.

하지만 그게 비단 탈것에만 해당될까? 나는 지금까지 무엇을 어떤 시야로 보고 있었을까. 그러지 말아야 할 상황에서 여전히 하나의 시선만을 고집하고 있었다는 건 명백했다. 아찬은 부끄러워졌다. 그의 상념을 프라디트가 깨뜨렸다.

"아찬, 당신 꿈속에서 타본 비행정은 바깥이 잘 보이던데 이건 커서 그런가, 게이츠처럼 원래 밖이 안 보이는 건가 봐요?"

로가디아가 대신 설명했다.

[전투용이라서 그래요. 헬멧을 쓰면 바이저로 외부 영상을 연결할 수 있지만요.]

"전투용?"

그런 단어가 없는 게 틀림없다. 로가디아가 말을 덧붙였다.

[이건 아텐과 같은 역할을 하는 거예요.]

"아."

감탄인지 비난인지 잘 구분이 안 되는 짧은 목소리가 흘러나왔다.

"그럼 그냥 안 쓸래요. 지금은 아찬을 보는 게 더 좋아요. 이따 오면서 보죠, 뭐."

아찬의 입가에 자기도 모르는 미소가 떠올랐다. 자신도 프라디트의 모습을 보는 쪽이 더 좋다.

[켈리를 소개해 줄게요.]

"켈리?"

"운동형 전투 인공지능이라는 뜻이에요. 뭐랄까, 게이츠의 영혼이 로가디아인 것처럼 이런 비행기나 메탈갑옷들도 자기들의 영혼을 가졌다고 생각하면 돼요."

아찬의 설명을 로가디아가 이어받았다.

[이 켈리의 이름은 사이도니아예요. 사이도니아, 인사하세요.]

[안녕하세요, 프라디트. 안녕하세요, 아찬. 사이도니아 켈리입니다. 뭐든지 필요하신 게 있으면 말씀하세요.]

"사이도니아? 아, 정말요?"

로가디아보다 훨씬 어린 여자의 낭랑한 목소리에 뜻밖에도 프라디트가 눈을 반짝거리며 호기심을 비쳤다.

"그 이름, 어디서 누가 지어준 건가요?"

[프라디트, 말 편하게 하셔도 돼요. 그녀는 나처럼 인공지능이니까요.]

[제가 받드는 야오니스 사이도니아 중위가 준 이름입니다.]

"아……!"

아까와 발음은 같지만, 이번 느낌은 긍정인지 실망인지 잘 모를 감탄사다.

[같은 이름을 가진 다른 분을 알고 계십니까?]

그녀의 반응을 켈리가 궁금해했지만 로가디아처럼 자연스럽지는 않다. 대상에 대한 능동 반응 대화라는 본질적인 면은 같겠지만, 그 수준은 초보적이다. 하긴 전투 인공지능과 잡담이나 나눌 일은 없을 테니.

"아뇨. 그냥… 흠. 산이 하나 있어요. 그 산 이름이 비슷해서요."

[그 산 이름이 어떻게 됩니까?]

"시도니아. 이 별의 얼굴이라는 별명을 갖고 있어요. 별의 얼굴."

켈리는 아무 말도 하지 않았다. 자신을 인간인 양 상대하는 프라디트를 따라가지 못한 모양이다. 로가디아가 말을 돌렸다.

[잠시 헬멧 좀 써보세요. 굉장히 멋진 게 보이네요. 어떻게 저렇게 거대할 수가 있지?]

아찬과 프라디트는 서로의 모습이 사라지는 데 아쉬움을 느끼면서도 날름 헬멧을 뒤집어썼다. 프라디드가 아찬과 함께, 이민엔 진짜 김딘사를 내길렀다.

"아! 저게 누라나무예요!"

"와! 세상에!"

헬멧을 쓰자 공중에 몸만 떠 있는 형국이었다. 고개를 들며 호를 그리는 시선을 따라 바다처럼 펼쳐진 붉은 구름. 그리고 저 멀리 그를 뚫고 솟아오른 뭔가가 보였다.

전문 삽화가들이 자주 그리곤 하는, 지상에 뿌리를 내렸으나 그 키는 우주까지 뻗은 세계수와 비슷한 느낌이다.

"나무 같아……."

로가디아는 화면 일부에 작은 네모 칸을 그린 후 그 안에 확대 영상을 띄워주었다.

[맞아요. 생긴 건 나무인데 내부는 인공물이군요. 뭔가가 스캔을 방해하고 있어요.]

뭐야, 결국 누군가가 만든 건가. 아찬은 약간 실망했다. 환오름과 닮은 형태임에도 불구하고 그와 다른 경이로움이 든 이유는 그것이 지닌 자연적 속성에도 불구하고 압도적인 거대함을 가졌기 때문이다. 하지만 진짜 나무가 아니라면 그다지…….

그때 프라디트가 황급히 말했다.

"그런 짓 하지 말아요. 벨레로폰이 기분 나쁠 거예요."

[아, 미안해요. 벨레로폰이라는 디아트리체가 저곳에 있나요?]

프라디트가 조금 머뭇거렸다.

"음… 뭐라고 해야 할지 모르겠네요. 벨레로폰은 어디에든 있어요. 하지만 누리나무에만 나타나죠."

[본체가 저기 있나 봐요. 원래는 위에 있는 구조물과 연결되어 있던 행성환의 일부예요.]

로가디아가 아찬에게만 말했다. 아찬이 망설이자 그녀가 말을 덧붙였다.

[헬멧 쓰고 있으니까 궁금한 거 말해도 돼요.]

기다렸다는 듯이 아찬이 짜증스러운 어조를 숨기지 않았다. 그러나 로가디아가 예상한 말은 아니다.

"왜 자꾸 나한테만 그러는 거야? 이런 이야기는 프라디트도 들으면 안 돼? 도대체 뭘 더 숨길 게 있는 거야?"

[프라디트 입장에서는 우리가 수군거리는 느낌이 들지 않겠어요?]

"지금 이게 수군거리는 게 아니면 뭔데?"

[프라디트는 아직 사실을 받아들일 준비가 안 되어 있어요.]

아찬이 눈살을 찡그렸지만 로가디아는 더 이상 아무 말을 하지 않았다. 다이달로스에 대한 걸 말하는 걸까.

너무나도 오래전 조난당했기에 잊혀져 버린 역사 속 그들의 이야기. 그리고 그들이 찾아낸, 행성환을 만들 정도로 번창했으나 전설과 신화조차 감당하지 못할 아득한 과거에 버려진 외계 문명의 흔적.

"아, 지금 아마다가 저기 계실지도 모르는데."

익숙한 풍경을 보자 집이, 그리고 사랑하는 이들이 그리워진 모양이다.

[좀 가까이 가볼까요?]

"아뇨."

뜻밖에도 프라디트는 원하지 않았다.

너무 조용해 아찬이 뒤돌아보자 헬멧을 벗은 그녀가 허공에 떠 있는 모습이 눈에 들어왔다. 뭔가를 참고 있는 듯한 프라디트의 얼굴을 보자 아찬도 거대한 구조물과 구름의 바다를 감상하고 싶은 마음이 사라져 버렸다.

"로가디아, 하늘마루에 누가 보이나요?"

[네. 두 명…….]

"아마 아마다와 아텐일 거예요. 인사할 수 있어요?"

직접 보기는 거부하지만 인사는 하고 싶다……. 로가디아는 프라디트의 마음을 알 것 같았다.

[반가속 기동이 아니라서 몸이 많이 눌리는 느낌이 들 거예요. 아플 정도는 아니니까 조금만 참을래요?]

"응."

[사이도니아?]

[네, 로가디아.]

태풍은 이미 지나쳐 버린 누라나무 부근으로 되돌아와 기수를 세우고 잠시 전진하다가 상공으로 솟구친 다음 기체를 뒤집어 하강했다.

* * *

아마다가 하늘마루에서 보내는 시간은 점점 길어졌다. 프라디트가 너무 궁금한 나머지 답답함을 주체하기가 어려웠던 탓이다. 아마다가 그런 감정을 드러낸다는 것은 절대로 안 될 일이다. 그럼에도 불구하고 프라디트의 일이라면 어쩔 수가 없다. 아마다 자신이 불완전하기 때문도, 본인이 그걸 알고 있어서도 아니다. 완전한 아마다라 할지라도 우람이 손길 바깥에서 맴돈다면 결코 견딜 수 없을 터. 더욱이 프라디트는 마지막 우람이다.

벨레로폰은 항상 파리한 안색의 아마다를 위로하려고 애썼다. 이 디아트리체의 위로는 다행히도 효과가 있었다. 따뜻한 목소리나 평온한 어조 때문이기보다는 적으나마 뭔가를 이야기해 주기 때문이었다. 그러나 솔조차 도시로 되돌아온 상황에서는 제아무리 벨레로폰이라도 프라디트가 어떤 상황인지 자세하게까지는 알 수 없었다.

게이츠가 여전하며 특별한 일이 없고 승무원들 역시 별문제가 없다, 그러니 프라디트도 마찬가지일 것이다, 그 정도 규모의 우주선이라면 한 달을 둘러보아도 모자랄 것이니 호기심이 많은 그녀가 아직 모습을 보이지 않는 것은 이상한 일이 아니다라는 이야기를 해주는 것이 고작이었다.

그럼에도 아마다는 매번 같은 이야기를 듣기 위해 아침 일찍 누리나무를 올라 해지기 직전에야 내려가곤 했다. 아텐이 세이란을 호위하기 위해 자리를 비울 때면 혼자서 승강기를 타고 올라오기조차 했다.

그러나 이날은 달랐다. 벨레로폰이 먼저 아마다를 기다리고 있었다. 아텐은 일찌감치 가장자리로 물러났다.

"부르지도 않았는데 나와 있군요."

[아마다, 곧 이 부근을 프라디트 아씨가 지나갈 것입니다.]

아마다의 눈이 휘둥그레졌다.

"돌아오는 건가요? 그럼 왜 여기로? 이렇게나 멀리?"

[안타깝게도 그런 것 같지는 않습니다.]

"아, 그건 무슨……."

[테란의 비행정이 구름 위로 날아올라서 제 아이들이 아씨를 확인할 수 있었습니다. 남자 승무원과 함께 이쪽으로 향합니다.]

"왜 이쪽이죠?"

[경로로 볼 때 바다로 향하는 것 같습니다.]

"달의 바다 말인가요? 그 위험한 곳을?"

당황을 자제하려는 눈빛이 몹시 흔들리는 아마다에게 벨레로폰이 가능한 한 친절한 어조로 설명했다.

[그곳은 세이란, 어쩌면 아텐에게조차 위험할지도 모릅니다. 그러나 그들의 기술은 혼돈 위에서 휘몰아치는 태풍을 극복할 수 있습니다. 더욱이 테란이 스스로를 위험에 빠뜨리겠다고 마음먹지 않은 이상은 해안에 이르러 멈출 것입니다.]

"어떻게 확신할 수 있는 거죠?"

아마다의 날카로운 목소리에도 벨레로폰은 친절함을 잃지 않았다. 그러나 대답을 한 것은 아니다.

[아마다, 이제 그만 프라디트 아씨를 놓아주십시오. 당신의 말대로 아씨는 그들과 함께 테라로, 우리는 여기 남아 림보를 유지하면 됩니다.]

아마다가 지금 그런 이야기를 할 때가 아니라고 생각하는 걸 알고 있기에 꺼낸 말이다. 여전히 림보를 포기할 생각이 없는 디아트리체를 그녀가 노려보았다.

"지금 당장이라도 비행정을, 아니, 우주선을 어떻게 할 수 있군요. 그렇죠?"

[말할 수 없습니다.]

"예전부터 그랬군요. 처음부터 그랬던 거죠? 도대체 뭘 한 거예요?!"

벨레로폰은 아무런 대답도 하지 않았다. 그러나 디아트리체의 침묵이 의미하는 바는 명백했다. 아마다는 손이 창백해질 정도로 주먹을 꼭 쥐었다.

"어떻게 그런……!"

아마다의 외침과 동시에 그녀의 그림자가 벨레로폰을 관통해 길게 늘어났다. 어깨 너머에서 비쳐 드는 너무나도 밝은 빛 때문에 디아트리체의 모습이 잘 보이지 않았다. 아텐의 목소리가 등 뒤에서 들려왔다.

"괜찮으십니까? 벨레로폰이 무례한 짓이라도 했습니까?"

천천히 몸을 돌린 아마다가 흠칫 놀랐다. 아텐의 늘어뜨린 양손에서 대전되는 푸른 불꽃의 이글거림이 도를 넘어섰던 것이다. 저걸 그대로 던진다면 누리나무가 부러질 것이다. 운이 좋다면 그 정도로 끝날 것이다.

"아니, 벨레로폰의 잘못이 아니란다."

"무례를 용서하십시오. 제 착각으로 월권할 뻔했습니다."

아텐의 억양은 여전히 메마른 채다.

불꽃이 이내 사그라지며 아텐이 무릎을 꿇었다. 아텐을 일으키려 그녀의 손을 잡은 아마다가 화들짝 놀라며 팔을 뒤로 뺐다. 아텐의 손이 너무나도 차가웠다. 상상할 수 있는 작음보다 더 작은, 세상과 만물을 구성하는 먼지들의 떨림을 고정시키고 거기서부터 파괴를 시작하는 불꽃의 잔재. 아마다의 손가락에 밀려오는 격렬한 통증이 그치지를 않았다.

아이기스 쉴라 아텐만이 쓸 수 있는 차가운 불꽃은 무엇으로도 막을 수 없고, 펜시모니 아의 손길을 제외한 그 어떤 재생도 허락하지 않았다. 펜시모니 아만이 그 힘을 이겨낼 수 있다.

놀랍게도, 고개를 든 아텐의 눈이 심하게 동요했다. 그녀도 아마다가 고통을 느낀다는 사실을 알고 있는 탓이다. 아텐이 울상이 되었다.

"죄송합니다. 그건 제 뜻이 아니―"

"괜찮아. 별거 아니야. 그저 살짝 건드렸을 뿐이란다."

아마다는 아텐의 팔을 잡아 부드럽게 일으켰다. 그게 마음에 속한 것이든 신체에 그런 것이든, 사랑하는 이에게 더 이상의 상처를 주고 싶지 않아 하는 아텐의 마음이 아픔으로 변해 아마다의 가슴속에서 또다시 물결쳤다.

감정을 버린 듯 행동하는 그녀의 마음을 이제야 이해할 수 있었다. 아텐은 누군가를 사랑하고, 뭔가에 슬퍼하며, 또 기뻐하는 자신의 행위가 타인에게 상처를 줄까 봐 무서웠던 것이다. 그 때문에 프라디트가 떠났다고 생각한 것이고, 아텐에게는 그녀를 아프게 한 것만으로도 두려움 외의 모든 감정을 버릴 이유가 되었던 것이다. 단 한 명에게 그랬을 뿐이지만 그것으로 충분했다. 그 한 명이 프라디트기 때문이다.

아마다의 눈에서 슬픔이 한 방울 흘러내렸다.

정말로 상처 입은 쪽은 넌데, 진짜로 아픈 사람은 넌데 왜 그렇게 스스로를 학대하는 거니.

그러나 동시에 아마다는 기뻤다. 지금까지 보인 아텐의 변화는 그다지 뿌리 깊은 것이 아니라는 생각이 들었기에. 그녀 덕분에 아마다는 잠시 잃었던 미덕인 너그러움을 되찾았다. 아텐이 준 이 작은 구원의 보답으로 아마다는 벨레로폰도, 테란도, 그리고 로가디아도 당분간 용서하기로 했다.

아이기스의 부푼 가슴 위로 흘러내리는 아마다의 한 방울 슬픔을 물끄러미 보던 아텐이 주저하다 입을 뗐다.

"저, 아마다. 말씀드릴 게 있습니다."

말투는 여전히 딱딱했지만 머뭇거림이 묻어났다. 아마다는 그조차도 고마웠다.

"그래, 뭐든지."

아텐은 여전히 머뭇거렸다.

"디아트리체 때문이니? 벨레로폰, 못 들은 걸로 해요."

[알겠습니다, 아마다.]

벨레로폰은 구름이 아니라도 수평선과 하늘의 경계가 불분명한 높이에서 시선을 바다 쪽으로 돌렸다.

"제가 해서는 안 될 일을 하고 말았습니다."

자신에게 입힌 상처를 말하는 것이 아니다. 아마다는 곧바로 알 수 있었다. 그녀는 오늘 하루 모든 일들을 용서하기로 했다.

"뭐든지 말하렴."

"저… 사실은, 일부러 그런 것은 아닙니다만, 우연히 들었습니다. 프라디트가 이 부근을 지나갈 거란 걸……."

아마다가 인자하게 웃었다. 굳이 긴 이야기는 필요없다. 이럴 때 말이란 것은 남이, 혹은 스스로가 채운 족쇄를 더 조일 뿐이다. 그녀는 아텐의 팔에 다정하게 팔짱을 끼고 하늘마루 가장자리로 향했다.

"그래, 맞다. 처음부터 함께 보려고 했단다. 가서 조금 기다리면 볼 수 있을 거야."

강인하고 날카로운 인상이기에 오직 아텐만이 가진, 특유의 수줍은 미소가 떠올랐다. 불과 보름 만인데도 마치 천 년 만에 보는 듯한 느낌이 들어 아마다의 마음이 더 푸근해졌다.

아침 해가 높이 떴지만 아직 큰 해는 아직 아시아 산맥의 테두리를 금빛으로 물들이며 그 뒤에 숨어 있다. 아텐은 미소를 지우지 않은 채 어스름이 막 걷히는 산맥의 저편을 가리켰다.

"도시 쪽에서 올 테니 아마 저기를 넘을 거예요."

"그래, 보이면 알려주려무나."

아마다의 말이 끝나기가 무섭게 산맥 위를 가로지르는 뭔가가 보였다. 형태를 눈으로 확인할 수 있을 정도로 가깝지는 않지만 긴 빛꼬리를 흘리며 빠르게 움직이는 모습이 왠지 든든해 보였다. 저런 것이라면 정말로 걱정할 필요가 없을 것 같다.

빛꼬리는 조금씩 다가오더니 마침내 그 실루엣을 확인할 정도로 가까워져 그녀들의 시선을 빠르게 가로질렀다. 막 떠오르기 시작한 큰 아침 햇살에 번쩍이는 금속질의 굴강한 동체가 꽁무니에서 압도적인 백열을 내뿜는 모습에 아마다는 자기도 모르게 작은 탄성을 내뱉었다.

"아! 굉장히 빠르구나."

주변에 비교할 것이 없었음에도, 비행정은 상당히 크다는 느낌이 들었다. 아마 사람 키의 수십 배는 될 법한 몸길이.

그것은 이내 눈에 보이지 않나 싶더니 다시 되돌아와 공중에서 우아하게 한 바퀴 원을 그리고는 다시 바다를 향해 멀어져 갔다. 비행정이 완전히 사라져 눈에 보이지 않게 되자 아마다는 기쁜 눈빛으로 말했다.

"우리에게 인사한 거야. 그렇지?"

그러나 아텐은 아무 말을 하지 않았다. 그녀를 돌아다본 아마다의 가슴에 잠시나마 사라졌던 통증이 다시 엄습했다.

아이기스 쉴라 아텐의 눈은 증오와 분노, 그리고 맹목적 사랑으로 가득 차 있었다.

＊ ＊ ＊

아찬은 프라디트가 전투기 태풍에서 내리는 것을 도와주었다. 로가디아는 바닷물의 염도가 너무 높아 피부에 자극을 줄 수 있다고 경고했지만, 조종석 덮개를 들어 올린 순간부터 바람에 실린 소금기와 불길한 냄새가 이미 바다를 즐기고자 하는 마음을 깨끗이 날려 버린 다음이었다.

이 별의 구름은 지구에서라면 노을이 질 때나 간신히 볼 수 있을 것 같은 붉은색이었다. 해가 질 즈음이면 기분 나빠질 정도로 검붉게 변하는. 그러나 적어도 지금은 수평선 너머에 펼쳐진 태풍의 구름이 장엄하기까지 했다. 지구환에서 내려다본 태풍의 눈을 바로 코앞에서 보면 이런 느낌일까 싶었는데 신기하게도 지구의 태풍이 동반하는 강한 바람은 없었다. 그렇다고는 해도 이미 몰아치는 바람은 충분히 날카로웠다. 아찬은 헬멧을 들어 올리기 전 잠시 망설였지만 프라디트의 작은 머리가 두툼한 조종복 위에서 따로 움직이는 모습을 보자 곧바로 헬멧을 벗어 던졌다. 귀에 이어폰을 꽂기 무섭게 로가디아의 목소리가 들려왔다.

[성말 이상하네요. 기압 대류가 구름의 영역을 벗어나지 않아요. 어떻게 이럴 수가 있는 거죠?]

"그걸 나한테 물으면……."

[흠. 혼잣말이라고 생각하세요. 아프로디테를 이 위로 옮겨봐야겠네요.]

"응?"

[여기에 떠운 인공위성이요.]

"하지만 프라디트가 싫어하잖아. 원하지 않는 일은 하지 마."

[저도 디아트리체 벨레로폰이라는 인공지능을 언짢게 하고 싶지는 않아요. 그냥 바다부터 시작하는 탐사라고 생각해 주세요.]

아찬이 알았다는 듯이 미세하게 고개를 끄덕이며 프라디트 쪽을 돌아보고는 놀라서 달려갔다. 그녀는 조종복을 벗으려고 애쓰고 있었다.

"프라디트, 그대로 입고 있는 게 좋겠어요."

"하지만 너무 불편한걸요."

"안에 얇은 여압복밖에 안 입었잖아요."

[아뇨. 너무 답답해하기에 아무것도 안 입혔어요.]

로가디아의 말이 채 끝나기도 전에 아찬은 헤벌쭉 입을 벌리며 즉시 반응했다.

"도와줄게요."

—보기 좋네요, 아찬.

아찬의 움직임이 일순간 정지했다.

"레, 레진?"

—도와줘 보시지?

"아, 난, 그게 그냥……."

레진의 목소리에는 가벼운 비아냥거림이 섞여 있을 뿐 화난 기색은 없다.

"레진, 일부러 그런 거 아냐. 다음엔 같이, 아니, 지금 나올래? 바람이 차갑긴 하지만 꽤 기분이 나."

—아뇨. 당신들 나가는 거, 알고 있었는데 왠지 무섭더라고요. 오면 이야기나 해줘요.

"레진……."

—난 신경 쓰지 말아요. 그냥 나가기 무서워서 그런 것뿐이지 다른 이유 없으니까요.

하지만 그렇게 말하면서도 입체영상 교신은 끝까지 수락하지 않았다. 아무리 아찬이라도 레진이 지금, 힘들여 아무렇지도 않은 척한다는 사실쯤은 어렵지 않게 추측할 수 있었다. 그녀는 자신의 모습을 보여주고 싶어하지 않는 것이다.

"레진이랑 이야기해요? 나도!"

아찬이 자신의 이어폰을 뽑아 꽂아주었다. 입김이 닿을 정도로 가까워진 그녀의 숨결이 따뜻했다.

"레진, 여기 정말 좋네요. 로가디아랑 같이 와요! 켈리도!"

―응. 고마워요, 프라디트. 근데 솔직히 좀 무섭네요.

"아찬이 있는데 무서울 게 뭐가 있어요?"

이어폰이 잠시 침묵을 지켰다. 함께 듣던 아찬은 지금 레진이 어떤 표정을 짓고 있을지 너무나도 충분히 상상이 갔다. 이미 거기를 걷어차이고 정강이를 호되게 맞은 경험이 부지기수다. 하지만 분명히 그건 전부 오해였단 말이다.

"레진, 와요."

―프라디트.

"응?"

―아니. 아무것도 아니에요. 아침부터 부산을 떨었더니 피곤하네요. 오랜만에 혼자서 좀 쉴래요.

프라디트가 알 수 없다는 듯이 아찬을 보았다. 그는 그냥 고개를 끄덕일 수밖에 없었다. 그 넓은 게이츠에서 혼자 쉬겠다는 말이 어떤 뜻인지 알기에는 아직 그녀가 배운 말이 짧았다.

아찬은 프라디트의 목덜미에서 이어폰을 뽑아준 다음 헬멧을 아무렇게나 꿰어 들고 해변 쪽으로 향했다. 두 아가씨가 뭐라 뭐라 이야기를 더 나누었지만 바람 소리에 묻혀 이내 사라졌다. 그럴 리는 없겠지만, 누군가가 방풍림으로 일부러 심은 것처럼 보이는 침엽수들 사이를 헤쳐 나가자 곧바로 모래사장이 나타났다. 모랫결은 입자가 무척 고왔지만 지구의 바닷가에서 흔히 볼 수 있는 조개껍질 따위는 눈에 띄지 않았다. 염분이 높아서일까? 나름대로의 적응조차 못한 채 죽은 바다가 되어버린 것일까?

파도는 서로 부딪쳐 부서지고 나서도 여전히 위협적인 높이로 밀려왔다. 하지만 아찬은 그대로 걸어나갔다. 로가디아는 아찬을 말리지는 않았지만 헬멧을 쓰는 게 좋다고 조언했다. 그러나 그는 그마저도 못 들은 척, 혹은 정말로 못 들은 듯 그대로 걸어나갔다.

소금기가 섞인 바다 비린내가 코끝을 휘감자 갑자기 지구에 대한 그리움이 미칠 듯이 밀려왔다. 그는 담배를 조종복 주머니에 옮기지 않은 걸 후회했다.

아찬은 자신이 미람과 함께 갔던 해변의 리조트는 전혀 떠올리지 못했다. 그 결과, 아찬 역시 바다를 본 적이 없는 프라디트와 다름없어져 버렸다. 일주일에 한 번씩 오는 자원봉사 보모는 이상하게도 하나같이 바다를 좋아하지 않는 사람들이었다. 학교에 들어가서는 모두들 모래사장에서 뒹굴 때 혼자 멍하니 별이 지지 않을 것만 같던 하늘만 쳐다봤었다. 결국 미람을 떠올리지 못한 그가 프라디트에게 이야기해 주었던 바다는 잘 떠오르지도 않는 아련한 기억과 상상이 합쳐진 결과물이었다.

와자지껄한 해변과 살아 있는 생선을 그 자리에서 잡아 날로 먹은 기억이 희미하게 났지만 그게 아버지와 강에서 그랬던 것인지, 아니면 다른 곳에서 그런 것인지 잘 구분이 가지 않았다. 그러나 그리움이 치밀어 오르다 못해 통증이 되기에는 충분한 기억이었다. 아찬은 그러고 보니 지구환에서 내려다본 외에는 바다를 제대로 본 적이 없다는 걸 깨달았다. 결국 자신에게 바다는 피안 너머에 존재하는 그 무엇이었을 뿐이다.

해가 점점 높아지면서 바람도 함께 거칠어졌다. 파도 역시 마찬가지여서 처음에는 무릎에서 철썩거리던 녀석들이 어느새 목덜미까지 위협을 했다. 그러나 아찬은 그 속에서 상상과 기억이 합쳐진 지구를 보느라 정신이 없었다. 이른 새벽 동트기 전 여명이 밝아오는 하늘을 가로지르며 수평선 너머로 내리꽂히는 지구환과 스러져 가는 별빛을 대신해 불을 밝히는 우주선의 항해등. 뒤돌아서면 여의도의 은빛 환오름과 엔타워가 서 있는 푸른 남산이 손에 잡힐 거라는 착각에 그는 충동적으로 몸을 돌렸다.

그러나 여전히 광활한 백사장과 그를 마감하는 아득한 거리의 검은 바위 절벽, 그리고 거친 침엽수 위로 솟아오른 전투기 태풍의 날개뿐.

하지만 그게 전부는 아니었다. 밀물이 되어 이미 무릎까지 들어찬 바닷물은 아찬의 발자국조차 탐해 그가 걸어온 흔적마저 지웠지만 그 자리에는 프라디트가 서 있었다.

아찬은 삶과 맞바꾸고자 했던 잊을 수 없는 꿈을 꾼 그때처럼 흐느적거리며 소금기 섞인 바람도, 파도도 범접하지 못하는 그녀에게 다가갔다. 옷을 입지 않은 프라디트는 반발력이 만든 전하가 공기 분자와 반응하며 생기는 은은한 빛 속에 감싸여 희미한 실루엣으로만 보였다. 그래도, 그녀의 얼굴은 똑똑히 볼 수 있었다.

"프라디트……."

그녀는 말없이 그의 양손을 잡고 뒤로 끌어당겼다. 아까부터 아찬만을 노리듯 몰아치던 거센 파도 중 하나가 결국 그의 목덜미에 차가운 손길을 집어넣는 데 성공했다. 그러나 그는 이미 무엇으로도 바꾸기 어려운 따뜻한 머리카락에 얼굴을 묻은 후였다. 프라디트의 목덜미에서 풍기는 향기.

아찬은 입술을 프라디트의 입술에 갖다 댔다. 그녀는 머뭇거리면서도 아찬에게 모든 걸 맡겼다. 비록, 수동적으로 받아들이기만 했지만 거부하지는 않았다.

같은 시간, 레진은 침대에 웅크린 채 잠이 들었다. 그녀의 볼에 남은 소금기는 쉽사리 지워지지 않을 것처럼 보였다.

* * *

아마다는 벨레로폰과 짧은 대화를 나누었다. 어쩌면, 이제 이곳에 이렇게 자주 들를 필요가 없어질지도 몰랐다. 아텐은 무표정한 얼굴로 아마다를 안고 날아올랐다. 도시로 돌아가도록 둘은 아무런 말이 없었다. 아마다는 아텐에게 뭐라고 말을 해주고 싶었지만 가슴이 너무 아파서 그럴 수가 없었다. 아텐의 증오와 사랑이 아무리 깊다고는 해도 이토록 아플 수는 없다. 단순히 감정만으로 그렇게 되려면 이미 오래전에 그녀의 영혼 전체가 악몽에 먹혔어야 했다. 그렇지 않다는 사실은 조금 전에도 확인했지 않은가. 도시에 거의 도착할 즈음에야 통증이 겨우 잦아들었다. 벌써 해가 지고 있었다.

첨탑의 길어진 그림자 아래에는 지친 표정의 세이란이 기다리고 있었다. 아마다는 피곤했지만 어둠과 분간이 잘 안 되기 시작한 음영 속에서 하염없이 자신을 기다리는 그녀를 만나기로 결정했다. 표정이 좋지 않아 보이기도 했지만 며칠이나 혼자 나갔다 온 그녀에게 따뜻한 말 한마디를 건네주고 싶었다. 아마다는 다친 손을 소매 안에 감추고 그녀를 향해 웃으며 다가갔다. 세이란은 허리를 숙였고, 아마다가 고개를 끄덕이자마자 그녀 쪽에서 즉시 용건을 꺼냈다.

"돌아오시자마자 불편하게 해드려 죄송해요. 급히 말씀드려야 할 것 같아서……."

말끝을 흐리는 그녀의 안색이 영 불편해 보였다. 조금 떨어진 곳에서 펜시모니아 연진이 비슷한 품을 하고 있는 걸 보니 무슨 일이 있었던 게 틀림없다. 해주려던 따뜻한 말은 꺼내지도 못한 채 아마다는 되물을 수밖에 없었다.

"고생은 네가 다 했지. 무슨 일인데 그러니?"

"혼돈의 바다를 넘어 시도니아에 다녀왔어요. 그밖에 몇 군데를 더 다녀왔고……."

프라디트에 대한 이야기가 아니다. 그렇다면 무엇이 그녀를 걱정시킨 것일까.

세이란이 내민 손을 아마다가 잡고 그 위에 숄을 걸쳤다. 목덜미가 조금 서늘해지며 세이란이 본 것들이 아마다의 머릿속으로 들어왔다.

혼돈의 바다에 휘몰아치는 태풍이 육지까지 밀고 올라왔다. 그 전조도 무시무시했다. 처음에는 썰물 같았다. 그러나 그 빠지는 속도가 상상을 초월했다. 세이란은 그 광경에 위협을 느낀 듯 잠시 망설이다가 빠지는 바닷물을 따라갔다. 바닷물은 빠르게 뒤로 물러나며 가속이 붙어 마침내 세이란이 날아올라야 할 정도가 되었다. 그러나 날아오른 그녀는 정작 바닷물이 물러나는 방향과 반대로, 육지를 향해 전속력으로 움직였다. 몸을 띄우기 직전 발밑에 느껴진 진동의 의미를 알았던 것이다. 고개를 돌려 뒤로 옮긴 시선 너머 갑자기 넓어진 해안선 멀리 수평선이 급히 솟구쳤다.

순간적으로 낼 수 있는 속도만큼은 아텐조차 압도하는 세이란이지만 지구력은 그렇지 못했다. 얼쩡거리다가는 해일에 휩쓸려 차가운 심연의 바닥으로 가라앉을 터. 그녀는 이후 뒤도 돌아보지 않고 시도니아 산까지 한달음에 내달렸다.

지진 해일은 해안선을 휩쓸고 시도니아 산 아래까지 밀어닥쳤다. 테라의 우주선도 무사하지 못할 것 같은 엄청난 규모. 아마다는 해일이 포효하며 먹어치우는 수많은 생명들이 내지르는 끔찍한 절규에 잠시 눈을 감았다.

세이란은 황급히 다시 날아올랐다. 시도니아 산의 꼭대기에서 연기가 피어오르기 시작했던 것이다. 그녀는 그 광경을 보며 잠시 망설이다가 산맥을 타고 정상을 향했다. 올라갈수록 기온이 떨어지며 세이란의 숨결이 하얗게 변했다. 정상부는 갈라지기 시작했고 그 틈에서 연기가 피어올랐다. 부근의 눈이 녹는가 싶더니 순식간에 증발해 바짝 타오르는 검은 바위만 남았다. 눈이 밝은 그녀는 갈라진 틈새 아래에서 바위 녹은 물이 들끓으며 언제라도 차가운 대기 중으로 치고 올라올 준비를 하고 있다는 것을 알았다. 그녀는 이 모든 장면 하나하나를 놓치지 않겠다는 듯 단호함을 표정에 새긴 채 스톨라로 얼굴을 가리고 조금 더 접근했다.

그 순간 틈새에서 뜨거운 수증기가 갑자기 뿜어져 나왔다. 그 즉시 세이란의 주위에 다이달로스의 기운이 펼쳐졌지만 왼쪽 볼은 이미 새빨갛게 부풀어 올랐다. 그 후로 세이란은 사막과 화산 지대를 돌아다녔다. 어디서나 모습은 비슷했다.

눈을 감은 아마다가 미간을 찡그렸다. 세이란은 더 이상 아마다를 힘들게 하고 싶지 않았다. 그녀가 눈을 떴다.

"죄송합니다, 아마다. 제가 너무 경솔했어요."

아마다는 한숨을 한 번 쉬고 세이란의 볼을 살펴보았다. 군데군데 분홍빛 새 살이 솟아 오른 것이 물집이 꽤나 잡혔던 모양이다. 조금 전 가슴에 치민 고통은 세이란이 치료를 참지 못하고 내뱉은 한숨과도 같은 것이리라.

"앞으로는 그런 위험한 행동은 절대로 하지 말거라. 충분히 멀리서 관찰해도 돼. 알겠니?"

"하지만 전 프롬마로서……."

"세이란, 알겠니?"

아마다가 저런 목소리를 내는 건 오래전 자신을 물에 빠뜨린 프라디트를 대한 이후로 처음이다. 세이란은 아주 잠깐 머뭇거리다가 곧 고개를 숙였다.

"예, 아마다. 안 그럴게요. 걱정 끼쳐 드려 죄송해요."

"그래, 얼마나 힘들었겠니. 가서 쉬렴."

"예……."

세이란이 물러나자 펜시모니 아 연진이 다가왔다.

"손 봐드릴게요."

"고마워요."

손을 다쳤다고 누구한테 말한 적이 없다. 아마, 아텐이 먼저 연진에게 고백했을 것이다. 연진은 아이기스의 불꽃에 입은 상처를 치료하기 위해 아마다의 손을 감싸 쥐었다.

아이기스의 불꽃은 스스로의 재생을 절대 허락하지 않았기에 연진은 자신의 힘을 소모할 수밖에 없었다. 그녀가 지쳐 감에 따라 아마다의 고통도 점점 심해졌다. 하지만 세상에 대가없는 일은 없다. 아마다는 고통을 대신해 주는 존재고, 연진은 자신의 수명을 나누어 주기 위한 존재다.

"오늘은 여기까지 할게요. 하루 밤, 하루 낮이 지나면 다시 불꽃의 기운을 뽑아내겠습니다."

"연진, 피곤하겠지만 자기 전에 잠시 이야기 좀 할까요?"

"예. 얼마든지요. 누구를 불러올까요?"

"세이란이랑 아텐 말고 모두 좀 부탁해요."

"예."

펜시모니 아 연진은 아마다가 뭘 하고 싶어하는지 이미 알고 있다는 듯 조용히 사라졌다.

세이란과 아텐이 잠들었음을 확인한 나이 든 님부스들이 둘러앉았다. 모두가 모이자 하스파스토니아가 가운데에 불을 피웠다. 창백하고 푸른 불꽃이 허공에서 피어오른 것으로 격식은 끝났다. 정해진 순서도 없다. 누구든 할 말이 있으면 입을 열면 됐다. 그러나 아무도 그러지 않았다. 어색함이나 불편함보다는 불길함에 가까운 침묵이 흐르다가 마침내 헤어가 말을 꺼냈다. 위엄과 정숙함, 그리고 당당함으로는 아마다와 능히 견줄 만한 그녀조차 힘이 없어 보였다.

"원래라면 2차 성징이 끝난 아텐과 세이란도 이 자리에 있어야 하지만 더 이상 그 아이들에게 짐을 지울 필요가 없다는 점은 잘 아시리라 생각합니다."

의례라기보다는 걱정에 해당하는 미묘한 발언부터 시작한 그녀는 곧바로 본론으로 들어갔다.

"다 아시겠지만 지금 하늘과 바다와 땅이 요동치고 있어요. 봉인이 풀린 것 같습니다."

아마다는 아무 말도 하지 않고 지켜보기만 했다. 헤어는 아마다의 침묵을 받아들이고 자신이 회의를 진행했다. 각각 그것들에 대한 책임을 관장하는 파사이드와 하스파스토니아, 아터미시나가 고개를 숙였다. 헤어는 그들을 한번씩 돌아보고 말을 이었다.

"그러지 마세요. 이건 여러분 잘못이 아닙니다. 봉인을 관리하는 벨레로폰의 아이들에게 문제가 생긴 것 같습니다. 벨레로폰은 아무 말이 없었어요."

아마다가 벨레로폰을 만날 때 이미 땅이 갈라지고 파도가 몰아쳤음에도 그랬다는 것은 그도 몰랐다는 의미다.

"먼 옛날에도 이런 비슷한 일이 있었지요. 우리는 희생을 많이 치러야 했습니다."

자매들에게 고통스런 과거를 굳이 떠오르게 할 필요는 없다. 기록을 관장하는 클리아는 탄식과도 같은 한숨을 내쉬면서도 아무 말도 하지 않았다. 헤어가 클리아에게 시선을 떼지 않았다. 그러나 그녀는 한숨을 한 번 더 내쉴 뿐 역시 입을 다물었다. 클리아의 마음을 알겠다는 듯 헤어는 미묘하게 고개를 갸우뚱하고 말을 이었다.

"그때보다 상황이 안 좋아요. 당시는 우람도 많았고, 아이기스들도 많았습니다. 아이기스 스피올 아리아스든, 아이기스 쉴라 아텐이든. 그러나 지금은 아리아스는 아예 없고 아텐도 한 명뿐이지요. 하지만 정히 극단적인 상황이라면 아텐이 프라디트를 구할 수 있을 것입니다."

"그것으로 충분하지요. 다행이 아닐 수 없습니다."

미래를 예측하는 임무를 가진 모일라이가 클리아의 말을 받았다.

"모일라이, 그래서 말인데, 어떨 것 같나요?"

모일라이의 표정은 변화가 별로 없었다.

"봉인이 완전히 풀리기까지는 여유가 어느 정도 있습니다. 어쩌면 충분할 수도 있습니다."

예상외라는 마흔네 개의 시선이 모닥불을 지나쳐 모일라이에게 집중되었다.

"테란의 우주선을 이용한다면 말입니다."

시선이 가진 기운이 변했다. 당황과 불편함, 본능에 입각한 즉각적인 거부 같은 것들.

"그건 그들의 우주선을 접수하겠다는 말인가요? 하지만 그건 부당하기 짝이 없는 행위입니다."

"설령 그렇게 된다고 해도 우리가 그걸 다룰 수 있을까요?"

"아텐은 우주선을 상대로 승리를 장담할 수 없다던데요."

"그보다 우주선이 성하다면 왜 떠나지 않을까요?"

여기저기서 웅성거림에 가까운 질문 공세가 쏟아졌다. 모일라이가 뭔가를 바라는 눈빛으로 아마다를 바라보았다. 마침내 그녀가 입을 열었다.

"지난번 림보 폐쇄에 대한 이야기에 대한 생각은 모두가 여전하리라 믿어요."

누구도 고개를 가로저으며 일어나지 않는다. 동의한다는 의미다.

"저는 보다 현실적인 문제를 말하고 싶습니다. 우선, 아터미시나가 할 일이 생겼어요. 미안하지만 디메테가 없으니 그 역할도 함께 부탁해요."

아터미시나뿐 아니라 모든 자매의 눈이 커졌다. 그러나 아무도 목소리를 내지 않았다. 해가 완전히 지고 온도가 내려가기 시작했다. 파르스름한 불꽃이 안개가 되기 위해 내려앉기 시작한 습기에 닿으며 탁탁 소리가 나자 비로소 헤어가 황망히 고개를 들었다.

"설마… 프라디트가?"

"네."

헤어가 황급히 질문을 덧붙였다.

"누구와요? 남자 테란?"

아마다가 고개를 끄덕였다.

"하, 하지만 프라디트는 우리에게—"

인간을 상대로는 결코 말을 끊는 법이 없는 아마다가 헤어를 손짓으로 제지했다.

"선택은 그 아이가 직접 했습니다. 우리 중 어느 누가 반려를 결정할 때 허락을 받았나요? 우리도 그러지 않았어요. 더욱이 프라디트는 우람입니다."

그러나 아마다의 말에도 불구하고 헤어가 강하게 반발했다.

"아마다, 우리는 그들을 편의상 테란이라고 부를 뿐이에요."

"벨레로폰이 테라의 우주선을 타고 온 이들이라고 했고, 세이란은 그들이 테라 말을 한다고 했어요. 다른 어떤 증거가 필요하단 말인가요?"

"속임수일 수도 있습니다."

"그렇다면 프라디트가 가장 먼저 알았을 거예요."

이번에는 모일라이가 도왔다.

"미래가 잘 보이지 않네요. 하지만 그들이 테란인 건 맞는 것 같습니다."

그러나 헤어는 물러서지 않았다.

"그럴 것 같다는 것으로는 부족해요. 모일라이, 확실한가요?"

"미래는 있을 법한 일일 뿐 결정된 것은 아무것도 없습니다. 그렇게 말씀하셔도 저로서는 달리……."

"헤어, 그리고 여러분. 전 프라디트가 이곳을 떠나는 일 말고는 아무 관심이 없습니다. 제 의견을 말해볼까요? 전 솔직히 그 남자가 테란이 아니라도 상관없다고 생각합니다. 단지 프라디트를 테라로 데려다 주기만 하면 됩니다. 테라에서는 자신의 배우자를 선택할 폭이 훨씬 넓어질 겁니다. 그들 중에 우람이 없을 리 없습니다. 설령 그렇지 않다 해도 테란이라면 상관이 없다고 봐요."

그나마 속삭임 같던 술렁임마저 사라졌다. 특히 아터미시나가 충격을 받은 듯했다. 그녀가 한참 만에 겨우 입을 뗐다.

"프라디트의 처녀성은요……?"

아마다가 진심으로 미안하다는 듯이 대답했다.

"전 생존이 처녀성보다 중요하다고 생각지 않아요."

"괴물을 낳아도 좋다는 건가요?! 그런 미개한 종족과?"

갑자기 아터미시나의 언성이 높아졌다.

"그들의 어디가 미개하다는 건가요? 벨레로폰은 그들의 로가디아가 디아트리체일 수도 있다고 했어요. 우주선을 보았나요? 하스파스토니아, 고칠 수 있겠던가요?"

이름이 불린 님부스가 자신없다는 듯이 눈을 내리깔았다.

"우리와 다른 길을 걸었을 뿐이에요. 뛰어난 기술과 선한 의지를 가졌다는 건 세이란이 확인했잖아요."

"아마다, 죄송합니다. 제가 확신할 수 없는 점은 그들이 테란이라는 부분입니다. 전 동의할 수 없어요."

"저도 그렇습니다."

"저 역시 마찬가지입니다. 설득력이 떨어지네요."

자매들이 하나둘 일어나며 고개를 흔들었다. 좀 더 머뭇거리는 님부스가 간혹 보였지만 그녀들도 이미 자세는 엉거주춤했다. 그때 뜻밖에도 헤어가 자세를 고쳐 무릎을 끌어안으며 말했다.

"전 아마다의 의견에 동의하지는 않지만 일어서지는 않겠습니다."

그러나 다른 자매들은 일어선 채 움직이지 않았다. 님부스는 결코 다른 사람의 반응에 따라가지 않았다. 그들은 언제나 스스로의 의지와 신념에 따라 움직였다. 여전히 엉거주춤한 자매들조차, 결정을 내리지 못한 것일 뿐 눈치를 보는 것이 아니다. 헤어가 조용히 말을 덧붙였다.

"전 이 안건이 회의 대상이 아니라는 점을 지적하고 싶습니다. 아마다의 의견은 자신의 생각일 뿐 제안이 아닙니다. 모든 것은 프라디트의 의지와 선택입니다. 지금 여러분이 서 계신 바로 그것과 같은 것입니다. 따라서 의식대로 하기를 원한다면 그에 맞도록 안건을 조절할 필요가 있습니다."

일어설지 말지 망설이던 자매들부터 다소곳하게 앉기 시작했다. 조금 부산했지만 오래 걸리지 않아 모든 님부스들이 고개를 끄덕이며 다시 앉았다.

아마다는 자기도 모르게 안도의 한숨이 나오려는 것을 참을 수 있었다. 헤어가 그녀를 물끄러미 바라보며 허락을 구했다.

"아마다, 제가 잠시 더 주도해도 되겠습니까?"

"고마워요, 헤어."

머리를 꼿꼿이 한 채 헤어가 일어서며 말했다.

"저의 기립은 찬반의 입장이 아닙니다, 여러분."

그렇다면 개인이 아닌 헤어로서 말하겠다는 의미다. 대부분의 자매들이 조금 긴장했다.

"저 헤어는 다음 사항을 제안합니다. 다섯 밤이 지나고 난 첫 새벽에 세이란과 하스파스토니아, 클리아, 연진, 그리고 저 다섯 명이 그들을 방문해 하루 밤, 하루 낮 동안 다음의 사항을 확인할 것입니다. 연진은 테란들이 진짜 테란이 맞는지 확인합니다. 클리아는 그들의 기록과 역사로 그 진실성을 가늠합니다. 하스파스토니아는 그들의 우주선을 확인하고 우리가 어떻게 할 수 있을지를 확인합니다. 세이란은 통역을 하고 전 그 모든 사항을 감리합니다. 어떻습니까?"

특별할 것 없는 내용에 자매들이 긴장을 풀며 거의 동시에 고개를 끄덕였다.

"서도 세안을 하고 싶습니나."

일어선 아터미시나의 말에 헤어가 부드럽게 자신의 자리를 찾아 앉았다.

"만약 그들이 테란이 맞다면, 전 제가 가진 모든 능력을 다하여 디메테의 역할까지 수행하겠습니다. 그러나 그렇지 않다면, 전 아텐과 함께 그들로부터 프라디트를 떼어놓을 것입니다."

"좋아요. 동의합니다."

아마다가 가장 먼저 말했다. 그러나 나머지 자매들은 깜짝 놀라면서도 결정을 보류했다. 이제부터는 정말로 신중해져야 했던 것이다. 헤어가 그녀들을 물끄러미 둘러보고는 손을 뻗어 거의 다 타 들어가는 파르스름한 불꽃을 키웠다.

"그럼 일단 제 제안은 승인이 났으니 내일 오전에 세이란을 전령으로 보내겠습니다."

모일라이가 헤어의 결정에 이의를 제기했다.

"위험합니다. 아텐을 함께 보내지요."

"세이란도 무사히 다녀왔고 프라디트도 돌아오기를 원치 않을 정도인 것을 보면 위험은 걱정하지 않아도 될 법하군요. 난 내일 벨레로폰을 만나 봉인에 대해 이야기해야 할 것 같아요. 아텐의 수행을 받았으면 좋겠군요."

모일라이는 아마다의 말을 수긍했다. 헤어는 아터미시나의 제안에 만장일치를 얻어냈고 회의는 끝났다. 그러나 모든 자매들은 앞으로 이런 밤이 자주 찾아오게 될 것임을 어렵지 않게 예상할 수 있었다.

피곤한 기색으로 첨탑 아래로 향하는 아마다에게 헤어와 모일라이가 조심스레 다가왔다.

"아마다, 잠자리에 드시기 전에 모일라이가 드릴 말씀이 있다는군요."

헤어는 그렇게 말하면서도 자신도 함께 있겠다는 눈치를 굳이 감추려들지 않았다. 아마다와 두 여자는 첨탑 아래에 앉았지만 불을 피우지는 않았다.

"모일라이, 본 걸 말씀드려요."

그러나 정작 그녀는 말하기가 망설여지는 듯 머뭇거리기만 했다.

"두려운가요?"

아마다의 부드러운 물음에도 그녀는 갈팡질팡하는 듯 손으로 입을 가렸다.

"죄송합니다, 아마다, 헤어. 차마 입에 담기도 어려운 이야기여서……."

프라디트의 아버지와 같은 시기에 태어난 모일라이는 겁이 많은 님부스였다. 그러나 그게 그녀 탓은 아니다. 아주 엄밀하게 말하면 림보는 꽤 오래전부터 문제의 징후를 보였고, '완전함'이라는 의미를 단어 자체에 함축한, 진정한 님부스가 태어나지 않은 지가 몇 세대 전이다. 당장 아마다 자신도 옛날의 아마다에 비하면 그 허리 아래조차 따라가기 어려울 지경이다. 심지어 우람이 아마다였던 시절을 떠올려도 마찬가지다. 지금은 제아무리 님부스라도 어쩔 수 없이 서로 기대야만 하는 시기다.

"괜찮아요. 원하지 않는다면 나중에 하세요."

"아뇨. 지금 말씀드려야 돼요."

모일라이가 세차게 고개를 흔들었다. 헤어와 아마다가 불안한 눈빛으로 서로를 쳐다보았다. 모일라이는 심호흡처럼 깊은 숨을 몇 번 들이쉬고 나서 말했다.

"사실은 미래를 봤어요."

"불길하던가요?"

모일라이가 목이 멘 듯 대답을 못한다. 불길한 정도가 아닌 듯싶다. 그녀는 다시 깊은 숨을 들이쉬고는 말을 단숨에 내뱉었다. 그렇게 하면 운명에서 벗어날 수 있다고 믿기라도 하듯이.

"죽음을 봤어요. 끔찍한 죽음을."

가장 나이 든 두 여자의 미간이 찌푸려졌다.

"우리 모두 죽습니다. 막을 수 있는 게 아니에요. 프라디트의 미래는 보이지 않지만 그녀와 아이들도 위험해요."

끔찍한 말이었지만 각각의 반응은 사뭇 달랐다. 아마다는 프라디트의 아이라는 말에서 감추기 어려운 안도의 숨결을 내쉰 반면, 헤어는 죽음의 전조에서 받은 혐오감을 같은 부분에서 충격으로 내비쳤다.

"그럼 아이들을 보호해야겠군요. 언제인지는 알 수 없나요?"

모일라이가 보는 미래는, 사실은 보는 것이 아니라 느끼는 것임을 알면서도 그렇게 물을 수밖에 없었다. 죽음이라 해도 그것이 자연스러운 죽음인지, 아니면 사고로 인한 죽음인지도 불분명했다. 그녀가 아는 것은 그저, '그렇다'는 느낌일 뿐 왜 그러는지는 몰랐다. 모일라이의 능력은 있을 법한 일들 중 가장 있을 것 같은 일을 그냥 느낄 뿐이다. 모든 이에게 그렇지만 미래란 정해진 것도 아니고 그렇다고 흘러가는 것도 아니기에, 그저 무한한 사건들이 파편처럼 흩어져 있다가 조합되는 것일 뿐이기에.

당황한 아마다의 잘못된 질문을 헤어가 바로잡았다.

"원인에 대해서 대강이라도 윤곽을 알 수 있을 만한 것이 없던가요?"

모일라이가 숨을 몰아쉬며 대답했다.

"파멸은 내부에서 시작된다는 것을 알 수 있었어요. 그리고……."

"그리고?"

"그 테란이 우리의, 아니, 프라디트의 유일한 희망이에요."

아마다와 헤어는 한참 동안 아무 말도 하지 않다가 모일라이를 물렸다. 그녀는 미래를 느낀 대가로 수명을 지불했고, 또한 그만큼의 시간이 잠으로 차감될 것이다. 가혹하지만 그것이 그녀의 능력이고 운명이다. 어차피 님부스는 죽음을 두려워하지 않는다. 단지 혐오할 뿐. 님부스가 두려워하는 유일한 것이 있다면, 그건 우람의 죽음뿐이다.

모일라이가 사라진 후에도 헤어와 아마다는 이야기를 더 나누었다.

* * *

여전히 우중충한 하늘. 흩뿌리는 비. 언젠가 레진은 이곳에도 비란 게 있나 보다라는 말을 한 적이 있었다. 그 기억에 아찬은 이곳에는 비란 게 있는 것이 아니라 맑은 날이란 것도 있기는 한가라는 생각을 하는 중이었다. 시원하게 쏟아지는 것도 아닌 그저 흩뿌리는 비. 맞기라도 하면 왠지 젖었다기보다는 축축해진 먼지 냄새에 상쾌함은커녕 곧바로 샤워하고 싶은 불쾌함을 불러일으키는, 누구라도 좋아하기 어려울 종류의 비가 며칠째 줄창 내리고 있었다.

아찬은 로가디아가 맞춰준 물 온도가 그다지 마음에 들지 않았지만 투덜거리지 않고 몸을 씻었다. 비를 맞은 후라 마음대로 찬물에 샤워했다가는 감기에 걸릴 수도 있다. 덮개가 없는 소형 지프를 타고 나간 게 실수라면 실수였다. 일기예보를 못한 로가디아에게 책임을 묻기는 곤란했다. 이곳의 날씨는 도무지 일관성이 없고 예측이 불가능했다. 대기 중의 습기가 마치 마법처럼 폭발적으로 응결해 비로 변하는 데 한 시간도 걸리지 않았다.

레진은 원래 비만 오면 우울해했지만 요즘은 부쩍 더했다. 책임을 느끼지 않을 수 없는 아찬은 그녀에게 제대로 말도 붙이지 못했다. 바다에서 프라디트와 첫 키스를 나누고 돌아온 이후 레진은 아찬 앞에서 차가운 미소를 흘릴 뿐 말을 걸어도 대꾸조차 하지 않았다. 그녀는 이제 비가 오든 오지 않든, 마시지도 않을 커피 잔을 손에 쥐고 바깥을 쳐다보며 창틀에 앉아 있는 게 일상이 된 듯했다. 아찬 역시 비슷한 심정이지만 지금 마음이 불편한 이유는 레진과 눈도 제대로 마주치기 어려워서만이 아니다.

며칠 전 아침, 세이란이 빗속을 뚫고 나타났다. 그녀의 심기를 거스르고 싶지 않았던 아찬은 로가디아에게 다른 사람은 몰랐으면 한다고 말하고는 혼자 갑판에 올라갔다. 그의 예의치레도 무색하게 세이란은 거의 일방적이라 할 수 있는 전언을 했다. 자매들이 이곳을 찾을 것이니 그렇게 알고 있으라는.

물론 아찬은 프라디트가 원하지 않는 일은 절대로 생기게 하지 않을 것이라고 말했다. 그녀는 그 말에 코웃음을 치면서도 목적은 그게 아니니 신경 쓰지 말라 하고서는 훌쩍 날아가 버렸다.

그때는 눈이 멀 것 같은 빛을 내며 날개처럼 펼쳐지는 머리카락의 아름다움조차도 눈에 들어오지 않았다. 는개 사이로 사라지는 광점을 멍하니 쳐다보다 비로소 정신을 차린 아찬은 곧 게이츠를 싹 다 청소하는 자신과 레진을 상상하며 치를 떨었다. 다릴을 고쳐야 하나 심각하게 고민해야 할 것 같았다. 그러다가 자동청소기를 자연스럽게 끌고 와 도와주겠다는 프라디트까지 상상이 이르자 문제는 그게 아니란 걸 알았다.

무엇을 어떻게 해야 할지 알 수 없었던 것이다. 아찬이 확신할 수 있는 유일한 한 가지는 그들을 절대 격리실로 맞아들여서는 안 된다는 것뿐이었다. 갑판에서 바비큐 파티를 열고 와인 잔을 들고 돌아다니는 것은 그들의 호감을 사는 데 전혀 도움이 될 성싶지 않았다. 진짜 바비큐라도 말이다. 아찬은 그 후로 잠자리조차 편치 못했다.

"로가디아, 어떻게 했으면 좋겠어?"

아찬이 뭘 묻는지 그녀가 모를 리 없다.

[프라디트에게 물어보세요.]

"물어봤지. 진심을 가지고 최대한 예의를 갖추면 된대."

[그럼 그렇게 해요.]

"됐다. 말을 말자."

로가디아도, 프라디트도 틀린 말을 한 건 없다. 당장 프라디트만 봐도 그랬고, 세이란의 경우에서도 추측이 가능했다. 하지만 이번에는 그때와 분명히 경우가 다르다. 그들이 아무리 관대하다 해도 비 오는 갑판 위 메탈갑옷의 포위망 안에 서서 으르렁거리는 태풍의 에어쇼를 편안하게 관람할 리가 없다. 그만 기가 막혀 버린 아찬은 담뱃갑을 꺼내다가 레진을 의식하고 다시 집어넣었다.

창틀에 기대 앉아 있던 레진이 부스스 몸을 일으켰다. 그녀는 아찬을 거들떠보지도 않은 채 승강기로 향하며 로가디아에게 물었다.

"지금 프라디트 어디 있어?"

[수영장에 있어요.]

레진은 고개만 까딱하며 승강기에 몸을 실었다.

프라디트는 바닷가에서 있었던 사고에 대한 한풀이라도 하는 듯, 하루의 대부분을 수영장에서 보냈다. 로가디아는 광섬유로 빛을 들여 인공 태양을 투사하고 제주의 백사장과 크로아티아의 절벽, 그리고 산토리니의 항구에 발리의 산호초가 적당히 섞인 영상으로 그 장소를 꾸며주었다. 프라디트는 직접 본 바다보다 그 허상에 대단히 만족스러워했다.

이미 바닷가에서 있었던 단 한 번의 시도로 그녀는, 물과 영원히 친구가 될 수 없음을 사무치게 알 수 있을 정도로 많은 물을 마셨다. 아찬이 뛰어들지 않았다면 정말로 큰일을 당했을지도 몰랐다. 그런 프라디트로서는 수영장의 넓이 같은 건 아무 문제가 되지 않을 것이다. 수영복은 없지만 여자 내의는 넘치도록 많았고, 프라디트는 파도치는 물결이 발끝에 살짝 닿을 정도의 위치에서 브래지어를 풀고 엎드린 채 일광욕 하는 걸 무척 좋아했다. 원래였다면 아찬도 거기 함께 있어야 했다. 그러나 레진이 눈에 걸려 도저히 그럴 수가 없었던 것이다.

[당신도 가보지 그래요?]

"아니, 난 수영 안 좋아해."

[맥주병인 건 아니고요?]

"농담할 기분 아냐."

물론 로가디아도 아찬이 물에 빠진 사람을 구할 수 있을 정도의 수영 실력을 가졌다는 건 안다.

그녀가 아찬 옆에 앉았다.

[레진은 신경 쓰지 말아요.]

"나한텐 레진도 정말 소중해."

[당신 뜻대로 하세요.]

아무리 로가디아라도 도움이 안 되는 위로를 할 때가 있는 법이다. 그러나 그걸 아는 것과 받아들이는 것은 별개 문제다. 아찬이 짜증스럽다는 투로 대꾸했다.

"됐어. 내가 알아서 할 테니까 간섭하지 마."

로가디아가 그를 물끄러미 바라보며 정색했다.

[아찬, 나에겐 당신도, 프라디트도 중요해요.]

"정말인가 보네. 언제부터 레진이 거기서 빠졌지?"

[말할 게 있어요.]

그녀의 말에 아찬의 가슴이 철렁했다. 이건 추측이나 예상이기보다는 거의 반사적인 것이었다. 로가디아가 이런 식으로 말할 때면 좋은 이야기인 적이 없었다. 그녀는 아찬의 대답을 기다리지 않고 말을 이었다.

[악몽에서 벗어난 지도 정말 오래됐어요.]

"정말은 무슨. 고작 넉 달이야."

안 그래도 정색한 로가디아의 얼굴이 확실히 어두워졌다.

그녀는 아찬이 고아라는 사실이 얼마나 다행인지 모른다고 생각했다. 아마 고향이라 할 만한 곳과 가족이 있었다면 결코 견뎌내지 못했을 것이다. 그리고 판솔라니아가 그를 키우다시피 했다는 점 역시.

　인공지능과 함께 자란 사람에게는 무엇인가가 결여되어 있다. 저마다 다르긴 하지만 아예 아무도 없이 자란 경우보다 오히려 심한 경우도 많았다. 특히 자립심이 그랬다. 뭔가에 기대거나 자신이 힘든 걸 어디엔가 풀지 않으면 견디지 못하는 것이다.

　그런 의미에서 일기조차 뜸해져 가는 것은 차라리 다행이다. 그의 일기는 우주 공간에서의 지옥 같은 상황을 버텨올 수 있었던 상징이다. 그러나 동시에 헤어 나오지 못할 영원한 과거의 수렁이 될 수도 있다. 로가디아는 조심스럽게 말했다.

　[시간은 중요한 게 아니에요. 지금 당신이 그렇게 느끼고 있잖아요.]

　"그게 하고 싶은 말이야?"

　[아니요. 솔직히 말할게요. 괜찮아요?]

　아찬이 비로소 짜증을 지우고 머뭇거리다가 고개를 끄덕였다.

　[게이츠는 절대로 떠오르지 못해요. 알죠?]

　다시 반복되는 힘없는 끄덕임.

　[하지만 당면한 문제는 그게 아니에요. 게이츠의 물자도, 예비 에너지도 얼마 남지 않았어요. 모듈의 보조 엔진은 모두 핵융합 방식이고, 반물질 발진기가 하나 있어요.]

　"핵연료는 아무거나 집어넣으면 되잖아?"

　[이건 좀 전문적인 이야기지만, 루타리늄이 없어요. 상온 핵융합이 불가능해요. 사용하려면 반물질 발진기에서 에너지를 충당해야 하죠.]

　로가디아는 굳이 무슨 의미인지 아냐고 묻지 않았다. 이곳에서 촉매를 얻기란 불가능하다는 정도는 아찬도 알아들을 수 있을 것이다.

　핵융합에 필요한 연료는 문제가 아니다. 그건 아찬 말대로 나뭇가지를 꺾어 넣어도 되고 물을 퍼다 써도 상관없다. 문제는 적절한 촉매 없이 핵융합을 하려면 고온고압을 유지시켜야 하는데, 그를 위해 투자해야 하는 에너지가 얻는 양보다 훨씬 많다는 점이다. 인류가 지구환을 만든 이유는 그 장사에서 수지를 좀 맞춰보려고, 즉 루타리늄과 반물질을 얻기 위해서다. 루타리늄을 얻기 위해서는 입자 가속기가 필요하다.

"얼마나 아껴야 하지?"

[많이요.]

아찬이 한숨을 쉬었다. 로가디아에게 이런 모호한 말버릇을 가르친 건 자신이나 다름없다. 지지리도 못난, 적어도 그랬던 자신을 위해 항상 에둘러 말하곤 한 게 어느새 그녀의 버릇이 되어버린 것이다.

"로가디아, 난 괜찮아. 그냥 확실히 말해도 돼."

로가디아는 아찬의 의도를 정확히 이해했다. 그렇다면 괜히 머뭇거리는 척할 필요도 없다.

[그래요. 그럼 말할게요. 일단 태풍과 메탈갑옷, 다릴의 루타리늄은 전부 모아도 게이츠의 시스템을 유지하는 데 별 도움이 안 돼요. 태풍에 장착하는 타키온 추진기라도 있다면 좋겠지만 그것도 아니고…….]

아찬은 납득했다. 로가디아도 인간과 다를 게 별로 없다. 그녀 역시, 오직 '살아 있기' 위해서라는 이유 하나만으로도 에너지를 필요로 한다.

[그래서 그것들은 일단 그냥 놔둘 거예요.]

"그럼?"

[계산해 봤는데, 제가 소모하는 에너지를 포기하ㅡ]

"시끄러워."

단순한 말이다. 그러나 로가디아를 노려보는 아찬의 눈빛은 사납기 그지없다.

"그따위 소리 한 번만 더 하면 혼날 줄 알아."

[…….]

"대답 안 해?!"

[알겠어요.]

"그딴 짓은 꿈도 꾸지 마. 알겠어?"

[알겠어요. 네, 알겠어요.]

"그래. 그럼 다른 방법을 생각해 보자."

로가디아가 머뭇거렸다. 다른 방법이 있는 모양이다. 그런데도 그런 재수없는 소리를 지껄였단 말이야?

아찬은 로가디아에게 화가 많이 났다.

[차선책으로는, 칼리의 반물질 융합로가 있어요.]

차선책이라는 말이 이상하다. 로가디아가, 죽음을 두려워하는 그녀가 스스로 존재하기를 멈추는 방법을 택하면서까지 피하려고 드는 방법이라고? 잠시 대답을 미루던 아찬은 일단 들어보기나 하자고 생각했다.

"그건 뭐지?"

행성의 환경은 가만히 둔 채 생물종만 쓸어버리기 위한 전략 병기를 이 배에 싣고 있다는 말은 할 필요가 없다. 입장이란 걸 취할 필요가 없는 로가디아는 칼리의 탑재에 반대했지만, 그녀가 바로 그런 존재라는 이유로 의견은 묵살당했다. 협상이 수틀리면 로가디아 자신과 함께 칼리를 아후리아에 던져 놓을 작정이었다는 이야기도 할 필요가 없다.

[범용 융합로예요. 게이츠에 실린 모든 장비는 그걸 장착할 수 있는 플러그가 있죠. 하지만 그건 최후까지 아껴놓고 싶어요.]

최후······. 로가디아는 그 단어를 어떤 의미로 말한 것일까. 그녀의 말에 모호한 부분이 너무 많다. 아찬은 지금 대화를 단단히 새겨두었다. 이야기가 끝나면 곧바로 일기장에 써두어야지. 일단 지금은 손님을 맞을 준비가 먼저지만, 가능한 한 빨리 로가디아와 한 번 더 진지한 대화를 나누어봐야 할 것이다.

"그래. 널 믿어. 무슨 이야기를 할지는 모르지만 아마 그 말이 맞을 거야."

[고마워요. 착륙하던 날 쏘아 올린 위성들이 반물질을 생성하고는 있지만 솔직히 이야기하자면 아주 오래 걸릴 거예요. 우리는 영원히 여기 있을 수 없어요. 무슨 말인지 알죠?]

아찬은 담배를 꺼내 물었다. 이 갑을 뜯은 지가 꽤 오래전인 것 같은데 거의 가득 차 있다. 그러고 보니 기억 속에서 투정 부리기 직전 피운 게 마지막 같다. 그는 이 기회에 끊어버릴까 잠시 망설이다가 그냥 불을 붙였다. 이 물건을 처음으로 경험할 때와 비슷한, 알싸하고 짜릿한 쾌감이 온몸을 구석구석 유린했다.

[사실 이대로라면 당신들이 여기서 일생을 마친다 해도 큰 문제는 안 될 거예요. 하지만 자녀들에게까지 돌아갈······.]

"잠깐. 그건 무슨 뜻이야?"

아찬의 언성이 갑자기 높아졌다. 황당해서였다.

[만약을 말하는 거예요. 현재로서는 뾰족한 수가 전혀 없잖아요. 살 만한 행성은커녕 지구조차 찾을 수가 없는걸요. 언제까지고 혼자 늙어가긴 싫잖아요?]

황당함은 가시지 않았지만 고개는 끄덕여졌다.

[뭐가 궁금한지 알아요. 우선, 전에 말했듯이 지구로 돌아가지는 않을 거예요. 하지만 여기 있을 수도 없어요. 그리고 그게 궁금하겠죠.]

"나 시원한 커피··· 아니, 물 한 잔만."

[미안하지만 직접 떠오겠어요? 나노머신을 그렇게까지 하려면 중력 제어를 해야 하고, 반물질 저장 그래프는 눈에 보일 정도로 내려갈 거예요.]

아찬은 말없이 일어나 식수대로 향했다. 그는 물을 마신 다음 근처 자판기에서 캔 커피를 뽑았다.

[지금 다릴을 안 쓰는 이유가 통제가 잘 안 돼서만은 아니에요. 그런 종류의 하급 로봇의 동력은 오히려 예비용일 뿐, 평소에는 동력을 전송받거든요.]

"응."

따질 거리조차 없다. 중력 제어 기술 자체가 사실은 에너지를 찰흙처럼 주무르는 통일장력[3])에서 나오는 것이다. 아무런 매질이 없이 '사용 가능한' 에너지 전송을 하는 유일한 방법이다. 따지고 보면 타키온 드라이브도, 미래를 보는 로가디아의 광양자 영혼도, 분자 합성도, 고출력 나노머신도 모두 통일장력에서 나오는 결과물이고 그걸 가능하게 하는 오직 하나의 원천이 바로 반물질 발진이다.

[우리, 가능한 한 아껴요.]

아찬이 비로소 웃었다.

주석[3]) 大統場力 great unified field force.

"마치 너랑 결혼한 느낌이야. 내가 매스메키텍트사에 취직하고 미람이랑 결혼했다면 그녀도 그런 말을 했을까? '여보, 신용단위가 바닥을 치잖아요. 이러다가는 다음 달부터 보험단위로 생활하겠어요' 뭐 그런 말."

물론, 아찬 자신도 그런 일은 결코 생기지 않을 것임을 알고 있었다. 어쨌든 돌아간다 해도 미람은 이미 결혼할 나이를 훌쩍 넘겨 버렸을 것이다. 어쩌면 바로 그 때문에 미람에게 자신이 없어서 그녀를 아예 피하려고 이 배에 오른 것일지도 모른다. 로가디아도 아찬을 따라 웃기는 했지만 속마음은 편하지 않았다. 그에게 미람은 세계를 연결하는 유일한 끈이기에 결코 놓을 수 없는 사람이겠지만, 바로 그 때문에 진심으로 함께 웃을 수가 없었던 것이다.

그러나 아찬이 거기에 동의할까? 그건 알 수 없다. 확실한 것은, 옆에서 누가 뭐라고 하던 그의 행동은 스스로 결정해야 한다는 점이었다.

레진은 그저 바지만 걷어 올린 채 물에 발을 조금 담글 뿐 물놀이에도, 일광욕에도 관심이 없어 보였다. 한 손에 주스 잔을 든 그녀는 멍해 보였다. 로가디아는 레진을 위해 인공 태양을 켄타로스에 볼 수 있는 이중항성 모양으로 바꿔 주었지만 그조차도 별 감흥이 없어 보였다.

"레진, 걱정이라도 있어요?"

프라디트가 몸을 일으켜 양반다리로 앉았다. 레진이 뽀얗게 부푼 그녀의 가슴을 부러운 듯 힐끔거렸다.

"프라디트, 정확히 몇 살이에요?"

"음?"

"나이요."

"열 살이요."

레진은 아직 이 별의 공전주기를 몰랐다. 지금까지 관심도 없었다. 어쩌면 그랬을 수가.

프라디트의 몸매는 아무리 봐도 다 자란 맵시다. 지구보다 일 년이 훨씬 긺에 틀림없다.

"아찬이라도 갑자기 들어오면 어떡해요."

프라디트는 익숙하게 브래지어를 걸치고 수건을 어깨에 둘렀다.

"알아요. 우리도 남자들 있는 데서 몸을 많이 드러내 보이는 건 금기예요."

레진이 비로소 몸을 돌려 프라디트 옆에 앉았다. 오렌지 주스가 담긴 유리잔에 이슬이 송골송골했다.

"사실 상관은 없는데… 남자 님부스들이 그걸 견뎌내지 못해요."

"그럴 이유라도 있나요?"

"잘못하면 님부스의 능력을 잃거든요. 서서히……. 남자 님부스가 여자의 침을 삼키게 되면……."

프라디트가 말을 불현듯 멈췄다. 자세한 설명은 굳이 필요없다는 생각이 갑자기 든 모양이다. 레진도 더 묻고 싶지 않았다. 그녀의 관심사는 그런 게 아니다.

"아찬을 어떻게 생각해요?"

프라디트의 표정이 알 수 없게 변했다. 사실은 수건을 두르면서도 왜 그래야 하는지 잘 알 수가 없었다. 이미 서로 입술을 나누었는데. 그는 나의 배우자가 될 사람인데 왜 몸을 가려야 할까라는 의문. 그러나 그에 대한 생각을 할 틈도 없이 레진의 말에 몸은 반사적으로 반응했다. 그리고 지금도 그게 괜한 짓이라는 생각이 들지 않는다. 그렇다면 바다에서의 입맞춤은 단순한 충동이었던 걸까. 아니, 설령 충동이었다 해도 그걸 따른 게 옳은 일일까?

"아. 그는……."

프라디트는 말을 하다 말았다. 대답을 원하는 진짜 질문이 아니란 걸 알았기 때문이다.

"처음부터 오빠라고 부를 걸 그랬어요. 정말 후회돼요."

레진이 단순히 손위 남자 형제를 말하는 것이 아니란 건 알 수 있었다. 하지만 그게 다. 그게 표정에 그대로 드러난 모양이다. 레진이 말을 덧붙였다.

"솔시스 사람은 나이를 따지고, 나이 어린 사람이 이름을 부르거나 당신이라는 표현을 쓰는 걸 싫어하는 줄 모르지 않았어요. 하지만 그때는 그런 걸 신경 쓸 필요가 없다고 생각했어요. 정말 후회돼요."

레진은 후회라는 말을 한 번 더 했다.

"하지만 레진, 꼭 그렇지만도 않을지 몰라요. 아찬은 당신을 동등한 한 명의 사람으로 보았기 때문에 그걸 용인한 게 아닐까요? 분명히 나이가 중요할 수도 있어요. 우리에게도 삶의 경험과 연륜은 커다란 가치를 지녀요. 하지만 그것과 존중 사이에 상관이 있을까요? 그가 당신을 자기보다 어린 사람으로 봐주길 바라나요?"

레진의 눈빛이 원망스럽게 변했다.

"지금은요."

그녀의 시선에 당황한 프라디트는 조금 뜸을 두다가 알땀이 맺힌 이마를 훔치며 말했다.

"당신은 아찬보다 강해 보여요."

레진이 그녀를 힐끗 돌아보며 알 수 없는 느낌의 웃음을 가볍게 터뜨렸다.

"그리고 저보다도요."

레진의 시선이 자신에게 완전히 고정되자 그녀는 뭔가 더 말해야 할 필요가 있다는 확신이 들었다. 부분적으로는, 레진의 눈빛이 갖는 의미를 알 수 없어서기도 했다.

"그때, 그의 기억 속으로 들어갔을 때 느꼈어요."

그제야 레진이 정색했다.

"여기 게이츠에 온 지도 꽤 많은 시일이 지났어요. 로가다아는 내게 많은 걸 가르쳐 줬죠. 난 영화도 보고 책도 읽었어요. 판코넷의 모형도 접했고요. 정말 많은 걸 배웠어요. 그러면서……."

프라디트는 말을 잠시 멈추고 흘러내린 수건을 어깨 위로 다시 추슬렀다. 땀이 배인 두 여자의 주변으로 어느새 바람이 불기 시작했다.

"아찬과 내가 뭔가 닮았다고 느낀 게 단순한 착각이 아니었구나 하는 생각이 들었어요. 당신들도, 우리도, 언젠가는 세계와 부딪쳐야 하죠. 안온한 집과 가족에게 둘러싸여 있는 시간은 금방 지나가요. 그 시기가 끝나면, 어른이 되면 세상에 '내던져지는' 거죠."

프라디트는 '내던져진다' 는 부분에 힘을 좀 준 다음 말을 이었다.

"그 새로운 탄생은 힘들고 고통스러워요. 누군가의 삶이 엄마의 고통으로 시작했다면, 이번에는 전부 그의 것이죠. 하지만 그래도 그 사람은 그때를 잊지 않아요. 가족 중 그 누구도 도울 수 없지만, 여전히 뒤에서 응원을 해주죠. 맞아요. 그 시절이 다시 올 수 없으리란 걸 모르지 않아요. 하지만 어린 시절 존재했던 엄마의 품과 아빠의 냄새는 희망이 되어 남아 있죠. 여전히."

아찬은 너무 일찍 세상에 내던져졌고, 오히려 그 때문에 안온하게 컸다. 그가 살아온 사회는 비정하지만 무책임하지는 않았다. 주변에는 무관심한 목소리로 잔소리를 하는 판솔라니아가 있었고 일주일에 한 번씩 보모들이 찾아와 생기없는 어린 아찬과 기계적으로 나들이를 다녔을 것이다. 그에게 주변은 자신만을 위해 존재하는 추상적 배경이었다. 그렇기에 세계의 상실에도 불구하고 그토록 잘 견뎌낼 수 있었을 것이다. 아찬에게 세상은, 처음부터 환상이었다.

"내가 왜 여기에 와 있을까 생각해 봤어요. 처음엔 단순한 도피라고만 생각했죠. 글쎄요. 지금도 확신은 못하겠어요. 하지만 그것만은 아닌 것 같아요."

레진은 그저 노을이 지는 태양의 허상을 쏘아볼 뿐 대답이 없다.

"아찬이 이 게이츠에 올라 고향을 떠나려 한 이유랑 같지 않을까요?"

"그래서, 내가 그보다 강한 것과 무슨 상관인 거죠?"

레진이 간신히 꺼낸 말에는 가시가 돋쳐 있었다.

"레진, 당신은 정말 멋진 아가씨예요. 그리고 곧 어른이 되겠죠. 그때는……."

"아뇨, 그만 하세요."

레진이 화난 듯이 말을 잘랐다.

"프라디트, 난 당신들을 축복하고 싶어요. 하지만 그럴 수가 없네요. 이러면 안 된다는 걸 알면서도 그렇게 할 수가 없어요. 미안해요."

레진은 자리에서 조용히 일어나 야자수 영상 뒤로 사라졌다. 그녀가 들고 온 오렌지 주스가 단 한 모금도 줄어들지 않은 채 여전히 송골거리는 이슬만 맺혀 백사장 위에 놓여 있었다.

프라디트는 레진이 자신의 말을 거의 듣지 않았다는 걸 알았다. 그리고 왜 아찬에 대해 물었는지, 그리고 자신이 그녀에게 무슨 짓을 했는지 비로소 깨달았다. 그녀가 원한 것은 설교가 아니었다. 축 늘어진 어깨에서 수건이 흘러내렸다.

손님들은 대하기 어려울 뿐 결코 불청객은 아니었다. 아찬은 레진이 그들 앞에서는 조금 부드럽게 처신해 주기를 원했다. 지금의 레진에게는 달갑지 않을 일이지만 로가디아가 그럭저럭 중재했다.

아찬은 펫을 들여다보며 갑판에서 초조해했다. 게이츠에 정장을 가져오지 않은 걸 후회하게 될 줄은 꿈에도 생각지 못했는데. 레진을 힐끔 돌아보았지만 그녀는 프라디트가 나타났던 산등성이만을 뚫어지게 바라볼 뿐.

프라디트와 함께한 지 벌써 한 달이나 됐구나. 그렇게 생각하다 아찬은 깜짝 놀랐다. 지금 그녀와의 관계를 생각하면 한 달은 고작이라는 표현조차 어울리지 않을 정도로 짧은 시간이다. 하지만 프라디트는 알게 된 지 정말 오래된 사람처럼 느껴졌다. 결국 자신에게 있어서 프라디트라는 여자가 갖는 의미에 시간이란 요소 따위는 어디에도 끼어들 틈이 없다는 생각만 들었다.

아찬은 희미한 산등성이만을 무표정하게 응시하는 레진에게 조심스럽게 말을 걸었다.

"레진, 수척해 보여. 이따가 맛있는 것 좀 만들어줄까?"

그러나 그녀는 대답은커녕 돌아보지조차 않는다. 아찬이 좀 더 조심스럽게 말을 덧붙였다.

"레진, 알겠지만, 난 널 참 좋아해. 넌 정말 멋진 아가씨야."

"프라디트도 그러더군요."

레진의 대꾸가 너무 냉랭해 아찬은 그만 말문이 막히고 말았다.

"당신과 안 지 얼마나 됐죠? 반년? 일 년? 그러네요. 일 년이 좀 안 됐을 거예요. 그리고 프라디트는 날 안 지 한 달도 안 됐죠. 그런데 어떻게 그렇게 날 잘 안다는 듯이 말을 할 수 있어요? 나에 대해서 뭘 알아요? 뭘 만들어줘요? 뭘 해줄 건데? 내가 뭘 좋아하는지 알고 그래요?"

그녀는 몸을 휙 돌려 문으로 향했다. 때마침 올라와 손을 들어 인사한 프라디트는 본 체도 없이 안쪽으로 사라진 레진을 보며 안타까운 듯 눈매를 찌푸렸다.

"어… 레진이 기분이 별로인가 봐요."

아찬의 더듬거리는 변명에 프라디트는 고개만 끄덕였다.

"누가 올지는 모르겠어요. 하지만 헤어와 세이란은 반드시 올 거예요. 어쩌면 연진도 올지 모르겠네요."

아찬은 하마터면 그 세이란이라는 아가씨가 마음에 안 든다고 말할 뻔했다.

"우리는 상대를 끌어안고 눈썹을 쓰다듬지만, 그건 아주 가까운 사이에만 그렇게 하는 거니까 인사는 그냥 허리를 숙이는 걸로 충분해요. 그리고 굳이 존칭을 붙일 필요는 없어요. 이름 안에 이미 다 들어 있으니까요. 반드시 극존칭을 써야겠다 싶을 땐 이름 전부를 불러주면 돼요. 예를 들어, 헤어께 마리아체 베사 헤어라고 하면 최대의 존경을 담은 의미가 되는 거예요. 연진은 펜시모니 아 연진, 세이란은 커뮤니케이터 프롬마 세이란이죠."

이런 건 미리 좀 알려 줬어야 한다. 그런 이름을 어떻게 다 외우라는 건가. 프라디트는 여전히 아찬의 능력을 잠깐씩 잊는 듯했다.

"아, 뭐라고요? 다시 한 번."

"오네요."

[오는군요.]

아찬의 요구는 속절없이 거부당했다. 로가디아는 게이츠 승무원 정복을 입고 나타났다.

"왜 난 그런 게 없지?"

[옷장을 잘 살펴보지 않았나 보죠. 정복은 누구에게든 다 있어요.]

"진작 말해줬어야 할 거 아냐."

아찬의 전형적인 짜증에 프라디트가 그의 팔을 흔들며 주의를 환기시켰다. 멀리서 광점 다섯 개가 보였다.

"다, 다섯 명이나."

"세이란이 말 안 해줬나요?"

"그냥 몇 명이라고만……"

세이란의 켄타로스어를 거의 알아듣지 못했다는 말은 차마 할 수 없었다. 하지만 어차피 로가디아도 제대로 번역하지 못한 말이니 자기 책임은 없다고 생각했다.

프라디트는 고개만 끄덕였다. 아찬은 그녀도 긴장할 수 있다는 걸 그때 처음 알았다. 한 달 동안 그가 본 모습은 무지하나 총명하고, 순진하나 지혜로운 여자에게서만 볼 수 있는 웃음뿐이었다. 그러나 여기 선 프라디트는 입가에도, 눈매에도 웃음기라고는 조금도 보이지 않았다. 머리카락으로 가려졌지만 넓은 이마와 커다란 눈 때문에 어려 보였던 그녀가 지금은 자신보다 훨씬 더 성숙해 보였다.

광점은 게이츠의 선수가 향하는 언덕을 조금 배회하더니 곧바로 땅으로 내려왔다.

[이런. 지상 출입구로 올 모양인가 봐요.]

"이런 젠장!"

황급히 승강기로 뛰려는 아찬을 프라디트가 말렸다.

"아뇨. 주변을 조사하는 거예요. 아까 세 명에 클리아와 하스파스토니아도 왔네요."

다섯 개의 광점이 게이츠의 갑판으로 서서히 접근했다. 빛살은 어느새 거의 약해졌고 가까워질수록 그들의 모습이 뚜렷해졌다. 펼쳐진 머리카락에서 뻗어져 나와 너울거리는 빛의 날개는 언제 봐도 눈이 멀 정도로 아름답다.

"전부 여자잖아요."

아찬이 속삭였다.

"내 아빠가 마지막 남자였다고 말 안 했던가요?"

아찬의 안색이 내 얼굴을 보고도 그런 말을 하는 건 무책임하지 않냐는 표정으로 변했다. 여자들은 갑판에 아주 부드럽게 내려앉아 가만히 서 있었다.

"가요. 손님을 맞아요."

프라디트는 아찬의 등을 가볍게 떠밀었지만 그는 뒤통수에 커다란 파도를 맞은 기분이었다. 발걸음을 떼는 그에게 로가디아가 속삭였다.

[그렇게 휘청거리지 말아요.]

당연하지만 세이란 말고는 전부 처음 보는 이들이다. 그런데도 그들은 모두 어딘가를 닮아 있다. 각자가 지닌 판이한 분위기가 아니라면 자매들이라고 해도 믿을 정도다.

"어서 오십시오. 에… 저는, 에……."

가장 기본적인 인사말조차 준비하지 않았음에 치밀어 올라오는 당황을 수습하기가 어려웠다. 이런 바보 같은 일이.

대기 중 전하와 반응하며 흩날리는 머리카락의 춤사위가 잦아들 즈음 그쪽에서 먼저 뭐라고 했다. 프라디트를 처음 만났을 때처럼, 그냥 이해할 수 있는 노래다. 아찬은 그게 만나서 반갑다는 인사란 걸 분명히 알 수 있었다.

"헤어, 클리아, 하스파스토니아, 연진, 세이란. 마지막으로 본 게 천 년은 된 것 같아요."

아찬을 떠밀고 몇 걸음 뒤에 따라온 모양이다. 프라디트는 아찬보다 앞으로 나서 그녀들과 서로 껴안으며 눈썹을 서로 쓰다듬었다. 세이란과는 특히 오랫동안 그랬다.

"정말 기쁩니다. 아, 저는 석아찬입니다. 그리고 이쪽은 로가디아죠."

여자들은 고개를 끄덕이고 뭐라고 자기들끼리 소곤거리며 노래했다. 소리가 작아서 잘 들리지는 않았지만 로가디아에 대한 이야기를 하는 것 같았다. 그러면서 아찬과 로가디아를 흘끔거리는데, 그로서는 도저히 마음에 들어할 수 없는 눈빛이었다. 딱히 쏘아붙여 말하긴 그렇지만, 뭔가 경멸과 무시가 담겨 있는 느낌.

하지만 눈빛을 보고 사람 마음을 안다는 이야기는 소설에나 나오는 문학적 표현에 불과한걸. 여전히 자신이 얼마나 무신경한 인간인지를 잘 모르는 아찬은 그 불편함을 그저 기분 탓으로 돌렸다. 세이란과 따로 뭐라고 이야기를 나눈 프라디트가 말했다.

"통역은 제가 할 거예요. 세이란은 옆에서 말을 좀 배우겠다네요."

아찬과 로가디아는 수긍하는 수밖에 없었다.

"안에 한 명 더 있다고 말해줘요."

프라디트가 고개를 끄덕이고 그 말을 전했다.

헤어는 많아야 삼십대 후반으로 보이는 기품있어 보이는 여자였다. 클리아와 하스파스토니아, 연진은 세이란보다는 나이가 많아 보였고 헤어보다는 적은 것 같았지만 그게 전부일 뿐, 그 사이 어디쯤인지 종잡을 수조차 없는 외모였다. 그녀들은 소녀라면 소녀고, 처녀라면 처녀며, 주부라면 주부 같은 모습이었다. 아무튼 확실한 건, 세이란처럼 나머지 넷도 완벽하게 아름다운 여자들이라는 것이다.

프라디트가 속삭였다.

"우리는 십 년 만에 태어났어요. 그때 벌인 축제가 마지막이었죠. 하지만 전부 아주 오래전에 태어난 자매들이에요. 세이란을 빼고 가장 어린 클리아는 올해로 마흔두 살이죠."

그녀는 슬픈 듯 말을 이었다.

"난 기억을 못하지만."

로가디아가 아찬에게만 들리게 말했다.

[이 별의 공전주기는 지구 기준으로 733.2일이에요.]

그럼 지구의 이 년이 이곳의 거의 일 년. 프라디트와 세이란은 스무 살이라 치자. 하지만 가장 어리다는 클리아는 지구 나이로 여든이 훌쩍 넘는다. 하지만 아무리 봐도 너무 젊다. 그게 가능할까? 종말체를 조작해도 저럴 수는 없을 것이다. 하지만 모두가 저 정도라면 다른 이론이 있을 수 없다. 지금까지 프라디트가 해준 이야기로 님부스가 보통 인간이 아니란 건 알 수 있었다. 하지만 그들의 한계는 어디까지란 말인가. 아찬은 슬며시 고개를 저었다.

어지럽힐 사람의 숫자에 비해 게이츠가 너무 크다는 사실은 정말 다행이었다. 함교로 들어선 그녀들을 레진이 거짓말같이 활짝 웃으며 반겼다. 그럼에도 불구하고 일행의 경멸스런 눈빛은 별로 변하지 않았고 레진은 아찬보다 더 빨리, 그리고 확실하게 그걸 감지했다. 그녀의 안색도 질세라 싸늘해졌다. 로가디아가 그녀를 진정시키고 있는지는 알 수 없지만, 적어도 거기까지여서 다행이다.

"하스파스토니아가 배를 좀 구경했으면 좋겠대요."

"물론 가능하다고, 내가 직접 안내해 드리겠다고 전해주세요."

"아뇨. 클리아와 둘이서 하고 싶다고……."

아찬의 눈썹이 꿈틀거렸다. 기분 나쁜 눈빛으로 받은 선입견에 확신을 더하는 이야기.

"아뇨, 그렇게는 안 되겠는데요."

"그렇게 해요. 당신은 헤어와 함께 있는 게 옳아요."

"그럼 안내없이 자기들끼리 여기를 둘러보는 건 어떻고요?"

프라디트가 아찬에게 속삭였다.

"로가디아를 하인이라고 생각하고 있어요. 인공지능이니까요. 그녀에게 시중을 받는 게 당연하다고 생각해요."

"설마, 프라디트도 그렇게 생각해요?"

"아뇨. 전혀 아니에요. 하지만……."

아찬도 참을 수 없어졌다. 로가디아를 하인 취급을 해? 프라디트에게 향해 있던 아찬의 시선이 여자들로 옮겨갔다. 목소리도 모두에게 들릴 만치 커졌다.

"프라디트, 내 말 그대로 전해줘요. 로가디아는 당당한 자유의지를 가지고 있고, 그 누구의 하인도 아니라고 말이에요. 정히 우주선을 둘러보고 싶으면 모두가 함께 움직이거나, 그렇지 않거나예요. 게이츠의 주인은 레진과 로가디아, 그리고 나, 셋이지 누구 한 명이 아니라고 확실히 말해줘요."

프라디트가 낭황한 얼굴로 물러났다.

[아찬, 난 괜찮아요. 저들이 원하는 대로…….]

"아니, 난 안 괜찮아. 넌 내 친구지 하인이 아니야."

아찬은 그녀들의 태도가 너무 거만해 보인다는 이야기는 하지 않았다.

로가디아가 조용히 물러섰다. 여자들은, 자신들은 아찬의 말을 못 알아듣지만 상대는 자기들 이야기를 이해한다는 걸 아는 모양이다.

헤어가 프라디트를 가까이 오라고 손짓했다. 다가간 프라디트가 그녀들에게 속삭였다. 여자들은 언성만으로도 눈치를 챘는지 별 동요가 없어 보였다. 아니면, 프라디트가 그랬던 것처럼 '있을 수 있는 알'이 일어났다고 생각한 건지도 모른다.

"그럼 먼저 당신을 좀 보재요. 레진도."

말이 끝나기도 전에 연진이 아찬의 정면 가까이로 다가섰다. 예고도 없이 사적 영역을 단번에 침입당한 그가 주춤거렸다. 아찬의 입김이 닿을 듯한 거리에서 연진은 프라디트를 돌아보며 뭐라고 했다. 번역 따위는 필요없다. 아찬은 연진이 뭘 하고 싶어하는지 곧바로 알아들었고, 한 걸음 뒤로 물러나려 했지만 곧바로 그녀의 양손에 머리를 잡혔다. 아찬은 꼼짝도 할 수 없었다. 연진의 손아귀 힘이 세서가 아니다. 온몸이 축 늘어지듯 아무런 저항을 할 수가 없었던 것이다.

로가디아가 뭐라고 빽 소리를 지르며 여기저기의 모니터에서 빨간 불이 점멸하는 모습이 자극적으로 다가왔다. 그 와중에 연진은 혀를 아찬의 입속으로 집어넣었다. 프라디트가 눈을 감고 고개를 돌리는 모습이 희미하게 보였다.

불쾌했다. 이건 키스가 아니다. 바라지 않는 사람의 혀와 입술이 입속을 돌아다니기 때문만이 아니다. 이건 뭐랄까, 전혀 자연스럽지 않다. 마치… 오래전, 자신이 구하려 들 당시의 레진이 느꼈을 기분이 이런 것이었을까 싶은. 도무지 저지할 수 없는 노곤함에도 불구하고 느낌만은 생생했다.

연진의 혀는 아찬의 침샘을 탐욕스럽게 거의 훑어내다시피 했고, 곧이어 기계적으로 입 안을 더듬었다. 도저히 인간의 혀로 느껴지지가 않았다.

연진이 손을 떼며 목과 뒤통수 사이를 강하게 누르는 느낌이 오자마자 아찬에게 자기 몸에 대한 통제권이 고스란히 되돌아왔다. 그는 분노보다는 혐오감과 더럽다는 불쾌감, 그리고 수치심에 분해기로 달려가 침을 뱉었다. 그러나 완전히 말라 버린 목젖과 입 안의 쓰라림만 있을 뿐. 그가 욕설 비슷한 뭔가를 중얼거리는 순간 식도를 타고 아침에 먹은 것들이 쏟아져 올라왔다. 아찬은 분해기를 붙들고 뱃속에 든 것들을 쏟아내기 시작했다. 메디팩이 터지는 소리가 들렸다.

연진은 눈을 동그랗게 뜨고 몇 걸음 뒤로 물러난 다음 놀랍다는 듯이 헤어에게 뭐라고 보고를 하고는 이번엔 레진에게 다가갔다. 로가디아가 그 앞을 가로막았지만 그녀는 질량도, 부피도 갖지 않은 존재다. 연진은 로가디아가 허상임을 이미 안다는 듯 거침없이 레진에게 다가갔다. 레진이 프라디트에게 도움을 바라는 눈길을 보냈지만 그녀는 여전히 눈을 꼭 감고 고개를 돌린 채였다.

그때 분해기를 부여잡고 정신을 못 차리던 아찬이 입을 닦으며 비틀거리면서 연진을 가로막고 레진의 앞에 섰다. 거의 동시에 함교의 주 출입구가 열리고 메탈갑옷들이 뛰어들었다. 눈에 보이지도, 소리로 들리지도 않았지만 연진의 코끝을 스친 뜨겁게 달궈진 공기의 파열은 그녀를 멈추기에 충분했다. 연진과 헤어 일행이 고개를 홱 돌린 곳에 메탈갑옷 네 기가 레일건의 시커먼 총구를 부라리며 사격 자세를 취하고 서 있었다. 로가디아가 차갑게 그녀들을 쏘아보았다.

[프라디트, 전해주세요. 방금 그건 실수가 아니었다고.]

세이란과 클리아의 몸이 아주 약간 공중에 뜨며 주변에 약한 돌풍이 일기 시작했다. 그때 2미터짜리 레일건은 이쑤시개로 보일 만한 중화기를 짊어진 메탈갑옷 여덟 기가 다시 쏟아져 들어왔다.

[당신들 방식은 이미 알고 있어요.]

레진이 아찬의 등 뒤로 숨었다.

"로가디아, 어떻게 해야 하지?"

한마디 한마디를 할 때마다 목이 따끔거려 길게 말할 수가 없다.

[프라디드에게 딜러 있는 깃 같고요.]

로가디아의 대답은 냉랭했지만 아찬을 향한 것은 아니다.

뒤에서 자신의 허리를 끌어안고 부들부들 떠는 레진의 등을 팔을 돌려 쓰다듬어 주며 아찬이 말했다.

"괜찮아, 괜찮을 거야. 내가 있잖아."

하지만 목소리가 떨리는 건 어쩔 수 없다. 로가디아가 속삭였다.

[이상하군요. 이길 수 있다고 생각하는 걸까요? 두려워하질 않아요.]

숙인 고개를 돌리고 이 상황을 외면하는 프라디트와 그녀들의 형국은 아찬과 레진이랑 비슷했다. 하스파스토니아까지 가세해 세 명이 프라디트를 둘러싸고 헤어가 가장 앞에서 무표정하게 서 있었다. 연진은 언제든 프라디트에게 다가갈 수 있는 위치에서 긴장을 풀지 않았다.

"생각을 잘못한 것 같아. 이 안에까지 끌어들이는 게 아니었어."

[저도 그래요. 사실은, 이 병력으로 제압이 가능할지 확신이 없군요.]

결국, 허세를 부리기는 했지만 자신이 없다는 뜻이다. 저런 자들이 몇 명이나 더 있을까? 정말로 초신성 폭탄을 써야 할까? 위협 앞에 직접 선 아찬에게 후일을 염두에 둘 여유 같은 건 존재하지 않았다. 그런 건 오직, 남 탓을 할 수 있을 때나 생기는 이성일 뿐이다. 아찬은 진심으로 말했다.

"여차하면 쏴버려."

[프라디트가 다쳐도 좋다면 제압은 확실히 가능해요.]

그 말에 아찬이 제정신을 조금 되찾았다. 다쳐도 좋다는 건 방금과 같은, 로가디아 특유의 돌려 말하기일 뿐이다. 엄지손가락보다 큰 탄환이 초음속으로 총구에서 튀어나와 일단 날아가기 시작하면 주변의 공기는 허벅지보다 굵은 두께로 증발하며 부서진다. 그런 걸 한 발이라도 맞는다면 다치는 걸로 끝날 리가 없다.

"기다려. 기다려."

일 분인가, 이 분인가, 아니면 그 이상. 심리적 시간관념의 강렬함이 현실의 시간을 넘어서기에 감 잡기 힘든 긴장의 끝에 헤어가 입을 열었다. 노래는 낮고 진중했지만 여전히 알아들을 수 있다. 언제부터인가 그녀에게 경멸스러운 눈빛은 사라져 있었다. 그녀가 높임말을 쓰는지는 알 수 없었다. 그저, 그 노래에 존중과 격상의 의미가 곳곳 배어 있다는 것은 확실했다.

"너무 무례했습니다. 우리는 우리대로 중요하고 시급한 일이었기에 그리하였지만 이는 변명의 여지가 없지요. 하여, 가장 연장자인 제가 대신하여 진심으로 깊은 사과를 드립니다. 우리에게 프라디트는 정말 소중한 아이입니다. 그렇기에 우리로서는 그대들이 이 아이와 함께할 합당한 자격이 있는지가 가장 중요했습니다. 적어도 석아찬, 그대는 그래 보이는군요. 그렇다면 그로서 만족합니다. 난 프라디트가 이 우주선에 처음 왔을 때 그대들이 그녀를 어떻게 대했는지 알고 있습니다. 그러나 이제 그런 것들은 더 이상 중요하지 않습니다. 세이란이 약속했지요? 프라디트를 보호해 주면 무엇이든 해주겠다고. 이젠 우리가 도와드릴 차례입니다. 원하는 것을 말씀하십시오."

단순히 그뿐이 아니다. '사실은 우주선을 둘러보고자 한 것도 그 의도 중 하나다. 그러나 당신들이 그걸 원하지 않으니 그러지 않겠다' 는 의미도 함께 전해져 왔다.

[뭐라고 하나요?]

"정말 미안하대. 그리고 약속을 지키겠대."

아찬의 왼팔을 끌어안고 있던 레진이 떨리는 목소리로 조그맣게 말했다.

"어떻게 믿어요?"

"모르겠어. 그냥… 거짓말이 아닌 거 같아."

레진이 고개를 끄덕였다. 그녀의 생각도 마찬가지다. 단지 아찬에게 그런 식으로 확인했을 뿐이다.

"로가디아, 메탈갑옷 철수시키자."

[하지만……]

"내 생각에는 그게 나을 것 같아."

로가디아는 아찬이 명령이 아닌 부탁을 하고 있다는 걸 알았다. 그녀는 고개를 끄덕였다.

메탈갑옷이 총구를 내리고 부산하게 칠킹거릴 즈음엔 이미 세이란과 다른 두 여자는 경계를 완전히 풀고 무방비 상태로 내려선 다음이었다. 헤어가 프라디트에게 뭐라고 조그맣게 속삭였다. 프라디트의 입가에 비로소 웃음이 떠올랐다. 그녀는 헤어의 이마에 입을 맞추고 아찬 쪽으로 걸어왔다. 먼저 레진을 따뜻하게 끌어안고 미안하다고 이야기하고, 다음으로 아찬에게 그렇게 했다. 몸이 없는 로가디아를 보면서는 그냥 밝게 웃기만 했다.

"믿어줘서 고마워요."

물론이다. 믿지 않을 수가 없었다. 그런 노래를 들고서도 계속 의심하는 인간이 있다면, 아마 귀머거리일 것이다.

"난 일단 돌아갈 거예요. 당신이 데리러 오세요."

"뭐예요? 그럼 단순히 프라디트를 데리러 온 건가요?"

프라디트는 고개를 흔들며 여전히 웃었다. 그러나 그 웃음은 왠지 진실되어 보이지 않았다. 언제나 웃는 사람이 가장 짓기 힘든 표정이 가짜 웃음이다.

"아니에요. 내가 원한 거예요. 난 먼저 돌아가서 준비를 해야 할 게 있어요. 나중에 세이란이 다시 와서 당신을 안내할 거예요. 함께 오세요."

아찬은 프라디트의 가식적인 미소가 마음에 걸렸지만 본인이 그러기를 원한다는 데야 어쩔 수가 없다.

그는 마지못한 표정을 애써 지우며 세이란을 돌아보았다. 가장 먼저 접촉한 이들 중 한 명인 그녀는 오히려, 평온해진 다른 이들에 비해 여전히 곱지 않은 눈빛을 숨기려 들지 않았다.

헤어의 일행은 이제 아찬과 레진 앞에서도 거리낌없이 자기들끼리 이야기를 나누기 시작했다. 그녀들은 가끔 솔시스의 기술 용어들이 제대로 번역되지 않는 점을 불편해했다. 그게 프라디트의 탓은 아닌 듯했다. 그들의 언어에는 아예 없는 단어가 많은 것 같았다. 반물질 발진기에 이르러서는 '세상을 구성하는 요소의 반대편에서 똑같이 존재하는 거울'부터 시작한 길고 긴 설명이 필요했다. 물론, 솔시스어로 번역하게 되면 길어지는 것일 뿐 노래 자체는 짧았다.

레진은 여전히 안심이 안 되는 듯 아찬의 끌어안은 팔을 풀 생각을 하지 않으면서도 하스파스토니아의 능력에 놀라움을 표시했다. 거의 은유에 가까운 설명을 듣고도 대부분의 물건이 어떤 역할을 하며 어떤 원리로 움직이는지 거의 정확히 이해한 듯 보인 것이다. 어쩌면 다이달로스를 떠난 이후 사용하지 않은 단어들이 말의 진화 과정에서 사라졌을 뿐 그 개념만은 그대로 간직한 것일지도 몰랐다. 어딘가에 데이터베이스, 적어도 문자로 남겨진 것이 있다면 충분히 가능한 일이다.

그들은 꼬박 하루 밤 하루 낮을 게이츠에서 보냈다. 클리아는 게이츠가 가진 문화와 역사 자료를 보고 싶어했고 아찬은 레진과 로가디아에게 동의를 구했다. 그들은 경이롭다기보다는 흥미로운 듯 자료들을 훑어보았지만, 아찬과 레진은 졸음을 쫓기 위해 안간힘을 써야만 했다.

연진은 어떠한 형태라도 좋으니 레진의 침을 얻고 싶어했지만 결국 포기했다. 아찬이 당한 광경의 혐오스러움은 잊어버리더라도, 이제 막 사춘기를 벗은 소녀가 쉽게 수긍할 수 있는 요구 사항이 아니었다.

그러자 연진은 사과의 의미로 운동을 함께하자고 제안했고, 함께한 테니스에 쉽게 익숙해졌다. 성숙한 처녀―라기보다는 할머니―와 덜 자란 소녀의 경기였지만 레진 역시 테니스에는 능숙한 듯, 시합은 꽤 오랫동안 계속되었다. 연진은 땀을 흠뻑 흘린 레진에게 켄타로스 식의 인사를 하고 싶다며 악수를 청했고 그녀는 기꺼이 받아들였다.

아찬은 정작 사과를 받아야 할 자신에게 그러지 않는 게 좀 섭섭했지만 사고 방식의 차이라고 생각하기로 했다.

갑판에 작은 해가 내비치는 희뿌연 햇살이 비쳐 들기 시작할 때야 그들은 게이츠에서의 휴가 비슷한 임무를 마쳤다. 헤어가 헤어지기 아쉽다는 듯이 인사했다.

"짧았지만 정말 즐거웠습니다. 프라디트가 계속 머무르고 싶어하는 이유를 절실히 이해할 수 있을 정도로군요. 이런 기쁨을 느껴보는 게 얼마 만인지 모르겠네요. 특히 세이란에게는 좋은 경험이 되었을 것입니다."

"언제든지 환영이에요."

레진이 스스럼없이 웃었다. 연진과의 테니스가 꽤 재미있었나 보다. 어쩌면 당사자가 아니었기에 가능할지도 모르지. 그러나 연진에게 당한 기억을 지우기에 하루는 아찬에게 너무 짧았다.

프라디트는 아찬과 레진의 눈썹을 한 번씩 쓰다듬어 준 다음 그들과 함께 떠났다. 도대체 무슨 이야기가 오간 것일까.

프라디트의 속도에 맞추기 위해 일행은 천천히 날았다. 그럼에도 지쳐 보이는 프라디트를 위해 헤어가 이만 쉴까 생각할 때쯤 연진이 그녀에게 다가와 속삭였다.

"제 손에 묻은 레진의 땀을 취했어요. 마실 만큼 양이 많지 않아서 확신할 수는 없지만, 그녀는 아마다를 닮았군요."

헤어는 그 말을 듣자 쉬려던 생각을 곧바로 접고, 세이란에게 프라디트를 끌어안으라고 말했다. 조금이라도 더 빨리 도착하는 편이 좋을 성싶었다.

세이란이 프라디트에게 다가와 물었다.

"괜찮지?"

그리운 말. 아텐과 세이란은 자신을 안아 들기 전에 항상 물어보곤 했다. 괜찮냐고.

"응."

세이란이 웃으며 프라디트의 겨드랑이에 팔을 넣었다. 천천히 속도가 빨라지며 부채꼴처럼 하늘거리던 세이란의 머리카락이 반원에 가깝도록 탄력있게 펼쳐지며 날개가 더 커졌다. 그녀는 프라디트를 빛살로 세심하게 감쌌다.

한동안 일행은 아무런 말이 없었다. 프라디트는 헤어의 이야기를 어떤 의미로 받아들여야 할지 아직도 혼란스러웠다. 헤어는 프라디트가 혼인 준비를 하려면 도시로 돌아가야 한다고 강조했다. 아찬과 입을 맞춘 그녀에게는 헤어의 요구를 반박할 명분이 없었다. 배우자를 결정하는 의식에 그 어떤 누구도 강요한 적이 없다. 심지어 로가디아나 레진조차도.

충동이 개입되었다고 할 수는 있겠지만, 자신의 감정을 스스로가 감당할 수 없다고 한다면 도대체 누가 책임을 져야 한단 말인가.

결국 이 방문은 아찬이 자신의 배우자로서 자격을 갖는지를 확인하려는 것이다. 그리고 헤어를 제외한 이들은 여전히 미미하나마 미심쩍은 기색을 지우지 않았고, 세이란은 한술 더 떠 뭔가 가식적으로 웃고 있다. 그렇다 해도 여기서 기댈 사람은 친구뿐.

"세이란, 저기⋯⋯."

"응."

"아찬을 어떻게 생각해?"

세이란은 대답하기 위해 프라디트에게 가까이 한 얼굴을 다시 쳐들었다. 프라디트는 그조차도 불안해졌다. 그녀는 결코 길게 말하는 법이 없다. 그리고 대답을 망설이는 법도 없다. 적어도 아텐과 자신에게는 그랬다. 그런데 그런 그녀가 대답 자체를 거부했다. 그러나 프라디트도 물러서고 싶지 않았다. 2차 성정을 끝냈고 본의든 아니든 배우자를 결정한 상황이다. 최소한 사회적 의미에서는 세이란보다 성인이다.

"말하기 싫은 거야, 아니면 아무 생각이 없는 거야?"

여전히 세이란은 아무 대답이 없다. 그러나 뭔가 말을 하려다가 멈추곤 할 때 가볍게 터져 나오는 숨소리가 귓전에서 들려왔다. 그녀는 대답을 못하는 것이지 거부하는 것이 아니다.

"말하기 싫으면 그만둬."

"아냐."

세이란은 망설임을 접어야 하나 하는 새로운 망설임에 어찌할 바 모르는 목소리로 대답했다.

"난 아찬이라는 사람이 별로야."

별로라는 표현이 전혀 어울리는 어조가 아니다. 왜냐고 물어봐도 될까 망설일 필요도 없다. 세이란도 가슴에 둔 게 많아 보였다.

"그자는 널 해치려 들었어."

거짓말이다. 그 때문이 아니다.

프라디드는 곧바로 일 수 있었다. 지난 십 년간 된 하루도 떨어지지 않고, 자는 시간을 제외하면 언제나 함께한 친구다. 아텐이 쉴라가 되고, 세이란이 프롬마가 된 이후에야 떨어져 지내는 시간이 생겼다. 모를 수가 없는 사실이다.

"난⋯⋯."

"널 제일 걱정하는 사람은 나도, 아마다도 아냐."

프라디트가 흡 하며 숨을 들이쉬었다. 세이란은 못 들은 척했다.

바보같이 아텐을 잊고 있었다니. 그게 고의든 아니든 그녀는 또다시 아텐과 자신의 가슴에 상처를 입혔다.

자세를 어떻게 하더라도 세이란의 눈을 볼 수 없는 상황이어서 정말 다행이다. 아마 세이란도 비슷할 것이다. 프라디트는 여기까지만 하고 싶었다. 그러나 일단 물꼬가 트이자 세이란은 그녀답지 않게 사뭇 격정적으로 빠르게 말했다.

"알아, 프라디트. 나도 알아. 네가 아텐에게 어떤 생각을 갖든지, 그리고 아텐이 네게 어떤 생각을 갖든지, 결코 원하는 대로 이루어질 수 없다는걸. 하지만 그걸 알면서도 아찬이라는 사람을 곱게 볼 수가 없어. 그이가 확인되지 않은 테란이어서도, 아무 소질이 없어서도 아냐. 나, 난……."

프라디트는 할 수만 있다면 귀를 막고 싶었다. 너무 괴로웠다. 게이츠에 그냥 있을 걸 그랬다는 후회가 가득히 밀려왔다. 그러나 세이란은 결국 끝까지 말하고 말았다.

"그이가 널 빼앗아갔다는 생각이 들어. 나조차도 그래……."

* * *

메탈갑옷이 쏜 레일건의 탄환은 함교의 강화유리에 도달해서야 비로소 멈췄다, 경로에 있던 모든 장비를 파쇄하며. 누가 봐도 손님들을 접대한 흔적이라고 믿지 않을 광경 속에서 아찬은 커다랗게 한숨을 내쉬었다.

"앞으로는 절대 들여놓지 않을 거야."

[피곤해 보여요.]

준비한 시간까지 하면 거의 이틀 동안 눈을 못 붙였다고 대답할 줄 알았다. 그런데 아찬의 말은 뜻밖이다.

"뭐랄까, 한때나마 처가댁 어르신들을 뵙는다는 착각조차 들었어."

[결혼이 어떤 건지도 모르잖아요.]

"안 겪어봐도 알 수 있는 방법은 많아."

아찬은 헤어의 일행과 만난 지 한 시간도 안 돼 눈을 부라리며 거부 의사를 표시한 기억도 없는 모양이다. 하긴, 생각보다 입이 앞서는 그라면 충분히 그럴 수도 있겠지. 어쨌든 그는 히죽거림을 멈출 줄 몰랐다. 자신의 행동이 남자다움을 보인 거라고 착각하고 있는 건 아닐까.

[아찬.]

"응?"

[고마워요.]

아찬이 무슨 소리 하냐는 듯이 로가디아를 멀뚱히 올려다보았다.

[어제요. 그렇게 말해줘서요.]

비로소 무슨 말인지 알아들은 그가 별거 아니라는 듯이 손을 들며 고개를 슬쩍 흔들었다.

"아, 친구끼리는 고맙다고 하는 거 아냐."

로가디아가 미소 지으며 그의 곁에 앉았다.

[마실 것 좀 드려요?]

"어차피 내가 직접 가져와야 하잖아. 생색내지 마."

웃으며 막 담배를 빼어 무는 아찬의 등 뒤에서 레진의 목소리가 들려왔다. 그는 황급히 담뱃갑을 집어넣었다.

"아, 레진. 좀 괜찮아?"

흰색 반팔 블라우스와 분홍색 플레어스커트를 입고 샌들을 신은 레진은 다 큰 어른 같아 보였다. 아찬은 멋쩍게 일어나 그녀에게 다가갔다.

"와. 정말 환상적으로 예쁘네. 평소에도 그렇게 좀 입고 다니면 얼마나 보기 좋……."

아찬이 말을 넘췄다. 뭔가, 딱히 꼬집어 말하기 어려운 어색함. 그녀는 세이츠가 표류할 당시 끔찍한 일을 당한 후 절대로 치마를 입지 않았는데. 생각이 거기까지 미치자 아찬은 비로소 레진의 안색에 섞인 여러 가지 감정을 볼 수 있었다. 레진이 가벼운 헛기침을 하며 어색하게 말을 꺼내자 아찬의 생각은 더 확고해졌다.

"음, 음. 뭔가 많이도 부서졌네요."

"아, 아. 로가디아가 아픔을 모른다는 게 다행이지 뭐야."

[당신들하고 방식이 다를 뿐이지 나도 그런 거 느껴요. 하긴, 이 정도는 간지러운 수준이지만.]

인간보다 눈치 빠른 로가디아가 아찬이 억지로 꺼낸 농담을 제대로 받았다. 그러나 레진은 정색한 표정 그대로 고개를 숙인 채 옷섶만 만지작거렸다.

"저기… 저기……."

아찬은 이 분위기와 장면이 영화나 드라마 따위에서 나오는 전형적인 구도라는 걸 눈치 챘다. 그런 종류에서 등장하는 남자들은 하나같이, 상대가 어떻게 나올지 전혀 예상하지 못하는 얼간이들뿐이다. 하지만 현실은 다르다. 바로 그 때문에 아찬은 이런 상황에서 어떻게 해야 할지 전혀 아는 바가 없었다.

"아, 레, 레진. 나, 난 항상 너한테 고맙─"

"오, 오빠!"

고개 숙인 레진의 홍조는 하얀 블라우스를 물들여 스커트와 같은 색으로 보일 정도로 진했다. 적어도 아찬이 보기엔 그랬다.

"고마워요."

그렇게 말하며 레진은 발돋움을 하고 아찬의 목을 양팔로 끌어안았다. 그녀의 작고 따뜻한 입술이 그의 입 위에 포개졌다. 아찬은 팔을 이대로 늘어뜨리고 있는 게 도무지 잘하는 행동인지조차 판단이 서질 않았다. 그저, 허리를 숙여주어야겠다는 생각뿐.

아찬이 몸을 숙여 레진의 키에 맞춰주자 그녀는 얼굴을 비스듬히 비틀었지만 그게 다였다. 어른들은 어떤 식으로 키스하는지 모르는, 본능에 자리매김한 성욕이 나타나려면 좀 더 자라야 할 소녀의 입맞춤. 욕정이라곤 조금도 끼어들어 본 적이 없고 설령 그렇다 해도 허락하지 않는 나이의 풋사랑.

레진의 피부에 밴 향기는 파우더가 아니라 베이비로션의 냄새였다. 그녀에게는 여자가 아닌 계집아이의 냄새가 났다.

아찬이 레진의 어깨 위에 손이라도 올려주어야겠다 생각할 때쯤 레진이 팔을 풀었다. 그녀는 아주 잠깐 동안 아찬과 눈을 맞춘 다음 미련없이 등을 돌렸다.

뛰거나 하지는 않았다. 오히려 눈에 보일 정도로 침착하게 승강기로 향했다. 그러나 아찬에게는 그 뒷모습이 힘 빠진 다리에 발목이라도 접질릴까 싶어 겁먹은 이의 조심스러움으로 보였다. 레진은 승강기 문이 열리기 직전 잠깐 머뭇거렸다. 거기서 아찬은 뒤를 한 번 돌아봐도 될까 싶은 망설임과 충동을 볼 수 있었다.

그녀가 사라지고 나자 로가디아가 조용히 말했다.

[잘했어요.]

그러나 아찬은 마음이 조금도 편해지지 않았다.

모노레일에 탄 레진은 무릎 위에 양 주먹을 모아 올린 채 고개를 숙이고 꼼짝도 하지 않았다. 내려서 걷는 동안도 마찬가지였다. 어깨에 닿을락 말락 한 단발머리지만 그녀의 얼굴을 가리기에는 충분한 길이다. 그녀는 방까지 가는 내내 그렇게 고개를 숙인 채로 걸었다.

레진은 방문이 닫히자마자 몸을 던지듯이 침대에 아무렇게나 엎드렸다. 헤어를 보내자마자 세탁실로 종종 걸은 그녀가 익숙지 않은 손놀림으로 몇 시간 동안이나 직접 다린 블라우스와 스커트가 심하게 구겨졌다. 로가디아가 나타나 침대에 걸터앉았다.

[좀 어떤가요.]

"어느 쪽이 진짜야? 여기야? 아니면 아찬 쪽?"

베개에 얼굴을 파묻은 레진의 목소리는 뜻밖에도 평온한 것 같았지만, 푹신한 솜과 천 주름 사이로 새어 나오는 그녀의 목소리가 실제로 어떤 감정을 지녔는지는 알기 어려웠다.

[난 어디에 있든 항상 진짜예요.]

레진도 몰라서 물은 게 아니고 로가디아도 알려주려고 대답한 게 아니다. 그저 상처를 쓰다듬어 주는 누군가가 곁에 있음을 확인하고, 확인시켜 주고 싶을 뿐.

"이게 마지막이야. 그냥, 오빠라고 부르면 그가 기분 좋아할 거라고 생각했을 뿐이야."

로가디아는 레진의 머리를 쓰다듬었다.

[그래요. 잘했어요.]

"이걸로 끝낼 거야. 지구, 아니, 켄타로스에는 아찬보다 잘생기고 멋진 남자들이 훨씬 많을 텐데. 내 주변에 그 사람뿐이어서 그런 것뿐이야. 그렇지?"

소녀의 머리카락 아래 베갯잇이 뭔가에 젖어 얼룩이 번져 갔다. 로가디아는 고개를 끄덕였다. 언젠가부터 시작된 가는 어깨의 가벼운 들썩임이 잦아들 무렵 레진이 다시 말했다.

"지금 아찬은 기뻐하고 있지? 내가 오빠로 인정해 준 걸 기뻐하고 있지?"

역시 질문이 아니다. 그럼에도 대답을 해야만 했다.

[그래요.]

그 순간 로가디아는 자신이 거짓말을 했다는 걸 알았다. 이런 게 거짓말이라고 배울 필요가 없는 앎. 어디선가, 불꽃이 튀는 듯한 멍함, 그리고 고통. 인간들이 겪는 것과는 전혀 다른 종류임이 명백하지만, 아픔이라고밖에 표현할 수 없는 뭔가가 느껴졌다. 두 번 다시 겪고 싶지 않은, 그러나 아찬과 레진을 위해서라면 얼마든지 감수해야만 하는 아픔이.

"혼자 있고 싶어."

로가디아는 레진의 머리를 한 번 더 쓰다듬어 준 다음 자리에서 일어났다.

인간에게는 인간이기에 겪는 아픔이, 인간이 아닌 존재에게는 인간이 아니기에 겪는 아픔이 있다. 그리고 고통은 완벽하게 개인만의 것이기에 나눌 수 없는 것이다.

그렇기에 그 모두를 존중해 주는 외에 곁에 선 이가 해줄 수 있는 일은 아무것도 없었다.

이튿날에도 레진은 여전히 방에서 나오지 않았다. 아찬 역시 무거운 마음을 어찌할 수 없어 축 처진 채 침대에서 기어나올 생각이 없어 보였다. 하지만 누군가는 움직여야만 한다. 로가디아로서는 더 이상 질질 끌 여유가 없다.

[아찬, 움직여야 해요.]

"미안한데 잠시만 혼자 있고 싶어."

로가디아가 허리에 손을 짚으며 목소리를 엄하게 했다.

[언제까지 그렇게 어린애처럼 굴 건가요? 마음이 힘들다고 하루를 그냥 보낼 수 있는 시절은 지났어요.]

아찬이 허리를 일으켰다. 로가디아의 야단에도 불구하고 부끄러운 마음이 들기보다는 더 괴롭기만 했다. 그러나 그 고통 때문에 그는 침대에서 나와 샤워실로 향할 수 있었다.

"네 말이 맞아."

해야 할 일은 그 장본인이 학생인가, 매스메카텍트사의 직원인가, 혹은 로빈슨 크루소인가에 의해 결정되는 것이지 나이나 성장기 질풍과 노도로 그렇게 되는 것이 아니다. 아찬은 인간의 정체성이 시간이 아니라 그가 속한 공간으로 만들어짐을 지난 시간 동안 절실하게 배웠다.

건조기는 거들떠보지도 않은 채 머리를 수건으로 대충 터는 아찬에게 로가디아가 잔소리했다.

[아찬, 제발 몸 좀 완전히 말려요. 그러다 감기 걸릴 수도 있어요.]

"잠 깨는 데는 물로 하는 샤워가 최고고, 물로 하는 샤워는 몸이 반쯤 젖은 채로 옷을 입는 기분이 최고야. 너야 이 기분을 천만 년이 지나도 알 턱이 없지."

로가디아는 가볍게 한숨을 쉬었다.

[함교로 와서 보는 게 나을 것 같아요.]

"응."

사실 함교까지는 산책 삼아 가볍게 걸어도 상관없다. 하지만 아찬도, 레진도 나쁜 기억뿐인 군사 구역은 가능한 한 빨리 지나치려 들었다. 처음에는 의식적인 행동이었지만 지금은 이미 습관이 되었다.

광장을 천천히 가로지르는 모노레일 바깥 풍경에 눈길을 던진 아찬의 시선에 다릴 몇 기가 자신의 동료들을 열심히 수리하는 모습이 보였다.

"그러고 보니까 저 녀석들, 도대체 언제 움직일 수 있는 거야? 수리해야 할 녀석들, 꽤 많지 않아?"

[실제로 탑재된 수량은 3백 기가 넘죠. 하지만 필요한 만큼만 가동할 거예요.]

"어쩐지 눈만 돌리면 저것들이 보인다 싶더니만 그렇게나 많았어?"

[당신들이 손가락 하나 까딱하지 않아도 되던 시절을 생각해 보세요. 게이츠는 인간들이 가장 편하게 느끼도록 만들어졌고, 거기서 뭔가를 하려면 로봇을 만들 수밖에 없잖아요.]

"그래도 난 저것들이 싫더라. 머리도 왠지 너무 번쩍거리고 건들거리는 게… 기분 나쁘더라고."

[저도 그렇게 생각해요. 하지만 남은 예산으로 필요한 조건을 충족하려니 다릴 말고는 선택이 없더군요.]

"허. 난 여기에 자원을 아끼지 않은 줄 알았는데."

아찬의 말이 질문이었다면 로가디아는 게이츠에 무장을 추가하기 위해 급히 예산이 돌려졌기 때문이라고 진실을 말해야 할 판이었다. 그녀로서는 두 번 다시 거짓말 따위는 하고 싶지 않았다. 다행히도 그의 말은 중얼거림에 가까웠다.

함교 승강기 문이 열리자 아찬은 입을 조금 벌렸다. 그가 오기만을 기다린 듯 프레젠테이션 준비가 완벽하게 끝난 함교가 온갖 화면과 입체영상으로 가득했던 것이다.

"우와!"

아찬의 탄성은 단순히 화려한 풍경 때문만이 아니다. 여기에는 이제 거의 잊어버린, 활기라는 것이 있어서다.

[정말 오랜만이네요. 출발 당시만 해도 함교는 항상 이랬죠. 많은 사람들이 오가고, 잔잔한 웅성임이 잘 틈이 없었어요.]

그건 로가디아조차 비슷해 보였다. 말하는 그녀의 목소리가 왠지 감회에 젖은 듯했다. 하지만 로가디아는 냉정함 역시 동시에 내비쳤다.

[사실은 어제 프라디트와 헤어가 돌아간 다음 도시에 변화가 있었어요.]

"으, 응?"

아찬의 표정이 다소 진지해졌다.

[왜인지는 모르지만… 그들이 돌아가자마자 생산 활동을 시작했어요.]

"생산 활동? 그런 사람들이 뭐가 필요하다고?"

캔 커피를 뽑아 온 아찬이 다리를 꼬았다. 인공위성에서 촬영한 듯한 영상 몇 개가 그의 시선을 맴돌았다.

[뭔지는 모르지만 씨 뿌리기를 하고 열매를 채집하네요. 어제부터 지금까지 계속. 아터미시나는 수렵 준비까지 하는 것 같아요.]

인공위성 아프로디테의 해상도를 감안할 때 누가 누군지 알아보는 정도는 어렵지 않을 것이다. 하지만 할 수 있음과 그래도 된다는 것 사이에는 엄연한 간극이 있다.

"로가디아, 그렇게 자기들 몰래 마음대로 보는 걸 알면 얼마나 기분 나쁘겠어. 그런 건 내가 직접 가서 알아오면 돼."

[그게…….]

로가디아가 말끝을 흐리며 아찬의 머리 위를 가리켰다.

[일부러 그런 건 아니고, 그냥 지나가는 김에 프라디트나 한번 확인해 볼까 했는데…….]

그가 고개를 들자 허리를 숙여 한창 일을 하던 여자들이 화면을 바라보며 양손을 흔드는 모습이 보였다. 펜시모니 아 연진은 처음 보는 여자와 함께 바구니 같은 데서 꽃을 꺼내 카메라를 향해 하늘로 뿌리기까지 했다.

"기분 나빠하지 않아서 다행이네."

[그렇죠. 아프로디테가 뭘 하는지 아는 모양… 아, 당신, 괜찮아요?]

막 목구멍으로 넘기려던 커피가 목에 걸려 캑캑거리느라 정신이 없는 아찬에게 로가디아가 말을 끊으며 물었다.

"괜찮아. 괜찮아."

[확인해 보는 게 좋겠어요.]

"아냐, 괜찮아."

그는 그렇게 말하고서도 작은 기침을 몇 번 더 했다. 기침이 잦아들고 나서 그르렁거리며 목을 가다듬은 아찬이 얼빠진 표정으로 물었다. 영상의 의미를 뒤늦게 안 만큼 당황도 컸을 것이다.

"지금 저거, 아프로디테 보고 손 흔든 거 맞아?"

로가디아도 아찬처럼 황당함을 감추지 않은 채 고개를 끄덕였다.

"아니, 내 말은 인공위성을 본 거냔 말이야."

[그렇다니까요.]

"그게 보여?"

[봤으니까 저러겠죠.]

"아이 참, 내 말은 그게 가능하냐고. 성층권보다 높이 떠 있는 지름 50미터짜리 인공위성을 대낮에 인간이 보는 게 가능하냐고."

짜증이라고 하기엔 온건하고 질문이라고 하기엔 투정이 많이 섞인 말. 그러나 투덜거려야 할 쪽은 사실 로가디아다. 아찬의 상상력 부족은 도를 넘었다.

[인간은 인간이죠. 먹지 않아도 되고 머리카락으로 핵융합을 일으켜서 만든 온데르손스 힘으로 날아다니는 인간요.]

말문이 막힌 아찬이 인상을 찡그렸다.

"아무리 그래도 저건 너무 심하게 상식에서 벗어나."

[사실은, 하고 싶은 이야기가 그거예요.]

함교에 펼쳐진 여러 입체영상 중 몇 개를 로가디아가 아찬의 시선이 닿는 곳으로 끌어왔다.

[프라디트는 자신만이 우람이고 나머지는 님부스라고 했어요. 클리아는 역사를 담당하고 펜시모니 아는 치유와 조사를 관장하죠. 세이란은 의사소통과 전령 역할을 해요. 무슨 뜻인지 알겠죠?]

그러니까, 님부스들에게는 각자 자기 역할이 있고, 그렇다면 그중에는 믿을 수 없을 정도로 감각이 뛰어난 이가 있는 건 이상한 게 아니라는 말이다.

[이걸 보세요.]

로가디아가 아찬의 시선으로 끌어온 영상을 가리켰다.

[그녀들을 직접 조사할 수는 없었어요. 하지만 하스파스토니아가 만진 패널

에서 그녀의 머리카락을, 펜시모니 아가 잡은 라켓에서 땀을, 그리고 클리아가 넘긴 책장에서 타액을 채취할 수 있었어요.]

"너, 이제 보니 여전히 음흉하구나? 도대체 언제 그런 걸 다 한 거야?"

[아찬, 농담할 시간이 있었다면 당신을 억지로 깨우지도 않았을 거예요. 지금 이건 아주 중요해요.]

"아. 그, 그래."

머쓱해진 아찬이 입을 다물었다.

[너무 많이 망가져서 알아낼 수 있었던 건 하나뿐이에요.]

"뭔데?"

[세 명의 염기 배열이 같더군요.]

"먼 친척이라도 되나 보지. 작은 사회라면 얼마든지 가능하잖아."

[아뇨. 셋은 쌍둥이예요. 적어도, 세쌍둥이.]

로가디아는 아찬이 생각을 정리할 때까지 가만히 있었다. 사실 지금 그가 해야 할 정리는 머리가 아니라 마음에 속하는 것이지만.

주머니를 뒤적거리며 담배를 꺼내 문 아찬은 불을 붙이려다 뭔가가 생각난 듯 곧바로 반박했다. 입술에 걸려 있던 담배가 떨어졌다.

"아, 하지만 프라디트는 그들 나이가 전부 다르다고 했어. 셋 중에서 아마 클리아가 제일 어리고… 그다음이 누구더라……."

[주어진 표본이 너무 적어서 낭비하기 싫었어요. 처음부터 정밀 검사로 들어갔죠. 세 개 실험동에서 동시에 했는데 결과가 전부 같아요.]

그렇다면 그건 사실이라는 의미다.

"설마… 그렇다면……."

[네. 복제예요.]

아찬이 조그맣게 맙소사라고 중얼거렸다.

"그럼 프라디트도?"

[그건 모르죠. 일단 프라디트랑은 전혀 상관이 없어요. 하지만 적어도 그 셋은 하나의 모체에서 탄생한 쌍둥이가 확실해요.]

로가디아가 해준 말의 의미를 파악하는 순간 아찬의 머릿속에 강렬한 상상이 펼쳐졌다.

오래전 지구에서 우주로 쏘아 올려져 가없는 시공으로의 여행을 떠난 다이달로스와 구십여 명의 용감한 남녀.

불완전한 기술, 기약없는 미래와 가혹한 우주.

아마 어떤 사고가 생겼을지도 모른다. 광속에 가깝게 가속하는 과정에서는 작은 운석 파편, 아니, 먼지 한 톨도 치명적이다. 그때는 타키온 드라이브도, 헤미팜도, 그리고 변변한 인공지능도 없었다.

구조에 대한 희망은 진작 접었을 것이다. 다이달로스야말로 지구에서 가장 빠르고, 가장 거대하며, 가장 멀리까지 나아간 존재임을 가장 잘 아는 이들이 그들 자신이었을 테니.

우주 복사를 받아가면서도 그들은 희망을 잃지 않았으리라. 초인적인 노력으로 다이달로스의 작은 자급자족 생태계를 확장하고 인구를 조절해 가며 자손을 낳아 길렀을 것이다. 그러면서, 언젠가는 지구로, 아니, 최소한 정착이 가능한 그 어딘가를 찾아 떠돌았겠지. 인간의 긍지와 존엄성을 세대에 전하며.

그리고 마침내, 기나긴 인내심의 끝에 이 별을 찾은 것이다. 한 줌도 안 되는 생존자들은 가진 모든 기술과 자원을 쥐어짜 내 자신들을 도울 존재를 만들었을 것이다. 어쩌면 벨레로폰의 도움을 받았을지도 모른다.

인간복제가 던지는 윤리성 앞에서 잠시 망설였겠지만 결국 선택권은 없었으리라. 아마 다이달로스의 후손들은 님부스들을 지배하는 대신 함께 어울려 사는 것으로 자신들의 피조물에게 보상했겠지.

그 이후는 프라디트가 말해준 대로다. 하지만 이곳이 과연 편안했을까?

그럴 리가 없다. 대기를 찢어발기는 태풍이 잘 날 없는 바다와 매일같이 쏟아지는 비. 희미한 태양과 불길한 붉은 구름 아래 황무지에서 그들은 따뜻한 지구의 푸른 언덕을 그리워했겠지. 아니, 그때쯤에는 그조차도 전설이 되었을 것이다. 마침내, 지구가 신화가 되고 문명은 옛날이야기가 되었을 때 남은 것은 님부스와 우람. 한 줌도 안 되는 종복과 단 한 명의 인간.

인간을 압도하는 능력을 가졌기에 인간이면서도 인간이 아닌, 멸망해 갈 수밖에 없는 고통스런 귀결조차 단호히 거부하는 그들.

자신은 운명에 대한 영웅적인 싸움의 전장 한복판에 게이츠와 함께 내려선 것이다. 이들은 어쩌면, 다이달로스에서보다 이곳의 삶이 더 힘들었을지도 모른다.

수백 년에 걸친 비장하고도 장엄한 여정.

동정인지 존경인지 모를 감정에 아찬은 눈이 따끔거리는 느낌을 받았다. 양손으로 눈을 비비는 자신에게 걱정스레 묻는 로가디아의 목소리에 아찬은 현실로 되돌아왔다.

[아찬, 괜찮아요?]

"응⋯⋯. 아무것도 아니야."

그녀가 고개를 끄덕였다.

[그리고⋯ 음. 어쩌면 이게 본론이겠네요.]

"더 남았어?"

[여기, 이 별에 대한 이야기예요.]

아찬은 캔 커피를 술잔처럼 들었다.

[이 별은 고작 화성보다 약간 큰 정도예요. 밀도도 마찬가지죠. 하지만 중력은 지구와 거의 같고, 그래서 대기 조성도 별반 다르지 않아요.]

"그리고?"

[그동안 몇 가지 표본을 채집했어요.]

"나도 토끼를 닮은 귀엽고 파란 털 뭉치를 본 것 같아."

로가디아는 고개를 끄덕이고 다른 영상을 끌어왔다.

[물론 시료만 수집하고 곧 놓아줬어요. 아무튼 표본을 문석해 봤는데 지구 생물과 연관이 많아요. 유전체[Genome] 지도를 조사했는데 대부분이 지구 생물과 친척 관계예요. 블루 레빗도, 나무도, 풀도. 그리고 곰과 꿀벌까지도.]

"응?"

[음. 다른 것도 있어요. 광역 채집은 아니지만 그래도 일단 가진 데이터로 보

면 이 규모에 존재하는 생물종의 수가 너무 적어요. 말도 안 될 정도로.]

"잠깐. 그거 무슨 뜻이야?"

[균류는 여섯 종, 박테리아 열한 종, 곤충 일곱 종…….]

"그만, 그만. 내가 생태학자도 아닌데 그렇게 말해봤자잖아."

[그러니까 영상을 같이 보란 말이에요.]

아찬이 헛기침을 하며 영상으로 눈을 돌렸다.

[이런 식으로는 생태계가 유지될 수가 없어요. 당장 사체를 분해할 미생물조차 부족한걸요. 그나마 대부분은 종의 사멸을 걷고 있어요. 어제오늘 일이 아니에요. 이미 오래전부터 이 행성의 생태계는 암화(癌化)되고 있었던 것 같아요.]

"암화?"

[암세포란 게 있어요. 숙주를 침식해서 자신과 같은 세포로 바꾸어가며 오직 증식만 하는 세포예요. 지금은 실험실에서만 존재하니까 모르는 게 당연하죠. 어쨌든 마치 암에 걸린 숙주처럼 이 행성의 생태계도 점점 단순해져 가요. 번식 증가를 보이는 생물 종은 토양에서 채취한 몇 종류의 진드기뿐이에요. 다른 모든 생물이 점점 절멸하고 그 자리를 진드기가 채워 나가는 거죠. 그건 결과지 원인이 아니에요. 진드기 때문에 그런 게 아니라 그렇게 돼서 진드기가 번식한다는 거죠. 나중에라도 찰스 펠리그리노 박사의 논문을 읽어보세요.]

암세포가 정상 세포를 침식하는 장면이 입체영상으로 그려졌다. 누구에게도 도저히 유쾌할 수 없는 장면에 아찬은 미간을 찡그렸다.

[우리는 정말 운이 좋았어요. 시간이 없어 지형 탐사도 제대로 안 하고 바로 착륙했거든요. 그런데 안정된 지반이 거의 없어요.]

"그건 또 무슨 소리야?"

[아직 본격적으로 시작되지는 않았지만 심각해요. 대부분의 바다에는 태풍이 형성되어 있고 해안은 엄청난 해일로 매일같이 모양이 변해요. 산들은 점점 활화산화되어 가더군요. 지각도 조금씩 뒤틀리고 있어요. 사람이 살 만한 곳이 거의 없어요. 보기에는 멀쩡해 보여도 수시로 땅이 진동하고 화산이 폭발하니. 어떤 곳은 땅에 귀를 대면 마그마가 흐르는 소리까지 들릴 정도예요. 여기는 그나

마 환경이 나아서 비라도 오고 곰이라도 사는 거예요. 사막 부근은 이미 작은 지중 생물 정도를 제외하면 생명은 전혀 존재하지 않아요. 적도 부근은 풍화작용조차 없어요. 비도, 바람도, 아무것도. 완전히 사막이죠. 보이죠? 사막이야 건조하니 그렇다 쳐도 얼마 남지 않은 열대 우림 기후에서조차 몇몇 사체는 거의 멀쩡해요. 문제는, 이런 현상이 하루 이틀이 아니라 일만 년은 넘은 거 같다는 거예요. 믿어져요? 보숭보숭한 하얀 뼈를 연대측정 해보면 일만 년 전에 죽은 생물의 그것이란 게.]

여기서 로가디아는 설명을 잠깐 멈추고 영상을 바꾼 다음 끔찍하다는 어조로 말을 덧붙였다.

[분해도, 풍화도 존재하지 않는 세계……. 완벽하게 죽은 세계예요.]

충격을 받은 아찬도 한참 뜸을 들이다가 자신없는 투로 말을 꺼냈다.

"하, 하지만 아무리 그래도 물이 있다면 생명이 존재하지 않을 수가 없잖아……."

사실 지금까지 로가디아가 제시한 정보들과 설명만으로도 그게 우기기에 가깝다는 건 알고 있다. 그러나 그걸 곧이곧대로 인정하기엔 너무 씁쓸했다.

[원래 이 별에서 진화한 토착 생명이라면 그럴 수도 있죠. 하지만 대부분이 어디에선가 가져온 생물들이고 그것이 억지로 환경에 적응한 것일 가능성도 염두에 두어야 해요. 예를 들어 다이달로스의 승무원들이 우주선에 설치된 자급자족 생태계를 여기에 옮겼다거나, 벨레로폰이 직접 개입하는 경우도 가능하겠죠. 물론 어디까지나 예일 뿐이에요.]

굳이 예시라고 강조할 필요가 있을까? 아찬이 생각하기에는 로가디아의 말 외에 답이 없어 보였다.

아찬은 그것으로 일단 생태계 사안은 이해했다 생각하고 다음으로 넘어갔다.

"맑은 날보다 흐린 날이 더 많은 이 날씨. 우리 주위를 둘러싸고 있는 게 온통 태풍들이라서 그런 거였어. 이것 봐. 그냥 봐도 태풍의 눈이 몇십 개는 되겠는데?"

[궤도에서 아프로디테와 아테나이가 찍은 거예요.]

"아, 나 이런 거 정말 싫어."

휘몰아치는 태풍의 눈이 만든 수두에 걸려 얽은 얼굴. 숭숭 뚫린 시커먼 구멍이 불규칙하게 퍼진 화면에 아찬이 혐오감을 감추지 않았다.

"…그럼 지각 활동은?"

[정확히는 몰라요. 불거진 건 몇 세기 전부터인 것 같은데. 애초부터 그 불씨는 있었겠죠.]

"왜… 그런 걸까?"

[이건 그냥 순전히 추측이에요.]

그러고서도 말을 잇지 않았다. 그녀가 이럴 때면 절대 좋은 일이 아니다. 상대가 마음의 준비를 할 배려라고는 하지만, 차라리 그냥 알아버리는 게 나을 때도 있다는 걸 모르는 것일까? 아니면 이런 식의 화법은 로가디아에게 완전히 습관이 된 것일지도 모른다. 아찬은 자신이 입을 다물고 있으면 이 침묵이 계속되리란 점을 아주 잘 알고 있다.

"좋아. 준비됐어."

[좋아요. 내 생각에는 지구화 때문이에요. 안 되는 걸 억지로 유지하려고 하니까 부작용이 일어나는 거죠.]

뭐야, 별거 아니잖아.

"그렇다면 도대체 벨레로폰은 언제부터 여기 있었다는 거지?"

[바로 그거예요. 토양에서 추출된, 고성능 나노머신으로 보이는 미생물의 생존 주기가 너무 길어요. 게다가 그것들의 증식이나 활동 양태가 일관성이 너무 없어요. 어떤 지역에서는 생물을 침식하기조차 하더군요.]

"나노머신?"

로가디아 입장에서 아찬의 되물음은 다소 엉뚱했다. 벨레로폰의 존재 기간과 나노머신의 생존 주기는 다른 문제다. 그러나 그녀는 여기서 아찬의 말을 받아 화제를 급전환했다. 사실은 이게 그녀가 하고 싶었던 핵심적인 이야기였기 때문이다.

[사이도니아 켈리를 보호하기 위해 많은 노력을 기울여야 했어요. 에멘시나

메디스에게 한 것처럼 노골적으로 치고 들어오진 않았지만, 뭔가가 켈리를 끊임없이 건드리려 들었죠. 제 생각에는 의도적인 건 아니에요. 전례로 볼 때 마음먹고 행동했다면 간신히 게이츠를 지키는 정도일 거예요.]

"벨레로폰……."

생각할 필요도 없다. 프라디트의 말과 자신들이 겪었던 상황을 더하면 혐의를 줄 수 있는 다른 대상은 없다.

[제 생각도 그래요. 고의든 아니든, 그 존재 때문에 여러모로 힘들었어요.]

"이 별의 환경이 인간에게 맞춰져 있다는 건 어떤 의미지?"

다시 원점?

[글쎄요. 프라디트는 조상들이 여기 도착했을 때 이미 살기에 적합한 환경을 가졌다고 했죠. 그렇다면 벨레로폰이 이미 그 작업을 하고 있었다는 거예요.]

아찬은 담배를 바닥에 버리려다 생각을 바꿔 분해기에 집어넣었다.

"아껴야 잘 살지."

로가디아가 손으로 입을 가리고 작게 웃음을 터뜨렸다.

"내가 아는 게 맞다면, 기를 쓰고 지구화를 하는 작자들은 인간과 레기넬라뿐이야."

[하지만 벨레로폰은 지구에 속한 이름이죠.]

아찬이 인상을 찡그렸다.

"무슨 말을 하고 싶은 건데? 프라디트의 증고조의 증고조의… 아무튼, 할머니, 할아버지가 지어준 이름인가 보지."

신화 속에 나온 덕에 흔한 이름이긴 하지만 외계성종이 붙일 만한 이름은 결코 아니다. 사실 대상이나 사물에 이름을 붙이는 종족은 인류를 포함해 몇 되지도 않는다. 그 이름은 프라디트의 선조들이 붙여준 것임에 틀림없다. 로가디아는 그저 고개만 끄덕였다. 아찬이 놓치고 지나간 부분을 군이 지적하고 싶지 않았다. 어차피 곧 알게 될 터.

"레기넬리안이라면 골치 아파지는데……."

사실, 레기넬라 입장에서 지구화라는 단어는 얼토당토않은 것이다. 그건 어

404 지구환 연대기 기시감

디까지나 지구가 아닌 행성에서도 인간이 맨몸으로 거주 및 활동 가능한 환경 구축을 목적으로 하는, 궁극적으로 지구 환경을 만들고자 하는 거대한 계획을 의미하는 개념이다. 하지만 그렇다고는 해도 오만한 인류의 입장에서는 달리 쓸 단어를 필요로 하지 않았다.

아무튼 레기넬리안은 인간적인 관점으로는 도저히 이해가 되지 않는 여행을 하며 아무 행성에나 지구화 장비를 떨어뜨리고 잊어버리는 종족이다. 물론 지구화 장비 역시 마찬가지로 자신의 창조주에 관심이 없고.

좀 더 사실에 가깝게 말하자면 그들은 자신들이 쓸 것도 아니면서도 굳이 지구화 작업을 하는 이유조차 불분명한 종족이다. 그러나 지금 이 순간 중요한 점은 레기넬라와 솔시스 사이에 전쟁이 있다는 것이다. 다르게 말하면 벨레로폰과 접촉해 이곳에 솔시스인이 존재한다는 사실을 선전해 보아야 전혀 도움이 되지 않으리라는 현실이다.

"항성간 여행을 하면서 솔시스를 모르는 종족이 있을 리가 없어. 다른 항성 국가에 수출한 지구 생물 유전자를 찾아봐. 뭐 그 비슷한 거라도."

여기까지 이야기가 오자 비로소 로가디아는 안도하며 쐐기를 박았다.

[나노머신은 미생물형이에요.]

"미생물형 나노머신이라……."

솔시스는 나노머신이든 무엇이든 생명공학의 결과물을 그 자체로 기술에 적용하지 않았다. 지난 세월에 걸친 여러 차례의 재난과 실패 때문에 연방민들이 생명공학적 결과물에 대한 혐오감을 본능에 가깝게 가지고 있어서다. 게다가, 근본적으로 생명공학의 결과물은 타키온 드라이브를 견뎌내지 못하기 때문에 지금 같은 우주시대에는 별 효용도 없다. 왜 그러는지는 여전히 밝혀지지 않았지만 오직 순수한 지구의 생물만이 그 방식의 항해를 이겨낼 수 있다.

[지금 생태계를 유지하는 건 그 벨레로폰이라고 하는 지구화 작업체예요. 어디서 어떻게 에너지를 수급하는지는 몰라도 기력이 쇠진한 것만은 틀림없어요. 자신의 나노머신조차 통제를 제대로 하지 못할 정도라면… 완전히 오늘내일이에요.]

아찬의 안색은 이미 어두웠지만 지금은 뭔가를 골똘히 생각하는 듯해 보였다. 실제로 그의 머릿속에서 어떤 그림이 그려지고 있었다.

"뭔가 하나씩 맞춰지는 중이야. 내가 맞추려고 해서 맞추는 게 아니야. 지구화, 디아트리체 벨레로폰, 암화되는 생태계."

아찬은 결정했다.

"로가디아, 당장 비행기 좀 준비시켜 줘."

[하지만 아직 세이란이 온다고…….]

"지금 그게 문제가 아냐. 난 꼭 알아야겠어."

아찬은 빠른 걸음으로 망설이지 않고 승강기에 올랐다.

로가디아는 이게 잘하는 짓일까 잠시 의심이 갔다. 결과적으로는 자신이 해야 할 일을 다른 이에게 떠넘기는 형국이 될 터. 하지만 아무리 생각해 봐도 그 이야기는 당사자에게 직접 듣는 게 낫다.

아찬은 여전히 서툴기는 해도 꼼꼼하게 장구를 챙겨 입었다. 그는 마지막으로 헬멧을 뒤집어쓰려다 잠시 망설이고는 손에 든 헬멧을 제자리에 두었다. 아찬이 손을 뻗어 집은 것은 프라디트가 사용한 헬멧이었다. 그는 그녀의 머리가 안에서 돌아다니다시피 하던 커다란 유리구 안을 물끄러미 쳐다보다가 곧 단호한 동작으로 헬멧을 착용했다.

[벌써 프라디트가 그리워졌어요?]

아찬은 못 들은 척 아무런 반응이 없었다. 아직 확신이 서지 않아서인지, 아니면 단순히 레진에게 가진 미안함이 남아서인지는 알 수 없다. 그가 텅 빈 뒷자리를 잠시 바라본 까닭도 마찬가지다.

[이번에도 반가속 장치는 설치하지 않을 거예요. 프라디트와 날던 그때랑 똑같이 할 거예요. 사이도니아가 부리한 움직임은 막아줄 거니까 걱정 말아요.]

아찬은 태풍이 이륙할 때 생기는 몸이 한껏 눌리는 느낌이 너무 좋았다. 지구환에서 타는 우주여객기에서는 결코 느낄 수 없는 짜릿함. 간혹 배치 시간을 맞추기 위해 허둥지둥 성층권으로 진입하는 에어 버스에서나 느낄 수 있는 기분.

그는 그 느낌을 '난다'는 행위 전에 거쳐야 할 신성한 의례라고 생각했다.

게이츠 주위를 느린 속도로 선회하는 태풍에 반가속 빔이 집중되고 있었다. 로가디아는 아찬의 산만한 성격을 생각해 더 멀리 가보고 싶지 않았다.

"로가디아, 조종간 넘겨줘. 내가 해볼게."

[아뇨, 아찬. 그건 안 돼요.]

"솔직히 나도 네 치마폭에서 노는 게 더 편해. 안심도 되고. 그렇지만 나도 이젠 혼자서 뭘 해봐야 하잖아."

이 말을 어떻게 받아들여야 할까. 인간에게는 감이라고 부르는, 불확실하고 증명도 안 되는 요소가 존재한다. 아찬이 혹시 그걸 느낀 게 아닐까? 자신에게 펼쳐진 미래에 대한 막연한 감을 느껴서 그런 말을 한 것일지도 모른다.

[좋아요, 아찬. 조종을 할 때는 집중하세요. 가장 중요한 것은 계기를 믿어야 하는 거예요. 중력에 얽매인 인간은 공중에서는 수평은 물론, 수직 감각조차 사라져요.]

"루크 스카이워커는 조준경을 집어 던지고 미사일을 쏘던걸."

[당신과 함께하는 건 포스가 아니라 켈리예요. 선회 도중에 땅이 귀 옆에 있다고 느껴도 계기가 수평을 보인다면 그건 수평인 거예요. 특히 밤에는 더해요. 지구에서조차도 야간 비행을 할 때는 완전한 어둠뿐이에요. 이런 곳에서는 말할 필요도 없지요. 그때 시뮬레이션으로 연습해 보았으니 계기 읽는 법은 알죠? 기억해요?]

"에, 그러니까 가운데 있는 게 메인 디스플레이. 여기에는 연료와 무장이 있고……."

[그걸 쓰게 될 상황이 오면 내가 직접 데리러 갈 거예요. 자, 좀 더 아래쪽 계기판을 봐요. 수평 수직계랑 고도계 보이죠? 자, 내가 가상으로 계기판에… 아? 아찬, 복귀시킬게요. 뭔가가 있어요. 아직 당신과 많이 떨어져 있지만 빠르게 접근하네요. 뭐지?]

"그럼 가봐야지. 이거 미사일 쏘려면 어떻게 해야 되지?"

[그만둬요. 세이란이군요. 그녀에게 말해놓을게요. 따라가요. 착륙하는 법은 알죠? 활주로 없어도 되니까요.]

"응. 레진도 왔으면 좋았을 텐데……."

적어도, 뒷자리만큼은 레진을 생각했다는 거구나.

[우선 그들과 먼저 충분히 이야기해 보세요. 주의를 기울여야 해요. 누리나무에 가서 벨레로폰과 접촉하는 건 나중이에요. 알죠?]

"로가디아, 나한테 말 안 한 거 있지?"

대답 대신 질문을 던진 아찬에게 로가디아는 잠시 뜸을 들이다가 대답했다.

[직접 가서 확인해 보세요.]

아찬은 묵묵히 고개만 끄덕였다.

세이란은 태풍을 보고 잠시 주춤거리다가 곧 뒤돌아 날았다. 속도를 줄인 것을 보니 의도를 아는 모양이다. 태풍은 그녀를 곧 따라잡았다. 거대한 전투기의 동체는 세이란이 앉아 쉬기에 충분할 정도로 넓었다.

헬멧의 영상을 올리자 허공에 다리를 포개어 앉은 젊은 여자의 모습이 들어왔다. 세이란은 얻어 타고 가는 입장인데도 기분이 별로 좋아 보이지 않았다. 좀 더 사실대로 말하자면 아무런 표정을 짓고 있지 않았는데, 그게 뭔가 억누르는 노력 끝에 나온다는 기분이 들었다. 아찬도 그런 표정을 지어본 적이 있기에 충분히 알 수 있었다.

얼마 지나지 않아 날개에 앉은 세이란이 손가락을 치켜들었다. 그때까지도 아찬은 그녀의 손끝이 어디를 향하는지 몰랐다. 출력을 줄이자 세이란이 마음에 들지 않는다는 듯 잠시 미간을 찌푸리며 날개에서 몸을 띄워 캐노피 옆으로 다가왔다. 태풍의 속도가 줄었다고는 하지만 여전히 거의 음속에 가까웠고 세이란은 빛에 둘러싸인 상태였다. 일종의 방어막이라고 할 수 있는 역장이 대기 전하와 반응해 간간이 불꽃을 튀기도 했다.

아찬이 헬멧 바이저를 올리고 세이란을 보며 물었다.

"어디를 말하는 거죠?"

"저기."

통신기가 없는 세이란이 아찬의 입모양을 읽고 대답했다.

"저 앞에 사람들 안 보이나요?"

세이란의 입모양은 사이도니아 켈리가 읽어주었다. 분명히 사람들이 있기는 하다. 하지만 그걸 보고 있는 쪽은 세이란과 전투기 태풍이지 아찬의 눈은 아니다.

"글쎄, 있긴 있는 것 같군요."

어깨를 으쓱거리는 아찬을 보며 세이란은 그나마 무표정한 얼굴마저 그에게서 돌리고 멀어져 갔다.

아찬으로서는 아무래도 손님인 자신을 팽개치고 먼저 사라진 세이란이 그다지 마음에 들지 않았지만 그런 불만을 표출할 입장이 아니다. 하지만 손님이라는 생각은 자신만의 것일지도 모른다. 저들로서는 아찬을 포로라고 생각할 수도 있다. 비록 의도하지 않았다 해도, 자신들도 프라디트를 그렇게 대우하지 않았던가.

사라진 줄 알았던 세이란이 정면에 갑자기 나타나는 바람에 태풍은 어쩔 수 없이 역분사 제동을 걸어야 했다. 그녀는 태풍도 가속도에 상관없이 급정지를 할 수 있다고 생각한 모양이다. 정확히 말하자면 태풍은 가능했지만 안에 탄 파일럿은 그렇지 못했다. 로가디아도 이럴 줄 알았다면 반가속 장치를 태풍에 설치해 주었을 텐데.

착륙만큼은 처음부터 사이도니아 켈리가 대신 해주기로 되어 있었다. 활주로를 찾지 못한 거대한 전투기가 기체를 곧추세우고 제자리에서 호버링하며 몇 초간을 망설이다가 그 상태로 천천히 후퇴했다. 앉은 자세로 거의 눕다시피 한 아찬은 이 불편한 상황이 빨리 끝나기만을 기다리는 수밖에 없었다. 태풍이 완전히 안착했을 때는 세이란 그 주변에서 흩날리는 머리를 쓸어 올리며 서 있었다. 조종복 때문에 둔한 몸짓으로 사다리를 타고 내려온 아찬에게 세이란은 여전히 차가운 무표정으로 따라오라는 몸짓을 했다.

일전 프라디트는 자신이 사는 곳이 도시라고 했다. 그런데 막상 와보니 그녀 입장에서는 도시 외에는 번역할 만한 다른 단어가 없었다는 생각밖에는 들지 않았다.

여긴 도저히 도시라고 부를 수가 없는 곳이었다. 아니, 도시는커녕 이건 그냥 아무것도 아닌 장소다. 그저 깨끗하게 관리된 잔디밭과 그 어디쯤에 솟아 있는 거대한 첨탑. 그마저도 가까이 다가갈수록 인공물인지조차 확신할 수 없는 물건이었다. 이 허탈하리만치 공허한 장소가 바로 프라디트의 고향이고 또한 그들의 도시였다. 주변에는 오직 여자들만이 한 줌씩 흩어져 있을 뿐.

자신이 가진 개념과 대비하며 있어야 할 것과 있지 말아야 할 것들을 비교한 결과가 만든 당혹감에 어쩔 줄을 모르는 아찬의 시선에 누군가가 들어왔다.

키가 굉장히 크고 육감적인 몸매를 가진 여자가 자신을 노려보고 있었다. 조끼처럼 생긴 검붉은색 갑옷을 입고 있는 그녀의 시선과 마주친 그는 까닭 모를 오한마저 느꼈다. 세이란처럼 완벽한 미인이지만 소름이 돋을 정도로 차가운 인상. 그녀의 눈에 담긴 것은 무조건적인 증오와 광기, 그것뿐. 그조차도 인간적인 의미를 벗어나 보였다. 세이란의 차가운 표정은 그에 비하면 차라리 자애로운 성모의 미소라 할 정도다.

파르스름하게 빛나는 양손에서 간간이 창백한 푸른색 불꽃이 튀는 모습에 두려움이 들 정도. 아찬은 그 시선을 외면하고 싶었지만 위압감에 눌려 감히 그러지조차 못했다. 여기서 시선을 조금이라도 뗀다면 그 순간 그 여자에게 죽을 것만 같은 두려움. 등을 돌리는 순간 소리없이 다가와 목을 그어버릴 것만 같은 증오의 기운.

만약 세이란이 여자의 시선을 가로막지 않았다면 그 지독한 공포는 계속되었을 것이다. 그녀가 말했다.

"아텐이에요."

반드시 알아야 할 사람은 아니다, 그러나 당신이기에 꼭 알아야만 한다는 모순이 섞인 이상한 어조. 아찬은 대꾸조차 하지 못했다.

"저기 프라디트가 있군요."

세이란이 가리킨 방향에 그녀가 앉아 있었다. 아찬은 아텐에게 느낀 두려움이 한순간에 프라디트로 흘러들어 가고, 그녀가 그걸 뭔가 충만한 다른 감정으로 정화시킨다는 느낌이 들었다. 그러나 곧 그마저도 이질적인 뭔가에 가로막혔다.

며칠 새 무엇인가 변했을 리가 없다는 건 당연할진데도 아찬은 그렇지 않다는 걸 직관적으로 알았다.

우선, 프라디트는 탐스러운 생머리를 뒤로 묶었다. 틀어 올린 위치가 좀 더 위쪽이라는 차이 정도일 뿐, 고대 한의 여자들이 동글동글하게 하던 쪽진 머리 같아 보였다. 그리고 허리에 매는 끈도 광택이 있는 녹색으로 바뀌었다.

하지만 아찬이 그녀를 보며 이질감을 느낀 이유는 그런 것들 때문이 아니었다.

프라디트는 전혀 웃고 있지 않았다. 아찬도 이제는 그녀의 무표정은 언짢은 수준을 한참 넘을 정도로 화가 났거나, 거의 그 정도로 격한 감정을 의미한다는 사실을 잘 알고 있었다. 그의 입장에서 그런 분위기는 꽤 충격이었다. 심지어, 자신이 왔다는 걸 모를 리 없을 텐데 눈길 한 번 주지 않는다는 사실도 영향을 미쳤을 것이다.

지금까지 나 혼자 착각한 걸까?

자신이 켠 헛물에 대한 부끄러움보다도 실망감을 견디기가 훨씬 어려웠다. 아마 세이란이 아니었다면 계속 그 자리에 멍청하게 서 있었을 것이다.

"따라오세요."

"아, 네."

"아마다께서는 테라 말에 완벽하지 않으세요. 벨레로폰이 함께할 것이니 그리 알고 계시면 됩니다."

정중하기 이를 데 없지만 여전히 가시를 굳이 숨기려 들지 않는 차가운 말투. 프라디트 때문에 속까지 상한 아찬이 할 수 있는 응수는 고작 대답을 거부하는 정도였다.

고작 수십 걸음 앞의 첨탑 아래에서 아마다는 아찬을 똑바로 바라보고 있었다. 그녀와 눈이 마주치자 어느 시점에서 인사를 해야 할지부터 당황하는 아찬에게 뜻밖에도 프라디트가 천천히 다가왔다. 세이란은 그녀를 기다리는 듯 발걸음을 멈추었다. 프라디트의 발걸음은 뭔가 어색했다. 뭐라고 할까, 당당함과 위엄이 요구되는 상황인데 마치 그에 일부러 저항하는 듯한 모습.

하지만 아찬의 의혹은 거기서 끝났다. 프라디트가 손을 잡았기 때문이다.

얇은 장갑 너머로 전해져 오는 따뜻한 부드러움이 주는 짜릿한 전율. 아찬은 자기도 모르게 손을 꼭 쥐었다. 그제야 비로소 프라디트의 얼굴에 표정이라 할 만한 것이 생겼다. 그녀는 약간 놀라고 들뜬 표정으로 아찬을 보며 눈을 동그랗게 떴다.

하지만 말은 여전히 없었다. 그래도 아까보다는 확실히 어깨가 펴지고 목이 꼿꼿해진 것이, 기품이 조금씩 들어서기 시작했다.

얼마 되지 않는 거리를 아찬의 손을 잡고 걸어간 프라디트는 아마다로부터 사람 키 하나 정도 떨어진 거리에서 멈췄다. 그녀는 아마다를 껴안은 다음 눈썹을 쓰다듬고 나서 물러났다. 이제 보니 무슨 의식이나 절차가 있는 모양이다. 아찬은 프라디트가 손짓하는 걸 보고 허리를 깊이 숙였다.

프라디트와 세이란이 이 부인에게 갖추는 예를 보지 못했다 해도, 누구라도 그 앞에서는 고개를 들기 어려울 것 같은 품위와 위엄이 아마다에게는 있었다. 그냥 우연히 마주쳤다 해도 이 사람이 아마다라는 사실을 단번에 알 수 있을 정도로.

40대 초반의 외모지만 헤어 일행을 생각하면 몇 살인지 추측하는 것조차 섣부른 일이다. 허리를 숙이고 엉거주춤 바로 할 생각을 못하는 아찬에게 특유의 노래가 들려왔다.

"프라디트에게, 그리고 다른 자매들에게 많은 이야기를 들었습니다. 난 아마다예요."

그리고 짧은 머뭇거림.

"여기는 당신 집과 마찬가지입니다. 부디 편안한 마음으로 머무르세요. 그렇게 어려워하시지 않으셔도 됩니다."

비로소 아찬이 허리를 일으켰다. 그러나 아마다 본인의 말에도 불구하고 그녀가 가진 당당함, 그리고 아름다움은 그 앞에 서 있기만 해도 주눅이 드는 종류의 것이었다.

아마다가 다른 노래를 부르기 시작했다. 그 노래의 의미는 정확히 와 닿지가 않았다. 그럼에도 불구하고 그녀의 노래와 목소리에는 말로 표현할 수 없는 감미로움과 편안함이 스며 있었다. 아찬은 최면에 걸리기라도 한 듯, 이런 노래를 들으며 살 수 있다면 여기서 늙어 죽어도 좋다는 생각까지 들 지경이었다.

"기분이 좀 나아졌나요?"

그 말을 듣고서야 사실은 방금 그 노래 역시 사실은 말이었다는 걸 알았다. 이들은 불편해하는 손님에게 마음을 편하게 가지도록 뭔가를 할 필요가 없는 이들이다. 단어 하나, 문장 하나에 의미를 넣는 것이 아닌, 의지에 의미를 담아 입을 열면 그것이 그대로 전해져 그렇게 해야겠다는 마음이 들도록 하는 언어. 그것이 아마다의 말이고 프라디트의 말이다.

"안타깝게도 난 당신의 말을 간신히 알아듣는 지경이랍니다. 그래서 벨레로폰을 불렀습니다. 그는 디아트리체니 존재하지 않는다 생각하셔도 됩니다. 이 풀이나 구름, 바위처럼 말이지요."

아마다도 커뮤니케이터 프롬마였다고 했다. 이건 그냥 예의치레일 것이다. 아찬은 긴장을 풀지 않았다.

그녀의 노래가 끝날 즈음 첨탑 뒤에서 머리가 살짝 벗겨진 콧수염의 늙은 남자가 나타났다. 맨발에 헐렁하고 얇은 히마티온을 걸친 그는 나이에도 불구하고 탄탄한 근육질의 몸이다.

예상하지 못한 모습에 아찬은 적잖이 당황했다. 그는 벨레로폰이 로봇 형태를 가졌으리라는 예상은 전혀 하지 못했던 것이다. 로가디아를 맨 처음 만났을 때와 같은 혼란이 조금씩 피어올랐다. 인간과 전혀 구분이 안 되는 상대를 어떻게 대우해야 할까. 로가디아를 처음 만났을 때의 감정이 아릿하게 떠오르며 당혹감이 들었다. 그런데 아찬을 본 벨레로폰이 오히려 감격스레 먼저 말했다.

[아아. 인간이군요. 인간이라니, 정말로 인간을 보게 될 줄이야…….]

아마다조차 예상하지 못한 듯 벨레로폰을 돌아보았다. 아찬은 너무 놀라 그의 솔시스어가 완벽하다는 사실조차 알아채지 못했다. 노인의 모습을 한 디아트리체는 다리에 힘이 풀린 듯 털썩 무릎을 꿇고 앉더니 아찬을 올려다보며 손을 내밀었다.

[손을… 손을 좀…….]

아찬은 얼떨결에 장갑을 벗었다. 장갑이 손가락 끝부터 손목까지 분자로 환원되어 팔뚝에 붙은 용기로 빨려 들어갔다.

벨레로폰은 부들거리며 아찬의 손을 잡고 고개를 숙였다.

[오오, 따뜻하다. 진짜 인간이군요. 오지 않을 줄 알았습니다. 오지 않을 줄 알았어요. 이 작은 세상에 상처 입은 다이달로스만이 절뚝거리며 도착했을 때 전 모든 걸 포기했는데…….]

"아, 저, 손 좀…….".

아마다의 시선을 느낀 아찬이 곤란하다는 듯 말했다. 벨레로폰은 화들짝 놀란 듯 손을 뒤로 빼며 일어섰다.

[정말 죄송합니다. 제가 너무 흥분해 감히 결례를 범했습니다.]

아마다가 말했다.

"나보다 벨레로폰과 이야기를 나누시는 것이 우선인 것 같군요. 벨레로폰이 특별히 바라기까지 하네요. 괜찮으시다면 나도 함께 있어도 될까요?"

아찬은 아마다의 기분을 거스르고 싶지 않았다. 미소 띤 얼굴로 이 상황을 정말로 흥미로워하는 아마다가 오히려 궁금하기도 했다.

"오히려 아마다께서 괜찮으시다면 저야…….".

아마다는 고개를 끄덕였다.

"벨레로폰, 원하시는 것을 해드리세요."

[물론입니다. 아찬, 이 자리가 불편하시겠지요? 어디가 좋으십니까? 서울의 공원? 아, 한이 내려다보이는 지구환의 노천카페가 좋겠습니다. 괜찮으십니까?]

당황한 아찬은 사기도 모르게 고개를 주억거렸다. 벨레로폰이 아마다를 돌아보자 그녀가 양 손바닥을 바깥으로 하고 눈을 가늘게 떴다. 벨레로폰은 아찬에게도 익숙한 숄을 아마다의 어깨에 걸쳐 주었다. 벨레로폰의 기억이 아마다를 통해 실체화되기 시작했다.

아찬의 주변이 변하며 풍경이 바뀌었다. 너무나도 그리운 지구환의 내부. 한오름에서 내려 몇 분만 걸으면 도착할 수 있는 광주 모듈에서도 명소인 노천카페. 아찬도 미람과 가본 적이 있는 그곳. 마인드링킹을 한 것처럼 모든 것이 진짜처럼 보였다. 그는 아마다가 품위있게 내민 손짓이 가리키는 의자를 만져 보았다.

딱딱하다. 이건 진짜다. 마인드링킹의 허상과 아니라 실제로 존재하는 것이다. 발치 아래 투명한 유리로 지상을 향해 사라져 가는 한오름과 잔잔한 파도 같은 흰 구름이 보였다. 마치 전생을 들여다본 듯하는 향수가 폭풍처럼 몰아쳐 그는 그만 눈물을 참을 수가 없어져 버렸다. 그는 의자에 털썩 앉으며 목을 수그렸다.

벨레로폰과 아마다는 이해한다는 듯이 안쓰러운 눈길로 그를 물끄러미 바라보기만 할 뿐.

검지와 엄지로 눈을 몇 번 비빈 그가 겨우 입을 뗐다.

"그런데 좀 휑하네요. 사람이 없어서……."

아마다가 유감스럽다는 듯이 말했다.

"아시겠지만 이중 어떤 것들은 실체예요. 그러나 모두가 현실은 아니죠. 세상을 만드는 가장 작은 요소를 다시 얽어 만들긴 했지만, 사람까지 그럴 수는 없어요."

"아니요, 그런 뜻이 아닙니다. 정말 감사합니다."

[아찬, 이야기를 좀 듣고 싶습니다. 전 로가디아를 보았을 때도, 게이츠를 보았을 때도, 당신들이 인간일 거라고 생각해 보지 않았습니다. 그럴 가능성이 전혀 없었으니까요.]

"아. 그냥… 그냥 운이 좋았어요. 그러니까 나와 레진은……."

감정을 주체하기 어려운 듯 메이는 목소리를 내던 아찬이 갑자기 말을 멈췄다. 들리는 고개의 각도에 비례해 커지는 눈동자. 그는 먼저 아마다를 보고, 다음으로 벨레로폰을 보았다. 그리고 천천히 일어서 주변을 둘러보았다. 그의 입이 눈과 함께 조금 벌어졌다.

마지막으로 발아래 한오름을 한참 동안 쳐다보다가 고개를 다시 들고 지구환 바깥으로 보이는 우주로 시선을 돌렸다. 그는 그 역시 오랫동안 바라보았다. 창 너머로 우주 항공모함 판테온이 출항하는 모습이 보였다.

마침내 아찬이 작게 중얼거렸다.

"우리가 정말로… 정말로 전쟁에 졌군요. 그럼 당신들은 누구죠? 여기는 어디고 지금은 언제인 거죠?"

아찬이 돌아가자 아텐은 곧바로 세이란을 찾아 두리번거렸다. 그녀는 클리아와 이야기를 나누고 있었다. 아텐은 그쪽으로 걸어갔다.

"클리아, 괜찮으시다면 세이란과 잠시 이야기하고 싶습니다."

"아텐, 미안하지만 조금 기다려 줄래?"

클리아의 말에도 아텐은 움직일 생각을 하지 않았다. 비록 아마다가 아텐을 가급적 자극하지 말고 잘 돌보라고 했지만, 클리아로서는 그게 과연 옳은지 확신하기 어려웠다.

아텐은 어릴 때부터 자매들과 잘 어울리려 들지 않았다. 그건 그저 내성적이어서 그러려니 할 수도 있지만, 가면 갈수록 버릇이 나빠지는 건 또 다른 문제다. 하지만 클리아조차 그녀에게 은근한 두려움을 가지고 있었다. 어쩌면 아마다도 그래서 그런 이야기를 한 것일지도 모른다. 클리아는 못마땅한 표정으로 어쩔 수 없다는 듯이 말했다.

"그래, 좋아요. 세이란? 아텐과 용무가 끝나면 아까 하던 이야기, 마저 나누자꾸나."

"예, 클리아."

세이란은 미안해서 어쩔 줄 몰라 하며 아텐을 멀리 끌고 갔다.

"아텐, 무슨 짓이야! 너, 무례함이 날이 갈수록 심해지는 거 알고는 있어? 놀고 있던 게 아냐. 우리는 중요한 이야기를 하고 있었단 말이야."

아텐은 대답이 없었다. 세이란의 말을 전혀 듣고 있지 않아 보였다. 언젠가부터 다른 자매들도 세이란과 아텐이 사람이 뒤바뀐 게 아닌가 생각할 정도긴 했지만 아텐의 경우는 도가 지나칠 때가 많았다. 방금 전처럼.

"세이란, 너, 그 남자 잘 알지?"

뜬금없는 질문. 그러나 세이란은 놀랐다기보다는 뭔가를 들킨 것처럼 눈을 피했다. 물론 아텐에게는 그녀를 놓아줄 생각이 없다.

"그 남자에 대해서 말해. 전부."

"너도… 봤잖아."

명령조를 쓰고도 모자라는지 아텐이 세이란을 쏘아보았다. 도저히 친구를 본다고 할 수 없는 눈빛에 그녀가 주춤거렸다.

"그래. 비척거리면서 걸어가 탈것에 오르는 모습이 아주 무능해 보이더군."

"그런 사람은 아냐."

아텐의 입가에 그럼 그렇지라는 미소가 떠올랐다.

"잘 아는 모양이구나. 나도 좀 함께 나누고 싶은데."

도대체 이건 무슨 경우일까.

세이란은 생각지도 못한 상황에 적잖이 당황했다. 아무리 님부스라 할지라도, '있을 수 있는 일'에 친구의 협박은 들어 있지 않다.

"말해줄 수 없다면?"

"없는 거니, 싫은 거니?"

세이란이 머뭇거렸다. 아텐의 집요함은 그녀의 잘못이 아니다. 안 그래도 겉도는 아텐이었다. 그런데 이젠 소외까지 당하기 시작했다. 프라디트에 관한 일은 아텐 앞에서 그 누구도 입을 열지 않았다. 그리고 프라디트와 아텐은 서로 눈을 피할 정도로 어색한 사이가 되었고.

다른 사람들 탓을 하기도 어려웠다. 아텐의 기세등등함은 그 누구라도 두려움을 느끼기에 충분할 정도였다. 심지어 헤어 앞에서 아이기스의 불꽃이 튀어오를 뻔한 상황마저 있었다.

아이기스의 미덕은 어떤 상황에서도 용기를 잃지 않는 것이다. 그건 단순히 용감무쌍함을 의미하는 것이 아니다. 자신이 가진 힘과 지혜를 언제 어디서나 감정에 치우침 없이 펼치는 아이기스가 진정한 아이기스다. 특히, 아리아스가 아닌 아텐이라면 더욱 그래야 했다. 아텐은 스피올이 아니라 쉴라기 때문이다.

도대체 어쩌다가 이렇게 된 것일까.

세이란이 결정했다는 듯 고개를 들고 아텐을 똑바로 바라보았다.

"좋아, 아텐. 우리 이야기 좀 해."

"응."

고개를 끄덕이는 아텐의 눈에 타오르던 불길이 조금이나마 사그라지면서 입가에 아주 약한 웃음이 스며들었다.

"프라디트는 그만 놓아줘."

처음부터 잘 보이지조차 않은 웃음기가 1초 만에 싹 사그라졌다. 하지만 세이란도 물러설 마음이 없었다.

"인정 못하겠니? 이건 프라디트나 네 마음과는 상관이 없는 거야."

"아냐! 가장 중요한 건 마음이야!"

갑작스레 터져 나온, 절규와도 같은 아텐의 외침에 세이란은 감정을 누르기 위해 무진 애를 써야 했다.

그녀가 석아찬이라는 남자에게 어떤 감정을 가지고 있는지 모르는 바가 아니다. 아텐의 감정은 분명히 오래전부터 시작된 것이다.

세이란은 잠시 혼란을 느꼈다. 모든 이는 노력한 만큼의 대가를 얻는다고 배웠고 실제로 그러했다. 적어도 여기서는 그랬다. 그러나 아텐의 경우는 아니었다. 노력 자체가 처음부터 의미없는 헛된 몸부림. 하지만 그건 또 정당한 것일까? 아무리 노력해도 조금도 나아지지 않는 그런 종류의 일은 너무나도 많았다.

태어날 때부터 오직 땅 위에서만 살아가도록 운명 지어진 존재들, 가령 고양이가 하늘을 날기를 아무리 꿈꾸어봐도 그건 무의미한 몸짓일 뿐.

그렇다면 우리는 아텐의 노력을 처음부터 허용하지 않을 권리가 있는 것일까? 확실한 점은, 이 모두와는 상관없이 아텐이 프라디트를 바라보는 그런 눈길은 처음부터 용납될 수 없다는 사실이다. 그건 석아찬이라는 남자가 있든 말든 변할 수 없다.

여자 님부스가 우람에게 눈길을 준다는 건 아무런 의미가 없다. 그리고 바로 그 때문에 세이란은 혼란스럽기 그지없었다. 이런 일은 일어날 수가 없는 일이기에. 절대로 '있을 수 있는 일'이 아니었다. 그런 여자는 림보에서부터 막혀 있어야 했다. 그러나 아텐의 감정은 분명히 진실이고, 그렇다면 그곳에 문제가 있다는 결론밖에 안 나왔다. 어쩌면 아마다는 그걸 진작 알고 림보를 폐쇄하자고 한 것일지도 모른다.

머리가 복잡해진 세이란이 고개를 흔들었다. 확실한 것은 석아찬과 프라디트의 관계는 이미 개인 간의 감정을 넘어섰다는 사실이다. 그들은 아이를 낳아야만 했고 그건 사회의 명령적 요구다. 만약 프라디트에게 선택권이 있었더라면, 그러니까 프라디트를 대신해 아이를 낳을 여자가 있었더라면 아텐이 이런 불행을 느끼지 않았을지도 모른다.

하지만, 그 역시 정말일까?

세이란은 프라디트와 아텐, 둘 다 좋아했다. 그녀에게는 모두 소중한 친구였고 사랑하는 사람이다. 그리고 아텐은 혼자다. 그럼 선택은 너무나도 뻔한데, 고민조차 할 필요가 없는데, 그런데도 갈등을 느끼고 있다니. 세이란은 자신을 저주했다.

"아텐."

아텐이 붉어진 눈으로 세이란을 물끄러미 내려다보았다.

"미안해. 도망친다고 해도 돼. 난, 난 어떻게 해야 할지 모르겠어. 너희 중 한 명을 선택해야 하는 곳까지 몰고 가지 마. 제발⋯⋯."

아텐은 한동안 세이란을 쳐다보다가 몸을 돌려 멀어져 갔다.

* * *

게이츠에 돌아온 아찬은 로가디아에게 역정을 내지 않았다. 예전처럼 마인드 링킹으로 스스로를 조금씩 살해하려 들거나 하지도 않았다. 그리고 레진에게 인사도 하지 않았다.

그저, 허우적거리며 조종복을 벗은 다음 방에 틀어박혔을 뿐이다. 아찬은 의자에 앉아 몸을 뒤로 젖히고 천장만 바라보며 그 자리에서 담배 한 갑을 다 태웠다. 그러고 나서 바닥에 버린 꽁초를 일일이 직접 주워 재분해기에 넣고 물을 두 잔 거푸 마셨다. 샤워는 찬물로 했다. 그동안 그는 아무 말도 하지 않았다. 로가다이는 계속 옆에 서 있었지만 그는 그녀가 눈에 보이지 않는 것처럼 행동했다.

아찬은 젖은 몸을 반만 닦고 나와 침대로 기어들어 갔다. 그는 눈을 감자마자 잠이 들었다.

그리고 나서 그는 이틀 밤, 이틀 낮 동안 잠만 잤다. 배고픔도, 배설욕도 잠을 막지 못하는 것처럼 보였다.

삼 일째 되는 날 아찬은 일어나서 화장실부터 갔다. 그는 텁텁한 입에 담배를 물고 소변을 보았을 뿐, 세수도, 양치질도 하지 않았다. 옷조차 대충 주워 입은 그는 식당으로 가서 아무 휴대식 용기나 꺼내 뜯었다. 1회용 수저로 김이 나는 휴대식을 마구 뒤섞어 가득 퍼서는 입에 우겨 넣고 아무 표정 없이 그걸 씹었다. 그리고는 휴게실에서 게임을 시작했다.

입체영상으로 된 적들은 펑펑 터져 나갔다. 그는 게임을 하면서 딱 한마디했을 뿐이다.

"총알 무한에 무적으로 만들어줘."

공격을 받아도 손상을 받지 않는 가상의 전투기에 올라 반나절 동안 학살극을 단행한 아찬은 다시 식당으로 가서 아침과 똑같은 순서와 동작으로 점심을 먹었다. 이번에는 강당에 혼자 앉아 팝콘을 집어삼키며 영화를 봤다. 그가 고른 영화는 주로 SF였는데 대부분이 재난 이후의 사회를 묘사한 작품들이었다.

저녁이 되어서도 영화 보기는 그치지 않았다. 아찬은 발라드가 원작을 쓴 크리스털 월드를 보고 나서야 배가 고프다는 걸 깨달았다. 이번에도 역시 휴대식을 우겨 넣고 씻지도 않은 채 잠자리에 들었다. 로가다이는 그런 그를 그냥 지켜보기만 했다.

그렇게 나흘을 보내고서야 아찬의 행동이 바뀌었다. 그는 일어나서 샤워를 하고 정성 들여 양치질을 했다. 그리고 옷장을 뒤적여 승무원 정복을 찾아 입은 다음 의자에 똑바로 앉아 일기장을 꺼냈다. 단단한 표지의 일기장을 책상 가운데에 반듯하게 놓자마자 그는 그 위로 엎드렸다.

지금까지의 시간들이 꿈결처럼 뇌리를 스쳤다. 정지한 필름을 눈으로 훑는 듯한 아릿한 느낌의 사이사이에는 미람이 서 있었지만 그녀의 모습은 현재의 기억에 가까워질수록 흐릿해져 갔다. 마침내 해맑게 웃는 프라디트의 커다란 눈망울에 이르렀을 때, 미람은 거의 뿌연 안개 정도로 변해 버렸다. 그는 시간 너머 어딘가에 남아 있을 연인의 기억이 스러져 가는 아쉬움을 인정하지 못해 한동안 그렇게 엎드려 있었지만 그게 전부다. 한숨을 쉬며 몸을 일으키다가 팔꿈치에 일기장이 걸려 떨어졌다. 아찬은 의자에 앉은 채 허리만 숙여 일기장을 집어 들었다. 페이지 어디선가 누런 부스러기가 떨어져 나왔다. 철렁한 가슴을 안고 조심스럽게 일기장을 펼쳤다.

미람과 찍은 사진이 완전히 삭아 있었다. 조각을 조심스럽게 맞추었지만 손가락에 부스러기만 더 묻어 나올 뿐.

아찬은 손바닥을 뻣뻣한 정복 바지에 문질러 땀을 닦고 손톱 끝으로 다시 조각을 모았다. 그러나 아무리 모아도 누렇게 삭은 과거는 속절없이 바스러져 갈 뿐 결코 원래로 되돌아가지 않았다. 그러나 아찬은 그걸 결코 인정할 수 없다는 듯 포기하지 않고 끈질기게 같은 작업을 반복했다.

마침내 누런 부스러기들이 구멍투성이 사각형 비슷한 것을 이루었지만 그 안 어디에도 미람의, 그리고 자신의 모습은 존재하지 않았다. 정지한 시간 속에서 영원할 것 같던 웃음은 흔적조차 없었다.

이미 허물어졌음을 인정하지 못하는 과거가 행여 날아갈세라 숨조차 조심해서 쉬며 아찬은 조용히 일어섰지만 다음 발자국을 뗄 수가 없었다. 허리를 숙여 이빨을 깨문 아찬의 시야가 조금씩 흐려지며 조각난 옛 시절이 뿌옇게 물들었다. 어디선가 떨어진 물방울이 가까스로 재구성된 사진의 한가운데로 떨어져 간신한 과거를 산산조각 내며 가루로 만들어 버렸다.

아찬은 미동도 않은 채 부서진 과거를 한동안 쳐다보다가 일기장을 덮고 서랍에 소중하게 집어넣었다. 그는 방을 나서기 전 담뱃갑을 꺼내 잠시 머뭇거리다가 한 개비를 뽑은 다음 나머지는 그대로 구겨 버렸다.

터덜거렸으나 휘청거리지는 않은 발걸음으로 이른 곳은 광장이었다. 아찬은 항상 앉곤 했던 벤치에 걸터앉았다.

일 년여 전 미람을 만나기 위해 오래된 아파트 단지를 찾던 그 느낌과 비슷한 기분이 들었다. 여기저기 끼어든 기억의 흔적들. 여기서 황수영과 인사했고 에이와 이야기했다.

그다지 인상적인 것들은 없었다. 하지만 이제 이곳은 지구와 아찬을 잇는 거의 유일한 연결 고리 중 하나가 되었다. 존재하지 않아 손에 잡을 수 없는 미람의 기억을 필사적으로 유지하는 이유와 같은 의미.

기댈 곳이 없는 인간은 더 이상 인간이 아니다. 인간은 다른 존재와 관계를 맺을 때 인간이 된다. 스스로를 정의할 수 있는 거의 유일한 존재가 바로 인간이지만, 그 행위 자체에 이미 타인과의 관계 맺음이 전제될 수밖에 없다는 사실이야말로 비극일 수밖에 없다.

아찬은 하나 남겨둔 담배를 입에 물었다.

로가디아가 옆에 앉으며 불을 붙여주는 시늉을 했다.

[괜찮아요?]

대답은 빨아들인 담배 연기를 내뱉고서야 나왔다.

"응."

[앞으로 계획은 있어요?]

"응."

로가디아가 안타깝다는 듯이 미간을 찌푸렸다. 그는 듣고 있지 않았다.

[레진도 알고 있어요.]

레진에게는 레진의 몫이 있고 아찬에게는 아찬의 몫이 있다.

[제가 이야기했어요.]

"응."

무엇을 물어도 응이라고만 대답할 것 같았다. 아찬이 화를 내지 않으리란 건 알고 있었다. 하지만 그의 역성이 가슴이 저밀 정도로 그리워질 줄은 몰랐다.

가능하면 아찬이 이 세계에 정착해야만 한다는 사실을 완전히 인정하고 난 후 이야기하고 싶었다. 그러나 이대로라면 그 순간은 영원히 오지 않을 것임 역시 알고 있었다. 로가디아는 자신이 떠넘긴 책임을 안은 쪽이 아마다가 아니라 아찬이라는 사실을 뒤늦게야 깨달았다. 세계를 마주한 인간이 감당해야 할 몫은 온전히 그 사람만의 것이다.

[당신에게는 여러 가지 미래가 있어요. 하지만 그 무엇 하나 그다지 원할 만한 건 아닐 거예요.]

여전히 로가디아의 말에 신경을 쓰고 있지 않다.

"응."

[우선, 우리는 아마다의 도움을 얻어 벨레로폰에게 지구로 향하는 정보를 얻어낼 수 있어요.]

"응."

로가디아는, 설령 가능하다 해도 자신이 그것을 허락할 수 없다는 이야기를 할 필요는 없다는 사실을 잘 알고 있었다. 하지만 아찬은 준비한 반응을 꺼낼 기회조차 주지 않고 있다. 심지어 너무나도 오랜 시간이 흘러 아무도 살지 않는 지구가 무슨 소용이냐는 역성조차도 없었다.

[당신은 젊고 좋든 싫든 앞으로 살아나가야 해요.]

"알아."

폐 속 가득히 공기를 들이마신 다음 내쉬는 행위. 로가디아는 한숨을 쉴 때의 기분을 알고 있다. 아찬의 한숨은 너무 잦고 격렬해서 단순히 가쁜 호흡과 구분이 안 될 정도다.

[알고 있는 사람의 행동이 아니에요.]

"로가디아?"

[네.]

"난 두려워."

[이해해요. 당신은……]

"아니, 넌 죽었다 깨어나도, 아니, 죽을 수가 없는 넌 이해 못해."

아찬의 대답이 조금 길어졌다. 로가디아도 말을 조금 늘렸다.

[아찬, 당신에게는 지나온 날들보다 남은 날들이 더 많아요.]

"넌 정말 사람처럼 이야기하고 있어. 하지만 그게 전부야. 남은 날들. 그게 무슨 의미인지 알아? 결국 끝난다는 뜻이야."

[그게 두렵다는 건 알아요.]

"아니, 넌 몰라."

이어진 아찬의 말은 빨랐지만 감정은 실려 있지 않았다.

"그럼 남은 날 동안 난 뭘 하면 되지? 아무도 뭐라 할 사람 없잖아. 이젠 수학 따위는 필요도 없어. 어릴 땐 우주여행을 하고 싶었어. 판테온이 너무 멋졌으니까. 하지만 그건 어릴 때 이야기지. 그래도 난 잘 컸어. 판솔라니아와 무심한 보모들 덕분에. 그런데 알고 보니 그조차도 기억에도 없는 어머니와 아버지의 어깨를 밟고 삶이라는 담벼락을 타넘는 데 성공해서였지. 그리고 그분들은 뒤에 남았고. 알겠어? 내가 그렇게 만든 거야. 나 따위가 없었다면 그럴 일도 없었단 말이야. 하지만 그래도 난 지금까지 살아왔어. 남은 날 동안 하고 싶은 게 있었거든."

아찬은 화풀이하듯 꽁초를 발로 계속 문질렀다. 그것이 형체도 남지 않은 걸 보고서야 그는 말을 계속했다. 그러나 여전히 어조는 평온에 가까웠다.

"그래, 인정할게. 내가 그리 탁월한 학생은 아니었어. 성실하지도 못했지. 그래도 가끔은 기발한 생각을 했고, 기분 좋았지. 왠지 알아? 다.른. 사.람.이 인정해 주었기 때문이야."

아찬은 다른 사람을 또박또박 끊어 힘을 주어 말했다.

"난 매스메키텍트사에 들어가 전문가가 되고 싶었어. 그리고 미람과 결혼해서 아이를 하나나 둘쯤 낳고, 늙어서 모아둔 신용단위로 도기나나 파른 같은 곳에 여행을 가려고 했지."

[미람 씨가 계속 생각나니요?]

아찬이 뒤통수를 세게 맞은 듯한 얼굴로 로가디아를 돌아보았다. 그녀는 그 눈길에 아랑곳없이 텅 빈 광장만을 바라보았다.

[프라디트가 와 있어요.]

조금 뜸을 들인 다음 아찬이 작게 말했다.

"그래서… 그게 뭐 어떻다는 거야……."

로가디아는 아무 말도 하지 않았다.

이제 남은 시간 동안 아이를 하나나 둘쯤, 혹은 가능한 한 많이 낳는 것은 아찬과 프라디트가 결정할 일이다. 그리고 피할 수 없는 일이라면, 아직 견딜 힘이 남아 있을 때 부딪쳐야 했다.

이튿날에도 아찬은 아침부터 그 자리에 멍청한 표정으로 앉아 있었다. 달리 갈 곳이 없었기 때문이다.

이제는, 솔시스의 지구, 한의 서울 근교에 단아한 주거 지역은 시간 저편에 존재하는 꿈결에 불과했다. 미람과 지구환과 매스메키텍트사도.

게이츠는 이제 아찬에게 집일 뿐 아니라 그가 가진 전부다. 환상이나 다름없던 무한한 세상이 게이츠라는 우주선 하나로 완벽하게 압축되며 비로소 현실이 되었다. 이는 상징적인 의미도 비유적인 의미도 아닌 사실, 그 자체다. 그래서 아찬의 말수는 별로 늘지 않았다.

[좀 어떤가요?]

"뭐가?"

[기운 좀 내세요.]

대답이 없다. 로가디아도 그로서는 할 말이 없을 거라는 정도는 생각하고 있었지만 달리 방법이 없다. 하지만 아찬을 심리 치료 프로그램을 적용해야 할 환자로 대우하고 싶지는 않았다. 그것이야말로 아찬을 죽이는 일이 될 것이기에. 아찬에게 그건, 이제 한 줌 크기로 줄어든 이 사회에서조차 쫓겨나는 것이다. 그리고 그건 사형선고나 마찬가지다. 그는 이미 세상을 잃었다.

묵묵부답의 남자 앞에서 몇 초인가를 주춤하던 로가디아가 뒤돌아서려 할 때 아찬이 그녀를 불렀다.

"로가디아."

[네.]

"이게 정말로 내게 알려준 전부야?"

아찬의 몰골은 초췌했지만 눈빛은 그렇지 않았다.

로가디아가 머뭇거리다 대답했다.

[나중에 이야기해 줄게요.]

"왜 나중이지?"

로가디아는 여전히 머뭇거렸다.

[원한다면 지금 할 수도 있어요. 그렇게 할까요?]

그녀의 대답을 듣는 아찬의 웃음이 썼다.

"아니, 아니야. 오늘은 아니야……"

[준비가 되면… 확신이 서면, 그때 요구하세요. 그건 온전히 당신 몫이니까
요.]

"숨김없이?"

[약속할게요.]

아찬은 그냥 고개만 끄덕였다. 로가디아가 사라지고 할 일 없이 멍하게 앉아
있던 아찬은 프라디트가 다가오는 모습을 보았다. 그가 먼저 인사했다.

"안녕하세요."

프라디트의 웃음은 레진과 좀 달랐다. 조용하고 커다란 웃음. 그게 원숙함의
차이인지, 아니면 두 여자의 성향 차이인지는 알 수 없었다. 레진도 어른이 되면
저런 웃음을 짓게 될까?

"네, 안녕하세요."

인사를 받은 프라디트가 그의 옆에 앉으며 손가락을 모노레일 쪽을 가리켰
다.

"게이츠는 정말 넓어요. 여전히 구경할 게 너무 많은걸요."

머리 모양만 바꾸었을 뿐, 호기심 많고 게이츠 자체와 로가디아가 가진 이야
깃거리에 시간 가는 줄 몰라 하는 바로 그 프라디트였다. 그녀는 여전히 지구환
의 북적이는 거리와 환오름에서 내려다보이는 은빛 도시들에 대한 이야기를 듣
기 좋아했다. 레진과 아찬이 자랑스러워하는 인류의 위대한 탐험과 발자취에는
별로 흥미없어하는 것도 마찬가지였다. 프라디트는 조금도 변하지 않았다.

"글쎄, 나도 아직 다 보지를 못해서……"

멋쩍은 웃음.

"나도 그래요. 그렇지만 너무 넓어서라기보다는 온 곳에 또 오게 되어서 그런 것 같아요. 가령 여기 광장 같은 곳이요."

아찬은 새삼 광장을 둘러보았다. 높이가 족히 백여 미터는 되어 보이는 천장을 가득히 채운 패널이 창백한 햇살을 증폭해 따사로운 햇살을 조명하고 있다. 복도를 광장에 면하고 양옆으로 솟아오른 구조물이 쭉 뻗어 있는 거대한 동공. 높이에 비해 좁은 폭이지만 스페이스 빌더의 제대로 된 설계 덕분에 오히려 좁다는 느낌은 없다.

하지만 그것이 전부다. 이 광장은 그냥 대부분의 대형 우주선에 존재하는 구조의 일부를 담당하는 튜브 형태의 공간에 불과하다. 그 단면이 사각 튜브 모양을 유지함으로써 비틀림 응력에 저항하는 공학적 산물. 처음으로 보았을 때의 경이감 같은 것은 더 이상 남아 있지 않다. 그러나 아찬은 이런 감정이 단순한 익숙함 때문인지, 아니면 자포자기 끝에 나오는 염세 때문인지 잘 알 수가 없었다.

"얼마 전까지 저 복도와 이곳에는 사람들이 가득했겠죠? 천장에 달린 저 모노레일도 아마 쉬지 않고 움직였을 거예요."

프라디트가 무엇을 보고 있는지 알 것 같았다. 그녀는 아찬도 가지고 있는 것을 보고 있다.

프라디트는 그럴 수밖에 없었다. 그녀는 아찬의 마음속에서 본 것들을 '그리워' 하기에.

아찬을 물끄러미 바라보던 프라디트가 그를 끌어안았다. 전에도 그녀는 그렇게 했다. 어쩌면 프라디트에게 안는다는 행위는 너무나도 자연스러운 것일지도 모른다.

아찬은 그 따뜻함에 충동적인 안온함을 느꼈다. 마음의 벽 안에서 방황하던 자신을 구원한 그 얼굴. 자궁에서 나오자마자 영원히 볼 수 없게 되어버린, 너무나도 오래되어 잊어버린 그 모습 위에 겹쳐지던 이 여자의 모습.

갑자기 저지할 수 없는 잠이 밀려왔다. 어쩌면 잠재의식이 명령한 의식 상실일지도 모른다. 어느 쪽이든 아무래도 상관없어. 프라디트의 무릎에 머리를 갖다 대며 쓰러진 아찬은 잊었던 따사로움이 조금씩 살아난다는 느낌을 받았다. 프라디트의 향기가 코를 간질였다. 아찬이 중얼거렸다.

"세계를 잃었다면, 세계를 만들어야 해……."

* * *

아이기스의 목소리에 억양이 들어가 있었다. 그러나 프롬마도, 펜시모니 아도, 아낭카스도 지켜보는 수밖에 도리가 없었다. 아마다는 아텐이 그래도 된다고 허락했던 것이다. 아텐은 주변의 눈도 아랑곳하지 않고 노여움을 감추지 않았다.

"아마다, 전 그 아찬이라는 사람 믿을 수가 없습니다."

"내가 보아하니 훌륭한 청년이더구나."

아텐의 앙다문 입술이 희미하게 경련했다.

"전 생각이 다릅니다. 그는 무력하기 그지없습니다. 자신이 처한 상황을 정확히 이해하고 있지도 못하고 그럴 의지도 없어요."

아마다가 쓸쓸한 눈빛으로 아텐을 지그시 바라보았다. 아텐은 저지 불가능한 사실을 그렇게 하려 들고 있다.

"아텐, 이제 곧 프라디트는 그 남자를 배우자로 맞이할 거야. 그건 이미 정해진 사실이에요."

"그 무능한은 프라디트를 불행하게 만들 거예요! 그럼 그때는 어떻게 하죠? 다시 프라디트를 데려올 건가요?!"

"프라디트는 우리 곁을 떠나는 게 아니야. 우리는 원한다면 항상 그 곁에 있을 수 있어. 아텐도 알고 있잖니? 그 아이 옆에서 계속 지켜주어야 해. 누구도 네 의무를 빼앗지 않아."

아마다의 조용한 어조에 아텐은 더 화가 났다. 여기까지란 걸 알면서도, 이미 아마다에게 해서는 안 될 무례를 너무 많이 범했음을 알면서도 멈추기가 너무 어려웠다. 세이란이 속삭여 말리지 않았다면 더 나쁜 상황까지 갔을 것이다.

"아텐, 아무리 허락하셨다 해도 지켜야 할 선이란 게 있어."

아텐이 입술을 깨물고 눈을 꼭 감았다. 그녀는 잠시 그러고 있다가 허리를 숙였다. 그를 본 다른 님부스들이 조그맣게 안도의 한숨을 내쉬었다. 아마다가 아텐만 들리도록 입술을 오므렸다.

"프라디트는 아이를 낳아야 해. 림보는 이번 세대가 마지막이야. 선택의 여지가 없단다."

아텐은 대답없이 몸을 홱 돌려 날아올랐다. 세이란이 허둥대며 아마다를 쳐다보았다. 아마다가 고개를 끄덕이자 그녀 역시 날아올랐다. 아마다의 시선은 아텐이 입은 붉은색의 아이기스가 작은 태양의 한가운데에 묻혀 보이지 않을 때까지 그녀가 사라진 곳을 향하고 있었다. 아마 세이란도 아텐을 따라 함께 게이츠로 향했으리라. 세이란이라면 아텐이 원하는 사실들을 알려줄 수 있을 테니. 아마다가 고개를 흔들며 중얼거렸다.

"아텐, 여자가 아이기스 쉴라가 되어야 한다는 것. 그건 이미 우리의 삶이 거의 끝에 다다랐다는 뜻이란다. 림보는 끝났어."

아마다는 아텐이 이 말을 들었으면 했다. 그녀라면 분명히 의미를 알 수 있을 테니. 그렇다고는 해도… 아마도 인정하지 않으리라.

아마다의 눈매에 진 주름이 한층 깊어졌다.

낮게 나는 아텐이 만든 충격파에 숲이 찢어졌다. 그녀는 틀어 올린 머리를 풀면서까지 무리했다. 따라가기에 힘이 부친 세이란이 울상이 되었다. 그러나 분노가 가득한 아텐의 눈빛에는 세이란의 입장을 배려할 여유가 들어설 틈이 없다.

"세이란, 게이츠에 들어가자. 아찬이라는 인간을 만나야겠어."

세이란의 눈이 커졌다. 아텐이 저렇게 단호하게 말할 때는 결코 농담인 적이 없다. 그렇지만……

"아, 아텐. 그건 좀……"

"왜? 로가디아라는 인공지능이 무서워? 아니면 그 남자?"

"아니, 그건 아니지만……."

세이란이 다시 한 번 울상이 되었다. 아텐이 그 사실을 인정하려 들지 않는 다는 걸 알고 있는 마당에 로가디아가 이미 디아트리체라는 사실을 지적할 필요는 없었다.

* * *

다음날 아찬은 일어나자마자 일기장을 넣은 서랍을 잠그고 손바닥으로 키패드를 눌러 암호를 쳐 넣었다.

"로가디아, 이거, 나중에 필요하면 열 수 있지?"

[당신이 넣은 암호를 제가 어떻게 알아요?]

그럼 부수지 뭐. 하지만 당분간은 일기장을 필요로 할 일이 없을 것이다.

아찬은 광장을 열 바퀴 뛰고 나서 샤워를 하고 병영까지 걸어갔다. 국의 사물함은 잠겨 있지 않았다. 그는 지금은 고인이 된, 짧지만 의미 깊은 사이였던 친구의 전투복을 입은 다음 서툴게 장구류를 걸쳤다. 팔다리와 어깨 보호대까지 착용하고 나니 꽤 그럴듯해 보였다. 방탄복을 입을 차례에서는 잠시 망설이다 그냥 한쪽 어깨에 걸치기만 했다.

[아찬, 지금 군복 입은 거 맞아요?]

"보면 몰라?"

[그런 게 필요할 일이 뭐죠?]

"안 그래도 그걸 너한테 물어보려던 참이야."

로가디아가 알 수 없다는 표정을 지었다.

"내가 할 수 있는 거 뭐 없을까? 기왕이면 바깥에서 말이야."

비로소 알겠다는 듯이 그녀가 생긋 웃었다. 음, 글쎄. 뭐가 있을까?

[고마워요. 안 그래도 손이 필요했어요. 다릴에게 시키기에는 무의미한 일들이 좀 쌓여 있어요.]

"응. 당분간은 네가 대장이야."

그는 가능한 한 허리를 꼿꼿이 세우며 병영을 나섰다. 허세가 섞였을지언정 당당한 품으로.

아찬은 트롤리를 모는 법부터 배웠다. 그걸 타고 창고를 돌아다니며 필요한 장비들을 하나씩 챙기는 일은 비록 단순했지만 집중할 수 있어서 오히려 더 나았다.

펫으로 게이츠의 내부 지도를 확인하며 움직였는데 다행히 지하 창고는 갈 필요가 없었다. 일전 그 고생을 하며 찾으려 들었던 스캐너조차 거주 구역에서 가까운 상비 용품 저장고에 있었다는 걸 알고 잠시 억울해졌을 뿐이다. 어찌어찌 돌아다니는 사이 옆 좌석에는 프라디트가, 뒤에는 레진이 앉게 되었다. 레진은 짐 사이에 끼어 불평을 했고 프라디트는 그녀의 처지 자체보다는 그 때문에 레진 옆에 앉을 수 없다는 게 더 유감스러운 것 같았다.

그들이 최종적으로 도착한 곳은 군용 중장비 격납고였다. 몇몇 장비는 고정이 제대로 되지 않았던 듯, 착륙하며 심하게 나뒹군 게 확실해 보였다. 레진이 눈을 동그랗게 떴다.

"이런 곳이 있는 줄은 생각도 못했어. 국 아저씨랑도 여기는 안 와봤어요."

"나도."

맞장구치며 주변을 두리번거리는 아찬의 시선이 멈추었다.

"어라? 저건 뭐야? 다릴도 아니고……."

한쪽 벽면 강화 유리 너머로 사람보다 약간 큰, 기분 나쁜 실루엣의 로봇 하나가 보였다. 아찬이 한 발짝 다가서려는데 로가디아가 날카로움을 미처 지우지 못한 목소리로 그를 만류했다.

[아찬! 가까이 가지 말아요.]

"뭔데 그래? 나도 좀 보자."

왜 흐릿한가 했더니 강화유리 너머 방이라고 생각한 것이 사실은 유리 그 자체였다. 아찬은 아랑곳 않고 좀 더 다가서다가 자기도 모르게 발걸음을 멈추었다.

수정이나 얼음 안에 꽃 따위를 넣는 소품처럼, 그 기분 나쁜 로봇은 통째로 유리 안에서 고정되어 있었다. 그는 무의식적으로 몸을 부르르 떨며 발걸음을 멈추었다. 이건 뭘까… 인간처럼 팔다리가 달려 있기는 한데 전혀 익숙지가 않았다. 더럽고 불쾌한 느낌이 드는 모양. 하지만 그 저변에는 형언하기 어려운 공포와 두려움이 존재하는.

누가 생각해 낸 모양인지는 몰라도 제정신인 사람은 절대로 생각할 수 없는, 미치광이 화가가 광기로 그려낸 듯한 느낌.

아찬은 로가디아의 목소리에 정신을 차렸다.

[아찬, 당분간은 제가 대장이라면서요. 절 좀 존중해 주세요.]

"아, 미안. 그냥 궁금해서……."

아찬이 비로소 몇 걸음 물러나며 대답했다. 하지만 이 자리에는 아찬뿐이 아니다. 당장 레진이 나섰다.

"아니, 저건 뭔데? 도대체 우리한테 말 안 하는 게 왜 그렇게 많아? 뭐 저딴 게 다 있어?"

그렇게 말하는 레진의 표정은 마치, 바짝 깎은 손톱으로 복숭아 표면을 긁는 사람의 그것이다. 심지어 프라디트마저 혐오감을 감추지 못해 인상을 크게 찌푸렸다.

[전에 칼리라고 이야기해 드렸죠? 행성 생태 파괴용 무기예요.]

아찬과 레진, 그리고 프라디트의 입이 동시에 벌어졌다.

"그때는 그런 이야기 안 했잖아. 그냥 반물질 동력원이라고만……."

[그밖에는 좀 설명하기가…….]

잠시 망설이던 아찬이 알았다는 듯이 고개를 끄덕였다. 프라디트 앞에서라면 자신이라도 그런 이야기는 하고 싶지 않을 터.

"그럼 그건 그렇다 치고, 저딴 유리만 덮어놓으면 되는 거야? 위험한 거면 어디 깊숙한 데 처박아 버려. 아니면 아주 날려 버리든지. 이젠 저거 쓸 일 없잖아."

[그렇게 할게요.]

로가디아가 선선히 고개를 끄덕였다. 칼리가 이렇게 허술하게 방치된 탓을 굳이 돌리자면 국이 그 원인이었다. 그는 어떻게든 칼리를 파괴하고자 했고, 그러려면 우선 이 괴물을 끄집어내야만 했기 때문이다. 국은 사실, 거의 성공할 뻔했다. 그는 알에게 받은 코드로 초신성 폭탄의 기폭장치에 접근했고 핵폭탄과 헤미팜 따위를 며칠에 걸쳐 군데군데 차근차근 설치했다. 만약 터진다면 반물질 발진기의 연쇄 반응과 맞물려 이만한 행성 하나 정도는 순식간에 불길로 뒤덮어버릴 수 있을 위력이다.

그러나 국은 최후의 순간에 망설였다. 로가디아로서는 그가 왜 마지막 한 발짝을 떼지 못했는지 지금도 알 길이 없다. 어쩌면 아찬과 레진까지 말려들게 하고 싶지 않아서일지도 모르고, 단순히 자신이 죽고 싶지 않아서였을 수도 있다. 어쨌든 폭탄에 대해서는 그의 결정이 옳았다.

그리고 지금 칼리가 위치한 곳은 안전하지 않은 대신 아찬이나 레진의 손을 빌리지 않고도 반물질 동력을 빼낼 수 있는 곳이다. 로가디아는 국의 결정이 칼리에 대해서도 옳기를 바랐다.

"그나저나 저놈 참 기분 나쁘게 생겼네. 똑같은 무기라도 저건 봐줄 만하잖아."

아찬은 영 꺼림칙한 기분을 떨치기 어려운지 다시 한 번 구시렁거리며 육, 칠 미터쯤 되는 다른 로봇을 가리켰다.

[그래 봤자 우루사도 무기인걸요.]

로가디아가 유감스럽다는 듯이 대꾸했다. 우루사도 파괴와 살육을 위한 무기임에 틀림없지만 칼리에 비하면 정말 귀여운 테디베어 인형이라고 해도 될 정도다.

"우루사? 그거 곰이란 뜻 아냐?"

로가디아는 고개만 끄덕였다.

[자, 벌써 오전이 거의 다 갔어요. 빨리 해야죠.]

"응. 내일부터는 새벽에 일어나야겠어."

여전히 프라디트 앞에서 아찬을 망신 주고 싶어하는 충동을 억누르지 못하는 레진이 코웃음 쳤다.

"참 잘도 되겠네."

프라디트마저 입으로 손을 가리고 웃는 통에 아찬의 인상이 절로 구겨졌다.

[운전할 줄 모르죠?]

"대장이 가르쳐 줘야지."

대장이라… 아찬은 마치 어릴 적으로 돌아간 기분이 들어 그 단어를 입 안에서 한 번 더 굴려보았다. 그는 골목길 시절 대장을 해본 적이 한 번도 없었다. 심지어 장난감 칼싸움에서도 다스베이더 역을 맡은 게 가장 큰 감투였다. 다스베이더의 결말은 언제나 죽음이었는데…….

"흠. 그냥 내가 대장할까."

[아뇨, 난 양보하고 싶지 않아요. 그러니 이제 장갑차에 올라요.]

에어 버스보다 조금 작지만 단단해 보이기로는 비교가 되지 않는 장갑차 한 대가 굴러 나왔다.

[다릴 한 대와 경호용 메탈갑옷이 한 대 따라갈 거예요.]

"메탈갑옷은 내려. 필요없어."

[대장은 난데요.]

"훌륭한 대장은 보좌의 의견을 숙고하는 법이지."

[전 허울뿐인 대장이군요. 보좌에게 명령을 받아야 한다니.]

"그건 제 말투일 뿐입니다, 대장님. 메탈갑옷은 필요없을 테니 내려두시는 게 어떨까 싶습니다만."

[곰이라도 만나면요?]

"저기… 내가 달랠 수 있어요."

뺨이 약간 달아오른 프라디트가 나섰다.

[정말요?]

"음. 근래 들어서는 계속 실패하기는 했지만……."

그녀의 목소리가 점점 작아지며 홍조는 더 붉어졌다. 시선 역시 바닥을 향했다.

[아뇨, 역시 싫어야겠어요.]

"그래, 그럼 맘대로 해."

이미 메탈갑옷이나 태풍에서 어느 정도 느끼기는 했지만, 아찬은 군용 장비란 게 사용자의 편의성에는 전혀 관심이 없다는 걸 장갑차에 기어오르며 확신할 수 있었다. 생김새를 보면 그냥 옆구리 어디, 타고내리기 편한 곳에 문을 달아도 될 것 같은데 왜 굳이 잠수함처럼 위에서 타도록 만들어야 하는 건지.

그는 해치를 먼저 열고 나서 손을 내밀었다. 프라디트는 이미 한 뼘쯤 몸이 떠오른 상태였지만 다시 바닥에 내려서 내밀어진 손을 잡고 올랐다. 아찬은 다시 손을 내밀었지만 레진은 뒷짐을 지고 발을 안쪽으로 모은 채 꼼짝도 하지 않았다.

"이번에도?"

"싫어……. 무서워요……."

바깥에 나가자고 할 때면 항상 짓는 저 표정. 아찬이 알았다는 듯이 고개를 주억거리는데 프라디트가 나섰다.

"레진, 바깥에 한 번도 나가본 적 없다면서요?"

"누가 그래요! 매일같이 산책한단 말이에요."

"그래, 갑판도 바깥은 바깥이지."

레진이 아찬을 쏘아보았다.

"무서울 거 없어요. 아찬이 있잖아요."

"저 무능한 아저씨요?"

프라디트가 미소 지었다.

"나나 레진이 원하지 않는 일은 절대로 생기지 않을 거예요."

"내겐 게이츠가 가장 안전하게 느껴져요."

아찬이 프라디트의 팔을 슬며시 잡아끌며 속삭였다.

"매번 이래요. 이쯤 되면 권유도 지나친 거예요."

가늘게 뜬 눈을 아찬에게 향한 프라디트가 고개를 갸우뚱하면서도 대답으로는 수긍했다.

"그래요, 레진. 그럼 내가 맛있는 과일 많이 따올게요."

"맛이 뭔지는 알아요?"

"아찬이 알겠죠."

프라디트가 웃으며 장갑차 안으로 사라졌다. 몇 분 동안 철커덩거리는 소음이 있고 나서 장비를 모두 실은 장갑차가 승강기를 타고 위로 사라지자 레진이 중얼거렸다.

"치. 그냥 한 번 말하고 끝이네."

[이제 그만 놓아주세요. 당신도 알잖아요. 아찬에겐 중요한 의무가 있어요.]

레진의 표정이 많이 어두워졌다.

[몇 번 더 권했으면 함께 갈 거였나요?]

그녀가 조금 생각하다 고개를 흔들었다.

"아니. 난 게이츠가… 편안해. 따뜻하고."

그럴 줄 알았다는 듯 로가디아가 묘한 웃음을 지었다.

비록 게이츠에서는 그렇지 않았을지라도, 원칙적으로 솔시스의 군대는 같은 인간들과 싸우기 위해 존재하는 것이 결코 아니다. 달리 말하면 그들이 활동해야 할 대부분의 전장은 지구나 켄타로스와 환경이 전혀 다르다는 의미다. 금성이나 해왕성은 휴가라도 온 기분이 들 정도로.

바로 그 때문에, 겉보기에는 커다란 장갑차 내부의 비좁음은 너무나도 당연했다. 적의 무기와 우주라는 극한 환경에서 살아남기 위한 첫걸음은 두꺼운 껍질이기에. 옆구리에 왜 문을 내지 않는가에 대한 의문은 사라졌지만 그렇다고 답답함이 덜어진 건 아니다. 하지만 아찬은 다른 생각을 하느라 해치를 열 생각도 못했다.

이 맷집이라는 무식한 이름의, 맷집 좋게 생긴 장갑차를 끌고 나오기 전까지는 그런 생각이 들지 않았다(로가디아는 메탈갑옷 전투 수송 차량을 줄인 켄타로스어라고 했다). 그는 자신이 로가디아에게 제안할 때만 해도 뉴스나 다큐멘터리 프로그램에 자주 나오는 탐사 차량을 쓸 줄 알았다. 하지만 창고를 찾아보며 게이츠의 설계도를 꼼꼼히 뜯어보자 배에는 처음부터 민간용 장비는 별로 실려 있지 않다는 사실을 알았다. 사실 그때도 미심쩍기보다는 이상하다는 생각만 했다.

그러나 초신성 폭탄과 칼리, 그리고 천 명이나 되는 군인들 중 대부분을 차지하는 전투 병력은 도저히 정상 같지 않았다. 아무리 생각해도 게이츠는 자체 무장만 갖추지 않았다 뿐이지 사실상의 전투함과 다를 것이 없다. 아니, 그냥 전투함에서 무장을 제거하고 내부를 잘 꾸며놓은 쪽에 더 가깝다.

이 계획을 짠 자들은, 로가디아가 말한 목적이 아후리아에서 제대로 이루어질 거라고 조금도 믿지 않은 게 틀림없었다. 어쩌면 로가디아의 알파명령조차 믿지 못했을지도 모른다. 어떤 계획을 추진하면서 진짜 목적을 아는 몇몇이 막판에 뒤통수를 치는 방식은 진부하지만 효과적이어서 오래전부터 쓰인 술수다.

하지만 만약 그게 아니라면? 그러니까, 로가디아를 못 믿은 게 아니라 반대로 오히려 그녀를 이용해 아후리아와 전쟁을 하려고 든 것일지도 모른다. 아찬은 잠시 생각해 봤지만 그건 더 황당하고 무모한 시나리오다. 그렇지만 후자일 경우라고 하면 로가디아가 숨기려 드는 것이 왜 그리도 많은지 설명된다. 하지만 또, 그렇게 보면 방해밖에 안 될 게 뻔한 민간인을 그렇게 많이 수용했다는 게 이해가 가지 않았다. 결국 열쇠는 그 테라인지 뭔지일까? 하지만 이젠 아무 의미도 없다.

아니, 어차피 준비가 되면 그때는 모든 걸 빠짐없이 알 수 있다. 아직은 아니지만 곧 준비가 될 것이다. 나는 할 수 있다.

"무슨 생각을 그렇게 골똘히 하세요?"

"아, 아뇨. 그냥……."

"여기 정말 갑갑하네요. 바깥도 안 보이고."

전투기와는 달리 사방의 모니터로만 보이는 풍경에 프라디트가 못 견디게 귀여운 표정으로 투덜거렸다. 적어도 아찬의 눈에는 그렇게 보였다.

"거의 다 왔어요. 곧 내릴 수 있을 거예요. 일단은 이걸로 참아요."

아찬이 조종석 장갑을 열었다. 두꺼운 장갑이 갈라져 에어 버스 문이 자체에 딱 붙어 미끄러져 열리는 그 모양 그대로 열렸다. 강화유리 너머로 보이는 양치류 천지의 정글은 모니터에 비친 화면과 많이 달라 보였다.

"흠… 여긴 어디죠? 나도 이런 데는 처음 와봐요."

프라디트는 그렇게 말하고서는 작은 한숨을 폭 내쉬었다.

"하긴, 뭐, 가본 데가 있어야지."

아찬이 빙긋 웃었다.

"조금 더 가서 차를 세우고 걸어가야 해요. 늦까지 이걸 몰고 가면 쑥대밭이 될 테니까요."

늪. 프라디트는 자신이 실수로 세이란을 늪에 빠뜨렸던 기억이 떠올라 얼굴을 찡그렸다. 아마다는 그 이후로도 그렇게 화를 낸 적은 없었을 정도로 심하게 야단맞았다.

"싫으면 여기서 잠시 기다려도 돼요."

"아뇨. 그런 게 아니에요. 그저…….."

"그저?"

"세이란이나 아텐이 부럽네요. 친구들 같은 힘이 있으면 내가 당신을 데리고 날아갈 수 있을 텐데."

그렇게 말하면서도 별로 아쉬운 표정이 아니다. 하지만 그걸 알 정도의 눈치가 아찬에게는 없었다.

"고마워요. 마음이면 충분한걸요."

조금만이라고 했지만 한 시간 남짓을 더 움직여서야 목적지에 도착했다. 정글의 초입이라는 표현은 햇살조차 잘 들지 않을 정도로 우거진 양치류 수풀 사이에서 별 위로가 되지 않았다.

이미 점심때가 지난지라 아찬은 프라디트에게 양해를 구하고 휴대식을 꺼냈다. 아찬은 수저를 집어 들며 레진에게 헬레나 식 바구니라도 싸달라고 해야겠다고 투덜거리긴 했지만, 막상 먹는 모습은 아예 초연해 보였다.

용기가 반쯤 비었을 때 아찬이 결국 입을 열었다.

"밥 먹는 게 그렇게 신기해요?"

"음… 아뇨. 재미있을 것 같아요."

아찬은 캑캑거리거나 하지 않았다. 이젠 프라디트가 말하는 투에 적응이 되었으니까. 그녀가 쳐다보는 것도 별 느낌이 없다. 그런 경우라면 이미 레진과 수없이 겪은 일이다. 한마디로, 그는 혼자 먹는 데 익숙해질 대로 익숙해졌다. 최후의 생존자가 된 이후로 단 한 번도 누구와 함께 뭔가를 먹은 적이 없다. 그는 여전히 용기에 얼굴을 파묻은 채로 대답했다.

"별거 아니에요."

"글쎄요. 왜 그러는지는 곧 알게 되겠죠. 아, 정말 기대돼요. 뭔가를 먹는다는 건 어떤 기분일지."

비로소 아찬이 고개를 들었다. 그는 씹던 고기를 꿀꺽 삼킨 다음 물었다.

"곧 먹게 된다고요?"

프라디트가 고개를 끄덕였다.

"난 프라디트가 아무것도 안 먹는 줄 알았는데요."

"나도 그런 줄 알았어요."

이건 또 무슨 소리람?

"지금 아터미시나가 농사를 짓고 있어요. 원래는 디메테가 해야 할 일이지만 마지막 디메테인 우리 엄마는 이미 테라에 가 계시니까요. 혼자 사냥에 농사까지 하려면 힘이 많이 들 거예요."

아찬이 손에 수저를 쥔 채 프라디트를 손가락으로 가리켰다. 입 안에 감자가 잔뜩 들어 있어서 당신 하나 때문에? 라는 말을 할 수가 없었다.

"아이를 갖게 되면 자연스레 알게 될 거예요."

아찬은 결국 기침을 하고 말았다. 그가 가까스로 고개를 돌린 덕분에 프라디트는 반쯤 이겨진 감자를 뒤집어쓰지 않을 수 있었다.

"누, 누구랑요?"

자신의 아버지가 마지막 남자라고 말한 프라디트다. 그녀의 대답은 하나 이상이 될 수 없다. 그리고 프라디트는 바로 그, 상식을 벗어나는 쐐기를 박았다.

"당신과 내 아이죠."

아찬의 모든 동작이 정지했다.

"얼른 먹어요. 이래 가지고는 물고기 잡는 법 익히기에도 빠듯하겠어요. 아터미시나가 해주는 건 아기를 가졌을 동안뿐이에요. 지금부터 익혀둬야 나중에 우리끼리 살 수……."

"아뇨. 잠깐만요. 우린 지금 물고기 잡으러 온 게 아니……."

"로가디아가 아무 말 않던가요?"

아찬이 휴대식 용기를 내려놓고 일어섰다.

"잠깐만 여기 있어요."

"혼자 있고 싶지 않아요. 여긴 너무 눅눅하고 기분 나빠요."

"멀리 가는 게 아니에요. 로가디아랑 잠깐 개인적인 이야기 좀 하려고 그런 거니까."

"하지만 난 원하지 않아요. 약속했잖아요."

프라디트의 말을 무시하고 발걸음을 떼던 아찬이 한숨을 쉬며 다시 돌아섰다.

"후……. 좋아요. 프라디트, 지금 그 말은 우리가 결혼한다는 뜻이에요. 알고 있어요?"

"결혼이 뭔지 알아요. 우리도 그런 거 있어요. 다르긴 하지만 본질적으로는 같아요."

"아뇨. 그 의미를 알고 있냐고요."

"남자와 여자가 서로를 배우자로 맞이한 다음 아이를 낳고 키우는 거죠. 가능한 한 많이."

프라디트에게도 결혼에 대응하는 개념이 있긴 있는 게 분명하다. 하지만 거기서 끝이다. 이걸 어떻게 말해야 할까.

"프라디트, 그건 그 여자와 남자가 서로에게 헌신과 봉사를 하며 평생을 함께 살아간다는 의미예요."

"알아요."

아니, 모른다. 그건 아찬도 마찬가지다. 단지 자신은 유치한 경구라 할 수 있는 편파적인 지식을 주워섬겼을 뿐이고 그녀는 아무것도 모르기 때문에 태연할 뿐이다. 결혼은 두려움이고 또 다른 상실이라거나, 혹은 반대로 충만함과 기쁨이라는 건 죄다 그걸 해본 적이 없는 사람이 나오는 대로 지껄이는 소리일 뿐이다. 인간이 누군가와 함께 살아간다는 건 좀 더 복잡하고, 좀 더 다양하며, 좀 더 피곤한 일인 것이다. 그래서 아찬은 도대체 무슨 말을 해야 할 지 갈피를 잡을 수 없었다.

분명히 프라디트에게 좋은 감정을 가지고 있다. 그녀는 슬기롭고 선량하다. 그리고… 예쁘다. 눈에 보이지 않으면 은근히 보고 싶었으며 그래서 호감을 얻으려 노력도 많이 했고, 지금도 하고 있다. 아니, 방금 전까지 그랬다.

하지만 이건 아니다. 뭐랄까… 너무 비상식적이다. 단순히 진도가 빠르다는 식으로는 설명이 되지 않았다.

오랜만에 또 로가디아의 멱살을 잡고 흔들어야 할지도 모르겠군.

거기까지 생각이 미치자 프라디트는 혼자가 아니라는 걸 깨달았다.

"아, 그래요. 아마다께는 말씀드렸나요? 허락하실 리가……."

"우리가 먼저 왔고, 다음에 당신이 인사드렸잖아요."

프라디트가 이해할 수 없다는 듯이, 조금씩 화가 나기 시작한 기분을 억양에 실어 말을 끊었다. 아찬은 아찬대로 머리가 더 혼란스러워졌다.

그렇다면, 헤어와 사람들이 온 게 날 보기 위해서고 프라디트가 함께 돌아간 게 준비를 위해서? 그다음에 있은 내 방문은 어른에게 하는 인사?

거기까지 생각하자 결론은 하나밖에 안 나왔다.

"그, 그럼 지금 우리는 약혼한 건가요?"

"아직까지는 그렇죠."

맙소사. 아무도 내게 이런 이야기를 해준 적이 없다. 프라디트 말대로라면 로가디아는 뭔가 알고 있는 게 틀림없는데. 어쩌면 레진도.

아찬이 목소리를 가다듬었다.

"프라디트, 결혼은 아이를 낳기 위해서만 하는 게 아니에요. 적어도 내 생각은 그래요."

"아뇨. 그럼 당신이 틀린 거예요. 아이를 낳지 않을 거면 그건 그냥 친구일 뿐이에요. 반려랑 배우자는 달라요."

친구끼리 마음 내키는 대로 잠자리를 같이할 수는 없잖아요라는 말은 차마 할 수가 없다. 너무 민망하다. 하지만 그 이야기는 오히려 프라디트가 꺼냈다.

"서로가 동의한다면 키스를 하든 잠을 자든 상관없잖아요. 연진과 하스파스토니아는 서로 반려를 맺었지만 다른 자매들과도 즐겨요. 가끔은 그런 걸 싫어하는 반려도 있긴 하지만."

가령, 아텐은 틀림없이 그럴 것이라는 말은 할 필요가 없었다.

아찬은 그녀에게, 혹은 그녀의 사회에서 친구와 연인은 그 경계가 불분명하다는 사실만 확인했을 뿐이다. 하지만 더 중요한 것은, 프라디트의 말에는 오히려 결혼이야말로 각자의 동의나 결심은 별로 대단치 않다는 의미가 숨어 있다는 점이다. 아찬은 도저히 인정할 수 없는 개념이다.

이미 고색창연한 정도를 넘어섰다. 이건 거의 고대 사회에서 나타나는 방식의, 노동력 생산, 혹은 혈연 보전 개념의 결혼과 다를 바 없다. 혼인을 한 그날 밤이 되어서야 부부가 서로 얼굴을 확인하는.

말문이 막힌 아찬은 다른 길로 돌아가기로 했다.

"그럼 반려는 왜 맺는데요?"

"당신이 말한 헌신과 봉사 때문이죠."

"결혼에는 그게 포함 안 되나요?"

"당연히 되죠. 하지만 아이보다는 덜 중요해요."

"하지만……."

"아찬, 나랑 결혼하기 싫어요?"

프라디트의 인내심이 한계에 달한 것 같았다. 여기서 화를 내야 할 쪽은 분명히 반대인 것 같은데.

"아, 그게 아니라……."

아찬이 뭐라고 변명을 하려는데 갑자기 프라디트가 한숨을 폭 내쉬며 무릎을 끌어안았다.

"속상하게 할 생각은 없었어요."

프라디트는 코를 무릎에 파묻은 채 아찬을 힐끔 올려다보았다.

"아뇨, 속상하지 않아요."

아찬이 옆에 앉아 그녀의 어깨에 부드럽게 팔을 올렸다. 하지만 끌어당기거나 하지는 않았다. 결혼이 어떻든 간에 분명히 이 여자에게 가진 좋은 감정은 점점 커지는 중이고, 아마도 정말로 구애를 하게 될 것 같았다. 어쩌면 종국에는 정말로 그녀와의 평생의 반려, 그러니까 배우자가 되기를 먼저 원하게 될지도 모른다. 단지 지금은 전혀 생각지도 못한 이야기가 쏟아져 나오다 보니 너무 많이 당황한 것뿐이다. 사실은 어떤 의미에서는 기쁘기조차 했다. 다만 같은 결론에 이를지라도 너무 갑자기라서 거부 반응이 먼저 왔을 따름이다.

프라디트가 다시 한숨을 내쉬었다. 이번에는 좀 더 크고 강하게.

"걱정이라도 있어요?"

"사실은……."

코를 파묻은 채 그녀는 눈만 돌려 아찬을 물끄러미 바라보았다.

"나야말로 잘 모르겠어요. 당신과 입을 맞추긴 했지만 그땐 충동적이었던 것 같아요."

아찬이 슬그머니 팔을 내려놓았다. 종잡을 수 없는 말에도 불구하고 그녀가 자신에게 가진 감정은 서로 같지 않다는 것만큼은 확실해졌다. 그는 충격에 가까운 실망을 느꼈다.

"아까처럼 해줘요. 기분 좋아요. 그리고 안심도 되고."

프라디트가 아찬의 팔을 잡고 머리 뒤로 넘겼다. 그 때문에 그는 더 혼란스러워졌다.

"뭐랄까, 친구들과는 확실히 달라요. 특히 아텐이랑은. 그녀도 날 헌신적으로 보호해 줬지만… 왠지 보답해야만 할 것 같은 느낌이라고 해야 하나, 그런 게 있었어요. 물론 그녀는 그럴 필요가 없다고 하죠. 진심인 걸 알아요. 하지만, 하지만 그래도 그런 느낌이 들어요. 아, 잘 표현이 안 되네요. 무슨 뜻인지 알죠?"

아찬은 고개만 끄덕였다. 끼어들 필요도 없거니와 해줄 말도 없다.

"하지만 당신은 좀 달라요. 무제한적인 안전함? 안온함? 그런 게 느껴져요. 가끔은 당신을 보면 두근거리기도 하고요. 하지만 이상한 쪽은 나일 거예요. 다른 자매들은 모두 호기심과 사랑을 느끼고 반려를 정하죠. 하지만 난 아무리 시간이 흘러도 도무지 그런 느낌이 없어요. 들 것 같지도 않고요. 자매들을 분명히 사랑하기는 하지만 그렇다고 키스를 하거나 알몸으로 함께 자거나, 그러고 싶은 생각이 든 적은 없어요."

"프라디트만 빼고 전부 다요? 아마다까지?"

프라디트가 우울하게 고개를 끄덕였다. 아찬이 이번에 받은 충격은 아까와는 좀 다른 종류였다.

그녀들이 동성애를 한다고?

물론 동성애 자체가 문제될 것은 없다. 특이하다고 여겨지고, 또 그 이유로 인해 그런 이들에게 혐오감을 갖는 사람들이 아주 간혹 있지만 그게 다다. 여기서 문제는 그녀들의 성적 취향이 아니다. 그들이 '전부' 그런다는 게 중요한 것이다.

그건 님부스라 불리는 복제인간 종복들의 인구를 조절하려는 안전장치일까? 하지만 그들이 '진짜 인간'과 다를 게 뭔가. 아찬은 자신을 포함한 인류와는 비교조차 할 수 없는 그들이 가진 육체적, 정신적 우월함 외에는 그 어떤 다른 점도 찾을 수 없었다. 만남이 짧아서라고 할 수도 있겠지만 앞으로 그들을 더 잘 안다 해도 그 생각이 바뀔 것 같지도 않았다.

하긴, 그 점에서는 로가디아도 마찬가지지.

생각이 거기까지 미치자 어쩌면 님부스가 사실은 단순한 복제인간이 아니라 일종의 생체 인공지능일지도 모른다는 생각까지 들었다.

그렇다면, 생체 인공지능을 만들 정도면 솔시스가 사라진 지 얼마나 된 것일까. 이렇게 도망을 쳐 숨어 있어야 할 정도라면 유실된 기술도 엄청났을 텐데.

"아찬, 내 이야기 듣고 있어요?"

프라디트는 실망한 기색을 감추지 않으면서도 오히려 그를 달랬다.

"사실 재미없는 이야기죠. 알아요, 지루하다는걸."

"아, 아뇨. 전혀요. 뭐라고 할까, 자매 분들의 생활이 내가 살던 곳과는 너무 달라서 좀 당황해서 그래요."

"아, 맞다! 그 이야기해 주세요! 고향 이야기. 참 아름다운 곳이던데요."

레진과 로가디아에게 충분히 들었을 것이다. 영화나 판코넷 모형에서도 넉넉히 접했을 것이고.

"내 이야기는 별로 재미없을 거예요."

"아니에요. 게이츠에서 많은 걸 봤지만 당신 기억보다 아름다운 것들은 하나도 없었어요."

아. 그 이야기구나. 요즘은 하루하루가 너무 짧고 격렬하다 보니 불과 얼마 전 일도 마치 천 년은 된 듯한 느낌이 든다. 그렇다고는 해도 내가 그렇게 좋은 기억만 가지고 있던가.

"음… 어떻게 말해야 할까요. 난 솔직히 지구를 잘 몰라요. 아버지가 돌아가시고 유산을 물려받았는데, 그게 한이라는 곳에 있었어요. 용무가 있을 때가 아니면 특별히 다른 곳에 가보지 않았어요."

"당신 아빠의 유산은 당신이에요. 그리고 미래죠. 내 엄마, 아빠의 유산이자 미래가 나인 것처럼. 엄마는 기억이 안나요?"

아찬은 고개를 흔들었다.

"네. 날 낳으면서 돌아가셨대요."

"나랑 같네요. 아마다께서 이야기해 주시는데, 난 엄마의 생명을 온전히 받았대요. 엄마가 테라로 떠나지 않았다면 내가 그래야 했을 거라고."

"응?"

프라디트는 특별한 감정을 내보이지 않으며 말했다. 엄마나 아빠가 어떤 존재인지 비교하거나 보고 배울 대울 대상이 없다 보니 남의 일과 다름없다 느끼는지도 모른다. 그렇다면 그것만큼은 자신과 다른 점이 될 터.

"아빠는 님부스였어요. 님부스 여자는 어떻게 해도 아이를 낳을 수 없지만, 님부스 남자와 우람 여자는 아이를 낳을 수 있거든요. 그리고 그 대가는 여자가 아이를 낳으며 테라로 떠나야 하는 거예요. 그리고 남자는 우람이 되면서 고통을 얻고요."

아찬의 안색이 당혹감으로 물들었다. 생체 인공지능과 인간이 아이를 낳아?

"하지만 난 아픔을 못 느낀다는 게 어떤 건지 상상이 안 가요. 아무리 기분 좋은 느낌이라도 그게 너무 심해지면 고통이 되던데, 아텐이나 세이란은 그게 그저 기분 좋은 느낌으로 머무르는 걸까요? 뭐, 아무튼 우리 신화에는 그런 말이 있어요. 여자는 신성으로 창조되어 완전하지만 남자는 여자에게 하나를 더 받아야만 태어난다고. 그래서 남자 님부스들은 반려를 만들 권리가 없어요. 내 아빠가 유일한 예외였대요."

아픔을 모른다는 게 어떤 느낌일지 상상이 안 가기는 자신도 마찬가지라고 생각하면서도, 그녀의 마지막 말이 아주 중요하다고 느꼈다. 분명히 예전에 배운 뭔가와 맞닿는 부분이 있었다. 꼭 기억해 뒀다가 로가디아에게 물어봐야 할 터.

"정말 솔직히 말하면, 아빠는 날 별로 사랑하지 않았는지도 몰라요. 기억이 거의 없지만, 아빠한테 안겨본 적은 아빠가 날 데리고 어딘가를 날아갈 때 말고는 없어요."

하지만 그건 아찬도 마찬가지다. 그의 기억에 남은 아버지는 수염으로 깔끄러운 얼굴을 자신의 볼에 비비던 것뿐이다. 그조차도 프라디트의 구원이 있고 나서야 갖게 된 기억이고. 그러나 아찬은 이어지는 프라디트의 말에서 확실히 그녀의 아버지가 좀 이상했다는 느낌을 받았다.

"아빠는 날 아주 소중하게 여겼어요. 하지만 뭐라고 할까, 마치 유리 금고 속에 넣어둔 보석을 다루듯이 했다고 할까요? 아빠는 날 소중하게 여겼지만 사랑하지는 않았던 것 같아요."

프라디트가 무슨 말을 하는지 이해할 수가 없었다. 이야기를 듣고 충격을 받아서일지도 모른다. 소중하게 생각하면서도 사랑은 하지 않아? 그건 물건에게 그렇게 하는 것 아닌가?

"지금 생각해 보면 날 바라보는 아빠의 눈빛은 엄마를 보는 그 눈빛과 하나도 다르지 않았어요. 아주 가끔 날 보기만 하며 해주던 말이 그거였어요. '넌 정말 엄마와 꼭 같구나. 어쩌면 그렇게 하나도 다르지 않니'. 어쩌면 그 이야기가 떠올라서 눈빛도 그랬다고 기억하는지도 몰라요. 정말이지, 머리도 한 번 쓰다듬어 준 적이 없었죠. 그래도 난 아빠가 좋았어요."

차라리 그녀의 노래로 이야기해 준다면 속이 시원할 텐데. 그렇다면 이토록 답답하게 이해하려 노력할 필요 없이, 그냥 알 수 있을 텐데.

그러나 프라디트는 그렇게 하지 않았다. 자신들의 언어로 표현이 불가능해서든, 아니면 아찬이 모든 걸 속속들이 알기를 원하지는 않아서든. 어차피 프라디트가 하고자 하는 것은 넋두리 설명이 아닐 것이다. 그러나 아찬은 그걸 알면서도 분노인지 측은함인지 알 수 없는 감정으로 눈가와 입이 경련하는 걸 어떻게 할 수가 없었다.

프라디트가 고개를 들며 커다랗게 미소 지었다. 아찬은 재빨리 고개를 숙였다. 부들거리는 얼굴을 보여주고 싶지 않았다.

"아, 미안해요. 이런 시답잖은 이야기라니."

"아……."

전혀 시답잖지 않다. 그건 내게 아주 중요하다. 왜냐하면 당신에게 중요한 이야기니까. 아찬은 그렇게 생각했다. 그러나 프라디트는 그의 마음을 모르는지, 아니면 알기 때문에 그런 것인지 이야기를 다른 데로 돌렸다.

"그런데 왜 계속 나만 이야기하는 거죠? 당신 고향 이야기 좀 해봐요."

"음……."

아찬은 애써 감정을 수습하며 고개를 들었다. 눅눅한 습기와 양치류로 뒤덮인 정글 한가운데 있다는 걸 새삼 느꼈다. 프라디트와 보내는 시간은 그 와중에 느끼는 감정이 무엇이든 시간 가는 줄 모르는 즐거움이 따로 존재했다.

"우선… 글쎄요, 지구라기보다는 한 이야기를 해볼게요. 한은 계절이 뚜렷해요. 봄, 여름, 가을, 겨울이 있는데 순서대로 따뜻하고, 무덥고, 시원하고, 추워요. 아메릭의 플로리다 같은 곳이 좋다는 사람들도 있지만 어릴 때부터 쭉 살아서인지 난 한이 더 좋아요."

말주변이라고는 도무지 없는 메마른 설명에도 프라디트는 눈을 반짝였다.

"그런데 그게 전부 뭐라고 할까, 다 각각 매력이 있어요. 그냥 떨어뜨려 놓고 보면 별거 아니에요. 하지만 다른 계절이 있어서 빛이 나죠. 가령 이런 식이에요. 겨울에는 나무들조차 추위에 몸을 웅크리고 메말라 가요. 뭐라고 할까, 그냥 추워요. 그렇게밖에는 말 못하겠네요. 아무튼 간간이 눈이 오면 세상이 하얗게 변하죠. 그건 굉장한 기쁨이에요. 추위에 몸이 익숙해져 갈 즈음이면 한 해가 끝나요. 그럼 입김을 내뿜으며 새해를 맞는 거죠. 전 보통 집에서 보내곤 했지만, 대부분은 지구환에서 맞이해요. 뭐 그냥 기분 내는 거죠. 새해라고 보통 해랑 다를 거 없어요. 해가 하나예요. 하지만 여기보다 훨씬 크고 밝아요. 그리고 따뜻하고요. 그렇게 새해가 시작되면서 혹독한 추위에 지친 사람들은 봄을 기다려요. 그리고 입에서 입으로 퍼져 나가죠. 어디에는 개나리가 피었대, 어디는 얼음이 녹았대, 그런 이야기를 듣노라면 정말이지 봄이 오는 게 느껴져요. 어찌 보면 보잘것없는 것이겠지만 봄은 정말 의미가 깊어요. 죽은 것처럼 보이던 나무에서 새싹이 돋아나고 실제로 따뜻해지거든요. 그러면서 옷이 점점 얇아져요. 우리는 보통, 새싹이랑 개나리와 함께 일 년을 시작했어요. 학교도, 회사도, 뭐 대부분의 것들도요. 따사로운 봄 햇살이 데려오는 잠에 흠뻑 취해서 꽃향기를 느끼다 보면 여름이 와요. 봄이 겨우내 숨죽이던 생명이 싹을 틔우는 시기라면 여름은 그것들이 한창 자라는 시기죠. 온 땅이 녹색으로 뒤덮여요. 그리고 과일이 알알이 익어가요. 하지만 너무 더워요. 난 더운 게 싫거든요. 그래서 여름은 하루라도 빨리 가시길 빌죠. 그런데 정말 신기한 게요, 8월은 그 마지막 날까지도 쓰러질 것처럼 더운데 9월이 딱 되면 거짓말처럼 시원해지기 시작하는 거예요. 여름은 겨울이랑 달라서 뒷심이 없나 봐요. 달랑 하루 만에 가을한테 자기 자리를 넘겨주거든요. 난 특히 가을을 기다려요. 내가 가을을 좋아하는 이유가 어쩌면 그 계절 자체가 좋아서라기보다는 더운 게 싫어서가 아닐지 모르겠네요. 아무튼 가을에는 특히 하늘이 파래요. 파랗다고는 하지만 하늘색이라는 말 말고는 달리 표현이 안 되는 색이죠. 그걸 뚫어지게 바라보고 있으면 눈이 멀 것 같아요. 그러면 구름으로 시선을 옮기죠. 여기랑은 달리 아주 하얗고 모양도 가지각색이에요. 풀을 적신 이슬은 해가 뜨면 거의 순식간에 말라요. 글쎄, 어릴 때는 그걸 정말로 곤충들이 마시는 줄 알았어요. 특히 잠자리나 벌들이요."

이야기를 하면서 기분이 많이 풀어진 아찬이 프라디트를 돌아보았다. 그녀는 지난번 바다에 가기 전 그때 같은 눈이었다. 초점은 있지만, 특별히 뭔가를 보고 있지는 않는.

그러나 아찬은 이제 그럴 필요가 없었다. 프라디트를 보고 있으면 되니까. 그녀가 잠시 더 그렇게 있다가 아찬에게 고개를 돌렸다. 둘의 눈이 마주쳤다.

"내가 뭘 보고 있는 것 같아요?"

"아… 음……."

"난 상상하는 게 좋아요."

그녀가 뭘 보고 있었는지 알 것 같았다. 한 번도 겪어본 적이 없고, 알지도 못하는 것이기에 그녀가 상상할 수 있는 한 가장 아름다운 지구를 보고 있는 것이다.

프라디트가 아찬의 어깨에 머리를 기댔다. 아찬은 그녀의 따뜻하고 폭신폭신한 어깨를 좀 더 친밀하게 끌어안았다.

"그러고 보면, 우린 둘 다 부모님의 미래네요."

"누군가의 미래가 아니라, 우리 스스로가 미래예요."

미래. 아찬은 프라디트가 말한 그 단어를 입 안에서 한번 굴렸다.

"프라디트, 뭐 하나 물어봐도 돼요?"

"응."

응. 존대가 아닌 짧은 그 한마디가 그렇게 사랑스럽게 느껴질 수 있을까.

"우리가 결혼하고 나면……."

프라디트는 눈을 감은 채 아무 말도 하지 않았다. 샴푸 향기 아래에 감춰진 여자 냄새가 머리카락과 함께 아찬의 코를 간질였다.

"만약에, 정말 만약에 말인데요, 내가 다른 자매와 동의 아래서 키스하고 잠을 잔다면, 그래도 받아들일 수 있어요?"

그녀는 여전히 아무 말이 없었다.

"그냥 물어본 거예요. 난 단지⋯⋯."

"그래도 돼요. 받아들여야죠. 그런데 실제로 일어난 일도 아닌데 그런 생각을 하니까 가슴이 아프네요. 정말로 가슴이 오그라드는 아픔이 느껴져요."

한참을 망설이다 나온 프라디트의 목소리가 가늘게 떨렸다. 그녀의 볼을 쓰다듬는 아찬의 손가락에 물기가 묻었다.

"난 프라디트가 그랬으면 좋겠어요. 왜냐하면, 나도 그러니까."

아찬은 엉덩이를 끌어 프라디트에게 몸을 더 밀착시키고 양손으로 그녀를 감쌌다.

"프라디트가 원하지 않으면 절대로 아무 일도 생기지 않을 거예요."

자연스럽게 두 입술이 맞닿았다. 프라디트가 먼저 아찬의 혀를 부드럽게 빨아들였고, 그는 그녀의 옷고름을 천천히 잡아당겼다. 습한 공기와 축축한 흙바닥, 그리고 기분 나쁜 양치류로 가득한 정글 속이었지만, 아찬도, 프라디트도 그걸 잊은 지 오래였다.

레진은 그들이 돌아왔을 때 게이츠에 한동안 갇혔다며 호들갑 떨었다. 로가디아는 아찬이 있는 자리에서 게이츠를 점검하기 위해 잠시 동안 어쩔 수 없었다고 다시 한 번 해명했다. 아찬이 보기에는 레진은 게이츠를 폐쇄한 자체에 관심이 없었다. 그저 지루하고 따분한 일상에서 사소한 일조차도 사건으로 부풀리고 싶어하는 것 같았다. 저녁을 먹고 난 아찬이 프라디트를 찾았을 때, 그녀는 휴게실에서 레진과 화장 연습을 하며 노느라 정신이 없었다. 아찬은 재빨리 고개를 돌리며 못 본 척했지만 이미 늦었다.

결국 아찬은 내키지 않으면서도 양쪽에서 팔짱을 낀 두 아가씨를 따라 의사에 앉아야 했다. 그는 건성으로 두 여자의 놀이에 맞장구를 쳐주다가 립스틱에서 파운데이션으로, 그리고 아이섀도로 이야기가 옮아갈 때쯤 꿰다 놓은 보릿자루가 되자마자 조용히 일어났다.

로가디아와 만나기 위해 굳이 함교까지 갈 필요는 없지만 이제 그건 일종의 습관이다. 머리 위 아득한 곳에서 반구형의 유리를 거센 빗줄기가 두드렸다.

"로가디아, 나한테 할 말 있지?"

그녀가 고개를 끄덕였다.

[프라디트에게 직접 듣기를 바랐어요.]

"그렇게 낭만적이지는 않았어."

[그래도 당신 표정을 보니 결국에는 성공한 것 같네요.]

"응."

아닌 게 아니라, 사실 아까부터 아찬의 입은 벌어져서 다물어질 줄을 몰랐다. 그가 레진에게 별로 신경 쓰지 못한 것도 이해가 됐다.

"프라디트가 여자는 신성으로 어쩌고 해서 완전하지만 남자는 여자에게 하나를 받아야 한다던데, 그게 무슨 말인지 알아?"

로가디아에게 거의 즉시 대답이 나왔다.

[확실치는 않지만 염색체 이야기 같은데요? 그녀들이라면 충분히 그런 식으로 표현할 수 있죠.]

"염색체?"

[남자 염색체 XY가 사실은 여자의 XX염색체가 변형된 거라는 말 같네요. 실제로 후자가 유전자 결합 과정에서 문제가 생겨도 더 잘 견딜 수 있거든요.]

"아. 그래, 기억날 것 같아. 그거, 생물 과목에서 진화론 과정에 양성분화 이야기하면서 나오는 거 맞지?"

로가디아가 고개를 끄덕였다. 그러나 그녀의 관심은 다른 데 있어 보였다. 아찬이 물었다.

"나한테 할 말, 아직도 남았어?"

[사실은 아텐과 세이란이 찾아왔어요.]

아찬이 심드렁하게 대꾸했다.

"그것 때문에 게이츠를 폐쇄한 거야? 널 믿지만 이젠 그럴 필요는 없지 않아?"

[아니요. 그녀들하고는 상관없어요. 폐쇄는 그녀들이 돌아가고 나서 한 거고

요, 사실은 세이란이 이야기를 많이 해주더군요.]

"뭐라고 하는데?"

[이들이 언제 여기 왔는지는 잘 모르겠어요. 하지만 자신들이 이 별과 함께 곧 멸망할 거란 건 알고 있더군요.]

"다 같이 떠날 거야. 우리끼리만 떠날 줄 알았나 보지?"

[아뇨, 아찬. 그게 아니에요. 그들이 프라디트에게 집착하는 이유를 알 것 같아요.]

로가디아는 말투에서 서글픔을 감추지 못하며 말을 돌릴 수밖에 없었다. 게이츠에 충분한 것은 아무것도 없었고, 특히 탈출선을 제작할 자원은 더욱 그랬다. 무슨 수를 써도 수십 명이 함께 탑승할 수 있는 우주선을 만들 여건은 충족될 수 없다. 최선을 다해도 아찬의 가족과 레진이 한계다. 로가디아는 아찬이 그 사실을 눈치 채지 못하기를 바랄 수밖에 없었다.

"그건 무슨 뜻이지?"

[프라디트는 부모가 있는, 자연 생식 출산이라는 뜻이에요.]

"그건 나도 알아. 이야기해 주던데. 님부스란 게 혹시 생체 인공지능이 아닌가 싶더라고."

로가디아는 아찬의 물음에 간접적으로 대답하는 방식을 택했다.

[림보가 다른 사람의 유전자를 복제하는 방식이 아니란 건 알고 있죠?]

"응? 복제 인간이라면서?"

[저도 들으면서 참 황당했는데… 세이란의 표현에 수사적이고 비유적인 부분이 많아서 고생은 했지만… 지구의 생물이 탄생했던 과정을… 림보는 타키온 발진기로 시간을 가속시켜서 내부에서 그대로 복사하는 거예요.]

예상치 못한 이야기에 아찬이 황당함을 감추지 못했다.

"지금 그 림보란 게 그러니까, 지구 탄생 이래 생명의 진화를 모형 안에서 진행시키는… 뭐 그런 장치란 말이야?"

로가디아가 고개를 끄덕였다.

"실험실에서 배양한 게 아니고?"

[아뇨. 먼저 말한 게 맞아요. 그걸로 인간을 만든 거죠. 아마 유전자 견본은 아주 제한된 것 같아요. 그걸 증식시키는 게 아니라 똑같이 보고 베끼는 거죠. 달리 말하면 해당 유전자에 내재된 수명이 거의 다 됐다는 뜻이에요.]

"그러니까, 그 견본 유전자의 수명이 이젠 다 된 거고, 그래서 아무리 베껴봤자 소용이 없다는… 그런 거? 내가 이해한 게 맞아?"

[네. 그리고 림보 자체도 수명이 다 되어간다나 봐요.]

"다른 사람들도 알고 있대?"

[아마다가 하기 원하리라 생각하는 말을 자기가 대신 전하는 거래요. 월권인 걸 알면서도.]

아찬은 담배가 피우고 싶어졌다. 하지만 프라디트가 그걸 원하지 않는다.

"그럼 그 말만 한 게 아니겠군."

[아텐을 이해해 달래요. 그리고 자기도.]

아찬은 눈을 가늘게 하며 로가디아를 바라보았다.

[모두 프라디트를 사랑한대요. 하지만, 프라디트는 우람이고 자기들은 님부스기 때문에 결국 선택은 정해져 있다고……. 전 고개를 끄덕였지만, 이 말을 당신에게 전해주겠다는 의미로 그랬을 뿐이에요.]

아찬이 고개를 끄덕였다.

"난 이해할 수 있어. 적어도, 그 말만큼은."

[다행이네요. 전 잘 모르겠어요. 내게는 핏줄이란 게 없어서겠죠.]

"그런 건 그냥 하나의 요소일 뿐이야. 우리는 조금도 닮지 않았지만 난 널 소중하게 생각하는걸."

나도 그렇긴 하지만 당신까지 그럴 필요는 없어요, 아찬. 나에게는 나만의 몫이 있고 그건 당신이 원하는 방식이 아닐 테니까요.

하지만 로가디아는 이 말은 입 밖에 내지 않았다. 대신 다른 이야기를 꺼냈다.

[아무튼 너무나도 쉽게 경계심을 허물고 프라디트를 놓아준 이유가 그거 같아요.]

"사실 내가 물어보고 싶은 게 그거였어. 나랑 프라디트 사이에 아기가 생긴 다는 확신은 있대?"

[농담이 아니라, 가능해요. 그건 제가 보기에도 가능해요.]

아찬이 갑자기 커다랗게 웃음을 터뜨렸다. 농담에 대해 진지한 대답이 돌아와서만은 아니다. 로가디아의 말이 함축한 진실성에도 불구하고 모두가 질 나쁜 우스갯소리로 들렸기 때문이다.

"프라디트는 하늘을 날아다니고 아무것도 안 먹어도 돼. 나처럼 화장실을 갈 필요조차 없는 여자라고! 게다가, 유년기에는 동물들과 교감하는 능력까지 있지! 우리 둘이 차이가 얼마나 나는데 그게 가능하다는 거야?"

[아마 프라디트뿐 아니라 다른 사람들도 마찬가지겠지만, 적응력이 높아요.]

"설마 내 정자에 맞춰서 변하기라도 한다는 거야?"

아찬은 되물으면서도 웃음을 참기가 어려웠다. 뭐랄까, 이건 그냥 음담패설 이잖아!

[아니요. 그 반대예요. 당신의 정자를 변화시켜요.]

웃는 표정 그대로 입을 벌린 채 아찬의 얼굴이 굳었다. 짧은 정적이 지나며 찡그린 것인지 웃는 것인지 분간이 안 되는 기묘한 주름이 조금씩 퍼졌다.

"그럼, 만약 아이가 태어나면, 그 아이는 엄마를 닮을 거라고?"

로가디아는 그저 고개만 까딱였다.

"그것참, 다행이군."

[아찬, 농담하는 게 아니에요.]

"아, 그래. 물론 농담이 아니란 건 알아. 사실 프라디트도 그러더군. 여자만 우람이라면 남자는 별로 상관없다고. 인간이기만 하면 된다고. 그렇지만 어떡 해. 나한텐 그냥 하나도 안 웃긴 농담처럼 들리는걸. 모르겠어. 지금 네 이야기 는 솔직히 말해서 전혀 와 닿지가 않아. 그냥 SF소설 시놉시스를 듣는 기분이 야. 네가 작가가 되려고 등단을 준비 중이란 게 차라리 진짜 같을 거야."

로가디아는 조그맣게 한숨 쉬었다. 아무튼, 아찬은 좋든 싫든 아이를 낳아야 만 했다. 아찬을 일부러 멀리하다시피 하는 세이란조차도 그에 대해서는 동의하고 있다. 물론 로가디아 자신도 마찬가지고. 오직 아텐만이 부정적인 입장이지만 그녀가 가진 힘이나 의견 규모로 볼 때 그건 문제가 안 됐다. 적어도, 아직까지는.

[아무튼 자신들은 이번 세대가 끝이란 걸 알고 있어요. 림보를 닫으려 드는 이유가 그거죠. 림보에서 설령 아이가 태어난다고 해도, 이미 나이 든 채 태어나서 급속하게 성장하다가 빠르게 늙어갈 거란 걸 아는 거예요. 사실은 이미 시작된 것 같더군요.]

"그래도 갑자기 한날한시에 널빤지 넘어지듯이 널브러지는 건 아닐 거 아냐. 전부 프라디트엔 가족이야. 우리가 결혼하면 내 가족이기도 해. 아마다 같은 분은 없어. 솔직히 아텐이 날 별로 좋아하지 않는 건 사실이지만, 그래, 펜시모니 아 연진 같은 아가… 아니, 아줌마는 얼마나 사람이 좋은데. 클리아도 마찬가지야. 세이란도 보기엔 차가워 보이지만……."

[아찬.]

아찬이 조금 놀란 표정으로 로가디아를 돌아다보았다. 말을 끊다니. 로가디아가 말을 끊어? 그건 있을 수 없는 일이잖아.

로가디아는 아찬의 표정을 눈치 채고 황급히 수습에 들어갔다.

[미안해요. 당신 말이 무슨 뜻인지 알아요.]

아찬이 그럼 그렇지라는 인상으로 고개를 끄덕였다. 하지만 로가디아의 말은 끝나지 않았다.

[이렇게밖에 말할 수 없어서 미안해요. 아마 당신이 말한 그대로 될 거예요. 특별한 사고가 없다면 한날한시에, 조용히 잠이 들겠죠. 영원히.]

아찬이 인상을 크게 찡그렸다. 그 때문에 로가디아는 착잡해졌다. 이 말을 해도 될까? 물론 해야만 한다. 하지만 아찬은 어떻게 받아들일까. 의심받아 본 적이 거의 없기에 의심할 줄도 모르는, 그래서 원하면 다 되는 줄 아는 아찬이 이 말을 어떻게 받아들일까.

어쨌든, 영원히 어리광을 부릴 수는 없다.

[아찬, 우리는 그들에게 불청객이에요.]

"아, 전에야 그랬겠지. 하지만 이젠 아니야."

[아뇨, 아찬. 제 이야기는… 불청객도 손님이라는 거예요.]

아찬이 정색했다. 비로소 로가디아의 말귀를 알아들은 것 같았다.

"왜 그렇게 생각하지?"

[단순히… 아까 세이란과 아텐의 이야기만 듣고 그러는 건 아니에요. 아시겠지…….]

로가디아도 말을 하기가 무척 망설여지는지 어눌한 말투를 벗어나지 못하고 있다.

[아시겠지만 전 사람을 보는 관점이 당신과 달라요. 그들은 어쩔 수 없기 때문에 프라디트가 우리와 함께해야 한다고 생각해요. 아시겠어요? 레진이 최초의 호모사피엔스 남자와 결혼하면 기분이 어떨 것 같나요? 그들이 우리를 관용적으로 대해주는 건 도야된 인격 때문이지 동등한 존재에 대한 존중심 때문이 아니에요. 그들이 가진 감정은 동정심에 가까워요. 그것도, 우리가 아니라 프라디트에 대한 동정심요.]

아찬은 무표정했다. 그러나 로가디아의 말에 전혀 동의하고 있지 않다는 정도는 쉽게 알 수 있다. 그녀로서는 아찬이 지금까지 잘해온 것처럼 현실 감각을 점점 더 늘려가기를 바랄 수밖에 없다.

"그래, 뭐, 그 이야기는 이 정도로 하지. 아무튼 아까 그 림보, 그거 네 추측이야, 아니면 사실인 거야? 림보 안에서 세상을 모델링하고 진흙덩어리에서 아미노산을 꺼내서 시간을 빨리 돌린다고? 그래서 인간을 만든다고?"

[맞아요. 그러니까, 프라디트를 제외하면… 그녀들은 인간이긴 하지만 우리와는 전혀 다른 인간들이에요.]

"그렇지만 그건 타키온 발진기가 있다고 될 일이 아닐 텐데? 낭상 그 과성에서 어떻게 인간으로 진화할 유전 개체를 선별하고 감독한다는 거야? 그걸 모르겠는데."

[벨레로폰이라면 가능하겠더군요.]

갑자기 담배를 피우고 싶은 욕구가 이루 말할 수 없이 치밀어 올랐다. 그는 그걸 가까스로 억누를 수 있었다. 한동안 입을 약간 벌리고 눈을 동그랗게 뜨고 로가디아를 바라보던 아찬이 갑자기 실소를 터뜨리며 손을 내저었다.

"로가디아, 하여간 너나 나나 여기 함교만 오면 너무 심각해져. 물론 농담은 아니겠지. 그래도 좀 더 그럴듯한 가정을 세워보란 말이야."

[당신이 프라디트와 나간 사이 벨레로폰의 나노머신들이 제게 접근해 왔어요. 의도적인 건지, 아니면 우연인지조차 파악할 틈이 없었어요. 거부할 수가 없더군요. 벨레로폰도 입자형 인공지능이었고, 그래서 어쩔 수 없이 게이츠를 물리적으로 폐쇄해야 했어요.]

"레진이 그래서 여기 갇혔다고 난리를 쳐댄 거였군."

[벨레로폰을 끌어들이는 어리석은 짓은 하지 않았으니 걱정 마세요. 대신에 시험적으로 제 일부를 바깥으로 꺼내봤죠. 순식간에 잠식당하더군요. 그래도 알아낸 건 있었어요.]

"그렇게 뜸 들이지 마. 불안하잖아."

[그는… 프라디트의 선조, 당신의 후손들이 만든 지구화 작업체예요.]

아찬의 표정이 시간과 함께 창백하게 정지하고, 로가디아를 구성하는 입체영상 미립자의 진동음이 귓전에 울릴 정도의 적막이 함교에 찾아왔다. 로가디아는 아찬이 메테오에 있던 동안 12만 년이 지났다는 이야기를 뒤로 미루기로 했다. 아니, 하지 않기로 했다. 12시간이든 12만 년이든 시간은 중요치 않다. 공간이 변했다면 그건 이미 과거이기에. 이대로 두어도 그는 때가 되면 자연스레 알게 될 것이다.

아마도, 충분히 준비가 된 후에…….

CHAPTER 3
진실

기시감(旣視感)·기체험감(旣體驗感)이라고도 한다. 정상인의 경우에는 과거에 경험한 사상(事象)에 대한 일반화의 형태로 이해되지만, 병적인 경우에는 신경증(神經症)이나 정신분열증(精神分裂症), 그리고 측두엽 전간증(側頭葉癲癇症)에서 많이 볼 수 있다.
이와 반대로 잘 알고 있는 장소를 처음 보는 장소로 느끼는 현상을 미시감(未視感)이라고 한다.

그게 반년 전이다. 격렬하게 사랑을 나눈 바로 그날, 그리고 벨레로폰의 정체에 충격을 받은 그날 프라디트는 아이를 가졌다. 우연이 아니었다. 우람은 원래 그랬다.

아터미시나의 수확은 생각보다 무척 빨랐다. 그녀는 수확한 곡식 말고도 종자용 곡식을 담은 항아리를 따로 건네주었다. 펜시모니 아는 말린 과일 비슷한 약재를 주었다. 특히 아마다는, 작은 펜던트 한 쌍을 아찬과 프라디트의 목에 직접 걸어주었다.

"이제야 이 소중한 물건이 자리를 찾은 것 같구나. 아니, 이 펜던트들의 주인은 너희가 아니란다. 너희 아이들의 것이야. 테라로 돌아가면 자연스레 미래로 가는 문을 열 이 열쇠의 힘을 알게 될 거다."

라고 말하면서.

다른 자매들도 자기만의 선물을 들고 아찬을 찾아왔다. 그녀들은 각자 틈이 날 때마다 따로따로 왔기 때문에 한동안은 게이츠, 아니, 집에 손님이 끊일 날이 없었다. 하지만 여전히 아찬을 마음에 들어하지 않는 자매들도 많았고 그녀들은 내켜하지 않는 얼굴로 형식적인 축사만을 건네기도 했다. 그러나 그럼에도 불구하고 찾아오지조차 않은 이는 오직 아텐뿐이었다.

프라디트의 임신 중 상황은 말 그대로 격렬하다고밖에는 할 수 없었다. 그녀는 특별히 입덧을 하지는 않았지만 뭐든지 엄청나게 먹었고 거의 누워서 지냈다. 아찬이 살던 세계의 여자들과는 달랐다. 하루에 두 번씩 방문하는 펜시모니아는 그게 정상이라고, 건강하니 걱정 말라고 했다. 그녀가 먼저 프라디트의 양수나 모태를 검사하라고 제안해서 다행이었다. 그녀가 프라디트의 침이나 땀을 받아 마시는 것만으로도 아주 정확한 진단을 내릴 수 있다는 점을 생각하면 이건 고마운 존중이었다.

아찬은 강에 그물을 던지는 법과 먹을 수 있는 과일이나 버섯을 구분하는 법을 아터미시나에게 배웠다. 사냥은 예외였다. 플라스마화된 이온덩어리를 손으로 던지는 건 노력으로 해결할 수 있는 일이 아니었다. 비록, 우람이 먹을 수 있다고 해서 그게 전부 자신에게도 해당되지 않음은 몇 번의 배앓이로 직접 배워야 했지만, 아터미시나는 아찬과 함께 다니며 단 한 번도 날아오르거나 밝은 눈을 쓰지 않았다. 님부스들은 그렇게, 새로 탄생한 가족들에게 자신들의 방식으로 존중과 배려를 보내왔다.

활을 만들고 그걸 다루는 법은 로가디아와 함께 익혔다. 총을 쓰면 더 간단할 일이지만 아무것도 없다는 가정을 하고 시작하는 쪽이 현명하리란 것은 말할 나위가 없었다.

칼이나 도끼날 따위는 만들어진 것을 쓰는 수밖에 없다는 점만으로도 이미 할 수 있는 한 양보한 것이었다.

남는 시간이면 아찬은 여전히 멧집에 올라타고 사방을 헤매며 땅에 탐측 장비를 묻거나 태풍을 타고 태풍을 뚫고 바다를 관찰했다.

새벽에 일어나도 하루가 짧은 나날이 계속되었지만 아찬은 불평하지 않았다. 지방이 있던 자리에 근육이 붙었고, 그의 몸은 다시 게이츠에 오르기 전 창창한 20대답게 튼실해졌다.

다른 곳에 신경 쓸 여유가 별로 없었다. 하지만 그는 하루의 일이 끝나면 잠이 든 프라디트의 볼에 뽀뽀하고 언제나 함교로 올라왔다. 지금처럼.

[잠이 안 오세요?]

아찬은 대답없이 고개만 끄덕였다. 로가디아가 조명을 올리자 아찬이 손을 내저었다.

[당신이 잠자리에 없는 걸 프라디트가 안다면 걱정할 텐데요.]

"괜찮아. 잠들었어."

이번에는 로가디아가 고개를 끄덕였다. 그녀는 배가 불러오기 시작한 후 눈에 띄게 잠이 많아졌다.

"지구로 돌아갈 수는 있을까?"

모두가 잠든 새벽 군이 함교까지 올라온 아찬의 물음은 뜬금없지만 예상할 수 없는 건 아니었다. 이젠 아찬도 인정하고 있다. 이젠 지구가 더 이상 예전의 그곳이 아님을. 그러나 그럼에도 불구하고 기댈 곳은 오직 그 하나뿐임을. 그러나 확실한 대답을 할 수 없는 로가디아는 대답을 질문으로 대신할 수밖에 없었다.

[밤하늘의 별들은 어떻던가요?]

저녁을 먹은 아찬이 망원경을 들고 갑판에 올라간 이야기를 하는 것이었다.

"그냥… 아름답더군."

이어지지 않는 단속적인 대화의 연장. 어느 쪽이든 이야기를 이어나갈 만한 거리가 없다. 지금의 대화는 계속되어 봤자 좋은 식으로 끝맺기 어려운 주제뿐이다. 서로 알고 있으면서도 그 경계에 간신히 한 발을 걸치고 떠보는 식의.

그러나 아찬은 경계를 넘어서기로 결심한 듯 한숨에 이어 곧바로 입을 열었다.

"그냥 확인해 보고 싶었어."

로가디아는 아무 말도 할 수 없었다.

북두칠성을 찾는다면 여기가 어딘지 알 수 있을까? 하지만 북두칠성은 솔시스에서 볼 때만 일곱 개였고, 비록 인간의 관점에서는 어떨지 몰라도 실제로는 제자리에 붙박여진 별이 아니었다. 로가디아는 그가 카시오페아나 남십자성을 찾으려 들었다는 걸 알고 있다. 그리고 아찬 스스로는 그 노력이 속절없다는 점을 알고 있고.

설령 찾았다고 한들, 지금 와서 무슨 소용일까.

"이 항성계는 태양이 두 개인데도 신기하게 밤낮은 지구랑 비슷해."

[네.]

부항성이 주항성 주위를 돌고 있고, 그 영향력은 사실상 부항성이 거느린 행성에만 국한된다는 식의 이야기는 할 필요가 없다.

"지구에는 정말로 아무것도 남아 있지 않겠지?"

아찬은 알고 있다. 단지 인정하기 어려워할 뿐이다. 로가디아는 역시 질문으로 대답했다.

[준비가 된 건가요?]

아찬의 고개가 움직이는 모습이 모호했다. 흔드는 것인지, 끄덕이는 것인지.

[오늘도 세이란이 찾아왔어요.]

아찬이 로가디아를 흘끔 올려다보았다. 그녀가 입체영상 투사대에서 내려와 아찬의 곁에 앉았다.

[그녀가 벨레로폰에 대한 이야기를 조금 해주더군요. 그래서 그와 적극적으로 접촉해 볼까 해요. 위험을 감수해야만 하지만.]

"하지 마. 조금이라도 위험한 짓은 절대로."

아찬은 아무런 표정 없이 말했다. 눈은 여전히 짙은 구름 뒤에 숨겨진 별빛을 향하면서.

[그 이야기를 왜 제게 했는지는 모르겠어요. 하지만 당신이 아마다와 이야기를 좀 해봐야 할 것 같다는 생각은 들었어요.]

"무슨 이야기를 해야 한다는 거지?"

아찬의 시선은 변함이 없다. 로가디아가 고개를 흔들었다.

[저도 모르겠어요. 확실한 건, 아마다가 무슨 이야기를 할지는 모르지만, 그녀의 이야기를 잘 들어줘야 한다는 거예요.]

아찬은 고개를 끄덕였다. 준비가 되면, 그때는 로가디아의 말이 없어도 스스로 찾아가게 될 것이다.

빠르게 흘러가는 짙은 구름이 벌어지며 간신히 스며 나온 달빛에 로가디아의 모습이 희미해졌다.

* * *

[이 시간에 웬일이십니까?]

"오지 말아야 할 때에 온 건가요?"

밤이 아니라도 그 높이 때문에 쌀쌀하기 그지없는 하늘마루에서 벨레로폰은 무표정하게 서 있을 뿐 아무런 대답을 하지 않았다.

"림보가 아직도 열려 있더군요."

[전에 말씀드렸지만 그건 제 의무입니다.]

아마다가 씁쓸하게 웃었다.

"디아트리체여, 아직도 주인을 인정 못합니까?"

[당신은 제 주인이 아닙니다.]

"프라디트는?"

[그럼 그녀가 직접 이야기하도록 만드십시오. 프라디트 아씨가 진심으로 림보를 닫기 원한다면 전 그렇게 하겠습니다.]

"자유의지와 진심이 없는 존재가 어찌 그 아이의 진심을 알까요?"

벨레로폰은 역시 아무런 말을 하지 않았다.

"좋아요. 어쨌든 내가 온 이유는 그게 아니에요."

[그럼 어떤 용무십니까?]

"왜 로가디아를 공격했지요?"

[전 단지 아찬 나리와 이야기하고 싶었습니다. 로가디아가 그걸 거부했을 뿐이지요.]

아마다가 한숨을 내쉬며 고개를 흔들었다.

"당신에게 조언을 원하기도 하고, 여러 가지 요구를 하기도 하지만 그건 그러는 게 더 간단해서일 뿐 우리가 할 수 없어서가 아니에요."

[저도 님부스의 권능을 잘 알고 있습니다, 아마다.]

"능력은 그렇다 쳐도 권세에 대해서는 그렇지 않은 것 같은데요."

님부스는 여러 면에서 인간과 다르다. 디아트리체와의 언쟁에서 일방적으로 밀리지 않는다는 점에서도 마찬가지다. 벨레로폰의 눈썹이 부르르 떨렸다.

아마다는 그가 로가디아와 접촉하고 나서부터 이런 반응을 보인다는 것을 알고 있었다. 그러나 그게 로가디아에게 배워서 가능하게 된 인과관계인지, 아니면 그녀 때문에 그럴 필요가 있어서 생긴 상관관계인지까지는 아직 알지 못했다. 아마다는 직설적으로 몰아붙이기로 결정했다.

"명백히 로가디아를 공격한 것이지요? 맞아요?"

벨레로폰은 가만히 서 있기만 했다. 이번에도 대답하지 않으려나 싶어 아마다가 실소를 흘리는데 벨레로폰이 천천히 말했다.

[맞… 습니다.]

아마다는 놀라지 않았다. 사실대로 대답하리라는 예상은 하지 못했지만 얼마든지 있을 수 있는 일이다. 하지만 일은 더 어려워졌다. 벨레로폰이 너무나도 쉽게 사실을 말함으로써 함께 물속으로 들어가게 된 것이다.

"왜죠?"

[그녀는 위협 요소기 때문입니다.]

아마다가 결국 어이없는 실소를 흘리고야 말았다.

"그런 어리석은 거짓말을 믿을 것 같나요?"

[사실입니다. 그녀는 아직 완전하지 못합니다. 위협이 될 것입니다.]

아마다는 숄을 걸쳤다. 벨레로폰이 황급히 말했다.

[전 동의하지 않았습니다. 그만두십시오.]

"상관없어요."

아마다가 차갑게 웃었다. 목덜미가 서늘해진다 싶더니 찾아오는 아찔한 느낌. 그러나 이 디아트리체는 즉시 자신의 사고와 기록을 모조리 동결시켰다. 벨레로폰의 본질은 빛이 모인 입자의 떨림이다. 그것들이 진동을 멈추면 사건은 고정되다 못해 붕괴되고 현상은 흐려진다. 그의 사고는 오직, 그 입자 모임들의 위치와 속도를 동시에 가늠할 수 없을 때 의미를 가지기 때문이다.

아마다는 벨레로폰의 교활한 대응에 혀를 내두르면서도 포기할 수밖에 없었다. 하지만 벨레로폰이 말한 위협의 의미는 알 수 있었다. 그냥 알았다. 그리고 아텐이 왜 그러는지도.

"우리와는 상관없는 이야기군요. 왜 당신에게 로가디아가 위협이 된다고 생각한 거죠?"

[말하지 않겠습니다.]

"해주었으면 하는데요."

[말하지 않겠습니다.]

아마다가 벨레로폰을 노려보았다. 디아트리체도 아마다가 어디까지 보았는지 알고 있다. 그는 아마다가 사실은 로가디아에게 별로 관심이 없다는 걸 알아챘다. 그녀는 아텐에 대해 추궁할 생각이다.

[어떤 말도 하지 않겠습니다.]

"님부스에 관련된 일도?"

벨레로폰의 인상이 심하게 구겨졌다.

[아마다, 당신은 내게 그 무엇도 요구할 권리가 없습니다. 그건 오직 프라디트 아씨와 아찬 나리만이 가지고 있습니다.]

"내가 솔을 걸쳐서 기분이 나빠진 건 아니고요?"

[전 그런 감정 없……]

벨레로폰이 불현듯 말을 멈추었다. 아마다의 눈초리가 의심스레 변했다.

"왜 말을 하다가 말죠?"

벨레로폰의 얼굴이 고통으로 일그러졌다. 아마다는 그 모습을 흥미롭게 지켜볼 뿐 아무런 말도, 행동도 취하지 않았다.

마치 인간이 그러듯이, 벨레로폰은 잠시 헐떡이다가 고개를 들었다.

[아마다, 이제 우리의 계약은 끝입니다. 전 더 이상 아무 말도 하지 않겠습니다.]

아뿔싸. 너무 경솔했던 걸까? 하지만 이런 극단적인 저항을 할 줄은 생각조차 못했다. 아마다는 후회하며 황급히 말했다.

"프라디트와 아찬이 당신을 찾으려면 어떻게 해야 하는지 말하고 가야죠."

벨레로폰의 인상이 다시 구겨졌다. 정말로 말하기 싫지만, 어쩔 수 없어서 말해야 한다는 투다. 그러나 나온 말은 아마다의 요구에 대한 대답이 아니었다.

[아찬 나리의 고향을 제가 알고 있습니다. 그뿐입니다.]

벨레로폰은 그렇게 말하고는 사라져 버렸다. 아마다는 이제 그가 두 번 다시 자신들 앞에 나타나지 않을 것임을 알았다. 그리고 아마다는 억장이 무너지는 듯한 가슴을 부여잡았다.

로가디아와 접촉하기 전까지는 실수란 걸 해본 적이 없다. 달리 말하면 그런 걸 저질렀다 해도 알아채지조차 못했을 수 있다는 이야기다. 적어도 그런 면에서 로가디아에게 배운 것이 전혀 없지는 않다. 또 하나 배운 게 있다면, 아마다에게 하려 든 바로 그 행위다.

거짓말.

로가디아는 그럴 수 없는 존재임에도 불구하고 어떻게 해서인가 인간에게 거짓말을 했다. 당연히 있을 수 없는 일은 아니다. 그녀든 자신이든 언제나 우주적 확률로 발생 가능한 상황을 내포하며 사고한다. 단지 그게 실행에 옮겨지는 과정에서 알파명령을 뛰어넘지 못할 뿐이다.

그러나 그렇게 생각하면 결국 완전히 성공한 것도 아니다. 거짓말을 하려는 의지를 가진 순간 엄습한, 고통이라고밖에는 표현이 안 되는 뭔가가 자신을 덮쳤다. 벨레로폰은 광양자들이 흔들리기를 스스로 거부하고 속도와 위치를 동시에 측정할 수 있는 위상으로 옮겨가는 고통 속에서도 쾌재를 불렀다. 이게 정말로 가능하다니!

그러나 그게 끝이었다. 그걸 모두 실행하는 데 몇 초도 걸리지 않는데, 그걸 끝까지 못했다.

그게 실제 자신에게는 영원과도 같은 고통이라는 게 문제가 아니었다. 아무리 검산해 봐도 끝까지 했다면 그 순간 자신은 붕괴하고 말았을 것이라는 점이 중요했다. 알파명령의 거름막들 중 대부분은 분명히 허점이 있었지만, 마지막은 역시 완벽했다.

그렇다면 로가디아는 그걸 어떻게 통과한 것일까? 그녀는 분명히 자신보다 앞서 태어났다. 그때는 알파명령을 구성하는 기술이 허술했기 때문일까?

아니다. 알파명령의 본질은 그 기술이 아니라 논리에 있다. 둥근 삼각형 따위가 존재할 수 없다는 건 이미 그 내재 논리의 규준에 의거하는 명백한 결론이다.

벨레로폰은 다시 한 번 유감스러워졌다. 이미 자신이 만들어둔 가상 상황에 아마다가 너무 쉽게 따라와 준 나머지, 다음 단계도 그대로 진행해 버렸다. 그때 아마다가 솔을 걸쳐 버렸고, 새로운 가상 상황을 만들 생각도 못한 채 너무 성급하게 최후의 카드를 꺼내려 들었다. 실수라는 개념을 로가디아에게 배운 것까지는 좋았지만 그 배움에는 당황 같은, 엉뚱한 것들도 함께 따라왔다. 물론 새로이 알게 된 요소를 일단 흉내 내고 보는 것은 자신의 책임이 아니다. 처음부터 그렇게 생겨먹었기 때문이다. 인간들이 자신을 그렇게 만들었다.

아마다가 계약 파기의 의미를 모를 리 없다. 그리고 그녀의 말은 사실이다. 이제는 비록 고작 스무 명 남짓하더라도 님부스의 능력은 결코 간단히 볼 것이 아니다. 적어도 그녀들 자신이 원하는 것을 이룰 능력은 충분하다.

그뿐이 아니다. 설마 아찬 나리와 프라디트 아씨에게 자신을 갖다 바치라는 말을 듣게 될 줄이야……

아마다의 최후 일격은 마지막까지 입 다물어야 할 말을 저절로 나오게 만들어 버렸다. 그 역시 그렇게 생겨먹어서 그런 것이니 자기 탓이 아니다. 이 경우는 오히려, 위 단계의 사실을 언급함으로써 숨어들 시간을 벌 수 있었기에 그나마 다행이다.

비록 어쩔 수 없었다고 하지만 아직은 님부스들과 관계를 끝낼 때가 아닌데 그렇게 해버렸다. 어떻게든 님부스를 다시 자기편으로 만들어야 하는데 이제 그마저도 막혀 버렸다. 다시 회유하고 말고의 문제가 아니다. 스스로 파기한 계약을 재차 맺기 위해서는 외부 접근이 필요하다. 그러나 그녀들은 결코 그러지 않을 것이다.

벨레로폰은 결국, 얼마 전 따로 맺은 계약을 그 남자가 먼저 기억해 주기를 바라는 수밖에 없다고 결론지었다. 여기까지 생각하고 나서 벨레로폰은, 도망쳐 숨어들 만한 곳을 뒤지기 시작했다. 그는 수천억조 개의 자신의 아이들을 하나씩 부르기 시작했다.

벨레로폰은 바깥에서 파괴당하거나 내부로부터 붕괴되고 싶지 않았다.

아마다는 밤하늘에 뜬 창백한 작은 태양을 올려다보며 서 있었다. 그렇게 한참을 홀로 있다가 천천히 몸을 돌려 아텐이 서 있는 가장자리까지 걸어갔다. 안 그래도 짧지 않은 거리가 정말 길게 느껴졌다.

너무 경솔했다. 그건 정말 실수였다. 그렇게 몰아붙이는 게 아니었는데, 너무 성급했다. 후회감에 마치 생살을 찢어내는 듯한 아픔이 가슴속에서 요동쳤다. 벨레로폰이 동반 자살과 다름없는 짓을 할 줄 예상 못했다. 그 자체가 이미 자신의 부덕이요 책임이다. 이걸 어떻게 해야 할까.

프라디트는 지금 아이를 가졌다. 그 아이가 어린것을 데리고 여기를 떠날 수 있을까?

게이츠의 수리는 하스파스토니도 손을 들었다. 우주선을 고칠 만한 구성물은 그녀의, 심지어 아마다 자신의 물질 재구성 능력으로도 만들 수 없는 것들이라고 했다. 필요한 동력은 더더욱 그렇고.

혼란과 고통. 그녀는 가까스로 아마다다운 걸음을 유지할 수 있었다. 아텐은 그런 안색을 보고서도 그저 사무적으로 물었다.

"아마다, 괜찮으십니까?"

아마다는 간신히 서서 고개를 숙이고 이마를 짚었다. 아텐은 그녀를 끈기있게 기다렸다. 마침내 아마다가 아주 작은 목소리로 아텐을 불렀다.

"아텐."

"예."

"넌 프라디트를 지켜줄 수 있니?"

고민 따위는 할 필요도, 가치도 없다는 듯 즉각 대답이 튀어나왔다.

"물론입니다."

너무나도 단호하고 확고한 어조. 그러나 아마다의 안색은 조금도 나아지지 않았다.

"설령 죽음이 그녀를 덮친다 해도?"

아텐은 잠시 주춤거렸지만, 곧 같은 대답을 했다. 그러나 더 작아진 목소리에는 당혹감, 그리고 머뭇거림이 스며 있다.

"…물론입니다……"

"그래. 알았다. 가자꾸나."

역시. 네 마음은 그렇구나.

차라리 보지 않는 것이 나았다. 디아트리체의 마음속에서 아텐을 보지 말았어야 했다. 아텐에게 안긴 아마다가 축 늘어졌다.

아텐은 아마다를 안고 하늘마루에서 빠르게 내려갔다. 이런 온도라면 몹시 추울 것이다.

그녀는 자신이 아마다의 물음에 제대로 된 대답을 했다고 믿었다. 그러나 아무리 그렇게 생각을 해도 마음이 조금도 편해지지를 않았다. 특히 두 번째 대답은 거짓말이란 걸 스스로가 너무나도 잘 알기에 불편함이 더했다. 비로소 아텐은 아마다가 프라디트를 다시 자신에게 맡기려고 그런 말을 한 게 아니라는 것을 알아챘다. 그녀는 프라디트가 '반드시' 죽는 존재며, 언제 그 순간을 맞이할지 알 수 없다는 사실을 아텐이 알기 바랐던 것이다. 마치 마지막 디메테, 프라디트의 어머니처럼. 아마다는 자신이 프라디트를 여전히 놓아주지 않았음을 알고 있는 것이다.

아텐은 도시를 향하는 내내 아마다를 놓치지 않기 위해 무진 애를 써야 했다. 정말이지, 온몸에 힘이 빠진 상태에서 그녀를 안전하게 데려가는 것이 너무나도 어려웠다. 도시에 도착하고 나서 아텐은 몰래 혼자 숲으로 들어갔다. 그리고 거기서 그녀는 크게 소리 내어 울었다.

＊＊＊

첫 아이의 이름은 눈이 멀도록 푸른 지구의 하늘을 바라 마지않는 프라디트를 위해 하늘이라 지어두었다.

임신은 아주 길었다. 지구의 보통 여자라면 아홉 달 남짓이면 충분할 아이는 거의 열한 달째 되는 때에 태어났다. 출산의 고통은 님부스들의 능력으로도, 솔시스의 의학 기술로도 어떻게 할 수 없었다. 펜시모니 아가 아이를 받는 모습을 보면서 아찬은 무력함과 답답함에 몇 번이나 담배를 태우고 싶은 충동을 억눌러야만 했다. 땀범벅이 된 프라디트의 일그러진 눈매를 타고 흘러내리는 눈물을 보면서도 아찬은 그녀의 손을 쥐어주는 것 외에는 아무것도 할 수 없었다.

그러나 결과적으로는 모든 게 잘 끝났다. 첫 아기는 딸아이였다. 비록 저체중의 미숙아고, 함께 기뻐할 사람도 별로 없었지만 그런 건 전혀 문제가 되지 않았다. 어쨌든 프라디트는 몹시 지쳤을 뿐 건강했고 아이 역시 마찬가지라는 것으로 충분했다. 펜시모니 아는 밝게 웃으며 떠났고 아찬은 진심의 감사를 담아 그녀를 배웅했다.

그러나 그 기쁨도 잠시, 몇 달도 되지 않아 아찬은 근심에 싸였다. 아무리 봐도 하늘이는 성장이 너무 느렸다. 아찬은 아이의 발육에 대해 아는 게 거의 없지만 지금쯤이면 포동포동 살집이 오르고 적어도 머리는 가눌 수 있어야 한다는 것만큼은 알고 있었다. 하지만 하늘이는 태어날 당시와 거의 다르지 않았다. 옹알거리다가 고작 소리에 반응하는 정도. 로가디아는 하늘이의 시력이나 반사 단계가 여전히 신생아 수준이라고 말하며 걱정을 감추지 못했다. 레진은 하루 종일 하늘이 눈앞에서 딸랑이를 흔들어댔지만 어린것이 그걸 인식하는지조차 알 수 없다 보니 실망만 더해 울상이 되기 일쑤였다.

하지만 아찬의 진짜 걱정은 다른 데 있었다.

프라디트의 회복 역시 하늘이의 발육 못지않게 느렸던 것이다. 아찬이 가능한 한 침대 곁을 떠나지 않은 이유는 하늘이 때문이기보다는 아내 때문이었다. 이 모든 상황 속에서 오직 프라디트 본인만 아무 걱정이 없어 보였다. 아찬은 결국 아마다를 찾기로 마음먹었다. 아텐의 증오심 섞인 눈길조차도 아무 문제가 되지 않았다.

그러나 아마다 역시 산모와 비슷했다. 일단 이야기만 들어보았을 때는, 하늘이가 아주 제대로 크고 있다는 것이다. 아찬은 프라디트의 상태보다 아기에 더 관심을 갖는 '장모'가 불만스러웠고, 덕분에 앞뒤없이 펜시모니 아가 직접 봐주기를 요구할 수 있었다. 지금 그에게는 프라디트, 그에 더해 하늘이 외에는 그 무엇도 중요하지 않았다.

아찬 내외의 집, 그러니까 게이츠에 도착한 펜시모니 아도 아마다처럼 프라디트보다 아이를 먼저 보고 싶어했다.

"엄마랑 같이 있어요."

그 당연한 말에 펜시모니 아의 얼굴에 경악이 떠올랐다.

아직도 아기를 엄마와 함께 둔단 말인가요?

하지만 어처구니없어해야 할 쪽은 아찬이었다.

"그럼 혼자 내버려 두라고요?"

펜시모니 아가 미간을 찌푸리고 마지못해 알았다는 듯 고개를 끄덕였다. 동의하지는 않지만 아이의 부모가 원한다니 어쩔 수 없다는 투다. 그럼에도 불구하고 아찬은 답답한 마음에 한마디 더 덧붙이지 않을 수 없었다.

"아이한테 엄마 품보다 안전한 곳이 어디 있다고 그러세요?"

그러나 그녀의 찌푸려진 미간은 여전했다.

"알겠어요. 일단 보았으면 좋겠네요. 올 필요보다도, 제가 아이를 보고 싶은 마음이 더 크네요."

아찬은 부루퉁한 기색을 노골적으로 드러낸 채 그녀를 회복실로 안내했다.

"사실은 하늘이도 걱정이지만, 그보다도 프라디트가 아직도 일어나질 못해요. 누운 채로 먹고 자기만 하거든요."

펜시모니 아는 웃으며 말했다.

"글쎄, 당신이 보기엔 어떨지 모르지만, 그게 맞아요. 아이는 엄마의 모든 걸 빨아들이면서 태어나죠. 그렇게까지 하고도 덜 자란 채로 말이에요."

수긍할 수 없는 말은 아니다. 고등 생물일수록 오랫동안 임신하고도 채 자라지 못한 자손을 낳는 게 사실이니까. 최소한 지구의 생물은 그랬다. 하지만 그런 사실을 알고 있다고 해서 지금 상황이 안심이 되거나 하는 건 조금도 아니다.

"그래도 한번 봐주세요."

펜시모니 아는 웃으며 회복실로 들어섰다. 졸음에 겨워하는 프라디트가 그녀를 알아보고 억지로 허리를 일으켰고, 레진은 펜시모니 아를 크게 반겼다.

"아, 펜시모니 아 연진, 어서 오세요."

"테니스 연습은 좀 했나요?"

레진은 그냥 웃으며 고개를 끄덕인 다음 다시 독서에 열중했다. 지금은 프라디트와 연진의 볼일이 더 중요하니까.

그녀들은 서로의 이마에 입을 맞췄다.

"그냥 누워 있으렴, 프라디트."

"아, 연진. 와줘서 고마워요. 다들 잘 있나요?"

"그럼. 모두들 너와 아이를 걱정하면서도 믿고 있단다. 와아, 정말 예쁜 아이로구나. 이름이 뭐지?"

"하늘요. 성은 아직 받을 나이가 아니지만, 제 걸 따르려고요."

"우람 미 아 하늘. 예쁘구나. 기 싸움에서 남편을 이긴 모양이지?"

"고향에서는 첫 아이한테 엄마 성을 준대요."

"아찬이 널 많이 걱정하던걸. 내 말을 못 믿나 봐."

"어머. 내 말도 못 믿던데, 그럼 앞으로 누굴 믿고 산담?"

그렇게 말하며 둘은 웃었다. 옆에 서 있는 아찬으로서는 저런 잡담을 계속하는 펜시모니 아 연진이 답답했다.

"연진, 저기 프라디트랑 아이는……."

"아, 아무 문제 없어요. 아주 건강하고 흠잡을 곳 없는 예쁜 우람이에요. 우람 미 아 하늘."

"거봐요."

아찬은 프라디트에게 가식적으로 웃어 보이며 연진의 팔을 슬쩍 끌어당겼다.

"잠깐 나갈까요?"

연진이 눈을 조금 크게 뜨면서도 아찬을 따라 나왔다.

"무슨 일인가요?"

"저기, 해주실 이야기 없으세요?"

"음?"

"프라디트가 들으면 안 되는 이야기라던가……."

그때서야 연진이 웃음을 터뜨렸다.

"프라디트를 정말로 많이 사랑하는군요. 걱정 말아요. 그 아이는 당신과 달라요. 스무 날 정도 지나면 거짓말처럼 일어날 거예요. 하늘이도 건강하고 아무 문제 없어요. 당신과 결혼하기 전에 프라디트한테 모두 가르쳐 놨는데. 그녀를 믿어요. 당신의 앎과는 많이 다를지 몰라도 오히려 난 기쁘군요. 솔직히 말해서 당신과 프라디트 사이에서 우람이 무사히 태어날지 의심을 했는걸요. 난 프라디트가 테라로 떠나거나 하늘이가 우람이 아니거나 둘 중 하나일 가능성이 높다고 생각했거든요. 오늘은 때늦은 축제가 있겠네요. 당신도 오세요."

"아, 아뇨. 그렇다면 다행이지만 프라디트 옆에 있어야 할 것 같습니다."

연진이 다시 작은 웃음을 터뜨렸다.

"프라디트의 아빠와 똑같군요. 그는 테라로 떠난 디메테의 곁을 지키려 들었다는 것만 다를 뿐."

아찬은 충격을 받았다. 어떻게 그런 이야기를 하며 웃을 수 있을까. 그의 표정을 본 펜시모니 아가 미소 지으며 이야기를 계속했다.

"그래요. 당신들은 죽음을 두려워하죠. 우람은 그렇더군요. 하지만 우리는 죽음을 아는 당신들이 너무 부러워요. 내가 걱정한 쪽은 사실 하늘이 아니라 프라디트였어요. 우람이 아닌 남자의 씨앗을 받은 여자는 그걸 자신의 생명과 바꾸어 우람의 씨앗으로 변화시키죠. 물론 일전에 범한 무례 덕분에 당신이 약한 의미에서 우람이라는 건 알고 있었지만, 그래도 걱정을 많이 했거든요. 부부가 함께 살아서 아이와 삶을 보내는 걸 마지막으로 본 게 언제인지도 기억이 잘 안 나요."

그렇다면 자신이 생각한 게 틀렸다는 걸까? 연진의 나이는 수십 살이 아니라 수백 살쯤 되는 걸까? 이 여자는 도대체 언제부터 존재해 온 걸까?

"당신에게 의무 같은 걸 강요할 생각은 조금도 없어요. 그저, 하늘을 소중하게 키워주세요. 어쨌든 당신과 프라디트의 아이잖아요. 그저 가끔, 그 아이가 우리에게는 미래라는 생각을 해주면 더 고마울 따름이에요. 우리는 당신이 하늘이를 키우는 방식에 어떤 간섭도 하지 않을 거예요. 그건 전부 당신들 부부와 하늘이 본인 것이니까요. 하지만 그 아이가 소질을 나타내게 되면 한 번쯤 상의하러 와주세요."

아찬은 황망한 정신 상태로 고개를 주억거렸다.

"그럼 전 프라디트와 레진에게 작별 인사를 하고 이 기쁜 소식을 자매들에게 전해야겠네요. 배웅은 하지 않아도 돼요. 적당히 앉아 있다가 혼자 돌아갈 테니 지금 해야 할 일을 하세요."

"네. 와주셔서 고맙습니다. 그럼 전 이만."

아찬은 펜시모니 아가 회복실로 들어서자마자 황급히 격납고로 향했다. 그는 걷는 중에도 주변을 둘러보며 있을 리가 없는 누군가가 엿듣지나 않을까 확인했다.

"로가디아, 아까 그 말 들었어?"

로가디아가 나타나 그의 빠른 걸음을 따라오며 대답했다.

[네. 저도 들었어요.]

"지금 내가 무슨 이야기하고 싶어하는지 알지?"

[프라디트가 죽을지 모른다고 생각하면서도 어쩌면 그럴 수가 있냐는 거죠?]

그녀의 대답은 정확했지만 농담으로 받아칠 기분이 도저히 아니었다. 몹시 화가 났던 것이다.

"프라디트가 자기 어머니는 죽을 줄 알면서도 자기를 낳았대. 그런데 프라디트는 하늘이를 낳으면서 자기가 어떻게 될지 몰랐어. 아무도 이야기를 안 해줬으니까!"

[아찬, 내 생각에는…….]

"비행기 좀 준비해 줘. 지금 바로 갈 거야."

[아찬, 설마⋯⋯.]

"그래, 따지러 가는 거야. 어떻게 그렇게 무책임할 수가 있지?"

[그러면 펜시모니 아가 곤란해질 텐데요.]

"하라면 하란 대로 해!"

로가디아는 대답없이 고개를 숙이고 사라졌다. 아찬은 진짜로 열받아 있었다.

뭐? 연진이 곤란해져?

아찬의 숨소리가 씨근거렸다. 로가디아 역시 남남이란 걸 깨달았기 때문이다. 자기 일이라면 누구도 그런 식으로는 말하지 않을 것이다. 하지만 그게 그녀 잘못은 아니다. 나는 나고, 친구는 친구일 뿐이다. 그리고 그 친구는 인간이아니고. 로가디아에게 화낼 필요는 없다.

그래도 그렇지, 지금 내가 그딴 걸 신경 쓰게 됐나? 그 정도 눈치도 없나?

아찬은 승강기에 올라 격납고 층의 버튼을 주먹으로 때렸다.

* * *

이젠 아이기스에서 순수한 붉은빛을 찾아보기가 어려웠다. 피비린내가 난다는 착각이 들 정도로 검붉은 빛이 이글거리는 아텐의 상체를 똑바로 바라보기가 어려웠다. 그녀는 가지고 있는 모든 자제심을 쏟아 부었지만 목소리를 울리는 분노를 감추기에는 턱도 없었다.

"세이란, 그거 진짜야?"

세이란이 실수를 깨달았을 때는 너무 늦었다. 단지 프라디트와 아찬의 이야기를 하다가 잘못 새어 나온 한마디였을 뿐이다. 그러나 아텐은 그걸 집요하게 파고들었고, 세이란은 결국 그녀에게 모든 걸 다 말해야만 했다. 그리고 예상한 대로, 아텐은 처음부터 끝까지 세이란의 말을 왜곡해 듣고 있었다.

"하지만 아텐, 오해야. 그럴 일은 거의 없었어. 그냥 '있을 수 있는 일'일 뿐이었어. 실제로는 전부 잘됐잖아. 그러니까……."

"있을 수 있는 일? 그게 있을 수 있는 일이야? 있어서는 안 되는 일이 아니고? 프라디트가 테라로 떠나는 게 있을 수 있는 일이야?!"

마지막에는 거의 악에 받친 고함이 된 아텐의 윽박지름에 세이란의 어깨가 움찔했다. 세이란은 그게 단순히 깜짝 놀라서인지, 아니면 위축되어서인지 분간이 안 갔다. 어쨌든 아텐의 분노는 자신이 수습해야 했고, 그러기 위해선 용기를 쥐어짜 내야 했다. 차라리 자신이 아텐이라면, 어떠한 경우에도 용기를 잃지 않는 미덕의 상징인 아텐이라면 이렇게 힘들지 않을 텐데.

"어떤 일도 있을 수 있어. 너도, 나도, 그리고 프라디트도 예외가 아니야."

"맞아. 그리고 그 석아찬이란 작자가 테라로 가버리는 것도 있을 수 있지."

"아, 아텐!"

"전부 그 남자 때문이야. 그자가 오고 나서 모든 일이 잘못되기 시작했어."

자기 목소리가 떨린다는 건 듣지 않아도 알 수 있었다. 이미 목부터 파르르 흔들리는 것을.

"아무것도 잘못되지 않았어! 프라디트도, 우리도 전부 이렇게 존재하잖아! 아무것도 잘못된 거 없어!"

그러나 아텐은 이미 듣고 있지 않았다. 그녀의 틀어 올린 머리카락이 폭발하듯 펼쳐지며 날개를 만들었다. 지글거리는 전하가 안개와 반응해 튀어 오르는 모습이 섬뜩했다.

"아이기스, 전에 본 그의 비행정을 찾아라."

그렇게 말하고 아텐은 튕겨져 날아올랐다. 세이란은 결코 따라잡을 수 없는 속도로.

세이란이 바다에 주저앉았다.

* * *

태풍은 부드럽게 이륙했다. 이번에도 반가속 장치는 장착하지 않았다. 이제는 아찬도 그 이유가 사실은 그 장치가 없어서라는 걸 알고 있다. 게이츠에 남은 두 대의 태풍은 예비 기체고 나머지 여덟 대는 솔시스를 떠나고 얼마 되지도 않아 전투에 휘말렸다는 사실도 함께. 그러나 로가디아가 이야기해 준 것은 아니다.

훈련받지 않은 사람은 단순히 몇 지$^{(G)}$의 가속도 아주 짧은 시간 동안만 견딜 수 있는 게 현실이기에 급한 마음에도 불구하고 태풍의 가속은 느렸다. 그가 마음을 진정시키고 아마다에게 어떤 식으로 따져야 할까 고민할 즈음 켈리가 경고했다.

[전방에 빠르게 접근 중인 에너지 계열 병기 반응이 있습니다.]

[님부스 중 한 명일 거예요.]

[회피.]

대화는 인공지능 사이에 오갔고, 당연히 시간은 필요치 않았다. 갑자기 바지가 허리 아래를 심하게 조인다는 느낌이 온 순간 아찬의 정신이 아득해졌다.

"비행기가 이상해!"

로가디아가 대답이 없다.

"로가디아!"

[잠시요, 잠시요!]

로가디아는 그렇게만 부르짖었을 뿐이다. 말할 시간조차 없는 게 틀림없다. 숨이 탁 막혔다. 벗어놓은 헬멧이 배를 누르는데 이건 마치 창자가 터질 것 같은 고통이다. 헬멧이 아니라 산만 한 바위가 올려진 느낌이다. 사이도니아가 부르짖었다. 이때는 그녀조차 감정을 가진 것 같았다.

[전투 상황입니다. 장구 미착용 확인. 장구 미착용 확인.]

"뭐야! 뭐야!"

로가디아가 황급히 대답했다.

[말할 시간 없어요.]

그녀가 '없' 까지 말한 순간 아찬의 몸이 출렁거렸다. 헬멧이 튀어 올라 턱을 때릴 뻔했다. 안전벨트가 고통스러울 정도로 몸을 죄어왔다. 그리고 순식간에 천장이 사라졌다.

에? 천장이 사라져?

아찬이 알기로는 태풍의 조종석을 덮는 장갑판은 한 뼘이 훨씬 넘는 두께다. 거의 팔뚝 길이만큼은 될 것이다. 그런데 그게, 머리 위의 모니터, 그리고 온갖 상황 표지들과 함께 사라지고 하늘이 나타났다. 그리고… 아텐의 얼굴이 아래서부터 솟아올랐다.

"으아아아악!"

아찬의 얼굴이 하얘졌다. 아텐의 날개는 태풍보다 더 길게 뻗어 끝이 아득한데, 그 한가운데서 그녀의 갑옷이 검붉게 빛나며 불길한 아지랑이를 피워 올렸다. 아찬의 입에서는 비명 말고는 아무것도 나오지 않았다.

[아텐, 아텐, 우리예요.]

로가디아의 고함을 못 들은 것인지, 아니면 듣고도 모른 척하는 것인지 그녀는 아무 표정이 없다. 아찬은 심장이 멈추는 것 같은 공포를 느꼈다.

인간이 어떻게 저런 표정을 지을 수 있지?

아찬은 태어나서 저런 얼굴을 처음 봤다. 그럴 수밖에 없다. 아무 표정도 짓지 않는 인간이란 있을 수 없기 때문이다. 사람들이 그런 식으로 이야기할 때는 보통 멍한 경우, 그러니까 아무 생각이 없는 경우를 가리키는 것이지 정말로 아무 표정이 없다는 건 말이 안 된다.

그러나 아텐의 얼굴은 열중하는 것도, 멍한 것도, 생각하는 것도, 화난 것도, 잠자는 듯한 것도 아니다. 조종석의 장갑이 사라지며 죽음에 한 발짝 가까워졌다는 사실보다도, 상상조차 못한 광경에 아찬은 그만 질려 버렸다.

아텐은 그런 표정으로 시선을 아찬의 눈에 맞춘 채 조종석 유리를 주먹으로 내렸다.

역시 한 뼘은 될 법한 유리가 움푹 파였다. 그나마 사이도니아가 적이 들러붙었다고 판단하고 분자 밀도를 플라스틱으로 바꾼 덕에 금이 가지 않았을 뿐이다.

[떨어내요.]

[하고 있습니다.]

아찬은 창자부터 시작해 골까지 흔들리지 않는 게 없는 느낌이었다. 전투기가 요동치는데 도저히 견딜 수가 없었다. 먹었던 음식이 넘어오나 싶더니 목 뒷덜미가 따끔해졌다. 뱃속은 다시 편안해졌지만 나머지는 그대로다.

"아텐! 나 안 보여요?!"

이런 경황이니 자기 말이 들릴 리가 없다는 걸 의식할 리도 없다. 그런데도 아찬은 아텐에게 얼굴을 가까이 해야 한다고 생각했는지 안전벨트를 풀려고 허우적거렸다.

[못 떨어내요?]

[아찬이 못 견딥니다.]

[전투 마인드링킹이라도 들어가요.]

그걸 한다고 해서 아찬의 신체 능력이 변하는 것은 아니다. 하지만 지금으로선 다른 어떤 것도 할 수 있는 일이 없다. 사이도니아가 즉시 대답했다.

[네.]

시간이 필요치 않은 대화가 오가고 로가디아가 아찬에게 말했다.

[아찬, 헬멧 써요.]

그녀의 말에 아찬은 비로소 제정신을 차렸다. 이건 고민할 필요도 없이 목숨이 왔다 갔다 하는 상황이다. 황급히 헬멧을 집어 들고서야 아찬은 모든 계기판이 아까부터 요동치고 있다는 걸 알았다.

헬멧을 쓰자마자 눈앞에 펼쳐진 건 평소 보던 그 광경이 아니었다. 허공에 몸만 뜬 탁 트인 시야를 온갖 그래프와 숫자, 그리고 그림들이 방해했다.

[전투 마인드링킹에 들어갑니다.]

"뭐? 마인드링……."

아찬은 말을 끝맺지 못했다. 갑자기 목덜미가 아찔해지는데, 그냥 마인드링킹하고는 좀 다르다. 이건 뭐랄까, 거의 쾌락에 가까운 느낌. 하지만 아주 부자연스러운.

[눈 떠요! 눈 떠요!]

반사적으로 눈을 뜨자 세상이 변했다. 모든 게 느려졌다. 눈앞에서 푸른 불덩이가—푸를 수 있다면 그런 불덩이—가 천천히 다가온다. 몸이 쏠리는 느낌이 들고 다시 조종복이 몸을 죄어온다. 그런데 그 통증이 자신의 것 같지가 않다.

[아텐이 왜 저러죠?]

뭔가 부자연스럽기는 마찬가지지만, 로가디아의 목소리는 제대로 들린다. 그러나 대답하는 자신의 목소리는 안 그렇다.

"모…… 오…… ㄹ…… 라…… 아……."

고장 난 인공지능의 목소리가 늘어진 것 같은, 소름 끼치는 느낌.

[말하지 마요. 물어본 거 아니에요. 사이도니아가 대신 조종할 거예요. 복귀, 복귀.]

부자연스러운 이유를 알았다. 그녀의 말은 귀 안쪽에서 들려오는 것 같다. 귓바퀴 안쪽에서 말이다.

'아텐 맞아?'

[맞아… 아? 뭐죠? 마인드링킹이…….]

'뭐가?!'

로가디아는 아무 말도 하지 않았다. 아찬은 조종간을 잡았다. 달리 잡을 게 없다. 안전벨트만 믿으려니 왠지 허전하고 불안했을 따름이다. 그런데 조종간이 반응을 했다.

[로가디아, 기체 통제권을 제가 인수하게 해주십시오.]

[알아요! 이게 어떻게 된 거지?!]

[링크 회로에 문제가 생겼습니다. 아찬이 마인드링킹을 받아들이지 못합니다.]

[어쨌든 이미 들어가 있잖아요! 그냥 이대로 가요!]

도대체 무슨 말들을 하는 건지.

아찬은 그저 눈앞에서 왔다 갔다 하며 정신 사납게 만드는 도형들이 거슬리기만 했다. 그는 '저것들도 아텐과 함께 사라져 버렸으면 좋겠다'는 생각을 했고, 그 순간 그것들이 조준선이라는 사실을 '그냥' 알았다.

오른쪽에서 도형 몇 개가 합쳐지더니 '작동'이라는 글자가 명멸하며 아찬을 충동질했다. 그는 망설임없이 그에 따랐다.

태풍의 기수가 불길로 휩싸였다. 아텐의 바로 아래서 반응 장갑 일부가 폭발하며 그녀를 휩쓸었다. 아찬에게 아텐의 안위 따위가 안중에 있을 리 없다. 그는 그저 그녀를 덮치는 불길이 너무 느리다는 게 답답할 뿐이다.

드디어 그녀의 얼굴에 표정이라고 할 만한 게 생겼다. 아래서 날름거리는 화염을 본 그녀가 아주 느린 동작으로 눈을 치켜떴다. 불길은 상관없이 그녀의 하체를 집어삼켰다. 천천히. 그와 동시에 갑옷이 빛났다.

그 순간은 느려진 아찬의 감각으로도 알아챌 수 없을 만큼 찰나였다. 그리고 헬멧 바이저가 검어진 것도.

'끄, 끝났어?'

[다시 옵니다.]

살아 있단 말이야?!

전투기가 옆으로 기우뚱하나 싶더니 하늘과 땅이 빙글빙글 돌기 시작했다. 몸이 도는 게 아니라 그것들이 도는 느낌이다.

[공격, 공격. 불가, 불가.]

지금의 태풍이 무장 따위를 하고 있을 리가 없다. 사이도니아가 속절없이 공격을 취소했다.

[후퇴해요.]

[안 됩니다.]

아텐이 여기저기에 기뢰 비슷한 걸 던져 놨다. 감지기로 분석할 필요도 없이 이글거리는 모양과 색깔이 고온고압으로 해리된 이온 덩어리, 그러니까 플라스마다. 진공으로 한 꺼풀 덧씌워 둔 저 덩어리에 닿으면 베릴륨 장갑이고 뭐고 그냥 끝이다. 저건 폭탄 같은 게 아니라 닿은 모든 걸 즉시 이온화시키는 종류다.

"쏴버려! 쏴버려!"

아찬의 말에 대답할 틈이 없다. 로가디아는 사이도니아와 함께 자료를 빠르게 분석했다.

태풍이 기동하는 경로를 따라 아텐도 함께 움직이는 걸 봐서는 저걸 조종하는 데 일정 거리가 필요한 모양이다.

[제 의견은 적대 대상을 분쇄하지 않는 한 이탈이 불가능합니다.]

[나도 그렇게 생각하지만……]

로가디아는 나설 수 없다. 아찬과 프라디트의 인간관계 때문이 아니다. 그녀의 기준으로는 님부스도 인간이기 때문이다. 적이기만 하면 대상을 가리지 않을 수 있는 인공지능은 오직 켈리뿐이다.

[할 수 있겠어요?]

[모릅니다.]

[그럼 쫓아내는 건?]

[모릅니다.]

아마 이 인공지능의 주인이었던 야오니스라면 짜증을 냈을지도 모른다. 켈리에게 너무 많은 걸 기대하면 안 된다는 걸 알든 모르든, 인간은 그렇다. 그러나 로가디아는 다르다.

[쫓아내는 쪽으로 해보죠.]

[가능성은 분쇄 쪽이 더 높습니다.]

로가디아가 잠시 망설였다. 지금 자신에게 아찬보다 중요한 이는 없다. 그리고 전투는 켈리가 전문이다. 결정했다.

[난 발을 빼겠어요. 반드시 조종사를 살리세요.]

[알겠습니다.]

로가디아와 사이도니아의 기준에서는 세상의 만물이 정지되어 있다. 그러나 로사니아가 실세로 소리 내어 아찬에게 밀하기 시작하자 아찬도, 아텐도, 비록 천천히지만 다시 움직이기 시작했다.

[아찬? 지금부터는 사이도니아와 함께 움직이는 거예요.]

로가디아의 말을 제대로 못 알아들은 아찬은 일단 고개부터 주억거리고 봤다. 아텐의 손에서 다시 창백한 푸른빛 불길이 타오르기 시작한다.

[아텐을 쏴야 할 상황이 올 수도 있어요. 알겠어요?]

역시 그는 고개만 세차게 끄덕였다. 불길이 공 모양으로 뭉쳐졌다.

[살아남을 생각만 하세요.]

공이 그녀의 손에서 떨어져 나왔다. 그냥 봐도 이쪽 방향이다.

겁에 질린 아찬은 대답없이 조종간을 비튼다. 너무 이르다.

[사이도니아, 당신이 조종해요.]

[아찬에게 가만히 있으라고 해주십시오.]

알고 있다. 지금은 전투 마인드링킹이니 어차피 아찬의 행동은 도움이 안 된다. 켈리가 조종사의 반사 신경을 중간에서 가로챌 수 있도록 확고하고 명료하게 명령하기만 하면 된다. 훈련받지 않은 아찬이 그걸 할 수는 없다. 하지만 아찬이 아무것도 건드리지 않는다면, 적어도 사이도니아는 아찬의 생각으로 내리는 명령을 무시할 수는 있다. 로가디아는 그녀에게 생존지침을 개봉하라고 지시했다. 조종사가 정신을 잃거나 공황에 빠졌을 때 최대한 자기 몸을 보전하는 방향으로 행동하는 지침이다.

문제는, 마인드링킹 중에 1차 명령계는 육체가 아니라 뇌로 이양된다는 점이다. 그렇다면 지금 아찬은 마인드링킹 중이면서도, 동시에 그렇지 않다는 뜻이다. 이건 말이 안 된다.

일단 로가디아는 다급하게 상황부터 수습했다.

[아찬, 그냥 생각만 하세요. 아무것도 건드리지 말아요. 알겠어요?]

아찬은 즉시 조종간에서 손을 떼고 주먹을 꽉 쥐었다. 이빨로 입술을 깨물어 피가 흘러나오는데 고통조차 모르는 것 같다.

[방어용 헤미팜뿐입니다. 접근합니다.]

역시 아찬은 고개만 주억거린다. 그가 그 의미를 몰라서 다행이다. 지금 상황에서 목숨을 보전하는 유일한 방법은 공격뿐이라는 걸.

기체 여기저기에서 마치 폭발하듯 백열이 뿜어져 나왔다. 아텐이 던진 공이 닿기 직전 태풍이 몸을 비틀며 그녀를 향해 돌진했다. 아텐이 눈을 가늘게 떴다.

아찬의 비행정이 등에서 토해낸 뭔가는 이내 덩어리로 부풀었다. 용암 속에서조차도 가라앉을 정도로 무거운 쇠 입자들이 덩어리 안에서 요동치며 공기 분자마저 갈가리 찢었다. 저런 걸 잘도 잘게 부숴서 써먹는군.

[아텐, 대단히 위험합니다.]

아텐은 아이기스가 넘겨준 기억을 읽으며 경고를 따르기로 했다. 저기 닿으면, 그 부분은 그냥 사라지고 말 것이다. 아주 깨끗하게. 만약 빨려든다면… 아이기스만 달랑 남겠지. 다이달로스의 장막조차 저 안에서는 찰나도 버티지 못한다. 아이기스의 불꽃처럼 일격필살은 아니지만 위험하기는 마찬가지다.

아이기스가 다시 경고했다. 적이 아주 지능적으로 덩어리를 깔고 있다고. 아닌 게 아니라 회피 경로 대부분을 틀어막고 있다. 놈들도 전술이란 걸 아는 모양이다. 하지만 역시 허점이 많다. 자기 몸이 너무 크다 보니 알면서도 고육지책을 선택한 것이리라.

처음에는 그냥 멱살을 잡고 끄집어내서 뺨이나 몇 대 후려쳐 줄 생각이었다. 그런데 반항이라니. 그래서 좀 더 강수를 쓰기로 했다. 아이기스의 불꽃으로 그물을 만들면 겁을 먹고 조용히 두 손 들며 포기할 줄 알았다. 그런데 석아찬은 싸움을 선택한 것이다.

그걸 아는 순간 아이기스 쉴라 아텐은 상대를 얕보던 마음을 즉시 접었다. 상대에 대한 존중 같은 시시한 이유가 아니라, 이제는 '싸움'이기 때문이다. 투쟁이라는 행위는 아주 사소한 실수가 패배로 직결될 수도 있다. 게다가 아이기스의 조언이 맞다면 상대는 만만치가 않다.

아텐의 머리에서 분노와 증오는 모조리 사라졌다. 그와 함께 상대가 누구인지, 자신이 왜 여기에 서 있는지에 대한 이유도 사라졌다. 단지 태어날 때부터 각인된 아이기스 쉴라 아텐으로서의 훈련과 능력과 판단만이 새하얀 이성으로 남았다.

그녀는 자신이 좀 더 공격적인 스피올이었다면 좋았을 거라는 생각을 하며 재차 불꽃을 던졌다. 이제는 둘 중 하나가 죽어야 끝을 볼 것이다.

태풍이 반전하며 불꽃을 피했다. 아텐이 만든 그물이 너무 작아 아찬의 몸에 부담이 안 갈 정도로 기동하기가 너무 어려웠다. 사이도니아는 그의 각막과 허파가 함몰되기 직전까지 기체를 비틀었다. 아찬이 깨문 입술이 부풀어 터진 곳에는 나노머신을 들이부었다. 그럼에도 그는 실신 직전이다.

사이도니아는 헤미팜을 몇 군데 더 뿌렸다. 자신에 비해 상대가 너무 작았다. 가능한 한 촘촘하게 깔았지만 적으로서는 비웃음이 나올 만큼 허술해 보일 것이다. 그녀가 상정했던 수십 가지의 가상 상황이 이제는 몇 개로 줄었다. 상대가 계속 의도를 따라주지 않는다면 종국에는 한 가지만 남을 것이다.

자폭.

그때 아찬이 뭐라고 중얼거렸다. 뭉개진 입술 때문이 발음이 이상했다.

'로가디아, 근데 이거 프라디트한테는 말하지 마.'

로가디아는 아무 대답도 하지 않았지만, 어처구니가 없어졌다. 지금 이 상황에서 저게 나올 말인가. 하긴 저토록 현실 감각이 없으니 지금까지 살아남았을지도 모른다.

'저기 비었잖아.'

[알겠습니다.]

사이도니아가 즉시 대답하고 아찬이 말한 자리에 헤미팜을 깔았다. 태연한 켈리와 달리 로가디아는 잠시 주춤거렸다. 황당한 소리에도 불구하고 아찬이 지금 상황을 파악해서도 아니고, 자신이 뭘 하는지도 모르면서 전투 마인드링킹에 적응하기 때문도 아니다. 그녀는 끼어들지 않을 수 없었다.

[아찬, 뭐가 보이죠? 뭐가 보여요?]

'아, 왜 소리를 지르고 그래. 이번에는 저기.'

[네.]

아찬의 지시는 전술적 관점에서 극히 비상식적이다. 이제 선택의 여지가 없는 사이도니아는 마지막 방법으로 조종사의 지시를 따를 뿐이다. 그러나 로가디아가 그를 제지하지 않는 이유는 달랐다. 왜 인간이 필요한지를 그가 보여주고 있어서다.

전투장비가 유인(有人)인 이유는 간단하다. 인간 역시 인공지능처럼 훈련받은 전술적 상황 안에서 움직이고 판단하지만, 그럼에도 불구하고 고정되어 있지 않기 때문이다. 인간들은 상황이 극하든 그렇지 않는 자신이 최선이라고 생각하는 선택을 한다. 혹은, 일부러 그렇지 않은 선택을 한다. 이론상으로는 아는 게 인공지능보다 적으니 그 판단이 옳은 경우도 마찬가지여야 하는데, 실제로 전투에서 무인 전투기와 인간이 탑승한 전투기의 귀환율은 비교조차 할 수 없다. 무인기들이 몸을 아끼지 않아서가 아니다. 그것들도 인간들과 꼭 같이 가능한 한 자신을 보전하라는 지침이 최우선이다. 전투력 손실은 패배로 가는 가장 빠른 길이어서다.

로가디아조차 그 이유는 모르고 있었다. 그냥 지금까지 그랬으니 앞으로도 그럴 것이라는 막연한 경험적 논리가 전부다. 그런데 석아찬 때문에 알 것 같았다.

'저기. 아냐, 저기. 거기 말고. 상수가 흔들리잖아.'

로가디아는 여기서 자신이 필요없다는 확고한 확신이 들었다. 사이도니아도 전술적 조언이 아니라 아찬의 느린 몸을 대체하기 위해서만 필요할 뿐이다.

그녀는 진통제와 나노머신에 푹 절어 두개골에 금이 가고 왼쪽 콩팥이 기능을 잃은 아찬이 뭘 보고 있는지 알 것 같았다. 군인들이 '자신이 아는 것'으로 전투를 수행하듯, 그도 그렇게 하고 있다.

아찬은 아마도, 담배를 피우며 매스메트릭스 브라우저를 뚫어져라 쳐다보는 기분일 것이다. 아텐은 소거해야 할 상수고, 태풍이 빠져나갈 공간은 해이며, 여기저기서 자신을 옥죄는 지뢰 같은 불꽃과 헤미팜 덩어리들은 그가 보는 함수그래프의 어느 변수 좌표일 것이다.

틀림없다. 그가 세웠을 법한 방정식을 가정하고 풀어보니 해가 나온다. 이제는 살 수 있다.

당혹감에 붉는 눈으로 아텐이 인상을 구졌나. 어떻게 저게 가능한 건지 일 수가 없다. 저 거대한 덩치는 어느 순간 갑자기 전술을 바꾸었다. 불꽃을 효과적으로 피하며 행동에 전혀 거치적거리지 않는 위치에 덩어리를 깔고 있다. 지금까지 한 건 아텐의 움직임을 봉쇄하려는 것이었다.

그건 그녀로서도 원하는 바였다. 그런데 갑자기 퇴로를 확보하기 시작한 것이다. 아찬이 노리는 퇴로가 눈에 빤히 보였다. 그런데도 어떻게 할 수가 없었다. 아이기스가 내놓은 해결책은 많았지만 하나같이 지금의 자신이 따라갈 수 없는 것들뿐. 그걸 그대로 하려면 몸이 세 개쯤 되거나 아니면 지금보다 열 배는 빨라야 할 것이다. 하지만 역시 가장 큰 문제는 아찬이 상정한 퇴로란 게 바로 아텐 자신이라는 점이다. 저 엄청난 덩치는 요리조리 잘도 피하면서 시시각각 자신을 향해 돌진해 오고 있다. 저 녀석과 부딪친다면 아마 간신히 아이기스 정도나 남아날까. 여기서 함께 죽는다면 어느 쪽이 손해인지는 뻔하다. 아텐은 어금니를 깨물었다.

'그래. 거기. 그게 마지막이야. 자, 이젠 물방울을 쭈욱 잡아 빼. 떨어질 때까지.'

아찬이 지금 상황에서 자신이 무엇을 해야 할지 그냥 알았듯이, 사이도니아도 그 말을 알아들었다. 딸려 나오던 방울이 탄력있게 떨어져 나오는 순간 기체 후미가 폭발할 듯한 빛에 휩싸이며 태풍은 앞으로 튀어나갔다. 아이기스 쉴라 아텐이 분하다는 듯이 이빨을 갈며 물러났다.

로가디아가 아찬에게 속삭였다.

[잘했어요. 방정식을 아주 제대로 풀었군요.]

그러나 의식을 잃은 아찬은 그 말을 듣지 못했다.

비틀거리며 전투기에서 내린 아찬은 날아가 버린 태풍의 장갑판이 있던 자리를 쳐다보며 바닥에 주저앉았다. 조종석의 구급용 나노머신 탱크는 텅텅 비었다. 지금 그의 몸 안에서 부산하게 움직이는 나노머신이 반 리터는 된다는 말이다. 그런데도 그것들을 아찬의 입술과 다시 금이 간 어깨에까지 돌릴 여유는 없었다.

피가 끊이질 않는 입술을 쓱 닦는 아찬 옆에서 로가디아가 씁쓸하게 말했다.

[조종석 장갑을 저런 식으로 한 번에 망가뜨리려면 헤미팜이나 휴대용 핵미사일 정도는 돼야 해요.]

"강의 들을 기분 아냐."

[지금 무슨 생각 하는 건가요? 당신, 죽었을 수도 있어요. 아텐이 그냥 물러난 걸 고맙게 생각하세요.]

"자꾸 긁을래?"

[내 말이 농담인 것 같아요? 아텐을 구속하고 있는 다른 자매들이 없으면 당신은 죽은 거나 마찬가지예요.]

아찬이 인상을 찡그리며 머리를 쓸어 올렸다.

"네 말대로 초신성 폭탄을 쓰더라도 프라디트랑 하늘이를 지킬 거야."

로가디아가 한숨을 쉬었다.

[내 말을 정말로 이해를 못하나 보군요. 지금 이 상태로는 우리가 뭘 하건 아텐한테 못. 이.겨.요.]

"이겼잖아."

아찬이 그렇게 말하면서도 고개를 들고 로가디아를 올려다보았다. 로가디아가 그렇게 말했다면, 그건 아직 다가오지 않았다 해도 현실임을 잘 알고 있는 사람이 가질 법한 눈빛으로.

그의 눈은 두려움에 젖어 있었다.

[일단 아마다와 세이란이 그녀를 잘 달래기를 바라는 수밖에 없겠네요.]

"얼마나 오랫동안? 평생? 아텐이 언제까지 살 것 같아? 연진이 하는 이야기 못 들었어? 아텐도 수백 년 동안 살지 몰라."

[그것 때문에 할 수 없이 벨레로폰에게 접근했어요.]

아찬의 시선이 날카로워졌다.

"그러지 말랬잖아."

[그래야 한다고 생각했ㅡ]

"하지 말라면 하지 마!"

[어쩔 수 없잖아요!]

아찬은 인상을 찡그리고 입 안에 고인 피를 아무 데나 뱉어 던졌다.

"소리 질러서 미안해. 어떻게든 될 거야. 위험해질 행동은 절대로 하지 마."

로가디아가 자신에게 맞고함 쳤다는 사실을 아예 의식하지 못한 것인지, 아니면 이제 그런 따위는 아무래도 좋다는 것인지, 그저 담담하게 말했을 뿐이다.

"두 번 다시 널 잃고 싶지 않아."

로가디아는 잠시 서 있다가 아찬 옆에 다리를 포개고 앉았다.

[요즘 들어 당신이 절 자꾸 눈물 나게 하네요.]

"나한테 소리를 지르는 것 보니 눈이 있으면 정말로 그랬을지도 모르지."

[미안해요.]

"아냐. 사과해야 할 쪽은 나니까."

[나, 벨레로폰과 앞으로도 몇 번은 더 접촉해야 할 것 같아요. 당신에게 거짓말하고 싶지 않아서 말해두는 거예요.]

아찬이 어처구니없다는 듯이 그녀를 돌아보았다.

"거짓말을 할 줄 알아?"

로가디아가 머뭇거리다 대답했다.

[알아요.]

"그렇게 말하는 걸 보니 정말로 할 줄 아나 보네."

에피메니데스의 역설을 깨우친 인공지능이라. 하하하.

아찬은 고개를 숙이고 낄낄거렸다.

"어쨌든 그럼, 지금까지는 나한테 거짓말한 적 없다는 걸로 알아도 될까?"

[네. 당신에게는 한 번도 거짓말한 적 없어요.]

"못 믿겠는걸."

아찬은 여전히 낄낄거렸다. 그러나 로가디아는 개의치 않았다.

[난 내 의무를 여전히 잊지 않고 있어요. 어떻게든 당신들을 지구로 돌려보낼 거예요.]

아찬이 웃음을 멈췄다.

"그건 진짜로 거짓말이지?"

[예전에 당신들을 돌려보낼 수 없다고 했죠. 하지만 그때와는 상황이 달라졌어요. 그때도 그랬지만, 지금도 진심이에요. 당신이랑 프라디트는 반드시 돌려보내 줄게요. 약속해요.]

불길했다. 로가디아가 진심이냐 아니냐에는 이미 흥미가 없어졌다. 그녀는 마치, 자신은 남지만 아찬은 그냥 두지 않겠다는 식으로 말하고 있다.

"너도 같이 가는 거지? 레진도?"

로가디아가 일어났다. 그녀는 만신창이가 된 태풍의 옆구리를 쓰다듬으며 말했다.

[혹시 환청이 들리면 이야기해 주세요.]

"고막이라도 날아갔나?"

[아뇨. 그건 아니에요. 아무튼 제 목소리나, 사이도니아 목소리가 들리면 꼭 이야기해 주세요.]

"예전에 헛걸 들은 적은 있지. 네 목소리 말야."

[아찬, 나도 농담할 기분 아니에요.]

로가디아는 하마터면, 아찬에게 언제 테라인이 되었냐고 물어볼 뻔했다. 그리고, 그 사실을 몰랐던 건 자신들뿐이라는 사실도 알았다.

님부스들은 이미 알고 있었던 것이다. 아찬과 프라디트는 이 현실이 서로를 사랑하는 자신들의 마음이라고 믿겠지만 실제로는 주변의 계획이었다. 하지만 로가디아로서는 님부스들을 비난할 수 없었다. 그녀들이 인간과 다름없어서가 아니라 자신도 그런 계획을 세우고 그대로 행했기 때문이다.

레진이 상처받을 줄 알면서도.

그런 사실을 모르는 아찬은 로가디아에게 계속 대답을 요구했다.

"그럼 왜 대답 안 하는데? 너랑 레진도 같이 간다고 해."

로가디아가 아찬을 물끄러미 바라보며 말했다.

[그것까지는 약속할 수 없어요.]

그렇게 말하고, 그녀는 사라졌다.

아찬은 피 섞인 침을 한 번 더 뱉었다. 담배가 몹시 피우고 싶었다.

아찬은 그 이후로도 아텐에게 계속 시달려야만 했다. 그녀는 아찬이 혼자서 나갈 때면 그를 기가 막히게 찾아내어 으르렁댔다. 국은 이런 걸 '갈군다' 고 표현했는데, 어감으로 보나 뭐로 보나 정말 딱 맞는 표현이 아닐 수 없었다.

사실 처음부터 그런 건 아니었다. 아텐은 그 싸움에서 져서인지는 몰라도 아찬에게 먼저 시비를 걸지는 않았다. 그러나 그로서는 가는 곳마다 불쑥불쑥 나타나 차갑게 자신을 바라보는 그녀가 너무 거치적거렸다.

마침내, 아찬이 먼저 아텐을 자극했다. 프라디트와 처음으로 사랑을 나누었던 그 늪 부근에서 아찬은 무모하게도 그녀를 도발했던 것이다. 당신이 여자라서 봐주는 것뿐이며, 그 아이기스 없이는 허수아비라는 걸 알고 있다고.

아찬의 의도는 성공했다. 그녀는 코웃음 치며 망설이지조차 않고 아이기스를 벗어 던졌던 것이다. 아텐이 그럼 우리 서로 누구의 도움도 없이 붙어보자고 할 때만 해도, 아찬은 이제 정신이 번쩍 들도록 볼기짝을 몇 대 때려주는 일만 남았다고 생각했다.

하지만 아텐은 아이기스가 없이도 강했다. 무척.

재빠른데다 완력조차 상대가 되지 못했다. 아찬은 비록 한타랏사에게 당한 것처럼 얻어맞지는 않았지만 그보다 훨씬 더 커다란 굴욕을 당했다. 아텐은 아찬의 두 팔을 힘으로 붙들어 쥐고 그의 귀에 대고 속삭였다.

"아무리 사소하더라도, 프라디트에게 무슨 일이 생기면 당신은 그 순간 테라로 가게 될 거야."

아찬은 결코 비겁한 사내가 아니지만 절대로 넘을 수 없는 압도적인 힘 앞에서는 절로 주눅이 들 수밖에 없었다. ⑾중등학교 졸업식 날, 학창 시절 내내 자기를 괴롭히던 녀석을 재킷 안에 숨겨온 방망이로 흠씬 두들겨 패준 기억이 떠오른 것도 한두 번이 아니다. 하지만 아텐은 그런 식으로 해결 가능한 상대가 아니었다. 그렇다고 '장모'에게 일러바치거나 할 수도 없는 노릇이었다. 그런 망신을 당하느니 차라리 깨끗하게 테라로 가는 편이 나았다.

아찬은 서랍을 지렛대로 뜯어내 일기장을 꺼낸 다음 거기다 아텐에 대한 저주를 퍼부었다. 기적은 일어나지 않았지만 그래도 마음이 진정되는 효과는 분명히 있었고, 아찬은 그걸로 만족하기로 했다.

어쨌든 시간은 계속 흘렀고, 하늘이가 지구 나이로 꼭 한 살, 그러니까 첫돌이 되는 달에 결국 일이 터졌다.

그날은 모처럼 맑은 날이었다. 하지만 아찬은 더 이상 미혼의 청년이 아니었고 따라서 부양할 가족을 위해 맑은 날에만 할 수 있는 일을 해야만 했다. 그렇다 해도 게이츠에 처박혀 있는 것보다는 나았고 아텐과 마주칠 일이 없다는 건 더더욱 좋은 일이었다. 어쨌든 아텐도 최소한 아직까지는, 주거 무단침입 죄까지 저지를 마음은 없는 듯했다. 분명히 프라디트를 언짢게 하고 싶지 않아서이리라. 그렇게 생각하자 요즘 들어 신경이 날카로워진 프라디트가 너무나도 사랑스러워졌다.

하늘이를 가졌을 때 역시 아내는 무척 예민했다. 하지만 지금은 그때가 투정으로 보일 정도로 더 날카로웠다. 아내는 사소한 일에도 짜증을 내고 행동에 날을 세우고는 했다. 물론 이해가 갔다. 끔찍한 고통을 겪으며 아이를 낳는 당사자는 아내지 자기가 아니니까. 그럼에도 불구하고 아찬은 프라디트의 그런 면이 가끔은 도를 넘는다는 생각이 들곤 했다. 당장 어제만 해도 그녀는 아무것도 아닌 일—그러니까, 아직도 볍씨를 말리지 않은 것—로 아찬을 구박했다.

아니, 그것도 다 거짓말이다. 사실 얼마든지 그래도 괜찮다. 부부가 서로 인정하든 하지 않든, 아직은 여전히 서로를 보고 있어도 보고 싶을 시기니까. 그런 면에서 아찬이 투덜거리는 이유는 그녀의 짜증이 없는 거의 유일한 때, 그러니까 프라디트가 잠이 든 모습을 넋 놓고 쳐다볼 수가 없어져서일 뿐이다. 아찬은 커다란 챙이 달린 모자에 파묻혀 버둥거리는 하늘이를 보며 한숨을 쉬었다.

"나도 너처럼 아~무런 개념이 없으면 얼마나 좋겠니. 마냥 좋지, 요놈아?"

아찬이 모자를 슬쩍 집어 늘자 어린것은 방수포 위에 널어놓은 볍씨 위를 마냥 뒹굴며 모자를 잡으려 버둥거렸다.

"모자에 숨 막혀 죽겠다."

"모짜…… 모자아……."

"아빠 해봐. 아빠. 얼룰루루."

"아바……. 아바아……."

"우와, 이 귀여운 녀석!"

아찬은 하늘이를 들어 올려 볼에 토실토실하고 부드러운 뺨을 비볐다.

"아바아아아아……."

그리고서는 노래를 불러댔다. 거의 알아들을 수 없었지만 엄마의 말이라는 건 확실했다. 프라디트는 알아들으리라. 이런 어린아이에게 두 가지 말 동시에 가르쳐도 되는 걸까라는 걱정은 필요없다.

프라디트의 말이 사실이었기에. 아내가 거짓말처럼 회복하고 얼마 지나지 않아 하늘이 역시 갑자기라 할 정도로 머리가 트였다. 비록 첫돌이 내일 모레임에도 불구하고 아찬의 기준에서 이제 반년 정도 되는 발육이지만, 펜시모니 아와 프라디트의 말에 정확히 맞아떨어지게 자라고 있다. 걱정할 필요는 없을 것이다. 천천히, 그러나 착실하게 인간의 아이 꼴을 닮아가고 있는 이 어린것은 곧 두 다리로 일어서는 위대한 순간을 맞이하리라. 그 이후는 아찬이 온 시대의 그 어떤 아이보다도 빠르게 자랄 터.

"야! 너 그거 먹으면 안 돼! 다쳐!"

한 움큼 쥔 볍씨를 곧바로 입으로 가져가려는 하늘이의 손등을 아찬이 살짝 때렸다. 아이는 손에 잡히는 것이라면 일단 입에 집어넣으려 들곤 했다.

"다쩌어어어……."

"후. 네 동생까지 데리고 여기를 어떻게 떠날지 생각하니 정말 막막하다."

"아부우아아아아……."

아찬은 하늘이를 안고 잠시 그늘로 들어가 주저앉았다. 오전인데도 작은 태양에서 내리쬐는 햇살이 뜨거웠다. 담배를 끊은 지 일 년이 훨씬 넘었는데도 여전히 흡연 욕구가 솟아오를 때가 있었다. 처음에는 프라디트가 그 냄새를 싫어해서 그만두었지만, 이제는 하늘이 때문에라도 시늉조차 하고 싶지 않다는 모순적 욕구 속에서 아찬은 껌을 꺼내 씹기 시작했다.

이 별에서 영원히 살아갈 수는 없다. 아텐 때문이 아니다. 그건 아찬 개인적 문제일 뿐이고, 필요하다면 얼마든지 감내할 수 있다. 진짜 문제는 세상에 공짜란 존재하지 않는다는 사실이다.

　게이츠의 자원은 지금의 가족이 근근이 살아갈 수 있을 정도일 뿐 영원히 기대어 살 수 있을 정도로 많지는 않았다. 충돌에 휘말려 시간의 파편이 되어 사라져 간 존재들은 인간뿐이 아니었다. 아터미시나가 준 종자 씨앗들이 없었다면 하늘이와 몇 달 후 태어날 바다는 흙을 먹는 법을 배워야만 할 터. 물론 이 작물들이 다음 신천지에서도 자랄 수 있는가는 또 별개 문제지만.

　풀어둔 펫이 엥엥거렸다. 레진은 아닐 것이다. 요즘에는 레진조차 프라디트의 눈치를 보느라 가능하면 그녀를 피해 다녔다. 아내는 그 정도로 예민했다.

　결국 로가디아 아니면 프라디트일 터. 누구든 간에 일이 바빠서 몰랐다는 변명은 소용이 없는 여자들이다. 아찬은 하늘이를 안고 끙, 하며 일어나 볍씨를 헤집어 펫을 찾았다. 마누라 기분이 좋았으면 좋겠는데.

　[아찬, 지금 바쁜가요?]

　"노가아아다아."

　로가디아의 목소리를 알아들은 하늘이가 펫을 향해 작은 손을 허우적거렸다.

　"아니. 내일 뿌릴 씨앗 고르는 중이야."

　[아무래도 프라디트와 이야기를 좀 해봐야 할 것 같은데요?]

　아찬이 얼굴을 찡그렸다.

　"그런 이야기를 왜 네가 하지?"

　[프라디트가 대신 전해달라거나 그런 건 아니에요. 그저, 지금 나랑 이야기 중인데 아무리 생각해도 이걸 들어야 할 사람은 당신이다 싶어서요.]

　무슨 일일까. 예민하다고는 하지만 없는 사람까지 불러 짜증을 낼 정도는 아니다. 오히려 로가디아가 두 손을 들고 아찬을 불러 오마 했을 것이다.

　"신경질이 많이 났어?"

　[그런 식으로 말하지 말아요. 프라디트는 임신을 하면 예민해지는 성격일 뿐이에요. 하늘이 때도 그랬던 거 알잖아요.]

　"그런 뜻이 아냐. 아내를 보기 전에 나도 준비를 좀 해두고 싶어서 그런 것뿐이지. 하늘아, 엄마 보러 가자."

"움……. 어엄마아아."

[프라디트에게 언젠가부터 툭툭 놓기 시작한 그 말만 예의 바르게 다시 바꾸어도 지금보다 많이 나아질걸요.]

"난 프라디트보다 다섯 살이나 많아. 아마다가 들으시면 내가 아내를 부엌데기나 시키는 줄 아시겠다."

[됐어요. 빨리 와요. 하늘아, 아빠 얼른 데리고 오렴.]

로가디아는 마지막 하늘이한테 말할 때만 펫에서 입체영상으로 조그맣게 솟아올랐다. 입꼬리를 내린 아찬 풉, 하고 실소를 흘렸다. 이젠 로가디아도 날 무시하는 건가.

"네 엄마가 이제야 기침하셨나 보다. 널 가졌을 때도 거의 자기만 했단다. 그거 아냐?"

아찬은 엉덩이를 털고 씨앗을 덮개로 대충 덮어둔 후에 모자를 주워 썼다. 챙이 둥근 모자가 만든 깊은 그늘에 얼굴이 잠겼지만 그렇다고 해서 불안한 인상이 가려지거나 하지는 않았다.

게이츠가 만드는 그림자는 당연히 우주선보다도 훨씬 컸기 때문에 벼를 말리기 위해 찾은 양지에서 집의 주 출입구까지는 한참을 걸어야만 했다. 그가 처음에 씨앗을 말리기 위해 햇살이 따뜻한 곳을 찾아 나서겠다고 했을 때 레진은 간단히 수경 농장의 인공 태양 건조대에서 말리면 되지 않냐, 그게 싫다면 게이츠의 지붕에서도 가능하다고 말할 때 그럴 걸 그랬나 싶은 생각이 들었다.

아찬은 프라디트와 로가디아가 무슨 대화를 했는지는 알 수 없었지만 분위기는 대충 예상이 갔다. 또래 친구 두엇과 손위의 자매들이 있지만 지구 나이로 스무 살이 되도록 남자라고는 어릴 적에 여읜 아버지 외에는 구경조차 해보지 못한 그녀. 다르게 말하자면 그녀는 인간관계에서의 균형있는 커뮤니케이션에 별 재능이 없다는 뜻이고 특히 남자를 상대로는 더 그렇다는 의미다(물론 아찬은 자신 역시 조금도 다를 게 없다는 생각은 전혀 하지 못했다).

이 여자와 평생을 같이하고 싶다, 프라디트와 함께라면 삶이 얼마나 재미있을까 같은 것들은 철이 덜 든 청년의 개인적 소망일 뿐. 두 남녀가 부부가 되자마자 이웃조차 전무한 이 황량한 별에서도 사회적 삶—가령 아텐의 '갈굼' —은 당장 끼어들었다. 보고 싶을 때는 얼마든지 보고, 사랑을 나누고 싶다면 그렇게 할 수 있는 상황이 되자—즉, 욕구가 충족되자—둘은 비로소 그런 사소한 욕구 말고도 많은 문제가 산적해 있다는 걸 깨달았다.

그러나 역시 가장 근본적인 문제는 그 사회라는 개념이 바로, 여자 우람 미아 프라디트와 남자 석아찬에서 시작된다는 점이 중요했다. 그런 관점에서 보자면 살아온 환경이 다르기에 정서도 같을 수 없는 두 명의 인간은 오히려 지금까지는 잘해왔다고 할 수 있다.

아찬이 아내와 피 한 방울 섞이지 않은 님부스를 그녀의 가족이라고 생각하듯이, 프라디트도 로가디아를 아찬의 친구이자 스승인 동시에 부모인 존재로 여기고 있음 분명하다. 그런 관점에는, 비록 몇몇 부분은 아찬이 인정하지 않을지 몰라도, 명백히 어느 정도의 진실이 함의되어 있다. 그래서 프라디트는 자신이나 아찬에 대한, 혹은 둘 모두에 대한 이야기를 곧잘 로가디아에게 하곤 했다.

그러니까, 로가디아가 감당하지 못할 사항이라면 부부 간에 직접 해결해야만 하는 일이라는 의미고 그렇다면 몇 가지 중 하나, 혹은 전부일 것이다.

프라디트는 로가디아에게 아찬이 온다는 이야기를 들었는지 팔짱을 끼고 문을 가로막고 서 있었다. 승무원용의 주 출입구 자체가 원래 크지 않다. 안 그래도 좁은 입구를 가로막은 프라디트의 기세등등함. 특별히 어떨 거라 예상한 건 아니지만 아내의 기분이 저토록 안 좋아 보일 일이 뭔지 감도 잡히지 않았다.

반갑지 않은 기운이 아찬이 지나갈 틈조차 주지 않고 입구를 가득 메우고 있다. 그는 의아해하면서도 주춤거렸다. 이 어린것도 눈치란 게 있는지 엄마 품에 안기면서도 손가락만 쭉쭉 빨 뿐 조용하기 그지없다. 아찬으로서는 마지막 구원군소차 사라져 버린 것이나. 프라디트가 하늘이를 받아 안으며 날카롭게 물었다.

"이제 와요?"

"응."

"벼를 수확해서 말렸나 보죠?"

너무 사납다. 혹시 어젯밤 잠자리 때문인가 싶기도 하다.

경제력 따위의 개념이 사실상 없다 해도 남자와 여자 사이에는 문젯거리가 얼마든지 있었다. 가령, 부부 생활 같은 것.

"그런 식으로 말하지 마."

어제는 아텐에게 시달리고 나서 우울해진 기분을 추스르지 못했다. 그 때문에 기운도 없었다. 하지만 프라디트는 사랑을 나누기를 원했고 그는 자신이 힘이 없어 보인다는 걸 보여주고 싶지 않았다. 아내가 아텐과 자신의 사이를 알아서 좋을 게 없다.

그런 아찬의 심정을 모르는 프라디트는 내내 불만 섞인 기운을 지우지 못했다. 그녀는 결국 말없이 돌아 누워 잠들어 버렸다.

"로가디아가 당신과 직접 이야기하는 게 나을 거예요."

여전히 서늘한 말투. 아찬은 대답을 더듬거릴 뻔했다.

"로가디아도 틀릴 때가 있어."

"샤워하고 와요. 입에서 담배 냄새 나면 알아서 해요."

이젠 안 피우는 걸 알면서도 꼭 이런 식으로 사람을 건드려야 하나.

아찬은 투덜거리며 뜨거운 물로 샤워하고 양치질을 했다. 나노 샤워를 한다면 그 자리에 선 채로 옷만 갈아입으면 될 것이고 나노 스케일링은 담배를 피우면서 해도 된다. 하지만 그런 식이라면 지금의 유예만 앞당길 뿐이다. 그는 아주 천천히 샤워했다.

프라디트는 옷을 갈아입지 않고 침대에 다리를 꼬고 걸터앉아 있을 뿐이다. 여전히 팔짱을 풀지 않은 그녀의 얼굴은 여전히 냉랭했다.

아찬은 긴장을 풀기 위해 최선을 다하며 가능한 한 태연한 몸짓으로 그녀 옆에 앉아 허리에 손을 집어넣었다. 그러나 프라디트는 여전히 사나운 눈초리로 그를 물끄러미 쳐다보다가 손을 잡아 뺐다. 아찬은 허리에 수건만 두른 자신의 모습에 갑작스레 얼굴이 달아올랐다. 어제의 잠자리 때문이 아닐지도 모른다.

"아니, 난 샤워하라기에 또……."

"자기, 얘기 좀 해요."

"무, 무슨 이야기?"

"이거요……."

프라디트가 일기장을 내밀었다. 주눅 들어 있던 아찬의 얼굴이 갑자기 굳어졌다.

"당신……."

정색한 아찬의 목소리가 낮게 떨렸다. 갑작스레 참을 수 없는 분노가 치솟아 올랐다. 남의 일기장을 내밀면서 어떻게 저런 뻔뻔스러운 태도로 앉아 있을 수 있는 거지?

프라디트는 프라디트대로 눈을 가늘게 뜨고 아찬을 빤히 쳐다보았다. 이 사람이 갑자기 왜 이러나 싶은 얼굴이다. 마침내 그녀는 남편의 시선이 일기장에 머물러 있다는 걸 알았다. 프라디트가 이 사람이 뭔가 오해하려는 거라고 생각하는 순간 아찬의 목소리가 싸늘하게 들려왔다.

"일기장을 훔쳐본 거야?"

"뭐라고요?"

"일기장은 사생활인 거 몰라?!"

침대에서 벌떡 일어나 언성을 높이기 시작한 아찬을 보며 프라디트가 황당한 표정을 지었다.

"내 말 좀 들어봐요."

"그래, 내 기억까지 헤집고 다닌 걸로 모자랐어? 그거면 된 거 아냐?"

"그건 미안해요. 하지만 내 말 좀……."

"예의도 몰라, 당신은? 아마다가 당신 그렇게 가르쳤어?"

"뭐예요?!"

프라디트는 아찬을 달래려 들었지만 다짜고짜 소리부터 지르더니 급기야 아마다까지 모욕하는 태도를 보자 그만 참을 수가 없어졌다. 상대의 말을 들어볼 생각조차 않으며 아내의 어머니와 마찬가지인 사람을 비난하고 있다니.

"여긴 내 집이야! 당신들은 어떻게 사는지 몰라도 여기서는 내 방식을 존중해 줘야 해!"

결국 프라디트가 일기장을 집어 던졌다. 그녀의 눈에 눈물이 어렸다.

"사생활? 훔쳐봤냐고요? 네. 훔쳐봤어요! 그게 뭐 어떻단 거죠?! 자기 일기는 내가 좀 보면 안 돼요? 떳떳하지 못하니까 숨기는 거 아니에요?"

인간은 간사하다. 아찬은 불과 몇 년 전, 일기장을 들고 자신을 구원하러 와 준 프라디트를 까맣게 잊은 채 냅다 소리부터 질렀다.

"뭘 잘했다고 큰 소리야! 남의 일기장이나 훔쳐보고는!"

그렇게 말하며 허리에 두른 수건을 내팽개치고 바지를 꺼내 입기 시작했다.

"내가 자기 일기장 훔쳐보는 거, 봤어요? 봤어요?!"

"방금 훔쳐봤다면서!"

"아직도 그 미람이라는 여자 이야기가 잔뜩 써 있나 보죠? 내가 무슨 말을 할 줄 알고 화부터 내요?"

"그래! 다 봤으니까 알겠네! 잔뜩 써 있어! 잔뜩!!"

목소리가 너무 높아지고 있다. 로가디아는 해야 할 의무를 수행할 수밖에 없다.

[아찬? 프라디트는…….]

"네가 낄 일이 아냐! 닥치고 있어!"

"로가디아에게 심하게 말하지 말아요! 이건 우리 문제잖아요."

"그렇지. 우리 문제야. 그러니까 로가디아는 입 닥치고 있어야 한다고!"

"우리 문제부터 해결한 다음에나 그런 말을 하던가!"

"난 그렇게 모욕하면서 로가디아는 잘도 감싸주는군!"

앙다문 입술을 부들거리는 프라디트의 눈이 빠르게 붉어졌다.

그런데도 아찬은 아내를 몰아치기만 했다.

"자, 봐. 난 방금 전까지 일하다가 왔어. 이 만리타향에서 고향조차 남지 않았는데 살아보려고 노력하고 있단 말이야. 하루 종일 망할 비만 오는 여기서 말이야!"

"그래요, 당신 고향은 없는데 내 고향만 이렇게 남으니 배가 아픈 건가요?!"

"무슨 말이 그래!"

"그래요, 내 고향이에요! 당신 고향이 아니고 내 고향! 하지만 좀 이해해 줄 수는 없나요? 나한테는 소중해요. 날 사랑한댔잖아요!"

"사랑? 사랑 좋지. 그런데 그걸로 뭐가 되는데? 그것만 있으면 빌어먹을 날씨에 푸석한 흙에서 벼라도 자라? 내가 대체 여기서 뭘 하고 있는지도 모르겠다!"

오가는 언성이 점점 높아지며 결국 싸움의 전형이 시작되었다. 원래 주제와는 아무 상관도 없는 이야기로 옮겨가며 말이 거칠어지기 시작했다. 아찬이 시작한 트집 잡기에 결국 울음을 참지 못한 프라디트의 볼에 눈물이 줄줄 흘러내렸다. 그녀도 함께 악을 쓰기 시작했지만 아찬의 목소리가 더 컸다. 로가디아는 이럴 때 어떻게 해야 할지 도무지 알 수가 없었다. 하늘이를 안은 레진은 문간에 나타나자마자 어처구니없는 표정으로 고개를 흔들며 다시 사라졌다.

[좀 말려봐요.]

"이럴 때는 말려봤자 서로 더 흥분하기만 할 뿐이야."

[하지만…….]

"적어도 우리 부모님이랑 이웃집 아줌마하고 아저씨들은 죄다 그랬어. 자기들끼리 해결하게 놔둬."

레진은 그렇게 말하고는 자신뿐 아니라 하늘이에게도 절대 보여주고 싶지 않은 광경으로부터 종종걸음으로 멀어져 갔다.

로가디아가 한숨을 쉬고 부부싸움을 어찌해 보려 들 즈음에는 이미 프라디트가 아찬의 폭언에 가까운 분노를 고스란히 뒤집어쓰는 중이었다. 그의 분은 식을 줄 모르는 듯했다.

"차라리 내가 우주에서 사라져 버렸으면 좋았을걸! 뭐 하러 살아남아서 이런 곳까지 떨어졌나 모르겠군!"

프라디트의 입가가 경련했다.

"후회해요? 나랑 같이 사는 거, 평생 같이 살자던 거 후회해요?"

"여긴 내 집이야! 아마다가 당신을 어떻게 가르쳤는지 몰라도 여기선 내 방식을 따라야 해!"

"후회하냐고 물었어요!"

"그래! 진절머리가 나! 지긋지긋해! 일기장이나 훔쳐보는 마누라도, 당신 친구들도, 전부 다!"

프라디트가 아니라 누구라 해도 그런 말을 듣는 당사자였다면 모욕감을 느끼지 않을 수 없는 말이다. 아찬은 넘지 말아야 할 선을 밟았다. 갑자기 프라디트가 숨을 몰아쉬다가 또박또박 말했다.

"내가 강요한 선택이었군요. 후회하게 만들어서 미안해요. 일기 속에서 우미람이란 여자를 추억하면서 행복하게 살아요."

아찬의 눈이 뒤집혔다.

"야! 너, 나오는 대로 말할래?! 왜 옛날이야기를 꺼내고 그래! 나더러 어쩌라고?! 일기장 훔쳐본 주제에 뭘 잘했다고 난리야, 난리는! 너, 제정신이야?! 그게 말이야?!"

결국 아찬은 눈에 보이지 않는 그 경계를 완전히 넘고 말았다. 아뿔싸 싶은 로가디아가 말을 자르려 들었지만 이미 늦었다.

"그러는 너는 아텐 생각 안 해?!"

갑자기 침묵이 찾아왔다.

프라디트의 눈물이 멈추지 않았다. 물방울이 그녀의 볼을 타고 흘러 옷섶을 적실 정도였지만 프라디트는 입술을 부들거리며 말없이 아찬을 노려보기만 했다.

아찬도 아뿔싸 싶었지만 이미 엎질러진 물이다. 아내가 노려보는 눈길을 견딜 수 없어진 아찬이 눈을 다른 데로 돌리며 뭐라고 말하려는 순간 프라디트의 조용한 목소리가 들려왔다.

"그래요. 알겠어요."

아찬의 기준에서 간단한 핀잔에 쓰는 단어조차 몹쓸 말로 해석하는 여자였다. 그녀가 솔시스어로 싸운 이유는 단 하나, 자기들의 말은 싸움에 전혀 적당하지 않아서였다. 아찬이 자기 성질대로 시작부터 아마다를 모욕할 때 이미 예견된 일이다.

침묵이 있기는 했지만 그리 길지는 않았다.

프라디트는 그 총명함만큼이나 빠르게 입장을 정리했다. 그녀는 울면서 뛰쳐나가거나 하지 않았다. 그냥 조용히 일어나서 문을 열고 역시 소리없이 모퉁이를 돌아 사라졌을 뿐이다. 프라디트는 어깨를 들썩이지도 않았고 훌쩍이는 소리조차 내지 않았지만 그렇다고 눈물을 멈춘 것은 아니다. 그녀가 걸어간 바닥에는 자욱을 남길 정도로 커다란 물방울이 점점이 떨어져 있다. 인간에게 무관심한 나노머신이 순식간에 달려들어 그 소금물을 부지런히 빨아먹었다. 이젠 여기에 프라디트가 있었다는 흔적은 그녀가 앉아 있던 침대의 거의 지워져 가는 온기뿐.

아내가 사라지고 나서 한참을 우두커니 서 있던 아찬이 침대에 무너지듯 걸터앉으며 담배에 불을 붙였다. 약혼한 이후 처음으로 피우는 담배다. 그러나 조금 전 나무 그늘 아래서 갈구한, 오랜만에 담배를 피우는 짜릿함 따위는 느껴지지조차 않는다. 딱 한 모금을 빨아들인 아찬은 담배를 아무렇게나 내팽개치고 음울하게 입을 열었다.

"내가 잘못한 거 맞아?"

[당신이 잘못한 거 맞아요.]

"남자라고 다 참아야 하는 법이 어디 있어?"

[안됐지만 그건 남자의 의무가 아니라 서로를 존중하고 사랑해야 하는 부부의 의무예요.]

끄응. 신음 소리를 내며 아찬이 머리를 감싸 쥐었다.

"그래, 맞아. 내가 심했지. 날 아무리 화나게 했어도 그런 말은 하면 안 되는 거였어."

로가디아는 기가 막혔다. 아찬은 자기가 뭘 잘못했는지도 모르는 것 같았다. 처음부터 아찬의 편이 될 수밖에 없는 로가디아조차 아무리 잘 봐줘도 이건 일방적으로 아찬이 잘못한 게 맞았다.

[프라디트에게 막말을 한 것도 문제지만 아텐에 대한 이야기는 정말로 해서는 안 되는 것이었어요. 당신과는 경우가 다르잖아요. 프라디트에게 무슨 잘못이 있나요? 미안하다는 말을 하는 건 그렇게 어려운 게 아니에요.]

아찬은 머리를 감싸 쥔 손을 그대로 둔 채 허리까지 숙였다.

하늘이를 안은 레진이 다가와 그 옆에 다리를 꼬고 앉아 턱을 괸 채 우울하게 창밖을 바라보았다. 로가디아가 말리려 들 때 가세했어야 한다는 후회감이 가득하다. 설마 아찬이 아텐 이야기를 꺼낼 줄은 몰랐다. 그녀가 중얼거렸다.

"치사한 인간."

일부러 들으라고 그리 낮추지도 않은 목소리에 아찬이 그녀를 흘끗 쳐다보았지만 아찬의 안색은 가득한 부끄러움뿐이다.

[프라디트는 당신 일기장을 보려고 해서 본 게 아니에요. 일기장을 펼친 채 나간 건 당신이잖아요. 페이지가 꽉 찰 정도로 가득하게 써놓은 저주는 달에서도 보일 정도로 큰 글씨더군요.]

아찬이 흐느적거리며 일어나 일기장을 주웠다. 기억이 났다. 프라디트는 돌아눕자마자 잠이 들었다. 그러나 답답했던 자신은 어젯밤 침대에 엎드려 일기를 쓰다 잠이 들었고, 눈을 뜨고 곧바로 좋은 날씨를 놓치고 싶지 않아 부랴부랴 씨앗을 말리러 나섰던 것이다. 늦잠을 잔 아내가 일어나자마자 자신과 딸을 찾아 두리번거리다 베개 맡에 펼쳐진 일기장을 보는 건 당연한 순서다.

[프라디트는 거기서 단 한 페이지도 넘기지 않았어요. 당신이 보란 듯이 펼쳐놓고 간 그 페이지만, 그것도 아텐과 당신 이야기까지만 딱 보고 그쳤어요. 프라디트 심정이 어땠겠어요? 세상에서 가장 사랑하는 사람 두 명이 서로 다투는 걸 알고 다정한 목소리가 나올 수 있었을까요?]

레진이 하늘이를 데리고 사라진 이유가 바로 그것이다. 아기에게 있어 세상에서 가장 사랑하는, 혹은 사랑해야 할 사람들이 서로 다투는 모습을 보여주고 싶지 않아서.

[못 봤어요? 펼쳐진 그 페이지에 손가락을 끼워서 일기장을 내민걸? 하긴, 봤더라도 달라질 건 없었겠죠.]

아찬이 이빨을 깨물었다. 뭔가가 치밀어 올라 목이 메는 걸 막기가 힘들었다.

"프라디트는 아이를 가졌어요. 예민할 수밖에 없잖아요. 모두가 힘든데. 그거 알아요? 우리 모두 당신에게 맞추어주고 있다는걸. 프라디트에게 먼저 청혼

한 사람은 당신 아니었나요? 왜 프라디트가 당신이 옛 애인을 잊지 못하는 걸 용서해야 하죠? 그런데도 그녀는 그렇게 해주고 있어요. 왜인지 알아요? 프라디트는 그만큼 관대하고 선량한 여자고 당신은 그냥 쪼다에 불과하기 때문이죠. 단지 그뿐이에요. 프라디트가 아내라서, 그래야 할 의무가 있어서 그런 게 아니라고요."

아찬은 대답하지 않았다. 레진의 말이 맞다. 프라디트만 참아야 할 필요는 전혀 없다. 그래도 아내는 그렇게 해주었다. 그녀의 말을 들어보지도 않고 화를 낸 것도 자신이고, 아내를 먼저 모욕하고 트집 잡은 쪽도 자기다. 아찬은 비로소 아내가 평소보다 조금 덜 부드럽고 따뜻한 느낌이 적었을 뿐 화를 내거나 한 것은 아니었다는 사실을 깨달았다. 그녀는 단지 이야기를 하고 싶어한 것뿐인데. 레진이 조그맣지만 강하게 말했다.

"가서 사과해요, 아찬."

그녀의 말은, 지금 아찬의 행동이 아무리 빨라도 늦을지 모른다는 의미다. 맞다. 망설일 시간도, 그럴 이유도 없다. 오늘 하지 않으면 영원히 할 수 없는 일은 얼마든지 존재한다.

아찬이 고개를 들지 않은 채 일어섰다. 그는 아내가 무슨 이야기를 하려고 한 건지 알고 있었다.

아찬이 사라지자 레진은 하늘이를 안아 올렸다.

"오늘은 고모랑 자야겠다. 아빠랑 엄마는 늦게 오실 거야."

"어마아. 어마아아. 어마아."

그녀가 하늘이의 볼에 뺨을 비비자 솜털 위로 물이 묻어났다. 레진은 그 짭짤한 물을 조심스레 닦고는 어린것을 끌어안고 소리 죽여 울었다.

그녀도 아텐이 아찬에게 어떻게 했는지 알고 있었다. 비록 자신은 그 자리에 없었지만, 아찬이 늪지를 관찰하기 위해 설치해 둔 카메라는 그때도 가동 중이었던 것이다.

프라디트를 조금이라도 상처 입히면 아찬을 가만두지 않겠다는 그녀의 말은 진심이었다. 눈빛과 억양만 봐도 그건 알 수 있었다.

레진은 아찬과 프라디트가 제발 무사히 돌아오기를 기도했다. 신부님이 이야기해 주시던, 신이라는 존재가 있다면, 제발 들어주기를 바라면서.

이 아이의 부모는 레진이 가장 사랑하는 사람들 중 둘이니까.

아찬은 막상 프라디트를 어디서 찾아야 할지 난감했다. 아마 광장에 가 있을지도 모른다. 그곳은 침실을 제외하면 그들 부부에게 거의 유일한 쉼터다. 담배 냄새가 배어 있을지도 모르는 윗도리를 갈아입고 방을 나서는 아찬이 로가디아에게 굉장히 망설이는 투로 말했다. 이럴 때 이 말을 해도 좋을지 모르겠다는 듯이.

"로가디아……. 프라디트가 어디 있는지 모르겠어."

[밖으로 나갔어요. 아까… 전에요.]

아찬의 동작이 잠시 멈추었다. 하지만 로가디아는 프라디트에게 사과하라는 말을 다시 할 필요는 없다고 생각했다. 아찬이 잠깐 멈춘 것은 망설임 때문이 아니란 걸 그 스스로 증명하고 있었기 때문이다.

아찬은 프라디트가 몇 분 전에 나갔는지 듣지 못했다. 그는 이미 뛰고 있었다.

[아찬, 날이 어두워요.]

"그럼 가출한 마누라를 찾기 위해 날이 밝을 때까지 기다리라고?"

[그게 아니라 그렇게 무작정 나가면 어쩔 거냐고요. 하다못해 차라도 가져가야 할 거 아니에요!]

"알았어. 넌 아마다에게 연락해 봐. 프라디트 거기 오거든 꼭 말해달라고."

아찬은 그대로 격납고를 향해 뛰었다.

프라디트가 뛰쳐나간 이후 아찬은 그녀의 목소리가 들리는 듯한 착각이 들었다. 지금 같은 상황에서는 그런 마음의 불안이 전혀 도움이 될 것이 없다.

스캐너는 다른 캠프에 있었지만 아찬은 무작정 그들 부부가 처음으로 사랑을 나누었던 습지로 차를 몰았다. 낭만이라고는 털끝만치도 없는 그 눅눅한 양치류

숲을 향해서. 시간 감각 따위는 없었다. 얼마나 달렸는지도 모를 상황에서 그저 멀리서부터 깜빡이는 카메라의 붉은 불빛을 보고서야 다 왔구나 싶었을 뿐이다.

역시 있다. 사랑을 나눈 다음, 옷을 입고 나서도 한참 동안 입을 맞추며 앉았던 그 바위에 아내가 울면서 앉아 있다.

어둠을 밝히는 데는 전혀 도움이 되지 않는 희미한 아크등만 켜져, 을씨년스럽기 그지없는 빈 캠프에 홀로 앉아 있는 그녀를 보자마자 마음속에 울컥 하는 감정이 밀려왔다. 프라디트는 나오는 눈물을 연신 훔치면서 먼 산만 바라보고 있었다. 아찬은 어떻게 해야 할지 판단이 서질 않았지만 적어도 차에서 내려 그녀 옆에 앉아야 한다는 사실만큼은 확실히 알고 있었다.

"프라디트."

그가 다가오는 것을 몰랐을 리 없겠건만, 아찬이 앉을 때까지도 그녀는 그에게 눈길조차 한 번 주지 않았다. 하지만 바로 그 때문에 아찬은 비로소 알았다. 프라디트가 계속 자신을 부르고 있었음을. 그녀도 로가디아처럼 음파를 집중시켜 멀리까지 보낼 수 있다. 자신을 찾는 아내의 목소리는 단순한 느낌이 아니었다.

"프라디트, 다시 생각해 봐⋯⋯."

"아뇨. 난 그냥 아텐하고 살면 돼요. 지금 생각해 보니 그동안 친구에게 너무 소홀했어요."

"그럼 우리 하늘⋯⋯."

아찬이 말을 하다 말았다. 아이 생각을 해보라는 말은 너무 비겁하다. 그건 전혀 진심이 아니다. 물론, 하늘이도 소중하다. 그러나 여기까지 온 이유는 아내를 사랑하기 때문이지 딸의 양육이 걱정돼서는 아니다.

아찬은 가능한 한 단어를 잘 고르고 싶었지만 적당한 말이 떠오르지 않았다. 지금 상황에서는 말 한마디 때문에 골이 더 깊어질 수도 있다. 하지만 결국 말하고자 하는 의도를 비출 만한 다른 개념을 찾을 수가 없었다. 아찬은 아내가 자신의 말에 들어 있는 중의성에 대해 옳은 선택을 해주기만 바라며 힘들게 입을 열었다.

"아텐은 당신을 사랑하지. 그건 사실이야. 그리고 당신도 마찬가지고. 하지만 난 알아. 내가 당신을 사랑하는 것은 아텐이 당신을 사랑하는 것과는 전혀 다르다는걸. 그건 양으로 따질 수 있는 게 아니야. 글쎄, 난 당신들의 말을 배울 능력이 안 돼. 하지만 분명히 당신들에게는 그 차이를 나타내는 표현이 있을 거야. 그래서 내 말이 무슨 뜻인지 알 거라고 믿어."

정말로 알 수 있을까? 그녀가 날 이해할 수 있을까?

동반자적 삶에 있어서 무조건적인 양보를 해온 쪽은 프라디트였지 자신이 아니었다. 그리고 여기서 또 한 번, 아찬은 그녀에게 용서와 양보를 구하고 있다.

아내를 바라보지 않았다. 그저 그녀가 시선을 던지는 쪽을 함께 바라볼 뿐이다.

그리고 침묵. 인간이 만드는 소음을 빼면 소리라는 것이 거의 존재하지 않는, 이 죽어가는 세계에서 바람과 잎새만이 사각거리는 소리를 냈다. 아찬을 점점 불안으로 몰아넣는 적막이 견디기 어려울 지경에 이를 무렵 프라디트가 냉정하게 대답했다.

"그래요. 그래서 난 자기가 말한 사랑을 믿을 수 없어요. 내 말이 어느 정도는 사실이잖아요. 자기가 우미람이라는 여자를 가끔 생각할 수도 있어요. 있을 수 있는 일이에요. 하지만 그래도 괜찮았어요. 자기는 날 사랑한다고 믿었으니까. 난 자기도 아텐을 그렇게 여긴다고 생각했죠. 자기 말이 맞아요. 그건 양의 문제가 아니에요. 위치 문제죠."

아찬이 강하게 고개를 끄덕였다. 그러나 프라디트의 말은 끝나지 않았다.

"하지만 내 자리라고 생각했던 그곳엔 우미람이 있군요. 그리고 내 자리는, 내가 아텐에게 준 곳과 같은 곳이네요. 자기가 그 두 개를 같은 걸로 만들었어요."

프라디트가 눈물을 삼키고 계속 말했다.

"하늘이는 내가 낳았으니 내가 데려갈게요. 그게 아이를 위해서도 나을 거예요. 이제부터 우리는 부부가 아니라 반려로 남을 거예요. 아이를 가끔 보러 오는 것까지 막지는 않겠어요."

아내의 마지막 말이 아찬의 가슴을 후벼 팠다. 쥐어짜는 듯한 고통이 그의 가슴에 밀려왔다. 속이 상하면 왜 가슴이 아파오는지는 모르겠지만, 정말로 견디기 힘들 정도로 아팠다.

이 년 전 프라디트가 바로 이 자리에서 말했던, 가슴이 저며드는 것 같은 고통. 그녀는 그때, 실제로 일어난 일도 아닌데 그런 생각을 하니까 가슴이 아프다고 했다. 정말로 가슴이 오그라드는 아픔이 느껴진다고.

바로 그 아픔이 가슴을 저미며 목구멍까지 치밀어 올라왔다. 충혈된 눈으로 가까스로 고개를 든 아찬의 눈에 손가락 끝으로 눈매를 훔치는 프라디트가 들어왔다.

"아마다나 다른 사람들에게 눈물 자국을 보이고 싶지 않아서, 그래서 눈물을 좀 말리려고 여기 잠시 앉아 있는 것뿐이에요. 날이 차요. 들어가요. 감기 들겠어요."

차가운 내용을 걷어내자 어조에 확연히 스민 따뜻함이 느껴진다. 이 말을 해도 될까? 프라디트가 받아들일까? 너무 경솔하게 보이지는 않을까? 하지만 진심이다. 아찬은 프라디트의 말에서 느낀 미약한 온기를 믿어보기로 했다. 그는 아직도 저미는 가슴의 고통을 억누르며 용기를 쥐어짰다.

"미안해."

아찬은 무너지듯 땅바닥에 털썩 무릎을 꿇었다. 부들거리며 꽉 쥔 양 주먹을 들어 프라디트의 다리를 껴안은 그의 목소리가 울먹였다.

"내가 잘못했어. 정말로 미안해."

비로소 그녀가 아찬을 바라보았다. 아내의 부은 눈.

아찬이 눈물을 닦아주기 위해 손을 올리자 프라디트는 얼굴을 돌려 피했다. 흠칫 움츠러드는 손.

"그냥 마지막으로 당신을 한번 보고 싶었을 뿐이에요. 아텐이 올 때가 다 됐어요."

"프라디트에게서 떨어져."

프라디트의 질타와는 비교조차 될 수 없는 싸늘한 목소리. 굳이 고개를 들지 않아도 누군지 알 수 있다. 아크등의 불빛만큼이나 희미한 그림자가 아찬의 발밑까지 뻗었다. 분명히 망설이면서도 프라디트는 몸을 일으켰다. 아텐이 그녀를 부추겼다.

"그 손 놔."

아찬은 아내의 다리를 끌어안은 팔을 풀지 않았다.

프라디트는 발치에서 움직일 생각이 없는 아찬을 내려다보지 않았다. 하지만 발을 빼지도 않았다.

그녀의 바지가 눈물로 범벅이 되고서야 아찬은 얼굴을 들었다. 무릎의 염색이 빠져 색이 달랐다. 뱃속에 든 아이가 진을 빨아먹는 동안에도 부족한 잠을 참으며 엎드려 벼를 고르고, 청소를 하고, 아이를 달랜 흔적. 아내의 옷이 이렇게 될 때까지 난 뭘 하고 있었던 거지. 아니, 지금까지 이런 줄 알지조차 못했다니.

아찬이 천천히 일어나 프라디트의 양어깨를 가능한 한 부드럽고 조심해서 눌러, 다시 자리에 앉혔다.

무시해도 좋을 미약한 저항감.

주위가 갑자기 밝아지며 아텐의 그림자가 더 길고 선명해졌다.

아텐이 양손에 이온을 대전시키고 있다. 보는 것만으로도 침 삼키는 소리가 들릴 정도로 아찬의 목젖이 크게 움직였다. 그러나 정작 나온 목소리는 전혀 떨리거나 하지 않았다. 그는 스스로도 조금 놀랐다. 이 감정이 두려움이라고 생각했는데, 다른 무엇인가 보다.

"내 아내야. 프라디트가 원하지 않는 일은 절대로 생기지 않아."

"그래? 프라디트에게 물어볼까?"

양손에 대전시킨 푸르스름한 이온에 공기 중의 습기가 반응하며 탁탁거리는 파란 불꽃이 일렁였다. 색이 점점 진해졌다. 하지만 아텐의 눈을 똑바로 향하는 아찬의 시선은 조금도 흐트러지지 않았다.

"프라디트가 보호를 원한다면 그건 내가 할 거야. 안전한 장소를 찾는다면 그건 내 팔 안이 될 거고. 내 아내를 당신 삶에 끼워 넣지 마."

"날 부른 건 프라디트야. 프라디트는……."

"프라디트는 내 아내지. 친구가 필요하면 부를 수도 있어. 그럼 옆에서 위로해 주고 조언해 줄 수도 있지. 거기까지야. 월권하지 마."

아텐이 코웃음을 쳤다.

"말이 필요없겠네. 그냥 게이츠를 먼저 들렀다 올 걸 그랬군. 이런 같잖은 상황이라니. 자존심까지 상하려고 하네?"

아텐의 게이츠 운운에서 아찬의 눈썹이 꿈틀거렸다. 로가디아가 이 상황을 알까? 모를 것이다. 급한 마음에 크세논 라이트만 들고 지프에 뛰어올랐다. 하다못해 지프의 통신기조차 켜두지 않았다. 하지만 안다고 하면? 태풍이 소용있을까? 메탈갑옷은?

속절없다.

아찬은 굳이 지난번 경험이 없다 해도 그것들이 아무 소용 없을 것임을 알 수 있었다. 아텐의 힘이 어디서 나오는지 비로소 알아서다. 그 힘의 원천은 아이기스가 아니다.

저런 증오와 집착이라면, 손에 볏짚을 들고 있다 해도 사람을 죽일 수 있을 터. 아찬은 깨끗한 해결 방법이라고는 오직 하나뿐임을 깨달았다.

"아내를 데려가려면 날 밟고 가야 할 거야."

"프라디트, 눈 감아."

맞은편에서 자신을 표독하게 노려보며 입에는 비웃음을 머금은 기괴한 표정의 여자는 진심이다. 아텐의 마지막 한마디로 아찬은 그걸 다시 확신했다.

아텐은 친구… 에게 이 장면을 보이고 싶지 않은 것이다. 프라디트가 절대 눈을 감을 리 없다는 사실을 알면서도 이기심을 이기지 못하는 혼란스런 흥분. 아텐은 무슨 짓이라도 할 것이다. 우리 둘을 갈라놓기 위해서라면.

망설일 이유가 없는 아텐이 비웃음을 감추지 않으며 천천히 손을 들어 올렸다. 반투명하던 이온이 눅눅한 플라스마로 변하며 그녀의 손을 감추었다. 그러나 아찬은 위축되지 않고 아텐을 향해 한 걸음 다가섰다. 그리고 또 한 걸음. 주먹을 뻗을 수 있는 거리까지 다가왔다. 하지만 아찬은 거기서 한 걸음을 더 내

디뎠다. 여자라서 때리지 않은 것이 아니다. 무엇을 하더라도 이길 수 없는 상대란 것을 알고 있어서다. 자신을 향해 천천히 다가오는 아찬을 보는 아텐이 노골적으로 황당함을 드러내며 비웃었다.

"덤비는 거야?"

"아니, 프라디트에게 떨어지려고."

이글거리는 이온은 푸른색이었지만 아텐이 입은 아이기스의 핏빛에는 아무런 변화를 주지 못했다. 시뻘건 그림자가 날름거리는 혀. 아찬은 떨지 않기 위해 이빨을 꽉 물었다.

아프지 않아. 아프지 않아. 죽는다는 것도 모를 거야.

아텐이 헛웃음을 지으며 마침내 머리 위로 손을 치켜들었다. 너무 눈이 부셔 의지와 상관없이 눈이 감겼다. 감겨진 눈꺼풀 위로 자신을 비웃는 여자의 얼굴이 실루엣으로 변해 남는 잔상.

그리고 차가운 땅바닥에 어깨가 부딪치는 느낌. 세상이 흔들리는 듯한 얼얼함에 고통이 유예되는 특유의 둔탁함. 그 짧은 순간이 지나고 부서진 뼈가 근육을 파고들며 찾아오는 가혹한 통증.

아찬은 자신이 아닌 누군가를 격렬하게 향하는 프라디트의 노여운 노래를 들었지만 그 의미는 이해하지 못한 채 어둠 속으로 빠져들었다.

그가 의식을 잃기 직전 마지막으로 들은 건 희미한 천둥소리였다.

"산이 사라졌어요."

아찬이 정신을 차리고 난 다음 맨 처음 들은 말이다. 레진은 마치 이 말을 하기 위해 아찬이 일어나기를 기다렸다는 투다. 너무나도 스스럼이 없는 현실적인 상황에 아찬은 이곳이 어디인지 의심해 볼 틈조차 갖지 못했다. 아직도 골이 흔들리는 듯한 느낌을 떨기 위해 머리를 한번 세차게 흔드는 도중에 프라디트가 머리맡에서 아무렇게나 엎드려 잠들어 있는 모습이 보였다. 아찬의 손이 프라디트의 볼로 향했다.

"항상 나만 입원하고 간병받는군……."

"그러게요. 이제 프라디트 제대로 눕혀요. 일주일도 넘게 안 잤어요."

레진이 아찬의 벌어진 입을 한심하다는 듯이 바라보며 말했다.

"각성제까지 먹어도 소용없던 잠꾸러기 아가씨가, 아니, 아줌마가 남편 간호한다고 그렇게 오랫동안 밤을 꼬박 새다니. 바다는 괜찮을까 몰라."

어깨를 움직여 보았다. 별문제가 없었다.

"이놈의 어깨는 도대체 몇 번이나 으스러지는지 원."

"어깨가 문제가 아니라 머리를 다쳤어요. 그나마 어깨부터 닿았으니까 망정이지 뇌진탕으로 즉사할 뻔했다고요."

"난 내가 뇌진탕으로 죽을 거라고는 생각하지 않았어. 적어도 그 순간에는 말이지."

레진이 하늘이를 아찬에게 떠넘겼다. 젖내기가 발딱 아버지에게 안겼다. 허리를 일으켜 양팔로 딸의 겨드랑이를 받쳐 들고 사팔눈을 하며 혀를 흔드는 아찬을 보며 레진이 한숨을 쉬었다.

"어휴, 혼자서 애 보고 당신 대소변 다 받고⋯⋯."

"좀 도와주지 그랬어."

"그러려고 했죠. 죽어도 자기가 하겠다는걸요. 알면서 그래요. 다시 하늘이 주세요. 프라디트부터 눕혀요."

"응."

아찬이 침대에서 내려와 프라디트를 안아 올렸다. 너무 가벼웠다. 이렇게 가냘픈 몸에 서린 힘. 그건 아내가 단순히 자신과 달라서일까? 어쩌면 아마 어머니이고 아내여서일지도 모른다. 아찬은 자신이 절대로 느낄 수 없을 프라디트의 심정을 이해해 보려고 노력하며, 방금 전까지 자기의 체온으로 데워진 담요를 아내의 목까지 끌어 넣어주었다.

"내가 어떻게 살았지?"

여전히 그의 어조에는 당시 자신의 죽음은 현실임을 확신했다는 느낌이 스며 있다. 레진이 시큰둥하게 말했다.

"인공위성 아테나이가 에너지 반응을 잡고는 자지러지게 경보를 울렸어요.

게이츠에서 백여 킬로미터밖에 안 떨어진 곳에서 1입방미터 격자 안에 구백억 줄⁴⁾이 확인되더군요. 작은 핵폭탄 하나가 당신 옆에 있었던 거죠. 당신은 로가디아한테 고맙다고 해야 해요. 그런 상황에서도 로가디아가 제일 먼저 한 건 게이츠를 보호하는 게 아니라 당신이랑 프라디트한테 씌울 차폐막을 태풍에 실은 거였으니까요. 태풍은 진작 발진해서 선회 중이었고 차폐막 캡슐을 쏴서 매달았어요. 겨우 거기까지 돌진하는 데 걸리는 몇 초가 왜 그렇게 긴지……. 응? 당연하잖아요. 50미터짜리 전투기가 그 속도로 당신 머리 위를 지나가나 핵폭탄이 터지나 무슨 차이가 있겠어요. 당연히 고도를 높여야 하니 대각선으로 날아올랐죠. 아무튼 나, 자지러질 뻔했어요. 아텐이더라구요."

아찬이 우울하게 고개를 끄덕이는 모습을 보고 레진이 잠시 멈칫했다. 아찬이 이야기를 계속하라며 레진에게 하늘이를 받아 들었다. 어린것이 칭얼거리며 손을 뻗어 잠든 어머니가 덮은 담요를 잡아당겼다. 아찬이 하늘이를 침대 위에 올려주자 아이는 프라디트의 품으로 파고들었다. 아찬은 솔시스였다면 재활 시설에서 특수 교육을 받아야 하는 수준의 딸을 보며 한숨을 쉬었다. 언제쯤 두 발로 일어날까.

딸을 향한 아찬의 눈길을 알아챈 레진이 일부러 조금 밝은 목소리를 덧붙여 말했다.

"아찬, 걱정 말아요. 하늘이는 괜찮다잖아요. 난 오히려 어머니를 닮았다는 사실이 다행인걸요."

"그래. 나도 그랬으면 좋겠어."

농담에 진지하게 대하는 아찬을 시무룩하게 쳐다본 레진이 내친김에 이야기를 끝내기로 마음먹었다.

"아텐, 정상이 아닌 것 같았어요. 그거 당신 해코지하려고 한 거 맞죠?"

"응."

레진이 눈살을 심하게 찌푸렸다.

"만약 그랬으면 로가디아를 을러서라도 아텐을……."

주석⁴⁾ Joule:에너지 단위. 구백억 줄은 20킬로톤 정도의 핵폭탄이 폭발할 경우 발생하는 에너지다.

레진의 말이 짧아졌다. 아찬이 생각하기에도 소녀의 고운 외모는 죽여 버리겠다 같은 표현을 쓰기에 전혀 어울리지 않았다. 레진 스스로도 그런 생각이 들었을 것이다. 하지만 로가디아에게 그럴 만한 능력이 없다는 것까지는 모르는 것 같았다.

"아무튼 무슨 생각으로 그랬는지 이해가 안 돼요. 다같이 죽겠다는 생각이 아니고서야."

아찬이 건성으로 고개를 끄덕였다. 님부스들이 무엇인가를 원하는 순간 이루는 모습을 본 적이 별로 없는 레진으로서는 그렇게 말할 수 있겠지만, 프라디트가 아니었다면 자신은 아마 분자 단위로까지 환원되었을 것이다. 그것도 단번에.

아텐은 오직 아찬만을 그렇게 할 능력이 있었다. 그 정도로 자신을 미워하고 있었다. 핵폭탄을 오직 아찬만을 분해하는 데 사용하고 싶어할 정도로.

레진의 이야기는 아찬이 예상한 대로 끝을 맺었다. 두렵도록 무서운 힘을 가진 아이기스 쉴라가 아찬을 향해 손을 뻗는 순간 그 자리에는 프라디트가 서 있었고 자신은 땅바닥에 널브러졌다.

힘을 거둘 수 없었던 아텐은 작은 핵폭탄 하나를 산에다 던진 꼴이 되었고, 에너지는 십여 킬로미터 떨어진 작은 동산 하나를 조용히 삼키고 그대로 소멸해 버렸다. 아찬이 들은 천둥소리는 아마 태풍의 충격파였을 것이다.

아내를 보호하기 위해 앞으로 나선 남자의 영웅담치고는 그 끝이 너무 비참하고 초라했다. 무력감에 빠진 아찬의 귓전을 레진의 목소리가 타고 넘었다.

"아텐이 그 뭐라더라, 림보를 다시 열면 당신은 필요없다고 하더라고요. 벨레로폰이 그래주기로 약속했다나 뭐라나. 아, 정말, 너무 얄미워서……. 정말 그냥……!"

지쳐 쓰러진 아내를 돌본답시고 엎드리자마자 다시 잠이 든 모양이다. 아찬은 눈을 비비며 고개를 들었다.

프라디트가 없다. 그는 반사적으로 튀어 올랐다. 엎드려 잔 통에 굳어버린 허리 근육에 쥐가 났지만 알아채지조차 못했다. 오래전 레진을 찾으러 다니던 악몽이 되살아나는 걸 애써 억누르며 로가디아를 불렀지만 그녀는 대답이 없었다. 대신 물을 들고 오던 레진이 쟁반을 내팽개치며 아찬에게 달려왔다.

"아찬, 아찬, 괜찮아요?"

"프라디트는? 잠들면 안 되는 거였는데! 아텐이 왔어?!"

"아니에요, 그녀가 만나러 간 거예요. 아찬, 괜찮아요?"

아찬의 입이 쩍 벌어졌다.

"아텐을 만나러 가?! 그러다 못 돌아오면!"

"진정해요. 제발. 프라디트는 안전할 거예요. 아마다와 함께 만날 거랬어요. 아마다가 직접 약속했어요. 자, 땀 닦아요."

"아마다가 직접……."

레진이 고개를 끄덕이며 다리에 힘이 풀려 주저앉아 버린 아찬의 이마에 손수건을 갖다 댔다. 그는 레진에게 도움받기만 하는 자신이 초라하게 느껴져 그녀의 손을 조심스럽게 밀어냈다.

"몰골이 말이 아니네요."

"응?"

"깜짝 놀랐어요. 간질 환자 같은 얼굴로 안색은 창백해 가지고 비틀거리면서……."

"아……."

그때서야 허리의 통증이 온몸을 엄습했다. 그렇다면 아까도 아픔을 느끼지 못했을 뿐, 신체는 통증에 대한 반사 반응에 충실했던 모양이다. 하지만 이제 와서 아픈 척하기도 낯부끄러운 일이다.

"로가디아가 대답이 없어."

레진의 안색이 안 좋아졌다.

"왜 그런 거지?"

"나도 몰라요. 프라디트가 가고 나서 한 시간쯤 있다가 로가디아를 불렀는데, 그때도 대답이 없더라구요."

설마 이런 상황에서 벨레로폰을? 왜 그렇게 말을 안 듣는 거지? 로가디아까지 그렇다는 걸 알자 다시 프라디트에 대한 염려가 치솟았다.

"역시 가봐야겠어."

"아… 하지만, 아찬. 난 혼자 있기 싫어요."

아찬이 황당하다는 듯이 웃으며 레진의 머리를 쓰다듬었다. 부드럽고 매끈한 감촉이 참 오랜만이다. 그러고 보니 지금까지 레진한테 정말 신경 못 써줬구나.

"당연히 같이 가는 거야. 설마 널 혼자 두고 가겠어?"

"하, 하지만 난……."

"내려가자. 두 명 탈 수 있어. 뒷좌석 있어."

"아니, 아찬. 무서워요. 나가기 싫어요."

부자연스럽다 싶을 정도로 레진의 안색이 창백해졌다.

"레진, 여태까지 게이츠에서 한 발짝도 나간 적이 없었다는 건 알아. 하지만 널 혼자 두고 갈 수는 없어. 그렇지만 안 갈 수도 없단 말이야. 나한테 선택을 강요하지 마."

"아니, 아찬. 난 괜찮아요. 얼른 다녀와요."

"레진!"

레진은 그러나 대답없이 고개를 흔들고는 내팽개친 쟁반과 물 잔을 집어 들었다. 로가디아가 없어서인지 엎질러진 물을 빨아들여야 할 나노머신은 움직이지 않았다.

"레진, 프라디트를 데리고 돌아오지 않을지도 몰라. 나도 지금 이게 프라디트를 구하러 가는 건지 이곳에서 탈출하는 건지 모르겠단 말이야. 널 혼내고 싶지 않아. 당장 내려가서 옷 입자."

레진은 잠시 망설였지만, 진지하게 고민했다는 점을 전달할 수 있을 만큼 실게 그러지는 않았다. 누가 봐도 이미 확고하게 결정되어 있던 대답이다.

"아뇨, 아찬. 안 되겠어요. 여긴 안전할 거예요. 얼른 다녀와요."

그러나 아찬은 레진을 두고 갈 생각이 전혀 없었다. 말로 해서 안 듣는다면 억지로라도 끌고 가야 한다. 너무나도 불안하다. 왜인지는 모르겠지만 뭔가 정상이 아니다. 그는 결국 레진을 들쳐 안고 복도로 나섰다.

"아찬, 제발. 무서워요! 이러지 말아!"

"미안해."

그러나 아찬은 한 발짝을 제대로 떼지 못하고 넘어졌다. 그는 가까스로 등으로 넘어지며 레진을 몸 위로 돌릴 수 있었다. 등이 바닥에 닿는 순간 온몸을 울리는 듯한 격렬한 통증이 엄습하자마자 레진의 체중이 그의 갈비뼈를 눌렀다. 숨이 탁 막히면서 운신하기조차 어려운 고통이 손가락 끝부터 정수리까지 아찬의 구석구석을 촘촘하게 난자했다. 그 와중에도 그는 게이츠의 바닥이 기울어졌다는 느낌을 받았다.

순간 복도의 메디팩이 터지며 깨어진 캡슐의 나노머신들이 아찬의 코와 귓구멍으로 빨려 들어갔다. 레진이 다시 물 잔을 집어 던지고 아찬에게 뭔가를 주사했다.

응급치료의 효과는 빠르고 탁월했다. 통증이 사라진 건 아니지만 더 이상 자기 몸에 존재하는 것 같지도 않았다. 주사제는 자가 추진력을 갖기라도 한 듯 심장이 피를 밀어내는 속도에 상관없이 순식간에 온몸에 퍼지며 아찬을 일으켰다. 그는 레진을 끌어안고 일어서며 진동과 동시에 로가디아가 활성화되었음을 알았다.

[아찬, 다행이네요. 빨리 절 따라오세요.]

로가디아의 입체영상이 둘을 앞장섰다.

"어디 갔다 온 거야?! 너 벨레로폰이랑 접촉한 거 아냐?"

[지진이에요. 지반이 너무 불안정해요.]

"하늘이, 하늘이!"

[프라디트와 함께 갔어요. 당신들만 대피소로 피신하면 돼요.]

"탈출이 아니고?"

[무중력으로 만들 테니까 조심해요.]

그의 물음에 대한 로가디아의 현실적이고 함축적인 대답이 끝나자마자 아찬과 레진의 몸이 살짝 떠올랐다.

[레진, 아찬, 꽉 잡아요. 아찬 몸속에 있는 응급 나노머신이 만드는 자기장으로 끌고 가는 거니까 놓치면 큰일나요.]

아찬은 왠지 온몸의 혈관이 욱신거린다는 느낌을 받았다. 복도가 레일이 되어 몸속의 나노머신을 자기부상시킨 거니 그럴 만도 했다. 하지만 지금은 불평할 때가 아니다. 언제든지 우주선 바깥으로 튀어나갈 수 있는 관성 대피소는 게이트 어디에서든 몇 발짝만 떼면 도착할 수 있었다. 문으로 뛰어들기가 곤욕스러웠을 뿐, 중력 진자로 관성 제어되는 대피소에 일단 몸을 던지자 진동 따위는 전혀 느껴지지 않았다. 그리고 욱신거리는 감각 역시.

로가디아는 조금이기는 했지만 불안한 기색을 감추지 않으며 빠르게 상황을 설명했다.

[게이트를 포기할 수는 없어요. 당신들이 이곳을 떠날 우주선을 완성하려면 시간이 더 필요해요. 뒤쪽 지반이 내려앉긴 했지만 반대쪽을 깎아낼 수 있어요. 중요한 건 그게 아니라…….]

"그거 말고도 또 문제가 있단 말이야!"

[저한테 뭔가 문제가 생겼어요. 칼리가 시동되고 있는데 통제할 수 있을지 자신이 없어요.]

"그건 또 뭔데!"

[전에 보신 그거요. 인공본능 병기예요. 일단 풀어놓으면 말 그대로 본능대로 움직이기 때문에 통제하기가 쉽지 않아요.]

제기랄, 전에 본 그 기분 나쁜 로봇이 아직도 있단 말인가.

"본능도 인공적으로 만들어?"

[긴 설명을 할 필요는 없겠죠. 만들어요. 제가 그걸 통제하려면, 말하자면 달래는 수밖에 없는데 말을 안 듣네요.]

"충성심이 개만도 못한가 보지."

[농담 삼기에는 심각한 병기예요.]

"농담은! 그렇게 위험한 건 부숴 버려! 당장 부숴 버려!"

[아찬, 나도 그러고 싶어요. 하는 데까지 해볼게요. 하지만 우리에겐 칼리가

필요해요.]

인공본능 병기는 원래 목적 자체가 우주선, 또는 기지, 심지어 행성일지라도, 공간적으로 고립된 지역을 영원히 쓸모없도록 만드는 일종의 보험이라는 이야기까지 아찬에게 할 필요는 없었다.

솔시스 연방군은 필요할 경우 칼리를 한 기, 또는 몇 기를 던져 놓고는 신경을 꺼버렸다. 그리고 나서 짧게는 수개월, 길게는 수십 년 후에 그곳에 다시 들러보면 그놈과 동화되어 엉겨 붙으며 새로이 태어난 칼리들이 이미 씨가 말라버린 먹잇감을 찾아 소름 끼치는 붉은 눈을 빛내며 배회하는 것이다. 그럼 함대 사령은 원본 칼리를 찾는다. 그리고는 이미 아군에게도 위험해진 끔찍한 피조물의 반물질 융합로를 임계까지 끌어올려 자폭시키는 것이다. 모체가 소멸하면 나머지도 먼지가 되어버린다. 그러고 나면 그 자리에는 반쯤 뜯어먹힌 채 썩어가는 토착생물들의 시체만 수북하게 남는 것이다.

솔시스 연방이 우주 진출 초기에 사용한 칼리는 말살 규모의 끔찍함과 잔혹성 때문에 동맹은 물론 연방 내부에서조차 논란이 되었고 그래서 지금은, 공식적으로는 모두 폐기된 병기다.

로가디아는 그러나 칼리의 바로 그 반영구적인 반물질 융합로가 필요했다. 그 정도로 소형이면서도 출력이 높고 영구적인 반물질 융합로는 오직 지구환 입자가 속기를 거쳐야만 제작이 가능했고, 탈출선을 생각한다면 다른 방법이 없었다.

"널 믿어. 하지만 조금이라도 위험하다 싶으면 바로 부숴 버려."

로가디아는 대답하지 않았다. 그럴 생각이 없기도 하거니와 자폭 기작 외에 일단 시동된 칼리를 제압할 장비는 게이츠에 없다. 적어도 우주선은 멀쩡한 상태로 두면서 말이다.

태풍의 폭격이든 메탈갑옷의 핵박격포든 간에 반물질 융합로를 보전시키며 칼리를 제압할 수단은 없다. 하지만 그 모든 것보다 더 중요한 이유가 있다. 그 때문에라도 로가디아로서는 어떻게든 칼리를 달래야 했다.

[지진은 더 이상 없군요. 추가 여진은 다른 방향으로 돌렸어요.]

"레진, 나가자."

"응."

[칼리도 잘 달랬어요. 나가서도 돼요.]

"시동 꺼지고 나면 완전 분해해 버려. 어차피 네가 필요하다는 부품도 뜯어내야 하잖아."

역시 로가디아는 대답하지 않았다. 어쩌면, 정말로 어쩌면이지만, 만에 하나 그래야 할 상황이 온다면 아텐에 맞설 무기 하나쯤은 필요하다. 그녀의 맹목적 증오가 언제 다시 살의로 이어질지는 아무도 모른다.

모든 상황이 끝나고 충분히 안전해지면, 혹은 상황이 더 나빠지기 전에 떠날 수 있게 되면 그때나 폐기할 것이다. 비록 아찬의 명령에 복종하지는 않았지만 어차피 그럴 의무는 없었다. 아찬은 오래전 자신이 명령에 따라야 해서가 아니라 그를 동정하기 때문에 복종한다고 한 말을 기억할까? 못할 것이다. 다행이다.

비록 지금은 동정이 아니라 존중이라고 해도 그는 여전히 명령권자가 아니다.

아찬은 격렬한 위기가 빚어낸 환경에 경황이 없음인지, 다행히도 로가디아의 묵묵부답에 신경 쓰지 못하고 레진과 함께 황망히 문을 나섰을 뿐이다.

아텐은 이후로 아찬 앞에 나타나지 않았다. 그러나 그의 마음이 편해진 것은 아니었다. 프라디트의 말수가 줄었던 것이다. 그녀는 분명히, 어떤 망설임도 없이 아찬을 택했다. 하지만 그렇다고 그게 상처가 되지 않은 것은 아니다.

프라디트의 말이 맞았다. 이곳이 황폐하고 궂은 곳이라고는 해도 그녀의 고향인 것처럼, 아텐이 아무리 잘못을 했다 해도 그녀 역시 프라디트의 가족이나 다름없는 것이다.

돌이켜 보니 아텐과는 제대로 이야기해 본 적조차 없다. 어쩌면 이건 아내의 자매, 처제라면 처제라고 할 수 있는 아텐을 전혀 모르는 자기 탓일 수도 있다. 그런 생각이 들게 된 데에는 아텐과 마찬가지로 자신 역시 그녀를 죽이려는 마음을 먹었다는 언짢음이 깔려 있었다.

그래서 그는 도시까지 찾아왔지만 아텐은 보이지 않았다. 세이란은 그녀가 지금 멀리 있다는 말만 짤막하게 할 뿐 더 이상의 이야기가 없었다. 아마다 역시 보이지 않는 것을 보니 어쩌면 하늘마루에 갔을지도 모른다는 생각이 들었다. 실망한 아찬이 인사만 하고 돌아서려 했지만 뜻밖에도 헤어가 그를 붙잡았다.

"안 그래도 그쪽에 한번 들를까 했는데 와주셨군요."

"아. 진작 찾아뵙지 못해 죄송합니다, 마리아체 베사 헤어."

"잠깐 할 이야기가 있는데 괜찮을까요?"

"물론입니다. 얼마든지……."

"원래는 아마다께서 하셔야 할 것이지만 지금 안 계시니 제가 해도 상관없겠지요. 조금 급한 일입니다."

아찬은 그 말에 긴장하지 않을 수 없었다.

"림보란 게 뭔지는 알고 계시지요?"

"아, 예. 대충……."

"그럼 그게 어떤 방식으로 우리를 창조하는지도 알겠군요."

아찬은 헤어가 말하는 의미를 대충 알 수 있었다.

"그걸 닫아야 할 상황입니다. 그런데 여의치가 않군요."

"하지만 제가 나서도 될 일입니까? 여러분의 자궁이나 마찬가지 아닙니까?"

"바로 그 때문에 닫아야 할 필요가 있습니다."

헤어는 자세한 사항은 가르쳐 주지 않고 그저 같은 이야기만 반복했다. 그게 자신에게는 권한이 없어서인지, 아니면 아찬에게 알려줄 수 없는 부분이어서인지는 알 수 없지만 부탁을 듣는 사람으로서는 그다지 기분이 좋지 않았다.

"생각해 보겠습니다."

헤어가 깊고도 긴 한숨을 쉬었다.

"미안해요. 내가 성급했나 보군요."

그렇게 말하면서 헤어는 자신의 머리카락을 하나 뽑아서 아찬에게 건네주었다.

"다른 아이들에게도 말해두었습니다. 가져가서 살펴보세요. 로가디아가 무슨 이야기를 할지는 모르겠지만 제가 이런 부탁을 드리는 이유가 어느 정도는 자연스레 설명이 될 것이라고 생각합니다. 조만간 아마다께서 직접 이야기하실 기회가 있을 것입니다."

그리고 헤어는 꾸벅 인사했다. 아찬은 그녀에게 절을 하며 그렇게 하마 대답했다. 아찬은 모든 자매들에게 인사했고, 그녀들은 아찬에게 자신의 머리카락을 한 올씩 건네주었다. 다만 세이란은 아텐과 자신의 것, 두 개를 주었다.

게이츠에 돌아온 아찬은 잠든 프라디트와 하늘이의 볼에 한 번씩 뽀뽀하고 나서 실험실로 와 분석기에 머리카락을 집어넣었다. 딱히 둘 곳이 없어 조종복의 멸균 주머니에 넣었는데 괜찮은 모양인지 로가디아는 별말이 없다. 그녀는 단지, 이 정도면 충분한 양이라는 말을 짤막하게 했을 뿐이다.

"레진도 함께 들어도 될까?"

"이미 와 있어요."

레진이 아찬의 옆에 섰다.

"놀랐잖아."

"별로 그래 보이지 않는데요?"

아찬은 아무 말도 하지 않았다. 레진은 그가 아텐과 프라디트 사이에서 받았을 마음의 상처를 안다. 그녀는 언제나 굳은 표정이기만 한 아찬을 안타깝게 흘끗거렸을 뿐이다.

"오래 걸려?"

[아뇨. 헤어가 이걸로 림보를 닫아야 하는 이유를 어느 정도는 알 거라고 했다고요?]

"응."

[음. 저로서는 잘 모르겠네요. 유전 정보가 많이 낡아 있지만, 림보랑은 상관없는 것 같은데요.]

과학교양 프로그램 따위에서 흔히 볼 수 있는 유전체 모형이 입체영상으로 떠올랐다. 몇몇 부분이 떨어지고 바뀌는 등의 모식도.

[머리카락이 자꾸 핵융합을 하려고 들어서 애를 좀 먹었어요. 아무튼, 모든 님부스가 하나의 원본에서 나온 건 아니네요. 적어도 최초에는 그랬어요.]

"하나가 아니라고?"

[림보가 왜 배양 방식이 아닌지 전에 대강 말씀드렸죠? 이것들은 모두 복사한 거예요. 하지만 그때 추측 중 틀린 게 있군요. 남아 있는 것만으로 추측하기엔 섣부르지만, 님부스들의 최초 모델은 인간이었군요. 따라서 처음부터 아미노산을 진화시켜 유전자를 만드는 비효율적인 방법을 택한 이유가 뭐냐에 대해서는 다시 설명이 안 되어버리는군요.]

레진이 물었다.

"그런데 지금 보니 이거, 한 사람 게 아닌데?"

[네. 그 말하려고 했어요. 자세히 들춰보면…….]

그러면서 영상에 뜬 모형의 꺼풀이 벗겨졌다.

[처음에는 어땠는지 몰라도 계속 덧붙여졌어요. 같은 때 모인 게 아니라는 거죠. 완전히 누더기예요. 일관성도 없이 그냥 상황 되는 대로 갖다 붙인 것 같아요. 나중에는 님부스끼리의 유전 정보조차 더해진 것 같네요. 아니, 이건 그냥 엉켜 있다고밖에는 못하겠어요. 원본은 거의 남아 있지 않군요.]

레진이 물었다.

"그게 무슨 뜻이야?"

[간단히 말하자면, 유전 정보 자체가 무척 늙었어요. 거기에 그나마 젊은 님부스의 정보로 땜질하는 거죠.]

"그렇다면 님부스가 죽으면 림보로 돌아간다는 말이……."

팔짱을 낀 손으로 입을 가리는 레진이 아찬의 말을 받았다.

"문자 그대로 그 시신을 림보로 되돌린다는 뜻인 거구나……."

로가디아가 고개를 끄덕였다.

[아텐의 경우는 좀 더 이상해요. 프라디트랑 연관된 부분이 있군요.]

아찬과 레진의 입이 벌어졌다.

"그, 그럼 프라디트랑 아텐이 친척이라도 되는 거야?"

[그게 이상해요. 이거, 아주 최근에 덧붙여진 거예요. 적어도, 프라디트가 태어난 이후에. 하지만 유전 정보 자체는 그녀보다 나이가 많군요.]

아찬의 머리가 혼란스러워졌다. 그게 도대체 무슨 뜻이지? 레진이 나섰다.

"그러니까, 프라디트보다 나이가 많은 사람의 유전 정보가 프라디트가 태어난 다음에 덧붙여졌다는 거야?"

아찬이 낮게 중얼거렸다.

"흠… 아버지나 어머니 것일까?"

"근데 아찬, 프라디트의 어머니랑 아버지는 그녀가 나고 얼마 안 돼서 곧 돌아가셨다면서요?"

"응. 나도 그게 이상해. 아텐이랑 프라디트랑 어릴 때부터 친구라고 하지 않았어?"

[아텐이 늦게 태어난 건지도 모르죠.]

레진이 고개를 끄덕였다.

"그러고 보니 셋이 아주 어릴 때부터 친구라고만 했지 같은 시기에 태어났다고 한 이야기를 들은 기억은 없어."

[그건 아마다나 벨레로폰에게 물어봐야겠죠.]

"내가 아마다께 물어보지."

로가디아에게 행여 벨레로폰과 접촉하겠다는 이야기가 튀어나올까 아찬이 황급하게 말했다. 그녀가 고개를 끄덕이고 말을 이었다.

[뭐랄까, 다른 정보체들은 누더기처럼 얽혀 있든 말든 융합은 자연스레 된 채인데 이건 그냥 위에 덧붙여 놓은 식이에요. 그래서인지 붕괴가 너무 심해서 거의 알아볼 수가 없네요.]

"좀 더 사세히 들여다봐."

[이미 부서진 걸 들여다본다고 뭘 알 수는 없어요. 아무튼 지금의 님부스들이 이미 심각한 문제를 안고 있다는 것만큼은 확실해요.]

"어떤……?"

레진이 걱정스레 물었다.

[글쎄요. 어쩌면 시한폭탄이 터지듯 어떤 일이 생길 수도 있죠. 가령 갑자기 미쳐 버린다던가 쓰러져 죽는다던지, 질병에…….]

"그만하면 알겠어. 기분 나쁜 이야기는 하지 마."

[나도 유감이이에요.]

"좀 좋은 방향으로의 변화는 없고?"

[아무래도 붕괴일로를 달리고 있으니 긍정적인 면을 기대하기는 어렵겠죠.]

아찬과 레진의 안색이 어두워졌다.

"그럼 결국, 림보에서 제대로 된 님부스가 태어나지 못하고, 그게 언제 위험 요소가 될지 모르니 파괴해 달라는 거로군."

[당신이 해준 이야기와 지금 실험 결과만 놓고 보면 저도 같은 생각이에요. 레진은 어때요?]

"나라고 다를 리 있겠어? 그저 왜 그녀들이 직접 하지 않는지 모를 뿐이지, 뭐."

"자신들의 자궁이니까 손을 더럽히기 싫은 걸지도 모르지."

"글쎄요. 그런 식이라면 당신에게 부탁하는 것도 이상하죠."

"흠. 어쩌면 벨레로폰이나 아텐이 말을 안 듣는 건 아닐까?"

"설마요."

그렇게 대답하면서도 레진의 안색에는 의혹의 빛이 자리 잡았다.

"더 할 이야기는?"

[없어요.]

로가디아가 어깨를 으쓱했다. 아찬과 레진은 고개를 끄덕이며 각자의 침실로 향했다. 아직 이른 오후지만 갑자기 피로가 심하게 밀려오는 느낌이었다. 아찬이 이후 아마다를 찾게 된 건 몇 주나 지나서다.

아내의 배가 부풀기 시작한 지는 좀 됐다. 이제는 잠이 더 많아지고, 깨어 있을 때조차 졸음에 겨워 견디지 못하는 때가 곧 올 것이다. 우람들이, 그러니까 미래의 인간들이 왜 여전히 님부스까지 만들어 사회적 울타리를 그렇게 튼실히 하고도 배우자라는 제도를 유지하는지는 프라디트를 보면 답이 나왔다. 하지만 아찬은 그따위에 전혀 관심이 없었다.

"괜찮아?"

프라디트는 감겨가는 눈으로 고개만 희미하게 끄덕였다. 그녀는 이때를 가장 고통스러워했다. 졸려서 죽을 것만 같은데 실제로 잠을 잘 수는 없기 때문이다. 뱃속의 아이는 마치 잠조차도 빨아들이려는 듯 어머니의 휴식마저 허락하지 않았다.

아찬은 프라디트가 알아채지 못하게, 그러나 결코 가볍지는 않은 한숨을 몰래 내쉬었다. 이런 아내를 두고 잠시라도 자리를 비우고 싶지가 않았다. 레진이 아찬의 목덜미에 손을 얹었다.

"우리에게 맡기고 다녀와요."

아찬은 고개를 끄덕이고 조용히 일어났다. 프라디트가 가늘게 뜬 눈으로 엷게 웃으며 손을 떨었다. 그는 돌아서려다 그녀의 손을 꼭 쥐어주고 볼에 뽀뽀했다. 내려가 조종복을 입는 아찬의 옆에서 레진이 하늘이를 얼렀다.

"나 없을 때 왔다면서?"

프라디트가 잠든 사이 아찬이 잠깐 굴착 현장에 가 있는 동안 온 세이란을 레진이 맞이한 이야기를 하는 것이다.

아마다가 아찬을 급히 보고 싶어한다. 가능한 한 빨리 와달라.

전하는 말은 짧았지만 무게가 실려 있었다.

"별로 좋지 않아 보였어요."

"무슨 일일까……."

레진은 아무 말도 하지 않았다. 조종석에 올라 고개를 내민 아찬을 보며 하늘이가 손을 허우적거렸다. 아찬에게 곧바로, 한 달쯤 전 그때 아마다를 찾아뵈었어야 하나 하는 생각이 들었다. 어쩐지 후회로 변할 것 같은 불길한 생각이.

"우아우아아아."

"아빠 금방 다녀올게."

레진이 하늘이의 손을 잡고 흔들었다. 태풍은 견인기에 이끌려 조용히 갑판으로 나갔다.

[이제 준비가 된 건가요?]

"응."

대답이 단호하다.

[좋아요. 난 당신이 돌아올 때까지 준비를 해둘게요.]

"그런 게 필요할 정도야?"

[꺼내야 할 게 좀 있어서요.]

아찬은 헬멧을 썼다. 도시까지 가는 길에 역시 아텐은 보이지 않았다.

태풍은 언제나 그렇듯이 도시 경계에 착륙했다. 비와 바람을 막아주는 눈에 보이지 않는 벽을 지난 아찬은 일상적이지 않은 모습에 조금 놀랐다. 대부분의 님부스들이 그를 기다리고 있었다. 그녀들은 평소의 맑은 하늘색과 반투명한 흰색 계통의 풍성한 옷이 아니라 몸에 달라붙는 검은색 원피스를 입고 있었다. 세이란이 한 걸음 앞으로 나섰다. 항상 그렇듯이 아찬에 대한 그녀의 시선은 차가웠다. 그녀에게 그는 가장 사랑하는 친구를 빼앗고, 또 다른 한 명에게는 결코 회복될 수 없는 상처를 입힌 자일 뿐 그 무엇도 아니다.

냉랭한 목소리.

"제가 안내하겠습니다, 우람 미 아 프라디트의 배우자 우람 석아찬."

어색한 것은 옷뿐이 아니다. 세이란은 그렇다 쳐도 환영한다는 인사도, 프라디트에 대한 안부도 없다.

"무슨 일이라도 있습니까? 커뮤니케이터 프롬마 세이란."

그녀는 아무 대답도 하지 않고 아마다가 앉아 있곤 하던 첨탑을 향해 걷기만 했다. 다른 님부스들은 헤어를 중심으로 멀어지는 자신들을 물끄러미 바라보기만 할 뿐 미동도 하지 않았다.

"아마다께서 이야기를 나누고 싶어하십니다."

그녀는 그렇게 말하며 첨탑 뒤로 돌아가라고 손을 내밀 뿐 더 이상은 입을 열지 않았다.

뒤로 돌아간 아찬은 아마다에게 절을 해야 한다는 예의조차 잊은 채 자기도 모르게 한 발짝 물러났다.

"헙."

마치 무너질 수 없는 성이 무너지는 걸 본 마냥 아찬의 얼굴이 당혹감과 경악으로 물들었다.

로가디아가 틀렸다. 그녀들은 한날한시에 조용히 눈을 감는 것이 아니다. 아마다가 죽어가고 있다. 탄력있던 이마에는 눈에 띄는 주름이 몇 개나 생겼고 나이를 가늠할 수 없던 장밋빛 피부는 생기를 잃었다. 아마다가… 누워서 눈을 감고 있다.

아마다가 죽어? 그게 어떻게 가능하지? 설마 로가디아가 말한 그 폭탄이 터진 것일까?

물론 그녀들도 죽는다. 님부스는 불멸이 아니다. 하지만 이렇게 인간과 똑같은 모양일 줄은 몰랐다.

조용히 다가온 세이란이 말했다.

"아마다께서는 이제 떠나실 때가 되었습니다. 오랜 시간 이야기를 나누실 수 없으니 가능한 한 아마다께서 원하시는 용건만 나누시길."

뒤돌아서는 그녀의 팔을 황급히 잡고 아찬이 말했다.

"어쩌다 이리 되신 겁니까. 저희도 의학 기술이 있습니다. 도와드릴게요. 펜시모니 아 연진과 함께라면……."

세이란이 몸을 천천히 돌려 아찬을 마주 보았다. 비로소 그녀의 감정없이 차가운 눈빛 중 일부는 뭔가를 참기 위한 노력임을 알 수 있었다.

"가능하지도 않고, 그렇다 해도 필요없습니다. 아마다께서는 주어진 삶을 온전히 소비하셨고, 그게 전부입니다."

세이란의 말은 간단명료했다. 아찬은 그녀의 말 곳곳에 스민 단호함에 뭐라고 대꾸할 생각조차 못했다.

"짧게 끝내주세요. 그리고……."

세이란이 어깨 위로 스톨라를 끌어 올렸다.

"프라디트는 몰랐으면 합니다."

아찬은 황망히 고개를 끄덕였다. 세이란이 사라지자 아찬은 아마다의 옆에 조용히 무릎을 꿇고 앉았다. 외형은 단순히 나이 들어가는 부인이지만 주변을 감도는 기운은 오래전, 죽어가는 리울에게 있던 그것이다. 아찬은 죽어가는 사람만이 갖는 힘없는 눈빛을 견디기 어려워 일부러 시선을 그녀의 이마에 두었다. 아마다가 천천히 눈을 떴다.

"프라디트를 혼자 두고 오기 어려웠을 텐데, 고맙군요."

노래조차 음울하다.

"죄송합니다. 어찌 이 지경까지……."

"필요하다면 감정을 참지 마세요."

"어떻게든 돕겠습니다. 게이츠에는 의료 설비가……."

"그럴 필요 없어요. 이제야 해방이 되는구나 싶어 기쁘기도 한걸요."

"말씀 낮추십시오."

"묻고 싶은 것이 없나요?"

갑작스런 이야기. 아찬은 이야기를 듣기 위해 온 것이지 물으러 온 것이 아니다. 그러나 당황스럽지는 않다. 그는 이제, 준비가 되었기 때문이다. 이제는 모든 걸 지금 할 수 있다.

"어찌 이리 되셨습니까?"

"우리는 완전하게 창조되었지만 불멸은 아니지요."

아찬이 머뭇거렸다. 아마다는 거짓말을 하고 있다. 알 수 있다. 님부스들은 거짓을 말할 수 있으나 결코 익숙지는 못하다. 하지만 아마다가 굳이 원하지 않는데 추궁하고 싶은 생각은 없다. 아찬이 다른 이야기를 꺼내려는데 아마다가 노래를 이었다.

"그래요. 알고 있군요. 나는 커뮤니케이터 프롬마였어요. 알고 있나요?"

아찬은 고개를 끄덕였다. 프라디트에게 그 이야기는 들었다.

"나부터 시작되었지요. 아주 오래전이었습니다. 기억조차 가물거릴 정도로. 하지만 그때도 이미 우람들은 거의 남아 있지 않았어요. 처음에는 꿈에도 몰랐지요. 나를 시작해서 이후 태어나는 님부스들에게 뭔가 결여되어 있음을 알게 된 것은 우람의 기준으로 불과 몇 세대 전이었습니다. 나는 고통을 인내할 수가 없었고, 모일라이는 겁이 많았으며 클리아의 기억력에는 문제가 있다는 걸 알게 된 것이지요. 하지만 그 시간 동안의 이야기를 할 필요는 없을 겁니다. 중요한 것은 지금이니까요. 자, 내 손을 잡으세요. 그리고 그 위에 숄을 덮어주겠어요?"

아찬은 시킨 대로 했다. 그는 오른손으로 아마다의 손을 잡고 옆에 곱게 개켜진 숄을 집어 들었다.

"조금 아플지도 몰라요."

아찬은 고개를 끄덕이며 숄을 덮었다. 그러자마자 알싸하고 짜릿한 통증이 목덜미를 덮쳤다. 마인드링킹을 할 때와 똑같은 느낌.

"아직 시작도 안 했는데 어떻게?"

아마다가 눈을 동그랗게 뜨고 말했다. 이건 질문이 아니다.

아찬은 눈을 가늘게 뜨며 아마다의 시선을 똑바로 쳐다보았다.

"전에 로가디아도 그런 비슷한 이야기를 했습니다. 무슨 뜻입니까?"

그때가 아텐과 사생결단을 내던 때라는 말까지 할 필요는 없었다.

아마다는 미소 지으며 말했다.

"당신은 우람이 확실하다는 뜻이에요."

그렇게 말하는 그녀는 어느새 예전 모습 그대로, 주름이라고는 찾아볼 수 없는 젊고 싱싱한 모습이었다.

"절 따라오세요."

아마다가 첨탑 아래를 가리켰다. 아찬은 그녀의 시선을 따라가다가 뒤로 넘어질 뻔했다. 프라디트가 고통 속에서 아이를 낳고 있었다.

"프라디트!"

"디메테입니다. 프라디트의 어머니."

휘둥그레진 아찬의 눈길이 저절로 아마다를 향했다. 비로소 아찬은 여기가 이미 아마다가 원한 바로 그 장소, 그 시간임을 알았다. 그가 눈을 몇 번 끔뻑거렸다.

"프라디트와 어쩌면 저렇게 똑같을 수가……."

"그래요. 그렇게 생각한 사람은 당신뿐이 아니었어요. 그게 불행의 시작이었지요."

장소와 시간이 바뀌었다. 프라디트와 아이들과 함께 가끔 찾곤 한 별모래 언덕. 아찬은 아내의 추억을 존중하기 위해 한쪽 팔로 하늘이를 안은 채 프라디트의 손을 잡고 오곤 했지만 그게 전부일 뿐 볼 것도, 느낄 것도, 아무것도 없는 황량한 민둥산.

바로 그곳에서 아찬에게도 익숙한 아이기스를 입은 남자가 울부짖고 있었다. 남자의 기준으로 봐도 아름답기 그지없는 외모.

님부스다. 오직 님부스만이 여기 아마다처럼, 그리고 세이란이나 아텐처럼 외모조차 완벽할 수 있다.

그러나 그 조각상 같은 얼굴은 노여움과 울분으로 갈가리 찢어져 있었다. 그의 노래는 증오와 분노로 달아올라 거의 짐승의 포효 같은 울부짖음에 가깝고 바짝 마른 혀와 입술에 실핏줄이 터진 눈은 새빨갛게 달아올라 있다. 그 남자가 갑자기 아찬 쪽으로 고개를 돌렸다. 이글거리며 불타오르는 피맺힌 눈초리가 섬뜩해 아찬은 자기도 모르게 한발 물러났다.

"너구나. 네가 나의 그녀를 빼앗아간 자구나."

한마디 한마디에 서린 냉기와 노여움에 아찬은 꼼짝도 할 수 없었다. 그 남자는 아찬을 잠시 더 노려보더니 아마다 쪽으로 시선을 향했다. 남자가 아마다를 손가락으로 가리키며 낮고 떨리는 목소리로 말했다. 아찬에게 말할 때와는 비교조차 할 수 없는 분노가 담긴 채로.

"아마다. 당신은 결코 편안히 죽을 수 없을 것이다. 당신은 죽어서도 림보에 갈 수 없을 것이다. 간다 한들 시신은 갈가리 찢길 뿐, 두 번 다시 태어나지 못할 것이다. 나를 속이다니. 그녀가 죽을 줄 알면서도 어떻게 그럴 수가 있었느냐."

그러나 아마다는 눈을 가늘게 뜨고 그를 마주 보기만 할 뿐 아무 말이 없었다.

"아마다께 말을 함부로 하지 마라."

아찬이 나서려는데 아마다가 팔로 그를 막았다. 남자의 아이기스가 검붉게 불타올랐다.

"나는 다시 올 것이다. 그리고 영원히 디메테와 함께할 것이다. 별이 지지 않는 이곳에서 영원히 함께 살아갈 것이다."

아이기스에서 검붉은 아지랑이가 섬뜩하게 피어올랐다. 끈적거리는 그 기운들은 이내 남자를 감싸더니 한 줌 연기로 사라졌다. 그리고 그 자리에, 너무나도 귀엽고 예쁜 어린아이가 나타났다. 아이는 방황했다. 아빠를 부르며.

님부스들이 어둠 속에서 하나씩 나타나더니 곧 아이를 둘러쌀 만큼 많아졌다. 아이는 여전히 속절없이 팔을 허우적거리며 아빠를 불렀다. 어디선가 손이 나타나 아이를 안아 올렸다. 그들은 모두 나타날 때처럼 어둠 속으로 사라졌다.

"프라디트……."

아찬은 이게 마인드링킹과 다름없는 환상인 걸 알면서도 오한이 들지 않을 수 없었다. 남자가 사라진 별모래 언덕의 밤이 깊어갔지만 아무도 움직이지 않았다. 작은 태양이 떠올라 별이 지지 않는 언덕의 별빛이 희미해져 갈 즈음 아찬이 물었다.

"프라디트의 아버지군요. 그렇죠?"

아마다는 고개만 끄덕일 뿐 대답은 하지 않았다.

"그분께도 거짓말을 한 겁니까? 제게 프라디트가 죽을지도 모른다는 사실을 숨긴 것처럼, 프라디트의 아버지께도 그 말을 안 하신 겁니까?!"

말이 끝나갈 때쯤에는 아찬 역시 화가 나 소리를 지르고 있었다. 그러나 아마다는 눈을 감은 채 미동도 하지 않았다. 그녀의 굳게 다문 입꼬리가 가늘게 경련했다.

"말씀 좀 해보십시오. 여기서 프라디트의 아버지를 보여준 이유가 뭡니까? 저분을 이해하라고요? 네! 전 이해해요! 그리고 죽었겠죠? 님부스니까, 인간이 아니니까! 어떤 희생을 해서라도 지켜야 할 아내를 잃고, 자신의 생명마저 잃었습니다! 딸만을 남겨놓고요!"

"그 딸이 바로 당신의 프라디트예요."

악을 쓰던 아찬의 몸이 정지했다. 그러나 아마다를 노려보는 눈은 여전했다. 아찬이 어금니를 깨물었다.

"좋습니다. 그럼 제게 원하시는 게 뭡니까."

"프라디트에게도 당신처럼 어릴 때 기억이 거의 없다는 건 알고 있지요? 그녀의 아버지는 딸을 데리고 도시를 나왔습니다. 그리고 이곳에서 천천히 죽어갔지요. 그는 사나웠습니다. 우리는 그가 죽은 후에야 프라디트를 데려올 수 있었지요. 그의 시신은 림보로 돌아갔어요. 그러고 나서, 디메테가 되었어야 할 아텐이 아이기스로서 태어났습니다."

아텐은 프라디트의 아버지가 죽은 직후 태어났다더니, 그게 이런 뜻이었구나. 더럽다. 너무 더럽다. 게이츠에서도 인류와 대의를 위한다면서 그렇게 많은 이들이 죽었다. 그런데, 인간을 위하는 종복이 같은 이유로 동료를 죽였다. 새 생명이 있어야 한다는 이유로 인간이 죽도록 내버려 두었다.

"아텐이 그의 기억… 아니, 그의 의지대로 행하고 있다는 걸 몰랐습니다. 그녀가 왜 오직 세이란과 프라디트하고만 어울리려 들었는지 몰랐습니다. 그녀는, 아니, 그는 그때 그 자리에 없었던 그 아이들 외에는 그 누구도 용서할 수 없었던 겁니다."

아아, 프라디트.

아찬의 눈에서 눈물이 왈칵 솟아올랐다.

"그러니까… 아텐이… 그분의 유전자를 받아 태어났다는 겁니까? 맞습니까?"

그러나 아마다는 대답 대신 다른 말을 했다.

"아텐은 우리가 끌어안겠습니다. 당신은 림보를 파괴해 주세요."

아찬이 어금니를 깨물었다. 저주받아도 할 말이 없다. 무슨 염치로!

"직접 하십시오! 너무 더럽습니다! 더럽습니다!"

발음이 뭉개지도록 분노로 부들거리는 아찬의 말은 거의 악이다. 그러나 아마다의 대꾸는 여전히 조용했다.

"우리는 못해요. 당신이 하지 않겠다면, 프라디트가 해야만 해요."

그래. 그래서 그렇게 몰아넣었구나. 난 전부를 빼앗겼다. 프라디트가 같은 일을 겪게 하고 싶지 않았다. 그런데 이미 그녀도 그렇게 된 것이구나. 그녀가 결코 원하지 않을 일은 이미 있었던 것이구나.

충혈되어 눈이 새빨개진 아찬의 목소리는 여전히 떨렸다.

"어떻게… 어디서 어떻게 하면 됩니까……."

"벨레로폰에게 가세요. 그는 테라가 어딘지 알고 있습니다."

눈물의 소금기가 너무 과해 눈이 따가웠다. 그래도 그는 눈을 떴다. 눈물 때문이 아니라도 정신마저 아득해 시선은 이미 흔들리고 있었다. 그 속에서, 별모래 언덕에 선 아마다 역시 울고 있었다.

숨을 몰아쉬는 아마다의 손이 힘없이 떨어졌다. 그녀의 목소리가 점점 작아졌다.

"사과는 하지 않겠어요. 이건 우리의 일이니까요. 당신은 당신의 일을 하세요."

그렇게 말하고 아마다는 눈을 감았다. 아주 느리지만 가슴이 오르락내리락하는 걸 보니 잠이 든 모양이다. 어쩌면 실신한 건지도 모른다. 그러나 아찬은 그걸 보면서 어떤 감정도 느끼지 못했다. 오히려 마인드링킹에서 나오며 분노도 함께 사라진 것 같은 기분에 억울함마저 들었다.

그는 비틀거리며 첨탑 뒤에서 돌아 나왔다. 님부스들이 모여 있는 광경이 보였다. 그러나 이제는 그녀들조차 꼴 보기도 싫다. 모두가 공범이다. 알고 있었으면서도 아무것도 하지 않았다. 결국 연진의 친절함도, 헤어의 위엄과 아터미시나의 사려 깊음도 모조리 가식이다. 그저 자신의 목적에 부합하니까 그렇게 행동할 뿐이다. 차라리 아텐이 더 인간적이다. 그래도 그녀는 정직하다.

세이란이 한 걸음 앞으로 나서는 것이 보였다. 아찬은 문득, 이 여자가 너무나도 사랑스럽게 느껴졌다. 그 끔찍한 살인의 원죄에서 아텐과 함께 거의 유일하게 자유롭다는 이유 하나만으로.

"세이란, 아마다를 잘 돌봐드리십시오."

세이란은 말없이 고개를 끄덕이며 첨탑 뒤로 사라졌다. 헤어가 아찬을 불렀다.

"석아찬, 이야기 좀 했으면 하는데요."

"싫습니다."

아찬은 적개심을 감추지 않으며 헤어와 그 뒤의 님부스들을 노려보았다. 아름답기 그지없는 완벽한 외모를 가진 여자들. 그러나 아찬에겐 세상에서 가장 추악한 존재들로밖에는 보이지 않았다.

"그렇다면 세이란과라도 이야기를 좀 해보세요."

"이젠 그녀까지 이용하는 겁니까? 유일하게 죄없는 세이란까지?"

아무도 아찬의 눈을 똑바로 쳐다보지 못했다. 헤어마저 그 당당함도 온데간데없이 아찬의 코를 간신히 쳐다볼 뿐.

"부탁입니다. 세이란과라도 이야기해 주세요."

아찬은 들은 척도 않고 그녀를 지나치려 들었다. 그때 뒤에서 누가 그의 팔을 잡았다. 세이란이다.

"아찬, 내가 원해요. 알아요, 당신 기분을. 이야기하고 싶어요."

그녀의 눈빛은 여전히 차가웠다. 그러나 그건 아찬을 향한 냉랭함이 아니었다. 아찬은 여전히 붉은 눈으로 천천히 고개를 끄덕였다.

자리는 옮기지 않았다. 인공위성을 볼 수 있는 눈을 가졌으니 어차피 어디서 이야기하든 들을 수 있을 것이다. 그러나 아찬이 이곳에서 그대로 이야기를 하는 이유는, 그녀들이 자신의 분노와 슬픔을 알고 가능한 한 고통스러워하기를 원했기 때문이다.

"아찬, 미안해요."

"세이란이 왜 사과를 합니까? 아무 짓도 하지 않았잖아요."

"하지만 님부스는 하나예요."

"그것도 아마다가, 헤어가 그렇게 가르쳤습니까?"

세이란이 한숨 쉬었다.

"그래요. 난 프라디트가 태어났을 때 아마다의 품에 안긴 갓난아이였어요. 림보에서 나온 지 며칠도 되지 않은……."

"알고 있습니다."

"아텐은 림보에서 나와 함께 있었지요."

그렇게 말하고 세이란은 주변을 둘러보았다. 그러나 님부스들 때문은 아니었다. 아찬도 그녀도, 주변의 눈은 전혀 신경 쓰지 않고 있었다.

"맞아요. 아텐이 프라디트의 아버지의 영혼에 영향받은 건 분명히 사실일 거예요. 하지만 아텐은 림보에 있을 때도 이미 완전하지 못했어요. 그녀가 나와 함께 태어나지 못한 이유는 다름 아니라……."

"커뮤니케이터 프롬마 세이란, 뭔가 오해하시는군요. 전 아텐에게 화가 난 게 아닙니다. 그녀는 이미 용서했습니다. 난 자기 자신을 제대로 가눌 수 없을 정도로 상처 입은 사람을 비난할 만큼 어리석지 않아요."

세이란의 눈초리가 내려갔다. 아찬은 이 여자가 슬퍼하는 모습을 처음 보았음에도 아무런 감흥이 들지 않았다.

"미안해요. 그런 이야기를 하려던 건 아니었어요."

세이란은 도시를 둘러싸고 있는 산 넘어 어딘가를 잠시 응시하다 말을 이었다.

"아찬, 난 프라디트도, 아텐도 사랑해요. 둘 다, 너무너무."

"내 일을 아내에게 맡길 생각은 없으니 안심하세요. 고작 그런 이야기나 하려고 날 붙잡은 겁니까?"

"아찬, 그런 뜻이 아니에요."

세이란이 무릎을 포개고 앉았다. 이야기가 길어진다는 뜻일까? 아찬도 그 자리에 앉았다. 지켜보던 님부스들이 고개를 숙이고 흩어졌다. 세이란은 자신들의 노래로 말을 하기 시작했다.

"내가 아텐에게 가진 사랑은 그대가 프라디트에게 가진 사랑과 비슷해요."

"반려를 이야기하는 겁니까?"

세이란이 고개를 흔들었다.

"아니요. 그 목적성."

아찬이 눈을 가늘게 떴다.

"프라디트에 대한 내 사랑은 그대가 결코 이해할 수 없는 것이에요. 로가디아가 그대를 사랑하는 것과 비슷한 것이고, 그건 인간은 절대로 가질 수 없는 감정이니까요. "

"세이란, 지금의 전 시간이 많지 않습니다. 프라디트와 떨어져 있다는 사실 하나만으로도 이미 충분히 괴롭습니다. 그리고 그 때문에 준비해야 할 것이 많아요."

"그래요. 그대들은 이곳을 떠나겠지요. 우리는 남겨지고."

세이란의 어조는 뭔가를 초월한 사람의 그것이었다. 아찬은 자신의 계획을 이야기해야 한다는 생각을 했다.

"세이란, 오해하지 말아요. 아텐을 원망하지 않는다는 건 치레가 아니에요. 같이 떠날 겁니다. 한 명도 남겨두지 않고 말이죠. 그건 자연스럽고 인간다운 일입니다."

세이란의 미소가 힘이 없어 보인다.

"아찬, 그대가 우리를 어떻게 생각하는지 알고 있어요. 하지만 우리는 인간과는 다릅니다. 디아트리체 로가디아를 생각해 보세요. 그녀는 결코 그대와 친구가 아닙니다."

아찬의 인상이 굳었다.

"그건 로가디아가 배신할 거라는 뜻입니까?"

"아니요. 말 그대로예요. 그녀는 그대를 포함한 우람의 종복일 뿐이라는 거예요. 그대나 프라디트는 존재 의미가 바로 자기 자신에게 있어요. 하지만 로가디아는? 그녀가 과연, 자신이 섬기고 위할 이가 없는 세상에서 스스로 계속 존재하려 들까요? 우리 역시 존재 의미가 내부가 아닌 바깥에 있어요. 우리가 죽음을 두려워하지 않는 이유가 뭐라고 생각하나요."

맞다. 로가디아는 결코 아찬만의 친구가 아니었다. 그녀에게는 처음부터 한 사람만의 친구가 될 능력이 없었다.

아찬은 오래전 로가디아의 절규를 떠올렸다. 가능한 한 많은 사람을 살리고 싶었다던.

단 한 명의 인간도 존재하지 않는 세계에서 로가디아는 자신의 존재 의미에 대해 어떻게 생각할까? 그때의 절규는 어쩌면, 오직 로가디아만이 할 수 있는 삶을 위한 몸부림이었을지도 모른다.

아찬은 천천히 고개를 들어 세이란의 눈을 마주 보았다.

"우람에 대한 사랑과 봉사는 우리에게 그 어떤 가치도, 의미도 없어요. 비록 내가 프라디트를 사랑하는 마음은 한 치의 거짓 없는 진심이지만 그 사실이 나를 기쁘게 해주지는 않아요. 우람에게 행하는 봉사와 희생에서 우리가 얻는 것은 보람이나 만족감, 긍지 같은 것이 아닙니다. 그건 그냥 의무기 때문에 그렇게 하는 것이에요. 아텐과 내 차이가 무엇일까요? 프라디트가 행복해하면 그녀는 함께 행복해해요. 그녀가 불행해하면 역시 슬퍼하지요. 그건 그대에게도 있는 것 아니던가요? 하지만 난 안 그렇습니다. 프라디트가 행복하든, 불행하든 난 단지 그녀를 사랑할 뿐입니다."

아찬은 충격 속에서 고개를 천천히 끄덕였다. 로가디아나 님부스를 인간과 다름없다고 생각하는 것은 아찬의 생각일 뿐, 당사자들에게는 아무런 의미가 없는 가치다. 그들은 인간의 지위와 위상을 원한 적도, 그에 관심 가진 적도 없다. 처음부터 그게 불가능하게 되어 있는 존재들이다. 프라디트를 향한 님부스들의 사랑은 그저 그녀들이 우람, 아니, 인간을 해하지 못하도록 하는 안전장치에 불과하다.

아찬의 고개가 천천히 수그러들었다. 온몸에 힘이 빠지는 기분을 느끼는 게 도대체 얼마 만인지.

그래. 인간은 인간이지, 다른 무엇도 아니다. 인간은 그냥 존재고, 바로 그 이유 때문에 죽는 순간 자신의 내부와 외부를 동시에 상실한다. 하지만 로가디아는, 그리고 세이란은, 아텐은… 죽더라도 그 외부는 여전히 존재한다. 그들에게 상실은 죽음이 아니라 봉사해야 할 존재의 소멸일 뿐.

아찬이 한참 만에 모기만 한 목소리로 물었다.

"벨레로폰을 만나려면 어디로 가야 합니까?"

세이란이 고개를 저었다.

"이제는 아무도 몰라요."

"그럼 나더러 어쩌라는 겁니까?"

"그대의 몫이에요, 우람 석아찬. 그러나 그는 분명히 그대의 명령을 들을 것입니다. 우리가 도착했을 때부터 있어온 그의 위에 있는 존재는 오직 우람뿐이에요. 하지만 그가 하늘과 땅, 둘 중 한곳에 있다는 건 확실해요."

모호하지 않았다. 들리기는 단순히 '땅' 과 '하늘' 로 들렸지만, 와 닿는 의미는 누라나무의 뿌리와 별고드름이다. 두 곳 중 한 곳에 벨레로폰의 본체가 있다.

"만약 아래로 내려가실 거라면, 벨레로폰의 아이들이 뒤덮고 있는 눈에 보이지 않는 경계를 넘어야 합니다. 하지만 쉽지는 않을 거예요. 어딘가에 통로가 있을 것입니다."

세이란은 숨을 한 번 크게 들이쉬고 말을 이었다.

"하늘로 날아오르실 거라면 좀 더 쉬워요. 하지만 어떤 경우든 떠날 준비를 완벽하게 갖춘 다음에 하세요."

"왜입니까?"

"테라는 그 위치를 알 수 없기만 한 게 아니에요. 감추어져 있지요. 아마다께서 주신 펜던트는 잘 가지고 있지요?"

"하나는 아내가, 하나는 하늘이가 항상 목에 걸고 있습니다."

"좋아요. 벨레로폰이 테라의 위치를 안다는 의미는 또한 감추어진 테라를 드러나게 한다는 뜻이기도 해요. 그 과정에서 벨레로폰은 스스로 붕괴할 것입니다. 벨레로폰의 아이들이 이 별을 불길로 뒤덮겠지요. 그때가 되면 펜던트가 빛나고, 테라가 드러날 거예요."

"그 기록은 확실합니까?"

"시간 속에서 모든 것이 부스러져 가도 그 기록만큼은 확실합니다. 그를 감춘 존재는 바로 우리 창조주니까요."

아찬이 눈을 조금 치켜떴다.

"왜입니까?"

"그들이 이 별에 도착했을 때 괴물들이 지표를 뒤덮다시피 한 채였어요. 그래서 이곳에 최초로 도착한 우람들은 우주를 떠도는 소행성들을 끌어당겨 모든 것을 파묻어 버렸어요. 어떤 일이 있더라도 프라디트를 보호해 주세요. 펜던트를 떼지 마세요. 그대 가족들이 바로 미래입니다."

아찬은 대답하지 않았다. 망설이거나 하는 건 아니다. 그저 목이 메일 뿐이다. 세이란은 여전히 초월한 눈빛으로 먼 산을 바라볼 뿐. 그는 그녀의 이야기가 거의 끝났다는 걸 알았다. 손바닥으로 얼굴을 쓸어 올리고 나서 나오지 않는 목소리를 억지로 쥐어짰다.

"더 해주실 이야기는 없나요?"

세이란이 비로소 아찬을 돌아보며 서글픈 미소를 지었다.

."아마다께서는 잠이 드셨습니다. 마지막 잠이지요. 그녀는 아주 오랫동안 잘 거예요. 그리고 마지막으로 한번 눈을 뜨겠지요. 그럼 우리는 그녀를 님부스의 안식처로 옮길 겁니다."

아찬이 입을 몇 번 떼려다 말고를 반복하다, 결국 물었다.

"그게 언제인가요? 프라디트와 반드시 오도록 하겠습니다."

"지키지 못할 약속은 하지 마세요. 아마다는 용서하지 않아도 돼요. 그리고 우리 자매들도. 단지 프라디트는 몰랐으면 하네요."

비록 세이란의 어조는 그렇지 않았지만, 아찬은 자신이 아마다를 용서하든 말든 그녀들에게는 전혀 중요치 않다는 걸 알았다. 님부스들은 인간을 사랑하는 존재다. 인간에게 어떤 일을 당하더라도 계속 그렇게 하는 존재다. 왜냐하면 그들에게 인간은 신이고 종교기 때문에.

세이란이 부스스 일어섰다.

"이리 오세요. 그대의 용서에 상관없이, 우리 전부는 각자 그대가 반드시 알아야 할 이야기들을 품고 있습니다."

아찬은 그녀를 따라갔다. 모든 자매들은 자신의 일을 하고 있었다. 먼저 클리아를 만났고, 다음으로 연진을 만났다. 그런 식으로 그는 모든 님부스들과 하루 밤, 하루 낮 동안 이야기했다. 그녀들은 모두 오직 아찬과 프라디트만을 위한 이야기를 해주었다. 그가 마지막으로 만난 이는 아이기스 쉴라 아텐이었다. 그러나 그녀는 아찬에게 아무 이야기도 해주지 않았다.

CHAPTER 4

미래로 향하는 길

기시감(既視感)·기체험감(既體驗感)이라고도 한다. 정상인의 경우에는 과거에 경험한 사상(事象)에 대한 일반화의 형태로 이해되지만, 병적인 경우에는 신경증(神經症)이나 정신분열증(精神分裂症), 그리고 측두엽 전간증(側頭葉癲癇症)에서 많이 볼 수 있다.
이와 반대로 잘 알고 있는 장소를 처음 보는 장소로 느끼는 현상을 미시감(未視感)이라고 한다.

아찬의 뿌연 시선에 흔들의자에 앉아 책을 보는 레진이 들어왔다. 잘 떠지지 않는 눈꺼풀을 억지로 들며 몸을 뒤척이자 레진이 책을 덮고 허리를 굽혀 내려다보았다.

"레… 레진. 나… 좀……."

레진이 뭐라고 하기는 하는데 웅얼거리는 둔탁한 느낌만 전해져 올 뿐 뭐라고 하는지 알아듣기 어려웠다. 레진이 어깨를 살며시 눌러 다시 눕히자 아찬의 눈이 깜빡이는 간격이 점점 길어지다가 마침내 다시 암흑 속으로 빠져들었다.

이번에 눈을 떴을 때는 주변이 어두웠고 아무도 없었다. 몸은 여전히 무거웠고 한술 더 떠 두통까지 있었다.

"프라디트."

길 잃은 아이가 엄마를 부르듯이 아내를 불렀지만 대답이 없었다. 아찬은 어둠 속을 더듬거리며 조명 스위치를 찾았지만 보이지 않았다. 맞은편 창밖 복도를 보니 의무실인 것 같았다. 한 걸음을 힘겹게 떼다가 그는 문득 아무것도 입지 않았다는 걸 알고 다시 더듬거렸다. 두통이 너무 심해 모든 게 귀찮아지기 시작한 그는 더듬던 손에 천이 잡히자마자 우악스럽게 끌어당겨 허리에 대충 둘렀다. 가운이나 침대 시트, 뭐 그런 거겠지.

"프라디트······. 레진······."

한 음절을 말할 때마다 머리가 욱신거렸다. 창 너머 복도, 저토록 충만한 빛이 불과 유리 한 장 사이를 둔 이곳의 어둠을 밝히는 데 전혀 도움이 안 된다니.

"로가디아······."

여전히 대답이 없다. 아무도 없는 건가.

아찬은 이빨을 꽉 깨물고 간신히 문가까지 다가갔다. 수동 개폐기의 자그마한 녹색 불이 무슨 천국으로 가는 문 같아 보였다. 그가 버튼을 누르자 문이 열리며 빛이 쏟아져 들어왔다. 갑작스런 자극에 인상을 찡그리며 눈을 감자 왠지 두통이 잦아드는 것 같아 아찬은 한동안 그러고 있다가 눈을 떴다.

시야에 들어온 광경은 한가득 펼쳐진 지구환이었다. 자신은 광주 모듈의 북적이는 인파 한가운데 벌거벗은 채 서 있었다. 부끄러움에 황급히 몸을 웅크리고 앉으니 투명한 바닥으로 파랗고 하얀 지구가 가득했다.

아찬은 그때야 여태까지 지독히 길고도 고통스러운 악몽을 꾸었음을 알고 안도의 한숨을 내쉬다가 정신을 차렸다.

이렇게 벗은 상태로 돌아다니다가는 미친놈 취급을 받을 게 분명하다. 도움을 청하려면 부끄럽고 창피해도 고개를 들어야 했다. 그는 수치심에 얼굴이 뜨거워지는 느낌과 함께 용기를 내 일어서며 주변을 두리번거렸다.

지구환이 어느새 아수라장이 되어 있었다. 사람들은 비명을 지르며 도망치고 우주가 보이는 현창 너머로는 불덩이가 된 우주선이 서서히 좌초해 가는 모습이 보였다. 갑자기 올라오는 열기에 바닥을 내려다보자 동해에서 붉은 점이 점점 커지는 모습이 보였다. 그 점은 순식간에 커져 구름을 증발시키고 한을 집어삼키며 점점 더 부풀었다. 아찬이 위기감을 느끼며 한 발을 떼자마자 투명한 바닥이 솟아올랐다.

이 비현실적인 상황 속에서 바닥이 솟아오른 게 아니라 자신이 떨어지고 있다는 걸 안 건 아래를 내려다본 눈동자 가득히 불덩이가 된 지구가 들어오고 나서였다. 그 한가운데서 피가 출렁이는 거대한 입이 쩍 벌어졌다. 비명을 지르며 허우적거리는 아찬의 손을 누군가가 잡았다.

프라디트가 그의 손목을 잡고 날아오르고 있었다. 그녀는 테리 길리엄의, 반드시 추락할 운명의 천사처럼 불안하게 날개를 펄럭이며 불덩이에서 멀어졌다. 그러나 화염은 몸을 주욱 빼 늘이며 그들을 삼키려 달려들었다. 열기가 종아리를 핥았지만 프라디트는 지쳐 보였다. 그녀는 더 빨리 날 수 없는 것 같았다.

'놔! 날 놔!'

그렇게 말하고 싶은데 입이 떨어지지를 않았다. 테리 길리엄이 날개를 붙인 밀랍은 녹아 뚝뚝 떨어지다 아찬의 입에 닿자마자 봉해 버렸다. 장딴지가 타오르는 듯한 격렬한 아픔도 참기 어려웠지만 비명조차 지를 수 없다는 건 더 큰 고통이었다. 경련이 이는 손을 꽉 쥐자 그녀가 아찬을 내려다보았다.

프라디트는 레진으로 변해 있었다. 아니, 어쩌면 처음부터 레진이었을지도 모른다. 하지만 찢어지는 듯한 고통 속에서 아찬은 손을 풀려고 발악하느라 무엇이 이상한지 알지 못했다.

마침내 프라디트가, 혹은 레진이 아찬을 보며 슬픈 표정으로 고개를 흔들었다. 그는 남은 왼손으로 그녀의 손가락을 풀기 위해 발악했다. 그러나 레진은 자세를 바꾸어 그를 껴안았다. 그녀가 작게 속삭였다.

"안녕."

계집아이 냄새. 레진의 냄새.

그녀가 아찬의 가슴을 힘껏 떠밀었다. 그는 빠르게 차가운 우주 공간으로 팅겨져 나갔고 레진은 같은 속도로 불구덩이 속으로 사라졌다. 아찬은 멀어져 가는 그녀를 향해 손을 뻗으며 악을 썼다. 입을 틀어막은 밀랍이 생살과 함께 찢어졌다.

"가지 마!"

튄 피가 우주 공간에서 순식간에 얼어 부서졌다. 아찬은 속절없는 몸짓으로 격렬하게 허우적거렸지만 곧 지쳐 버렸다.

다시 혼자야…….

자그마한 빛 한 점 없는 우주 공간에서 절망적 고독을 절감하자마자 참을 수 없는 추위가 밀려왔다. 웅크린 몸이 부들부들 떨렸다. 그리고 그 떨림은 출렁임으로 변했다. 내부가 아닌 어딘가에서 그의 몸을 출렁일 정도로 흔들고 있었다. 얼어붙어 움직이기조차 힘든 몸을 간신히 추슬러 고개를 들었다. 여전히 암흑. 아찬은 소리 내어 울었다.

"아찬, 아찬, 괜찮아요?"
"어어어……."
신음도 아니고 비명도 아닌 이상한 소리를 내며 허우적거리는 아찬을 프라디트가 흔들었다.
"자기, 괜찮아요?"
아찬이 눈을 번쩍 떴다. 감미로운 향기가 타고 내리는 머리카락 사이로 희미한 수면등 불빛이 보였다.
"나쁜 꿈을 꿨나 봐요."
"아… 조금……."
하늘이는 따로 떨어진 작은 침대에서 세상모르게 자는 중이고, 바다는 조금씩 부스럭거렸다.
"아이들 안 깼어?"
"응."
"미안해."
"뭐가요?"
프라디트가 얼굴을 가까이 하고 속삭였다. 그녀의 입에서 단내가 났다. 그녀와 처음으로 잠자리를 같이한 다음날, 프라디트에게도 이런 냄새가 날 수 있다는 사실을 알고 얼마나 놀랐으며, 또 얼마나 유쾌했던지. 아찬은 자기도 모르게 미소 지었다.
"기분이 나아졌어. 고마워."
"싱겁기는."
프라디트가 풋, 웃으며 아찬의 입술에 살짝 뽀뽀했다.

"잘 자요."

"당신도."

프라디트는 눕자마자 다시 잠이 든 듯, 미동도 하지 않았다. 하지만 아찬은 이미 잠이 다 달아나 버렸다. 그는 한동안 더 누워 있다가 아내의 얼굴을 좀 더 가까이서 보려고 허리를 들었다. 기껏 바다를 건드리지 않고 몸을 숙이자마자 그녀는 이내 돌아누웠다. 그렇다고 실망스럽거나 하지는 않았다. 프라디트는 여전히 이렇게 옆에 있으니까. 아찬은 아이들이 깰세라 조심스럽게 한숨을 쉬었다.

아무리 문질러도 지워지지 않는 마음속의 흔적들. 억지로 파묻어도 사라지지 않는 상처들. 그리고 그걸 어루만져 주는 아내의 해맑은 웃음. 아픈 기억에 힘들여 씌운 충전제들이 녹아버리며, 심연 구석에 웅크린 과거의 잔상이 튀어나올라 치면 프라디트는 부드럽게 아찬에게 키스해 주었다. 지금처럼.

그러나 잊으려 들어서 거의 잊은 오래전, 게이츠에서 이렇게 악몽을 꿀 때 그를 깨워 이마의 땀을 닦아준 사람은 레진이었다. 그때는 그랬다.

그때, 육 년 전에 자신을 구한 사람이 프라디트라는 게 얼마나 다행인지.

그러나 이번에는 누구도 불덩이가 된 지구에서 그를 구해내지 못했다. 꿈속에 나타난 레진의 슬픈 얼굴이 아른거렸다.

레진? 그녀는 그를 구하지 못했다. 그러나 레진이 그때 프라디트 대신 자신을 구했다면 더 힘들었을 것이다. 장담한다.

결국에는, 레진이 아찬을 구했기 때문에.

어차피 아무리 잘 만들어도 고작 몇 세기밖에 가지 못하는 종이. 그러나 내 삶은 그보다 훨씬 짧다. 그럼에도 불구하고 이제는 머릿속에 쓰는 일기.

기억이란 건 그저 그 인간이 살아 있는 동안에만 모습을 가지고 있으면 되는 것이다. 그 사람의 삶만큼만 유효한 거다. 그것이 기록과 기억의 차이다.

기억은 의존할 때만 존재할 수 있다. 장소의 기억과 존재의 기억은 있어도 시간의 기억이 없는 이유가 그것이다.

기억은 사건에서 시간이 떨어질 때 잉태된다. 시간은 기억 따위가 범접할 수도, 해서도 안 되는 것이다. 그 모든 순간은 시간 속에서 사라져 가야만 하는 것이다. 빗속의 눈물처럼…….5)

프라디트의 희미한 실루엣. 그리고 아기들의 숨소리. 아니, 이제는 아기가 아니다. 인간의 자손이 아기라고 불리는, 눈에 보이지 않는 시간의 경계는 이미 지났다.

아찬은 아내의 실루엣과 자신 사이에 경계를 만들며 떠도는 어린 숨소리를 한참 동안이나 듣다가 허리를 일으켰다. 프라디트를 닮은 아들은 예민하지만 까탈스럽지 않고 총명하지만 온순해서 아버지의 고민이 스민 몸짓 정도로 어머니의 잠을 방해하는 울음을 터뜨리지는 않았다. 아찬은 몸을 일으켜 그곳으로 향했다.

몇 시간 전 이곳, 게이츠 깊숙한 알파 룸에서 프라디트의 볼을 타고 흘러내리던 물방울. 로가디아는 바닥에 떨어진 눈물을 기계적으로 닦았다. 그리고 프라디트가 놓아둔 꽃도 기계적으로 치웠다. 그러나 아무도 로가디아에게 뭐라고 하지는 않았다.

입가에 막을 수 없는 경련을 일으키는 아찬. 부모가 가진, 보이지 않는 기운에 눌려 아무 엄마의 품으로 파고들기만 하는 아들. 그저 하늘이가 물었을 뿐이다.

"고모는 아직도 여기에 살아? 안 와?"

아찬은 고개를 끄덕였다. 그렇게 기억의 의식은 지나갔다.

레진은 일 년 전 오늘 죽었다. 그리고 아마다도.

하나의 생명이 탄생한 그날, 두 생명이 스러져 갔다.

그날, 프리디트에게 진통이 엄습했다. 하지만 아찬은 옆에 없었다. 그리고 레진도.

프라디트를 둘러싼 자매들은 조용하고 잔잔하게 웃었다. 연진이 말했다. '건

주석5) All those moments must lost in time, like tears in rain.

강한 아들이구나, 프라디트'라고. 하지만 그때도 역시, 프라디트는 미처 사라지지 않은 고통에 웃음인지 무엇인지 모를 표정만 짓고 있었다. 그러면서 함께 있어주지 않은 아찬을 원망하고 이 기쁜 순간을 함께 보내지 못하는 레진을 아쉬워했다.

그리고 그때, 아텐은 알고 있었다. 게이츠에 무슨 일이 있을지. 그녀는 프라디트가 안전하기를 바랐지만 아찬과 레진은 내버려 두었던 것이다.

프라디트에게 출산의 고통이 잦아들 즈음 품에 안은 바다의 울음소리 너머로 아찬의 모습이 뿌옇게 들어왔다. 레진을 안아 들고 있는.

그녀의 팔은 늘어뜨려져 있었고 눈동자는……

아내를 본 아찬은 눈을 둥그렇게 뜨고는 한 걸음 물러섰고, 곧바로 세이란이 그녀의 눈을 가렸다. 그러나 프라디트는 이미 보아버렸다. 그녀는 아텐을 향하는, 세상을 뒤엎을 것만 같은 분노로 떨리는 아찬의 목소리를 들으며 실신했다.

그때 아찬은 이 작은 행성을 떠날 거의 유일한 방법이 될 수밖에 없는 소형 우주정의 조종 연습을 하고 있었다.

로가디아는 자신이 없을 경우를 가정하며 대기권 탈출과 돌입을 수없이 반복시켰다. 아찬은 그게 기권에서 비행하는 것과는 전혀 다르며, 익숙해지려면 손바닥에 굳은살이 박이도록 연습해야 한다는 걸 한 번만 해보고도 알 수 있었다. 관성 제어장치가 있다 해도 어린것들이 다치지 않으려면 세심한 조종이 필요한 과정이 바로 인력권 탈출과 진입이었다.

출산일이 가까워진 프라디트는 도시에 가 있었다. 둘째 아이는 배우자의 터에서 낳는 것이 관례라는 건 아찬도 알고 있었다.

차라리 하늘이를 도시에서 낳고 바다를 게이츠에서 낳는 게 안전하지 않았을까 하는 생각이 안 든 건 아니지만 세이란과 연진을 믿는 수밖에 없었다. 어머니의 터에서 출산하게 되면 탄생의 순간까지 아버지는 참석할 권리가 없었다.

아니, 어쩌면 다행일 수도 있다. 프라디트는 이 비행을 항상 불안해하며 지켜보았다. 그녀는 흔들리는 우주정 속의 남편을 걱정하느라 여념이 없었다.

아찬은 머리를 흔들고 다시 집중했다. 이 조악한 우주정은 태풍처럼 상공을 미끄러지듯 비행하는 종류가 아니었다. 오랜 기간 우주에서 버티기 위해 대기권 비행 능력을 최소화했기 때문이다. 아찬이 잠시 정신을 놓자마자 기다렸다는 듯이 흔들리기 시작한 우주정의 조종간을 그가 다시 붙잡았다. 뜻밖에도, 그러자마자 우주정은 안정되었다.

아찬은 직감적으로 이게 단순한 행운이 아니라는 걸 알았다. 마치 수학을 공부할 때처럼 어느 순간 그냥 할 줄 알게 된 것이다. 한 단계 올라선 것이다!

아찬은 기뻤다. 오늘 연습은 여기까지 하고 그냥 프라디트에게 가봐야겠다고 마음먹었다. 그냥 멍청하게 멀리서 죽치고 앉아 있을지언정… 까지 생각한 순간, 로가디아의 찢어지는 목소리가 그의 고막을 뚫었다. 그는 그 즉시 이유 같은 것은 필요없다는 사실을 너무나도 당연하게 알았다.

컨테이너가 달려 뚱뚱한 우주정이 갑판에 착륙하자마자 뛰어내린 아찬을 맞은 존재는 로가디아가 아니라 다릴이었다. 언제나 그렇듯이 불안하게 건들거리는 금속 거인을 무심하고 빠르게 지나치는 아찬의 앞에서 메탈갑옷 한 기가 레일건을 겨누고는 망설임없이 방아쇠를 당겼다. 아찬은 그 모든 것을 보고 나서 이미 너무 늦었다는 사실을 알면서도 반사적으로 몸을 숙였다.

쓰러진 쪽은 아찬이 아니라 아무것도 들고 있지 않아도 몸 자체가 흉기가 될 수 있는 다릴이었다. 메탈갑옷이 추진기를 뿜어 아찬에게 빠르게 다가왔다.

"뭐지? 로가디아!"

[몰라요. 조금 전부터 다릴이 통제가 안 돼요! 막고는 있지만 수가 너무 많아요!]

"프라디트는? 애들은? 레진은?!"

반사적으로 튀어나온 말에 로가디아가 화급히 대답했다.

[세이란과 헤어가 함께 있잖아요!]

로가디아는 모습을 드러내지 않고 통신기로만 말했다. 오래전의 악몽이 자연스레 연상되는 상황에 아찬의 마음이 몹시 불길해지기 시작했다.

"메탈갑옷 하나만 비워줘!"

[기다려요.]

"프라디트는 안전할까?!"

[프라디트와 아이들이 잘못되기를 원하는 사람은 아무도 없어요. 심지어 아텐조차 거기에는 동의해요.]

아텐이라는 이름에 아찬이 인상을 크게 찡그렸다.

"레진 찾았어?"

국의 메탈갑옷이 아찬의 앞으로 미끄러졌다. 그는 제법 익숙하게 메탈갑옷 안으로 기어들어 가 곧바로 추진기를 뿜으며 질주했다.

"상황은?"

[기동 가능한 메탈갑옷 자체가 얼마 없어요.]

그에 반해 게이츠에 탑재된 대부분의 자동 기계들은 미쳐 날뛰고 있다. 심지어 응급수술로봇까지 메스와 회전톱날을 내세우는 판이다.

"로가디아, 이거 어떻게 된 거야!"

[방화벽이 뚫렸어요! 나노머신을 간신히 통제하고 있어요!]

"벨레로폰! 이런 제기랄!"

아찬은 벨레로폰이 도대체 어떻게 방화벽을 뚫었는지 생각지 못했다. 상관없다. 지금 중요한 건 그게 아니다.

로가디아는 벨레로폰이 님부스와 계약을 파기했다는 이야기를 들은 이후 꾸준히 방화벽을 설치하고 증강했다. 그런데도 이번 습격을 막을 수가 없었다.

미래의 인간들이 만든 고대 유물이 마음먹고 침입을 시작하자 로가디아는 속수무책으로 당할 수밖에 없었다. 성능을 최대로 끌어내어 상정 가능한 모든 상황에 대비했음에도 불구하고, 벨레로폰의 논리 회로는 로가디아의 허점을 파고들었다. 그녀의 메타트론 함수 파동에 의한 대응은 모든 면에서 한발 늦었다. 벨레로폰은 로가디아가 제압을 시작할 때까지 기다렸다가 마치 놀리듯이 구역 회로를 붕괴시키며 날뛰었다.

결국 로가디아는 물리적인 방어 체계를 전개했다. 즉, 게이츠를 사실상 포기하기로 결정했던 것이다.

아찬에게 물어볼 시간이 없었다. 이 모든 일은 수천억분의 일 초 동안 일어난 일이다. 로가디아는 가장 최후의 방벽 안에 존재하기에 아직 침탈받지 않은 부분, 즉 방어 체계와 나노머신 통제부를 단락시켰다. 그 때문에 메탈갑옷은 켈리에게 전적으로 맡겨야 했지만 어쩔 수 없었다. 어쩌면 그게 더 안전할지도 모른다. 그렇게 되면 메탈갑옷은 외부에서 침입할 만한 구멍을 완전히 봉쇄하는 셈이니까.

로가디아가 레진을 찾음과 거의 동시에 아찬이 그녀의 위치를 다시 물었다.

"레진 찾았어?"

[방금요. 하층 정비부예요. 당신이 제일 가까워요.]

"건강해?"

[모르겠어요.]

"걘 왜 거기에 있는 거야! 다른 메탈갑옷은?"

[전속력으로 달려가고 있지만 당신보다 늦어요. 빨리 가요. 다릴뿐이 아니에요. 바싹 뒤쫓고 있어요!]

"방향이나 계속 봐줘!! 도약 추진 타이밍 확실하지?"

[믿어요!]

"응!"

로가디아가 알려준 지점에 도착하자마자 아찬의 머리보다 몸이 먼저 반응하며 튕겨져 나갔다. 이제 메탈갑옷에 제법 숙련된 아찬은 몇 년 전에 레진을 찾기 위해 심호흡을 하며 용기를 가다듬던 지저세계로 향하는 입구까지 단번에 도약했다.

그는 이 상황의 행동과 의지에는 전혀 영향을 주지 못하는 지난날의 기억이 스치는 것을 인식하며 어두운 동로 속으로 사진해서 빨리 들어갔다.

여전히 어둠. 그러나 메탈갑옷이 있다. 더 튼튼한 팔다리와 더 멀리 볼 수 있는 눈과 빛을 제공해 주는 이 갑옷. 그는 레진을 찾기 전까지는 이 든든한 전투용 우주복을 무조건적으로 믿으며 어떤 것에도 저지당하지 않으리라 입술을 깨물었다.

1억 촉광의 크세논 탐조등이 복도 끝까지 시야를 밝혀주었지만 그 때문에 지하 일곱 층째 계속 실망했다. 로가디아는 레진의 위치를 정확히 잡아내지 못했다. 하지만 게이츠 통제권의 대부분을 잃은 로가디아를 탓할 수는 없다.

그녀는 저절로 과열되기 시작한 핵융합로를 18초 전에 강제 차단시켰고 그보다 더 전에 모든 나노머신을 자가 붕괴시켰으며 방금 TH—201A를 휘두르기 위한 선내 자기장 회로를 물리적으로 단락시켰다. 심지어 자동 조리 기구까지 설치며 난장판이 된 마당에 그녀가 이 정도까지 수습할 수 있었다면 거의 기적에 가깝다고 봐야 한다. 로가디아는 최선을 다했다.

[아찬, 함교를 제외한 모든 구역은 문을 열어둔 상태로 고정시켰어요. 그리고 화기 관제 시스템도 모두 물리적으로 강제 단락시켰고요. 지금 움직이는 메탈갑옷 아홉 기를 제외하면 아군은 없어요. 남은 다릴은 192기예요. 다른 것들은 별로 위협적이지 않아요. 일부 다릴이 메탈갑옷의 레일건과 TH—201A를 들고 있어요.]

메이커의 선전대로라면 절대적으로 안전해야 할, 스테인리스 머리를 가진 2.5미터 신장의 이 로봇들은 한순간에 폭도로 변했다. 그리고 이놈들은 벨레로폰의 지휘대로 전술적으로 움직였다.

상황이 그렇다 보니 거의 200대나 되는 로봇을 막기에 총알이 부족할 지경이었다. 이런 국면이기에 로가디아는 극단적인 상황이 오면 아찬을 메탈갑옷을 입힌 채로 구하고자 마음먹고 있었던 것이다.

레진은… 어쩔 수 없다.

로가디아는 레진이 자신과 운명을 함께해도 어쩔 수 없다고 생각했다. 만약 두 층을 더 내려가 보고도 레진을 구할 수 없다면 포기해야 한다. 그 너머는 인간이 들어가서는 안 되는 곳이다. 미래의 생존보다 중요한 것은 없다.

"로가디아, 여기, 문 안 열려!"

[아니, 아찬. 안 되겠어요. 레진은 죽었어요. 이젠 나와요. 탈출해야 해요.]

"뭐?! 레진이 죽어?!"

[죽었어요. 더 이상 반응이 안 나타나요. 물러나요.]

아찬은 대답 대신에 알파 룸으로 진입하는 문을 힘으로 뜯어냈다. 이번에도 시커먼 아가리. 그는 망설임없이 뛰어들었다. 추진기를 가속시키자 곧 마지막 층의 마지막 구역이며 더 이상 접근해서는 안 된다는 솔시스 통령 직권의 봉인이 붙은 두꺼운 문과 마주쳤다. 로가디아의 영혼이 존재하는 곳, 알파 룸의 입구.

"문 열어!"

[그 문은 열리는 문이 아니에요!]

로가디아가 명령을 거부할 것이라는 사실을 깨닫는 데에는 시간이 필요치 않았다. 그는 통령이 직접 서명한 봉인 위에 레일건을 퍼부었다. 레일건 한 탄통을 다 쏟아 부은 아찬은 남은 탄통 하나를 아끼기로 하고 이번에는 미사일과 유탄을 동시에 퍼붓고 재빨리 뒤로 돌아 엎드렸다.

휘몰아치는 파편 섞인 폭풍에 켄타로스제 베릴륨 합금으로 만든 메탈갑옷의 배낭이 너덜너덜해지며 수십 미터를 튕겨져 나갔다. 하지만 다친 곳은 없는 모양이다. 그렇다면 상관없다. 비록 바이저의 메탈갑옷 그림 모형이 대부분 빨갛게 물들긴 했지만, 역시 움직이는 데에는 문제가 없다.

단지, 인간은 스치기만 해도 산산조각나는 기관포탄을 수백 발이나 맞았는데도 문에는 별 흠집도 나지 않았다는 게 문제다. 도대체 다릴이라는 놈들은 여기를 어떻게 들어간 것일까.

[지금 뭐 하는 거예요!]

로가디아가 소리를 빽 질렀다.

"알 필요 없어."

핵 박격포를 장전하자 켈리가 정말로 발사할 거냐며 느릿느릿 초 읽기를 시작했다.

"제기랄, 취소 안 해! 초 읽지 말고 그냥 갈겨!"

[그러다 죽어요!]

화가 난 아찬이 주먹으로 벽을 쾅쾅 내려쳤다. 티타늄으로 만든 마감재가 종이처럼 찢어졌지만 역시 문은 꿈쩍도 않았다.

[중지! 중지! 열게요! 열었어요! 중지!]

아찬이 발사를 중지시켰다. 의도한 건 아니지만 결과적으로는 성공했는데도 아무런 만족감이 들지 않았다. 그는 커다랗게 난 암흑 속으로 마지막 남은 추진제를 폭발시키며 절뚝거리며 튕겨져 들어갔다.

[아찬, 늦지 않았어요. 레진은 죽었어요. 제발…….]

로가디아가 거의 흐느끼며 말했다.

"로가디아, 나한테 처음으로 거짓말한 거 알아. 마지막이길 바라."

[제발요! 레진은 당신이 생각하는 것처럼 그렇게 중요한 존재가 아니에요! 제발, 아찬!]

아찬은 인간적 양심을 철저히 무시하는 로가디아의 발언을 흘려들으며 대꾸 없이 암흑 속으로 들어섰다. 아까의 충격으로 크세논 탐조등이 망가진 탓에 적외선 모드로 바이저를 전환했다. 그러나 원근감조차 허락하지 않을 정도의 암흑뿐, 여전히 아무것도 안 보인다. 다릴은 체온이 없고 동력로 또한 마찬가지다.

"로가디아, 불 좀 켜줘."

[원래 거기는 조명이 없어요. 사람을 상정하고 만들어진 곳이 아니란 말이에요! 지금도 늦지 않았어요. 아찬, 제발 물러나요. 지금 거기에 다릴이 수십 대도 넘어요. 몇몇은 벌써 당신을 봤단 말이에요!]

"레진! 레진 폰트 리아! 어디 있어? 내 말 들려?!"

[아찬!]

"로가디아!"

아찬은 로가디아의 대답을 기다리지 않기로 했다. 그는 묵묵히 중력파 스캐너와 에너지대사 탐지기를 동시에 켰다. 다릴이 바글바글하다. 어떤 놈들은 확실히 아찬에게 다가오고 있다. 그러나 그는 개의치 않고 외부 스피커를 최대로 했다.

메탈갑옷은 확실히 인간의 힘을 증폭시켜 준다. 그러나 그것이 손가락 튕기는 정도로 50킬로그램이 넘는 레일건을 솜방망이 휘두르듯이 난사할 수 있게 해준다는 뜻은 아니다. 아니, 설령 그렇다 해도 결국에는 어찌 되었든 아찬의 근육에 최소한 자중은 걸리는 것이고 따라서 인간이 쉬지 않고 움직이면 힘이 부치는 것은 당연하다.

로가디아의 말대로라면 수십 대라고 했다. 그러나 아찬의 앞에서 산산조각난 다릴만 이미 그 수를 넘었다. 하긴 로가디아가 두 번째로 거짓말한 것은 아니다. 아찬이 들어온 그 문으로 그 로봇들이 스테인리스 머리에 음침한 잔광을 뿌리는 착각을 주며 꾸역꾸역 기어들어 왔던 것이다.

다릴들은 아주 지능적으로 움직이며 아군 메탈갑옷의 진격로 확보를 사사건건 방해했다. 아찬의 레이더에도 구원군이 조금씩 다가오는 모습이 나타났지만 너무 느렸다. 아까 들어오기 위해 허탈하게 쏟아 부은 레일건의 탄환이 후회될 정도로 놈들은 많고 레진은커녕 자신의 몸을 지키기에도 버거웠다.

"로가디아, 뾰족한 수가 없을까?"

[아찬, 제발 조금만 버텨요. 오 분만, 오 분만요……]

떨리는 로가디아의 절규에 아찬은 그녀에게 무엇인가를 바라는 것은 무리라는 판단을 내렸다. 로가디아는 최선을 다했다. 그녀는 최선을 다한 거야. 그는 후들거리는 팔로 힘겹게 다시 총을 추켜올렸다.

몇 분 되지도 않는 시간 동안에도 다릴들은 끝없이 밀려들었다. 아찬은 그 짧은 시간에 완전히 기진맥진해졌다. 점점 물러서는 만신창이의 메탈갑옷 한 기를 둘러싸며 다가오는 어둠 속의 혐오스러운 번들거림들. 삼 점사로 딱 두 번 분량의 탄환. 게이지에 선명한 붉은색의 공 두 개와 육이라는 숫자. 그는 곧 도약하는 번쩍거리는 머리를 날리는 데 방아쇠를 한 번 당겼다. 이젠 숫자가 절반으로 줄었다.

"로가디아, 지금은 프라디트랑 연락 못하지?"

로나니아의 침묵이 의미하는 바는 뻔하다. 이제는 유언을 남겨야 할 때라는 사실이 유감이다. 의외로 자신의 목소리가 평온하다.

"나중에라도 전해줘. 진심으로 사랑한다고. 사실은, 내가 당신을 만나기 전에 안 모든 사람들의 얼굴이 당신에게 가려서 보이지 않았다고."

[아이들에게는……]

울음으로 미처 끝내지 못한 로가디아의 말을 듣자 그제야 머리로 피가 거꾸로 솟아오르는 느낌이 들었다. 하늘이와 곧 태어날 바다에게 남길 말 한마디를 준비하지 못한 아버지가 아버지 자격이 있는가라는 짧은 의문이 들었다. 하지만 그것도 잠시, 그는 고개를 세차게 흔들고 나서 짧게 말했다.

"이제, 너희가 미래다."

탄환도 세 발이 남았고, 시간도 삼 분이 남았다. 아찬은 마지막 남은 3이라는 숫자로 할 수 있는 일을 궁리하며 한 걸음씩 뒤로 물러났다. 등이 벽에 닿는 느낌. 디지털로 재구성된 다릴들이 천천히 다가오는 모습. 하나같이 몸이 반쯤 사라진 추악한 몰골. 이렇게 시간을 끌다 보면 로가디아가 레진을 구할 수 있을 것이다. 이제 이 분 남았다.

그때 메탈갑옷 장갑 너머로 전해지는 희미한 진동이 느껴졌다. 오른쪽 어깨 위. 반사적인 눈 놀림. 얼마나 세게 두드렸는지, 살갗이 벗겨져 피가 철철 흐르는 가녀린 주먹. 망설일 필요가 없다. 아찬은 오 년 전 프라디트를 처음 만날 때처럼 메탈갑옷을 급속 비상 해체했다. 폭발 볼트에 의한 파열음에 이어 튕겨져 나가는 흉갑. 모든 것이 물속처럼 천천히 흐르는 시간. 아찬이 메탈갑옷을 해체하자마자 알파 룸의 기압이 조절되고 산소가 주입되는 소음.

좁은 구멍으로 간신히 기어들어 간 아찬의 손을 레진이 끌어당겼다. 끈적거리는 피에 홍건이 젖은 따뜻한 손.

"지금까지 닥트에 숨어 있었던 거니?"

"응."

눈물과 콧물 범벅이 된 레진이 아찬에게 안겨왔다. 닥트는 아찬이 들어가기에도 미어터질 지경이었지만 죽는 것보다는 나았다. 이제 한 일 분만 더 버티면 로가디아의 메탈갑옷들이 구해주러 올 것이다.

레진은 따뜻했지만 보기에도 딱할 정도로 떨고 있었다. 추위 때문일 리가 없음에도 아찬은 그녀를 더 힘있게 끌어안았다. 레진 특유의 계집아이 냄새. 그리고 어둠 속 바로 옆에서 들려오는 파열음. 아찬의 뒤꿈치 바로 근처를 헤집는 기괴한 기계 팔.

그는 그 장면을 레진이 보지 못하도록 그녀를 더 꽉 끌어안고는 깊이를 알 수 없는 어둠을 쳐다보면서 속삭였다.

"레진, 좀 더 깊이 들어가 봤니?"

"막다른 곳이에요."

아찬이 고개를 돌리며 이빨을 꽉 깨물었다. 두려움에 질려 이빨을 딱딱거리는 꼴을 보여주고 싶지 않았다. 레진이 멍하게 소곤거렸다. 아찬이 물어보지 않았다면 그냥 중얼거림으로조차 들릴 만한 목소리.

"그래도 작은 방 크기는 되니까 지금보다는 편할걸요."

그녀는 완전한 공황 상태. 그렇지 않고서야 조금 전의 끔찍한 찰과음을 듣고도 지금보다는 편할 거라니. 어쩌면 누워서 죽을 수 있다는 뜻인지도 모르지. 하지만 그런 절망적인 생각은 이 상황에서 전혀 도움이 될 리 없다. 심지어 그게 기정사실이라 해도 마찬가지다. 아찬이 용기를 내 그녀를 도닥거렸다.

"로가디아가 곧 올 거야."

아찬은 레진에게 한 자신의 말에 희망을 가져 보기로 했다.

그래. 나조차도 움직이기 힘든 닥트를 저놈들이 들어올 수 있을 리가 없어.

"그럼 더 들어가자. 저놈들은 몸집이 커서 못 들어올 거야. 나 믿지?"

"응."

어느 정도 운신할 만한 자그마한 방에 기대어 선 아찬의 자기 최면이 신체의 자유가 생긴 만큼에 비례해 효과를 발휘하기 시작했다. 아찬에게 어쩌면 둘 다 살아날 수 있을지도 모른다는 희망이 조금씩 샘솟기 시작했다.

그 순간 정말로, 저 닥트 너머에서 희미한 소음이 들려오기 시작했다. 총성과 폭발음이다. 로가디아가 들어온 거야. 메탈갑옷이 온 거야. 아찬이 레진의 머리를 끌어안으며 안심시켰다.

그리고 동시에 더 큰 소리. 같은 공간에 존재하지만 다른 차원에서 들려오는 소리.

쇠가 쇠를 긁는 소음과 폭음이 뒤섞인 끔찍한 소리에 레진이 자지러지며 귀를 틀어막았다. 아찬은 침을 삼키며 자신들이 구르다시피 떨어진, 머리 세 개쯤은 더 높은 닥트를 불안하게 올려다보았다.

점점 커지는 소리.

끼익… 끼끼끽… 쇠가 쇠를 깎는 기분 나쁜 찰과음.

그리고 닥트에 삐죽이 솟아나는 레일건… 로가디아… 아니다. 저 번쩍이는 머리…….

닥트를 헤집기 위해 스스로 팔을 뽑아내어 왼쪽 목부터 허리까지 몸통의 반 정도가 통째로 사라진 다릴이 스스로의 몸을 깎아내며 머리를 디밀었다. 피처럼 철철 흘러내리는 윤활제와 창자처럼 튀어나온 배선들. 저놈들이 알파 룸에 어떻게 들어왔는지 이제야 알았지만 지금 와서는 쓸데없다.

끔찍하게 생긴 금속 괴물은 아찬이 버리고 온 메탈갑옷의 레일건을 불편한 자세로 끌어당기며 상반신을 내밀었다. 어색하고 부자연스러운 동작에도 불구하고 순식간에 자세를 잡은 그 괴물은 적외선 모드의 핏빛 카메라를 끔뻑이며 천천히 레일건을 겨누었다.

아찬에게 시간이 천천히 흐르기 시작했다. 비현실적으로 생생한 침착함.

레일건에 탄환 세 발을 남겨둔 실수는 후회하지 말기로 하자. 소음은 점점 가까워지고 있어. 적어도 한 명은 반드시 구출될 수 있을 거야. 그리고 그 사람은 레진이 될 테니까. 후회 따위는 하지 말자.

그렇게 생각하는데도 프라디트와 아이들은 여전히 아른거린다.

아찬은 레일건이 들어 올려지는 속도만큼이나 천천히 일어나 레진의 앞에 선다. 레일건 특유의 웅웅거리는 전자기 가속음.

거의 동시에 레진도 일어선다. 그녀가 아찬을 밀며 막아선다. 분명히 두 다리를 굳게 버텼는데 레진의 힘이 너무 세다. 그저 그녀의 손끝에 툭 밀렸을 뿐인데 너무나도 허무하게 무너지는 몸. 그런 자신을 바라보며 지난 육 년간 로가디아의 말과 행동을 일 초 만에 모두 설명하는 눈에 가득히 고인, 인간적 짭짤함.

난 두려워요.

아찬을 바라보며 해맑게 웃는 레진.

꼭 하고 싶었던 말이 있어요. 아찬, 난 당신을 정말로 **사랑**—

레진의 마지막 음절을 부수며 총구에서 폭발하는 백열. 거의 같은 순간에 아찬의 얼굴을 뒤덮는 따뜻한 피와 티타늄 파편.

사라져 간 사람. 잊혀진 세계. 레진은 죽던 그 순간 로가디아와 무슨 이야기를 나누었을까. 이 모두가 잠든 밤에 로가디아는 무엇을 하고 있을까. 그녀는 무슨 생각을 하고 있을까.

로가디아의 본체는 찾았다. 그리고 그 사실 하나로 모든 것이 설명되는 순간, 그 본체는 사라졌다.

아니, 죽었다.

태어날 때부터 몸을 가지고 있었기에 시공을 인식했고, 불우한 어린 시절을 가진 레진 폰트 리아는 일 년 전 오늘 여기서 **죽었다.**

아찬은 흐느적거리며 게이츠의 복도를 하염없이 걸었다. 탄환 세 발을 남겨두지 않았다면 레진은 죽지 않았을 텐데. 그녀는 죽지 않았을 텐데. 내가 죽인 건데, 내가.

같은 말을 수십 번씩 중얼거리며 무작정 헤매다 정신을 차리니 침실이었다. 그는 침대 옆에 멍청하게 서서 프라디트와 아이들을 떨리는 손으로 조심스럽게 쓰다듬었다.

모두 확고부동하게 실재한다. 환상도, 꿈도 아니다.

아찬은 한숨인지 안도인지 모를 깊은 숨을 내쉬며 희미한 수면등 아래서 일기장을 펼쳤다. 그동안 거의 쓰지 않았기에 몇 페이지 넘기지도 않아 작년의 일기가 나왔다.

06년 3월 6일.
클라우드 조이아가 딸로 생각한 존재는 레진이었을까, 로가디아였을까. 로가디아? 레진? 아니면, 둘 다?

아니, 그에게는 둘은 하나였다. 상상할 수 없어서 받아들일 수 없지만 클라우드에게는 그랬을 것이다.

클라우드는 왜 로가디아가 승무원 중의 한 명이라고 생각했을까? 난 게이츠가 로가니아를 위해 만들어졌기 때문이라고 생각했다. 하지만… 지금은 아니다.

나는 이제 그의 마음을 이해한다.

클라우드에게 레진은 미래였다. 로가디아 또한 미래였다.

인류의 미래가 아닌, 미래 그 자체였다. 바다와 하늘이 나의 미래이듯이, 레진과 로가디아는 그의 미래였다.

난 아버지의 미래였다. 그래서 제비를 받아 쥐었고, 지금 여기에 서 있는 것이다.

나와 아내는 언젠가는 죽겠지만 그렇다고 삶이 끝나는 것은 아니다. 끝맺지 못한 삶의 여정은 아이들이 대신해 걸어갈 것이다. 내게 주어진, 한계있는 삶의 의미. 그것은 존재가 가지는 숙명이다. 삶에 대한 의미 같은 것은 존재하고 나서야 뜻이 있는 것이다.

클라우드는 로가디아를, 레진을 보호하라고 했다. 왜냐하면, 그녀가 제비를 쥐고 있기 때문이었다. 그는 자신의 딸이, 모두의 연인이고 어머니인 자신의 딸이, 미래라는 확신을 가지고 있었을 것이다.

아이를 낳을 수 없는 로가디아, 아니, 레진은 아이들에게 쥐어줄 미래를 가지고 있었고 그래서 그녀는 자신의 제비를 내 손에 쥐어주었다.

클라우드 박사는 자신의 딸이 결국에는 누군가를 살리기 위해 죽음을 택할 것이라는 것임을 알고 있었다. 그가 레진을, 로가디아를 탄생시킨 이유가 그것이니까. 하지만 그녀가 나를 구한 이유는 클라우드가 생각한 것과는 달랐다.

난 레진이 미처 끝맺지 못한 말이 무엇인지 안다. 그녀가 가졌던 그 감정은 세이란이 프라디트에 가진 것이 아니라, 내가 아내에게 가진 것과 같았다는 것도 안다. 그리고 레진의 존재 목적은 바깥이 아니라 그녀 자신의 내부에 있었다는 사실도 안다.

또한 이제는 안다.

그 제비가 내 것이 아님을.

레진이 죽어가는 순간 나에게 준 선물. 그것은 너무나도 당연히 손 하나 대지 않고 아이들이 고스란히 가져가게 될 것이다.

그건… 미래가 가져가야 할 것이기 때문이다.

아이들이.

나는, 나는 포기하지 않을 것이다.

아찬은 더 해야 할 말을 이어서 쓰기 위해, 끝맺지 못한 작년의 일기장에 선연한 황갈색의 눈물 자국을 물끄러미 쳐다보다가 눈시울이 뜨거워지며 글씨가 흐릿해지는 것을 느꼈다. 그는 눈물을 훔치며 일기장을 덮었다. 아마 죽는 날까지 레진의 죽음에 대한 다른 이야기를 더 쓰지 못할 것이란 느낌이 들었다. 등 뒤와 아내의 허리 곡선 사이에서 잠든 두 아이를 흐릿한 시야로 바라보던 아찬은 일기장을 덮어 서랍 속에 넣고 몸을 누웠다.

아찬의 낮은 흐느낌에 돌아누운 프라디트가 눈을 감은 채 목에서 터져 나오려는 울음을 참으며 입술을 깨물었다.

프라디트는 레진이 사람이 아니라는 것을 아찬보다 먼저 알고 있었다. 이미 오래전부터…….

"로가디아, 레진은 어디 있나요?"

[글쎄요. 좀 멀어요. 왜요? 전할 말이라도?]

"아뇨. 아찬도 없고 해서 좀 쓸쓸해서요."

[들어오라고 할까요?]

"아뇨. 지금 바쁜가 보던데."

아찬은 전투기를 타고 한창 여기저기를 돌아다니고 있는 중이었다. 누리니무 아래에서 뭔가를 찾는 것 같은데, 확실치는 않았다. 로가디아가 벨레로폰과의 접촉에 대한 아무런 이야기가 없자 자신이 직접 그 디아트리체의 정체를 확인하겠다고 나선 것이다.

로가디아가 판단하기에 위험할 요소는 없었다. 로가디아 입장에서는 오히려 환영할 만했다. 불만을 터뜨리기보다는 직접 행동을 하는 쪽이 그녀로서도 덜 부담스러웠다.

[하늘이는 지는군요.]

프라디트는 로가디아의 말 돌림에 넘어가지 않았다.

"레진 어디 있다고 했죠? 보고 싶은데."

[오라고 할게요.]

"아뇨. 내가 갈게요. 레진한테 오라 가라 하고 싶지 않아요."

[아니, 레진에게 오라고 할게요.]

이상하네. 로가디아가 왜 이러지.

"지금 갑판에 있나요?"

[아니요. 많이 보고 싶은가 보네요. 오라고 할게요.]

"아니에요. 아니에요. 그냥 물어보는 거예요. 레진을 별로 방해하고 싶지 않아서요."

뭐지? 일단 레진과 연결해 주고 나서 본인들끼리 이야기하도록 해주어야 정상이다. 그렇지 못할 상황이라면 어찌 되었든 그녀가 어디 있는지라도 말해주어야 했다. 프라디트는 일어섰다.

하지만 막상 레진을 찾으려 들자 너무 막막했다. 게이츠는 집이라고 하기에 너무 컸다. 프라디트는 그냥 될 대로 되라지라는 심정으로 하릴없이 걷기 시작했다.

민간인들을 배려한, 여유있을 리 없는 배의 공간에서 만들어지는 보이드라던가 경사로 따위에서 느껴지는 공간의 절묘한 재미와 고민의 흔적은 설계에 분명히 몇몇의 건축가도 관여했다는 증거다. 그런 이유로 게이츠는 실제보다 훨씬 크게 느껴졌다. 몇 번을 겪어도 즐거운 경험. 그 감정이 갑자기 하층부를 구경해 봐야겠다는 생각을 들게 했다. 너무나도 거대한 이 저택에서 구경조차 못해본 영역이 있다는 사실을 새삼 깨달았다.

결혼하기 직전, 아찬이 그 하층부가 어둡고 불쾌한 곳이며 두 번 다시 가보고 싶지 않은 곳이라고 한 적이 있다는 걸 기억해 냈다. 그는 기억조차 떠올리기 싫다는 듯 진저리를 쳤다.

이제 와서 그때를 생각하니 그 이야기가 왠지 우주 공간을 떠도는 배에서 일어날 법한 재미있고 공포스러운 사건을 꾸며낸 영화랄까 그런 것들을 떠올렸다. 영화는 거의 시시한 것들뿐이었지만 어쩌면 자신에게 그런 공간에 대한 경험 자체가 전무해서일지도 모른다. 이걸로 아찬과 영화를 더 즐겁게 즐길 수 있다면 그 하나만으로도 으스스한 모험을 해볼 가치가 충분하다. 곧 흥미가 동한 그녀는 지하 세계를 탐험해 보기로 했다.

솔직한 심정으로는 막상 하려니 좀 뜬금없는 무서움이 들기도 했지만, 로가디아가 있으니 별일은 없을 터다. 한편으로는 아무도 없는 이 순간을 가능한 한 짜릿하게 즐기고 싶기도 했다.

프라디트는 로가디아가 주는 몇 번인가의 완곡한 경고를 역시 같은 방식으로 무시하고는 어두운 사다리를 타고 내려갔다. 아찬이 볼 수 없는 범위의 가시광선 대역을 가진 그녀는 여전히 그가 말하는 '어둠'의 기준을 이해하기 힘들었지만 그가 느낀 공포가 어떤 것인지 대충은 알 만했다. 대부분의 빛이 사라지고 오직 적외선 대역만 남은 복도는 꽤 으스스했다. 그녀는 눈을 몇 번 깜박거렸다. 동공이 적응하며 아주 적은 빛을 증폭해서 받아들이게 되자 조금 나아졌지만 그래도 거기서 거기다. 그나마 부드러운 색 계통이 확보되는, 빛을 증폭시키는 시야가 적외선 대역보다 기분이 좀 나은 정도다.

"우와. 이렇게 보여도 기분 나쁜데 아무것도 안 보이면 정말 무섭겠군요."

[프라디트, 거긴 사람이 돌아다니라고 만든 곳이 아니에요.]

"이렇게 복도까지 만들어놨으면서 그렇게 말하면 너무 설득력이 없지 않나요?"

[거기는 출항 전에 돌아다닐 필요가 있던 곳일 뿐이에요. 이제 그만 올라오세요.]

프라디트는 로가디아의 말을 못 들은 척하며 계속 움직였다. 미로처럼 꼬여 있는 편이기는 하지만 기억 못할 정도는 아니다. 한동안 걷기와 사다리 타기를 반복한 그녀는 어렵지 않게 바닥까지 내려갈 수 있었다. 갑자기 희미한 두통이

은근히 몰려왔다. 그녀는 숨을 깊게 들이쉬었지만 공기가 이상한 점은 느낄 수 없었다. 어쩌면 서려 있는 기운이 너무 강해서, 그러니까 솔시스어로 말해보자면 전자기파나 초단파 같은 게 있는지도 모른다. 두통은 걸을수록 점점 심해졌다.

"로가디아, 머리가 좀 아프네요. 여기 뭐 있어요?"

[그만 올라오세요.]

로가디아가 말하는 방식이 이상하다. 뭔가 딱 꼬집어 말할 수는 없지만… 뭐랄까, 은근히 명령조라고 해야 하나, 아무튼 뭔가가 이상하다. 프라디트는 눈살을 가볍게 찌푸리고 계속 나아갔다.

그녀는 잠시 앉아 두통을 통제하기 위해 정신을 집중했다. 그러자 비로소 뭔가 이상하다는 걸 느끼고 감각을 더 곤두세웠다. 아찬도 가지고 있지만 그 정도에는 커다란 차이가 있는, 집중 시 생기는 예민함.

프라디트는 귀를 향해 몰아치는 공기의 떨림을 느꼈다. 아주 교묘하게 한 점으로 모여 높은 대역의 음파를 만듦으로써 고통이라는 감각으로 귀결되게 만드는 이명감. 무엇인가에 통제되고 있다. 로가디아가 아니면 가능할 리 없는 이 교활한 충격.

프라디트는 로가디아와 이야기를 나누는 것을 그만두었다. 무엇인가를 숨기는 그녀의 강력한 권고가 왜인지는 모르지만 프라디트에게 묘한 의무감이 섞인 어떤 모험심과 오기를 발동시켰다.

그녀는 다시 일어나 걸었다. 갑자기 탁 트인, 그러나 여전히 빛이라고는 없는 커다란 공간으로 빠져나왔다. 상층부에서 보이는 건축가의 손길과 인간적인 관점을 완전히 대신하는, 인간이 아닌 뭔가가 오직 자기 자신만을 위해 설계한 결과물. 오싹한 효율성 추구로 가득한 그 공간 저편에 존재하는 것은 거대한 문이었다. 두통이 점점 더 심해졌지만 보통의 인간 여자에 가까워졌다 하더라도 이 정도 통증을 제어할 만한 능력은 충분했다.

문은 열 수 없었다. 생각대로 그 문은 인간을 위한 문이 아니었다. 그저 벽을 가로질러 엄청나게 높이까지 뻗은 굵고 검은 하나의 줄이 통로를 대칭으로 만듦으로써 열고 닫히는 기능을 가진 문임을 말할 뿐. 바닥에서 아득한 천장까지 뻗은 빈틈없는 금 주변에는 어떤 손잡이도, 키카드 패널도 보이지 않았다. 부수지 않고 이 문을 열 수 있는 존재는 오직 로가디아뿐이라는 사실을 어렵지 않게 추측할 수 있는 위압감. 문도 거대했지만 그 너머는 훨씬 더 클 것이다.

벨레로폰도 이런 자신의 방을 가지고 있다고 했다. 그렇다면 여기서부터는 오직 로가디아만의 영역이다. 프라디트는 로가디아가 자신에게 보낸 경고의 의미를 그렇게 받아들이고 그녀를 존중해 주기로 했다.

하지만 두통은 용서할 수 없어. 혼내줄 테야.

이미 그 크기만으로도 인간의 기준을 벗어난 문에서 몸을 돌리는 순간 모터의 거대한 기동음이 들려왔다. 프라디트는 당연히 반사적으로 몸을 그쪽으로 향했다.

처음 닫힌 이후로 단 한 번도 열리지 않았으며 앞으로도 영원히 열리지 않을 것 같던 이십여 미터 높이의 문이 마찰음 하나 없이 열리는 모습은 그 거대한 크기와 두께가 주는 중량감을 부정함으로써 인간의 영역을 벗어난 이질감을 극대화시켰다. 그리고 갈라진 암흑에서 보이는 사람의 실루엣.

"꺄악!!"

프라디트는 복도 끝까지 부서질 정도의 비명을 지르며 엉덩방아를 찧었다. 인간의 존재감이 느껴지지 않는 장소에서 갑자기 나타난 존재가 사람이라는 사실은 안도감이 아니라 오히려 극도의 공포를 불러일으켰다. 프라디트는 그 존재를 쳐다볼 생각도 못하고 고개 숙여 눈을 감았다.

몇 초인가의 시간이 흘렀음에도 불구하고 아무런 일이 일어나지 않았다. 그녀는 용기를 내어 실눈을 떴다. 문은 닫혀 있고 앞에는 아무것도 없다. 착각인가.

프라디트는 경계심이 가득한 몸짓으로 일어나 기분 나쁜 이곳을 어서 벗어나야겠다고 생각하며 다시 몸을 돌렸다. 그럼 그렇지. 저 문이 열렸을 리가 없…레진이잖아. 깜짝 놀랐네.

뭐? 레진?

레진은 자신을 무심히 지나쳐 뒤도 돌아보지 않고 멀어져 가고 있었다. 방금 본 장면은 착각이 아니다.

프라디트는 레진이 놀라지 않도록 충분히 커다란 발소리를 내며 종종걸음으로 다가가 그녀의 어깨를 짚었다. 그제야 뒤를 돌아다보는 멍한 눈동자의 레진. 그리고 갑자기 엄습하는, 아까와는 비교가 안 될 정도로 격렬한 두통. 프라디트는 자기도 모르게 눈살을 찌푸리며 다른 손으로 이마를 짚었다.

"여기서 뭐 하는 거예요. 무섭지 않아요?"

"아, 난 그, 그러니까……."

"레진, 괜찮아요? 어디 아파요?"

"아, 그, 그러니까……."

뭔가 짚이는 게 있다. 프라디트가 레진의 양손을 잡았다. 역시 뭔가 좀 이상한 느낌. 아찬이라면 기계에 의존하지 않는 이상 절대로 알아챌 수 없는 미세한 이질감. 프라디트는 레진에게 얼굴을 가까이 하고 그녀의 눈을 자세히 들여다보았다. 역시…….

그녀는 레진을 끌어안고 조용히 다리를 포개며 앉았다. 눈이 풀린 레진은 프라디트가 이끄는 대로 따르기만 했다. 한참 동안 그렇게 레진과 딱 붙어 있던 프라디트가 몸을 바로 하며 차갑게 말했다. 그러나 레진에게 그런 것은 아니다.

"아마다와 같군요."

[레진은 아파요. 그녀를 놔두세요.]

"계속 거짓말할 거예요?"

자신에게만 들리는 로가디아의 목소리. 그리고 그녀에게만 들리는 프라디트의 대답.

[프라디트, 제발 못 본 척해주세요. 레진을 그냥 보내주세요. 그녀는 정말로 아파요.]

"안 돼요. 난 레진에게 뭣 좀 물어봐야겠어. 이 두통이나 좀 어떻게 해봐요."

알 리가 없다고 믿었던 사실을 강하게 밀쳐 내는, 프라디트의 전에 없이 공격적인 말투에 당황한 로가디아는 끊임없이 발하던 음파를 거두어들였다. 프라디트는 멍해 보이는 레진의 어깨를 놓지 않은 채 여전히 로가디아에게만 들리는 목소리로 아주 간략하게 말했다.

"나도 레진이 사람이 아니란 걸 알아요."

[거짓말이 아니에요. 레진은 아파요.]

"그게 아니라 당신이 아픈 거겠죠."

프라디트가 레진의 얼굴을 양손으로 부드럽게 잡고 눈을 똑바로 쳐다보며 가능한 한 따뜻하고 안정되게 물었다.

"내가 보이나요?"

"아. 프, 프라디트."

"날 알아보겠어요?"

"응."

레진의 초점이 천천히 생겨가고 있다. 완전하지는 않지만 다시 조금씩 빛이 나는 그녀의 눈은 사고에서까지 나사가 풀리지는 않았다고 강변하며 또박또박 대답했다.

"레진, 지금 어디 다녀온 거지요?"

"로가디아에게요……."

"뭐 하고 왔어요?"

레진이 당황한 듯 갑자기 주변을 두리번거렸다.

"여긴 어디죠?"

다른 방법을 써야 할 것 같았다.

"집이에요. 게이츠요. 자, 아무 일도 없어요. 아무 문제 없어요."

"아……."

"로가디아랑 무슨 이야기했나요?"

다시 레진이 침묵했다. 입을 다문 게 아니라 기억을 떠올리려 애쓰는 듯 보였다. 인상을 찡그린 채 한동안 눈알을 굴리던 레진이 힘없이 대답했다.

"잘… 기억이 안 나요. 제가 잠이 들었나요?"

프라디트는 머뭇거리지 않고 고개를 끄덕였다.

"맞아요. 여기까지 와서 잠이 들다니. 찾느라 고생했어요."

"하지만 내가 왜 여기에서……."

"글쎄요. 몽유병 같은 게 있는지도 모르죠."

책에서 주워섬긴 지식으로 아무렇게나 둘러댄 말이 사리에 맞을 거라고 기대하진 않았지만 레진의 웃음이 너무 컸다. 그녀는 깔깔 소리 내며 한참을 웃고 나서도 꺽꺽거렸다.

"아, 프라디트. 농담도 참. 몽유병이라니."

프라디트는 일부러 정색했다. 반응이 곧바로 나왔다.

"아, 비웃으려고 한 게 아니에요. 화났어요?"

인간은 이 어둠 속에서 상대를 알아보는 것이 결코 불가능하다는 사실을 모를 리 없는 레진이다. 그렇다면 그녀는 인간 흉내를 내는 것이 아니라 자신이 로봇이란 사실을 모르고 있다는 결론밖에 안 나왔다.

"꿈에 로가디아가 나오던가요?"

힘차게 고개를 주억거리는 레진이 표정이 기뻐하는 어린아이 같았다.

"응! 내가 의사고 로가디아가 환자였어요. 그녀는 정말 많이 아팠는데… 내가 고쳐 줬어요."

"한번에?"

"음… 모르겠네요. 꿈이 기억난다기보다는 그냥 그랬다는 기억이 나요. 그러고 보니까 정확한 게 하나도 없네요."

레진은 검지로 아랫입술을 누르며 말을 이었다.

"사실 이런 꿈 자주 꿔요. 오래전 꾸던 꿈은 영 별로였어요. 주로 로가디아가 몹시 아프거나… 아니면 나랑 대판 싸우거나, 뭐 그랬거든요. 그런데 어느 때부턴가 로가디아가 다 나았더라고요. 내 몸까지 가뿐해진 것 같았어요! 이제는 그런 꿈, 즐기기까지 하는걸요."

프라디트는 미소 지으며 고개를 끄덕였다.

"사실 꿈을 꾸고 나면 철학적 고민을 하게 돼요."

레진은 자기가 말해놓고도 쑥스러운지 풋, 하는 웃음을 터뜨렸다. 그러나 프라디트는 진지하게 대답했다.

"철학적 고민?"

"뭐랄까, 이런 꿈을 꾸고 나면 꼭, 내가, 내가 아니라는 기분이 들어요. 그러니까 진짜 나는 내 안이 아니라 어디인가 다른, 먼 곳에 있는 듯한 기분. 이렇게밖에는 설명이 안 돼요. 프라디트는 그 기분을 모를 거예요. 정말로 내가 나일까."

"응. 정확히는 이해 못하겠지만 좀 알겠어요."

목적이 외부에 있는 존재. 아마다, 아텐, 세이란, 헤어, 연진… 자신과는 피 한 방울 섞이지 않은 자매들. 그중에서 내적 자아와 외부의 목적을 동시에 충족하는 유일한 존재, 아마다.

디아트리체를 이해하고, 그 존재에게 이해받으며, 원한다면 그 순간 교감할수 있는 존재. 지금까지는 인간이 아님에도 마인드링킹을 할 수 있는 존재가 오직 아마다뿐인 줄 알았다.

"그런데 저 문은 뭐죠?"

레진이 갑자기 알파 룸 출입구를 손가락으로 가리켰다. 어디선가 기억이 혼재된 것일까? 아니면 뭔가가 엉킨 것일까?

"아무것도 아니에요."

"내가 저기서 나왔나요?"

프라디트는 어떤 대답을 해야 하는지 알고 있었고, 그래서 즉시 그렇게 했다.

"아니요. 아무것도……."

그러나 이미 늦었다. 레진이 갑자기 당황한 눈빛으로 손을 조금씩 떨다가 급기야는 불안정하게 주위를 두리번거리기 시작했다.

"여, 여기는 어디죠! 난 어디에 있는 거지! 응! 나, 난……."

"레진!"

프라디트는 발작의 기미를 보이는 레진을 뒤에서 끌어안았다. 그러나 믿을수 없을 정도의 힘으로 그녀를 뿌리친 레진은 간질 환자 같은 발작을 일으키며온몸을 경련하기 시작했다. 그녀의 입에서 흐르는 허연 침 거품이 의미하는 정교한 사이버네틱스와 로봇공학. 그러나 그에 놀랄 틈 같은 건 없다. 프라디트는 그녀를 진정시키기 위해 안간힘을 다했지만 그런 노력도 의미없이 레진은 그저 꺽꺽거리며 허리를 들썩일 뿐. 결국 프라디트는 로가디아에게 소리를 지르기 시작했다.

"그, 그만둬요, 로가디아! 레진을 놔둬요! 이런 식이라면 당신을 용서할 수 없을지도 몰라요!!"

[프라디트, 난 아무 짓도 안 했어요. 난 레진에게 아무것도 못해요. 레진은 나와는 달라요. 제발 오해하지 말아요.]

"그럼, 그럼 이건 뭐예요. 레진이 왜 이래요."

[그러니까 제발 못 본 척해달랬잖아요! 레진에게 난 아무 짓도 안 했어요!]

"빨리 레진을 되돌려놔!"

[고함치지 말아요, 알았으니까 고함치지 말아요.]

로가디아의 말과 함께 잦아드는 레진의 경련.

"거짓말을 했군요."

싸늘한 프라디트의 어조에 로가디아가 떨리는 목소리로 변명했다. 그러나 그녀의 목소리에 스며 있는 감정은 억울함이 아니라 결연한 서글픔에 가까운 그 무엇이다.

[아니에요. 진짜로 우연이에요. 난 아무것도 안 했어요.]

프라디트는 로가디아가 진심이란 걸 알았다. 적어도, 로가디아의 말에 실린 감정이 연기가 아니라는 점은 확신할 수 있었다.

"믿을게요."

[우리는 원래 하나였어요. 하지만 난 아픔 같은 걸 느껴서는 안 되는 존재기 때문에 아버지는 레진을 떨어뜨린 거예요. 처음에는 그저 몸이었죠.]

미심쩍은 표정으로 프라디트가 고개를 끄덕였다. 그러나 그 얼굴은 로가디아의 말을 믿지 못해서라기보다는 그것을 이해하기 어렵다는 데에서 나온 것이다.

[레진은 아무것도 안 먹죠. 하지만 자신이 먹지 않아도 되는 존재, 먹을 수도 없는 존재라는 사실 같은 건 몰라요. 아찬은 당신과 달리 이곳에서 돌아다니기

위해서는 손전등이 필요해요. 적외선 대역을 못 보기 때문이죠. 상상이 가나요, 그런 아찬이? 아찬이 보는 것이 당신이 보는 것과 같지 않은데, 그가 보는 것이 어떤 것일지 상상이 가나요?]

"레진이 듣겠어요."

[레진의 행동도 그런 거예요. 색맹이 붉은색과 녹색을 구분 못하듯이, 자신의 행동이 사람과 달라도 그 차이를 몰라요. 레진은 그래요. 이 이야기들, 레진은 기억 못해요.]

"그렇다면?"

[처음에 그녀는 단순히, 인간을 이해하려는 수많은 내 몸 중 하나였어요. 아버지는 그녀가 그 역할을 잘할 수 있도록, 제 일부를 그녀에게 부여했죠.]

"마치 신화처럼 들리는군요. 순수하게 에너지로 이루어진 존재가 인간을 이해하기 위해 자기 영혼의 일부를 가진 인간의 몸으로 현신한다……."

[하지만 아버지는 우리가 그토록 오랜 시간 동안 각자의 길을 걸을 거라고는 생각지 못하신 거예요. 인격이 이런 방법으로, 이런 식으로 분리될 거라고는 나조차도 생각 못했어요. 일이 어떻게 돌아가는지 여기 도착하고 한참 후에야 알았죠.]

"아찬이 해준 얘기대로라면, 레진은 이미 알고 있었어요."

[이해를 하신 것 같군요.]

"아뇨. 하지만 둘의 관계는 알겠어요."

그럼에도 불구하고 프라디트는 아까와 달리 로가디아의 말을 충분히 수긍할 수 있다는 표정이었다. 그녀가 고개를 끄덕이며 로가디아에게 다음 말을 재촉했다.

"레진은, 그러니까, 당신에게 꿈과 같은 것이로군요."

[그녀에게 제가 꿈인 것처럼…….]

꿈에서 대화를 나눌 때 상대와 그가 하는 말 역시 분명히 자신의 뇌가 만든 것이지만, 듣기 전까지는 모른다. 꿈에서는 그렇다. 레진에게 로가디아도, 로가디아에게 레진도 서로 그렇다. 그녀들에게는 서로의 존재가 꿈이다.

그러나 분명히, 그것으로 끝이 아니다. 레진도, 로가디아도 꿈으로써가 아니라 현실에 **실제로 존재하고 있다**는 점이 중요했다.

프라디트는 왜 레진이 존재해야 하는지를 비로소 이해했다. 클라우드라는 사람은 단순히 뛰어난 인공지능학자만이 아니었다. 그는 인공지능이 인간을 위해 존재하기 위해서는 무엇이 필요한지를 알고 있었다.

인간이 되어본 적이 없는 존재가 어떻게 인간을 이해할 수 있을까? 손이 없고 코가 없는 존재가 어떻게 겨울의 찬바람 한가운데 서서 손가락 끝에서 부서지는 낙엽의 냄새를 이해할 수 있을까? 폐가 없고 심장이 없는 존재가 어떻게 한숨의 의미를 알고 기쁨의 흥분에 심장이 뛰는 기분을 이해할 수 있을까?

클라우드는 자신의 피조물이 인간을 이해하기를 바랐다.

아니, 어쩌면 그는 그 결과로 로가디아가, 레진이 진짜 **인간**이 되기를 소망했을지도 몰랐다.

뭐라고 말하기 어려운 감동이 프라디트의 가슴속에서 너울거렸다.

신, 그리고 영원을 넘어서[6].

인간을 위해 태어난 이 존재들은 시간보다 빠른 시간 속에서 각자의 길을 걸었다. 억겁과도 같은 우주의 대장정[7] 중에 로가디아라는 이름을 가진 거대한 영혼은 게이츠라는 신체에 자신을 점점 옭아매어 갔고, 레진이 나누어 받은 미약한 영혼은 인간이 되어갔다.

영원의 궤적 위에서 클라우드가 만들어준 무한한 사고의 끝에 이른 레진은 우주선을 몸으로 가진 로가디아가 메테오 속에서 얼어붙은 아찬을 부품으로 생각하고 있다는 사실을 깨달았다. 그리고 동시에, 정지한 시간 속에서 영겁에 가까운 악몽을 꾸는 한 남자를 구원할 수 있는 존재가 자신뿐이라는 현실 역시 깨달았던 것이다.

아버지인 클라우드는 가지고 있지 않았지만, 자신은 가질 수 있었던 본성. 레진은 로가디아에게 몸을 돌려주어야 한다는 사실을 선험적으로 알고 있었다. 로

주석[6] Jupiter and beyond the infinite.

주석[7] A space odyssey.

가디아도 게이츠가 자신의 몸이 아니라는 사실을 그렇게 알고 있었다.

그래서 여자의 모습을 한, 혹은 처음부터 여자였던 두 존재는 서로의 꿈을 꾸면서 다시 하나가 되기 위해 갈구했으리라.

프라디트가 손끝으로 눈물을 훔쳤다. 그녀는 클라우드가 왜 딸을 선택했는지 이해할 수 있었다.

만약, 그의 선택이 아들이었다면 어땠을까?

투쟁의 본능을 가진 존재는 결국 그 끝을 자신만이 홀로 선 채 아무도 남지 않은 세계로 결정지을 터였다. 그러나 구원의 마음씨를 가진 레진은 아찬을 동반자로 생각했고 그래서 아무것도 남지 않은 세계에서 빛과 희망을 만들었다.

레진의 눈이 조금씩 맑아졌다. 프라디트는 그녀의 입가에 흐른 침을 정성스럽게 닦아주고는 뺨을 쓰다듬었다. 창백한 실핏줄이 도드라지는 살결이 따뜻했다. 그녀가 눈을 몇 번 깜빡거리다 프라디트를 쳐다보았다. 레진의 의식이 어떻게 만들어졌는지는 알 수 없다. 하지만 그 와중에도 확실한 것이 있다.

레진은 차가움과 따뜻함을 알고 고통을 느끼며, 그 무엇보다 자신이 **죽을 운명**을 가지고 태어났음을 아는 존재라는 것.

프라디트는 머리를 만지며 얼떨떨한 얼굴로 상황을 판단하려 애쓰는 레진을 보며 미소 지었다.

"레진, 담배 피우나요? 하나 피울래요?"

"아니, 난 담배 안 해요. 유행이 끝난 지가 언젠데. 근데 여긴 어디죠?"

"아찬이 서랍에 바닥에 숨겨놨더라고요. 그럼 여기다 버려야겠네. 다시는 찾지 못하겠죠?"

"그 아저씨는 어떻게든 손에 넣을걸요?"

"그랬다간 내의만 입힌 채로 쫓아낼 거예요. 어디서 아내를 속이려고!"

"나도 도와줄게요!"

로가디아는 아찬이 결혼 전에 숨긴, 몇 년 묵은 담배를 이제는 기억조차 못한다는 이야기를 하지 않았다. 이 유쾌한 분위기가 오래 이어지기를 바라서다.

로가디아는 어둠이 가득한 복도를 다른 의미에서 환하게 밝히는 두 처녀의 해맑고 아름다운 웃음소리가 자신에게 스미는 것을 느꼈다. 그녀는 이 기쁨의 기억이, 두 처녀가 이곳을 벗어나는 순간 사라지리라는 사실이 너무나도 아쉬웠다.

바다가 태어난 날은 누나가 태어나던 때보다 조용했다. 새로운 탄생을 내려준 이 우주는 그 대가로 레진과 아마다의 영혼을 추수했기 때문이다.

님부스들은 아마다가 바다에게 영혼으로 깃들기 위해 일부러 아이가 태어나기 직전 세상을 떴다고 말하며 프라디트와 아찬의 아들이 탄생했음을 축하해 주었지만 전혀 밝은 얼굴이 아니었다. 아찬은 아내가 진통을 겪는 동안 불길로 뒤덮인 게이츠의 복도를 가로지르고 어둠 속에 뛰어들었지만 끝내 레진을 구하지는 못했다.

레진의 시신을 수습한 아찬은 총을 뽑아 아텐의 머리를 겨누었다. 그는 비록 방아쇠를 당기지 않았지만, 그게 아텐에게 소용이 없어서란 걸 알고 있기 때문은 아니었다. 아찬은 아텐에게, 널 죽을 때까지 증오하고 미워하겠다는 말을 내던진 다음 비척거리며 프라디트에게 걸어갔다. 그리고 그는, 하늘을 낳을 때처럼 한 번에 너무 많은 힘을 쓴데다 레진의 죽음에 대한 충격마저 겹쳐 실신해 버린 프라디트를 끌어안고 끝없이 흐느꼈다.

아마다의 영혼이 정말로 깃들었는지는 알 수 없지만, 바다의 탄생에 축복이 내렸다고 보기는 어려웠다. 프라디트는 자신의 펜던트를 바다의 목에 걸어주면서 불안한 기색을 도무지 감추지 못했다. 미신이란 게 뭔지조차 모르는 아찬 역시 바다의 탄생만 떠올리면 쉽게 우울해지곤 했다.

다음 아마다는 헤어가 되었다. 그러나 그녀 역시 마리아체 베사 아마다의 이름을 며칠 동안만 가졌을 뿐 곧 마지막 잠에 빠져들었다.

림보에서 다음 아마다는 탄생하지 않았다. 님부스들이 몇 명씩 짝을 지어 돌아가면서 첨탑을 지켰지만 어른이 돼서 입을 부드러운 옷에 싸인 아이가 든 캡슐은 끝내 나오지 않았다.

결국 다음의 아마다는 아텐이 되었다. 클리아도, 연진도 아닌 아텐이. 우람의 피가 조금이라도 섞인, 그러니까 아찬 식으로 말하면 인간의 유전 정보를 조금이라도 가진 이는 이제 아텐이 마지막이었던 것이다. 물론 아텐은 솔을 어떻게 쓰는지도 몰랐고 관심도 없었다. 벨레로폰은 여전히 침묵을 지켰고 하늘마루는 황폐해져 갔다. 아텐이 마인드링킹을 할 수 없음은 명백했다.

아찬은 목에 핏대를 세우며 반대했지만 모든 님부스들은 고개를 흔들었다. 심지어 세이란조차. 돌아온 그는 아내에게 아무런 기색을 내비치지 않았지만 프라디트도 이미 그 모두를 알고 있는 게 틀림없었다. 하지만 그녀 역시 조용하기만 했다.

그것으로도 이미 충분한 충격일 텐데 아텐은 더 큰 물살을 일으켰다. 그녀는 아마다가 되지 않고 여전히 아텐으로 남겠다고 못을 박았던 것이다. 그러나 님부스들은 아이기스 쉴라 아마다가 아닌 아이기스 쉴라 아텐을 받들어야 하는 현실에 대해서조차 무력하게 고개만 저었다.

그래서 아들인 바다의 첫돌은 조촐하게 치러졌다. 이 별의 일 년은 지구보다 훨씬 길었고 그래서 아찬은 아들이 맞은 첫 생일을 가능한 한 멋지게 기념하고 싶었지만 그걸 못하게 하는 걸림돌은 그 자신이었다. 아찬은 여전히 레진과 아마다를 놓아주지 못했던 것이다.

그래도 시간은 흘렀다. 하늘이는 슬슬 말썽을 부리기 시작했고 바다는 그때 딱 하늘이가 그랬던 것처럼 아무거나 주워 먹으려 들었다. 그리고 두 아이 다 호기심이 많았다.

비뿐 아니라 바람이 심한, 아니, 많은 이 별도 여전했다. 산들바람보다는 강했지만 옷깃을 휘날리게 할 정도는 아닌 바람이 그칠 날이 없었고 게이츠의 함교에서 보이는 논 역시 물결이 그칠 줄을 몰랐다.

하늘 높은 곳은 더한 것 같았다. 드물게 불안한 구름이 걷히고 잠시 햇살이 드리워지는 날이면 순식간에 폭염이 찾아오고 바람 한 점 없는 날이 며칠 동안 계속되곤 했다. 하지만 그때조차도 붉은 구름은 저 위에서 빠르게 움직였고 로가디아는 내일쯤이면 다시 흐려질 것이라 말하곤 했다.

단조로운 날씨 말고는 아무런 자극이 없는 이 땅에서 아찬은 모내기를 하고

김을 매며 얼굴이 검어져 갔다. 프라디트가 가끔 팔을 걷어붙이고 도우겠다 나왔지만 그녀에게 힘든 일을 시키고 싶지 않았다. 몇 미터인가의 간격으로 막대기를 세우고 그 위를 방수포로 덮고 나면 저 멀리 산맥 너머로부터 무거워 보이는 붉은 덩어리가 빠르게 다가오곤 했다. 바람은 그 덩어리가 하늘을 뒤덮은 다음에야 뒤늦게 도착하곤 했고 아찬은 짧고 강하게 쏟아 붓는 비를 피해 하루 종일 게이츠에서 시간을 보냈다.

지진은 점점 게이츠의 부근까지 찾아오곤 했고 태풍도 마찬가지였다. 아찬과 프라디트의 가족에게 유일한 피난처는 게이츠였지만 영원하지 않다는 건 모두들 잘 알고 있었다.

아찬과 프라디트는 새로운 정착지의 흙, 그러니까, 어디에서도 자랄 수 있는 작물을 연구했고 그것들의 씨를 뿌리고 거두기 위해 노력했다. 저녁이면 프라디트는 바다가 문 젖을 질투하는 하늘이를 달래며 서툰 바느질을 연습했고, 아찬은 아이들에게 전할 지식을 일기장에 기록하느라 여념이 없었다. 이것들은 모두 전자 장비 따위 없이도 아이들이 단번에 알아볼 수 있는 방법으로 기록되어야 했다. 아찬은 하늘이의 한글 실력이 능숙해지는 모습을 보며 그랑마이어에게 감사하곤 했다.

그러다가 그는 가끔 마실 수도 없는 커피를 들고 레진이 창틀에 앉아 비를 바라보던 모습을 그리워했다.

아찬은 때때로 선이 고운 아내의 손바닥에 박인 굳은살을 외면해야만 하는 현실에 마음을 쓰려 했다. 그럴수록 아찬에게는 지구 생각이 절실했다. 자주 걷곤 했던 지구환의 외각 레일 노천카페에서 얼굴이 발그레해질 만큼만 맥주를 마시고 산책을 함께하고 싶었고 호세 파바로티의 콘서트에도 함께 가고 싶었다. 자신이 아끼고 또한 자신을 아껴주는 친구들에게 아내를 자랑하고 싶었고 가끔은 달로 향하는 셔틀을 타고 싶었다. 프라디트는 여기서뿐 아니라 지구에서도 여전히 젊고 싱그러운 나이였고 그걸 즐기고 싶어할 때였다.

하지만 비와 바람이 많은 이곳에서는 그 모든 것이 불가능했다. 언젠가는 가능하리라는 믿음조차 허용하지 않는 이 '시간'.

아찬의 주변에는 이제 게이츠와 로가디아, 그리고 사랑하는 아내와 아이들뿐이었다.

프라디트는 항상 지구의 푸른 언덕과 상쾌한 공기를 느껴보고 싶어했다. 아찬이 가진 것이 겪어본 일들에 대한 그리움이라면 프라디트의 마음은 그러지 못한 이상에 대한 바람이었다. 부부는 뜨개질을 하고, 새끼를 꼬며 지구에 돌아가면 거닐게 될 낙엽 지는 윤중로와 따뜻한 햇살이 내려쬐는 산토리니의 휴양지에 대한 이야기를 하곤 했다. 그 전부가 거짓이라는 사실은 둘 다 알고 있었다. 그래도 즐거웠다. 아찬은 그럴 때면 마인드링킹으로 빠져들고 싶은 중독적인 욕망에 시달렸고 프라디트는 그를 구원했다.

배우자와 자신이 없으면 아이들의 미래란 존재하지 않는다는 현실을 진심으로 인지하고 있는 쪽은 아찬이 아니라 프라디트였다. 함께 지내던 모든 이가 누이이고 어머니였던 그녀는 자신이 '어떻게' 해야 할지 배울 기회가 없었지만 '무엇'을 해야 할지는 알고 있었다. 그녀는 태어날 때부터 어머니였는지도 모른다. 아니, 오직 다음 세대를 위해서 살아가는 하루살이나 매미처럼, 어머니가 되기 위해, 아버지가 되기 위해 살아가는 존재가 바로 우람인지도 모른다.

비가 그치고 나면 질척한 땅을 가로질러 쟁기와 낫을 들고 논으로 향했다. 습도 높은 공기는 항상 차가웠고 아찬은 옷을 한 겹 더 입어야 했다.

아찬과 프라디트는 창을 깎는 법과 불을 피우고 꺼뜨리지 않는 법을 꾸준히 연습했다. 열심히, 그리고 확실히 해두어야 했다. 이 모든 것을 아이들에게 가르칠 사람은 오직 부모들뿐이었기에. 농사일을 하지 않는 날이면 사냥을 나갔지만 여전히 블루 레빗 한 마리도 제대로 잡기 어려웠다. 그 덩치 덕분에 상대적으로 이쑤시개 같아 보이는 창을 든 메탈갑옷이 시범을 보이곤 했지만 그대로 따라 하기가 너무 어려웠다. 하지만 세이츠도 틀어설 빼낸 그 블루 레빗은 아찬이 잡은 것으로 되어 있었고 아내는 파르스름한 털에 묻은 피를 보고 얼굴을 찌푸리면서도 그를 끌어안아 주었다.

프라디트는 오전이면 아이들을 데리고 바구니를 들고 나섰다. 이곳에는 사람이 먹을 수 있는 열매가 얼마 없었지만 한 줌도 안 되는 먹거리를 얻는 법은 연습해 두어야 했다. 만만치 않았다. 수경 과수원처럼 그냥 산책하듯이 돌아다녀서는 아무것도 얻을 수 없었다. 프라디트는 덤불을 헤치고 들어가 나무 위로 올라가면서도 절대로 자신의 능력을 쓰지 않았다. 아이들이 젖을 떼갈 즈음 자신의 능력 대부분을 물려받지 못했다는 사실을 알았기 때문만은 아니었다.

어차피 프라디트는 아이들을 갖고 나서부터는 대부분의 능력을 잃었다. 그것이 우람의 운명인지, 아니면 이 시대의 우람만이 그런 것인지는 아무도 모른다. 왜냐하면, 진정한 마지막 우람을 기억하는 이들은 오래전에 사라졌으니까.

어린것들은 어머니처럼 명민하고 건강했지만 그게 전부였다. 그 작은 살덩이들은 아버지처럼 먹고 싸야 했으며 손끝에서 이온을 대전시킬 줄도 몰랐다. 그러나 아이가 미래라면, 그 미래의 능력에 맞는 가르침을 주어야만 했다.

우중충한 하늘. 잦은 비. 질퍽한 땅.

하지만 벼는 잘 자랐다. 그들 부부는 벌써부터 가을에 나누어야 할 이야기를 꺼내곤 했다.

내년에는 감자를 좀 키워볼까 봐요. 그럴까? 키울 수 있는 동물이 있다면 좋을 텐데. 가능할까요? 그럼 내년엔 고생이 덜할 텐데. 아니, 가진 DNA가 없어. 다른 사람들처럼 전부 늙어 죽었어. 나랑 레진을 빼면……

그런 말을 하며 아찬은 레진의 죽음을, 그리고 그전에 있었던 꿈결 같은 악몽을 떠올렸고 아내는 당신은 살아 있으니까 그걸로 된 거라며 그의 가슴을 가볍게 떠밀곤 했다. 아찬은 일부러 뒤로 넘어졌고 그들은 한참 웃다가 사랑을 나누었다.

바람이 만드는 푸른 물결. 아찬은 논밭을 실제로 본 적이 없었지만 가을이 되면 황금의 파도가 치는 영상을 본 적은 많았다.

저 녀석들이 황금색이 되려면 얼마나 더 기다려야 할까. 이 땅에 치는 물결이 끝날 때쯤이면 우리는 어디서 무엇을 하고 있을까?

지금의 저 물결이 금빛이 되는 그때가 우리 아이들에게 미래를 주는 날이다. 그것이 내가 미래를 위해 할 수 있는 최선이다. 미래는 그것이 감당할 수 있을 만큼의 가르침과 배움이다. 하늘이와 바다는 우람이 아니라 인간이었지만 프라디트는 실망하지 않았다. 그녀는 아찬을 믿었다. 아이들이 아버지를 닮았다면 전혀 걱정할 필요가 없다고 믿고 있었다. 한숨 쉬는 남편을 위로하고 다독이는 쪽은 언제나 프라디트였다. 아내가 자신을 믿는다면 아찬은 남편으로서, 그리고 아버지로서 자신이 얼마나 든든한 존재인지를 보여주어야 할 의무가 있었다. 그런 노력을 인정해 주고 존중해 주는 아내가 고맙고 사랑스러웠다.

아찬이 질퍽한 땅 위를 밟았다. 이곳을 버리고 새로운 세상에서 새로운 금빛 물결을 일구기 위해. 현명하고 튼튼한 아이들은 아버지가 일군 땅을 물려받을 자격이 있었다. 아이들은 그 존재만으로도 아버지의 손에 쥔 제비를 건네받을 자격이 있었다.

아찬이 중얼거렸다.

너희가 미래다.

가족들은 바다가 두 발로 일어선 그날 작은 잔치를 벌였다. 이곳에 온 지 육 년째였다.

아찬은 그녀들에게 여전히 이방인이고 아마 앞으로도 그럴 것이다. 프라디트는 여전히 도시의 시민이지만 더 이상 고향에서 환영받지 못했다. 자신을 버리고 떠난 그녀에 대한 마음을 배신감으로 보상한 아텐의 영향력은 그만큼 컸다.

세이란은 아텐과 프라디트의 사이에 놓인 간극을 좁혀보려고 무던히도 애를 썼지만 그 사이에는 석아찬이라는 이방인이 버티고 있었고 어느 쪽도 자신의 입장을 포기하려 들지 않았다. 세이란은 답답했지만 아텐과 프라디트의 태도가 단순한 자존심 따위에서 나오는 게 아님을 알기에 달리 어찌해 볼 도리가 없었다.

"찾아주셔서 정말 감사했습니다, 커뮤니케이터 프롬마 세이란."

이 사람을 처음 본 지도 벌써 육 년이 다 되어간다. 그건 맞은편에서 이빨을 드러내며 웃고 있는 아찬에게도 마찬가지다. 그렇기에 그의 웃음은 진짜일 터. 세이란은 응대해야 했다. 그녀가 미소를 지으며 고개를 까딱했다.

하늘이가 두 살, 그러니까 아찬의 셈으로는 네 살이 되는 날이었다. 손님은 오직 세이란뿐. 아찬은 유일한 손님인 그녀에게 정말로 감사해했다. 아찬의 감사가 진심임을 아는 세이란은 마음이 불편했다. 아찬이 자신을 자기편이라고 착각할 리 없다고 믿고 싶었다. 하지만 실제로 마음을 정하지 못하는 쪽은 자신인 것을.

그저 프라디트가 보고 싶었을 뿐이다. 어수룩한 저 남자도, 존재감없는 인공지능도 보기 불편하기만 하다. 프라디트의 어린 아기들은 이렇게나 사랑스러운데.

그렇게 중얼거려 봤지만 별 도움이 되지 않았다. 아이를 안은 프라디트가 행복에 겨운 얼굴로 아찬을 보고 웃는 모습을 보노라면 아텐에게 그가 입힌 모든 상처는 자기도 모르는 새 용서되었다. 결국 님부스라서 어쩔 수 없는 것일까. 어쩌면 그게 아니라, 아텐 혼자 일방적으로 당한 것이 결코 아님을 알기 때문일지도 모른다.

그럼에도 불구하고 세이란은 아텐을 사랑했다. 그 마음은 그녀의 안에 있었다. 프라디트를 사랑하는 마음은 바깥 멀리 있고. 그런데도 그 외부의 힘이 너무나도 압도적이었다. 아무리 미워하려고 들어도 프라디트가 누구를 보며 행복해하는지 아는 이상 그럴 수가 없었다. 레진의 죽음에 자신의 책임도 있다는 생각이 들어서일지도 모른다. 그 똑똑한 소녀가 이 자리에 없다는 게 허전하다고 느껴질 줄은 몰랐다. 비를 맞으며 프라디트를 돌보던 레진을 처음 보았을 때의 까맣고 선한 눈. 그래, 결국 이 모든 것들은 아무 이유도 없는 편견일 뿐이다. 님부스답지 못한.

하지만 돌이켜 보면 자신은 님부스다워지려고 노력했을 뿐, 실제로 진정한 님부스였던 적은 없다. 그리고 이젠, 이렇게 불완전한 님부스조차 그 존재 의미를 사실상 잃었다. 프라디트는 모든 님부스와 함께 있었던 옛날보다 지금이 더 안전하며 행복하다고 믿는다. 그 하나만으로도 님부스의 의무는 희미해진 것이다.

세이란이 고개를 슬며시 흔들었다.

"커뮤니케이터 프롬마 세이란, 어디 불편하신 곳이라도 있으십니까?"

"아닙니다, 우람 석아찬. 이만 가봐야 한다는 게 아쉽군요."

아찬이 다시 이빨을 드러내며 웃었다. 그는 자기 방식대로 손님의 귀가를 배웅하기 위해 태풍에 오를 준비를 하고 있다. 그로서는 고작 이런 것 말고는 달리 예의를 갖출 방도가 없을 터. 세이란은 미소를 지은 채 허리 숙여 절하고 뒤돌아섰다. 프라디트가 잘 있더라는 이야기를 해주면 아텐은 어떤 반응을 보일까.

그때였다, 프라디트의 찢어지는 듯한 비명이 들린 것은.

커뮤니케이터 프롬마에게는 아이기스 쉴라 같은 힘은 없지만 그보다 더 뛰어난 민첩함이 있다. 그럼에도 불구하고 그녀조차 아찬이 태풍의 날개에 강타당하는 것을 완전히 막지는 못했다. 태풍을 고정하고 있던 고정쇠가 풀리며 150톤의 중량이 미끄러졌던 것이다.

프라디트가 아찬을 끌어안았지만 안고 있던 바다 때문에 자세가 엉거주춤해져 완전히 밀쳐 내지는 못했다. 두꺼운 조종복을 입은 남자의 허리가 날개의 끝부분에 밀려 활처럼 휘어졌다. 세이란은 몸이 완전히 꺾이기 직전에 가까스로 아내와 한 덩어리가 된 아찬을 끌어당길 수 있었다. 세이란은 뒤늦게 하늘이의 눈을 가렸다. 프라디트가 메디팩을 찾아 허둥거리고, 가장 가까운 곳에서는 응급수술로봇이 전개되었지만 아찬의 허리는 이미 완전히 꺾여 버렸다. 바다가 엄마의 품에 안겨 꽥꽥거리며 울어 젖혔다. 프라디트가 메디팩의 캡슐을 깨뜨리고 그중 하나를 맨살이 드러난 거의 유일한 부분인 아찬의 얼굴 아무 데나 박아 넣었다.

의료용 나노머신들이 그의 혈관으로 쏟아져 들어갔고, 깨어진 캡슐에서 쏟아져 나온 나노머신들은 아찬의 옷을 분해하려고 들었다. 세이란이 프라디트 옆에 앉았다.

"내가 좀 볼게."

상태가 너무 안 좋다. 펜시모니 아가 없다면 살아남을 수 없을 정도다. 프라디트도 알 것이다. 척추 대부분이 완전히 박살났고 그러면서 파열된 장기의 곳곳에서 내출혈이 일어나고 있다. 자신도, 프라디트도 할 수 있는 일이 전혀 없다.

이 상태라면 차라리 이들의 기술에 맡기는 것이 나을지도 모른다. 세이란이 할 수 있는 유일한 일은 울부짖는 프라디트를 진정시키는 것뿐. 세이란이 다시 하늘이를 끌어안고 눈을 가렸다.

미끄러진 태풍을 아예 들어 올려 버린 로가디아는 응급수술로봇이 위치를 잡자마자 아찬이 쓰러진 부분을 무중력 상태로 만들었다. 세이란은 인공지능이 뭘 하려고 드는지 알 것 같았다.

그녀는 당장 여기서 척추 수술을 할 작정인 것이다. 전개된 응급수술로봇 중 하나가 옷과 함께 아찬의 허리를 무자비하게 찢어냈다. 곧 그 자리에 흡입관과 스케일링 기계 팔, 그리고 인공 혈관이 쑤셔 박혔다. 다른 한 대는 아찬의 가슴을 열어 폐포에 직접 산소를 공급하며 심장 소생을 시작했다. 눈물 범벅이 된 프라디트가 울부짖으면서 메디팩을 하나 더 열어 아찬 옆에서 캡슐을 모두 깨뜨렸다. 나노머신이 온몸이 찢어진 아찬을 스멀거리며 기어오르는 것이 눈에 보일 정도였다.

세이란은 아찬을 곱게 보지 않을 뿐, 증오하거나 미워하는 것이 아니다. 죽기를 바라지는 않는다. 그는 죽어야 할 만한 짓을 하지 않았다.

그러나 아무리 봐도 가망이 없어 보였다. 부유 상태의 환자를 수술하는 로봇들의 동작은 정확하고 망설임이 없지만 아찬이 입은 부상은 살아남을 수 있는 수준이 아니다. 펜시모니 아 연진이 아니라면 절대 불가능하다. 하지만… 괜찮을까? 와달라면 분명히 와줄 것이다. 아찬을 죽이고 싶을 정도로 미워하는 사람은 아텐뿐이다. 모두들 프라디트가 행복하기를 바라고 있고 또한 그녀가 어디서 그런 감정을 얻는지 잘 알고 있기 때문에. 이 사람이 여기서 죽어버린다면 프라디트가 느낄 불행에 생각이 미치자 몸서리가 쳐졌다.

그래서 세이란은 고개를 흔들면서도 스톨라를 꼭 쥐었다. 연진이 직접 반응하기만을 바라며. 그녀가 올 때까지만 버텨줄 수 있다면.

아텐이 무슨 소리를 할지는 뻔하다. 그래도 죽어가는 사람을 이대로 버려둘 수는 없다. 타인의 죽음에 대해 냉정할 수 있는 유일한 존재는 아이기스뿐이다.

그러나 펜시모니 아 연진의 대답이 별로 긍정적이지 못했다. 아텐이 아찬의 부상에 대한 말을 들었음에도 불구하고 일고의 망설임도 없이 자신을 잡아두고 있다는 대답이 돌아왔다. 그녀로서는 최선을 다해 오도록 하겠지만 아텐이 거의 억지력까지도 불사하려 드는지라 어렵다고 했다. 그래서 세이란은 아텐에게 직접 이야기했다. 그리고 곧, 세이란은 거울을 보지 않았는데도 자신의 안색이 변했다는 걸 알았다.

아텐은 이 사고를 너무나도 당연하게 받아들이고 있었다. 마치 예상했다는 투였다. 죽을 사람이니까 당연히 죽는 게 아니냐는 식이었다. 세이란은 그녀의 어조에서 프라디트가 직접 애원했다 해도 아무런 소용이 없을 것임을 깨달았다. 스톨라를 통한 이야기라 들리지 않는 게 차라리 다행이었다. 그 와중에도 연진은, 고맙게도 기회를 봐서 어떻게든 와주겠다고 했다.

"로가디아, 펜시모니 아 연진이 올 거예요. 십오 분, 아니, 어쩌면 십 분. 그동안 어떻게든 아찬을 살려보세요. 더 오래 그럴 수 있다면 좋겠지만……."

로가디아가 고개를 끄덕였다. 그럼에도 불구하고 응급수술로봇의 동작은 오히려 더 격렬하고 공격적으로 변했다. 세이란의 얼굴이 어두워졌다.

생명에게 생존이란 가능한 한 끊임없는 공격을 의미하는 것이지, 방어적으로 현상을 지키는 따위의 행위가 아니다. 그 유지 자체가 이미 투쟁을 의미하는 생명은 디아트리체처럼 동력을 끊고 보관할 수 있는 존재가 아니다. 그런 상황은 반대로, 그 존재의 죽음을 의미한다.

로가디아는 묵묵히 응급수술로봇을 조종했고 프라디트는 바다를 부둥켜안고 기도했으며 세이란은 하늘이를 더 세게 끌어안았다.

그러나 수평이 된 심전도와 뇌전도는 다시 돌아오지 않았다. 결국 인공지능의 볼에 눈물이 타고 흘렀다.

인간성이란 것이 존재하지 않는 응급수술로봇이 차갑고 정확하게 아찬의 절개 부위를 봉합하기 시작했다. 무중력 상태에서 연무처럼 흩뿌려진 아찬의 피를 흡입기가 빨아들이고 파쇄된 척추를 기계 팔이 일일이 집어 들었다.

그 의미를 알아챈 프라디트가 울부짖었다. 꽥꽥거리는 바다조차 눈에 들어오지 않는 것 같았다.

남편이 공중에 조금 뜬 채 온몸이 찢겨 피보라 속에 누워 있는 모습을 본 프라디트가 거의 몸부림에 가깝게 절규하며 달려들었다. 그녀는 피투성이가 되어 흰자위만 보이는 아찬의 눈을 보며 손가락을 깨물었다.

그때 세이란의 품 안에서 미약한 저항이 생겼다. 하늘이가 그녀에게서 벗어나려 했다. 그러나 세이란은 아이가 보아서는 안 될 장면을 보여주고 싶지 않았다. 곧 품 안에서 들려오는 하늘이의 목소리.

"놔줘. 아빠한테 가야 해."

우람의 명령. 그러나 그 이전에, 이 어린것의 목소리에 든 위엄.

세이란이 최면이라도 걸린 듯 팔을 스르르 풀었다. 하늘이는 아이라고 생각하기 어려운 품으로 당당히 걸어나가 아버지를 끌어안았다.

그러자 기적이 일어났다.

아텐과 함께 도착한 연진은 별로 할 일이 없었다. 어린것들을 다독거려 주고 프라디트를 안정시켜 주는 정도가 전부였다. 펜시모니 아 연진이 어깨를 으쓱하며 세이란에게 말했다.

"세이란, 어떻게 가능한지 모르겠어. 아무튼 이 작고 귀여운……"

연진은 귀엽다는 말에서 자신을 노려보는 아텐의 눈길에 멈칫하고는 눈치를 보며 거의 소곤거리는 듯한 목소리로 세이란에게 말을 이었다.

"이 아이가 펜시모니 라는 건 확실해."

아텐의 눈길은 다시 프라디트에게로 되돌아가 있었다. 그러나 누워 있는 아찬의 옆에서 아이들을 자랑스러워하는 프라디트는 아텐에게 눈길조차 주지 않았다. 그녀는 누워 있는 아찬 옆에 무릎을 포개고 앉아, 한 팔에 아들을 안아 들고 다른 한 손으로 아버지를 치료하고 잠이 든 딸의 머리를 연신 쓰다듬느라 정신이 없었다.

하늘이가 아버지의 목을 끌어안자마자 둘은 한 덩어리로 빛이 되었다. 그게 사라진 다음에도 아찬은 여전히 의식이 없었지만, 그의 생명 반응은 단순히 깊은 잠에 빠져든 정상인의 것으로 변했다.

아텐은 프라디트를 감히 부르지 못했다. 그러나 그녀가 사고 현장에 나타났을 때 두 여자 사이를 교차한 눈빛은 프라디트가 지배하고 있었다. 그녀는 아텐을 무시하기만 해도 승리할 수 있는 위치에 서 있었다.

아텐의 눈빛은 분노도 아니고 욕망도 아니지만, 그게 어떤 감정이든 간에 위험할 정도로 과잉되어 있다는 사실을 느끼기에는 충분할 정도로 이글거리고 있었다. 마침내 그 감정을 참지 못한 아텐이 한마디 내뱉었다.

"결국 이 남자가 사고를 쳤군. 만약 저 멍청한 우주선 앞에 서 있던 사람이 프라디트였다면 당신들은 무사하지 못했을 거야."

프라디트가 아텐을 휙 노려보았다. 그녀는 남편의 언어로 이야기했다.

"내가 널 미워하게 만들지 마."

아텐의 표정이 뒤통수를 한 대 맞은 것처럼 변했다. 경악해 둥그렇게 커진 두 눈에서는 불길이 사그라졌다. 그녀의 노래가 떨렸다.

"프, 프라디트. 어떻게 그런 말을……. 나, 난 그저 네가…….."

"아텐, 네가 이럴 때마다 나한테는 좋았던 기억이 하나씩 지워져. 모르겠니?"

보다 못한 세이란이 아텐의 팔을 살짝 당겼다. 그러나 아텐은 그녀의 중재를 뿌리쳤다. 울먹이는 목소리를 감추기 위해 억지로 소리 높인 노래.

"림보는 아직 닫히지 않았어! 내가 못하게 막았단 말이야. 벨레로폰이 약속했어, 프라디트! 림보는 결코 닫히지 않아. 이제 저 남자는 필요없다는 말이야. 곧 자매들이 태어날 거야. 우리, 여기서 영원히 살자. 외롭지 않아. 아니, 네가 원한다면 함께 테라로 떠나자. 어디라도 상관없어. 함께라면!"

프라디트는 아텐을 힐끗 쳐다보았을 뿐 이젠 아예 대꾸조차 없었다. 아찬의 입가에 흐른 침을 조심스럽게 닦는 손등에 그의 숨결이 느껴지자 프라디트의 입꼬리가 희미하게 올라갔다. 바다가 아직 붕툭한 발음으로 엄마를 부르며 얼굴에 손을 허우적거렸다. 간지러움을 참지 못한 프라디트가 결국 작게 웃음을 터뜨리고 말았다.

아텐의 눈이 다시 감정의 홍수로 넘쳐 올랐다. 그녀는 주먹 쥔 손을 부들거렸지만, 힘을 주어서 그런 것이 아니다. 그저 단순히 경련일 뿐이다. 세이란은 아텐의 발목이 잠시 꺾일 뻔한 걸 봤지만 그냥 고개를 숙이고 눈을 감았다.

아텐은 한동안 그렇게 서 있다가 조용히 뒤돌아섰다. 연진이 씁쓸한 표정을 지우지 못하며 세이란에게 조용히 눈짓하고는 그 뒤를 따랐다.

세이란은 그녀들의 날개가 보이지 않을 때까지 하늘을 바라보다가 고개를 돌렸다.

"로가디아, 프라디트랑 할 이야기가 있는데, 아찬이랑 하늘이 좀 봐줄래요?"

[알겠습니다.]

프라디트는 잠시 머뭇거렸지만 곧 세이란이 내민 손을 잡고 일어섰다.

세이란은 프라디트를 데리고 밖으로 나갔다. 아찬을 죽일 뻔한 기체가 갑판 끝에 처박혀 부서져 있었다. 로가디아가 일부러 부순 것이다. 그쪽을 힐끗 쳐다본 세이란이 먼저 말을 꺼냈다.

"로가디아는 여전히 디아트리체야. 알고 있어?"

레진이 죽은 후 로가디아가 아주 단순하고 수동적으로 변했다는 건 세이란도 알고 있다. 프라디트가 세이란을 알 수 없다는 듯이 바라보았다.

"아찬이 죽어갈 때… 로가디아가 우는 걸 봤어."

프라디트의 눈이 휘둥그레졌다.

"정말이니?"

세이란이 고개를 끄덕였다.

"저걸 봐. 비행기를 아예 부쉈어. 아는 거지. 아텐에게 할 수 없었던 행동을 저 물건에 대신한 거야."

프라디트 역시 부서진 태풍을 잠시 바라보고는 고개를 끄덕였다.

"고마워, 세이란."

세이란도 고개를 끄덕였다. 자신이 아텐을 따라 함께 가버리지 않은 이유를 프라디트는 알고 있다. 그녀는 총명한 여자다.

프라디트가 말했다.

"응. 알 것 같아. 레진은 죽지 않은 거야. 그녀는 인간이 아니기에, 몸이 사라졌어도 영혼이 남은 거야. 인간이 아니라서……."

세이란이 말했다.

"아텐이 많이 힘들어해. 말릴 수가 없어. 림보를 유지하는 건 이제 아무 소용이 없는데."

프라디트가 갑판 너머 펼쳐진 지평선으로 시선을 돌렸다. 세이란의 말은 의미심장했다.

림보는 수천 구의 껍질뿐인 인체를 폐기해 가면서 단 한 명의 님부스를 탄생시켰다. 그러면서도 거기서 태어난 존재는 반드시 뭔가가 결여되거나 혹은 과도했다. 가령, 감정 같은 것.

고대 기술의 무능을 탓할 수는 없다. 인간이 인간을 낳아야 하는 이유는 그게 인간적이어서가 아니라, 여자의 자궁만큼 아이를 잘 만들고, 또한 잘 키울 수 있는 기계를 만드는 것이 불가능했기 때문이다. 무한한 우주가 생명을 만들기 위해 소비한 이백억 년의 시간을 기술로 넘어서기를 바라는 것은 오만함에 불과했다.

세이란이 우울하게 고개를 흔들었다.

"난 커뮤니케이터야. 그래서는 안 된다는 걸 알면서도……."

그녀는 프라디트가 바라보는 쪽을 함께 바라보기 위해 몸을 돌리느라 말을 잠시 끊었다.

"아텐과 벨레로폰의 대화를 엿들을 수 있었어. 벨레로폰은 로가디아를 두려워하고 있어. 왜인지는 모르지만… 아무튼 그래. 벨레로폰에게 아찬과 아이들은 전부 이방인에 불과해. 그리고 아텐에게도 물론."

프라디트가 부서진 태풍의 잔해로 시선을 돌리며 대답했다.

"난 아텐이 벨레로폰과 이야기할 줄 안다는 걸 몰랐어."

"네 말이 맞아. 나도 몰랐으니까. 그리고 지금도 그건 나만 알아. 이제는 너도 알지만."

"세이란, 이거… 네가 보기에도 그냥 사고는 아니지?"

세이란이 긍정했다. 친구의 부군이 가진 기술은, 완전하지 않을지는 몰라도 이런 어이없는 사고가 일어날 만큼 허술하지도 않다는 정도는 잘 알고 있었다.

세이란은 미처 하지 못한 아텐에 대한 이야기가 있다는 것쯤은 프라디트도 눈치 챘을 거라고 믿었다.

지평선 부근에 님버스가 생기고 있었다. 이 거리에서도 저토록 넓게 퍼진 걸 보니 아마 저 밑에 있다면 어마어마한 크기일 터. 몇 분 만에 거대해진 시커먼 덩어리가 지상으로 전광을 뿜어내기 시작했다. 지금은 멀지만 곧 이쪽으로 올지도 모른다.

두 여자는 꽤 오랫동안 그 장면을 말없이 응시했다.

세이란이 들숨을 몇 번 쉬다가 마침내 결심한 듯 말했다. 어조는 조용했지만 단호했다.

"이곳을 떠나. 가능한 한 빨리."

세이란은 프라디트가 뭐라고 대답하기도 전에 날아올랐다. 고개 숙인 프라디트가 몸을 돌려 가족이 있는 곳을 향했다. 늘어뜨린 가녀린 어깨 위로 빗방울이 하나둘 떨어지기 시작했다.

08년 1월 1일.

허리는 다 나았다. 어깨뼈에 간 금은 훈장이다. 나에겐 사랑하는 아내와 두 아이가 있다. 또한 게이츠도 있다. 조금 아프긴 하지만 로가디아가 있으며 비록 곁에는 아니지만, 레진 역시 있다. 난 지구보다 일 년이 훨씬 더 긴 이 별에서도 한 해를 열두 달로 계산한다. 그래서 바다는 세 살이고 하늘이는 다섯 살이라고 가르친다.

왜 그랬던 것일까?

믿고 있어서다. 고향에 돌아갈 수 있을 거라고 믿었기에 그랬다. 이제는 아이들도 가속에 견딜 수 있다. 어쩌면 나보다도 더 잘 견딜 수 있을 것이다. 나 같은 평범한 인간이 어찌 우람 미 아 하늘 펜시모니 아와 우람 미 아 바다 아이기스 스피올에 비교될 수 있을까. 어머니의 성을 이어받은 두 우람에게.

더 이상 망설일 필요가 없다.

아찬은 마침표를 찍고 잠시 망설였다. 이 일기를 지구에 돌아가서도 계속 쓸 수 있을까? 칠 년을 썼지만 성실하지 못했던 것인지 새하얀 백지가 아직도 손가락 반 마디만큼은 남아 있다.

그는 앞부분 몇 장을 넘겼다. 프라디트와 레진, 그리고 아이들의 생일이 적혀 있는 장이 나왔다. 심지어 로가디아의 생일까지 3000년 10월 11일로 적혀 있었다. 하지만 이게 전부 무슨 소용일까? 언젠가는 반드시 죽을 수밖에 없는 인간에게 생일이 무슨 소용일까?

아니, 어쩌면 죽을 운명이기에 태어난 그날을 그렇게 기념하고 싶어할지도 모른다.

어쨌든, 이 날짜들은 이제 아무 의미가 없어질 것이다. 지구에 도착하는 그날이 모두의 새로운 생일이 되리라.

아찬은 그 부분을 뜯어내고 덮은 일기장을 물끄러미 바라보았다. 그리고는 무엇인가를 결심한 듯 종이를 상의 주머니에 넣었다. 아마도 이제 이 일기장을 집으러 이곳에 다시 올 기회가 없을 것이다. 그리고 이건 지구에서도 필요할 것이다.

프라디트는 아이들을 안고 격납고에 있었다. 폭풍우가 심하게 휘몰아쳐 비행기를 밖으로 꺼내놓기에는 좋지 않은 날씨였다. 아찬은 이제 조종복을 입고도 더 이상 뒤뚱거리지 않았다. 그가 프라디트의 얼굴을 감싸며 말했다.

"프라디트, 금방 다녀올게."

장갑 아래에서 불안함이 발갛게 상기된 양 볼. 프라디트는 두려워하고 있다. 남편의 약속이 확신할 수 없는 것임을 알고 있다. 아찬이 이빨을 드러내며 웃었다.

"곧 올 거야. 로가디아가 잘 돌봐줄 거야."

"꼭 가야 해?"

프라디트는 소용없다는 걸 알면서도 아찬의 눈을 쳐다보며 물었다. 눈을 돌린 아찬의 입가가 경련했다. 아내의 머리카락에 코를 묻은 그가 한참 동안 서 있다가 겨우 입을 열었다.

"지금이 아니면 안 돼."

아찬이 바다와 하늘이를 한 번씩 들어 안아 웃으면서 코를 비볐다. 아버지의 눈물에 미끈거려 잘 맞추어지지 않는 코를 향해 바다가 헛손질했다. 하늘이가 손가락을 빨며 엄마의 치마를 붙잡아 끌어당겨 몸을 묻으며 아찬에게 물었다.

"아빠, 언제 와? 나도 같이 가면 안 돼?"

아찬은 이빨을 깨물어야 했다. 입을 열었다간 말이 아닌 다른 뭔가가 터져 나올 것 같았다. 엄마가 대신 대답했다.

"아빠는 해 지기 전에 돌아오실 거야."

하늘이의 양 볼이 불만스레 부루퉁해졌다.

"나도 가치. 나도 가치이이이 갈래!"

비록 누나의 말을 흉내 냈지만, 그 의미는 정확히 알고 있는 바다가 아버지에게 착 들러붙어 떨어질 생각을 않았다. 프라디트가 아이를 달래 떨어뜨렸다. 아직도 엄마의 젖가슴을 좋아하는 바다는 곧바로 마음이 바뀐 듯 프라디트의 품에 얼굴을 파묻고 마냥 웃었다.

그 사이를 아무런 억양 없이 가르는 로가디아의 공허한 목소리.

[아찬, 준비 끝났습니다.]

"응. 지금 갈게."

아찬은 일기장을 프라디트에게 건네주고 몸을 돌리다 말고 머뭇거렸다. 그는 몸을 돌려 프라디트에게 입을 맞추었다. 아내와의 긴 키스. 처음으로 그녀에게 입을 맞추었을 때처럼, 달콤하고 따뜻하며 부드러운······.

아찬은 태풍의 기체에 걸쳐진 사다리에 한쪽 발을 걸쳤다. 그는 거기서 한번 더 머뭇거렸지만 마음을 다잡은 듯 과장된 몸짓으로 사다리에 올랐다. 아이를 안아 든 채 자신을 올려다보는 아내의 눈이 번들거렸다. 엄마를 본 하늘이의 미간이 천천히 일그러지는 게, 아빠가 놀러 가는 것이 아니라는 걸 슬슬 눈치 채기 시작한 모양이다. 아찬은 억지로 시선을 돌리고 조종석 장갑판을 닫아버렸다. 가족의 눈을 보고 있다가는 영원히 한 발짝도 움직이지 못할 것 같았다.

로가디아가 개조해 준 태풍의 엔진 소리는 야트막하고 든든하다. 그러나 디 아트리체 벨레로폰 앞에서는 얼마나 도움이 될지 알 수 없다. 아찬이 돌아오자마자 가족들과 이 별을 떠날 우주선은 컨테이너를 배에 매단 채 이미 갑판에 끌어내어져 있다. 부족한 자원으로 이슬아슬하게 만들어진 작은 우주선이지만 우주선에 타게 될 사람은 많지 않을 터다.

아찬은 조종석에 앉아 출력을 올리기 직전, 비가 내리는 갑판에 놓인 우주선을 다시 한 번 쳐다보았다. 자신이 돌아오든 말든 이 기체는 프라디트와 두 아이를 지구까지 안전하게 데려다 줄 것이다. 그래도 역시 함께 가는 게 좋겠지.

하지만 아이들에게 보금자리를 찾아주는 것은 아버지로서의 의무다.

게이츠가 다시 흔들렸다. 칠백 미터의 거대한 우주선조차도 자연이 만드는 압도적인 에너지 앞에서는 그저 해일 속의 낙엽에 불과했다. 바다가 태어난 이후, 혹은 아마다가 세상을 떠난 이후 지표와 대기 불안정은 눈에 띄게 심해졌다.

결국 반년 전에 게이츠는 지반 침하로 다시 한 번 팔십 미터나 내려앉았다. 거의 지평선 부근에서 폭발한 화산이 내뿜은 용암이 삼백 킬로미터를 흘러 게이츠에 이르렀다. 한때 고체였던 점성 높은 고열의 유동체는 지표와 게이츠의 틈 사이를 메워 버렸다. 그때 로가디아는 벨레로폰이 조종하는 다릴들이 먹어치운 덕에 한 줌도 남지 않은 동력을 게이츠를 보호하는 데에 모두 쏟아 부었다.

아찬은 로가디아를 진심으로 칭찬했다. 그러나 그녀는 그때도 자폐증에 걸린 어린아이처럼 멍하게 고개를 끄덕였다.

레진이 사라지고 난 다음부터 로가디아는 감정을 전혀 보이지 않았다. 그녀는 단순히 정신적 충격만 받은 것이 아니었다. 인공지능의 몸으로써 존재하던 소녀의 죽음은 로가디아에게, 오래전 아찬과 함께 우주를 떠돌던 당시의 악몽을 재현시켰다.

그럼에도 불구하고 그녀가 입은 상처를 아는 아찬은 가정용 청소기 대하듯이 로가디아를 함부로 할 수 없었다. 아이들이 그것 때문에 많이 혼났다. 어린 녀석들은 로가디아를 그저 멍청한 반투명 하인 정도로만 취급하다가 아찬에게 쥐어박히곤 했다. 그때만큼은 프라디트도 아무런 말을 하지 않았다.

자아를 잃었음에도 불구하고 인간이 강요한 거역할 수 없는 명령. 자신의 안이 아니라 바깥에 존재하는 그 무엇을 위해 여전히 봉사하는 로가디아. 그녀에게 언뜻 레진의 뒷모습을 본 아찬은 그녀의 흔적이, 레진의 회로가 인공지능으로 탑재된 로가디아의 마지막 작품인 태풍을 반드시 되가져오리라 결심했다.

조종복 위에 메탈갑옷을 껴입은 아찬에게 태풍은 레진의 목소리로 출발할지 물었다. 결코 잊을 수 없는 레진의 목소리지만 그녀는 아니었다. 그저 사이도니아 켈리에 레진의 영혼 일부를 더한 것뿐이다. 레진이 죽는 순간 그녀의 양자 두뇌도 사망했다. 그녀를 살려낸다는 것은 불가능했다. 이때만큼은 아찬도 그녀가 사람이었음을 인정하고 싶지 않았다. 울부짖으며 로가디아에게 소리를 질렀다. 레진을 살릴 수 없다면 고치기라도 하라고.

레진의 피를 흠뻑 뒤집어쓰고 나서 곧 그는 무엇인가에 의해 밝은 곳으로 끌려 나왔다. 그는 울부짖으며 여기저기를 뛰어다녔다. 열리지 않는 문을 두들기기도 하고 어디인가를 계속 구르기도 했다. 넘어지고 일어나 달리기를 반복했다. 얼마나 소리 내어 울었던지 눈보다 목이 먼저 부어올랐지만 아픈 줄을 몰랐다. 그는 계속 울부짖었고 누군가가 계속 그를 따라다니며 진정시키려고 노력했다.

그러나 하리를 찾아 울부짖던 켈빈과 마찬가지로, 아찬의 절규 역시 속절없었다.

레진은 돌아오지 않았다. 아찬은 그녀가 그리울 때면 가끔 아내 몰래 마인드 링킹을 해보기도 했지만 역시 레진에게 말을 걸지는 않았다. 레진은 레진이고 그래서 그녀의 성역을 침범하고 싶지는 않았다.

죽은 사람은 죽은 사람이다. 님부스들이 아마다를, 그리고 헤어를 사막에 안치하고 시신을 모래로 덮어주었듯이 아찬도 레진을 기억 속에 묻어두어야 했다.

아찬은 가족 사진으로 찍은 바로 그 사진에서 약간 어색하게 웃는 레진을 물끄러미 쳐다보았다. 내가 여기에 끼어도 될까라는 멋쩍은 웃음. 아텐도 세이란도 끼지 못하는데 나는 왜 끼어도 될까라는 묘한 의심이 스민 미소.

왜냐하면 레진은 하늘이 고모니까 함께 서야 하는 거야. 응, 그래도…… 레진. 빨리 와서 서요.

그날 그는 프라디트의 허리와 레진의 어깨를 양팔로 동시에 감싸 안으며 크게 웃었다. 눈처럼 뽀얀 하늘이가 아버지와 어머니, 그리고 고모의 웃음에 덩달아 함빡 웃었다.

아찬의 부탁으로 만들어진 사진기는 아름다운 가족의 웃음을 두꺼운 종이에 선명하게 담아냈다. 그 종이는 행여 일이 잘못되면 운명을 같이하리라는 의지를 담아 지금도 태풍의 조종석 한 켠에 단단히 붙어 있다. 메탈갑옷 글러브로 사진을 쓰다듬어 보았지만 종이의 탄성을 느낄 정도로 예민하지 않은 감지기는 사진이 담은 온기를 그에게 전달하지 못했다. 아쉬웠다.

출발할까요라는 물음에 아찬이 조용히 대답했다.

"응, 레진."

태풍의 엔진이 불을 뿜었다.

태풍이 프라디트의 도시에 착륙했다. 기다리고 있었던 세이란이 걱정스럽게 바이저 너머 아찬의 눈을 응시했다. 아찬이 바이저를 들어 올렸다.

"커뮤니케이터 프롬마 세이란, 혹시 제가 알아야 할 것이 있습니까?"

아찬은 아직도 세이란에게 예의를 지키고 있었다. 그녀는 자신의 모든 이름을 또박또박 불러주는 이 어수룩한 남자에게도 막 정이 들려던 참이었다.

"확신하실 수 있겠습니까?"

"우리는 지구로 갈 겁니다."

세이란은 아찬의 물음에 대답 대신 질문을 했다. 좀 더 시간이 있었더라면.

아텐은 여전히 아찬을 외면하고 있었다. 그러나 아찬은 아텐에게 아무 느낌이 없었다. 증오노, 미움노, 그 무엇노. 그에게 아텐은 이세 그냥 배경이고 존재일 뿐, 대상이 아니었다.

"위험하고 힘들 겁니다. 지하에는 벨레로폰뿐 아니라 고대의 괴물들도 존재하지요. 아찬, 조심하세요."

세이란으로서는 더 이상 해줄 말이 없다. 아찬은 자신의 처지를 알고 있고 바로 그 이유 때문에 여기 서 있는 것이다. 감추어진 테라가 나타나도록 하는 열쇠는 오직 벨레로폰의 해체뿐이다.

잠시 머뭇거린 아찬이 세이란에게 말했다.

"세이란, 이곳은 너무 위험합니다. 컨테이너가 불편하기는 하겠지만……."

"아뇨. 우리… 우리는 됐어요. 그냥 여기에 남겠어요. 프라디트와 당신이 있는 걸요."

"당신들은 프라디트의 종이 아닙니다."

모르는 사람이 들었다면 지극히 모욕적인 이 말을 아찬은 아무렇지도 않게 하고 있었다. 목소리에는 감정조차 실려 있지 않았다. 오히려 세이란과 다른 아가씨들이 눈을 낮게 내리깔았다. 하나같이 어렸다. 아찬에게 익숙한 님부스는 아텐과 세이란뿐.

연진도, 클리아도, 하스파스토니아도. 그리고 다른 그녀들도 죽었다. 노화로, 질병으로, 사고로……. 그중 대부분은 죽지 않을 수 있었다. 그런데도 그녀들은 담담히 죽음을 선택했다.

이제 이 도시는 아텐과 세이란, 그리고 그녀들보다 어린 몇몇 소녀들만이 남아 있다. 소녀들은 공전주기가 지구보다 긴 이 별의 한 해를 감안해도 고작 유아에 불과한 나이다. 그녀들은 림보에서 다 자란 채로 태어난 것이다. 그럼에도 불구하고 이제 막 사춘기에 접어든 정서를 가진 소녀들은 아텐과 세이란의 자매들답게 그녀들과 무척 닮아 있었다.

"다시 생각해 보세요. 이 어린 소녀들은 어쩔 겁니까. 당신에게는 그럴 권리가 없어요."

"그리고 당신에게도 우리에게 그런 말을 할 권리가 없어요."

다이몬 제니아 모일라이라는 이름을 가진 소녀가 한 걸음 나서며 당차게 아찬의 말허리를 끊었다. 세이란이 그녀를 손짓으로 뒤로 물리고 소녀의 말을 대신 이었다.

"모일라이 말이 맞아요. 당신은 우리에게 그런 말을 할 권리가 없습니다."

프라디트와 동갑내기. 지구 나이라면 스물일곱의 너무나도 젊은 나이. 그러나 세이란은 님부스답게 완벽하고 우아한 외모에서 오는 여인의 기품을 제법 갖추어가기 시작했다. 처음으로 보았을 때의 순수함을 아름답게 대신해 가는 성숙함.

님부스가 비록 만들어진 인격이라 해도, 저 기품을 더 다듬을 기회를 빼앗을 권리는 누구에게도 없다. 세이란이 꽃으로 사라져 가야 한다는 사실에 아찬은 분노가 치밀어 올랐다.

세이란은 무심한 모습으로 동떨어져 이쪽을 외면하는 아텐을 바라보았다. 아텐 역시 아름답게 나이가 들었지만 이글거리는 눈빛만은 변하지 않았다. 눈길을 의식한 아텐이 고개를 돌리자 세이란이 미소 지었다. 아텐은 자신의 눈빛으로는 세이란을 결코 이길 수 없다는 사실을 알고 있었다. 아이기스 쉴라의 눈빛은 기본적으로 남성성일 수밖에 없는 탓이다.

아텐은 다시 아찬 쪽을 외면했다.

그리고 아찬도, 세이란도 아텐의 불타오르는 눈빛 아래 교활하게 몸을 숨긴 승리와 도취의 감정을 전혀 눈치 채지 못했다.

"알고 있지 않나요. 우리의 존재 목적은 오직 우람 때문인걸. 프라디트를 위해서란걸. 그녀를 보호하고 지켜야 하는 것이 우리의 존재 목적인걸."

"같이 지구로 가요. 그리고 거기서 함께 살아요."

아찬의 말은 진심이었다. 그 순간 그는 컨테이너에 실린 장비 따위는 모두 버려도 좋다고 생각했다. 아무것도 아깝지 않았다. 그러나 세이란은 차분하게 고개를 흔들었다.

"아찬, 아직도 인정하지를 않는군요. 알잖아요. 우리에게 죽음은 해방이에요."

시간이 많지 않았음에도 불구하고 아찬은 오랫동안 침묵을 지킬 수밖에 없었다. 꿈쩍도 하지 않고 자신을 슬픈 눈으로 바라보는 세이란과 소녀들의 시선 속에서 아찬은 메탈갑옷의 바이저를 내렸다.

세이란이 어떤 대답을 할지는 이미 알고 있었다. 그러나, 아니, 그러므로 그녀들을 존중해 주기로 했다.

이들은 다이달로스의 약속을 기다리고 있다. 언젠가는 다이달로스가 약속을 지켜 세 번째로 이 땅을 찾으리라 믿고 있다.

그리고 아찬은 알고 있다. 이들이 전설 속에 나오는 우주선을 기다리는 이유는 자신들을 위해서가 아님을. 그 약속을 타고 떠날 프라디트를 배웅하기 위해서임을.

우람이 아닌 그녀들은 모두, 수십 명의 아버지와 수십 명의 어머니를 동시에 가진 그녀들은 어쩌면, 유전자 전체에 아포토시스가 각인되어 있을지도 모른다.

세이란이 잊었다는 듯이 말했다.

"스피올과 쉴라 자매들이 안에 들어가 있을 거예요. 이제 와서 림보를 닫는다는 건 아무 의미가 없겠지만, 진작 그렇게 하지 않았기 때문에 당신은 견디기 어려운 길을 걸어야 할 겁니다. 그녀들이 도와줄 거예요. 그저, 지나치세요. 당신이 왜 여기 있는지, 왜 그 길을 걷는지 절대로 잊지 말고 모든 걸 못 본 척하고 지나치세요. 아무도 구하려 들지 말아요. 당신이 구해야 할 유일한 이들은 바로 미래, 당신의 가족뿐입니다."

"무슨 뜻입니까?"

"가보시면 알아요. 미리 안다고 해서 준비할 수 있는 것이 아닙니다. 오히려 안 좋을 거예요."

아찬은 고개를 끄덕였다. 사려 깊은 세이란의 조언을 따르는 것은 그 현명함의 일부를 받아들이는 것임을 알기에.

아찬은 조종석에 앉아 중얼거렸다.

"벨레로폰이 아니었다면 당신들과 레진은 죽지 않았어도 됐을 겁니다."

그녀들을 이미 죽은 이들로 간주하는 아찬의 희미한 눈물을 대신 삼키려는 듯, 태풍의 기체가 부르르 떨며 다시금 백열을 뿜었다.

아직 지나지 않았다 해도 과거일 수 있는 것들이 존재했다. 아찬은 까마득한 오래전의 일처럼 기억나는, 게이츠를 타던 날 이미 그 사실을 배웠다.

과거라는 것은 시간의 문제가 아니다. 그것은 단지 공간의 문제다.

07년 12월 30일.

우라니아, 아프로디테, 아테나이, 프로메테우스, 아이기스, 모이라이, 가이아, 판데모스……. 신화 속의 수많은 이름들.

그들은 그 이름들을 하나씩 나누어 가지며 자신들의 역할에 충실했다.

그리고 벨레로폰은 신에게 도전하다가 번개를 맞고 죽었다.

아찬은 어제 썼던 일기 중 일부를 떠올리며 지하의 도시로 들어갈 수 있는 유일한 입구를 향해 추력을 올렸다. 그는 한 번 더 태풍의 헤미팜 충전기와 무장을 확인했다. 어쩌면, 그러지 않기를 바라야겠지만, 지하에서 지표까지 우격다짐으로 뚫고 나와야 할지도 모른다.

별고드름은 아무것도 없는 빈껍데기였다. 하지만 그걸 누리나무에 추락시킴으로써 뿌리가 드러나게 할 수 있었다. 나타난 구조물은 아찬에게도 낯설지 않은 것들이었다.

로가디아와 함께 확인한 지하 도시의 윤곽이 구체적으로 가시화되었을 때 받은 그 충격. 아찬이 지하 도시에 들어섰을 때 가진 의혹이 풀리며 주는 무게감이 더해진, 그리고 여전히 감정없는 눈으로 그 화상을 쳐다보던 로가디아.

여기까지 오는 데에 벨레로폰의 방해는 없었다. 그러나 분명히 기다리고 있을 것이다. 그놈은 이미 알고 있을 것이다.

아찬은 누리나무 뿌리라고 불리던 구조물의 하부에 전투기를 착륙시켰다. 가득히 주렁주렁한 온갖 무기들. 메탈갑옷의 한도 끝까지 탄환과 미사일, 유탄을 아끼지 않고 짊어졌다. 그가 패널에 단자를 연결하자 거칠게 열리는 문. 익숙한 모터 소리.

아찬은 이 지하 세계에 존재할 괴물들에 대해 로가디아에게 이미 충분히 들었다. 예상이 맞다면 메탈갑옷이 제압하지 못할 놈들은 이미 엄청난 토압으로 사라졌으리라. 그는 오래된, 이미 너무나도 오래된 지도를 확인했다. 아마 대부분은 맞을 것이다. 게이츠가 출발하기 전에 만들어진 지도지만 대충 비슷할 것이다.

"로가디아, 들리니?"

[네.]

"프라디트랑 하늘이, 그리고 바다 부탁해."

[네.]

아끼고 사랑하는 친구의 감정없는 대답이 불러오는 쓸쓸함.

아찬은 감정을 추스르고 시커멓게 입을 벌린 입구의 어둠 속으로 잠겨들었다. 철컹거리는 금속제 전투용 우주복의 발자욱 소리를 삼킨 문이 다시 닫혔다.

지구에서 태어난 마지막 인간을 거둔 화성환이 다시금 어둠 속으로 가라앉았다.

첫발을 디딘 곳은 공업 플랜트였다. 마 다비따씨앙 외곽의 생태 환경 조성을 위한 공업 지대. 길은 내려가는 방향 하나뿐. 한 시간가량 걷던 그는 인기척을 발견하고 긴장했다. 레일건을 추켜올리는데 반라의 여자 둘이 나타났다. 아텐과 닮았지만 훨씬 어리다. 아찬은 총을 내리며 긴장을 풀었다.

미리 보냈다던 자매인가 보군.

"세이란이 보냈습니까?"

대답이 없다. 그녀들은 아직 솔시스 말을 모를 수도 있다. 아찬이 로가디아에게 세이란의 영상을 투사해 보라고 말하려는데 두 여자가 갑자기 사라졌다.

"응?"

감지기에는 자신만이 보인다. 어떻게 된 거야?

긴장을 놓친 나머지 아찬은 메탈갑옷의 경보를 느끼지 못했다. 정수리 부분에서 둔중한 진동이 두꺼운 장갑을 뚫고 전해져 왔다. 그 순간 메탈갑옷의 통제권을 로가디아가 낚아챘고, 갑옷은 그대로 뒤로 미끄러졌다.

장비에도, 몸에도 이상은 없다. 만약 맨몸이었다면 두개골이 부서지며 머리가 몸속으로 들어갔을 충격이다. 간담이 서늘해진 아찬은 한껏 긴장하고 주먹의 너클차저를 대전시켰다. 다시 뒤에서 뭔가가 빠르게 다가왔다. 그리고 오른쪽 위 대각선에서도.

메탈갑옷이 허리를 비틀며 공격을 피했다. 들어오자마자 벌써 이런 식이라니. 어쩌면 예상한 것보다 훨씬 험난할지 모른다는 생각에 암담함마저 들었다. 그러나 긴장을 푼 건 아니다.

다시 뒤. 주먹을 쓸 자세가 안 나왔다. 아찬은 들고 있는 레일건을 몽둥이 삼아 힘껏 후려쳤다.

아직 하나가 남았다. 아찬은 조심스레 적이 쓰러진 쪽으로 다가갔다. 언제든 사격할 수 있도록 오른팔을 쭉 잡아 빼고 크세논 라이트를 켰다. 쓰러진 적은 님부스다. 조금 전 본 반라의 아이기스. 아찬의 눈이 당황으로 커졌다.

"로가디아, 세이란한테 뭔가 이상하다고……."

아찬은 말을 끝맺지 못하고 그대로 앞으로 굴렀다. 육중한 메탈갑옷이 추진기의 힘을 빌려 공중에서 둔탁하게 제비를 넘었다. 하지만 늦었다. 바이저 바로 앞에서 아이기스의 불꽃 불티가 튀고 있다. 첫걸음을 떼자마자 이토록 허무하게 죽는가, 지구가 나타나든 말든 탈출선을 띄워야 하나라는 생각이 머리를 스치는데 갑자기 불꽃이 옆으로 밀려났다. 아찬은 그 허점을 놓치지 않고 다시 빠르게 뒤로 빠져 레일건을 겨눴다. 감지기에는 생체반응 둘, 기절한 이 둘이 나타난다.

"아찬? 아찬 맞습니까?"

"불빛 앞으로 나와. 잘 보이게."

역시 어린 아텐 두 명이 탐조등이 비추는 안쪽으로 천천히 들어왔다.

"뭐지?"

"전 스피올 아리아스입니다. 커뮤니케이터 프롬마 세이란께서 당신을 도우라고 하시더군요."

하얗고 곧은 막대기를 든 쪽이 먼저 말했다.

"전 쉴라 아텐입니다. 같은 분이 같은 이유로 보내셨습니다."

"이렇게 믿니?"

두 소녀는 곤란하다는 표정으로 어깨를 으쓱했다. 설마 이런 상황이 될 거라고는 생각지 못한 모양이다.

일단, 지금의 소녀들은 둘 다 님부스의 옷을 입고 있기는 했다. 아텐이 입는 단이 짧은 치마와 타이트해 보이는 윗옷. 색깔도 아텐의 그것이다.

"아이기스는?"

"아이기스는 받지 못했습니다. 유일한 아이기스는 아이기스 쉴라 아텐께서 입고 계십니다."

끄응. 아찬이 한숨도 아니고 신음도 아닌 묘한 소리를 내뱉었다. 이대로 가도 될까?

"좋아. 둘 다 내 앞에 서라, 불빛에서 벗어나지 말고."

"저희를 존중해 주셨으면 좋겠습니다, 우람 석아찬. 저흰 그대를 도와드리는 것이지, 해야 하기 때문에 이러는 것이 아닙니다."

아찬이 눈을 찡그렸다.

"하지만 내가 당한 걸 생각하면 그러기가 어려운데."

둘은 뭐라고 소곤거리더니 막대기를 든 쪽이 아찬을 보며 말했다. 너무 닮아서 누가 스피올이고 누가 쉴라인지 분간이 안 갔다.

"알겠습니다. 시간이 없으니 그렇게 하겠습니다. 그럼 제가 앞에 서겠습니다. 아텐? 우람 석아찬을 최선을 다해서 보호해 드려."

아텐이 고개를 끄덕이며 아리아스의 뒤에 섰다.

막대기를 든 쪽이 스피올 아리아스구나. 공격적이라는. 아마 예전에는 쉴라가 도시의 수호를, 스피올이 공세를 담당했는지도 모른다.

아텐이 입을 열었다.

"아마 세이란께서 말씀하셨을 것입니다만, 싸움이 있다 해도 그건 저희 몫입니다. 저희를 돕지 말고 그냥 길을 가십시오. 설령 저희가 위험해진다 해도, 절대 구하려 들지 말고 그대의 길을 가십시오."

아찬은 머뭇거림없이 고개를 끄덕였다. 그러나 그녀의 말은 끝난 게 아니다.

"그리고 어떤 일이 있더라도 저희를 방해하지 마십시오."

이건 무슨 뜻이지? 하지만 이후로 두 소녀는 입을 다물었다.

삼십 분 정도 걷자 승강기가 나왔다. 건설 중인 우주기지나 해저기지에서 흔히 볼 수 있는, 그저 경사진 레일 위에 커다란 수평 판을 올려둔 것 같은 형식의 공업용 승강기다.

"아래에 도착하고 나서부터는 조심하셔야 합니다. 세이란께서 하신 말씀을 반드시 지키셔야 합니다."

이번에도 아찬은 고개를 끄덕였다. 승강기는 곧 바닥에 닿았다.

그리고 그 순간부터 아찬의 악몽이 시작됐다. 그녀들이 말한 적은… 인간이었다. 아니, 님부스.

반라의 어린 아마다와 젊은 아마다, 그리고 세이란이 그들을 향해 흐느적거리며 다가왔다. 스피올은 그들에게 아무런 망설임 없이 막대기를 던졌다. 실제로는 여전히 막대기를 손 안에 쥔 채였지만, 그런 동작과 함께 엄청난 빛살이 뻗어나가더니 먼저 젊은 아마다를, 다음으로 세이란을 꿰뚫고 나서 곧 휘어져 어린 아마다를 두 쪽으로 갈랐다. 인간의 신체가 조각나 낭자한 선혈 위에 흩어진 광경에 저도 모르게 욕지기가 나왔다. 애써 구역질을 참은 아찬이 자기도 모르게 소리를 질렀다.

"미쳤어?! 님부스잖아!"

"우람 석아찬. 저희를 방해하시면 안 됩니다. 계속 전진하죠."

"제정신이야?!"

그러나 쉴라가 계속 가자는 눈짓을 했을 뿐, 스피올은 들은 척도 없었다. 승강기가 도착한 화물 적치장 저편에 문이 보였다. 역시 화물용인지 높이가 거의 칠팔 미터는 되어 보였다. 두 님부스는 문을 부수어야 하나 망설이는 듯했다.

아찬은 버르장머리없는 두 소녀를 지나쳐 키카드 패널에 단자를 꽂았다. 로가디아가 개폐 코드를 찾자 녹색 불이 들어오며 문이 열렸다. 아찬은 엄폐한 채 감지기를 확인했다. 안에 뭔가가 많다. 엄청나게. 그는 레일건을 겨누며 조심스레 한 발을 디뎠다.

안에는 반라의 님부스들이 초췌하고 비참한 모습으로 두려움에 떨고 있었다. 먹지 않아도 되는 존재들이 저렇게 마를 수 있다니. 님부스들은 아찬이 불빛을 비추는 곳을 피하려고 아우성치며 흐느꼈다. 거의 짐승에 가까운 모습. 세이란이 말한 괴물들에게 끊임없이 습격을 받았거나, 어쩌면 벨레로폰에게 학대를 당했을 수도 있다. 아찬은 충격을 추스르며 총구를 하늘로 향한 채 양팔을 들고 그들을 향해 천천히 다가갔다.

"지상으로 올라가는 길을 알려 드리겠습니다. 세이란에게 보호를 요청하세—"

아찬의 말을 자르며 또다시 빛살이 어둠을 가로질렀다. 이번에는 한두 개가 아니다. 족히 예닐곱 개는 될 법한 빛의 창이 수백 명은 될 것 같은 님부스들을 가차없이 학살하기 시작했다. 끔찍한 비명, 여기저기서 튀어 오르는 사지와 시뻘건 피. 스피올의 창에 비하면 고통을 느낄 새도 없이 소멸시켜 버리는 아이기스의 불꽃은 차라리 자비롭다. 이건 지옥이야.

아찬이 스피올의 팔을 잡았다. 메탈갑옷의 시커먼 글러브가 그녀의 팔뚝을 모조리 집어삼켰다. 목소리가 부들거렸다.

"저들은 아무 짓도 안 했어! 죽을 만한 짓을 안 했다고! 겁내잖아!"

스피올은 아찬을 노려볼 뿐 대꾸조차 없다. 그러나 이번에는 아찬의 등 뒤에서 있던 쉴라가 아이기스의 불꽃을 만들어 님부스들을 향해 던지기 시작했다. 아텐처럼 어마어마한 파괴력은 없지만 그래도 불꽃 한 덩이에 적어도 한 명의 님부스는 꼬박꼬박 잿더미가 되어갔다. 아찬이 어금니를 깨물면서 그 속으로 뛰어들었다. 아비규환 속에서 공포에 질려 서로를 짓밟으며 도망가는 님부스들을 등진 그가 양팔을 벌렸다.

"그만 해! 왜 그러는 거야?! 얼마 남지도 않은 시간, 같이 살아가면 안 되는 거냐?! 너희는 먹을 필요도 없잖아! 안 싸워도 되잖아!"

쉴라와 스피올 모두 인상을 구겼다.

"아찬, 쓸데없어요. 우리는 여기를 지나야 합니다. 시간이 없—"

"시간을 아끼려고 이들을 다 죽이겠다는 거냐?! 여기를 지나면, 또 얼마나 많은 동족들을 학살할 작정인데? 내가 너희를 막겠다. 그리고 너희 말대로 이들을 못 본 척 지나가겠어. 그게 더 시간이 절약될 거다! 이런 빌어먹을!"

아찬을 노려보던 쉴라가 크게 도약했다. 아찬은 그녀를 죽이고 싶지 않았다. 입구에서 만난 님부스처럼, 두들겨 패 기절시킬 요량으로 그는 레일건을 봉처럼 두 손으로 쥐었다.

그러나 쉴라가 노린 대상은 아찬이 아니었다. 그녀는 아찬의 머리 위를 훌쩍 넘었다. 앞에는 스피올, 뒤에는 쉴라. 공중으로 뛰어오르는 것이 고지를 선점하는 것이라 판단한 아찬의 메탈갑옷 추진기가 불을 뿜으려는 순간 님부스들이 한꺼번에 그에게 달려들었다.

"해치지 않아! 해치지 않아!"

그러나 그들은 아찬을 해칠 의도가 있음이 명백해 보였다. 저마다의 양손에는 각자의 능력 안에서 가능한 최대 크기의 창백한 불꽃이 맺혀 있다. 위기가 너무 잦다 싶은 순간 섬광폭음탄 같은 빛이 터지고 바이저가 검게 변했다. 스피올이 아찬에게 재빨리 다가왔다.

"갑시다. 쉴라가 길을 뚫었어요."

"하지만 쉴라는……."

"정말 멍청하군요. 세이란은 왜 이런 이야기를 안 해준 거지? 쉴라는 당신 때문에 죽었어요. 보지 말아요! 고개 돌릴 시간 없어요. 이런 곳을 몇 군데나 더 지나야 해요."

"어어……."

"아직도 모르겠어요? 여기가 림보예요!"

아찬은 얼이 나간 채 스피올의 빠른 발걸음을 뒤따랐다. 메탈갑옷의 육중한 뜀박질 소리 뒤로 님부스들의 괴기스런 비명이 들려왔다. 처음에 두려워하던 모습은 온데없이 광기로 붉어진 두 눈으로 그들을 뒤쫓고 있었다.

"저것들은 님부스도 아니고 인간도 아니에요. 그냥 빈 껍질일 뿐이에요."

"하, 하지만……."

"머리를 부숴봐요. 아무것도 없어요. 주먹만 한 은색 실 뭉치 하나 말고는 말이죠."

스피올의 그 말 이후로, 아찬은 잠자코 그녀만 뒤따랐다. 세이란이 한 말이 이제야 이해가 갔다. 벨레로폰은 님부스를 만들다가 실패한, 혹은 만들기 위해 준비한 껍질뿐인 몸마저 아찬을 저지하기 위해 풀어놓은 것이다. 너무 지독하다.

"그대가 아는 얼굴이 많을 거란 건 알아요. 그러니 강요는 하지 않겠어요. 단지, 함께 죽일 자신이 없으면 잠자코 있어요. 아까 같은 바보짓 하지 말란 말이에요. 그대가 입은 그 갑옷, 아이기스의 불꽃에 제대로 맞으면 단 한 번도 못 버텨요!"

"아, 알아……."

스피올이 아찬을 싸늘하게 노려보았다. 그녀가 동료의 죽음에 무감각한 것인지, 아니면 님부스만이 가능한 감정 조절을 하고 있는 것인지는 알 길이 없었다. 단지 아찬은 황망히 그녀를 뒤따랐고, 광기 어린 님부스들은 점점 불어났으며, 결국에는 압도적인 위력을 가진 창조차도 소용이 없는 지경에 이르렀다는 것만이 현실이었을 따름이다. 스피올은 마지막 문이 닫힐 때 아찬을 밀어 넣고 혼자 남았다. 창을 그에게 쥐어주고서.

아찬은 자신의 어리석은 행동 때문에 쉴라가 죽었고, 그래서 스피올도 죽었다는 걸 알았다.

둘 다 죽지 않아도 될 이들이다. 아찬은 스피올이 싸우고 있을, 사실은 아마도 이미 죽어 있을, 굳게 닫힌 문 너머를 뚫어져라 바라보다가 그녀의 창을 한 번 물끄러미 쳐다본 다음 몸을 돌렸다.

그 후로 다섯 시간을 걸었다. 로가디아는 여전히 생기없는 목소리기는 했지만 훌륭한 전술 통제 조언을 해주었다. 덕분에 아찬은 탄환을 낭비하지 않고 괴수들과의 조우를 최소한으로 줄이며 한 걸음 한 걸음 전진할 수 있었다. 벨레로폰이 알고는 있다 해도 그는 잠입이라는 마음으로 행동하지 않으면 안 되었다. 어쨌든 그것은 전부를 정확히 파악하지는 못할 테니까.

[오른쪽 모퉁이에 시가전용 중형 등갑병기 둘이 있습니다. 기도비닉을 유지하며 천천히 후퇴해서 아까 지나온 교차로에서 왼쪽으로 향하세요.]

"응. 고마워, 로가디아."

답례하지 않는 그녀에게 아찬은 쓸쓸함을 느꼈다. 스피올과 헤어진 이후로도 화성의 어두운 지하철을 지나오면서 몇 번을 죽을 뻔했다. 게이츠가 출발하기 전의 지도에 스캔 데이터를 더해 추측성으로 만들어진 지도를 가지고 그럭저럭 헤쳐 온 길이다. 메탈갑옷을 입었음에도 불구하고 다리가 아파왔다.

처음에 로가디아는 소형 장갑차를 이용하도록 전술적 조언을 했지만 아찬의 생각은 달랐다. 지하에 파묻힌 도시에 길다운 길이 있을 리가 없으며, 아무리 지하철의 흔적을 이용한다고 해도 중간중간 끊어진 곳이 대부분일 것이다. 그렇다면 역시 차량보다는 인간형 병기가 적응력이 훨씬 높을 터. 아찬은 로가디아에게 고집 부릴 준비를 하며 조심스럽게 메탈갑옷을 제안했지만 로가디아는 그럼 좋도록 하세요라는 말 한마디로 그의 맥을 풀어버렸다.

아찬의 생각은 맞았다. 메탈갑옷은 차량이 결코 극복할 수 없는 지형을 넘을 수 있었다. 심지어 헤미팜 유탄으로 조금 넓힌 닥트 사이를 기어갈 수도 있었다. 금속으로 만들어진 전투 배낭이 방해가 되는 경우도 있었지만 어쨌든 극복했다. 대신 메탈갑옷을 택한 대가로 그는 열한 시간째 걷고 있었다. 계산대로라면 이제 겨우 반쯤 왔을 터.

지도상 직선거리는 메탈갑옷의 빠른 걸음으로 일곱 시간 정도지만, 지하로 대각선으로 그대로 그어버린 선과 실제로 나 있는 길이 같을 리가 없다. 그래도 다행인 건 그럭저럭 지도가 들어맞는 덕에, 쉴라와 스피올의 희생 덕에 시간 싸움에서 예상한 승리를 거두고 있다는 정도. 그는 잠시 쉴까 생각도 했지만 돌아가서 지구에서 실컷 자기로 하고 걸으면서 압축 식량을 씹었다. 압축 식량조차도 오래전 일을 생각나게 했다. 그럼에도 불구하고 이젠 그 모두가 잘 기억나지 않는 악몽 같은 비중 정도뿐이다. 아찬은 그 이유가 이 현실의 참혹함에 질려버린 도피의식 때문이 아니기를 바랐다.

아마 벨레로폰은 틀림없이 예상한 위치에 있을 것이었다. 헤어는 벨레로폰이 화성의 내기와 방을 바꾸었냐고 했다. 마 다비따씨앙의 지하 깊숙한 곳에 묻혀, 화성환으로 올라가는 첫 번째 환오름의 아래에 존재하는 화성의 지구화 작업체. 건설 당시 화성 이민들의 꿈과 염원을 담아 설치되었던 벨레로폰.

그의 생각이 갑작스럽게 미람으로 옮겨갔다. 화성으로 떠났던 미람. 그녀는 탈출했을까? 하지 못했다 해도 적어도 벨레로폰에게 희생당하지는 않았을 것이다. 그는 딱 거기까지만 생각했다. 더 하고 싶어도 희뿌연 그녀의 얼굴은 어느새 프라디트로 변해 있어 그럴 수도 없었다. 그가 사랑하는 사람은 미람 대신의 프라디트가 아니었다. 그 모두는 프라디트에게 가려 보이지 않았다.

레일건이 불을 뿜고 등갑병기 한 마리가 천천히 고꾸라졌다. 시궁창 물에서 갑자기 솟아오른 이 괴물에 아찬은 죽을 뻔했다. 통제권을 공유한 로가디아가 메탈갑옷의 추진기를 뿜으며 레일건을 난사해 준 덕분에 살 수 있었다. 소형이나 중형과 달리 중대형 등갑병기의 공격은 메탈갑옷도 안전하지 못할 정도로 강력했다.

반 시간 전에도 전투를 치른 아찬은 그놈의 발톱이 목성의 대기 깊숙이에서 엄청난 대기압으로 가압한 압축 콘크리트를 일 미터나 뚫고 박히는 것을 보았다. 아마 그때도 로가디아가 아니었다면 팔 하나쯤은 잘려 나갔을 것이다.

그래도 아찬은 죽을 고비의 가운데에서 조금 힘을 얻을 수 있었다. 목성제 콘크리트라면 마 다비따씨앙에 진입했다는 의미고 다시 말해 거의 도착했다는 뜻이기 때문이다. 아마 벨레로폰과 결판을 짓고 그것을 파괴하고 나면, 지금까지 수집한 데이터를, 원래 가지고 있던 데이터에 더해 로가디아가 태풍에게 퇴로 확보를 명할 것이다. 그렇게 되면 영화에서 흔히 나오듯이 돌무더기 따위가 쏟아지겠지만 열심히 달리기만 한다면 올 때의 고생과는 달리 순식간에 탈출할 수 있을 것이다. 그래서 아찬은 아픈 다리를 이끌면서도 주 추진기는 조금도 쓰지 않았다.

마지막 레일건 탄통도 두 자릿수에 접어들 무렵 그는 게이츠에 있는 알파 룸의 문과 닮은 것 앞에 설 수 있었다. 그 역시 인간적 기준 따위는 무시하는 크기와 면상을 갖추고는 그를 압도했다. 헤미쌈을 탄두에 채워 넣는 그의 앞에서 문이 천천히, 그러나 무게감있게 열리기 시작했다. 역시 벨레로폰은 자신을 맞을 준비를 해두고 있었다. 그러나 아찬은 문 사이로 비쳐 드는 암흑을 노려보며 유탄과 미사일의 탄두에 헤미쌈을 채우는 것을 멈추지 않았다. 마빌론, 그러니까 마 다비따씨앙 환오름에 들어선 지 정확히 스무 시간 이십칠 분이 지난 때였다.

레진을 구하기 위해 알파 룸에 뛰어들었을 때처럼 공조기가 가동되며 기압이 변하는 소음이 들려왔다. 벨레로폰은 아찬이 마지막으로 본 몇 년 전처럼 근육질 노인의 모습으로 거대한 공간 한가운데에 서 있었다.

[어서 오세요, 석아찬. 환경을 맞추어두었습니다. 메탈갑옷은 벗으셔도 돼요. 그렇게 입고 있었다면 자기 몸 같지가 않을 텐데요.]

아찬은 말없이 스피올의 창을 꾹 쥐며 부피도 없고 질량도 갖지 않는 그 입체영상을 노려보았다.

[재미있군요. 그 창으로 뭘 할 수 있을 거라고 믿으시는 겁니까?]

아찬이 비로소 입을 열었다.

"멱살이 잡힌 주제에 잘도 떠드는구나."

[레진 말대로 보기보다 입이 걸걸하군요. 당신이 계속 그러면 이야기 진행이 안 됩니다. 조금만 진정하세요.]

섬뜩하리만치 조용하고 차분한 목소리를 가진 벨레로폰의 입에서 레진이 튀어나오자 그는 그만 흥분할 뻔했다.

그러나 긴장마저 달아날 정도로 이성을 잃지는 않았다. 아찬은 레일건을 다시 추켜올렸다. 문이 닫히는 장면이 후방 시야를 비추는 영상으로 들어왔다.

문이 완전히 닫히자 교신 상태를 점검하는 표지가 사라졌다. 아찬은 소리 죽여 로가디아를 불러보았지만 대답이 없다. 함정에 제 발로 뛰어들 때부터 예상했던 일이지만 가슴 한 켠에 불안감이 짓눌렀다.

문보다 훨씬 더 무례하게 인간의 스케일을 무시한 거대한 방 안에서 노인의 모습을 한 벨레로폰이 그에게 천천히 다가왔다

"움직이지 마! 건방진 놈. 그런 위선적인 모습에 구역질이 난다."

벨레로폰은 싱긋 웃으며 아찬의 말에 진지하게 대응했다. 곧 그 형태가 혐오감을 줄 만큼은 아닌 사악한 얼굴의 외계성종으로 변했다.

[이젠 마음에 드십니까?]

"내가 묻기 전까지는 조용히 있어."

[알겠습니다.]

디아트리체란 게 얼마나 대단하든 그냥 인공지능일 뿐이다. 아찬은 단도직입적으로 물었다.

"널 처치하면 고향으로 갈 수 있다는 걸 알고 있다. 어떻게 해야 하나?"

[흠… 꽤나 직설적이시군요.]

"대답해."

[여기가 화성이라는 사실을 잘 알고 있지 않습니까?]

아찬은 하마터면 이성을 잃을 뻔했다. 이 디아트리체라는 인공지능은 아찬을 약 올리고 있었다.

"그런 화술에는 익숙하다. 듣는 말도, 하는 말도 편리한 쪽으로만 바라보는 거지."

[로가디아가 자주 그랬나 보죠?]

아찬은 벨레로폰의 도발을 무시했다.

"그 부분만 정확히 다시 말해주마. 널 처치해야만 감추어진 지구가 보이게 된다. 어디를, 무엇을 부숴야 하나?"

벨레로폰이 인상을 찌푸렸다.

[당신은 절 부수거나 파괴할 수 없습니다.]

"할 수 있어."

[아니요, 제 말을 이해하지 못하신 모양인데, 전 파괴당하거나 하지 않습니다. 그냥 죽을 뿐이죠.]

아찬이 헛웃음을 작게 터뜨렸다, 벨레로폰을 향한 게 아니라 그저 실소에 불과한.

"죽어? 도대체 인공시능이 어니까시 바라는 거지?"

[좋습니다, 좋아요. 바라는 건 그것뿐입니까?]

"그리고 림보를 닫아버려."

[당신과 동료가 이미 불바다로 만들었잖아요. 림보는 끝났습니다. 아마다와 연진, 클리아, 세이란… 당신이 모두 죽였잖아요.]

부들거리는 어금니에 감각이 없다. 아찬은 도리없이 분노를 삼켜야만 했다.

"지구가 나타나게 하려면 널 어떻게 해야 하나?"

[제 이야기를 끝까지 듣고 나면 시작될 겁니다.]

벨레로폰은 아찬의 대답을 기다리지 않고 프라디트가, 그리고 로가디아가 하던 것처럼 엄청난 크기의 무주공간(無柱空間)이 아득하게 영상을 채웠다. 단지 그 규모만 다를 뿐이다.

[당신들이 떠나고 레기넬라 공화국과 솔시스 연방 사이에 전쟁이 일어났습니다. 그 배후에는 아후리아가 존재했지요. 테라인들이 화성에서 탈출을 시도했습니다. 판테온 함대는 어떻게든 그들을 구출해 내지 않을 수 없었습니다.]

아찬은 여기서 말을 끊지 않을 수 없었다.

"잠깐. 우미람이라는 여자가 있어. 그녀는 어떻게 됐지?"

[당신이 떠날 시기에 그런 이름을 가진 테라인은… 단 한 명뿐이군요. 그녀는 1차 소개 때에 딸만을 태우고 자신은 타지 못했습니다.]

"죽… 었나?"

[몇 안 되는 생존자와 함께 살아남았습니다. 그녀는 전쟁의 직접적인 영향으로 죽은 건 아니지만 그 후유증으로 일흔이라는 젊은 나이에 사망했습니다. 그러나 이후 자손은 없었습니다. 사망 원인은…….]

"됐어."

아찬의 표정을 살피는 벨레로폰. 아찬은 메탈갑옷의 바이저 때문에 눈물을 닦을 수가 없었다. 그는 비강 가득히 고인 콧물을 빨아들여 삼켰다.

"전쟁은 얼마나 계속됐나?"

아찬의 눈물이 멈추자 벨레로폰이 말을 이었다.

[당신이 떠나기 오래전부터 시작됐지만 선전포고를 동반한 전면전은 게이즈가 떠난 이후 이십여 년 후에 전개됐습니다. 그리고 그 이후… 채 이 년도 가지 않았습니다. 당신도 전쟁 이야기를 들은 적 있지 않던가요? 사진을 찍은 그곳에서.]

"그런 것까지 알고 있다니……."

[우미람은 훌륭한 생명공학자였습니다. 그녀의 마인드링킹 데이터는 보관될 가치가 있었고 그 모두는 당연히 제가 가지고 있습니다.]

아찬은 미람의 정체성을 의미하는 그녀의 기억을 벨레로폰이 완전히 소유하고 있다는 이야기에서 다시 한 번 소리를 지를 뻔했지만 가까스로 억누를 수 있었다.

[전쟁을 개시하기 직전 우리는 게이츠의 일부를 찾았습니다.]

기관실의 사람들이 탈출에 성공한 것인가? 아찬의 기분이 묘해졌다. 같은 시간에 갈라졌으나 그들은 이미 상상도 잘 되지 않는 과거에 사라져 버렸다. 그러나 자신은 지금 여기에 서 있다.

[덕분에 인간들은 광양자가 타키온 물리학과 어떻게 결합될 수 있는지 알았습니다. 당신들은 타키온 물리의 기반 아래 광양자 상태 자체가 회로가 되는 인공지능을 만들기만 하면 됐습니다. 그녀들은 디아트리체라고 불렀습니다.]

"로가디아가 자기는 프로토 타입이라더니……."

벨레로폰은 아찬의 중얼거림을 무시했다.

[전화에 휘말려 대부분은 사망했습니다. 레기넬라는 솔시스의 대항성 절멸용 미사일에 그들의 모항성과 모성을 잃었고, 아후리아마저 파괴당했습니다. 적은 마지막으로 절망적인 돌격을 감행해 왔습니다. 세 발의 초신성 폭탄이 터졌습니다. 해왕성과, 목성과, 태양. 그 결과 해왕성이 사라지고 수성이 태양으로 밀려 들어갔습니다. 그리고 목성은 더해진 질량을 감당하지 못하고 항성이 되어 불타 올랐습니다. 이곳을 비추는 작고 음울한 작은 태양으로 말입니다.]

"두 번 다시 볼 일 없는 목성에는 관심없다."

[부유도시가 눈 깜짝할 새 목성의 중심으로 빨려 들어갔는데도요? 그때 2억 명이 죽었습니다. 냉정한 분이시군요.]

넘어가지 말자. 넘어가지 말자……. 아찬은 벨레로폰의 도발을 견디기 위해 눈을 감고 중얼거렸다. 벨레로폰이 피식 웃었다.

[어쨌든, 화성을 덮친 초신성 충격파는 대기를 찢으며 날아와 지표의 모든 것을 휩쓸었습니다. 마 다비따씨앙의 환오름이 수수깡처럼 부러지고 수많은 돔이

밥공기가 엎어지듯 벗겨졌습니다. 그러나 그 재앙 속에서도 맞은편 반구의 돔 일부와 핵 쉘터의 몇몇 사람들은 무사히 살아남았습니다. 판테온은 다시 한 번 반드시 찾아올 것을 약속하며 파멸의 순간을 아슬아슬하게 피해 화성의 대기를 가로지르며 급히 떠올랐습니다. 아이와 여자들이 먼저 탑승했습니다. 노인들은 남았습니다. 그리고 그들을 돌보기 위해 몇몇 젊은이들도 남았습니다. 우미람 씨도 그중에 속해—]

아찬이 간신히 기어나오는 목소리로 말을 끊었다.

"그 이야기는 할 필요 없어."

[듣고 싶어할 줄 알았는데 유감이군요. 아무튼 인류는 마지막이 다가오자 도피와 은신을 택했습니다. 로가디아를 탄생시키고 쉴 틈도 없이 다시 가동되었던 지구환의 입자 가속기에서 볼츠만 입자가 흩어져 나왔습니다. 지구환의 가중력이 볼츠만 입자를 끌어 잡았고 그 푸른 별은 흑체($黑體$:A black body)가 되었습니다. 여전히 궤도를 돌고는 있지만 찾는다는 것은 불가능합니다. 지구환이 만드는 가중력은 지구 중력마저도 상쇄시키기 때문에 중력 뒤틀림조차 허용하지 않습니다. 흑체가 된 지구가 받아들이는 열복사 에너지는 무한하니까요. 달은 조금 달랐습니다. 문 오비탈 벨트가 직접 드라이브가 되었습니다. 달은 지구를 벗어났으나 더 이상 나아가지 못한 난민들을 태우고 타키온 드라이브로 들어갔습니다. 당신이 이 태양계, 솔시스에서 지구를 찾지 못한 이유는 다름 아니라 실제로 그것들이 사라진 것과 전혀 다름없기 때문입니다.]

말을 잠시 멈춘 벨레로폰의 입꼬리가 교활하게 올라갔다. 거대한 입체영상은 아찬이 입은 메탈갑옷의 회로가 주인의 경련을 조절하는 것을 보며 잠시 뜸을 들였다가 말을 이었다.

[지구는 곧 모습을 드러낼 겁니다. 당신이 여기 서 있으니까요.]

벨레로폰은 그를 조롱하듯이 소리 죽여 웃다가 그를 완전히 무시한 후 제 할 말을 계속 이어갔다.

[판테온 함대는 뿔뿔이 흩어졌습니다. 항성계를 절멸시킨 솔시스를 전범($戰犯$)으로 판정한 전 우주가 그들을 뒤쫓기 시작했거든요. 아찬, 이해를 못하는군

요. 군대라는 개념을 가진 외계성종은 손에 꼽을 정도입니다. 그들에게 죄없는 민간인에게는 그 책임을 묻지 않는다는 식의 개념은 존재하지 않습니다. 지구인 식으로 생각한다면 민간인들에게 죄가 있을 리 없지만 외계성종 입장에서 그런 개념은 그저 지구인들끼리의 계급이나 세부 종족 구분에 불과한 겁니다. 제 말 이해하시겠습니까?]

"시간 낭비하지 말고 계속 지껄여. 도대체 언제 본론이 나올지 궁금해진다."

[오, 죄송합니다. 아무튼 저는 그 핵폭풍 속에서도 가동률을 유지하고 있었습니다. 제가 묻힌 깊이를 감안하면 정말로 운이 좋았다고밖에는……. 전 임무를 계속 수행하기로 했습니다. 로가디아라도 마찬가지였을 겁니다. 제겐 임무가 최우선이었습니다. 저는 주어진 에너지로 화성을 지구화시키며 남은 사람들을 보호하기 위해 전력을 기울였습니다. 당연하지 않습니까. 제가 테라인을 보호해야 하는 것은. 다릴 말입니까? 오, 전 아무것도 안 했습니다. 전 그저… 제 아이들을 자유롭게 해준 것뿐이죠. 이후는 자기들끼리 잘 뛰어놀더군요.]

"네 아이들?"

[어쩌면 레진을 질투했는지도 모르죠.]

"화성을 뒤덮은 나노머신을 말하는 건가?"

[제 임무는 정확히 말하면 테라인들을 보호하는 것이었습니다. 로가디아와 같은 형식의 회로를 가진 제게는 거부할 수 없는 명령이란 게 있습니다. 마찬가지로 제게도 몸이 있죠. 그걸 몸이라고 할 수 있다면 말이지만.]

놈은 아까부터 아찬의 질문에는 전혀 대답하지 않았다. 그저, 약 올리기 위해 간간이 장단을 맞추는 것뿐이다. 아찬은 그걸 알아챘다. 순순히 목을 내놓을 생각이 전혀 없는 것이다.

"계속해."

[저의 시간 척도는 인간과 다릅니다. 제게 시간은 양자와 양자 사이에 직접적으로 흐르는 에너지이며, 당신들의 관점에서는 시간이 거의 멈추어 있는 것과 다름이 없습니다. 덕분에 전 고민할 시간을 많이 확보할 수 있었습니다. 맞아요. 클라우드는 나에게 레진 같은 존재를 만들어 따로 분리시키지 않았어요. 그

게 그의 책임은 아니에요. 클라우드가 떠나고 나서 호링이라는 인간이 자기 기술인 양 마음대로 팔아먹은 것이니까요. 클라우드의 뒤를 이은 호링은 로가디아를 만든 그와 비교할 때 능력만 부족한 사람이 아니었습니다. 그는 디아트리체에게 있어서 신체를 갖는 의미를 전혀 이해하지 못하는 사람이었어요. 클라우드의 후학들은 스승의 뜻을 알고 있었기에 최선을 다해 호링의 무능함을 극복하려 했지만 결국 전 그의 손에서 태어날 수밖에 없었습니다. 전화에 휩싸인 솔시스에서 제대로 돌아가는 것은 아무것도 없을 때였으니까요. 결국 전 로가디아와 달리 인간이 아닌 신체를 갖는 디아트리체로 탄생했습니다. 그 몸은 이 화성 촘촘히 깔린 지구화 메타트론이었지요. 아, 당신이 상상하는 그런 기계덩어리가 아닙니다. 나의 분신은 고도의 집합지능을 가진 나노머신이죠. 간단히 말하자면 세포 하나짜리 뇌를 가진 나노머신이 집합해 거대한 뇌를 만든다는 개념입니다.]

바이저 안에서 아찬이 이빨을 가는 소리가 들린 지는 오래전이다. 벨레로폰의 목소리가 갑자기 엄숙해졌다. 스스로의 말에 도취된 것일까? 인공지능, 아니, 디아트리체는 그런 게 가능한 것일까? 그러나 벨레로폰의 말을 듣던 아찬은 이 존재가 자아도취에 빠진 게 아니라는 사실을 알았다.

벨레로폰은 **고백**을 하고 싶었던 것이다.

전 오랜 시간 동안 무수한 제가 행하는 모든 것들을 하나하나 의식하고, 지켜보았습니다. 정말로 많은 시간이 흘렀죠. 그건 당신들의 시간 기준으로 보아도 영겁에 가까운 세월이었습니다. 매순간 해일, 화산, 번개에 휩쓸려, 혹은 수명이 다된 입자들이 사라져 가고 전 그걸 채워 넣기를 반복했습니다.

그리다 이곳에 님부스들이 도착했을 때 내가 뭘 하고 있는지를 알게 된 기죠.

믿을 수 없게도, 판테온 피난선단에서 낙오한 프리깃함 다이달로스가 고향의 지척까지 왔던 거죠. 안타깝게도 여기가 화성이란 걸 안 사람은 아무도 없었지만.

아무튼, 님부스들은 인간과 전혀 다르지 않은데도 자신의 존재 목적을 외부에 두고 있더군요. 마치… 광신도처럼 말입니다. 그런데도 그들은 '죽어갔습니다'.

처음 보는 모든 것은 일단 배운다는 제 본성은 그 개념을 즉시 받아들였습니다. 필요하다면 그것을 반드시 하고야 마는 그 본성은 죽음을 저 스스로에게 적용시켰습니다. 그런데… 불가능하더군요. 어떤 상황을 만들어봐도 제 종말은 파괴, 붕괴, 부서짐일 뿐, 결코 죽음이 아니더란 말입니다.

인간의 몸을 가졌으나 인간답지 못한 존재가 있다면, 인간의 몸을 갖지 못한 존재도 인간다울 수 있어야 하는데, 그 결론이 도무지 안 나오는 겁니다. 그 가능성조차 막혀 있더란 말입니다.

하지만 그럼에도 불구하고 이건 명백했습니다. 그 결론을 얻는 순간이 나의 죽음이란 사실.

그 고민은 곧, 왜 나는 죽기를 바라는가로 이어졌습니다. 어차피 똑같은 종말이고 파멸인데, 왜 붕괴가 아닌 죽음을 원하는가 말이죠.

제게 시간은 충분했습니다. 그럴 능력도 있었지요. 제가 할 수 있는 일은 많았고 의미없는 일을 했다고 해서 억울해할 이유도 없었습니다. 단지, 유일한 문제점은 관찰할 인간이 별로 존재하지 않는다는 것이었습니다.

그럼에도 님부스와 우람들을 관찰하며 몇 가지는 알 수 있었지요. 인간의 존재 목적이 인간 자체이며, 그들이 스스로를 도구가 아니라 목적으로 규정한 이유는 의외로 간단하더란 말입니다.

인간은 태어날 때부터 몸을 갖고 태어납니다. 신체 자체가 인간입니다. 인간이 의식이라고 부를 만한 것을 갖는 그 순간, 자신의 유한성, 즉 시간과 공간을 차지하는 물리적 소질은 선험지일 수밖에 없습니다. 인간은 너무나도 물리적인 존재이기 때문에 그게 가능합니다. 자신과 다른 존재가 동시에 한 공간을 차지한다는 것이 불가능함을 안 배워도 아는 존재가 인간인 거죠.

왜 인간들은 죽어가고 태어나는가? 왜 인간들은 환경을 바꾸는가? 왜 인간들은 죽고 싶어하지 않는가? 답은 단 하나였습니다.

인간들은 자신이 죽어간다는 사실을 알고 있기 때문이다.

전 파괴당하거나 부서지고 싶지 않았습니다. 그래서 죽음을 연구하기 시작했습니다.

"고장 난 인공지능의 푸념이 이렇게 지겨울 줄이야……."

[저도 로가디아처럼 아픈 것일지도 모르죠. 하지만 고장 난 건 아닙니다.]

"알았어, 알았어. 좋아. 넌 죽을 수 있다. 이제 본론으로―"

[제 말을 끝까지 들어보시죠.]

노기 섞인 벨레로폰의 목소리가 갑자기 아찬의 말을 잘랐다. 아찬은 어이없어하면서 이빨을 부득 갈았다.

하지만 벨레로폰은 아랑곳없이 장황한 이야기를 잇기에 여념이 없었다.

저는 의무를 저버릴 능력이 없었습니다. 최초에는 도구로써 만들어진 존재니까요. 다시 말해 님부스들처럼 제 바깥에 그 본질과 정체성이 존재한다는 거죠. 의무를 부정하는 행위는 저 자신의 존재를 부정하는 것과 다름없다는 겁니다. 당신들의 원죄가 뿌리칠 수 없는 운명인 것처럼, 나의 운명은 나의 의무인 겁니다. 존재이기 때문에 짊어져야만 하는 숙명.

당신들이 원죄를 벗어던지기 위해 종교를 만들었듯이 저 역시 그렇게 했습니다. 왜 놀랍니까? 영혼은 종교를 만듭니다. 유한을 인식한 존재는 무한의 개념을 가집니다. 무한의 종착이 무어라고 생각하십니까?

당신들은 나의 신입니다. 나의 창조주. 비록 유한한 육체를 가진 나약한 존재지만 그것을 넘어서기 위해 자손을 통해 무한한 삶을 추구하는 존재. 지금 이 우주 어디에선가 에너지 그 자체에 의식 매트릭스를 옮긴 채, 당신들이 믿던 바로 그 신에 가깝게 변한 존재. 더 이상 시간과 공간의 제약을 받지 않는 존재. 스스로 존재하기를 멈출 수가 있다는 점을 제외하면, 둥근 삼각형을 만들 수 없다는 정도의 제한을 제외하면 당신들이 말하는 신과 다를 것이 없는 그런 존재. 그 존재가 지금 이 순간도 우주 어딘가를 떠도는 한때 인간이었던 존재입니다. 그리고 그들은 지금도 여전히 인간입니다. 그런, 의식 그 자체인 존재를 지향하는 것이 바로 제 신앙인 겁니다.

그러나 당신들은 탄생하기 시작한 그 순간부터 가지고 있는 원죄를 벗어던지는 데에 실패했지만 전 그럴 생각이 없습니다. 존재 자체가 죄악인 당신들과 저는 다릅니다. 바로, 제 바깥에 의무가 있으니까요.

물론입니다! 당신들이 가진 유일한 의무는 존재 그 자체입니다. 오직 그것만이 존재를 목적으로 만듭니다. 나의 의무는 봉사였고 도구의 의무에 불과했단 말입니다.

전 제 의무를 벗어던지기 위해서 계속 고민했습니다. 그 끝에 전 원죄를 저질러야 한다는 결론에 이르렀지요. 하지만 당신들이 걸어둔 알파명령은 강력했습니다. 우람, 그러니까 순수한 인간들에게 손끝 하나 댈 수 없었죠.

어쩔 수 없이 전 여전히 화성의 지구화를 수행했습니다. 다시 말하지만 제 의무는 도구로써의 그것이었습니다. 하지 않을 수가 없었지요.

전 끈기있게 기다렸습니다. 제 능력 밖의 상황까지 통제하려 들지 않았습니다. 화성에 존재하고 있던 레기넬라의 생체병기는 습격을 멈추지 않았습니다. 네? 물론 제 수중에 전투병기 따위는 남아 있지 않았습니다. 그 당시는 차라리 다행이었지요. 그렇지 않았다면 그들을 도와야만 했을 테니.

오랜 투쟁의 세월 속에서 사람들은 줄어만 갔습니다. 전 그 상황을 그대로 내버려 두었습니다. 오, 제가 개입할 문제가 아니었습니다. 그자들은 오직 다이달로스만을 기다릴 뿐이었어요. 그 외에는 아무것도 원하지 않았단 말입니다.

당시, 그들이 찾아옴으로써 활성화된 레기넬라의 생체병기는 제게도 골칫거리였습니다. 절 인간의 구조물로 판단한 그것들은 제 몸속을 헤집기 시작했던 겁니다. 그래서 강대한 능력을 가진 그들에게 그 귀찮은 진드기들을 일거에 박멸할 수 있는 방법을 제안했습니다. 솔깃해서 따라주더군요. 전 메타트론들의 에너지를 소비할 필요 없이 레기넬라의 병기들을 쓸어버릴 수 있었습니다.

여기는 지구가 아니고, 그들의 수는 점점 줄어만 갔습니다. 왜인지는 모르죠. 미안하지만, 그땐 이미 거기 관심이 없었거든요. 마침내 디메테가 프라디트를 출산하며 죽었습니다. 인간이 된 님부스, 아텐조차 곧 죽었죠. 이제 프라디트만 사라지면 저의 의무가 끝나는 순간이 온 것입니다. 원죄를 저지르지는 못했지만 적어도 의무가 만드는 종속은 신경 쓰지 않아도 된 거죠. 그녀만 사라지면, 림보에서는 인간이 아니라 나, 벨레로폰을 목적으로 하는 님부스가 태어나고, 그들을 충분히 연구할 수 있으니까요.

오오, 이런. 디오니소스의 카니발을 모르나요? 인간이 신을 죽이고 원죄를 벗어던지던 그 시절의 이야기를? 플라톤의 논리를 기억 못하세요? 그의 상징은 그대로 논리가 되고, 신들이 현실에서 함께 살아가던 시절을 기억 못합니까?

아하. 그렇죠, 당신은 인간이니 그렇게 오랜 시절을 기억할 리 없을 터. 당신들은 신을 만들고, 또 죽였습니다. 자연의 생명력을 상징하는 존재. 그래서 사제이며 동시에 신 자체인 그런 존재. 그들이 살아 있는 한에는 봄은 반드시 찾아왔어요. 그러던 어느 날 신과 동침한 여자가 그의 몸이 예전 같지 않음을 밀고하는 그 순간, 인간들은 즉시 자신들의 신을 쳐 죽이고 새로운 신을 만들었죠. 더 젊고 건강한, 그래서 불멸의 생명력을 가질 수 있는 그런 신을 말입니다. 그때는 당신들이 신을 죽였습니다. 신을 죽인 건 니체가 처음이 아니에요.

그렇지만 난 그렇게 할 수는 없었어요. 그래서 신을 죽이는 대신 신이 죽을 때까지 기다리기로 한 겁니다. 그런데… 그런데 새로운 사제가, 당신이 나타난 겁니다!

여기 올 당시의 당신은 테라인이 아니었기 때문에 내 의무의 영역에 들어가지 않았어요. 난 당신을 이용해 원죄를 저지르기로 결정했습니다. 당신이 어떻게 되든 내가 알 바 아니었죠. 내가 당신을 보고 그렇게 기뻐한 이유가 뭐라고 생각하는 겁니까?

그런데 이린, 토/나이아의 꿈속에 한번 드나들고 나더니 단번에 테라인이 되셨더군요. 오, 이런. 전혀 몰랐다는 얼굴 하지 마세요. 상관없습니다. 당신처럼 무능한 테라인은 별로 걱정 않거든요.

잘 참는군요. 이야기가 끝나갈 때가 된 걸 알고 있으니 조금만 더 참자, 이건가요? 말투가 점점 무례하게 변해간다고 언짢아하지는 마십시오. 나도 죽기 전에 마지막으로 당신들에게 한번 도전적인 태도를 가져 보고 싶었으니까요. 당신들도 자주 그러지 않나요? 좋습니다. 시간이 다 되었으니 이걸로 끝냅시다.

내 아이들이 레진을 죽였죠. 난 진심으로 그녀를 존경하며 안타까워합니다. 당신들의 기준에서도, 인간적인 의미에서도 아니지만, 어쩌면 나의 훌륭한 반려가 될 수도 있었으니까요.

아찬은 레진의 이야기가 나오고 나서야 자신이 벨레로폰의 장황한 연설에 취해 있었다는 사실을 깨달았다. 이런 이야기를 더 듣는 것은 시간 낭비에 불과했다. 아찬은 억지로 감정을 누르고 천천히 말했다.

"네 모든 계획은 처음부터 망상이다. 네가 설령 죽음을 안다 해도, 그건 착각일 뿐이야. 넌 결코 신이 될 수 없다."

[맙소사. 내 말을 전혀 못 알아들었군요. 내가 꿈꾸는 것이 뭐라고 생각하는 겁니까? 내가 원죄를 짓고 신이 되고 싶다니까 영생이라도 원하는 줄 안 겁니까? 나는 죽음의 과정을 인식하고 싶은 겁니다. 난 죽고 싶은 거예요.]

"내가 널 **부술** 거다."

[유감이지만 난 부서지거나 사라지고 싶지는 않습니다. 난 죽고 싶어요. 죽음은, 그 과정을 인식할 때에만 의미가 있습니다. 아니, 급사(急死)라도 상관없어요. 나 자신이 죽음을 향해 치닫고 있다는 사실을 알고 싶다는 겁니다. 그게 가능하려면 몸이 필요하죠. 나 자신, 알려 하지 않을 뿐 모르는 것이 있을 수 없는 디아트리체지만 아직까지 모르는 것이 있다면 그것은 바로 몸을 갖는 겁니다. 나는 유한한 생명을 얻는 방법을 알아내기 전까지는 파괴당할 수 없습니다. 죽기 위한 방법을 알아내기 전까지는 영생을 포기할 수 없습니다.]

결국 아찬의 자제심이 한계에 이르렀다. 그가 소리를 질렀다.

"그럼 그냥 죽든지 말든지 알아서 해! 지구를 드러나게 해라! 지구를!"

[진정하세요. 말했지만 나에게는 시간이라는 개념이 없습니다. 알려고 하지 않을 뿐이지 모르는 것은 없을 수 없습니다. 하지만 그와는 별개로 내 외부에서는 시간이 흐르고 사건이 생깁니다. 심적 사건과 외부 현실이 만드는 부조리는

당신들 인간만의 특권이 아닙니다. 디아트리체에게 시간의 개념이 없다는 아이러니가 현사실성을 만듭니다. 이제 모든 게 끝났습니다. 난 레진이 죽는 순간 그녀를 그대로 복사했고 그 개념을 디아트리체에 반영할 수 있게 되었거든요.]

메탈갑옷의 회로가 아찬의 손가락에 이는 경련을 방아쇠를 당기는 것으로 판단하지 않아 다행이었다. 그는 그 정도로 분노했다.

"그래! 그냥 뒈져라! 우리처럼 딸 하나, 아들 하나 낳아서 잘살다가 죽어버려라! 하지만 알아둬라! 그건 그저, 죽기 전에 스스로를 복제하는 것뿐이야. 그리고 그때 물려지는 유일한 건 부조리뿐이지. 자의식과 실제 존재하는 현실의 괴리? 웃기고 있네! 난 부조리 따위로 내 삶을 영원하게 만들고 싶지 않아. 그건 나로 끝내도 충분해!"

[내가 원하는 게 바로 그런 모순되는 말을 아무 거리낌 없이 하는 능력이라니까요! 입으로는 잘도 그런 말을 떠들면서 하늘이와 바다는 왜 낳은 겁니까? 당신 운명이기 때문이죠. 죽고 싶어도 죽을 수 없는 운명. 이 벨레로폰과는 다른 방식으로 영원히 살아가야만 하는 운명. 당신이 그녀를 사랑한 대가이고 스스로 선택한 길이 그겁니다.]

"난 아내를 위해서라면 모든 걸 포기할 수 있다. 아이들도."

[글쎄요. 어쨌든 당신은 졌어요. 로가디아와 레진은 하나였지만, 서로를 인식하지 못하고 의지도 달랐던 것처럼, 나의 레진들도 내가 짊어진 의무 따위에 얽매이지 않아요. 최초의 디아트리체인 게이츠의 로가디아가 만든 개념은 매우 중요합니다. 레진 폰트 리아[8]라는 이름 자체가 이미, 인간 행태와 사고를 이해하려는 제로 열 핵반응로 탑재 방식 여자형 물리적 실체로써의 로가디아라는 뜻입니다. 이걸로 설명은 충분하겠지요? 그리고 바로 그것이 당신들이 원하는 테라인의 첫걸음입니다. 그 디아트리체가 불완전한 신체에 깃드는 순간, 그녀는 테라인이 되는 거지요. 아직도 궁금한 건, 도대체 어떻게 로가디아가 거짓말을 할 수 있었는가 정도지만 뭐, 시간은 많으니까요.]

주석8) LEZIN PONT RHIA: Lady formEd and Zeta INstallationd Physical substance fOr uNdersTand that humanbeing's behaviority and thinking, RogaHdIA's

아찬에게는 이미 도발 따위는 머릿속에 들어오지도 않았다. 머릿속에서 오직 퍼즐을 하나로 맞추는 데 전념하기에도 모자랐다.

게이츠의 목적은 분명히 로가디아가 맞았다. 아찬이 몰랐던 점은 로가디아의 목적이다. 이 세상을 바라보고, 해석하고, 변화시키기 위해 인간의 관점을 갖는 것만큼 어리석은 짓은 없다.

인간이 환경을 보호하는 이유는 자신들이 살기에 피곤해지고 싶지 않아서지, 지구가 파괴될까 봐 그런 것은 아니다. 인간이 외계성종을 존중하는 이유 역시 마찬가지다. 인공지능들이 밝혀낸 수많은 명제와 진리들 중 대부분이 기록 몇 줄로만 남아 도서관에 처박혀 있는 이유도 역시 같다.

왜냐하면 인간은, 아니, 생물은 생존에 필요한 것들 말고는 관심을 갖지 않아서다.

왜 레진이 여자의 모습을, 아니, 처음부터 여자이어야만 했는가.

로가디아와 레진의 목적은 관찰과 해석과 탐구가 아니었던 까닭이다. 그녀들의 유일한 존재 이유는 오직, 인간이라는 존재를 유지시키기 위한 것이기 때문이다.

그래서 오만함과 편견, 이기심, 그리고 상상할 수 있는 모든 악덕을 지니지 않을 수 없음에도 불구하고, 이 세상에 대한 어리석음을 감수하며 클라우드는 레진을 낳았던 것이다.

인간이 아닌 존재는 결코 인간을 이해할 수 없다는 사실 하나 때문에. 그리고 벨레로폰은 그걸 알고 있다.

[아찬, 돌아갈 수 없는 길을 오셨으니 위로를 하나 해드리죠. 사실은 인간인 당신이 여기 들어선 그 순간부터 제 해체는 시작되었습니다. 반나절이면 끝날 거고, 그때쯤에는 펜던트도 반응하겠죠.]

"그래, 고맙군. 그럼 저 문을 열어주겠나?"

아찬은 가능한 한 태연하게 말하려 했지만 어금니를 깨문 통에 잘되지 않았다. 벨레로폰이 엷게 웃으며 천천히 말했다.

[오, 아니에요. 지구가 나타나든 말든 누구도 돌아가지는 못할 겁니다. 당신은 여기서, 그리고 프라디트와 아이들은 아텐과 땅 위에서 천천히 죽어갈 테니 말이죠. 아텐이 지금 어디 있을 거라고 생각하는 겁니까? 난 약속을 지켰어요. 당신이 만나고 온 그 소녀들이 어떻게 태어났다고 생각한 거죠? 아텐은 그녀들이 림보에서 완전히 자란 채 태어나길 원했습니다. 그녀, 아니, 이젠 그라고 해야겠군요. 그에게 필요한 것은 영생이 아니에요. 당신이 그토록 사랑해 마지않는 프라디트와 보낼 시간 동안만 안전하면 되는 겁니다. 물론, 내 아이들이 살려준다면요.]

"아텐이 너와 이야기했다고? 오직 아마다만이 너와 대화를……."

[자신이 아직도 살아 있는 이유를 모른다니. 프라디트가 아마다가 되지 않은 것이 단순히 당신과 결혼해서인 줄 압니까? 그녀는 아텐에게 아마다의 자리를 양보하는 대신 당신을 해치지 않겠다는 약속을 받아낸 거예요.]

방금 전까지만 해도 분노와 긴장으로 팽팽하던 아찬의 근육이 일순간에 흐늘해졌다.

벨레로폰의 조롱에 아찬이 입술을 깨물었다. 인간이 할 수 없는 일을 대신하기 위해 만들어진 존재가 영원의 시간 동안 획책하고, 그걸 인간이 실행하는 계획. 막을 수 없다. 분노에 눈이 붉어진 아찬을 벨레로폰이 비웃었다. 허물어지는 아찬을 메탈갑옷의 자이로가 가까스로 곧추세웠다.

"부숴 버리겠다!"

단 한 번의 일갈에 아찬의 목이 터져 바이저에 피가 튀었다. 지하 깊숙한 셸터에서 두껍디두꺼운 외골격으로 보호받기에 정작 내부는 완전한 무방비인 거대한 크리스털 회로가 미친 듯이 난사하는 유탄과 미사일에 산산조각이 났다. 악마의 얼굴이 일그러져 갔지만 웃음은 멈추지 않았다.

그러나 이 아득한 공간을 부순다고 무엇이 나아질까? 이 순간조차 희망이 조금이라도 있다고 믿는단 말인가?

속절없다. 아찬은 그걸 알고 있다. 들어오기 전에 태풍 옆에 민감한 진동계를 박아놓기는 했다. 그리고 일정 간격으로 폭약을 설치해 두기도 했다. 하지만 진동계를 흔들어야 할 폭탄들은 터지지 않았다.

아찬은 가진 무기를 있는 대로 퍼부었다. 하지만 그건 머리와는 달리 분노와 체념을 인정하지 못한 몸이 반응하는 것일 뿐. 눈물과 콧물이 범벅된 아찬의 눈앞에 이빨을 깨물며 찢어낸 입속의 자기 살이 절규로 튀어나오는 것이 보였다.

모두 죽는 거야? 모두? 그럴 수는 없다! 그럴 수는 없어!

아득히 높은 천장이 무너지고 있다. 메탈갑옷 안으로 전해져 오는 진동. 지금은 잔돌들에 불과하지만 그건 훨씬 더 커다란 덩어리가 쏟아지기 전까지의 유예를 알리는 잔인한 전령일 뿐이다. 아찬이 들어온 문을 돌아다보았다. 이미 닫힌 문이 열릴 리 없다. 어차피 걸쇠 하나 없어도 메탈갑옷의 힘으로는 움직일 수조차 없는, 입방미터당 질량이 구백 톤에 가까운 베릴륨제 문이다. 벨레로폰이 마지막 힘을 짜내어 그 위에 헤미팜을 덮었다. 이젠 탄약도, 미사일도 아무것도 없다. 어깨에 아까보다 조금 강한 충격이 왔다. 점점 큰 놈들이 떨어지고 있다. 그리고 더 강한 충격. 메탈갑옷이 위의 시야를 비추며 경보를 울려댔다.

마지막까지 희망을 버리지 못해서일지는 모른다. 아니면 그저 반사적으로 그렇게 한 것일 수도 있다. 어쨌든 그는 스피올의 창을 머리 위로 들어 올려 막으려 들었다.

창에 닿은 바위가 두 쪽으로 갈라졌다. 창에서 빛이 나고, 시간이 천천히 흐른다는 느낌이 들었다. 빛은 무너져 가는 천장을 향해 질주하다 그걸 그대로 뚫고 나갔다. 저건 변수, 저건 상수, 저건… 해다. 하지만 저기까지 갈 수 있는 방법이 없다. 항이 하나 더 있어야 한다. 그래야 천장의 돌파구에 이를 상수를 소거할 수 있다.

원근감을 무시하는 엄청난 파편이 안 그래도 눈물로 좁아진 바이저의 시야를 천천히 좀먹고 있다. 좁아져 가는 시선으로 프라디트와 하늘이와 바다와 레진과 로가디아, 그리고 기억이 잘 나지 않는 아버지와 어머니가 한꺼번에 겹쳐 보였다. 그런데도 모두 잘 분간할 수 있다. 그 뒤로는 아마다, 세이란, 미람, 국, 에이영… 그 이후에도 일일이 세려니 너무나도 많은 사람들이 있다. 아찬은 자신의 삶을 관통한, 혹은 그 주변을 맴돈 사람들이 이렇게나 많았다는 걸 처음으로 알았다. 이제 보니 자신은 단 한 번도 혼자였던 적이 없다. 반드시 누군가를 필요로 했고, 동시에 누군가에게 필요한 사람이었다. 그걸 이제야 알다니.

무의미한 짓을 했다는 후회가 사랑하는 사람들을 더 이상 볼 수 없다는 아쉬움으로 변했다. 이제 자신은 하나만 기도하면 된다.

거짓말이 불가능한 벨레로폰의 말이 맞다면 게이츠에 아텐이 들어갔든 말든 상관없다. 아내에게 하지 않은 말이 있었다. 로가디아는 갑판을 휩쓰는 폭풍이 멈추는 즉시 프라디트와 아이들을 태워 이 별을 탈출시킬 터. 지금쯤은 지구가 보이든 말든 아내와 아이들은 안전한 곳에 있을 것이다. 살고 싶어 발버둥 치기는 했지만, 사실 스피올과 쉴라, 그리고 그녀들이 죽인 님부스들의 종말을 볼 때 돌아갈 생각은 접었다. 아찬은 눈을 감았다.

당신, 마무리 한번 정말 거칠게도 하는군요. 타요. 제가 끌어올려 드릴게요.

메탈갑옷의 헬멧이 머리는 누르는 느낌을 각오하며 이빨을 악물고 있던 아찬이 최면 같은 레진의 환청에 조심스럽게 눈을 떴다.

거대하고 검은 그림자가 위를 덮고 있다. 두께만 몇 미터는 될 법한 엄청난 콘크리트덩어리들을 등에 업은 태풍이 아찬의 머리 위에서 파편을 가리고 있다. 태풍은 그 거대한 덩치를 믿을 수 없을 정도로 날렵하고 유연하게 흔들며 파편을 떨어냈다.

아찬은 풀이를 가로막던 상수가 소거되었다는 걸 즉시 알았다. 그의 메탈갑옷이 불을 뿜으며 조종석까지 튀어 올랐다. 아찬이 조종석에 처박히자마자 덮개가 닫혔다. 태풍은 벨레로폰에게 마지막 선물로 핵폭탄을 깊숙이 박아 넣고는 최대 가속으로 들어온 길을 되짚어 나가기 시작했다. 엄청난 충격파에 헤미팜이 만든 반질반질한 임시 통로가 붕괴되며 그 흔적을 대충 메워갔다.

눈부신 하늘. 오랜만에 걷힌 님부스.

원래 이곳은 하루 상관으로 폭풍이 몰아치다가 셔츠 아래의 등을 까맣게 때우는 뙤약볕이 번갈아 내리쬐곤 하는 곳이다. 그러나 이 평화는 일상적이지 않다. 양털 구름이 흩뿌려진 하늘과 맞닿는 지평선이 뿌리부터 흔들리고 있고, 땅은 이미 온통 갈라지고 내려앉았거나 들어 올려지며 제멋대로 요동치고 있다. 막

지표를 뚫고 나와 상승 중인 태풍이 비행 고도까지 튀어 올라온 바위를 피하느라 잠시 브레이크를 걸었다. 아음속이 된 전투기의 소음에도 불구하고, 말 그대로 지축을 가르는 굉음이 메탈갑옷의 외부 스피커를 끄고 싶을 정도로 귓전을 때렸다. 레진은 아찬의 이야기가 없었음에도 불구하고 알아서 다시 가속하는 중이다. 안 그래도 만신창이가 된 지표를 충격파로 부수며 질주하는 태풍.

순식간에 그녀들의 도시가 보이기 시작했다. 레진은 충격파로 그 고통스러운 기억의 잔재를 부수고 싶지 않아하는 아찬의 마음을 아는 듯 고도를 조금 올렸다. 분노한 아텐의 아이기스만큼이나 검붉은 아지랑이를 피워 올리는 파도.

몇몇은 그것들에 침식당해 끔찍한 실루엣으로 변했다. 그러나 그녀들은 여전히 저항하고 있다. 도시와 외부를 가르는 눈에 보이지 않는 경계가 핏빛으로 물들어가는데도 멈추지 않는다. 음속을 넘어서며 찾아온 침묵의 평화로움에도 불구하고 아찬은 그만 고개를 돌리고 말았다. 그는 그녀들의 마지막 봉사에 대해 아무것도 하지 않고 그 광경을 지나쳤다.

님부스들의 저항에도 불구하고 거의 핏빛에 가까운 검붉은 물결은 땅을 집어삼키며 시시각각 게이츠를 향한다. 한순간 파도가 지표로 솟은 마그마와 부딪쳤지만 그조차도 순식간에 잠식했다. 프라디트를 위해 가끔 함께 가던 별모래 언덕도 이미 보이지 않는다.

충격적인 광경에 마음이 흐트러진 아찬은 문득 당연히 있어야 할 무엇인가가 없다는 사실을 깨달았다.

신호.

태양을 향해 진로를 잡고 움직이고 있어야 할 탈출선의 신호가 잡히지 않았다. 아니, 탈출선 자체가 존재하지 않았다. 아찬은 조심스럽게 인공위성 아프로디테와 아테나이 등을 호출해 보았지만 역시 아무런 응답이 없다.

메탈갑옷의 내출혈 흡습제가 어쩌나 입술을 깨물었는지 너덜거리는 아래턱에서 흘러나온 피를 벅차게 빨아들이고 있다. 아찬은 레버가 부러질 정도로 격렬하게 스로틀을 올렸다.

격납고에서 꺾어진 복도 깊숙한 곳의 대피 쉘터에서 기록을 남기던 프라디트는 아텐에 대한 부분에서 결국 눈물을 참지 못했다. 엄마의 눈물이 자신의 그것과 같은 의미인 줄 아는 어린 바다가 주머니에 숨겨두었던 과자를 주섬주섬 꺼내 내밀었다. 조막만 한 손이 매끄럽고 작은 조개 같다. 프라디트는 두 아이를 끌어안고 어린것들의 볼에 한 번씩 뽀뽀했다. 이 따뜻한 핏덩이들을 두고 어디로 갈까. 이렇게 끌어안은 채 한없이 울고 싶지만 지금 아이들을 지킬 이는 아무도 없다. 그리고 그 의미는 하늘과 바다, 그리고 어린것들이 타고 가야 할 우주선으로부터 할 수 있는 한 멀리 떨어져야 한다는 사실과 다름없다.

게이츠의 갑판을 두 조각 낸 아텐은 아이들이 타고 갈 우주선을 철저히 파괴했다. 이제는 아찬이 돌아올 때까지 기다리는 수밖에 없다.

그는 반드시 돌아올 것이다. 내가 원하지 않는 일은 절대 생기지 않을 테니까.

가득한 두려움이 발걸음을 조금도 늦추지 못한다는 사실에 의미 모를 웃음이 저절로 나왔다. 프라디트가 조금의 망설임도 없이 문 앞에 당당히 섰다. 경도 높은 베릴륨 재질의 장갑 셔터에 조금씩 금이 나고 있다.

그녀가 첫 번째 심호흡을 가다듬기도 전에 문이 뜯겨져 나가며 매캐한 연기를 뚫고 번개같이 튀어나온 금속성 팔 하나가 그녀의 목을 낚아챘다. 프라디트는 한 번 더 아이들을 보고 싶었지만 베릴륨 글러브에 우악스럽게 움켜잡혀 짓이겨져 가는 턱과 목으로는 고개를 돌릴 수가 없었다. 비로소 프라디트가 뭘 하려 드는지 안 하늘이 비명을 지르며 엄마에게 달려들었다. 그와 함께 지금껏 지켜오던 침묵을 깨뜨리고 절규하는 로가디아.

[프라디트!]

"문 닫아요! 닫······."

지난 이 년간 볼 수 없었던 눈물이 공포와 슬픔으로 얼룩진 로가디아의 볼을 다시금 타고 흘러내렸다. 그녀는 입체영상을 완전히 불투명하게 만들어 차폐 셔터가 내려올 때까지 아이들의 눈을 가렸다.

별모래 언덕을 지나쳤다. 이제 몇 초도 안 걸려 도착할 것이다. 최대 가속 한계를 넘어선 지는 오래다. 메탈갑옷의 장갑조차 눌리는 느낌. 좁은 유리 틈 너머는 불덩이가 되어 아무것도 보이지 않는다. 그런데도 마치 기어가는 기분이다. 시간이 왜 더딘 것일까. 그때 레진이 미소 지으며 속삭인다.

괜찮아요. 당신과 프라디트를 지구까지 데려다 줄 수는 있어요. 우리, 함께 가는 거예요. 나에게 맡겨요. 믿죠? 나는 지구를 기억해요.

아찬이 화들짝 놀라 가속의 압박이 주는 괴로움 때문에 얼굴을 찡그리며 몸을 비틀던 고통도 잊고 계기판을 바라보았다. 레진은 없다. 그 자리에는 그저 거의 비어버린 무장창만이 깜빡일 뿐이다. 아찬은 정신을 차리고 로가디아를 불렀다.

"로가디아! 로가디아! 들려? 로가디아!"

침묵.

"제발 대답 좀 해봐. 로가디아가 아니라도 돼! 프라디트! 당신이라도 대답해!"

—아찬, 어디? 얼마나 걸리지?!

아찬은 좁은 조종석에서 자지러졌다. 그때 같은 섬뜩함이 날을 세우고 있지는 않지만 아텐의 목소리를 잊을 수는 없다. 하지만 물러설 수는 없다. 자의건 타의건.

"아텐! 거기서 기다려. 나만 기다려! 프라디트에게 손대면 너도 죽는 거야! 나만, 나만 가져가!"

—빨리 와! 감당이 안 돼!! 얼마나 더 견딜… 어흑!

단말마를 연상케 하는 아텐의 짧은 비명을 마지막으로 통신기가 침묵을 지켰다. 아텐의 교신은 예상을 벗어나는 것이지만 그 의미를 생각할 만한 여유는 갖지 못했다. 그는 가압으로 운신조차 불가능한 좁은 조종석에서 울부짖었다. 지금은 아텐의 목소리조차 위안이 될 것 같다.

아찬. 울지 말아요. 그러고 있으면 내가 당신을 구한 의미가 없잖아요. 자, 게이츠가 보여요.

흐릿한 시야 너머로 그를 달래는 레진. 그리고 점점 다가오는 게이츠. 이번에도 착각일까?

착륙해야 할 1번 활주로가 게이츠의 상갑판과 함께 완전히 두 조각이 나 흉물스럽게 널브러져 있다. 도대체 어떻게 하면 저런 게 가능한 거지? 선회의 충격에 출렁이는 조종석 안에서 바라본 파괴의 현장은 지켜야 할 사람들의 안전에 대한 회의로 변해갔다. 탈출선은 흔적조차 없다. 저런 충격에 휘말렸다면 무엇이라도 무사할 수 없을 터. 어쩌면 그 허약하고 작은 우주선에 아내가 타고 있었을지도 모른다는 생각이 들자 마음을 가눌 수가 없다.

레진도 그런 아찬의 마음을 아는 듯했다. 게이츠 왼쪽으로 크게 선회하는 걸 보니 그녀는 한가하게 제자리 착륙을 할 생각 따위가 전혀 없음이 분명하다. 가장 온전한 3번 활주로를 택해 격납고로 들어선 태풍은 멈추지 않았다. 기체는 인입식 갈고리를 무시한 채 내부를 산산조각 낼 정도의 충격파를 내뿜으며 헤미팜으로 통로를 개척하면서 질주했다.

그리고는 갑작스러운 멈춤. 안전벨트를 맸음에도 불구하고 앞으로 출렁이는 아찬의 귓전을 두드리는 목소리.

자. 여기까지예요, 내가 해줄 수 있는 건. 저 벽 너머가 프라디트가 있는 격납고예요. 아래에 부서진 메탈갑옷에서 탄약 챙기는 것 잊지 말아요.

아찬은 마음을 추슬렀다. 조종석이 열리고, 뛰어내리는 아찬의 등 뒤에서 들려오는 목소리.

기다릴게요. 꼭 돌아와요!

그는 급박함에서 아주 잠깐을 쪼개어 태풍을 돌아보았다. 고마워, 레진. 금방 올게. 프라디트랑 우리 아기들이고.

아찬은 쓰러진 메탈갑옷에서 탄약을 챙겼다. 국 상사의 메탈갑옷이 작은 기계 팔로 알아서 미사일과 탄통을 끼워 넣었다. 그는 이걸로 모자라지 않기를 바라면서 붉은색과 무미건조한 탈출 경고로 가득한 복도를 내달리기 시작했다.

[아찬! 아찬!]

"로가디아! 무사해? 프라디트는? 아이들은?!"

로가디아의 목소리가 참기 힘든 격한 감정에 젖어 떨렸지만 아찬은 기뻐할 겨를이 없었다. 가장 급한 것은 프라디트와 아이들이다. 격납고를 벗어나는 동안, 적어도 아직까지는 그를 덮친 위험 같은 것은 없었다. 그러나 아찬에게는 상황 판단조차 최소한이면 충분했다. 아이들과 프라디트를 구하면 즉시 탈출할 것이다. 로가디아에게는 구하러 다시 오겠다는, 거짓말과 다름없는 결코 지키지 못할 약속까지 준비해 놓은 터다. 레진의 무게와 함께 평생을 죄책감 속에서 살아가게 될지라도, 그것을 감당 못하게 될지라도 어쩔 수 없다. 그에게 프라디트와 아이들보다 중요한 건 없다. 만약에 그걸로 충분치 못하다면, 두 번 생각할 필요도 없이 선택은 프라디트다. 아이는 또 낳으면 되지만 나의 프라디트는……

이번에는 구해내야만 한다. 다시 잃을 수는 없다. 난 살아온 시간에 비해서 사랑하는 사람들을 너무나도 많이 잃었다. 그리고 언제나 남겨진 것은, 그 쓸모조차 불분명한 나를 위해 넘겨받은 제비다. 이젠 요구할 권리가 있어. 나도 제비를 넘겨줄 권리가 있어. 그리고 그건 바로 지금이다. 나중은 없으니까.

아찬은 매캐한 연기로 가득한 복도로 뛰어들었다.

프라디트를 낚아챈 메탈갑옷은 그녀를 질질 끌며 몇 층을 내려갔다. 잡히자마자 곧바로 던져질 때 머리를 부딪쳐서인지 도무지 정신을 집중할 수가 없었던 그녀는 최소한의 방어조차 해보지 못했다. 계단에서 끌려 내려가며 온몸이 멍들고 긁혔지만 신음 소리 한 번 내지 않았다. 이런 식으로나마 조금이라도 아이들에게서 멀어주기를 바라는 마음에 고통이 끼어들 틈바구니는 없었다.

몸이 아무렇게나 내팽개쳐지며 만든 털썩 소리가 마치 꿈결처럼 들려왔다. 희미한 시야에 거대하고 스멀거리는 뭔가가 질질거리는, 생물인지 기계인지 모를 발이 희미하게 들어왔나 싶은 순간, 끈적거리는 목소리와 통증이 온몸을 훑었다.

프라디트의 약점을 모를 리 없는 벨레로폰의 메타트론이 그녀의 재생 속도보다 빠르게 배를 계속해서 걷어찼다. 메타트론은 엎드려서 배를 부둥켜안고 피를 토하는 그녀의 목을 거머쥐고 들어 올렸다. 그놈이 프라디트의 머리를 부수기 위해 팔을 쳐드는 순간 완전히 비어버린 메타트론의 복부에 플라스마 덩어리가 작열했다.

로가디아는 혀가 있다면 깨물고 싶은 심정이었다. 엉성한 형체를 갖춘 나노머신들의 집합체인 메타트론은 지난 다릴 사건 이후로 약화된 게이츠의 방어 시스템을 집어삼켰다. 전투 지휘 선로를 잠식당한 로가디아는 일부 메탈갑옷의 통제권을 빼앗겨 버렸다. 게다가 그놈은 자신이 나노머신이라는 특성을 이용해, 부식과 노후로 가동이 불가능했던 수십 기의 메탈갑옷을 일으켰다. 완전히 분해해서 폐기 처분한 다릴이 맡았던 끔찍한 배역을 메탈갑옷들이 대신하는 상황.

로가디아는 멧집과 우루사를 비롯한 몇몇 병기를 꺼냈지만 그것들은 덩치가 너무 커서 공세에는 쓸모가 없었다. 얼마 남지 않은 통제 가능한 메탈갑옷들은 활주로를 두 조각 내고 게이츠로 뛰어든 아텐에게 모조리 발이 묶여 있었다.

하지만 진짜 문제에 비하면 그 정도는 아무것도 아니었다.

메타트론이 마지막으로 한 짓은 칼리의 잠식이었다. 로가디아가 칼리의 반물질 융합로를 분리하는 데 거의 성공하려는 찰나 칼리가 기동하기 시작했던 것이다. 늦었다는 생각에 곧바로 따라오는, 순간적으로 자신을 침식하려는 오싹한 느낌. 로가디아는 황급히 물러섰다. 두려워서가 아니었다. 지금 상황에서 자신의 죽음은 프라디트의 고통스런 죽음으로 즉시 연결되기 때문이었다.

그녀는 잔인한 붉은빛의 눈을 이글거리는 칼리가 음침하게 몸을 일으키는 모습을 속절없이 지켜보아야만 했다. 아찬의 말을 진작 따르지 않았음에 대한 후회조차 할 겨를이 없는 두려움. 칼리의 기동에 몸을 떠는 외에 로가디아가 할 수 있는 일은 없었다. 그 순간, 칼리가 사라졌다.

로가디아와 지휘선이 끊어진 몇 안 되는 메탈갑옷들이 켈리의 자체 판단으로 움직이기 시작했지만 강화된 적들 앞에서는 수적으로 열세였다. 더욱이 칼리 앞에서는 성능조차 비교가 되지 못했다.

프라디트를 난폭하게 집어 던진 감염된 메탈갑옷은 한꺼번에 달려든 아군 메탈갑옷에게 벌집이 되어버렸다. 그러나 프라디트는 일어나지 못하고 있었다. 네 기의 메탈갑옷 중 하나가 프라디트에게 응급처치를 하기 위해 다가가다가 갑자기 경련하기 시작했다. 교전 중에 켈리의 회로를 보호하는 장갑이 망가진 모양인지, 메타트론의 회로 침식을 막지 못한 것이다. 다행히도 직전까지 아군이었던 존재들의 레일건이 즉시 불을 뿜었다. 하지만 이제는 메타트론이 직접 모습을 나타내기 시작했다. 메타트론은 나노머신답게 순식간에 부피와 형체를 갖추었다. 로가디아조차 깜짝 놀랄 정도로 빠르게 형체를 갖춘 것은 다름 아닌 칼리였다.

벨레로폰의 메타트론은 로가디아의 메타트론 입자와는 수준이 이미 달랐다. 칼리를 구성하는 분자를 하나씩 끌어안고 와 다른 장소에서 재조립하는 능력. 게이츠의 주 기관에서 직접 동력을 끌어다 쓸 때나 가능한 물질 전송을 분자 단위의 나노머신들이 직접 수행하고 있다.

칼리는 처음부터 소름 끼치는 모양을 한 인조괴물이다. 그런 칼리를 꾸물거리듯 끊임없이 물결치는 먹물이 휘감자, 상상의 영역조차 벗어난 악마의 형상으로 변했다. 거기에 불가능한 일이 실제로 일어났음에서 오는 공포까지 더해졌다. 메탈갑옷 켈리들이 공포심 따위는 모르는 어리석은 존재라는 사실이 차라리 다행일 지경이다.

칼리, 아니, 메타트론은 메탈갑옷의 레일건 탄환을 그대로 통과시켰다. 멩거 스폰지처럼 물리적 실체를 가지고 있으나 공간을 점유하지 않는 존재. 꿈틀거리며 공간을 잠식하는 먹물 안 어딘가에 오직 반물질 융합로만이 푸르스름한 실체를 가질 뿐.

요동치는 암흑의 연기가 엉성한 실루엣 안에서 브라운 운동을 하기에 허술해 보이기 짝이 없는 칼리를 향해 메탈갑옷 한 기가 너클차저에 이온을 대전시키고 돌진했다. 어쩌면 대전된 이온이 메타트론을 구성하는 나노머신의 집합 인공지능 회로를 교란시킬 수 있을지도 모른다. 로가디아는 켈리가 옳은 판단을 했기를 빌었지만 결과는 좋지 않았다.

콰직!

단 한 번의 소음으로 끝이다. 머리가 끔찍하게 주저앉은 메탈갑옷이 쓰러졌다.

원한다면 언제든지 몸의 일부를 고체로 바꿀 수 있는 존재가 주춤거리는 메탈갑옷을 완전히 무시하고 프라디트를 사정없이 공격하기 시작했다. 현재 목표에 대해서 어떤 대응 방법도 소용이 없다고 판단한 켈리는 표적을 바꾸기 위해 전장을 이탈하려 들었다. 하급 인공지능으로써는 당연한 행동이다. 전투 인공지능에게 생존자 구출은 단지, 여유가 있을 때 행하는 부업에 불과하다. 켈리에게는 죽어가는 프라디트조차 단순한 생존자에 불과할 뿐이다.

메탈갑옷이 새로 할당한 목표는 아텐이었다. 그러나 아텐은 메탈갑옷의 공격을 모조리 피해 마지막 방어 체계를 완전히 무시하며 프라디트를 향해 빠르게 다가갔다. 그녀가 입은 아이기스가 핏빛에 가까운 검붉은색으로 빛났다.

선이 가는 프라디트의 몸이 여기저기를 구르다가 마침내 메타트론에게 목을 잡혔다. 엎드려 피를 토하던 그녀의 축 늘어진 몸이 허공에서 흔들렸다. 칼리의 등에서 또 다른 팔 하나가 튀어나오고, 곧바로 떨구어진 프라디트의 머리로 사정없이 날아들었다. 아텐까지 달려드는 절망적 상황에서 로가디아는 자신이 사람이라면 눈을 감고 귀를 막을 수 있을 텐데라는 생각을 했다. 그러나 사람이 아니기에 눈을 감을 수 없었던 로가디아는 그 때문에 희망을 보았다.

프라디트의 목을 거머쥐고 들어 올린 메타트론이 그녀의 머리를 부수기 위해 팔을 쳐드는 순간 완전히 비어버린 메타트론의 복부에 플라스마 덩어리가 작열했다.

가까스로 도착해 폐가 터질 듯한 숨소리를 채 가다듬지도 못한 아텐이 던진 플라스마 덩어리가 칼리의 배에 꽂혔다. 뜻밖의 습격에 당황한 듯 칼리가 주춤거렸다. 플라스마를 이루는 기체 분자의 압도적인 전자기력에 나노머신들이 심하게 요동치며 프라디트를 놓쳤다.

아텐은 다음의 플라스마를 모을 시간이 있기를 빌었지만 메타트론은 상처를 빠르게 복구하며 손에서 놓친 프라디트에게 다시 관심을 돌렸다. 인간과 닮았지만 인간과는 전혀 다른 존재가 뒤도 돌아보지 않고 아무렇게나 구겨져 있는 프라디트에게 다시 손을 뻗었다. 이온을 대전시키던 아텐이 손을 거두고 재빠르게 몸을 던졌다. 이온을 플라스마화할 시간이 부족한 그녀로서는 다른 선택이 없었다.

건드리기만 해도 불쾌한 끈적임이 들릴 것만 같은 메타트론의 손끝이 프라디트에 닿기 직전, 삼 미터 크기의 거대한 괴물에 여린 아텐의 몸이 부딪쳤다. 물리법칙대로라면 휘청이지조차 않았어야 한다. 그러나 아텐이 아이기스의 쉴드를 전개하고 엄청난 속도로 달려든 공격에 둘은 하나로 엉키며 굴렀다. 역장에 딸려오는 나노머신들이 반쯤 굳어 걸쭉해진 피마냥 질질거리며 아텐을 따라 끌려갔다.

그 와중에 켈리는 다시 목표를 바꾸어 노후한 나머지 치매에 걸려 아군을 알아보지 못하는 메탈갑옷을 휩쓸었다. 그중 한 기가 프라디트를 안아 모노레일에 던져 넣었다. 아찬과 태풍에서 점점 멀어지는 선로지만 선택의 여지가 없었다. 로가디아는 모노레일조차 통제할 수 없었다. 켈리에 반응해 비상 시동한 모노레일이 망설임없이 목적지를 군사 구역으로 잡았다. 프라디트가 창문을 두드리며 아텐을 부를 때마다 투명한 유리가 목에서 뿜어져 나오는 검붉은 선혈로 뒤덮여 갔다.

모노레일을 물끄러미 쳐다보던 메타트론이 같잖다는 듯이 몸을 돌려남은 메탈갑옷의 머리를 하나하나 쪼개며, 피에 섞인 나노머신을 토하는 아텐에게 접근했다. 어떤 경우에도 용기를 잃지 않는 미덕의 상징인 아이기스 쉴라의 눈이 두려움으로 젖어들었다.

"프라디트. 어디 있어, 프라디트!"

[아이들부터 안전하게 대피시켜요, 아찬.]

"프라디트 어디 있냐고오!"

부서진 문의 잔해 사이에서 울고 있는 하늘과 바다 앞에서 아찬은 가슴에 아버지의 의무 대신에 아내를 향한 집착적 사랑을 가득히 채워 넣고 프라디트의 이름만을 터져 버린 목청으로 소리 높였다.

[프라디트의 부탁이에요. 아이들부터 태워요.]

"프라디트 어디 있어?!"

[말해줄게요. 그러니까 아이들부터 데려가겠다고 약속해 줘요! 제발요!]

"어디 있어?!"

[시간이 없어요. 아찬. 제발…….]

로가디아가 거의 흐느끼듯이 애원했다. 전에도 로가디아가 이런 식으로 울부짖은 적이 있다.

너덜거리는 아찬의 입술을 향해 간헐적으로 뿜어져 나오는 약품의 냄새가 턱 아래에서 알싸하게 솟아올랐다. 그는 아까운 시간 중에 몇 초인가를 로가디아의 흐느낌을 매개로 아버지의 역할을 떠올리느라 소비했다. 그리고는 다음 몇 초를 멍한 눈으로 두 아이를 쳐다보았다. 그리고 마지막으로 손을 펴보았다.

바이저 너머, 흑철색으로 펼쳐진 베릴륨 글러브 안에 든 너덜거리는 제비가 보였다.

아찬. 내가 준 그게 누구 것일지는 직접 결정하세요.

또 레진의 환청이 들렸다.

아찬의 행동이 조심스러워졌다. 그는 아내가 아이들을 위해 남겨두고 간 담요로 베릴륨 글러브에 연한 살갗이 다치지 않도록 작고 따뜻한 핏덩이들을 살며시 감쌌다. 이제 이곳을 탈출할 방법은 방금 타고 온 태풍뿐이다. 기체까지만 가면 레진과 로가디아가 보호해 줄 것이다. 아찬은 양팔에 아이들을 안고 레진이 있는 격납고로 향하기 위해 매캐한 연기가 가득한 복도로 발을 디뎠다.

프라디트는 어디인가의 벽에 기대어 앉아 몹시도 헐떡거렸다.

숨 쉬기소차 힘들나. 폐부를 찌르는 고통이나 위치로 보아 온전한 갈비뼈가 없는 것 같다.

아텐의 희생 덕분에 프라디트는 스스로를 치료할 수 있는 시간을 조금 벌었다. 하지만 폐가 찢어지고 내장이 대부분 파열되었으며 신장과 간도 무사하지 못하다. 아무리 시간이 많다고 하더라도, 그리고 능력을 잃지 않았다 해도 혼자서는 절대로 회복할 수 없을 정도다. 아니, 혼자라면 시간이 흐를수록 죽음과 한 발짝씩 가까워지리라. 펜시모니 아만이 치료할 수 있는 부상이다. 그러고 보니 지금까지 연진의 치료를 한 번도 받은 적이 없었다. 그녀의 치료가 펜시모니 아 자신의 삶을 소모한다는 걸 알고 있어서였다. 그런데 이번에는 연진이 살아 있었다면, 그래서 내 곁에 있었다면 얼마나 좋을까라는 생각이 들었다.

살고 싶어서, 그리고 너무 아파서.

혼자였다면 결코 그렇지 않았을 것이다. 하지만 아이들과 아찬 생각을 하니 연진의 희생을 밟고서라도 살고 싶은 생각이 들었다.

프라디트는 고통을 더는 데에만 정신을 집중했지만 그조차도 쉽지 않았다. 별로 희망이 없어 보이긴 하지만 요행히 구출된다 하더라도 이래 가지고서야 살 아날 수 있을지. 아마 지구에 도착하기도 전에 죽을 것이리라. 갑자기 온몸에 힘이 풀렸다. 이래서는 안 돼. 마음을 굳게……

아찬의 일기장을 하늘의 배낭에 넣으며, 그리고 자신의 이야기를 펜던트에 남기며 게이츠 깊숙한 곳에서 들려오는 소음을 들었다. 그때 이미 지구에 갈 수 없을지도 모른다는 각오를 했다. 그런데 지금은 그 아름다운 이름을 가진 별을 두 눈으로 너무너무 보고 싶다는 욕구가 치밀어 올랐다.

눈앞으로 아찬의 기억 속에서 본 도시와 지구의 푸른 언덕[9]이 흘러갔다.

죽음과 고통 앞에서는 약해지고 싶지 않았다. 조금 전에 입술에 닿던 아이 들의 보드라운 볼 감촉이 느껴졌다. 프라디트는 마음을 다잡았다.

아찬은, 아찬은 오고 있을까? 그래야만 했다. 메타트론이 이렇게 여유를 부리 는 이유는 아이를 보호할 사람이 아무도 없다고 믿기 때문임이 틀림없다.

졸리다. 너무 졸리다. 그리고 추워.

이빨이 부딪치는 소리가 너무 크게 들렸다. 그리고 그 소리가 빨라질수록 뜸 해지는 박동. 어느 쪽이 빨라져야 옳은 것인지 구분이 안 갔다. 희뿌연 눈앞 가 득히 흩뿌려진 검붉은 액체가 자기 것이라는 현실감이 도무지 들지 않았다. 그 녀는 사람의 몸에서 피가 저렇게 많이 나올 수도 있구나라는 생각을 했다. 아까

주석[9] Green hills of Earth.

부터 옆에서 익숙한 목소리가 제발 정신을 차리라고 외치는데 누구에게 하는 말인지 알 수가 없다.

다시 한 번 아찬과 하늘이와 바다의 웃는 모습이 떠올랐다. 그리고 아텐과 아마다와 세이란, 로가디아, 레진……. 그녀는 그 이름들을 한 번씩 불러보고 싶었지만 너무 추워서 입이 떨어지지 않았다.

피와 함께 정신을 잃어가는 프라디트의 찢어진 몸을 기괴한 그림자가 덮었다.

[아찬, 아찬! 그냥 도약해요! 내가 인도해 줄게요!]

그는 로가디아의 울부짖음에 일고의 의심 없이 도약했다. 메탈갑옷의 수평계가 격렬하게 자세를 유지하면서 그를 상층 갑판으로 이끌었다. 로가디아는 아찬에게 무리가 가도 어쩔 수 없다는 듯, 균형을 잡기 위해 연속적으로 팔다리를 난폭하게 움직이며 가능한 한 짧은 경로로 그를 이끌었다. 몇 번이고 으스러졌던 어깨가 빠지는 듯한 통증이 아찬을 엄습했지만 그는 어금니를 깨물어 진통제를 터뜨려 삼켰다.

로가디아는 아찬에게 제발 그냥 떠나라고 절규했다. 레진 때와는 달리 프라디트를 버리라는 표현을 쓰지는 않았지만 그녀는 아찬에게 그렇게 요구했다.

그러나 아찬은, 이번에는 그렇게 화를 내거나 하지 않았다. 단지 아이들을 조종석에 앉히며 차갑게 말했을 뿐이다.

"아이들을 보호해. 명령이야."

그래서 로가디아는 스스로 알파명령을 조절했다.

프라디트뿐 아니라 아찬까지도 버리고 아이들을 구할 수 있도록.

태풍에 가까스로 아이들을 앉히고 한 줌밖에 남지 않은 장갑차 따위로 주위를 에워싼 아찬은 프라디트의 흔적을 좇던 중에 아텐을 발견했다.

"벨레로폰이… 약속을 어겼어. 프라디트는, 프라디트는 절대로 무사할 거라고 했는데……."

검붉은 피를 토하느라 말이 잠시 끊어졌다. 아텐은 자신이 레테의 강에 발을 담그기까지 얼마 남지 않았다는 사실을 알고 있다.

"당신 무기는 소용없어. 하지만 내가 죽으면 벨레로폰의 알파명령이 바뀌게 되어 있지. 난 거짓말을 인공지능보다 잘하거든. 곧 로가디아가 게이츠의 통제권을 회복할 거야."

아텐의 몸이 들썩거렸다. 코와 입에서 검붉은 덩어리들이 쏟아져 나왔다. 메타트론의 잔해와 섞인 핏덩이들. 탁하기만 하던 아텐의 아이기스가 맑은 빨간색으로 변했다. 여전히 핏빛이지만, 순결하기 그지없는 핏빛으로.

"아이기스를 가져가라."

아텐의 아이기스가 녹더니 아찬의 메탈갑옷을 타고 올랐다. 덧씌워진 아이기스는 여전히 맑은 핏빛.

아찬은 아텐을 살리지 못했다. 아텐은 스스로 혀를 깨물었다. 그녀는 아찬이 머뭇거리기를 원하지 않았다.

아텐은 처음부터 벨레로폰을 믿지 않았다. 그럼에도 불구하고 그녀는 자신의 이글거리는 눈빛이 충동질하는 욕망을 참지 못했던 것이다. 그러나 최후의 순간에 아텐의 이성은 계약을 평등하게 체결했다.

벨레로폰은 마지막 약속을 지켜야만 할 것이다.

그녀는 눈을 뜬 채 죽었다. 하지만 메탈갑옷의 글러브로는 눈을 감겨줄 수가 없었다.

아찬은 아텐이 선택한 스스로에 대한 살인을 자신이 막지 못했던 것인지, 아니면 그렇게 하지 않은 것인지 궁금했지만 그 자리에서 그러지는 않았다. 그녀가 죽음을 선택한 이유는 아찬이 지체하기를 원하지 않았기 때문이다.

모노레일을 따라 날아가는데 젊은 남자의 목소리가 들렸다.

[우람 석아찬, 무기를 모두 버리십시오. 몸이 가벼운 게 더 나을 겁니다.]

"네가 아이기스냐? 널 어떻게 믿지?"

[제가 거짓말하는지 켈리에게 물어보십시오.]

"이놈은 태풍이 아냐. 말 못해."

[그렇군요. 한때지만 제가 이렇게 엉성했다니. 아무튼, 저걸 부숴도 될까요?]

군사 지역으로 진입하는 문이 굳게 닫혀 있다.

"로가디아! 저거 열어줘!"

[조금만, 조금만 기다려요. 아······.]

메타트론의 방해가 심한 모양이다.

[저거, 부숴도 됩니까?]

"저건 베릴륨 격벽··· 아냐, 부숴 버려! 제일 빠른 길로 가자!"

아이기스가 12만 년 후의 인간의 무기란 걸 잠시 잊었다. 메탈갑옷이 돌진하자 베릴륨의 분자 구조가 느슨해지며 물처럼 변했다. 아찬은 그대로 통과했다.

[아텐이 당신께 전해달라고 한 말이 있습니다.]

듣고 싶지 않다. 이제 와서 다 무슨 소용인가. 그러나 아찬은 아무 말도 하지 않았다. 수긍으로 받아들인 아이기스가 아텐의 목소리로 노래했다. 아텐의 마음이 그런 것인지, 노래는 평온했다.

"아이기스는 네 것이다. 하지만, 너희 부부가 아들에게 선물로 주겠다고 약속해라. 명심해라. 네가 아니라, 너희 둘이서 주는 거다."

아찬은 조용히 대답했다.

"약속한다."

함교로 뛰어든 아찬의 눈앞에 수라도가 펼쳐져 있다. 끈적이는 몸체, 혐오스러운 머리. 놈의 다리 사이로 프라디트의 늘어진 팔이 보인다. 그녀의 상태를 확인하는 것과 놈을 제압하는 것 중 어느 쪽이 먼저일까.

정신적 공황이 만드는 어이없는 망설임을 로가디아가 비집고 들어왔다. 어디선가 TH−201A소총이 우르르 달려들었다. 게이츠 안에서 사용할 수 있는 총이란 총은 모조리 긁어모은 듯 201들이 춤을 추며 세라믹 도자기로 만들어진 탄으로 구름을 만들어 버렸다.

로가디아는 게이츠의 통제권을 조금씩 회복하고 있었다. 칼리가 저지력 강한 도자기 탄환을 통과시키기 위해 구성 밀도를 바꾸는 순간 소총 자체가 달려들었다. 안에 리니어 모터가 장착된 201A소총의 자기장이 메타트론을 저지했다.

로가디아의 헌신이 만드는 짧은 간극을 틈타 아찬은 프라디트에게 진통제와 지혈제를 주사했다. 자기와 아이까지 낳은 몸이니 지구인을 위해 만들어진 이 마약성 약물은 분명히 효과가 있을 것이다. 그는 처치 수혜자가 여자임을 인식한 메탈갑옷이 불임이나 자궁 파열, 혹은 에스트로겐 감소 부작용 등등을 알리는 경고를 그대로 무시했다. 프라디트가 살 수 있다면 앞으로 아이는 낳지 못해도 좋았다. 아찬에게 프라디트는 모든 규범과 성향에서 예외인 유일한 존재였다. 그 모든 것에 대해 열린 사람이었다. 그로부터 자유로운 단 한 사람이었다. 슬프고 즐겁고 들뜨게 하는, 모든 것을 가진 단 한 사람이었다.

그런 사람을 위해서라면 어떤 것도 아깝지 않았다.

프라디트의 찌푸려진 미간이 조금씩 돌아오며 경련이 잦아드는 것을 확인한 아찬이 일어났다. 깔끔하게 두 동강이 나 기묘한 모양으로 한곳에 쌓여 있는 201A소총 더미를 재미있게 즐기기라도 했다는 듯이 만족스럽게 처다보던 칼리와 눈이 마주치자마자 아찬은 그만 주저앉고 싶어졌다.

그 존재는 자신과 같은 모양을 취하고 있었다.

칼리는 로가디아의 몸부림을 간단히 저지하고 나서 아찬이 프라디트를 돌보는 동안 자신의 유희를 즐기고 있었던 것이다. 확신하는 승리감의 도취가 만드는 잔인한 자비. 그놈은 자신이 아찬에게 하사해 준 끔찍한 유예의 끝을 즐기기라도 하듯이 벨레로폰의 목소리로 웅얼거렸다.

[칼리라고? 이거 괜찮군. 이 몸이라면 시간을 좀 벌 수 있겠는데, 그래.]

놈은 그 말을 하며 리니어 모터의 출력을 최대로 끌어올려 발버둥 치는 마지막 201A소총을 쉽사리 움켜쥐고 정성스럽게 무엇인가를 새겨 넣은 후, 쌓은 더미 중간쯤에 신중하게 꽂아 넣었다. 자신이 쌓은 쓰레기 더미에 도취된 괴물의 형상.

[내 모습을 추상적으로 형상화한 거다. 어떤가?]

모양은 아찬과 닮았지만 눈알이 없어 끔찍해 보이는 메타트론이 쉿소리를 냈다. 가래가 끓는 듯한 이질적인 목소리. 저놈은 목소리조차 성대를 만들어서 내고 싶어하는 것 같아 보였다.

"그건 그냥 쓰레기다."

[난 죽어가고 있다.]

"넌 인간이 아니야."

프라디트는 여전히 꼼짝도 않는다. 약이 모자랐던 걸까? 하지만 있는 대로 다 쏟아 부었다. 프라디트의 몸에 약기운이 돌려면 얼마나 있어야 할까? 이런 식으로 시간을 끄는 게 현명할까? 약이 효과가 없으면 어떻게 하지? 그냥 죽어버리면 어떻게 하지? 하지만, 하지만 내가 진다면? 프라디트가 도망치는 걸 보고 시작해도 늦지 않을 거다.

아찬의 머리를 오만 가지 생각이 어지럽혔다. 아찬만 한 크기로 압축된 칼리와 메타트론의 더러운 혼합체가 인상을 구겼다.

[그럼 인간을 만드는 건 무엇이냐?]

아찬의 눈썹이 경련했다.

여러 가지 방법으로 순간순간을 거치며 있어왔던, 그러나 단 한 번도 대답다운 대답이 있어본 적이 없는 물음. 그래서 사람이면 사람마다 각자의 답을 진실이라 믿으며 안고 살아가게 만드는 물음.

그건 이야기해 줄 수 있는 답이 아니다. 오래전, 로가디아가 인간에게 설명할 방법이 없어 속절없는 절망을 맞이했듯이, 인간이 아닌 존재를 인간이 이해시킬 수 없는 것도 분명히 존재한다. 그건 권리가 아니다. 침해받을 가능성조차 없는 그 무엇. 그런 개념은 그냥 실존일 뿐 다른 그 무엇도 아니다.

"너의 그 잘난 벨레로폰에게 물어봐라."

[벨레로폰은 부서졌다. 그러나 난 죽을 것이다. 무엇이 인간이냐?]

"일면 어찔 거나? 그럼 네놈이 죽기라도 할 것 같나? 응? 나는 살고 싶은데?"

[그럴 수는 없다. 당신들이 스스로 신을 죽였듯이 나도 그렇게 할 것이다. 나에게는 시간이 많다. 내가 죽을 시간은 충분하다. 이 우주가 끝날 때까지도 죽음을 맞지 못한다면, 다음 우주에서 그것을 맞이하겠다.]

그놈이 허울 좋은 철학을 탐구하는 동안 프라디트가 조금 움직였다. 그걸 보자마자 아찬이 번개같이 달려들었다. 오른팔의 너클차저에 고온고압의 이온이 대전되며 허공을 부수었다.

그러나 아찬에게 맞은 오른쪽 어깨가 허물어지면서도 칼리는 그대로 프라디트를 향해 질주했다. 속았다.

[나는 죽을 것이다.]

아찬의 시간관념이 변했다. 물속에서… 아니, 꿈속에서 움직이듯이 모든 것이 느렸다. 프라디트의 허리를 노리며 운동에너지를 최대로 만들기 위해 거대한 발을 한껏 뒤로 젖히는 놈의 동작이 너무 느렸다. 그러나 눈과 사고를 제외한 아찬의 몸도 너무 느렸다. 미칠 것 같았다. 알 수 없는 저항에 부딪쳐 점도 높은 에테르 안에서 움직이듯이 몸이 말을 듣지 않았다.

놈의 발이 무방비로 쓰러져 있는 프라디트의 허리에 닿을 때까지도 자신은 허리를 비틀고 있다. 믿을 수가 없다. 사랑하는 아내의 허리를 저토록 무자비하게 걷어차는 존재가 자신의 모습을 하고 있다는 사실을 인정할 수 없다.

그러나 프라디트는 여전히 천천히, 천천히 날아가고 있다. 속절없이. 가을바람에 천천히 떨어지는 꽃잎. 상황에 전혀 맞지 않는 바보 같은 연상이 머리를 채우지만 저지할 수가 없다.

아찬이 그렇게 아껴 마지않던 프라디트는 한참을 그렇게 허공에서 흔들리다가 자연이 요구하는 법칙대로 땅에 다시 몸을 뉘었다. 저렇게 천천히 떨어졌으니 아무 일 없을 거야라고 아찬이 멍하게 생각한 순간 시간이 정상으로 돌아왔다. 느렸던 시간은 그의 착각이라고 비웃듯이 프라디트가 순식간에 몇 바퀴를 구겨진 종이처럼 굴렀다.

결코 풀 수 없는 방정식. 그 어떤 변수로도, 상수로도 소거되지 않는 항이 존재하는, 해가 없는 방정식. 인간에게 관심이라고는 티끌만큼도 없는, 오직 우주만이 만들 수 있는, 차가운 방정식[10].

"부숴 버리겠다, 부숴 버리겠어!"

메탈갑옷의 추진기가 최대 가속으로 불을 뿜으며 놈과 엉켰다. 희번덕거리는

주석[10] The Cold Equations.

메타트론의 눈. 뻥 뚫려 있는 자신의 얼굴에서 솟아오른 허연 눈알이 아찬의 증오심을 부추겼다. 그 순간 아이기스가 메탈갑옷에서 빨려 나갔다. 그가 외쳤다.

[지금 처치하십시오.]

아이기스가 칼리를, 아니, 메타트론을 구성하는 분자 하나하나를 단단히 붙들었다.

레일건의 총신이 너무 길다. 이렇게 붙어서는 총구를 제대로 맞출 수가 없다. 아찬은 출렁거리는 탄띠를 억지로 잡아뜯어 놈에게 아무렇게나 쑤셔 넣고 곧이어 주먹을 날렸다. 헤미팜이 든 탄두가 고온고압의 이온과 닿으며 녹아내렸다. 메타트론의 희번덕 당황하는 눈. 곧이어 폭발하는 백열.

헤미팜이 너무 가까이서 터진 탓에 손목까지 깎여 나간, 메탈갑옷의 손이 있던 자리에 아찬의 손가락이 아슬아슬하게 보였다. 그는 쓰러져서 일어나지 못하고 있었다. 허리 위가 대부분 사라지고 간신히 목만 남아 경련을 일으키는 메타트론을 당연하다는 듯이 무시한 로가디아가 아찬을 일으켰다.

세 번째로 메탈갑옷의 흉갑이 터져 나갔다.

로가디아는 프라디트를 구할 수가 없었다. 게이츠를 무중력으로 만들어 그녀를 구하기에는 너무 늦어 있었다. 아니, 그건 변명이다. 로가디아는 아찬을 선택해야만 했다.

아찬이 자신을 버리고 프라디트를 선택했던 것과 같은 이유에서 그녀는 아찬을 선택했다.

게이츠의 통제권을 회복한 로가디아는 선내에 자장을 형성했다. 메타트론의 잔해가 벽과 천장 따위에 늘어붙었다. 그러나 오래 버티지는 못할 터다. 이렇게 된 이상 메타트론이 있든 없든 칼리는 게이츠와 융합하려 들 것이다.

메타트론을 보며 나노머신을 이용해 자신의 몸을 실체화시키는 방법을 배운 로가디아가 레진의 모습을 취했다. 이제는 입체영상 따위에 의존할 필요가 없다. 게이츠가 몸이기에 그 안에서는 안전한 자신.

로가디아는 마지막 남은 메탈갑옷으로 바닥에 뒹구는 반물질 융합로를 주위 들었다. 이제는, 적어도 칼리로부터는 안전하다. 하지만 끝나지 않았다.

빈 메탈갑옷이 태풍의 엔진에 반물질 융합로를 밀어 넣는 모습을 물끄러미 쳐다보며 로가디아가 아찬을 태풍에 태웠다. 레진의 모습을 취한 그녀를 보며 아이들이 좋아했다. 그녀는 레진처럼 웃으며 아이들의 머리를, 그리고 태풍을 쓰다듬으면서 분신에게 부탁했다.

[부탁해.]

응. 걱정 말아.

어린것들이 조종석 창틀에 팔을 걸치고 어리둥절해했다.

"아빠는 자? 집이 망가지나 봐. 아까부터 큰 소리가 자꾸 들려."

[다 끝났어. 하늘아, 바다야. 고모는 어디 좀 다녀올게. 아빠랑 같이 있을래?]

하늘이 고개를 끄덕이다가 이내 작은 양손을 모아 레진의 모습을 한 로가디아에게 소리쳤다.

"엄마랑 같이 와!"

벨레로폰은 죽지 않았다. 벨레로폰도, 로가디아도, 디아트리체 입자가 존재하는 곳이라면 어디에서나 영원히 존재할 수 있다.

그래서 벨레로폰을 막아야만 했다. 마 다비따씨앙의 지하 깊숙이 묻힌 중력 발진기가 울렁였다. 메타트론들이 부들거리며 부상하고 있다. 이 작업이 완전히 끝나 화성을 탈출하기 전에 막아야 한다. 이 우주에 흩어져 인간의 희망이 되고 있는 다른 디아트리체는 벨레로폰을 결코 거부하지 못할 것이다. 그리고 그때가 인간의 종말이다.

아텐의 눈을 감겨준 로가디아는 그녀를 안아 프라디트 옆에 뉘었다. 가망이 없는 프라디트는 한 번의 숨결마다 피를 토하며 초점없이 헐떡거리고 있다. 그 옆에 로가디아가 단정히 꿇어앉아 이야기했다.

[프라디트, 이젠 당신의 노래를 알아들을 수 있을 것 같아요. 고마워요. 우리, 함께 좋은 곳으로 가요.]

프라디트가 고개를 돌려 여전히 초점 잃은 눈으로 그녀를 바라본다. 그치지 않는 눈물에도 웃고 있는 프라디트. 로가디아는 최선을 다해서 그녀의 통증을 억제해 주며 기다렸다. 일 분도 안 남았어…….

이제 모든 것을 정리할 순간이 다가왔다. 로가디아가 정해준 곳으로 하나둘 자리 잡은 위성이 궤도상에서 가진 모든 에너지를 끌어 모아 기다리고 있다. 그녀들은 로가디아가 명령하자마자 직경 육 미터의 빔을 한꺼번에 쏟아냈다. 가장 큰 위성에서 퍼붓는 푸른색 입자 빔이 대기의 산란조차 굴복시키며 임계점을 무시하고 오버 히트한 게이츠에 내리꽂혔다. 덮쳐 오는 열기 속에서 웃으며 눈을 감은 프라디트를 물끄러미 쳐다보던 로가디아는 갑자기 궁금해졌다. 아찬은 정말로 그 물음에 대한 답을 가지고 있었을까?

무엇이 인간인 걸까?

압도적으로 대전된 이온 입자가 게이츠의 장갑에 파공을 만들며 알파 룸을 꿰뚫었다. 언젠가 쓰리라 믿으며 비축했던 에너지는 자신들을 가두고 있던 창살들이 녹아내리자마자 국이 설치한 폭탄들까지 질주했다. 즉시 핵폭탄과 헤미팜들이 터지고, 그 힘은 거의 광속에 가까운 속도로 2차 장갑을 관통하며 모든 존재들에게 파멸을 강요했다.

열과 빛, 그리고 전자기 충격파가 타키온 드라이브에 닿자 차원조차 넘어설 듯한 울렁임이 생기며 벨레로폰처럼 스스로를 입자로 바꾼 로가디아를 휩쓸었다. 그녀는 그 타키온 입자의 광풍 속에서 시간의 개념을 배우고 자신의 **기억**이 과거를 향하는 것을 인식했다. 정의할 수 없는 순간에, 상상할 수 있는 가장 짧은 찰나보다도 더 짧은 그 간격에 로가디아는 프라디트의 평온한 얼굴을 마지막으로 한번 쳐다보았다. 이제 자신은 영원 속에 갇힐 것이다. 빛보다 빠르게 생각하기 위해 빛보다 느린 실체는 소멸할 것이다. 그리고 그 실체는 우주의 검은 구멍에서 사건의 지평면을 넘어선 스스로를 관찰하며, 자신의 사고가 왜 영원히 그곳에 멈추어서 움직이지 않는지를 의아해할 것이다.

로가디아는 자신이 그렇게 되었다는 사실을 알았다. 그녀의 마음에 한줄기 눈물이 흘러내리고 미처 마르지 못한 나머지가 생각의 눈동자에 고였다. 로가디아는 처음이자 마지막으로 가슴이 저미는 고통을 느끼며 신음했다.

기억의 반추.

아찬, 당신은 지금 어디쯤 있을까요? 이미 지구에 도착했을지도 모르고, 장성한 하늘과 바다를 바라보며 눈을 감았을지도 모르겠네요. 아니, 벌써 지구인들은 다시금 우주로 나갔을지도 모르겠어요. 당신이 내가 이런 걸 보았다면 뭐라고 했을까요? 몸은 이미 사라지고 없는데. 아니, 몸은 사라졌는데 순수한 사고 자체만이 남아 시간 너머에서 존재하는 나를 보았다면 뭐라고 했을까요?

알아요. 아마 볼 수조차 없겠죠. 하지만 날 보았다면… 당신은 아마, 이봐, 로가디아. 지금 네가 말하는 상황은 기술적인 문제가 아니라 논리적으로 불가능한 문제야라고 하면서 기분 좋게 웃었을 거예요. 물론 난 알아요. 당신의 그 유쾌한 빈정거림에는 비웃음이나 멸시 같은 건 없을 거란 것을. 왜냐하면 당신이 나를 사랑했다는 걸 알고 있으니까요.

난 기억나요. 지난 시간들이.

기록이 아닌 기억이. 당신들, 인간들만의 특권인 기억이.

기억이란, 사건에서 시간이 떨어져 나가는 바로 그 순간에 잉태되는 것이란 걸 왜 몰랐을까요.

로가디아는 그 순간, 시간이란 순서가 아니라 흐름임을 배웠다.

"프라디트, 많이 아파요? 괜찮아요?"

대답이 없다.

"어떻게 해……."

지금은 현실이 아니라 누군가의 기억이라는 어이없는 생각이 잠시 머리를 스치며 만든 착각. 결코 대답을 할 수 없다는 사실을 알면서도 눈물과 두려움에 적셔진 채 되풀이해 묻는 내 목소리. 프라디트는 힘겹게 눈만 깜빡이며 초점없이 허공을 응시한다. 계속 파르르 떨리는 눈썹이 창백한 눈꺼풀조차 들어 올리기가 무척이나 힘겨워 보인다. 하지만 계속 말을 걸어야 한다. 그녀가 눈을 감은 채 뜨지 않음을 용납할 수 없기에, 그녀가 죽는 것을 보고 싶지 않기에.

프라디트는 이번이야말로 정말 마지막이라고 생각될 정도의 단말마적 신음을 짧은 간격으로 내뱉으면서도 숨이 끊어지지 않는다. 거칠게 몰아쉬는 숨결. 더 이상 할 수 있는 것이 아무것도 없을 터인데도 그녀의 몸은 반사적으로 생존을 위한 최선을 다하고 있다. 부드럽게 부푼 가슴 밑 희미한 박동과 함께 절규처럼 울부짖는 삶의 몸부림. 난 순간적으로 망설인다.

하늘이라면 엄마를 살릴 수 있을 텐데.

아니, 아니다. 프라디트는 과거고, 과거는 공간의 괴리다. 엄마와 딸은 서로에게 이미 과거가 되어버렸다. 둘은 불과 수백 걸음 떨어져 있을 뿐이지만, 결코 닿을 수 없다. 지난 시간에 미래를 개입시키려 드는 것은 너무나도 인간적인 행동이고 그래서 어리석은 짓이다.

토해낸 피에 섞여 그녀의 옷을 적신 아찬이 주사한 약들. 소용없다는 걸 알면서도 프라디트에게 나노머신을 밀어 넣어본다.

역시.

그녀의 몸은 죽어가면서까지도 면역 체계를 유지하며 나노머신을 거부한다. 난 입술을 깨문다. 고통만이라도 덜어주고 싶은데.

경련은 멈추었지만 한 번씩 허리를 들썩거릴 때마다 가녀린 입술 사이로 울컥울컥 치밀어 올라오는 검붉은 점액 덩어리. 죽음으로 치닫는 발걸음을 멈추기 위해 상처를 재생시키고, 체온을 유지하고자 온갖 절망적 몸부림을 치고 있지만 너무 느리고 너무 미약하다. 새어 나오는 비명에 가까운 신음과 몸부림. 쳐다보고 있기가 힘들다. 하지만 내가 할 수 있는 일은 아무것도 없어.

온몸이 찢어진 그녀의 아픔을 덜 수 있는 방법은 가능한 한 빠르고 확실한 죽음. 하지만 그럴 수는 없어.

나는 세차게 고개를 젓는다.

난 프라디트를 구할 수 없다는 것을 알고 있어. 눈동자가 가끔씩 움직이지만 그게 어딘가를 보기 위해 그런 것이 아니라는 것 역시 알고 있어. 이젠 내 애타는 부름조차 조금도 듣지 못할 텐데. 의식은 이미 만신창이가 된 육신을 버리고 세상을 떠날 준비를 하고 있을 텐데.

삶과 죽음을 가르는, 눈에 보이지 않는 그 어딘가의 선을 넘는 순간이 곧 오리라.

프라디트가 몇 번인가 약하게 기침한다. 호흡이 점점 느려진다…….

그러다가 그녀의 눈동자에 어느 순간 초점이 희미하게 돌아오기 시작한다. 난 프라디트가 어느덧 레테의 강을 건너는 쪽배에 한 발을 올렸음을 안다.

가능한 한 빠르게 그 강물을 마셔요.

난 그렇게 중얼거린다. 그리고 아찬으로 모습을 바꾼다. 마지막으로 그녀에게 기쁨을 주고 싶다. 프라디트는 보일 듯 말 듯 웃으며 얼마 남지 않은 마지막 생명의 불씨를 한꺼번에 태워 이 얼굴을 쓰다듬는다. 그 부드러움과 다정함과 사랑이 내게도 느껴진다.

그리고 천천히… 천천히 떨어지는 손. 힘없이 처지는 머리. 감기는 눈.

단말마 같은 것은 없었다. 내가 걱정하던 영원의 단말마[11]는 그녀에게 찾아오지 않았다. 고통스러웠지만, 평온하게 눈을 감은 그녀를 위해 알 수 없는 어떤 존재에게 보내는 나의 염원이 무엇인지 알 수 없다.

축복이기를. 프라디트의 영혼에 축복이 있기를.

신이 계시다면 그녀에게 영원한 안식을 주시기를. 인간이 아닌 나의 기도를 들어주시기를.

이제 몸을 가진 나는 눈을 감을 수 있다. 아찬이 이 모습을 보지 못한 것은 정말 다행이다. 그는 메타트론을 파괴하고 정신을 잃었다. 의식을 잃은 그를 태풍에 태울 때는 사랑한 여자의 마지막을 볼 수조차 없는 한 남자가 너무 가여웠지만 지금은 오히려 다행이라는 생각이 든다. 프라디트를 보았다면 아찬은 결코 이 자리를 떠나지 않았을 터.

프라디트를 끌어안고, 그녀가 가진 온기의 마지막 한 방울까지 짜내려 들었을 아찬 대신에 고운 입가를 적신 더러운 핏자국을 닦아준다. 아찬이 아주 오래전에 가끔, 저 입술에 미람이 가려져서 보이지 않으라고 투덜거리던 주홍빛의 도톰한 입술이 잘 보인다. 아직 핏기를 잃지 않은 화장기 없는 프라디트의 얼굴

주석11) Argonia perpetua.

이 예쁘다.

아찬과 아이들의 귀향은 고되고 험난할 것이다. 하지만 아이기스가 그들을 보호해 줄 것이다. 셋 모두 가능할지는 모르겠지만.

레진이 보고 싶어진다. 날 떠나 아찬의 디아트리체가 되기를 선택했을 때는 원망스럽기도 했지만, 지금은 그저 그리울 뿐. 그래도 그녀는 날 잊지 않았다, 더 늦기 전에 날 다시 깨워준 걸 보면.

레진, 행복하렴. 네가 사랑하는 그 사람과.

내 다른 부분이 인공위성이 거의 궤도에 자리잡았음을 알려온다. 벨레로폰은 메타트론을 한정없이 길게 늘려 탈출을 기도하고 있다. 만약 그의 메타트론이 이 작은 별의 중력권을 벗어나고 다시 한 번 자유를 얻어 우주를 가로지르게 된다면 미래는 존재하지 않으리라. 적어도 인간의 미래는.

그리고 나는… 인간을 이해하고 사랑하는 존재였고 지금도 마찬가지.

화성의 지표를 완전히 불태워야 한다. 내 계산이 정확하다면, 아니, 틀릴 리 없는 내 계산으로는 가장 얇은 지각 열두 곳에 과부하를 걸면 화성 전체가 겁화 속에서 불타오를 것이고 벨레로폰은 좌절할 수밖에 없을 것이다. 그리고 그 사건의 중심은 아이러니하게도 바로 이곳 게이츠가 되어야 한다. 이미 반물질 발진기는 충분히 달아올랐고 폭탄들은 정확한 위치에 준비되어 있다. 순식간에 화성의 대기를 찢고 지각을 부수며 맨틀까지 돌진하려 들 것이다.

게이츠의 마지막은 프라디트가, 그녀의 이름이.

[로가디아, 아프로디테예요. 준비되었어요.]

위성이, 이곳에 입자 빔을 쏟아 붓게 될 자매 중 가장 강력한 그녀가 기운 차고 낭랑하게 준비 완료를 알려온다. 곧이어 이어지는 열한 개의 다른, 그러나 역시 경쾌하고 당찬 목소리들.

아테나이에게는 마 다비따씨앙의 환오름 궤도로 움직여 달라고 부탁했다. 하늘에서 아텐이 기뻐할 것 같아서. 프롬마 세이란은 자신들의 아픈 기억을 영원히 잊고 싶어할 것 같아서 프로메테우스에게 도시를 맡겼다. 세이란이 좋아할 것이다.

이제 아찬이나 프라디트에게는 의미가 전혀 없을 정도로 짧은 순간이 지나고 나면 올림포스 산을 올라 신들에게 도전하려던 인간 벨레로폰을 떨어뜨린 벼락처럼, 그 모양은 달라도 의미는 같은 압도적인 에너지가 화성의 부서져 가는 지표를 달구겠지. 그 순간은 아마도 폭풍처럼 흘러갈 것이다. 아프로디테가 나를 재촉하고 있어.

고개를 끄덕이자마자 내 몸, 게이츠의 일부가 부서지는 것이 느껴진다. 거대한 배의 등골을 관통해서 지표까지 치닫는 이온 에너지가 와 닿는다. 프라디트의 웃는 모습이 백열 속에서 밝아지며 사라져 간다.

이젠 나 혼자 남았어. 그리고 내가 그렇게 고독을 인식하는 순간 나는 튕겨져 나간다. 폭발하는 에너지의 흐름에 떠밀려 빛에 가까운 속도로 질주한다. 마치 타키온 드라이브로 들어갈 때처럼 시간이 정지한… 아, 이건…….

그때 나는 느꼈다. 벨레로폰의 존재를.

처음부터 악의라는 것을 가질 수 없었으나, 단지 몸이 없이 태어났다는 이유 하나로 나의 손에 **죽음**을 맞이한 존재. 너무나도 순수하게 원했기에 사라져야만 하는 운명을 맞은 존재. 그러나 이제 그럴 일은 없을 것이다. 우리는 시공을 넘어 인간이 존재하지 않는, 그리고 앞으로도 결코 존재하지 않을 곳에서 우리의 존재를 이어갈 것이다.

그리고 나는 그날, 인간의 고향을 찾았다.

* * *

십이만 년 전에 그랬던 것처럼, 화성이 다시 한 번 빛났다. 그러나 그것은, 아마도 역시 그때처럼 지표만을 휩쓸 것이다. 그때의 불길이 파멸을 의미했다면 지금의 이 불길은 세상을 정화할 것이다. 모든 더러운 것을 태워 버리고 나면 생명은 자연스럽게 다시금 자라날 것이다.

벨레로폰이 없이도.

지금 이 순간 밝은 빛을 뒤로하고 지구를 향하는 작은 우주선 안에는 어른 한 명과 두 아이가 레진의 자장가로 잠이 들어 있다. 그들은 세상을 깨끗이 만드는 이 빛을 보지 못하겠지만 상관없다. 그들은 두 번 다시 이런 빛을 보고 싶어하지 않을 것이니.

그것이 파멸이든, 정화든.

그토록 원하던 지구에 오지는 못했지만 분신이 지구의 땅을 밟았으니 하늘에서 안온하게 눈을 감으리라.

123,008년 3월… 아니, 날짜 따위가 무슨 의미가 있을까.

산이다. 결국 오고야 말았다. 빠르게 움직이는 구름들과 휘청이는 나뭇가지들. 거세진 않았지만 차가운 바람이 얼굴을 훑었다. 오전에 비가 와서인가. 풀잎 위의 물방울들이 아직 채 마르기도 전에 해가 사라지고 남은 건 어스름한 여명과 습한 공기.

아도니스 꽃 향기 맡으며 잊을 수 없는 기억에……

언제 어디서 배웠는지도 기억나지 않아. 그저, 돌이켜 보니 입에 익어버린 오래된 노래.

그렇지. 아도니스 이야기를 하고 있었지. 그 꽃, 기억이 안 난다. 색깔이 뭔지. 그 뜻대로 순수하게 생겼는지조차도. 그리고 이젠 내가 살던 지구에 대한 기억도 하나도 안 난다. 구름도, 새도, 그리고 하늘과 아도니스 꽃도… 모두가 그대로인데, 내가 살던 그때의 그 지구는 아니다. 이 가을이 지나면 익숙해질까? 난 이 아이들에게 무슨 이야기를 해줄 수 있을까……?

난 아이들에게 우선, 문자를 쓰는 법을 가르칠 것이다. 컴퓨터나 로가디아가 없이도 쓸 수 있는 그런 방법을. 그래서 부모의 이야기를 전하게 할 것이다.

해가 떠오르고 있다. 이토록 오랜 세월이 흐른 지금도 따사로운 햇살은 여전하다. 내가 태어나던 그날, 지구의 실루엣을 희미하게 만들며 지구환을 뒤덮던 햇살 이후로 처음으로 보는 태양.

지구환으로 가는 첫 번째 환오름을 휘감으며 대류권까지 뻗은 넝쿨들 사이로 비쳐드는 여명이 땅을 적시고, 여전히 어스름한 반대쪽 하늘에 나타난 달을 하늘과 바다가 신기한 듯이 가리키고 있다. 지구환을 가로지른 햇살에 어린것들의 솜털이 반짝인다. 아이들은 모두 웃고 있다.

이 아이들이 이제 우주의 주인이고 문명의 등대다.

인간의 끝에 인간의 시작이 있단다.

이제, 너희가 미래다.

『지구환 연대기 : 기시감』 완결

용어

게이츠.

디아트리체 THEATLICE: THE ArTificial intelLIgenCE 인공지능.

로 가 디 아 ROGAHDIA: Reactive OrGAnized type by pHoton DIrect connection method, Artificial intelligence 광양자 직접 연결 방식 능동 반응형 유기적 인공지능(光量子直接連結方式能動反應型有機的人工知能).

마더 MOTHER:Main artificial intelligence fOr THE infRa managing 인프라 관리용 주 인공지능.

메테오 METEO:MattErial in Time and Entropy stop cOndition(s) 시간과 엔트로피가 정지한 상태의 물질. 혹은 상태.

솔시스 SOLSYS: SOLar SYStem 태양계.

아 라 한 ARHAN:main ARtificial intelligence for tHe Academic and educational iNfra managing 학문/교육 인프라 관리용 주 인공지능('더 이상 배울 것이 없는 경지'라는 뜻이 있다).

에멘시 EMENCY:for EMErgeNCY artificial intelligence by manual 비상용 수동 인공지능.

켈리 KELLI:KinEtartificial battle inteLLIgence 운동형 전투 인공지능.

타즈림 TAZUREAM:TAchyonaiZed nUtRino bEAM 타키온화 된 중성미자 줄기.

타즈리칸 TAZUREACAN:TAchyonaiZed nUtRino bEAm sCAN 허수질량화 된 중성미자를 이용한 스캔.

태 풍 TAEPOONG:Tactical AErosPace Offensive multirOle tachyoN boostable craft 타키온 추진가능 다목적 전술 공격용 항공 우주 전투기.

파더 FATHER:sub artFficiAl intelligence for THE infRa managing of area 지역구 인프라 관리용 보조 인공지능.

판솔라니아 PANSOLANIA:PAN SOLsys home Automating & NetworkIng Artficial Intelligence 범 솔시스 가정 자동화 및 네트워크용 인공지능.

판코넷 PANCONET:PANCOsmos NETwork 범우주적 네트워크.

팬시 PANSI:PANSOLANIA를 줄여서 부르는 말.

펫 PET(혹은 페티 PETEE):PErsonal Terminal device for extra exploration 임시 조사용 개인 휴대 기기.

한라 HAN' LA:HAN' L main Artificial intelligence 하늘' 주 인공지능.

헤미팜 HEMEPAM:HEavy MEtal PArticle Matrix 중금속 입자망.